COLLECTION « BEST-SELLERS »

ROBERT WILSON

UNE MORT À LISBONNE

roman

traduit de l'anglais par Marlène et Pierre Bondil

ROBERT LAFFONT

Titre original : A SMALL DEATH IN LISBON

Traduction française : Éditions Robert Laffont, S.A., Paris, 2002

ISBN 2-221-09455-7
(édition originale : ISBN 0-15-100609-1, J. HarperCollins*Publishers,* Londres)

Pour Jane
et
pour ma mère

Quoique ce roman soit fondé sur des faits historiques,
son contenu relève entièrement du domaine de la fiction.
Personnages et événements décrits ici sont inventés
et on ne trouvera dans ces pages aucune ressemblance
intentionnelle, ni avec des faits réels,
ni avec des personnes vivantes ou ayant existé.

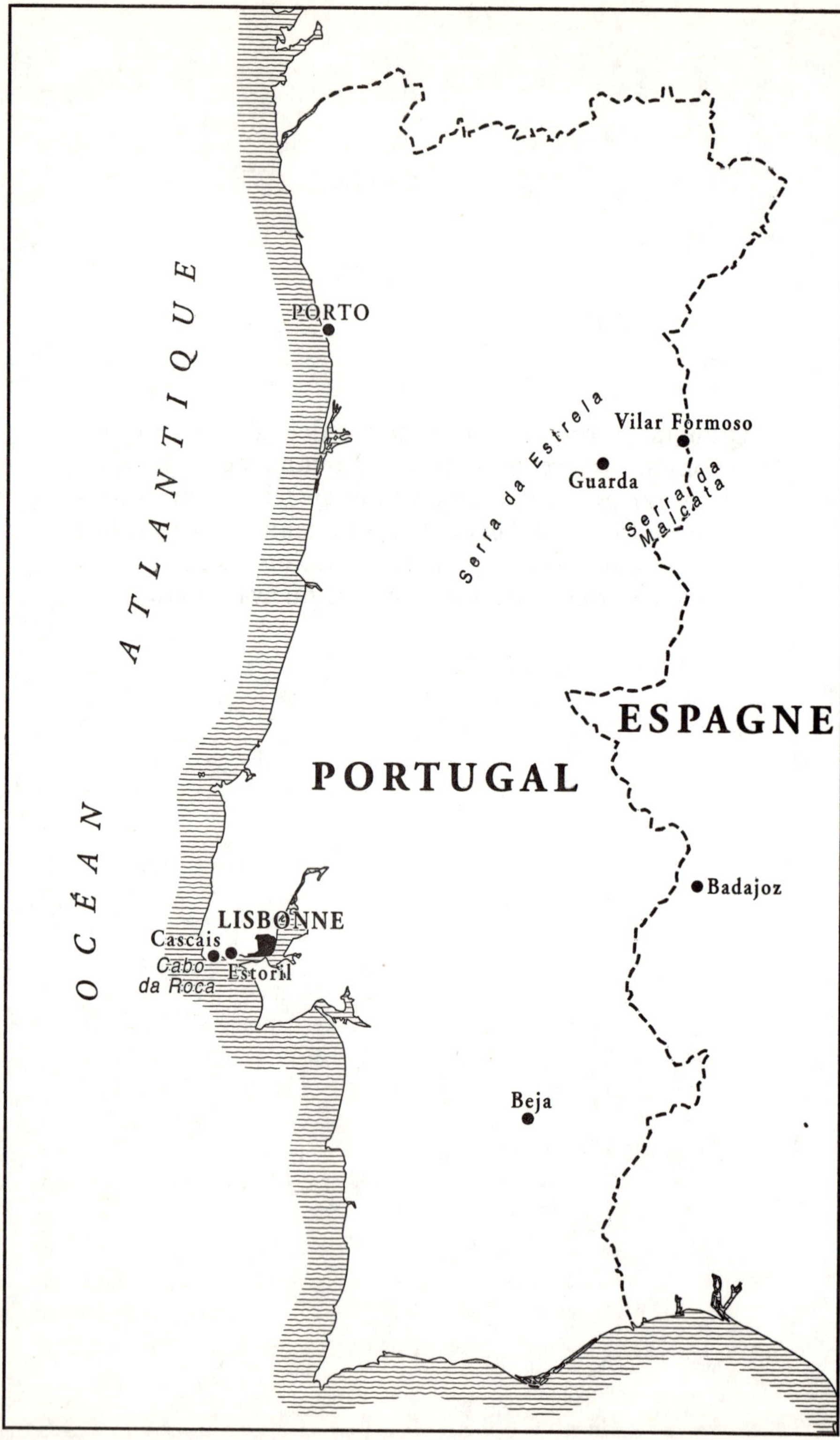
OCÉAN ATLANTIQUE
PORTO
Serra da Estrela
Vilar Formoso
Guarda
Serra da Malcata
ESPAGNE
PORTUGAL
Badajoz
LISBONNE
Cascais
Cabo da Roca
Estoril
Beja

Elle était allongée sur un tapis d'aiguilles de pin, le regard fixé sur le soleil à travers les branches, par-delà les cônes évasés, derrière les frondaisons inclinées. Oui, oui, oui. Elle pensait à un autre moment, à un autre endroit, où l'odeur des pins lui était montée à la tête, l'âpreté de la résine aux narines. Il y avait eu du sable sous ses pieds, et la mer quelque part, pas loin du coquillage qu'elle tenait contre son oreille pour écouter le grondement des vagues. Elle faisait quelque chose qu'elle avait appris des années plus tôt. Oublier. Effacer tout. Réécrire de petits paragraphes de son histoire personnelle. Peindre un tableau différent de la demi-heure qui venait de s'écouler, depuis le moment où elle s'était tournée et avait souri en entendant la question : « Pourriez-vous m'indiquer comment... » Ce n'était pas facile, ce processus d'oubli. À peine avait-elle reconstruit un événement à sa manière que surgissait un autre point nécessitant une remise en forme. Tout cela menant à l'unique pensée qu'elle ne voulait pas laisser tourner librement dans son esprit : le fait qu'elle oubliait qui elle était. Mais cette fois-ci, dès que l'idée atroce lui était venue, elle avait compris qu'il était préférable pour elle de vivre dans l'instant, de ne progresser dans ce présent que par d'infimes instants. « Les aiguilles de pin se fossilisent sur l'arrière de mes cuisses » – c'était tout ce qu'elle acceptait de retenir du présent. Une brise légère lui rappelait qu'elle n'avait plus sa culotte. Son sein lui faisait mal à l'endroit où le soutien-gorge l'écrasait. Une pensée lui vint. « Il va revenir. Il a vu sur mon visage que je le connais. » Et c'était vrai qu'elle le connaissait, mais sans parvenir à l'identifier, à lui donner un nom. Elle roula sur le côté et sourit en entendant comme un bruit de céréales sur lesquelles on verse du lait.

Elle se redressa sur les genoux, agrippa l'écorce rêche du pin du bout de ses doigts aux ongles rongés jusqu'aux chairs, dont l'un présentait une fine traînée de sang presque sèche. Elle chassa les aiguilles de pin de ses cheveux blonds et raides, entendit les pas, des pas lourds. Des bottes sur une herbe envahie de givre ? Non. Remue-toi. Elle n'arrivait pas à être suffisamment effrayée pour réagir. Elle n'était jamais parvenue à être suffisamment effrayée pour réagir. Un éclair lui transperça la tête et elle vit une fillette blonde assise sur les marches, pleurant et pissant dans sa culotte parce qu'il l'avait poursuivie et qu'elle ne le supportait pas. La course folle. L'épouvantable montée d'énergie. Le vent s'élançant à l'assaut des marches, sifflant sous la porte. Les forces se concentrant pour frapper. Des portes claquant dans les profondeurs de la maison. Le choc sourd. Celui d'une pastèque qui tombe sur du carrelage. Peau éclatée. Chair rose. Ses cheveux blonds se teintèrent de rouge. Sa boîte crânienne se fendit en deux. L'écorce mordit le coin de son front. De son grand œil bleu elle contempla le canyon noir.

Première partie

1.

15 février 1941, caserne des SS, Unter den Eichen, Berlin-Lichterfelde

Même pour cette période de l'année, la nuit était tombée très tôt. Les nuages de neige, bas et lourds comme des zeppelins, avaient prématurément chassé à l'intérieur du mess les officiers d'ordonnance chargés de faire respecter le black-out. Non que celui-ci fût nécessaire : aucun bombardier n'effectuerait de sortie étant donné le temps. Aucun avion n'avait décollé depuis Noël.

Un serveur du mess des SS, en courte veste blanche et pantalon noir, déposa son plateau de thé devant le civil. Celui-ci ne leva pas le regard du journal qu'il lisait. Le serveur attendit un instant puis quitta la pièce avec les officiers d'ordonnance. À l'extérieur, la neige ensevelissait le quartier sous le silence, son poids accumulé remplissait les cratères, cimentait les ruines, unifiait les toits, égalisait les ornières boueuses, peignait à la craie les rues noires jusqu'à leur conférer une blancheur uniforme.

Le civil remplit sa tasse, prit dans sa poche un étui en argent où il préleva une cigarette blanche contenant du tabac brun turc. Il tassa à plusieurs reprises l'extrémité sans filtre sur le couvercle de l'étui où figuraient les initiales « KF » en écriture gothique, porta le papier sec à sa lèvre inférieure. Il fit jaillir la flamme d'un briquet en argent, gravé « EB » – un petit vol temporaire. Il leva sa tasse.

Du thé, pensa-t-il. Qu'était-il advenu du café noir ?

Le tabac bien tassé crépita lorsqu'il aspira une bouffée. Il éprouvait le besoin de sentir le picotement du sang dans ses veines. Il chassa de la main deux traces de cendres blanches sur son costume noir neuf. Le poids du tissu et la précision de la coupe réalisée par le tailleur juif lui rappelèrent précisément pourquoi la vie avait perdu de ses attraits. À trente-deux ans, il était un industriel heureux qui gagnait plus d'argent qu'il n'aurait jamais osé l'imaginer. Mais désormais une structure s'était mise en place pour veiller à ce qu'il n'en gagne plus autant. Les SS.

Pas le genre d'individus qu'il pouvait envoyer sur les roses. C'était grâce à eux qu'il travaillait tellement. Son usine, Neukölln Kupplungs Unternehmen, qui produisait des attelages ferroviaires, tournait au maximum de ses capacités, et il avait demandé à un architecte de lui tracer des plans d'agrandissement. Il avait le statut de *Förderndes Mitglied*, ce qui signifiait qu'il avait la joie et le plaisir d'accompagner des SS en uniforme sombre dans les lieux de plaisir nocturnes de la ville. En contrepartie, ces derniers s'arrangeaient pour qu'il ait du travail. Ce statut n'avait rien de comparable avec celui de *Freunde der Reichsführer-SS* – ami du Reichsführer-SS –, mais il avait ses avantages commerciaux. Et, ainsi qu'il le constatait à l'instant présent, il impliquait également quelques responsabilités.

Depuis deux jours il vivait dans la caserne de Lichterfelde, entouré des odeurs institutionnelles de chou bouilli et de cire, enfermé dans leur univers militaire d'Oberführer, de Brigadeführer et de Gruppenführer. Qui étaient tous ces hommes aux uniformes à tête de mort, avec leurs questions sans fin ? À quoi occupaient-ils leurs journées quand ils ne scrutaient pas à la loupe la vie de ses grands-parents et de ses arrière-grands-parents ? Nous sommes en guerre contre le monde entier et tout ce qui les intéresse, c'est votre arbre généalogique.

Il n'était pas l'unique candidat. Il y avait d'autres industriels, dont un qu'il avait reconnu. Tous dans la métallurgie. Il avait espéré qu'on les mettait en concurrence pour une histoire de sous-traitance, mais les questions n'avaient strictement rien de technique. Elles étaient toutes orientées vers l'évaluation de la personnalité : on voulait donc leur confier une tâche bien définie.

Arriva un assistant, ou officier adjoint, suivant le nom qu'ils voulaient bien se donner entre eux, qui referma la porte derrière lui avec des précautions de bibliothécaire. Le cliquetis précis, et le hochement de tête satisfait, déclenchèrent en lui un début d'agacement. Le nouvel arrivant s'assit en face du civil aux larges épaules voûtées et aux cheveux foncés.

— Herr Felsen, dit-il.

Klaus Felsen agita son pied infirme, redressa sa grosse tête souabe et posa sur le nouveau venu un regard tranquille. Sous la falaise verticale du front surmonté d'une coiffure en brosse, les yeux étaient gris-bleu.

— Il neige, déclara-t-il.

L'officier, qui avait peine à croire que les SS en soient réduits à envisager que ce... ce... ce paysan souabe opiniâtre, doté d'un inexplicable don des langues, puisse être un candidat sérieux, ne tint aucun compte de la remarque.

— Tout va très bien pour vous, Herr Felsen.

— Oh, vous avez reçu des nouvelles de mon usine ?

— Pas vraiment. Bien évidemment, vous êtes préoccupé...

— Tout va très bien pour *vous*, alors, moi, je perds de l'argent.

L'officier laissa son regard inquiet se perdre au-dessus de la tête de Felsen, tel un jupon de vierge.

— Jouez-vous aux cartes, Herr Felsen ?

— Ma réponse n'a pas changé depuis la dernière fois : à tout, sauf au bridge.

— Une partie aura lieu ici, au mess, ce soir, avec plusieurs officiers supérieurs SS.

— Je vais avoir l'occasion de jouer au poker avec Himmler ? Intéressant.

— Avec le SS-Gruppenführer Lehrer, en réalité.

Felsen haussa les épaules ; ce nom lui était inconnu.

— Juste nous ? Lehrer et moi ?

— Plus les SS-Brigadeführers Hanke, Fischer et Wolff, que vous avez déjà rencontrés, ainsi qu'un autre candidat. Une occasion pour vous... pour eux d'apprendre à vous connaître dans un contexte plus détendu, rien d'autre.

— Le poker n'est pas encore considéré comme une activité dégénérée ?

— Le SS-Gruppenführer Lehrer est un joueur accompli. Je pense qu'il serait...

— Je ne tiens pas à entendre la suite.

— Je pense qu'il serait de bon ton que vous... euh... perdiez.

— Ah... de l'argent, encore ?

— Vous le récupérerez.

— Je l'inscris sur ma note de frais ?

— Pas exactement... mais vous le récupérerez d'une autre manière.

— Un poker, répéta Felsen en se demandant si la partie se déroulerait vraiment dans une atmosphère détendue.

— Un jeu très international, ajouta l'officier-adjoint en se levant. Dix-neuf heures, alors. Ici. Pour vous, cravate noire, je pense.

Dans le centre de Berlin, sur la Kurfürstenstrasse, Eva Brücke était assise dans le petit cabinet de travail de son appartement, au deuxième étage. Elle était installée à son bureau, uniquement vêtue d'une combinaison sous une épaisse robe de chambre de soie noire à motifs de dragons dorés, une couverture de laine posée sur les genoux. Elle fumait, jouait avec une boîte d'allumettes et réfléchissait à la nouvelle affiche qui avait fait son apparition sur son immeuble. Celle-ci proclamait : « Femmes d'Allemagne, votre chef et votre pays ont confiance en vous. » Pour Eva, le slogan révélait un sentiment d'inquiétude, un manque de certitude... Les nazis, mais peut-être cela ne concernait-il que Goebbels, dévoilaient inconsciemment leur peur intense des mystères du beau sexe.

Ses pensées quittèrent la propagande pour la boîte de nuit dont elle était propriétaire, sur la Kurfürstendamm : Die Rote Katze. Ces deux dernières années, l'établissement avait connu une grande vogue pour la seule raison qu'Eva savait ce qu'aimaient les hommes. Elle pouvait regarder une fille et détecter les infimes ressorts qui les exciteraient. Elles n'étaient pas nécessairement belles, ses filles, mais elles possédaient toujours une certaine qualité – de grands yeux bleus innocents, un long dos mince et vulnérable, ou encore une petite bouche timide – qui se combinait avec perversité à leur totale disponibilité, leur empressement à se plier à tous les caprices des clients.

Eva sentit ses épaules se contracter et s'empara de la couverture posée sur le dossier de sa chaise pour s'en envelopper. La tête commençait à lui tourner parce qu'elle avait fumé trop vite. Cela ne se produisait que lorsqu'elle était irritée, et penser aux hommes l'irritait. Ils lui exposaient sans cesse leurs problèmes mais n'atténuaient jamais aucun des siens. Leur but, semblait-il, était de tout compliquer. Son amant, par exemple. Pourquoi ne pouvait-il se contenter de l'aimer, et rien d'autre ? Pourquoi se croyait-il obligé de la revendiquer comme sienne, de l'envahir, d'empiéter sur son territoire ? Pourquoi lui prenait-il des objets ? Elle jeta la boîte d'allumettes sur son bureau. C'était un industriel, pensa-t-elle, et c'était ce que faisaient les hommes d'affaires pour gagner leur vie : accumuler des biens.

Elle tenta de chasser les hommes de son esprit, surtout ses clients et leurs visites dans son bureau, au fond du club, où ils s'asseyaient, fumaient, buvaient et lui faisaient du charme jusqu'à ce qu'ils en arrivent à ce qu'ils désiraient réellement : une chose particulière, vraiment très particulière. Elle aurait dû être médecin, l'un de ces spécialistes modernes du cerveau qui permettaient aux gens d'échapper à la folie par la parole, parce que au fur et à mesure que la guerre s'éternisait elle avait remarqué un changement dans les goûts de ses clients. Désormais, comme elle l'avait appris à ses dépens, la douleur leur était indispensable, qu'il s'agisse de l'infliger ou de l'endurer – pour rétablir l'équilibre peut-être. Un homme était venu lui demander une chose que même elle n'était pas certaine de pouvoir fournir. Un homme si calme, si insignifiant, si refermé sur lui-même que personne n'aurait pensé...

On frappa à la porte. Eva écrasa sa cigarette, repoussa les couvertures et tenta de redonner vie et volume à ses cheveux blonds, mais elle perdit tout espoir lorsqu'elle se vit dans le miroir sans maquillage. Elle referma la robe de chambre sur son corps, noua la ceinture et alla ouvrir.

— Klaus ! s'exclama-t-elle en se contraignant à sourire. Je ne t'attendais pas.

Felsen l'attira à lui sur le seuil et l'embrassa avec ardeur. Sa main descendit vers la chute de reins d'Eva. Elle leva les poings et poussa sur la poitrine de son amant pour se libérer.

— Tu es mouillé et je viens à peine de me réveiller.

— Et alors ?

Elle rentra dans l'appartement, accrocha le manteau et le chapeau de Felsen avant de le précéder dans le cabinet de travail. Il la suivit de sa démarche légèrement claudicante. Elle n'utilisait jamais le séjour, préférait les pièces de taille réduite.

— Café ? demanda-t-elle en s'éloignant vers la cuisine.

— Je me disais...

— Du vrai. Et cognac ?

Il haussa les épaules, s'assit devant le bureau, sur le siège réservé aux visiteurs, alluma une cigarette et ôta les brins de tabac restés sur sa langue. Eva revint avec le café, deux tasses, une bouteille et des verres. Elle lui vola une cigarette, qu'il lui alluma.

— Je me demandais où il était, fit-elle avec agacement en lui arrachant le briquet des doigts.

Elle avait mis du rouge à lèvres et s'était brossé les cheveux. Elle retira la prise murale du téléphone afin qu'ils puissent parler sans être dérangés.

— Où étais-tu passé ?

— J'avais des choses à faire.

— Des ennuis à l'usine ?

— J'aurais préféré.

Elle versa le café, ajouta un peu de cognac dans le sien. Felsen l'arrêta dans son geste quand elle voulut faire pareil pour lui.

— Après. Je veux apprécier ce café. Ça fait deux jours qu'ils me font avaler du thé.

— Qui ça ?

— Les SS.

— Ces garçons sont d'une cruauté ! lança-t-elle sans sourire, adoptant automatiquement un ton ironique. Qu'est-ce que les SS espèrent obtenir d'un petit paysan souabe aussi gentil que toi ?

La fumée décrivait des volutes sous la lampe art déco. Felsen inclina l'abat-jour vers le bas.

— Ils ne veulent pas le dire, mais j'ai l'impression qu'il s'agit d'un travail.

— Beaucoup de questions concernant tes origines ?

— Je leur ai raconté que mon père avait labouré de ses mains nues la riche terre germanique. Ça leur a plu.

— Est-ce que tu leur as parlé de ton pied ?

— J'ai expliqué que mon père avait laissé tomber un soc de charrue dessus.

— Ils ont ri ?

— Il ne règne pas une atmosphère particulièrement humoristique, là-bas.

Il finit son café, versa du cognac dans le fond de la tasse.

— Est-ce que tu connais un certain Gruppenführer Lehrer ?

Eva se figea soudain.

— SS-Gruppenführer Oswald Lehrer, fit-elle. Pourquoi ?

— Je joue aux cartes avec lui ce soir.

— À ce que j'ai entendu dire, sa tâche consiste à gérer les

SS, ou plutôt les KZ, comme s'il s'agissait d'une entreprise... à les faire subvenir à leurs besoins. Quelque chose de ce genre.

— Tu connais tout le monde, hein ?

— C'est mon métier. Je suis surprise que tu n'aies pas entendu parler de lui. Il fréquente mon club. Celui-ci et l'ancien aussi.

Il mentit :

— Si. Bien sûr que j'en ai entendu parler.

Son cerveau s'activait. Les KZ. Les KZ. À quoi correspondait ce sigle ? Les SS s'apprêtaient-ils à lui octroyer une main-d'œuvre au rabais issue d'un camp de concentration ? À convertir son usine en outil de production de munitions ? Non. Un travail. C'était pour un travail. Soudain, il sentit le froid pénétrer ses os. Ils n'allaient pas l'obliger à diriger un KZ, tout de même ?

— Bois un peu de cognac, l'encouragea Eva en s'asseyant sur ses genoux. N'essaie pas de deviner. Tu n'as aucune chance d'y parvenir.

Elle glissa ses doigts sur son crâne aux cheveux taillés en brosse, passa le pouce sur l'une de ses pommettes comme elle l'aurait fait pour un enfant portant une trace sur la joue. Elle pencha la tête et déposa une marque de rouge à lèvres frais sur sa bouche.

— Arrête de réfléchir.

Il glissa une grosse main sous l'aisselle de son amante, la referma sur un sein ferme qu'aucun soutien-gorge ne retenait prisonnier. Il insinua l'autre main sous l'ourlet de la combinaison. Elle le sentit durcir sous elle, se leva, referma à nouveau la robe de chambre autour de son corps, noua la ceinture. S'appuya au chambranle de la porte.

— Je te vois, ce soir ?

— S'ils me laissent partir.

— Ils ne se sont pas étonnés qu'un fils d'agriculteur souabe parle autant de langues étrangères ?

— En fait, si.

— Et tu as été contraint de leur faire la visite guidée de toutes tes maîtresses.

— Quelque chose d'approchant.

— Le français, avec Michelle.

— C'était du français, ça ?

— Le portugais, avec cette Brésilienne. Comment s'appelait-elle ?

— Susana. Susana Lopes. Qu'est-elle devenue ?

— Elle avait des amis. Ils lui ont permis de partir au Portugal. Elle n'aurait pas fait long feu à Berlin, avec son teint foncé. Et Sally Parker. C'est Sally qui t'a appris l'anglais, non ?

— Sans compter le poker, et le swing.

— La Russe, c'était qui ?

— Je ne parle pas russe.

— Olga ?

— Nous ne sommes pas allés plus loin que *da*.

— C'est vrai, *niet* ne figurait pas dans son vocabulaire.

Ils rirent. Elle se pencha vers lui et redressa l'abat-jour. Il reversa un peu de cognac dans sa tasse.

— J'ai trop de succès, déclara-t-il sans parvenir à prendre un air contrit.

— Avec les femmes ?

— Non. Je parle de l'attention que j'attire sur moi... de toutes ces distractions que je procure.

— Nous avons eu de très bons moments ensemble.

Felsen leva tout à coup un regard surpris.

— Qu'est-ce que tu as dit ?

— Rien, répondit-elle en s'inclinant au-dessus de lui pour écraser sa cigarette.

Il huma son odeur. Elle recula d'un pas.

— À quoi vas-tu jouer, ce soir ?

— Au jeu de Sally Parker. Le poker.

— Où as-tu l'intention de m'emmener avec tes gains ?

— On m'a conseillé de perdre.

— Afin de témoigner ta gratitude.

— Pour un travail dont je ne veux pas.

Dehors, une voiture passa dans la neige fondue de la Kurfürstenstrasse.

— Il y a un moyen, dit-elle.

Felsen leva les yeux. Le soleil percerait-il derrière les nuages ?

— Tu pourrais les ratisser complètement.

Il rit.

— J'y ai pensé.

— Ça pourrait être dangereux, mais...

Elle haussa les épaules.

— Ils ne m'expédieraient pas dans un KZ, pas avec ce que je fais pour eux.

— Ils expédient n'importe qui dans les KZ, par les temps qui courent. Tu peux me croire. Ce sont eux qui coupent les tilleuls sur Unter den Linden[1], si bien que lorsqu'on va au Café Kanzler, on n'a plus que ces aigles, juchés sur leurs colonnes, qui nous regardent d'en haut. On devrait l'appeler Unter den Augen[2]. Ils peuvent envoyer Klaus Felsen, Eva Brücke et le prince Otto von Bismarck dans un KZ.

— S'il était toujours en vie.

— Mort ou vivant, pour ce qu'ils y attachent d'importance...

Felsen se leva. Il ne mesurait qu'une dizaine de centimètres de plus qu'Eva, mais sa carrure était pratiquement trois fois supérieure. Eva tendit en travers du seuil un bras mince et blanc dont le poignet montrait un réseau de veines bleues.

— Suis leur conseil, dit-elle. C'était juste pour plaisanter.

Il porta la main sur elle, ses doigts glissant avec insistance le long des fesses, en un geste qu'elle n'apprécia pas du tout. Il tenta de l'embrasser. Elle se déroba, le repoussa avec brusquerie. Ils effectuèrent un mouvement de rotation de telle sorte qu'il se retrouva sur le seuil.

— Je reviendrai, affirma-t-il sans la moindre intention d'y mettre un accent de menace.

— Je passerai chez toi dès que j'aurai fermé le club.

— Ça va être long. Tu sais comment c'est, le poker.

— Réveille-moi si je dors.

Il ouvrit la porte de l'appartement et se retourna pour la regarder quand il fut dans le couloir. La robe de chambre s'était écartée dans la lutte. Sous l'ourlet de la combinaison, les genoux d'Eva paraissaient las. Elle donnait l'impression d'avoir davantage que ses trente-cinq ans. Il descendit les marches à pas rapides. En bas, il posa la main sur la volute de la rampe et, dans la pénombre de la cage d'escalier, eut cette sensation que l'on éprouve au moment de larguer les amarres.

Peu après dix-huit heures, dans son appartement envahi de ténèbres d'où il dominait la nuit mate de la Nürnbergerstrasse, Felsen abritait sa cigarette derrière sa main, prêtait l'oreille au vent et au grésil qui secouaient la vitre. Un véhicule aux phares réduits à deux fentes s'engagea dans la rue, brassant des gerbes

1. Sous les tilleuls.
2. Sous les yeux.

de boue qu'il projetait contre le châssis entourant les roues, mais ce n'était pas une voiture de l'état-major et elle poursuivit sa route vers la Hohenzollerndamm.

Il fumait avec intensité en songeant à Eva, à la maladresse de toute la scène, à la façon dont elle l'avait provoqué en mentionnant ses anciennes conquêtes, celles d'avant la guerre, qui lui avaient enseigné à ne plus se comporter comme un paysan. C'était Eva qui les lui avait toutes présentées, puis, après la déclaration de guerre par les Britanniques, elle les avait remplacées. Il ne parvenait plus à se souvenir comment cela s'était passé. Tout ce qu'il voyait, c'était la manière dont elle ne lui avait rien appris : grande adepte de la rétention d'information, elle avait tenté de lui enseigner le mystère du néant, la complexité de l'espace s'étendant entre les mots et les lignes.

Il reconstruisit leur liaison jusqu'à ce jour où, dans un accès de frustration dû à la distance qu'elle s'acharnait à maintenir, il l'avait accusée de jouer les « femmes mystérieuses » alors qu'elle ne faisait que déguiser un bordel en boîte de nuit. Devenue d'une froideur glaciale, elle lui avait répondu qu'elle ne jouait à rien. Ils étaient restés fâchés pendant toute une semaine, qu'il avait passée auprès de prostituées anonymes de la Friedrichstrasse, sachant qu'elle l'apprendrait. Elle s'était comportée comme si elle ne remarquait pas sa réapparition au club et ne l'avait pas accepté dans son lit avant d'avoir acquis la certitude qu'il n'avait contracté aucune maladie. Mais elle l'avait accepté.

Une autre voiture descendit la Nürnbergerstrasse, le grésil traçant ses diagonales devant les rais de lumière. Felsen tapota les deux épaisses liasses de Reichsmarks dans ses poches intérieures, quitta la fenêtre et descendit à la rencontre du véhicule.

Les SS-Brigadeführers Hanke, Fischer et Wolff, ainsi que l'un des autres candidats, Hans Koch, étaient assis dans le mess où ils prenaient les verres que leur apportait un serveur sur un plateau métallique. Felsen commanda un cognac et s'assit parmi eux. Tous se livraient à des commentaires sur la qualité du cognac du mess depuis qu'ils occupaient la France.

— Sans oublier les cigares hollandais, ajouta Felsen en en présentant une poignée aux joueurs. On voit bien, maintenant, à quel point ils gardaient les meilleurs pour eux.

— Une caractéristique très judaïque, souligna le Brigadeführer Hanke, vous ne trouvez pas ?

Koch, qui avait gardé le teint rose de ses quatorze ans,

opina avec énergie à travers la fumée du cigare que Hanke était en train de lui allumer.

— J'ignorais que les juifs tenaient un rôle dans l'industrie hollandaise du tabac, remarqua Felsen.

— Les juifs sont partout, répliqua Koch.

— Vous ne fumez pas vos propres cigares ? s'étonna le Brigadeführer Fischer.

— Après le dîner. Avant, uniquement des cigarettes. Turques. Vous voulez en goûter une ?

— Je ne fume pas de cigarettes.

Koch contempla son cigare allumé et se sentit un peu idiot. Il vit l'étui de Felsen sur la table.

— Je peux ? demanda-t-il en l'ouvrant.

Le nom de la boutique figurait en relief à l'intérieur.

— Samuel Stern. Vous voyez bien que les juifs *sont* partout.

— Les juifs vivent avec nous depuis des siècles, rétorqua Felsen.

— Samuel Stern aussi, jusqu'à la Nuit de cristal, déclara Koch qui se rassit, très satisfait, en hochant la tête dans un synchronisme parfait avec Hanke. Ils nous affaiblissent au fil de chacune des heures qu'ils passent au sein du Reich.

— Ils nous affaiblissent ? releva Felsen en songeant que la phrase sonnait comme une citation extraite mot pour mot du torchon de Julius Streicher, *Der Stürmer*. Ils ne m'affaiblissent pas, *moi*.

Les joues de Koch s'empourprèrent.

— Qu'insinuez-vous, Herr Felsen ?

— Je n'insinue rien du tout, Herr Koch. Je disais simplement que je n'ai pas remarqué le moindre signe d'affaiblissement dans ma situation, mes affaires ou ma vie sociale, qui soit imputable aux juifs.

— Il est tout à fait possible que vous...

— Quant au Reich, ces temps derniers nous avons envahi presque toute l'Europe, ce qui ne me...

— ... que vous n'en ayez pas pris conscience, acheva Koch, lui coupant la parole d'un ton cassant.

La porte à double battant s'ouvrit avec un bruit étouffé. Un homme de grande taille et de forte stature pénétra en trois pas décidés à l'intérieur de la pièce. Koch jaillit de son siège. Les Brigadeführers se levèrent tous. Le SS-Gruppenführer Lehrer avança le poignet d'un geste vif à hauteur de la taille.

— *Heil Hitler.* Apportez-moi un cognac. Vieille réserve.

Koch et les Brigadeführers répondirent par des saluts qui n'étaient pas tronqués. Lentement, Felsen se hissa hors de son fauteuil. Le serveur chuchota près de la tête brune inclinée du Gruppenführer.

— Eh bien, dans ce cas, apportez-moi mon cognac dans la salle à manger ! aboya celui-ci.

Bientôt, ils étaient installés autour de la table, Lehrer furieux parce qu'il avait été dans ses intentions de se tenir devant le feu afin de se réchauffer en éclusant un cognac ou deux.

Koch et Felsen prirent place à ses côtés. Tandis qu'ils mangeaient une vilaine soupe verte, Hanke posa à Felsen une question sur son père. Celle à laquelle Felsen s'attendait.

— Il a été tué par un cochon en 1924, répondit-il.

Parfois Klaus parlait d'un cochon, parfois d'un bélier. Il taisait la vérité, à savoir qu'à l'âge de quinze ans il avait découvert son père pendu à l'une des poutres de la grange.

— Un cochon ? s'étonna Hanke. Un sanglier ?

— Non, non, un cochon domestique. Mon père est tombé dans l'enclos après avoir glissé et il est mort, piétiné par une truie.

— Et vous avez repris la ferme ?

— Peut-être le savez-vous déjà, Herr Brigadeführer. J'ai exploité la ferme pendant huit ans, jusqu'au décès de ma mère. Après je l'ai vendue pour m'associer au miracle économique du Führer et je n'ai jamais regardé en arrière. Ce n'est pas dans mes habitudes.

Hanke se radossa à son siège après cet échange, épaule contre épaule avec son protégé au sourire rose. Lehrer ingurgitait bruyamment sa soupe. Il connaissait toutes ces informations. Sauf celle qui concernait le cochon, bien sûr. Un renseignement intéressant. Faux, mais intéressant.

Les bols de soupe furent retirés et remplacés par des assiettes contenant du porc trop cuit accompagné de pommes de terre bouillies et d'un magma de chou rouge. Lehrer n'en mangea que pour s'occuper tandis que Koch lui débitait les dogmes du parti. Il enfournait la nourriture de plus en plus vite. Lors d'une courte pause, il se pencha vers Felsen.

— Vous n'êtes pas marié, Herr Felsen ?

— Non, Herr Gruppenführer.

Lehrer porta ses dents à une envie au bord de son ongle.

— Il paraîtrait que vous auriez une certaine réputation auprès des femmes.

— Vraiment ?

Puis il malaxa le lobe de son oreille entre le pouce et l'index et arrondit ses sourcils dans une parodie d'innocence.

— Comment un homme qui n'a jamais voyagé au sud des Pyrénées peut-il parler portugais ? Et ne venez pas me raconter que c'est ce que l'on enseigne de nos jours dans les écoles souabes.

Felsen comprit que Susana Lopes avait fréquenté des milieux plus influents qu'il ne l'avait imaginé. Il mentit.

— À une époque, je montais à cheval avec une Brésilienne sur les rives de la Havel.

Le ventre de Lehrer gargouilla.

— À cheval ?

Après le repas, ils passèrent dans une pièce contiguë. Chacun d'eux se procura des jetons pour une valeur de cent Reichsmarks et prit place autour d'une table de feutre vert. Les serveurs poussèrent près des joueurs un chariot en bois portant verres et boissons, leur servirent des cognacs puis s'éclipsèrent. Lehrer déboutonna sa veste d'uniforme et tira sur le cigare que Felsen lui avait offert, soufflant sur la braise.

La lumière au-dessus de la table, stratifiée par la fumée, n'éclairait que les visages. Koch, plus rose encore à cause du vin et du cognac. Hanke, le regard indéchiffrable sous ses paupières tombantes, l'ombre foncée de sa barbe pointant déjà sous la peau. Fischer, des poches sous les yeux, la peau tirée et à vif comme s'il avait passé la moitié de la nuit au cœur d'une tempête de neige. Wolff, blond, les yeux bleus, d'une impossible jeunesse pour un Brigadeführer, dans l'attente d'une cicatrice, reçue lors d'un duel, qui conférerait à son visage une certaine expérience. Et Lehrer, le personnage imposant du groupe, avec ses bajoues graisseuses, ses cheveux grisonnant sur les tempes, ses yeux noirs, brillants et humides, qui anticipaient les joies et les corruptions à venir.

Si Eva avait été là, pensa Felsen, elle lui aurait dit qu'il était du genre à adorer administrer des fessées.

Ils jouèrent. Felsen perdait avec une belle régularité. Il se couchait quand la donne lui était favorable et bluffait sans conviction. Koch, lui, perdait avec exubérance. Tous deux échangeaient de l'argent contre de nouveaux jetons qu'ils transmettaient aux officiers SS, lesquels ne manifestaient aucun désir d'interrompre ce processus.

Puis Felsen commença à gagner. On échangea des commentaires sur les cartes qui avaient tourné. Hanke et Fischer se retrouvèrent rapidement éliminés. Koch, complètement lessivé, plongeait de 1 600 Reichsmarks. Felsen se concentra sur Wolff et commença à perdre régulièrement face à lui en bluffant chaque fois. Il ne disposait plus que de 500 Reichsmarks quand Lehrer pluma Wolff en abattant un carré contre un full. Wolff donna l'impression d'être cloué sur son fauteuil par une lance. Lehrer paraissait énorme derrière ses piles de jetons.

— Peut-être éprouvez-vous le besoin de renflouer vos réserves, si vous désirez lutter contre moi à armes égales, dit-il à Felsen.

Celui-ci se versa un cognac et tira sur son cigare. Lehrer rayonnait. Felsen mit la main à sa poche et en sortit 2 000 Reichsmarks.

— Cela suffira-t-il ? demanda-t-il au Gruppenführer qui se léchait les lèvres.

Ils jouèrent une heure au terme de laquelle Lehrer, désormais en bras de chemise, perdait légèrement. Wolff, à l'écart de la lumière, observait la partie d'un œil de faucon. Hanke et Koch complotaient sur le canapé pendant que Fischer dormait bruyamment.

Lors d'une donne, juste après une heure trente du matin, Lehrer refusa toute carte supplémentaire. Felsen réfléchit trois bonnes minutes puis en tira deux qu'il regarda avant de les poser face cachée sur le tapis de feutre. Il avança 200 Reichsmarks au centre de la table. Lehrer fit de même, puis augmenta la mise de 400 Reichsmarks. Felsen l'imita. Ils marquèrent une pause et s'étudièrent mutuellement. Lehrer tentait de discerner la faille, l'étroite fente, la fissure, pas plus épaisse qu'un cheveu, qui lui suffirait. Felsen devina alors que la carte maîtresse de son adversaire n'était pas posée face cachée sur la table devant lui et s'autorisa un infime sourire au creux de l'estomac. Lehrer couvrit et renchérit de 1 000 Reichsmarks. Felsen avança les 500 Reichsmarks qui lui restaient avant de tirer de sa poche une liasse de 5 000 Reichsmarks, qu'il ajouta sur le tas.

Penché, le torse sur la table, Wolff perforait le feutre vert de trous de cigare. Hanke et Koch se turent. Fischer cessa de ronfler. Lehrer sourit et tambourina sur le tapis. Il demanda un stylo et du papier. Poussa 2 500 Reichsmarks vers le centre et rédigea une reconnaissance de dette d'un montant équivalent.

— Je pense qu'il serait bon que nous abattions nos jeux maintenant.

— Après vous, répondit Felsen, qui aurait été heureux de continuer.

Lehrer haussa les épaules. Il retourna quatre as et un roi. Koch grinçait des dents avec fureur devant la façon dont Felsen venait d'acheter le poste qu'il croyait acquis pour lui-même.

— Alors, Felsen ! lança Wolff.

Kurt retourna d'abord les cartes qu'il avait tirées au deuxième tour. Le sept et le dix de carreau. Wolff émit un bruit méprisant mais Lehrer se rapprocha. Les deux cartes suivantes étaient le huit et le neuf de carreau.

— J'espère que la dernière n'est pas le valet, dit le Gruppenführer.

C'était le six.

Lehrer arracha sa veste d'uniforme du dos de son fauteuil et quitta la pièce.

Peut-être, pensa Felsen en regardant partir ces hommes défaits, était-il allé trop loin. Battre un carré avec une quinte flush mineure... cela pouvait être ressenti comme une humiliation.

Le grésil s'était à nouveau mué en neige. Puis il fit trop froid pour neiger et l'air gela sur place. Les ornières noires, dans les rues blanches, se changèrent en verglas, et la voiture officielle qui reconduisait Felsen à Berlin remonta la Nürnbergerstrasse en chassant de l'arrière.

Il tenta de donner un pourboire au chauffeur qui refusa. En boitant, il gravit lentement les marches qui menaient à son appartement, entra, se débarrassa de son chapeau et de son manteau avant de plaquer l'argent sur la table. Il se versa un cognac, alluma une cigarette puis, en dépit du froid, ôta sa veste qu'il drapa sur le dossier d'une chaise.

Eva dormait sur la chaise longue dans un manteau en laine, une couverture posée sur les jambes. Il s'assit devant elle, regarda ses yeux frémir sous les paupières. Tendit la main pour la toucher. Elle se réveilla avec un petit cri qui sembla surgir de la nuit plutôt que de sa gorge. Il retira sa main, lui offrit une cigarette. Elle aspira une bouffée, le regard rivé au plafond, caressant le genou de Felsen sans même y penser.

— Je rêvais.

— Désagréable ?

— Tu avais quitté Berlin, j'étais toute seule à une station de l'U-Bahn et, là où auraient dû se trouver les rails, des nuées de personnes me regardaient comme si elles attendaient quelque chose de moi.

— Où est-ce que j'étais parti ?

— Je ne sais pas.

— Je doute fort d'aller où que ce soit après ce soir.

— Qu'est-ce que tu as fait ? s'enquit-elle comme une mère qui s'adresserait à un petit garçon.

— Je les ai lessivés.

Elle se redressa.

— C'était stupide. Tu connais Lehrer... ce n'est pas quelqu'un de très gentil. Tu te souviens des deux filles juives ?

— Celles qui sont remontées à la surface de la Havel... Oui. Il n'y était pour rien, si ?

— Non, mais il était présent. C'est lui qui me les avait demandées.

— Il savait quantité de choses me concernant, continua Felsen en buvant son cognac. Il était au courant, pour moi et Susana Lopes. Comment crois-tu qu'il l'ait appris ?

— C'est dans la nature du régime, non ?

— Cette liaison remonte à des années.

Elle fit pivoter ses genoux pour les ramener entre les jambes de Felsen tout en lui prenant son verre.

— C'était déjà un régime totalitaire avant la guerre. C'est pour cette raison que tu l'as battu aux cartes ?

— Quelle raison ? demanda-t-il, agacé d'avoir l'air sur la défensive.

— Ça t'a rendu jaloux, n'est-ce pas ? Je le vois bien. Lui et Susana.

Les mains d'Eva glissèrent contre l'épais tissu de son pantalon.

— Je l'ai battu parce que je ne voulais pas quitter Berlin.

— Berlin, vraiment ? demanda-t-elle en le caressant.

Dès qu'il se fut libéré des bretelles, elle baissa le pantalon sur ses cuisses et le tira vers elle.

— Pas seulement Berlin, dit-il avec un cri étouffé quand elle referma ses mains sur sa verge.

— Désolée, susurra-t-elle sans le penser le moins du monde.

Il déglutit. Son pénis lui donnait l'impression d'être brûlant entre les frêles mains froides et blanches d'Eva. Cette dernière leur imprima un mouvement de va-et-vient épouvantablement lent, sans quitter des yeux le visage de Felsen dont le cou était secoué de violents frémissements. Il l'attira sur ses genoux, écarta les pans du manteau, releva la robe au-dessus de ses bas. Elle se laissa alors descendre sur lui.

L'aube venue, les lourds rideaux noirs repoussèrent la lumière gris fer à l'extérieur. Le froid raidissait les draps de lin blanc. La tête de Felsen jaillit de l'oreiller au second craquement, en même temps que survenait le bruit d'une latte de bois qui éclate. Un tonnerre de bottes déferla sur les planchers, un objet tomba et roula à terre. Felsen se tourna, les épaules engourdies par le gel, le cerveau tentant de redémarrer, l'alcool et la fatigue rendant encore plus complexe le double débrayage nécessaire pour y parvenir. Les deux immenses miroirs de la porte à double battant qui donnait sur la chambre volèrent en éclats. Deux hommes en manteau de cuir noir qui leur descendait aux mollets pénétrèrent dans la pièce en enjambant le cadre. L'unique pensée de Felsen fut : Qu'est-ce qui les empêchait d'ouvrir simplement la porte ?

Eva sortit du sommeil comme si elle avait reçu un coup de poignard. La tête cotonneuse, Felsen se glissa hors du lit et se retrouva accroupi, complètement nu. Le talon en cuir d'une botte noire le cueillit à la tempe. Il s'écroula.

— Felsen ! rugit une voix.

Il murmura quelque chose en lui-même tandis que tout basculait. La pièce s'emplit des cris d'Eva qui hurlait dans un allemand campagnard guttural.

— Toi ! Ta gueule !

Il entendit un bruit sourd, un coup porté avec le poing, puis le silence.

Il s'assit, le dos contre le lit, ses organes sexuels se recroquevillant au contact glacial du plancher verni.

— Vêtements !

Il enfila ses habits, manquant de tomber. Du sang gouttait, chaud derrière son oreille. Les deux hommes le saisirent chacun par une épaule. Ils écrasèrent le verre brisé au passage, ouvrirent les battants de la porte, cette fois – une manifestation de civilité sur le chemin de la sortie.

Un fourgon vert cadenassé mettait la seule touche de couleur dans un défilé de bâtiments bronze couverts de neige. Le verglas dessinait sur le sol des cartes de terres arctiques blanches frangées de gris et de noir. La porte du fourgon s'ouvrit. Felsen se sentit poussé vers les ténèbres et le halètement de la peur.

2.

16 février 1941, 8 Prinz Albrechtstrasse, quartier général du RHSA

Les portes du fourgon s'ouvrirent en réponse au cri inarticulé d'un soldat armé. Felsen reçut un coup de crosse sur l'épaule. Il se laissa descendre dans la boue noire qui lui monta aux chevilles et gravit en titubant les marches pour pénétrer dans le sinistre bâtiment de pierre de la Gestapo. Ils formaient un groupe de quatre prisonniers. On les conduisit tout droit dans les caves par un long couloir étroit bordé de part et d'autre de cellules. La majeure partie de la lumière provenait d'une porte ouverte d'où sortait le gémissement d'un homme après l'orgasme. Les deux prisonniers qui précédaient Felsen regardèrent vers la lumière et détournèrent brutalement la tête. Un homme en manches de chemise qui portait un tablier marron, rigide et barbouillé de taches, s'activait au-dessus d'un prisonnier sanglé sur une chaise.

— Ferme la porte, Krüger, dit-il de la voix lasse et résignée de celui qu'attend une longue journée de travail sans un instant de répit.

Avec un claquement métallique, le couloir fut plongé dans une pénombre à peine atténuée par des lampes au sodium. Felsen fut jeté dans une cellule dépourvue de lumière, avec pour toute compagnie une paillasse et un seau plein. Il plaça ses mains au contact du mur humide et tenta d'évacuer la moiteur froide qu'il sentait à l'intérieur de sa cage thoracique. Il était bel et bien allé trop loin. Maintenant, il le savait.

Ils vinrent le chercher au bout de plusieurs heures, le firent passer devant la porte close de la chambre des horreurs, monter au premier étage et entrer dans une pièce pourvue de hautes fenêtres dans laquelle un homme en costume foncé, assis derrière un bureau, nettoya ses lunettes durant un laps de temps absurdement long. Felsen attendit. L'homme lui ordonna de s'asseoir.

— Savez-vous pourquoi vous êtes ici ?

— Non.

L'homme inséra son visage entre les branches des lunettes et ouvrit un dossier qu'il inclina en l'éloignant de Felsen. Celui-ci fixa son regard sur la raie impeccable qui divisait en deux le crâne de l'inconnu.

— Communisme.

— C'est une plaisanterie.

L'homme leva les yeux mais ne fit pas de commentaire.

— Vous êtes projuif.

— Ne soyez pas ridicule.

— Vous avez également connu une femme nommée Michelle Duchamp.

— *Ça*, c'est vrai.

— Depuis une semaine, mes collègues sont en conversation avec elle en France. Des souvenirs lui reviennent, sur la période où elle a vécu à Berlin, dans les années trente.

— Avant la guerre... à l'époque où je l'ai connue, vous voulez dire.

— Mais pas avant la politique. Comme vous le savez, cela fait presque un an qu'elle travaille pour la Résistance française.

— Je ne fais pas de politique et non, je ne le savais pas.

— Nous faisons tous de la politique. Membre du Parti numéro 479381, *Förderndes Mitglied* auprès des unités SS...

— Vous savez aussi bien que moi qu'il n'y a pas de vie possible en dehors du Parti.

— Est-ce pour cette raison que vous avez adhéré, Herr Felsen ? Pour développer votre entreprise ? Améliorer vos perspectives ? Juste histoire de prendre le train en marche, aussi longtemps que ce sera profitable, c'est ça ?

Felsen s'adossa à son siège et contempla par la fenêtre le ciel morne de Berlin, prenant conscience que ce genre de chose pouvait arriver à n'importe qui, et que ça arrivait... tous les jours.

— Vous portez une bien jolie veste, fit remarquer l'inconnu. Confectionnée par votre tailleur...

— Isaac Weinstock. C'est un nom juif au cas où...

— Vous savez que les juifs n'ont pas le droit d'acheter des textiles.

— C'est moi qui lui ai fourni l'étoffe.

Il neigeait à nouveau. Felsen parvenait tout juste à distinguer les flocons gris sur fond de ciel gris à travers la vitre grise au-dessus du meuble de rangement en métal gris.

— Olga Kasarov, lança soudain l'homme.

— Eh bien ?

— Vous la connaissez.

— J'ai couché avec une Olga... une fois.

— C'est une bolcheviste.

— C'est une Russe, ça, je ne l'ignore pas, mais j'ignorais qu'on pouvait attraper le communisme en baisant.

La réplique sembla déclencher quelque chose chez son interlocuteur, qui se leva en coinçant le dossier sous son bras.

— Je ne crois pas que vous compreniez très bien votre situation, Herr Felsen...

— Vous avez raison, je ne comprends pas. Peut-être serez-vous assez bon pour...

— Une certaine réhabilitation est, peut-être, de rigueur.

Felsen sentit tout à coup le véhicule à bord duquel il se trouvait plonger sur une pente prononcée, sans personne au volant.

— Votre enquête... commença-t-il, mais l'homme se dirigeait déjà vers la sortie. Herr... Herr... attendez.

L'homme ouvrit la porte. Deux soldats entrèrent, arrachèrent Felsen à son siège et l'entraînèrent à l'extérieur.

— Nous vous renvoyons à l'école, Herr Felsen.

Ils le reconduisirent à sa cellule, où ils le gardèrent trois jours. Personne ne lui adressa la parole. On lui donnait un bol de soupe par jour. Son seau n'était pas vidé. Il restait assis sur sa paillasse, environné par l'urine et les matières fécales. De loin en loin des hurlements trouaient les ténèbres, parfois distants, en d'autres occasions épouvantablement forts et proches. De terribles tabassages se produisaient dans le couloir, devant sa cellule. Plus d'un homme appelait sa mère par l'interstice sous la porte.

Felsen passa ces heures et ces journées à se préparer. Il entraîna son cerveau à adopter une politesse excessive et son corps une attitude de timidité soumise. Le quatrième jour, ils revinrent le chercher. Il puait et était affaibli par la peur. Ils ne le conduisirent pas à la chambre des horreurs, ne l'escortèrent pas à l'étage pour une nouvelle confrontation avec l'homme au costume sombre. Ils lui passèrent les menottes et le firent sortir tout droit dans la cour où la neige tombait en gros flocons duveteux mais était tassée sur le sol par les bottes et les pneus. Ils le chargèrent dans un fourgon vide dont le plancher s'ornait d'une grande tache encore poisseuse. Les portes se refermèrent.

— Où va-t-on ? demanda-t-il dans le noir.

— Sachsenhausen, lui répondit le garde à l'extérieur.

— Et la loi alors ? Le respect de la procédure judiciaire ?

Le garde martela la paroi du fourgon. Le conducteur enclencha brutalement la première, envoyant Felsen valdinguer contre les portes.

Eva Brücke était assise dans son cabinet de travail du Rote Katze à fumer cigarette sur cigarette en ajoutant du cognac dans sa tasse de café jusqu'à ce qu'elle ne contienne plus que de l'alcool. L'application quotidienne d'un peu de neige avait permis à son visage de désenfler et il ne lui restait plus qu'une marque jaune et bleu qui disparaissait sous le fond de teint et la poudre blanche qu'elle utilisait.

La porte de son bureau était ouverte, lui assurant une vue dégagée sur les cuisines vides. Elle entendit des coups légers frappés à la porte de derrière et se leva pour aller répondre. À ce moment-là, le téléphone retentit avec plus de force qu'un service en porcelaine tombant sur le sol. Elle sursauta, se maîtrisa. Elle n'avait pas envie de décrocher mais le vacarme était assourdissant et elle porta l'appareil à son oreille.

— Eva ?

— Oui. Tu es bien au Rote Katze.

— Tu as la voix fatiguée.

— Dans ce travail, les heures sont longues et on n'a pas beaucoup l'occasion de se reposer.

— Tu devrais t'arrêter pour te détendre un peu.

— Pratiquer « la force par la joie », c'est ça ?

Son interlocuteur rit.

— Est-ce que tu disposes de quelqu'un d'autre qui possède le sens de l'humour ?

— Cela dépend vraiment de qui raconte les histoires.

— Non... quelqu'un qui aime s'amuser. S'amuser d'une manière particulière.

— Je connais des personnes qui sont encore capables de rire fort.

— Comme moi.

Et il en apporta la preuve. Elle ne se joignit pas à lui.

— Peut-être, répondit-elle.

— Serait-il possible qu'elles viennent me voir pour une soirée d'amusement et de surprises ?

— Combien ?

— Oh, trois est un chiffre plein de promesses. Trois, ça irait ?

— Est-ce que tu pourrais passer afin de me donner une meilleure idée de ce que... ?

— C'est assez peu commode dans l'immédiat.

— Tu sais, je suis inquiète après...

— Oh, non, non, non, ne t'en fais pas. Le thème, c'est la nourriture. Que pourrait-il y avoir de plus joyeux que la nourriture à l'époque où nous vivons ?

— Je vais voir ce que je peux faire.

— Merci, Eva. Tes services sont très appréciés.

Elle raccrocha et alla à la porte de derrière. Le petit homme discret qu'elle attendait se trouvait dans l'allée. Elle le fit entrer. Il secoua son chapeau pour en chasser les flocons de neige, tapa ses bottes sur le sol pour les nettoyer. Ils pénétrèrent dans le cabinet de travail. Elle retira la prise murale du téléphone.

— Voulez-vous boire quelque chose, Herr Kaufman ?

— Uniquement du thé.

— J'ai du café.

— Rien, merci.

— Que puis-je faire pour vous ?

— Auriez-vous de la place pour accueillir deux personnes ?

— Je vous ai expliqué...

— Je sais, mais il s'agit d'une urgence.

— Pas ici.

— Non.

— Combien de temps ?

— Trois jours.

— Il est possible que je sois obligée de m'absenter, objecta-t-elle sans y avoir réfléchi auparavant mais inspirée par la conversation téléphonique.

— Ces personnes sont capables de se débrouiller seules.

— Je vous ai déjà prévenu que ce serait... qu'il faudrait que ce soit...

— Je sais, mais les circonstances sont particulières.

— Vous ne pensez pas qu'elles le seront toujours ?
— Vous avez peut-être raison.
Elle alluma une cigarette et rejeta la fumée dans un soupir.
— Quand ces personnes vont-elles venir ?

Sachsenhausen était une vieille caserne transformée en camp de concentration, à Oranienburg, à trente kilomètres au nord-ouest de Berlin. Felsen n'en avait entendu parler que parce qu'il avait pris un politique et deux juifs pour nettoyer les sols de son usine. Ils avaient été libérés du camp en 1936, juste avant les jeux Olympiques. Ils n'avaient pas besoin de lui parler des conditions de détention dans le KZ : les deux tendons de leur nuque saillaient violemment sous leur crâne ras et ils pesaient au minimum quinze kilos de moins que la normale.

Le trajet sur les routes enneigées avait de quoi secouer nerveusement le passager. Le fourgon partait en dérapage, glissait d'un côté à l'autre de la route. À Sachsenhausen, Felsen entendit le bruit de grilles coulissant sur leurs gonds. Un martèlement retentit contre les parois du véhicule. Comme s'il affrontait les coups de bâton d'une foule hostile sur une centaine de mètres, au terme desquels Felsen se retrouva à bout de nerfs. S'ensuivit le silence et le seul crissement des pneus sur la neige. Le fourgon s'immobilisa. Le vent gémit. Le chauffeur toussa dans sa cabine. Les portes s'ouvrirent.

Felsen se leva. Le bord de ses mains collait là où les taches de sang qui séchaient sur le sol les avaient colorées de brun-roux. Il tituba vers l'entrée du fourgon. À l'extérieur, l'immensité blanche et vide n'était traversée que par deux lignes laissées par les roues. Au loin, à deux cents mètres peut-être, difficile d'en juger en raison de la neige éblouissante qui l'obligeait à plisser les paupières, des arbres et des bâtiments.

Le fourgon démarra, précipitant Felsen à terre, dans la neige qui montait à hauteur de chevilles. Les portes battirent dans le vide avant de se fermer en claquant. Il leva les mains au-dessus de sa tête, égaré par ce bruit violent. À la limite de l'immense étendue de terre plane recouverte de neige, une silhouette se tenait dans la position du soldat au repos. Felsen avança, les yeux réduits à des fentes. La silhouette, grise et indiscernable, ne bougeait pas. Felsen tressaillit en entendant derrière lui le crissement du métal acéré tranchant la neige. Il se retourna brusquement. Il y avait là trois hommes, portant les casques et les longs manteaux noirs des SS. Le pan des lourds vêtements frôlait la surface de la neige. L'un tenait un grand bâton, son voisin une pelle qu'il faisait osciller selon un arc de cercle et dont la lame chantait au contact de la neige cristalline. Le troisième brandissait un câble en acier de un mètre de long, effiloché à son extrémité. Felsen tourna son regard vers la silhouette comme si elle pouvait l'aider. Elle avait disparu. Il se releva. Les trois hommes n'avaient pas d'yeux sous leur casque. Les jambes de Felsen tremblaient.

— *Sachsengruss*, ordonna le garde qui tenait le bâton.

Felsen posa les mains sur sa tête et commença à exécuter des flexions. Le salut saxon. Les gardes l'y contraignirent pendant une heure. Puis ils lui ordonnèrent de rester au garde-à-vous une heure durant, jusqu'à ce qu'il claque des dents et que ses oreilles résonnent du sifflement du câble, du chuintement de la pelle et du martèlement du bâton. Les gardes décrivaient un cercle autour de lui en écrasant la neige.

Ils lui retirèrent les menottes. La pelle vola dans sa direction. Il l'attrapa avec des doigts qu'il s'attendait à voir se briser.

— Dégage un chemin jusqu'au bâtiment.

Ils marchèrent derrière lui sur cette vaste esplanade tandis qu'il creusait des centaines de mètres de chemins. Les larmes ruisselaient sur son visage, la morve coulait de son nez en filets qui gelaient, la vapeur se répandait de son corps, aussi dense que le souffle d'un taureau. Il commença à neiger. Ils lui ordonnèrent de nettoyer à nouveau les allées qu'il venait de tracer.

Les gardes l'obligèrent à besogner de la sorte pendant six heures jusqu'à ce qu'il fasse complètement nuit, aucune lumière ne provenant des bâtiments placés sous black-out. Enfin ils se disposèrent en face de lui dans l'obscurité et le contraignirent à une nouvelle heure de *Sachsengruss* pendant qu'ils lui expliquaient qu'il allait devoir dégager à nouveau les sentiers le lendemain. Au cours des dix dernières minutes, Felsen tomba deux fois au sol. Ils le forcèrent à se relever à coups de pied. Cependant, il était heureux de recevoir ces coups. Ils lui enseignaient que ses bourreaux n'allaient pas le frapper à mort avec le bâton, le câble et la pelle.

Après cela, ils le firent mettre au garde-à-vous jusqu'à ce qu'un filet de musique résonne dans la nuit noire. Ils lui ordonnèrent alors d'entrer dans le bâtiment. Il s'écroula. Ils le halèrent à l'intérieur. Ses pieds laissèrent des traînées mouillées sur les planchers vernis. La chaleur du bâtiment lui dégela l'esprit. La musique gagna en intensité. Il la connaissait. Mozart. Forcément. Avec toutes ces notes. Des voix et des rires couvrirent la musique. Une odeur familière. Les bottes des gardes grondaient sur le plancher. Les pieds de Felsen renaissaient à une vie de douleur, mais il souriait. Il souriait parce qu'il savait maintenant ce qu'il avait suspecté plus tôt, dehors, dans la neige : il n'était pas à Sachsenhausen.

Ils arrivèrent devant une pièce où l'on apercevait fauteuils et tapis, journaux et cendriers – des marques de civilisation inimaginables après Prinz Albrechtstrasse. Les gardes le remirent sur ses pieds. L'un d'eux frappa à la porte puis ils le firent pénétrer à reculons dans la salle. Une femme eut un petit rire. Les conversations se turent ; on n'entendit plus que la musique.

— Le prisonnier apprécie-t-il la musique ? interrogea une voix.

Felsen déglutit avec difficulté. Ses jambes tremblaient. L'humiliation lui raidissait le cou.

— Je ne sais pas si je dois l'aimer, chef.

— Vous n'avez pas d'opinion ?

— Non, chef.

— C'est du Mozart. *Don Giovanni.* Interdit par le Parti. Savez-vous pourquoi ?

— Non, chef.

— Le livret a été écrit par un juif.

La musique s'interrompit.

— Maintenant, qu'avez-vous pensé de la musique ?

— Je ne l'ai pas aimée, chef.

— Pourquoi êtes-vous ici ?

— On m'a renvoyé sur les bancs de l'école, chef.

Dans ses chaussures définitivement endommagées, les pieds de Felsen, traversés par les pulsations répétées du sang, l'élançaient.

— Pourquoi êtes-vous ici ? demanda une autre voix.

Il réfléchit pendant une longue minute.

— Parce que j'ai de la chance aux cartes, chef.

Sa réponse eut pour effet de faire baisser d'un cran la tension dans la pièce, de telle sorte que la fille rit bêtement.

— Je vous demande pardon, chef, parce que je *triche* aux cartes.

— Prisonnier, tournez-vous, repos.

Au début, il ne vit pas qui était assis à la table. Ses yeux ruisselants enregistrèrent avant tout les énormes quantités de nourriture. Puis il distingua Wolff, Hanke, Fischer et Lehrer, deux autres hommes qu'il ne connaissait pas et une jeune femme qui fumait et dont le rouge à lèvres bavait.

Lehrer souriait. Les Brigadeführers étaient tous ravis. Fischer éclata de rire le premier. Il en martelait le sol de ses bottes. Tous cédèrent à l'hilarité, frappant du poing sur la table, y compris la fille qui ne savait pas pourquoi elle riait.

— Le prisonnier a-t-il l'autorisation de rire ? demanda Hanke.

Ils s'esclaffèrent de nouveau.

— Prisonnier Felsen. Riez ! cria Fischer.

Felsen sourit et commença à cligner des yeux, faisant naître le rire du soulagement. Ses épaules commencèrent à tressaillir, son estomac palpita et il rit, il rit à ne plus pouvoir s'arrêter, rit jusqu'au seuil du haut-le-cœur. Un rire qui contraignit les officiers SS au silence.

— Le prisonnier va s'arrêter de rire maintenant, ordonna Lehrer.

La bouche de Felsen se referma brutalement. Il adopta à nouveau la position « repos ».

— Il y a des vêtements pour vous, là-bas. Changez-vous.

Felsen entra dans les cuisines, se déshabilla et enfila un costume sombre beaucoup trop grand pour lui. Il revint à la table.

— Mangez, commanda Lehrer.

Il dévasta ce qui se trouvait à proximité immédiate avec plus d'application qu'une armée battant en retraite. Les officiers discutaient entre eux, à l'exception de Lehrer.

— N'allez pas penser que je suis mauvais perdant, dit-il.

— Je ne le pense pas, Herr Gruppenführer.

— Que pensez-vous, alors ?

— Je pense que vous êtes ce que votre nom de famille indique... un professeur, Herr Gruppenführer.

— Et qu'avez-vous appris ?

— L'obéissance, Herr Gruppenführer.

— Nous avons un certain nombre de raisons pour vous attribuer ce poste dont vous ne voulez pas. Vous êtes capable d'organiser. Vous êtes impitoyable et agressif. Mais vous ne devez pas manifester d'insubordination, Felsen. Dans votre métier, vous pourriez perdre une heure de production parce que quelqu'un n'a pas suivi vos ordres. Dans le métier des armes, cela pourrait se solder par un millier de vies, ou davantage. Il n'y a pas de place pour les non-conformistes. La clé de la réussite, c'est le contrôle. Et c'est moi qui contrôle.

Il fit tourner le cognac dans son verre :

— Alors, pourquoi ne voulez-vous pas de ce poste ?

— Je ne veux pas quitter Berlin, Herr Gruppenführer. J'ai une usine à diriger.

— Au moins, ce n'est pas à cause d'une femme.

— Je fabrique des produits de qualité et je témoigne ma reconnaissance.

— Ne détournez pas la conversation. Qu'est-ce qu'un Souabe comme vous peut trouver à Berlin, à l'exception de votre usine ? Nous ne parlons pas de Paris ou de Rome. Berlin n'est pas une ville dont on peut tomber amoureux. Pas comme Nuremberg, ma ville à moi. Et les Berlinois ?... Seigneur ! Ils s'imaginent que le monde a le devoir de subvenir à leurs besoins.

— Peut-être que j'apprécie leur sens de l'humour.

— Vous avez toujours eu une prédilection pour le sarcasme, vous autres Souabes.

— Je ne vois pas ce que vous entendez par là, Herr Gruppenführer, répliqua Felsen, piqué au vif.

— Écrasé par un cochon. D'où avez-vous sorti ça ?

Felsen ne réagit pas.

— Vous vous imaginez que je ne suis pas au courant, pour votre père ?

— Dans ce cas, vous avez deux exemples d'humour souabe.

— Cela m'a posé un problème. Hanke en a conclu que vous n'aviez pas le profil psychologique souhaité.

— J'aurais dû davantage orienter mes efforts sur lui, alors.

Lehrer se pencha au-dessus de la table, le visage empourpré par le vin, l'haleine rendue aigre par les relents de cigare.

— Ce travail est une grande chance pour vous... une grande chance... Vous m'en remercierez. Je sais que vous m'en remercierez.

— Alors pourquoi ne m'en parlez-vous pas, Herr Gruppenführer ?

— Pas encore. Demain. Vous viendrez à Lichterfelde. Je vous ferai prêter serment d'abord.

— Dans les SS ?

— Bien sûr, confirma Lehrer avant de remarquer les traits

figés de Felsen. Ne vous inquiétez pas, c'est à l'Ouest que vous partez, pas à l'Est.

Ils reprirent la route de Berlin, au nord, en roulant lentement dans la neige fraîche. L'odeur familière que Felsen avait sentie un peu plus tôt était celle de la caserne de Lichterfelde. Les rares fois où un véhicule passait dans la direction opposée, il distinguait les ombres des officiers, dans la voiture de devant, qui se repassaient la fille. Lehrer se taisait. Il cessa de neiger. Ils entrèrent dans Berlin à vitesse réduite et la première voiture s'écarta en direction du Tiergarten et de Moabit. Lehrer ordonna au chauffeur d'effectuer un petit tour de la ville. Felsen avait le regard braqué sur les ténèbres, les parcs noirs, les tours de défense antiaérienne, les habitations sans lumière, la gare Anhalter, silencieuse.

— Il est dans la nature de la guerre qu'il se passe des choses, déclara Lehrer. Il s'en passe davantage qu'en temps de paix. À cet égard, c'est la période la plus excitante dans la vie d'un homme. Un jour, vous dirigez une usine, vous gagnez plus d'argent que vous n'auriez jamais pu en rêver quand vous étiez fermier souabe. Vous dansez avec les filles du Fer à Cheval Doré, vous assistez aux spectacles du Frasquita, vous arpentez la Kufu avec tous les autres salopards qui ont du fric plein les poches. Et l'instant suivant...

— ... je suis dans Prinz Albrechtstrasse.

— Un régime neuf et radical doit se protéger. La force par la peur.

— Et l'instant suivant... continuez.

— Adoptez une vision internationale. L'Allemagne n'est plus uniquement l'Allemagne. L'Allemagne, c'est l'Europe tout entière. Une puissance mondiale. Politique et économique. Ne vous contentez pas d'avoir une vue étroite.

— C'est ma mentalité paysanne. Ma manière de m'y prendre pour gagner de l'argent.

— C'est bien, mais examinez également le schéma d'ensemble. Le Reichsführer Himmler veut que les SS constituent une force économique de droit au sein du Reich allemand. Réfléchissez-y.

La voiture finit par tourner dans la Nürnbergerstrasse et se gara devant l'appartement de Felsen. Ce dernier grimpa les deux volées de marches et trouva sa porte réparée. Il entra dans l'appartement, alluma une de ses cigarettes. Regarda derrière le rideau du black-out pour constater que la voiture était repartie. Enfila un manteau, posa un chapeau sur sa tête et sortit dans la nuit.

Felsen s'engagea dans l'étroite ruelle, sur le côté de l'immeuble où habitait Eva. Les monticules de terre et de décombres extraits de la cave étaient couverts d'une épaisse couche de neige. La porte fermée à clef. Il cogna du poing, grimpa sur l'un des tas pour voir s'il y avait des rais de lumière au pourtour des fenêtres. Il hurla le nom d'Eva. Au bout de quelques instants, une fenêtre s'ouvrit et quelqu'un lui cria de cesser ses braillements d'ivrogne.

Il rentra chez lui, s'immergea dans un bain avant de se mettre au lit. Il était deux heures trente du matin. Il appellerait Eva le lendemain, songea-t-il au moment où il glissait dans sa première heure de sommeil. Il se réveilla à quatre reprises, chaque fois avec un sentiment d'urgence et un craquement dans la tête comme s'il venait d'être frappé par une brique. Il avait dans les narines une odeur de merde et les dernières images de son rêve persistaient : la blancheur du terrain de manœuvres de plus en plus vaste qui s'étirait à l'infini. Après cela, il fut obligé d'allumer.

3.

26 février 1941, caserne des SS, Unter den Eichen, Berlin-Lichterfelde

Assis dans le couloir verni, devant le bureau de Lehrer, Felsen observait deux soldats en tricot de corps et pantalon de corvée qui nettoyaient les angles avec des brosses trop petites. Deux fois, au cours des quinze dernières minutes, un sergent était venu leur botter les fesses et saluer Felsen, mal à l'aise dans l'uniforme de SS-Hauptsturmführer.

Un officier d'ordonnance sortit de la pièce et lui fit signe d'entrer. Felsen salua le Gruppenführer. D'un hochement de tête, Lehrer lui indiqua une chaise à dos droit de l'autre côté d'une table de travail tapissée de cuir noir. Felsen sortit ses cigarettes et en glissa une entre ses lèvres. Lehrer lui rappela qu'une permission était requise pour fumer en présence d'un officier supérieur.

— Vous vous y habituerez, affirma-t-il. Vous en arriverez même à apprécier.

— Je ne vois pas comment.

Lehrer fixa sur lui le regard menaçant de sa pleine autorité.

— Le fardeau le plus lourd, le *vrai* fardeau, est celui de la responsabilité. C'est le joug de fonte que je porte, moi, sur *mes* épaules. *Vos* actions constituent un poids supplémentaire. Vous, en revanche, profitez de la légèreté de celui qui ne porte pas d'entraves.

— Qui obéit aux ordres.

— Vous vous rendrez compte que vous disposerez d'une plus grande autonomie que la plupart.

— Maintenant que je suis membre adhérent des SS...

— Ce qui ne représente que un mark par mois, prélevé sur votre salaire, le tout intégralement reversé au *Spargemeinschaft-SS* afin que vous puissiez bénéficier de prêts à taux zéro...

— Un mark par mois n'est pas un problème. À quoi suis-je payé ? Puis-je le savoir, maintenant ?

— Il n'entrait pas dans mes intentions de vous ennuyer, Hauptsturmführer Felsen, je voulais seulement vous donner un exemple pratique de ce dont je vous ai parlé... ce que j'ai mentionné dans la voiture, la nuit dernière.

— Les SS en tant que pouvoir économique au sein du nouveau Reich allemand, s'étendant du cap nord de la Scandinavie aux Pyrénées, et du bout du Finistère jusqu'à Lublin.

— N'oubliez pas la Grande-Bretagne, la péninsule Ibérique, l'Ukraine, les États de la mer Noire, etc. Le schéma d'ensemble, vous vous souvenez ?

— Je me contenterai d'un croquis rapide dans l'immédiat. Le cerveau paysan, Herr Gruppenführer.

— Vous n'ignorez certainement pas que les SS dirigent différentes entreprises.

— Je n'ai fait que fournir des attelages aux chemins de fer, qui sont largement utilisés par les SS, mais je ne connais pas grand-chose de leurs autres intérêts industriels.

— Nous possédons des briqueteries, des carrières, des ateliers de poterie, des fabriques de ciment, des usines de matériaux de construction, de boissons non alcoolisées, de conditionnement de viande, des boulangeries et, bien sûr, des manufactures d'armes et de munitions – entre autres entreprises –, mais cela vous donne une idée.

— Je ne vois pas où peuvent s'exercer mes compétences, Herr Gruppenführer.

— Parlons munitions. Quelle différence y a-t-il entre cette guerre et la précédente ?

— C'est un conflit aérien, une guerre de bombardements aériens.

— Tout ce que les Berlinois voient, ce sont les raids de l'aviation, soupira Lehrer. Je vous parle de la guerre. De l'offensive.

— Il n'y a pas de fronts statiques. C'est une guerre de mouvement. Une *Blitzkrieg*.

— Exactement, une guerre de mouvement. Elle nécessite du matériel, des machines-outils, de l'artillerie. C'est également une guerre de tanks. Et les tanks sont blindés. Pour arrêter un tank, il faut perforer l'acier renforcé de son blindage. Cela exige ce que l'on appelle des munitions à noyau dur.

— Les coiffes des obus sont durcies à l'aide d'un alliage : du tungstène, je crois, de même que les machines-outils, le fût des canons et le blindage des tanks.

— Également connu sous le nom de wolfram. Savez-vous où on en trouve ?

— En Chine surtout, et en Russie. La Suède en a un peu, pas beaucoup, même si c'est à eux que l'on doit le mot tungstène, et...

Felsen ralentit son débit tandis que les rouages de son esprit s'enclenchaient.

— ... la péninsule Ibérique.

— Vous connaissez bien votre domaine.

— Wencdt m'a beaucoup appris.

— Wencdt ?

— Mon directeur général, un métallurgiste. Vous avez mentionné l'Ukraine et les États de la mer Noire, tout à l'heure.

Lehrer s'appuya au dossier de son siège, joignit les doigts et suçota ses lèvres.

— Ah... le schéma d'ensemble ! s'exclama-t-il.

— J'avais l'impression que nous avions signé un pacte de non-agression avec Staline en 1939. Je ne vous demande pas de me confirmer que ce pacte sera rompu, mais il n'a pas échappé à l'attention des Berlinois que les usines produisent des quantités massives de matériel et que l'ensemble est acheminé dans une seule direction.

— Espérons que Staline ne possède pas la perspicacité des Berlinois.

— Il lui suffirait de déambuler du côté des *Bierstuben* et *Kneipen* de Kreuzberg et Neukölln, d'offrir quelques bières, et il obtiendrait tous les renseignements militaires voulus.

— Une perspective inquiétante, commenta Lehrer, qui paraissait ne s'en soucier aucunement. Continuez, Herr Hauptsturmführer, vous vous en tirez très bien.

— Le wolfram que nous faisons venir de Chine... transite-t-il par la Russie ?

— Exact.

— Et quand nous violerons le pacte de non-agression, nous nous couperons du plus gros producteur de tungstène au monde.

— Vous comprenez maintenant pourquoi je voulais vous voir porter l'uniforme avant de vous parler de ce travail.

Felsen eut un hochement de tête à destination de Lehrer.

— Susana Lopes. Vous voulez que je me serve du portugais qu'elle m'a enseigné pour acheter du tungstène.

— Le Portugal possède les plus importantes réserves européennes, mais vous n'avez pas obtenu ce poste pour la seule et unique raison que vous parlez cette langue.

— Qu'est-ce qui n'allait pas, chez Koch ?

Lehrer eut un geste du bras comme pour écarter un pet nauséabond.

— Pas assez subtil. Cette tâche requiert du doigté, une compréhension des autres, cette sorte d'adresse dont on a besoin au jeu, vous savez, le génie du bluff, le don de la dissimulation. Des talents que vous maîtrisez et que nous avons déjà vu s'exprimer. En outre, il n'était pas ce que Susana aurait appelé *simpatico*, n'est-ce pas ?

— Est-ce pour les SS que j'achète le tungstène ?

— Non, non, vous l'achetez pour l'Allemagne. Mais la Commission spéciale aux armements est placée sous la direction du Dr Walter Scheiber qui, hormis le fait d'être un grand chimiste, est un vieux membre du Parti et un authentique SS. De la sorte, le Reichsführer Himmler veut s'assurer que le mérite de cette campagne reviendra aux SS *et que*, en retour, nous recevrons une part plus importante de la production des munitions. Ça n'a rien à voir avec vous. Votre tâche consiste à faire main basse sur chaque kilo de wolfram dont l'exploitation n'est pas cédée par contrat.

— *Cédée par contrat ?* Qu'est-ce qui est déjà sous contrat ?

— Beralt, la mine la plus importante, est britannique. Production : deux mille tonnes par an. Les Français possèdent celle de Borralha. Production : six cents tonnes. La CCRU, la Compagnie commerciale du Royaume-Uni, a signé un contrat avec Borralha l'an dernier, mais par l'entremise du gouvernement de Vichy nous avons réussi à empêcher qu'il soit honoré. Nous contrôlons une petite mine appelée Silvicola, d'une production maximale de quelques centaines de tonnes. Le reste est sur le marché ouvert.

— Et combien nous en faut-il ?

— Trois mille tonnes pour l'année en cours.

Une pendule émit son tic-tac derrière la tête de Felsen. Sur le toit, un déplacement de la masse neigeuse provoqua une petite avalanche devant la fenêtre.

— Puis-je fumer, maintenant, Herr Gruppenführer ?

Lehrer hocha la tête.

— Vous ne venez pas de m'expliquer que la plus grosse mine produisait deux mille tonnes par an ?

— Si. Et ce n'est pas le moindre de vos problèmes. La CCRU va lancer des offensives d'achat par préemption. Vous devrez diriger des masses importantes de travailleurs « libres » en même temps que vos propres hommes et tous les agents portugais associés à l'opération. Il vous faudra assurer la sécurité des stocks, organiser les transports. Il faudra que vous vous montriez... comment puis-je exprimer cela... non-conformiste dans vos méthodes.

— Contrebande ?

Lehrer étira au-dessus de son col un cou qui engraissait.

— Vous aurez besoin de renseignements sur les options choisies par vos concurrents. Il faudra que vous renforciez la détermination de votre force de travail, que vous gardiez vos agents étrangers sous contrôle.

— Et le Führer portugais, le docteur Salazar, comment est-ce qu'il... ?

— Il se livre à un exercice de funambule. Idéologiquement, il est sûr, mais il existe un long passé de coopération avec les Britanniques que ces derniers ne manquent jamais d'invoquer. Il va se retrouver écartelé, mais nous emporterons le morceau.

— Et quand est-ce que je pars pour le Portugal ?

— Vous ne partez pas, pas encore. La Suisse d'abord. Cet après-midi.

— Cet après-midi ? Et mon usine ? Je n'ai strictement rien organisé, bon sang ! C'est totalement impossible, hors de question.

— Ce sont des ordres, Herr Hauptsturmführer, trancha Lehrer d'un ton glacial. Aucun ordre n'est impossible. Une voiture passera vous chercher à une heure de l'après-midi. Vous n'aurez pas de retard.

À treize heures précises, Felsen se trouvait devant son immeuble. Il était en uniforme mais portait un de ses manteaux personnels par-dessus, et il observait d'un regard mécontent un employé en salopette qui collait une immense affiche rouge et noir sur le mur de la pharmacie d'en face. Elle proclamait : « Führer, nous te remercions. »

Toute la matinée, il avait téléphoné à Eva sans obtenir de réponse. À la fin, après avoir préparé ses bagages et fini d'organiser les choses avec Wencdt, il s'était rendu en courant à son appartement, avait cogné contre la porte et crié devant ses fenêtres jusqu'à ce que le même homme qui lui avait dit de la fermer la nuit précédente passe la tête à l'extérieur pour recommencer. Il s'était tu brusquement en apercevant l'uniforme sous le manteau et était devenu excessivement poli. Il lui avait appris, dans un allemand d'une suavité poisseuse, qu'Eva Brücke était partie, qu'il l'avait vue, Herr Hauptsturmführer, monter dans un taxi hier matin avec des valises.

Une vieille femme qui progressait péniblement sur le trottoir verglacé de la Nürnbergerstrasse arriva à la hauteur de Felsen, blotti dans son manteau, et remarqua l'affiche ainsi que l'expression écœurée qu'il arborait. Elle jeta un coup d'œil, un *BerlinerBlick*, d'un côté puis de l'autre de la rue et pointa sa canne sur la pharmacie.

— Pour quoi il faudrait qu'on le remercie, *lui* ?

Elle souligna d'une main couverte d'un gant bordé de fourrure les nuages de buée qui scandaient chacun de ses mots.

— Pour le grain de café national-socialiste ? Comment cuire des gâteaux sans œufs ? La seule chose qui mérite nos remerciements, c'est que le *Völkischer Beobachter* est plus doux que le papier toilette national-socialiste.

Elle s'interrompit comme si elle avait reçu un coup de poignard en pleine gorge. Le manteau de Felsen s'était écarté et elle avait vu l'uniforme noir. Elle prit la fuite. Les pieds tout à coup devenus aussi sûrs que ceux d'un patineur de vitesse sur la plaque de glace du trottoir.

Lehrer arriva dans une Mercedes avec chauffeur. Celui-ci rangea les bagages dans le coffre. Ils dépassèrent la vieille femme qui trottinait. Elle n'avait pas encore réussi à atteindre la Hohenzollerndamm. Felsen mentionna l'épisode.

— Elle a de la chance de ne pas être tombée sur quelqu'un de plus sévère, répondit Lehrer en claquant ses mains gantées l'une contre l'autre. Peut-être auriez-*vous* dû faire preuve d'une plus grande sévérité. Vous ne pourrez vous en passer.

— Pas avec les vieilles dames que je vois dans la rue, Herr Gruppenführer.

— La sévérité sélective affaiblit l'édifice global, répliqua

Lehrer avant d'essuyer sa vitre avec la face dorsale d'un gros index noir.

Ils sortirent de Berlin par le sud-ouest en direction de Leipzig, puis traversèrent la campagne blanche vers Weimar, Eisenach et Francfort. Durant tout le trajet, Lehrer travailla sur les documents qu'il sortait de sa mallette, les lisant et rédigeant des notes d'une écriture en pattes de mouche illisible. Felsen pensait à Eva sans parvenir à relever le moindre changement dans leur relation : les longues nuits passées à boire, à rire et à écouter du jazz, les périodes d'intense activité sexuelle au cours desquelles elle ne semblait jamais se rassasier de le serrer dans ses bras, les terribles disputes qu'il déclenchait parce qu'il voulait l'avoir toute à lui et qu'elle le lui refusait, et qui ne se terminaient que lorsqu'elle lui jetait des objets à la tête, ses chaussures en général, jamais la porcelaine à moins qu'ils ne soient chez lui et qu'il y ait du Meissen à portée de la main.

Il n'y avait rien... à l'exception de cette histoire des jeunes filles juives. Pendant des jours, après qu'elle eut appris ce qui leur était arrivé, elle avait été comme l'unique survivante d'un immeuble touché de plein fouet par une bombe : hâve, absente, frémissante de peur. Mais cela lui était passé et, de toute façon, cette affaire n'avait rien à voir avec lui, avec eux deux. Il jeta un coup d'œil sur Lehrer qui fredonnait, le regard fixé sur la fenêtre.

Au moment où la lumière commençait à décliner, ils arrivèrent à une *Gasthaus*, de l'autre côté de Karlsruhe. Felsen s'étendit dans sa chambre pendant que Lehrer annexait le bureau du directeur et utilisait le téléphone. Au dîner, ils furent seuls, mais Lehrer demeura distrait jusqu'à ce qu'il reçoive un appel. Il revint d'humeur expansive et commanda du cognac en exigeant d'être servi devant le feu.

— Et du café ! rugit-il. Du vrai, pas la sueur de nègre habituelle.

Il se frotta les cuisses et se chauffa l'arrière-train. Étudia le décor comme s'il y avait bien trop longtemps qu'il n'était pas venu dans une auberge de campagne toute simple.

— Je ne vous ai jamais vu au Rote Katze, remarqua Felsen, s'aventurant sur un terrain non balisé.

— Moi, je vous y ai vu.

— Vous connaissez Eva depuis longtemps ?

— Pourquoi cette question ?

— Je me demandais seulement comment vous vous y étiez pris pour tout savoir de mes anciennes maîtresses. C'est elle qui me les a toutes présentées... y compris la joueuse de poker.

— Laquelle était-ce ?

— Sally Parker.

— Elle ne m'a pas parlé d'elle.

— Autrement, vous ne m'auriez pas proposé de jouer.

— C'est vrai... Je connais Eva depuis pas mal de temps. Depuis l'époque où elle avait son premier club. Où était-il, déjà, Der Blaue Affe ?

— Je n'en ai jamais entendu parler.

— Ça remonte aux années vingt, à l'époque de ses débuts.

Felsen secoua la tête.

— Votre nom a été mentionné. Je vous ai reconnu. J'ai demandé des informations à Eva, qui m'a dit le plus grand bien de vous en sachant pertinemment que ce n'était pas ce que je voulais. Après, bien sûr, elle a fait preuve de la plus grande discrétion, mais je suis SS-Gruppenführer, et voilà.

Il prit son cognac sur le plateau, commença une phrase :

— Vous ne...

— Quoi ?

— Fräulein Brücke n'était pas l'une des raisons pour lesquelles vous ne vouliez pas quitter Berlin, n'est-ce pas ?

— Non, non, répondit Felsen en s'en voulant de sa précipitation.

— Ce que je voulais dire...

Dans l'âtre, le bois émit un sifflement. Lehrer croisa les mains dans son dos afin de les réchauffer.

— Que vouliez-vous dire, Herr Gruppenführer ?

— Vous savez, les clubs de Berlin... les femmes... ce n'est pas...

— Elle n'était pas entraîneuse, objecta Felsen en réprimant sa colère.

— Non, non, je le sais, mais... c'est la culture. Elle n'incite pas à la...

Il attendit pour voir si Felsen allait compléter ses paroles à sa place et en révéler ainsi un peu plus sur lui-même, mais en vain.

— ... stabilité. Très artistique. Très libre. Très facile. Les attachements de longue durée sont rares dans une culture de la nuit.

— Le plus célèbre de tous les rassemblements du Parti ne s'est-il pas déroulé la nuit ?

— *Touché*[1], s'écria Lehrer en se jetant dans un fauteuil, mais c'était uniquement pour que l'on ne puisse pas fixer sur la pellicule ces gros cons de l'*Amtswalter* et donner du Parti l'image d'un troupeau de porcs bavarois. Et si je peux me permettre de vous le rappeler, Herr Hauptsturmführer, une trop grande liberté de langage ne constitue pas une attitude acceptable chez un national-socialiste.

Ils se couchèrent peu après. Felsen se sentait manipulé et en éprouvait un certain malaise. Il s'allongea sur son lit à une place et, le regard rivé au plafond tandis qu'il fumait, il tourna et retourna dans sa tête la façon dont Eva s'était débarrassée de lui, l'habileté avec laquelle elle avait monté son coup et l'avait mené à bien.

— Ah, tant pis, une de perdue, dix de retrouvées ! s'exclama-t-il en écrasant sa dernière cigarette dans le cendrier posé sur son torse.

Il lui fallut deux heures pour s'endormir. Il ne parvenait pas à libérer son esprit d'une image et d'une pensée. La vue des pieds et des chevilles nus de son père qui oscillaient à peine, à hauteur de regard, et pourquoi donc avait-il retiré ses chaussures et ses chaussettes ?

27 février 1941

Ils revêtirent un costume pour le petit déjeuner. Celui de Lehrer, à veste droite, était en laine épaisse, bleu foncé, chaud. Felsen se trouvait un peu voyant avec le sien, veste croisée et coupe parisienne, couleur chocolat amer, associé à une cravate d'un rouge fâcheux.

— Cher ? s'enquit Lehrer, la bouche pleine de pain noir et de jambon.

— Pas donné.

— Les banquiers n'accordent leur confiance qu'à ceux qui portent du bleu foncé.

— Les banquiers ?

— Les banquiers de Bâle. Qui pensiez-vous que nous

1. En français dans le texte. *(N.d.T.)*

allions voir en Suisse ? Le tungstène ne se règle pas avec des jetons de poker.

— Ni des Reichsmarks, apparemment.

— Exactement.

— Mais avec des francs suisses... des dollars...

— Le docteur Salazar a été professeur d'économie.

— Et ça lui donne le droit de se faire payer différemment des autres ?

— Non. Ça lui donne simplement le droit de penser qu'en temps de guerre il est préférable de posséder de fortes réserves d'or.

— Vous m'envoyez au Portugal avec une cargaison *d'or* ?

— Nous devons faire face à un problème nouveau. Les Américains nous font des difficultés avec les dollars. Nous devons donc payer en francs suisses. Nos fournisseurs portugais échangent nos francs suisses contre des escudos. Les francs suisses finissent leur chemin à la Banco de Portugal. Et quand cette dernière en a accumulé assez, elle s'en sert pour acheter de l'or à la Suisse.

— Je ne vois pas où est le problème.

— Les Suisses n'aiment pas ça. Ils craignent de perdre le contrôle de leurs réserves d'or. Par conséquent, nous nous livrons à une expérience.

— Comment transférons-nous cet or ?

— Dans des camions.

— Quel genre de camions ?

— Des camions suisses. Des soldats armés vous accompagneront pendant tout le trajet. Cela a exigé de l'organisation, je peux vous le certifier. Vous ne pensez pas qu'avoir la tête plongée dans ma mallette à longueur de journée m'amuse, si ?

— Je n'imaginais pas que l'or était déplacé physiquement d'un endroit à un autre. Je pensais qu'il était représenté par les papiers qu'établissent les banques nationales.

— Peut-être le docteur Salazar aime-t-il être... physiquement... assis sur son tas d'or.

Lehrer poursuivit sa réflexion, mais n'ajouta rien.

— À qui appartient-il ?

— Je ne saisis pas le sens de votre question.

— L'or allemand ne devrait-il pas être détenu par la Reichsbank ?

— Vous me posez une question à laquelle je ne peux pas...

je ne dispose pas de l'information pour vous répondre... ni n'ai l'autorité nécessaire. Je ne suis que SS-Gruppenführer.

À onze heures, ils s'étaient garés devant un immeuble anonyme du quartier des affaires, à Bâle. Rien, ni à l'intérieur ni à l'extérieur, n'indiquait ce qu'on y faisait. Une jolie femme d'une trentaine d'années était assise à un bureau sur lequel reposait un unique téléphone. Un grand escalier de marbre s'élevait en spirale derrière elle. Lehrer lui parla à voix basse. Felsen n'entendit qu'un seul mot : « Puhl. » La femme décrocha le téléphone, composa un numéro, prononça quelques mots. Elle se leva et s'élança dans l'escalier sur des jambes vigoureuses. Lehrer intima du geste à son compagnon d'attendre sur place pendant que lui-même suivait les jambes. Felsen s'installa dans un fauteuil en cuir solidement rembourré. La femme revint s'asseoir à son bureau sans lui octroyer un regard. Elle croisa les mains et attendit le prochain moment marquant de sa journée. Il fallut à Felsen une demi-heure et plusieurs mètres cubes de charme pour découvrir qu'il se trouvait dans le hall d'entrée de la Banque Internationale de Règlements. Ce nom ne lui apprit rien.

À treize heures, ils étaient attablés dans un restaurant appelé Bruderholz. Seuls d'autres hommes en costume sombre déjeunaient là, à des tables largement espacées les unes des autres. Il y avait quatre *petits poussins*[1] entre Felsen et Lehrer, et une assiette plate de pommes de terre *boulangère*[1]. Lehrer tenait un verre de gewurztraminer dont il faisait rouler le pied entre le pouce et l'index.

— C'est agréable de revoir l'Alsace dans le giron de l'Allemagne, vous ne trouvez pas ? Une région magnifique, des vins magnifiques. La viande de *poussin*[1] va être un peu délicate en comparaison, nous aurions dû commander de l'oie ou du porc, une chère alsacienne copieuse, mais je ne peux pas manger trop gras, vous savez... Cependant, les fruits de l'été en plein cœur de l'hiver... À votre santé.

— Votre entretien a-t-il été couronné de succès, Herr Gruppenführer ?

— Que pensez-vous du gewurztraminer ?

— Corsé.

1. En français dans le texte. *(N.d.T.)*

— Je suis sûr que vous pouvez trouver mieux. On m'a dit que vous saviez apprécier les bonnes choses de la vie.

— Généreux de corps et fruité, mais limpide et sec. Arôme relevé de tête en pied, sans faiblesse, ample comme une croisière à travers l'Atlantique.

Lehrer éclata de rire.

— D'où sortez-vous tout ça ?

— Ce n'est pas vrai ?

— C'est vrai... mais ni aussi ennuyeux, ni aussi dangereux qu'une croisière à travers l'Atlantique. Je pense qu'une divine *brioche*[1] s'impose après cela.

Ils mangèrent les *poussins* et burent deux bouteilles de gewurztraminer. Le restaurant se vida. Ils dégustèrent la *brioche*[1] avec une demi-bouteille de sauternes. Commandèrent du café et du cognac et restèrent assis dans la lumière déclinante de l'après-midi avec des cigares au bout desquels poussaient des centimètres de cendres en accordéon. Le personnel les laissa avec la bouteille et se retira. Ils étaient tous deux parfaitement détendus. Le bras de Lehrer tenant le cigare était posé en équilibre sur le dossier de sa chaise, les jambes de Felsen largement écartées, ses chaussures reposant de part et d'autre des pieds de la table. Lehrer pointa sur Felsen son cigare dont la cendre était toujours intacte.

— Tout homme, pontifia-t-il, doit mener seul ses réflexions importantes.

— Et quel est le sujet de ces réflexions importantes ? demanda Felsen en se léchant les lèvres.

— L'endroit où il souhaite se trouver... dans le futur. En chemin il doit réunir les renseignements dont il a besoin, il peut demander l'opinion de tiers, mais au moment où il détermine la place qu'il veut occuper dans le monde, la réflexion est personnelle, secrète... S'il veut devenir un homme qui compte, alors il doit mener cette réflexion absolument seul.

— Est-ce là le début d'un essai intitulé « Comment devenir SS-Gruppenführer » ?

Lehrer agita son cigare d'un geste négatif.

— Ce n'est que la fonction que j'occupe. Un insigne marquant l'efficacité de ma manière de penser, mais ce n'est pas le but ultime. Un petit exemple. L'autre nuit, vous avez

1. En français dans le texte. *(N.d.T.)*

gagné la partie de poker parce que votre but ultime était plus vaste que le mien. L'officier d'ordonnance vous a conseillé de perdre parce que j'aime gagner. Vous vouliez rester à Berlin... donc vous gagnez. Mes renseignements, ainsi que vous me l'avez indiqué hier soir, n'étaient pas suffisamment pertinents pour m'autoriser à jouer avec vous.

— Mais vous avez *tout de même* gagné. Je suis là. Vous avez perdu un peu d'argent, c'est tout.

Lehrer eut un large sourire. Ses yeux brillaient parce qu'il avait bu, qu'il s'amusait et triomphait.

— Peut-être vous interrogez-vous, en ce moment même, sur la raison pour laquelle vous possédez une telle importance pour moi. Inutile. Mon but ultime ne doit vous inquiéter en rien.

Si ce n'est qu'il me concerne, pensa Felsen, qui se contenta de dire :

— Peut-être devrais-je en avoir un, moi aussi.

Lehrer haussa ses massives épaules.

— C'est exactement ce que je cherche à démontrer.

— Cette campagne de Russie... commença Felsen, mais Lehrer leva la main.

— Vous obtiendrez vos renseignements progressivement. Laissez-moi d'abord vous poser une question. Que s'est-il passé dans le ciel au-dessus de l'Angleterre, l'été dernier ?

— Je ne suis pas certain que nous puissions lire la vérité dans le *Beobachter* ni dans le *12-Uhr Blatt.*

— La vérité, poursuivit Lehrer en se penchant et en chuchotant dans son cognac, c'est que nous avons *perdu* une grande bataille aérienne. Goering vous soutiendra le contraire. Goering *m'a soutenu* le contraire, mais nous savons tous à quel point *il* garde ses distances avec la réalité...

— Je vous demande pardon, Herr Gruppenführer ?

Lehrer se redressa en rotant.

— Rien. La perte d'une grande bataille aérienne. Qu'est-ce que cela vous inspire ?

— Mais à Berlin, nous n'avons pas été bombardés depuis presque deux mois.

— Les Berlinois ! s'exclama Lehrer d'un ton de désespoir. Même les nouveaux Berlinois ! Bon sang, mon vieux, croyez-moi, nous l'avons perdue. Allez, je vous écoute, expliquez-moi ce que cela vous inspire.

— Si c'est vrai, cela signifie que nous sommes exposés.

— À l'ouest et dans le ciel.

— Donc, si nous attaquons à l'est...

— Ça suffit. Je pense que vous avez compris quelque chose.

— L'Angleterre ne représente pas une menace, avec la Manche qui nous sépare, objecta Felsen.

— Je ne joue pas les défaitistes, non, non, non. Mais écoutez. Nous les avons laissés s'échapper à Dunkerque. Si nous les avions écrasés sur les plages, c'est à Londres que nous déjeunerions aujourd'hui et nous n'aurions aucun souci à nous faire. Pourtant les Anglais sont déterminés. Ils ont un ami de l'autre côté de l'Atlantique. La plus grande force économique du monde. Le Führer ne le croit pas, mais c'est vrai.

— Peut-être allons-nous tous unir nos forces pour anéantir les bolchevistes.

— C'est une analyse optimiste de la situation. En voici une autre.

Lehrer abaissa son verre et vissa son cigare entre ses dents. Il plaqua sa main gauche sur la table et déclara :

— Les États-Unis et l'Angleterre.

Il ôta son cigare, abattit sa main droite et articula :

— La Russie.

Il rapprocha ses deux mains au contact l'une de l'autre, conclut :

— Tout ce qui reste, c'est un petit bout de chair à saucisse au milieu.

— Complètement, absolument irréaliste ! protesta Felsen. Vous oubliez...

Lehrer s'esclaffa.

— C'est le problème, avec les renseignements. Ils ne correspondent pas toujours à ce que l'on souhaite entendre.

— Mais y croyez-vous, vous, *personnellement* ?

— Bien sûr que non. Ce n'est qu'une pensée. Ne vous tracassez pas pour ça. Nous allons gagner la guerre et vous serez dans une position parfaite pour devenir l'un des hommes d'affaires les plus puissants de la péninsule Ibérique. À moins, bien sûr, que je me sois trompé sur votre compte et que vous soyez un complet crétin.

— Et si nous perdons – éventualité que vous venez de suggérer ?

— Si vous êtes à Berlin et si vous écoutez les Berlinois, vous finirez en confiture au fond d'un cratère de bombe. Mais là-bas, sur la façade du continent, vous serez loin du désastre...

— Dans ce cas, j'ai toutes les raisons de vous remercier de m'avoir imposé ce travail, Herr Gruppenführer.

Lehrer leva son verre.

— À la prospérité.

Ils avaient bu presque une demi-bouteille de cognac et, quand l'air frais du soir toucha le plus âgé des deux hommes, il s'en emplit les poumons, s'installa à reculons sur le siège arrière de la Mercedes et s'effondra, la tête sur la poitrine. Tandis qu'il écoutait le sifflement de l'air qui transitait par le nez de son compagnon, Felsen tenta de retrouver son chemin à travers le dédale de leur conversation. C'était comme de reconstruire un puzzle possédant trop de morceaux de ciel, et il ne fallut guère de temps pour que sa joue décalque l'empreinte des coutures, sur la garniture du siège.

Ils se réveillèrent au centre de Berne, sur la Bundesplatz. Lehrer était abruti, à la limite de la mauvaise humeur. Ils dépassèrent le bâtiment du Parlement et la Banque Nationale Suisse avant de quitter la place et de se ranger devant le Schweizerhof. Un portier et deux jeunes porteurs de bagages se précipitèrent vers la voiture.

Leurs chambres se trouvaient à deux étages différents et, pendant que l'ascenseur les emportait, Lehrer expliqua qu'il avait du travail et que Felsen disposait donc de sa soirée.

— Vous allez en avoir besoin pour lire tout ça, ajouta-t-il en tirant un classeur de sa mallette.

— Qu'est-ce que c'est ?

— Vos ordres. Je repars pour Berlin demain matin à la première heure. Vous aurez peut-être des questions à me poser. Préparez-les. Bonne nuit.

Felsen se fit couler un bain et parcourut ses instructions. La première lui intimait de se rendre à la Banque Nationale Suisse dès huit heures du matin. Il trempa longtemps dans l'eau mais continua de se sentir abruti à cause du déjeuner. Il se sécha, se rhabilla et sortit dans la température inférieure à zéro pour s'éclaircir les idées en marchant. Au bout de quelques minutes, il était gelé. Un bar proche de la gare ferroviaire lui donna une impression de chaleur et il vit qu'à l'intérieur se trouvait le chauffeur de Lehrer. Il commanda deux bières et s'approcha de lui.

— Je vous envie, dit-il tandis qu'ils entrechoquaient leurs verres. Vous serez de retour à Berlin demain soir.

— Pas vraiment.

— Vous avez toute la journée, et une fois que vous aurez atteint l'autoroute...

— Nous descendons d'abord à Gstaad pour quelques jours. Il aime l'air de la montagne et... d'autres choses.

— Ah oui ?

— Quand ils sont en déplacement, ils aiment toujours jouer... même Himmler, pourtant on n'imaginerait pas que quiconque ait envie de jouer avec lui.

Le chauffeur plongea le regard dans sa bière et ajouta :

— Le pouvoir, avec les femmes, ça marche, vous pouvez me croire.

Felsen finit son verre et rentra au Schweizerhof. Lehrer était toujours dans sa chambre. Felsen s'assit au bar jusqu'à ce qu'il le voie passer devant la réception et sortir dans la nuit. Il décida de rassembler ses propres renseignements, plutôt que de laisser Lehrer les lui servir par fragments, et lui emboîta le pas. Ils marchèrent par les rues de la vieille ville. Il y avait peu de monde dehors mais il était facile de suivre Lehrer sur les trottoirs sombres que dominaient les maisons de grès vert. Finalement, ce dernier tourna dans une rue et, quand Felsen en atteignit l'angle, il ne distingua plus rien hormis une seule enseigne allumée qui annonçait Ruthli en rouge. Il se sentit idiot. Cela n'avait pas de sens, que Lehrer ait une maîtresse à Berne. Cependant la curiosité le poussa.

Il entra dans le club, tendit son chapeau et son manteau, puis prit une table dans la pénombre. Un homme obèse aux cheveux noirs brillantinés jouait du piano tandis qu'une fille en longue perruque rouge se tenait sous un projecteur et chantait un air triste en alémanique. Il commanda un cognac. Il ne voyait pas Lehrer. Son cognac arriva et, quelques minutes plus tard, une fille s'assit près de lui. Ils parlèrent en français. Quand les yeux de Felsen se furent habitués à l'obscurité, il repéra Lehrer à une table voisine de la scène, assis en compagnie d'une femme que ses épaules massives dissimulaient.

Le club se remplit. La fille demanda à Felsen de lui offrir un verre. On le leur apporta dans un seau de glace. Elle était très jeune et trop maigre pour son goût. Elle se serra davantage en approchant son verre et lui vola une cigarette. La femme à la perruque rouge descendit de la scène avec sa chanson triste et son pianiste obèse. Un roulement de tambour s'ensuivit et des projecteurs s'allumèrent dans la salle, épinglant les spectateurs au moment où ils ne s'y attendaient pas. L'un d'eux éclaira la compagne de Lehrer en plein visage. Elle ferma les yeux pour se protéger et tourna la tête, mais pas assez vite. À sa vue, Felsen jaillit de son siège en renversant sur la table le verre de la fille maigre. Un coup de cymbales retentit. Les spectateurs se fondirent dans le noir. Les projecteurs s'immobilisèrent sur un rideau rouge qui se divisa pour dévoiler un homme en chapeau haut de forme et queue-de-pie. Mais Felsen ne pouvait se méprendre sur ce qu'il avait vu. Le visage blanc, éclairé par le projecteur, était celui d'Eva Brücke.

4.

Vendredi 12 juin 199-, Paço de Arcos, près de Lisbonne

— Mesdames, messieurs, dit le maire de Paço de Arcos, je souhaite vous présenter l'inspecteur José Afonso Coelho.

La journée avait été chaude, avec un ciel d'un bleu parfait. Maintenant, le vent de l'océan agitait les peupliers et les poivriers des jardins publics d'une caresse douce et humide. Les murs du cinéma désaffecté, d'un rose fané, s'imbibaient de la lumière vespérale, une petite fille qui se balançait sur un dinosaure enjoué poussa un cri perçant, un personnage imposant fumait et buvait une bière au goulot, des femmes échangeaient des bises pour se dire bonjour, leurs robes ondulant dans la fraîcheur du soir. L'air était imprégné d'une odeur de sardines. Un bureaucrate tenait un micro.

— Zé Coelho, précisa le maire.

Il utilisait le nom sous lequel on me connaissait le mieux sans parvenir pour autant à susciter beaucoup d'intérêt dans la foule de la *festa de Santo António* où se trouvaient Olivia, ma fille de seize ans, ma sœur, mon beau-frère et quatre de leurs sept enfants.

Le maire poursuivit son discours, expliquant minutieusement ce dont il s'agissait, dans un portugais fleuri, devant une assemblée résolument inattentive composée pour l'essentiel de mes voisins, lesquels étaient largement informés des faits bruts que voici : ma femme était décédée un an plus tôt, j'avais pris du poids et, pour m'encourager à m'en débarrasser, ma fille avait organisé cette fête de bienfaisance avec promesse financière correspondant à chaque kilo perdu. Si je dépassais d'un seul gramme les quatre-vingts kilos, je devais subir le rasage intégral d'une barbe vieille de vingt ans, magnifique et impeccablement taillée, sous les yeux de la populace.

Olivia m'adressa un signe de la main, mon beau-frère leva le pouce. Ce matin-là, j'avais accusé soixante-dix-huit kilos. Mon ventre n'avait pas été ni aussi plat ni aussi dur depuis mes dix-huit ans. Je parcourais deux cent cinquante kilomètres à vélo par semaine avec l'entraîneur de la police. J'avais en moi-même une confiance inébranlable... jusqu'au moment où le maire avait commencé à parler. Il y avait quelque chose de surfait dans l'insouciance affichée par la foule, un manque de sincérité dans l'encouragement lancé par mon beau-frère, et même dans le geste de ma fille.

Un homme gras, arborant moustache et calvitie avancée, portant blazer, pantalon gris et cravate voyante, arriva à la table d'Olivia. Il l'embrassa sur les deux joues. Une de mes nièces lui libéra une place et, après avoir serré la main de tous, il s'assit.

Un silence soudain se fit. Le maire était arrivé à la question de l'argent. L'argent méritait le respect.

— Deux millions, huit cent quarante-trois mille neuf cent quatre-vingts escudos.

L'assistance se leva comme un vol de pigeons. Cela, même moi j'étais bien obligé de le reconnaître, constitue une jolie somme pour dix-sept kilos de lard. Je levai la main et acceptai les vivats tel un monarque de retour au pays.

Les musiciens qui se tenaient sur l'estrade derrière moi coupèrent court à mon prestige en entonnant un petit air enjoué comme si j'étais le *toureiro* qui exécute une passe en tournant le dos au taureau. Un groupe de fillettes en costume traditionnel se lancèrent dans une danse incohérente et pachydermique. Deux pêcheurs du coin hissèrent une bascule sur la plate-forme. Les spectateurs abandonnèrent leurs sièges pour se précipiter vers l'estrade. Le gros homme qui s'était assis à côté de ma fille avait sorti son stylo et écrivait. Le maire repoussait les gens qui voulaient s'emparer du micro. Il l'avait caché sous son costume et les haut-parleurs reprenaient en de bruyantes explosions les frottements générés au niveau de son aisselle.

Mon médecin restaura le calme quand il grimpa sur le podium. Un pince-nez en équilibre au milieu du visage, il expliqua le règlement comme un oncologue auquel on aurait demandé d'établir un pronostic sans omettre aucun détail. Il présenta à la foule mon barbier qui s'était glissé derrière moi, en blouse, la paire de ciseaux à la main. J'enlevai mes chaussures et montai sur la balance. Le docteur positionna le contrepoids sur la marque correspondant à quatre-vingt et commença à faire décroître la charge en partant de quatre-vingt-neuf. La foule l'accompagnait de la voix. Je levai la tête, leur offris sans retenue l'effet de ma toute nouvelle prothèse dentaire, fermai les yeux et pensai : « Un *soufflé*, un *soufflé*, gonflé à l'hélium. »

À quatre-vingt-trois, j'entendis la foule hésiter. Je lévitais tel un brahmane. À quatre-vingt-deux, mes yeux s'ouvrirent d'un seul coup, la balance s'équilibra et, avec gravité, le médecin annonça une opération chirurgicale urgente. J'étais scandalisé. La foule poussait de grands cris.

Les deux pêcheurs me firent asseoir sur une chaise. Je me débattis. Les fillettes en costume traditionnel s'enfuirent. Avais-je mis trop d'ardeur à me défendre ? J'exprimai mon désaccord et me laissai attacher. Mon barbier passa son rasoir sur le cuir et m'observa sous ses paupières à demi fermées, tel un tueur désinvolte. Le maire hurla à s'en faire jaillir les yeux de la tête jusqu'au moment où il se rappela qu'il disposait d'un micro. Il fit avancer le gros homme chauve et moustachu qui s'était assis avec ma famille.

— Zé, je vous présente le *Senhor* Miguel da Costa Rodrigues, directeur de la Banco de Oceano e Rocha. Il a quelque chose à vous dire.

Le grain de la peau du *Senhor* Rodrigues indiquait clairement qu'en une heure il gagnait cinq fois mon salaire mensuel, même lorsqu'il mangeait du homard sur la plage.

— J'ai l'immense plaisir, au nom de la Banco de Oceano e Rocha, de faire l'offre suivante. Si l'inspecteur Coelho accepte la décision du docteur et se laisse raser la barbe, ce chèque établi pour un montant de trois millions d'escudos sera ajouté à la somme déjà promise à l'association caritative, permettant au don d'avoisiner les six millions d'escudos.

À en juger par la rumeur qui monta de la foule, on aurait pu croire que le Sporting venait de brandir la coupe d'Europe. C'était sans espoir. Seule la grâce pouvait me sauver. Quinze minutes plus tard, je ressemblais à cette chose étrange : un blaireau portugais.

Je fus quasiment porté jusqu'au bar A Bandeira Vermelha que tenait un vieil ami, António Borrego, qui se présentait comme le dernier communiste du Portugal. Le directeur de la banque fut également poussé à l'intérieur avec ma fille et le reste de ma famille. Jusqu'au maire qui, le micro toujours dans sa poche de poitrine, se fraya un chemin vers moi.

António aligna les bières dans des verres aux parois couvertes de givre. Il était de ces gens qui ont besoin de manger, de manger continuellement. Le genre de personne qui ne prendrait pas de poids si on lui posait un cochon sur les genoux. Il avait le ventre concave, blanc et velu, les yeux profondément enfoncés, les sourcils hirsutes et impossibles à discipliner. Ses avant-bras étaient aussi secs et poilus que ceux d'un singe. J'ignorais la moitié de son passé.

Olivia, le gros banquier et moi-même prîmes chacun une bière. António sortit son Polaroid pour immortaliser l'événement et l'afficher sur le mur qu'il consacrait aux bacchanales.

— Je ne vais pas te reconnaître, me dit-il. Il me faut un repère.

Je levai mon verre. Des larmes coulaient sur ses parois – la bière émotive.

— Pour mon premier verre depuis cent soixante-douze jours, je porte un toast à la santé et à la générosité du *Senhor* Miguel da Costa Rodrigues, représentant la Banco de Oceano e Rocha.

Olivia me raconta comment elle avait connu le banquier. Elle était dans la même classe que sa fille et taillait des vêtements pour la mère de son amie. Lui-même portait une de ses cravates. Il avait proposé de lui mettre le pied à l'étrier dans le milieu de la mode. Je lui répondis que je voulais qu'elle termine ses études. À Carcavelos, dans une école internationale aux tarifs exorbitants, payée par ses grands-parents anglais qui ne voulaient pas d'une petite-fille incapable de parler leur langue. Mon refus de saisir cette occasion arracha un soupir au banquier. Olivia affecta de bouder. Nous avions tous un rôle à jouer.

— Un toast, annonça le *Senhor* Rodrigues qui commençait à se prendre au jeu. À Olivia Coelho grâce à qui tout cela a été possible.

Nous vidâmes un autre verre et Olivia planta un O rouge sur ma nouvelle joue blanche.

— Une dernière chose, dis-je en m'adressant au bar bondé bruissant du chuintement des bières, qui a truqué la balance ?

Au terme de deux secondes d'un silence tendu à se rompre, je souris. Un verre se brisa sur le sol et le barbier entra avec un sac plastique qu'il me tendit.

— La récolte ! s'écria-t-il en soupesant le tout et en accompagnant son geste d'un bruit appréciateur des lèvres. Deux kilos de litière pour votre chat.

— Ne me dites pas ça maintenant.

— Ce qui devait peser aussi lourd, c'était ce qui vivait à l'intérieur, commenta le maire.

Nous le regardâmes tous. Il toucha son micro. António posa trois nouvelles bières sur le comptoir. Olivia et moi nous tournâmes l'un vers l'autre.

— Moi, je crois que c'était le poids du passé qui était emmêlé dedans, déclarai-je tranquillement à ma fille.

Les yeux momentanément embués, elle se lécha un doigt et effaça le rouge à lèvres sur ma joue.

— Tu as raison, approuva António qui avait surgi entre nous, l'histoire est un poids, un poids mort aussi... n'est-ce pas *Senhor* Rodrigues ?

Le *Senhor* Rodrigues, peu habitué aux boissons prolétariennes, rota en portant poliment la main devant sa bouche.

— L'histoire se répète, dit-il.

António lui-même rit, tel le communiste qui repère l'odeur de porc gras d'un capitaliste que l'on ferait rôtir, fût-ce au fin fond de l'Alentejo.

— Vous avez raison, reprit le patron du bar. L'histoire n'est un poids que pour ceux qui l'ont vécue. Pour la génération suivante, elle n'est pas plus lourde que quelques manuels scolaires et s'efface devant un verre de bière et le dernier CD sorti.

— Eh, António ! m'exclamai-je, sers-toi une bière aussi. Nous sommes vendredi soir, demain c'est ta fête, les pauvres de Paço de Arcos ont vu leurs ressources augmenter de presque six millions et je recommence à boire. La nouvelle histoire.

António sourit et déclara :

— À l'avenir.

Nous allâmes tous dîner ensemble ce soir-là, y compris le *Senhor* Rodrigues qui ne devait pas être habitué aux tables et aux chaises en fer mais qui apprécia la nourriture. C'était le repas que mon estomac avait réclamé pendant six mois. *Ameijoas à Bulhão Pato,* palourdes au vin blanc, à l'ail et à la coriandre fraîche, *robalo grelhado,* bar grillé pêché au large des falaises de Cabo da Roca le matin même, *borrego assado,* agneau de l'Alentejo cuit au point qu'il fondait dans la bouche. Vin rouge de Borba. Café corsé comme un baiser de mulâtresse. Et pour finir, *aguardente amarela,* l'eau-de-vie jaune, très forte.

Le *Senhor* Rodrigues rentra chez lui à Cascais au moment de l'*aguardente.* Peu après, Olivia partit pour une boîte de nuit de la même ville avec un groupe d'amis à elle. Je lui tendis de l'argent afin qu'elle rentre à la maison en taxi. Je bus deux autres *amarelinhas* et allai me coucher après avoir avalé un litre d'eau et deux cachets d'aspirine. L'oreiller parut doux et frais à mes joues nues et brûlantes.

Je me réveillai dans la nuit, l'espace de dix secondes, perdu dans le noir, me sentant aussi grand et solide que le pilier central d'un pont d'autoroute. J'avais fait des rêves horribles dont je ne gardais qu'une seule image : une promenade en haut d'une falaise dans la pénombre du soir, un à-pic tout proche, le grondement de la mer au large, ses mille lames salines jaillissant des rochers en contrebas. La peur, l'appréhension et l'excitation montèrent en moi, puis je me rassoupis.

Peu après, les contours du corps d'une jeune fille commencèrent à s'inscrire dans le sable, à quelques centaines de mètres à peine de l'endroit où je dormais. Les yeux grands ouverts, elle prenait un bain de lune par cette nuit étoilée, le sang figé dans ses veines, la peau froide et dure comme celle du thon frais.

5.

Samedi 13 juin 199-, Paço de Arcos, près de Lisbonne

Des assiettes s'écrasaient sur un sol de marbre. Des assiettes s'écrasaient, se brisaient et se fracassaient sans fin sur le sol de marbre. J'émergeai au milieu de ce vacarme épouvantable, la réalité la plus dure qui soit, un téléphone qui sonne à six heures du matin quand on a la gueule de bois. J'arrachai le combiné de son socle pour le porter à mon oreille. Le silence salutaire, le léger sifflement marin d'un lointain portable. Mon chef, l'*Engenheiro* Jaime Leal Narciso, me souhaita le bonjour et je tentai de faire monter un peu de salive à mon bec pour lui répondre.

— Zé ? demanda-t-il.

— Oui, c'est moi, soupirai-je comme si sa femme était à côté de moi.

— Vous allez bien, alors, dit-il avant de poursuivre sans attendre ma réponse. Écoutez, le corps d'une jeune fille a été découvert sur la plage de Paço de Arcos et je veux...

Ces mots me propulsèrent hors du lit tel un ressort, la fiche plantée dans la prise m'arracha le combiné de la main, je me heurtai au chambranle en me précipitant dans le hall. Je parcourus frénétiquement le bout de tapis usé, ouvris la porte à la volée. Ses habits gisaient éparpillés, depuis le seuil jusqu'au lit : chaussures massives à talons épais, haut de soie noir, chemise lilas, soutien-gorge noir, pantalon à pattes d'éléphant noir. Olivia était entortillée dans son drap, sur le ventre, bras écartés et épaules nues. Ses cheveux noirs, soyeux et brillants comme une fourrure de vison, disséminés sur l'oreiller.

Je bus longuement dans la salle de bains, jusqu'à ce que

mon estomac soit plein d'eau. Je portai le téléphone à mon oreille et m'allongeai de nouveau sur le lit.

— *Bom dia, Senhor Engenheiro,* dis-je en utilisant son titre universitaire, comme à mon habitude.

— Si vous m'aviez laissé deux secondes de plus, je vous aurais appris qu'elle était blonde.

— J'aurais dû vérifier hier soir mais...

Je m'interrompis, mes synapses se remettaient douloureusement en place.

— ... pourquoi m'appelez-vous à six heures du matin pour me parler d'un corps sur la plage ? Prenez la peine de vous souvenir du planning de ce week-end et vous verrez que je ne suis pas de service.

— Il se trouve que vous habitez à deux cents mètres de l'endroit en question et Abílio, qui est de service, lui, vit à Seixal qui, comme vous le savez... Ce serait...

— Je ne suis pas en état de... répondis-je tandis que mon cerveau continuait à éprouver des difficultés à se mettre en branle.

— Ah oui. J'oubliais. Comment cela s'est-il passé ? Comment vous sentez-vous ?

— Rafraîchi au niveau du visage.

— Bien.

— Fragilisé du côté du crâne.

— Il paraît qu'on pourrait atteindre les quarante aujourd'hui, lança-t-il sans m'écouter.

— D'où appelez-vous, chef ?

— De mon portable.

Bonne réponse.

— Il y a une nouvelle agréable, Zé. J'envoie quelqu'un pour vous seconder.

— Qui est-ce ?

— Un jeune. Très enthousiaste. Très bien pour le travail sur le terrain.

— C'est le fils de qui ?

— Je n'ai pas saisi le sens de votre question.

— Vous savez que je n'aime pas marcher sur les pieds de qui que ce soit.

— Je vous entends mal, cria-t-il. Écoutez, il est très capable mais manque d'expérience. Il n'y a pas mieux que vous.

— Cela signifie que personne d'autre n'a voulu de lui ?

— Il s'appelle Carlos Pinto. Je veux qu'il voie votre façon

de procéder. Votre méthode très particulière. Vous savez, ce savoir-faire que vous avez, auprès des gens. Ils vous parlent. Je veux qu'il voie comment vous vous y prenez.

— Est-ce qu'il sait où me trouver ?

— Je lui ai dit de vous rejoindre au bar que vous aimez tant, celui du communiste. Il vous apportera le dernier listing des personnes portées disparues.

— Il me reconnaîtra ?

— Je lui ai dit de chercher quelqu'un qui vient juste de se faire raser la barbe au bout de presque vingt années. Un test intéressant, non ?

Le signal retentit enfin. Il savait. Narciso savait. Ils savaient tous. Même si j'avais été un frêle insecte, cette balance aurait indiqué quatre-vingt-deux kilos. On ne peut plus faire confiance à personne de nos jours, ni à sa propre fille, ni à sa propre famille, pas même à la *Polícia Judiciária.*

Je me douchai et me séchai devant le miroir. De vieux yeux et un visage neuf me contemplaient. Étant donné que je venais de franchir le cap de la quarantaine, j'étais peut-être trop âgé pour ce genre de changement, pourtant, comme ma femme l'avait deviné, je faisais cinq ans de moins sans la barbe. Pour la première fois depuis un an, je ressentis une poussée d'espoir, l'impression que cette journée pourrait être la première d'une vie différente.

J'enfilai une chemise blanche à manches longues (les manches courtes manquent de sérieux), un costume léger gris et des souliers noirs. Je choisis l'une des trente cravates qu'Olivia m'avait fabriquées, discrète, certainement pas le genre qu'un médecin légiste souhaiterait coincer dans une boîte de Petri. Je montai les marches de bois en mauvais état et, pendant un moment, me fis l'effet d'un homme à qui l'on vient de demander de descendre un piano à queue par ses propres moyens.

Je quittai la demeure en ruine où je m'étais installé après le décès de mes parents en échange d'un loyer modique, et me dirigeai vers le café. Le plâtre du mur du jardin, imprudemment livré à des bougainvillées non taillées, s'effritait. Je pris la ferme résolution de laisser le désordre s'amplifier. Je me retournai sur la maison d'un rose vieilli dont les grandes fenêtres avaient perdu toute leur peinture blanche et songeai que si je n'étais pas obligé de partir examiner des corps victimes de la brutalité et de la barbarie, je pourrais me convaincre que j'étais un comte dont les revenus traversaient une mauvaise passe.

Je ne me sentais pas à mon aise, quelque chose en moi ne souhaitait pas voir cette journée débuter par ma rencontre avec un inconnu alors que j'arborais ce visage glabre : les premières impressions, les compromis, les..., et plus de masque.

António, qui ne dormait jamais et n'avait pas dormi, m'avait-il affirmé un jour, depuis 1964, baissait son store de toile rouge, lequel mentionnait seulement le nom du bar et ne faisait de publicité ni pour une marque de bière ni pour du café.

— Je ne pensais pas te voir avant midi, remarqua-t-il.

— Moi non plus. Mais au moins, tu m'as reconnu.

Je le suivis à l'intérieur, où il mit la machine à café en marche. Le bruit me donna l'impression qu'on me frottait les globes oculaires à la laine de verre. Le Polaroid de la veille était déjà accroché au mur des souvenirs. Je ne me reconnus pas tout de suite. Celui qui avait l'air jeune, entre le gros et la jolie jeune fille. Si ce n'est qu'Olivia ne ressemblait pas trop à une jeune fille. Davantage... davantage à...

— Je croyais que tu ne travaillais pas aujourd'hui.

— C'est exact mais on a retrouvé un corps sur la plage. Tu as déjà vu quelqu'un ?

— Non, répondit-il en regardant vaguement en direction de l'océan. Rejeté par la marée ?

— Le corps ? Je ne sais pas.

Sur le pas de la porte se tenait un jeune homme qui portait un costume foncé, taillé du temps de Salazar, dont les manches descendaient au bout de ses doigts. Il s'approcha avec raideur, comme s'il passait à la télé pour la première fois, commanda un *bica*, la petite dose de caféine qui, chaque matin, propulse l'adrénaline au cœur de millions de Portugais. Il observa la mixture noire à reflets bruns couler goutte à goutte dans les tasses. António éteignit la machine, et aussitôt s'atténua l'impression que mes yeux étaient des balles de golf soumises au récurage.

Le jeune homme versa deux sachets de sucre dans son café et en demanda un troisième. Je lui passai l'un des miens. Il mélangea longuement pour obtenir un sirop.

— Vous devez être l'inspecteur *Senhor Doutor* José Afonso Coelho, dit-il sans lever les yeux vers moi mais en les maintenant posés sur la faucille et le marteau qu'António gardait accrochés derrière le bar.

Ses reliques.

— L'*Engenheiro* Narciso va être content, répondis-je en jetant un coup d'œil circulaire dans le bar vide. Comment avez-vous deviné ?

Il tourna la tête d'un geste vif. Il devait avoir dans les vingt-cinq ans mais présentait le visage d'un adolescent de seize ans. Ses yeux marron foncé rencontrèrent les miens. Il était irrité.

— Vous avez l'air vulnérable, déclara-t-il en hochant la tête afin que l'information passe bien.

Les sourcils d'António montèrent à l'assaut de son front.

— Observation intéressante, *agente* Pinto, lançai-je d'un ton mécontent. La plupart des gens auraient fait des commentaires sur la blancheur de mes joues. Et inutile de m'appeler *Doutor*. Ce titre n'est pas justifié.

— Je croyais que vous aviez une licence en langues vivantes.

— Mais obtenue à Londres, et là-bas on n'octroie ce titre qu'après le doctorat. Appelez-moi simplement Zé ou inspecteur.

Nous nous serrâmes la main. Je le trouvais plutôt sympathique. J'ignorais pourquoi. Narciso pensait que j'aimais tout le monde, mais dans son esprit cela se confondait avec « s'entendre avec les gens », ce dont il était incapable car il était plus froid et plus insensible qu'un requin attiré par le sang. En réalité, je n'avais aimé qu'une seule femme et les personnes que je considérais comme des proches se comptaient sur les doigts. Et maintenant Carlos. Qu'avait-il de spécial ? Ce costume ? Démodé, trop grand, et pour ce qui était de porter de la laine en été, cela suggérait qu'il n'avait aucune vanité... et pas d'argent. Ses cheveux ? Noirs, solidement implantés, indisciplinés, courts comme ceux d'un soldat, ils décrétaient : sérieux et fiable. Son regard agacé : rebelle et susceptible. Ses premiers mots, directs, candides et perspicaces : inflexible. Une association délicate pour un policier. Je comprenais pourquoi personne ne voulait de lui.

— Je n'étais pas au courant, pour Londres, dit-il.

— Mon père était là-bas. Qu'est-ce que vous savez, alors ?

— Votre père était officier dans l'armée. Vous avez vécu longtemps en Afrique. En Guinée. Vous êtes dans la police depuis dix-sept ans, dont huit en tant que détective chargé d'enquêter sur des meurtres.

— Vous avez eu accès à mon dossier ?

— Non. J'ai demandé à l'*Engenheiro* Narciso, fit-il en

aspirant son café sirupeux. Il ne m'a pas tout dit. Il n'a pas soufflé mot sur le grade de votre père, par exemple.

Les sourcils d'António reprirent leur position initiale et une lueur d'intérêt partisane surgit au fond de ses orbites. La question était politique : mon père était-il l'un des jeunes officiers qui avaient déclenché la révolution de 1974, ou appartenait-il à la vieille garde ? Mes deux compagnons attendaient.

— Il était colonel.

— Comment s'est-il retrouvé à Londres ?

— Interrogez-le, répondis-je avec un signe de tête à destination d'António car je n'étais personnellement pas d'humeur à en parler.

— De combien de temps disposez-vous ? demanda ce dernier à Carlos en refermant ses doigts sur le bord du comptoir.

— On n'en a pas du tout, rétorquai-je. Un cadavre nous attend sur la plage.

Il régnait une odeur de poisson séché et de diesel parmi les vieux bateaux couchés sur le flanc ou perchés sur des pneus au milieu de remorques rouillées et de poubelles. De la fumée montait d'un baril de pétrole coupé en deux où se consumaient deux planches destinées à faire chauffer de l'huile dans une poêle. Deux pêcheurs que je connaissais ne se préoccupaient en rien de ce qui se passait et triaient des bouées et des pièges à crabe et à homard devant leur cabane en tôle ondulée. Je leur adressai un signe de la tête et ils tournèrent leurs regards vers la foule qui s'était déjà formée à cette heure pourtant matinale.

La rangée de personnes rassemblées près du muret de pierre, au bord de la plage, et le long du mur du port fixait le sable en contrebas. Quelques ouvrières à la carrure imposante prenaient le temps de s'émouvoir de la tragédie et murmuraient entre leurs doigts :

— *Ai Mãe, coitadinha.* Oh ma mère, la pauvre petite.

Quatre ou cinq jeunes appartenant à la *Polícia de Segurança Pública* ne s'inquiétaient nullement de la contamination du lieu du crime et discutaient avec deux membres de la *Polícia Marítima.* Deux heures encore et des filles bavarderaient sur la plage alors que la *Polícia Marítima* n'aurait toujours pas procédé aux premières constatations. Je me présentai et leur demandai qui avait trouvé le corps. Ils me montrèrent du doigt un pêcheur assis plus loin près du mur du port. La position du corps, au-dessus de la trace la plus haute laissée par la marée, prouvait que la victime n'avait pas été rejetée par la mer mais qu'on s'en était débarrassé, qu'on l'avait balancée du sommet du mur, à peu près de l'endroit où je me tenais. Une chute de trois mètres.

La *Polícia Marítima,* convaincue que la marée n'était pour rien dans la présence du corps, voulait néanmoins que le médecin légiste confirme l'absence d'eau dans les poumons. Ils me donnèrent l'autorisation de commencer mon enquête. J'envoyai les hommes de la *Polícia de Segurança Pública* vers le mur pour repousser les spectateurs jusqu'à la route.

Le photographe de la police se fit connaître et je lui demandai de prendre des photos d'en haut mais aussi d'en bas, sur la plage.

Le corps nu de la jeune fille était tordu à la taille, l'épaule gauche enfoncée dans le sable. Le visage, qui ne présentait qu'une écorchure au front, était tourné vers le ciel, les yeux grands ouverts. Elle était jeune, la poitrine encore haute tout près des clavicules. Le muscle du buste était visible sous la cage thoracique et elle avait les douces rondeurs de l'adolescence au niveau du ventre. Je lui donnais moins de seize ans et comprenais très bien pourquoi le pêcheur n'avait pas pris la peine de descendre vérifier s'il y avait encore des signes de vie. Son visage était pâle à l'exception de la coupure, ses lèvres violettes, et ses yeux très bleus étaient vides. Il n'y avait pas de traces de pas autour du corps. Je laissai le photographe prendre ses gros plans.

Le pêcheur m'expliqua qu'il se rendait à sa cabane de réparation, à cinq heures et demie du matin, quand il avait aperçu le corps. Il avait compris qu'elle était morte rien qu'en l'observant, n'était pas descendu sur la plage mais avait continué à longer la Marginal par-delà la zone où le *Clube Desportivo* entreposait ses bateaux et s'était rendu à la *Direcção de Farois* afin de leur demander d'appeler la *Polícia Marítima.*

Je me pris le menton et sentis la peau en lieu et place de la barbe. Je regardai bêtement ma paume comme si ma main y était pour quelque chose. J'avais besoin de nouveaux tics pour mon nouveau visage. J'avais besoin d'un nouveau travail pour ma nouvelle vie.

Fille morte sur le sable, criaillaient les mouettes.

Le fait de me retrouver à découvert me rendait peut-être plus sensible aux détails de la vie de tous les jours.

Le légiste, une petite femme brune qui s'appelait Fernanda

Ramalho, arriva. Elle courait le marathon quand elle n'examinait pas des cadavres.

— J'avais raison, déclara-t-elle en reportant son regard sur moi après que je lui eus présenté Carlos Pinto, qui prenait tout en note dans son calepin.

— Les meilleurs médecins légistes ont toujours raison, Fernanda.

— Vous êtes beau. Au temps pour ceux qui pensaient que vous cachiez un menton fuyant sous votre barbe.

— C'est ça que les gens pensent de nos jours ? Ils pensent qu'on se laisse pousser la barbe pour cacher quelque chose ? Quand j'étais gamin, tout le monde la portait.

— Mais *pourquoi* les hommes se laissent-ils pousser la barbe ? demanda-t-elle avec une authentique perplexité.

— Pour la même raison que les chiens se lèchent les couilles, répondit Carlos, le stylo en équilibre.

Nos têtes se tournèrent à l'unisson.

— Parce qu'ils le peuvent.

Fernanda leva un sourcil interrogateur.

— C'est son premier jour, expliquai-je.

La réflexion agaça Carlos, pour la deuxième fois en moins d'une heure. Ce garçon souffrait d'inflammations du cortex. Fernanda recula d'un pas comme s'il risquait de la lécher. Pourquoi Narciso ne m'avait-il pas prévenu que le dressage n'était pas terminé ?

Le photographe finit de prendre ses clichés et je fis signe à Fernanda qui patientait, mallette ouverte, gants de chirurgien aux mains. J'interpellai Carlos, qui avait pris ses distances avec moi.

— Vérifiez sur votre liste s'il y a une jeune fille de quinze ou seize ans, blonde, yeux bleus, un mètre soixante-cinq, cinquante-cinq kilos... Des signes particuliers, Fernanda ?

Elle examinait l'écorchure, sur le front de la jeune fille, en marmonnant dans son dictaphone. Carlos parcourut les listes des personnes portées disparues – il y avait beaucoup de noms dans le trou noir de l'inconnu. Des voitures passèrent à toute vitesse sur la Marginal. Fernanda étudiait minutieusement la toison pubienne et le vagin de la victime.

— Commencez par celles qui ont disparu ces dernières vingt-quatre heures, conseillai-je.

Carlos soupira.

Fernanda déroula un morceau de plastique devant elle. Elle

retira un thermomètre de l'aisselle de la jeune fille qu'elle retourna doucement sur le ventre. La rigidité cadavérique était déjà amorcée. Avec une pince à épiler elle se fraya méticuleusement un chemin à travers un amas de cheveux, de sang et de sable sur la nuque. Se saisit d'un sachet en plastique destiné à recueillir les indices, y inséra quelque chose, l'étiqueta. Releva les cheveux en chignon et approcha à nouveau ses lèvres du dictaphone. Inspecta le corps de la tête aux pieds, écarta les fesses avec l'index et le pouce sans cesser de parler. Coupa le dictaphone.

— Grain de beauté à la nuque, dans la raie des cheveux, au milieu, lança-t-elle. Tache de naissance couleur café sur la face interne de la cuisse gauche, quinze centimètres au-dessus du genou.

— Si ce sont ses parents qui ont signalé la disparition, ça devrait suffire, dis-je.

— Catarina Sousa Oliveira, conclut Carlos en me tendant la feuille.

Une ambulance arriva. Deux auxiliaires médicaux se dirigèrent vers l'arrière. L'un d'eux en sortit un brancard, l'autre portait le sac mortuaire. Fernanda s'écarta, chassa le sable de ses habits.

Je longeai le mur du port en direction de la mer. Il était à peine sept heures et quart du matin et le soleil commençait déjà à brûler. À ma gauche, côté est, se trouvait l'embouchure du Tage et les flèches massives du pont suspendu du 25 Avril qui flottait sans ancrage au-dessus d'un brouillard épais. Maintenant que le soleil était plus haut, la mer n'était plus bleue mais argentée comme une plaque de tôle. De petits bateaux de pêche, amarrés près de la plage, ballottaient dans la brise matinale à la surface éblouissante de l'eau. Plus à l'ouest, au large, un remorqueur tirait une drague à la hauteur du phare de Búgio, l'ancienne Alcatraz miniature de Lisbonne. Au bout du mur, un pêcheur releva sa canne pour lui imprimer de l'élan, fit deux pas et projeta son hameçon dans l'océan d'un mouvement brusque des épaules et d'un petit geste sec des poignets.

— Elle a reçu un coup violent sur l'arrière du crâne, précisa Fernanda derrière moi. Je ne sais pas encore avec quoi, mais ça devait être une clé anglaise, un marteau ou un bout de tuyau. L'impact l'a propulsée vers l'avant et son front a cogné contre un objet solide dont je suis sûre, à quatre-vingt-dix pour cent, qu'il s'agissait d'un arbre, mais je vais poursuivre mes observations une fois de retour à l'Institut. Elle a dû perdre conscience et le choc a dû la tuer, mais le meurtrier s'en est assuré en lui écrasant la trachée avec ses pouces.

— *Le* meurtrier ?

— Pardon, juste une supposition.

— Le meurtre n'a pas eu lieu ici, n'est-ce pas ?

— Non. La clavicule gauche est cassée. Elle a été jetée du mur du port et j'ai trouvé ça, dans ses cheveux, à l'endroit de la blessure.

Le sachet contenait une unique aiguille de pin. Je hélai un des agents de la *Polícia de Segurança Pública*.

— Agression sexuelle ?

— Il y a eu activité sexuelle mais aucune preuve d'agression ou de pénétration par la force. Je vous en apprendrai plus ultérieurement.

— Pouvez-vous situer le moment approximatif de la mort ?

— Il y a treize ou quatorze heures environ.

— Comment vous le calculez ? demanda Carlos.

Cette provocation reçut la réponse exhaustive qu'elle méritait.

— Je me suis renseignée auprès de la météorologie nationale, avant de venir. On m'a répondu que la température n'était pratiquement pas descendue en dessous des 20 °C, la nuit dernière. Le corps se serait refroidi de 0,75 à 1 degré par heure. J'ai relevé que la température corporelle était de 24,6 °C et que la rigidité cadavérique s'était emparée des petits muscles et se manifestait tout juste dans les plus gros. J'en déduis par conséquent, en me fondant sur mon expérience, que vous devez chercher quelqu'un qui l'a assassinée hier entre dix-sept et dix-huit heures. Mais ce n'est pas une science exacte, comme pourra vous le confirmer l'inspecteur Coelho.

— Vous avez trouvé autre chose ?

— Il n'y a rien sous les ongles. Elle était du genre nerveux. Elle n'a presque plus d'ongles. Celui de l'index de la main droite était déchiré, il y avait du sang... Si ça peut vous aider.

Fernanda partit, suivie des ambulanciers qui gravirent les marches du mur d'un pas mal assuré à cause du corps enfermé dans son sac à glissière. Je demandai aux hommes de la *Polícia de Segurança Pública* de fouiller le parking et d'aller ensuite en reconnaissance dans les bois de pins les plus proches en remontant la Marginal dans la direction de Cascais. Je voulais des vêtements. Je voulais un objet ou un outil, lourd, en métal.

— Qu'en pensez-vous, *agente* Pinto ? demandai-je.

— Assommée dans les bois de pins, déshabillée, violée, étranglée, jetée dans une voiture qui, pour finir, a suivi la Marginal en venant de Cascais car c'est l'unique accès pour ce petit parking, et balancée du haut du mur.

— D'accord, mais Fernanda affirme qu'il n'y a pas eu de pénétration brutale.

— Elle était inconsciente.

— À moins que le meurtrier n'ait eu la prévoyance d'apporter lubrifiant et préservatif, il y aurait des traces... des écorchures, des ecchymoses, ce genre de choses.

— Est-ce qu'un violeur n'y penserait pas ?

— Il frappe la fille par-derrière, lui cogne la tête contre un arbre tellement fort que ça aurait pu la tuer, puis il l'étrangle pour faire bonne mesure. Il me semble qu'il essayait plutôt de la tuer que de la violer, mais je peux me tromper... On verra les conclusions du rapport officiel de Fernanda.

— Tuée ou violée, ils ont pris des risques.

— Un pluriel intéressant.

— Je ne sais pas pourquoi j'ai pensé ça... Cinquante-cinq kilos, ce n'est pas beaucoup.

— Vous avez raison, pourtant... Pourquoi se débarrasser du corps ici ? À un endroit d'où tout le monde peut le voir, avec des voitures qui passent dans les deux sens toute la nuit. Non pas que cette section de plage soit particulièrement bien éclairée...

— Quelqu'un du coin ? demanda Carlos.

— Ce n'est pas une fille du coin. Les adresses à contacter, concernant Catarina Oliveira, sont situées à Lisbonne et à Cascais. De toute façon, qu'est-ce que ça signifie, du coin ? Deux cent cinquante mille personnes vivent dans un rayon de un kilomètre à partir de l'endroit où nous nous tenons. Mais si elle est vraiment venue ici et a rencontré un pervers, pourquoi la tuer dans les bois de pins et la jeter sur la plage ? Pourquoi la tuer dans n'importe quel bois de pins des environs de Lisbonne et l'amener ici, à cet endroit précis ?

— Le fait que *vous* viviez ici peut-il avoir un rapport ?

— Je suppose que vous ne savez pas non plus pourquoi vous avez dit ça.

— Peut-être parce que vous y pensiez.

— Et vous lisez dans mes pensées... tout ça pour votre premier jour ?

— Vous laissez peut-être paraître plus de choses que vous ne l'imaginez maintenant que vous n'avez plus votre barbe.

— Voilà qui fait beaucoup pour les joues d'un seul homme, *agente* Pinto.

6.

Samedi 13 juin 199-, Paço de Arcos, près de Lisbonne

Nous inspectâmes la zone où dormaient les bateaux du club, sans rien trouver. Nous parlâmes aux personnes qui nettoyaient le désordre de la veille, sous le chapiteau des *Bombeiros Voluntarios*, mais aucune d'entre elles n'avait travaillé la nuit précédente. Le café-restaurant des jardins était fermé. Nous allâmes dans les bois de pins pour savoir où en étaient les hommes de la *Polícia de Segurança Pública*. Ils avaient ramassé la collection habituelle de préservatifs utilisés, de seringues et de photos pornographiques déchirées et blanchies. Un innocent bois de pins, cela n'existait pas dans cette région. Je leur recommandai d'envoyer leurs trouvailles à Fernanda, à l'Institut de médecine légale de Lisbonne. Carlos et moi retournâmes chez António pour manger des toasts et boire un autre café.

À huit heures et demie, j'appelai le docteur en droit Aquilino Dias Oliveira qui devait être le père de la jeune fille et qui ne connaissait visiblement pas les mêmes problèmes financiers majeurs que nous, à en juger par ses deux adresses. Comme c'était samedi, j'essayai le numéro de Cascais en premier et crus que j'avais eu tort jusqu'à ce qu'il décroche au bout de la douzième sonnerie et, d'une voix ensommeillée, accepte de nous voir une demi-heure plus tard. Nous prîmes mon Alfa Romeo 1972 noire qui n'était pas, contrairement à ce que beaucoup pensaient, une voiture de collection, mais uniquement une vieille voiture. Elle démarra sans qu'il fût nécessaire d'en appeler aux réserves de courage. Nous empruntâmes la Marginal vers l'est. Carlos était écrasé sur son siège par la ceinture de sécurité, bloquée sur la longueur correspondant à une jeune fille de la taille d'Olivia.

Certaines personnes adorent Cascais, mais je n'en fais pas partie. Autrefois, c'était un village de pêcheurs constitué de maisons qui tombaient en ruine, le long d'abruptes cataractes de rues pavées qui plongeaient vers le port. Maintenant, c'était devenu un cauchemar d'urbaniste – à moins d'être de ceux qui, après avoir fait adopter les nombreux projets de développement, étaient partis habiter dans un paradis... ailleurs. Le village s'était transformé en une ville de touristes, peuplée de femmes qui se mettaient sur leur trente-et-un pour faire leurs courses et d'hommes que l'on ne devrait pas autoriser à sortir d'une boîte de nuit. La vie réelle avait été extirpée de ce lieu et remplacée par un cosmopolitisme qui attirait nombre de gens fortunés, et un nombre à peu près équivalent d'individus qui cherchaient à les soulager de leurs richesses.

Nous dépassâmes un supermarché, puis la gare. Un panneau électronique indiquait une température de 28 °C à huit heures cinquante-cinq du matin et recommandait de souscrire une assurance. Les vendeurs du marché aux poissons remballaient pour la journée. Les casiers à homards et à crabes formaient de hautes piles devant l'hôtel Bahia. Sur sa pointe, le fort, carré et laid, dominait la mer. Je remontai une rue pavée derrière la mairie et tournai dans la vieille ville sur une place bordée d'arbres, très ombragée et fraîche, que l'opulence rendait morne. La villa traditionnelle de deux étages de maître Oliveira se dressait, grande et silencieuse, dans le matin immobile. Carlos Pinto renifla comme un chien qui vient de détecter l'odeur des premiers restes de nourriture de la journée.

— Ça sent le pin.

— La piste de l'aiguille de pin risque de représenter énormément de travail dans le coin, *agente* Pinto.

— Il y a un pin dans le fond du jardin, déclara-t-il.

Nous franchîmes le portail et passâmes devant un pilier de bougainvillée rouge. Nous nous dirigeâmes vers l'arrière de la maison. Le pin était gigantesque et interdisait à la lumière d'inonder le jardin. En dessous, le sol formait un tapis brun parfait constitué d'aiguilles séchées.

— Posez votre pied dessus, dis-je.

Le pied de Carlos s'enfonça dans plusieurs centimètres d'aiguilles.

— Je ne pense pas qu'il soit possible de tuer quelqu'un ici sans...

— *Bom dia senhores,* lança une voix dans notre dos. Vous êtes... ?

— Nous sommes en admiration devant votre pin, répondit Carlos en choisissant de jouer les idiots.

— Je vais le faire abattre, annonça le grand homme mince et droit dont les cheveux blancs brillantinés, plaqués en arrière au-dessus d'un front très large, frisaient dans le cou. Il prive l'arrière de la maison de lumière et cela rend ma bonne triste. Vous êtes la *Polícia Judiciária,* je suppose.

Nous nous présentâmes et le suivîmes dans la maison. Il portait une chemise anglaise légère à carreaux, un pantalon gris à revers et des mocassins marron. Il marchait les mains dans le dos, un peu voûté, tel un prêtre en méditation. Le couloir recouvert de parquet était décoré de portraits d'ancêtres déprimés à force d'être perpétuellement enfermés dans le noir. Le sol de son bureau était également en parquet, dissimulé sous des tapis anciens d'Arraiolos d'une valeur indéniable. Sa table de travail était grande, en noyer, flanquée d'un fauteuil en cuir marron qui brillait là où son dos l'avait lustré. Quatre lampes, que portaient quatre femmes en jais poli et sculpté, éclairaient la pièce. La bougainvillée rouge éclipsait la lumière du soleil. Maître Oliveira nous fit installer dans un angle de la pièce remplie de livres où trônaient un canapé et deux fauteuils. Seul un homme de loi pouvait posséder autant d'ouvrages aux reliures identiques. Une pendule en chrysocale égrenait les secondes comme si chacune d'elles allait être la dernière.

Il n'était pas pressé de parler. Tandis que nous nous asseyions, il chaussa une paire de lunettes à double foyer et chercha dans son bureau quelque chose qu'il n'y trouva pas. La domestique entra et servit du café sans nous regarder. Il y avait une photo de la jeune morte sur une étagère, coincée au milieu de vieux livres de poche, des longs romans haletants écrits en anglais.

Catarina Oliveira souriait à l'appareil. Ses yeux bleus étaient grands ouverts mais ne s'accordaient pas à l'expression de sa bouche. Quelque chose se serra dans ma poitrine. J'avais vu le même regard dans les yeux d'Olivia après lui avoir annoncé que sa mère était morte.

— C'est elle, confirma maître Oliveira.

Ses sourcils blancs dépassaient au-dessus de la monture de

ses lunettes. Il était vieux pour être le père d'une fille de quinze ans : son corps accusait une bonne soixantaine d'années, les rides et les plis dc son visage et de son cou bien plus encore. Il avait plutôt l'âge où l'on essaie de se remémorer le prénom de ses petits-enfants. Il se pencha et préleva un cigare dans une boîte en jade qui se trouvait sur la table de travail. Il humecta ses lèvres qui prirent la couleur d'un foie de cochon, y planta le cigare. L'alluma. La domestique déposa bruyamment une tasse de café devant lui, tourna les talons et quitta la pièce.

— Quand l'avez-vous vue pour la dernière fois ? demandai-je en reposant la photo.

— Jeudi soir. Je suis parti de ma maison de Lisbonne tôt vendredi matin. Je devais me rendre à mon cabinet pour préparer ma journée au tribunal.

— Dans quel domaine du droit exercez-vous ?

— Le droit des entreprises. Les impôts. Je n'ai jamais pratiqué le droit pénal, si vous pensez que ça puisse avoir de l'importance.

— Votre femme a-t-elle vu Catarina, vendredi matin ?

— Elle l'a déposée au lycée puis elle est revenue ici. C'est ce qu'elle fait tous les week-ends pendant l'été.

— Et Catarina rentre seule après les cours, en train. Elle le prend à Cais do Sodré ?

— D'habitude, elle arrive ici vers six ou sept heures.

— Elle a été portée disparue à neuf heures.

— Je suis rentré à huit heures et demie environ. Depuis presque une heure ma femme était ici à se faire du souci. Nous avons appelé toutes les personnes auxquelles nous avons pensé, puis j'ai signalé sa disparition à...

— A-t-elle des amis particuliers ? Un petit ami ?

— Elle chante dans un groupe. Elle passe la plupart de son temps libre avec eux, dit-il en s'adossant à son siège avec la tasse de café à la main. Un petit ami ? Pas que je sache.

— C'est un groupe d'élèves de son lycée ?

— Ils sont tous à l'université. Il y a deux garçons, Valentim et Bruno, et une fille. Elle s'appelle... Teresa. Oui. C'est ça, Teresa.

— Et ils sont tous beaucoup plus vieux que Catarina.

— Les garçons doivent avoir vingt, vingt et un ans. La fille, je ne sais pas. Probablement le même âge, mais comme elle s'habille en noir et met du rouge à lèvres violet, c'est difficile à préciser.

— Nous allons avoir besoin de toutes leurs coordonnées.

Maître Oliveira attrapa un bloc-notes et commença à feuilleter son carnet. Il griffonna des noms et des adresses.

— C'est votre seule enfant ?

— De ce mariage, oui. J'ai quatre enfants adultes. Teresa...

Il laissa le nom dériver avec la fumée de son cigare, ses yeux se tournant vers une photo qui se trouvait sur son bureau.

— C'est le prénom de votre femme ? demandai-je en regardant la même photo, qui représentait les quatre enfants du mariage précédent.

— De ma *deuxième* femme, répondit-il, en colère contre lui-même. Catarina est son unique enfant.

— Votre femme est-elle là, *Senhor Doutor* ?

— Elle est à l'étage. Elle ne se sent pas bien. Elle dort. Elle a pris des somnifères pour s'endormir. Je ne pense pas que ce serait une bonne idée de...

— Est-elle sujette à l'angoisse, d'habitude ?

— Quand il s'agit de Catarina, de sa fille unique qui disparaît durant une nuit entière, d'un coup de fil de la *Polícia Judiciária* le matin aux aurores, à ce moment-là, oui, elle devient...

— Comment décririez-vous leurs rapports, ces temps-ci ? Entre Catarina et votre femme ?

— Pardon ? fit-il en se tournant vers Carlos comme s'il le croyait capable de clarifier la question.

— Les relations ne sont pas toujours faciles, entre une mère et sa fille.

L'avocat réprima un rire forcé.

— Je ne comprends pas où vous voulez en venir.

— L'idéogramme chinois correspondant au mot « conflit » représente deux femmes sous le même toit.

Maître Aquilino Oliveira appuya la partie charnue de ses paumes sur le bord du bureau et m'examina par-dessus la monture de ses lunettes.

— À ce jour, elle n'était jamais partie sans laisser un mot, déclara-t-il d'un ton calme.

— Cela signifie-t-il qu'il leur arrive de se disputer ?

— Conflit, répéta-t-il en ruminant le mot. Catarina s'essaie à se comporter en femme, oui, je vois ce que vous sous-entendez. C'est très intéressant.

— Par « se comporter en femme », *Senhor Doutor*, vous voulez dire avoir des relations sexuelles ? demandai-je en abordant avec une extrême prudence un domaine où je me sentais particulièrement fragile.

— C'est une de mes inquiétudes depuis un moment.

— Vous croyez qu'elle a pu se laisser entraîner trop loin ?

L'avocat se referma sur lui-même et s'affaissa sur le côté de son fauteuil. Sa réaction était-elle feinte ou réelle ? Il est surprenant de constater combien de personnes se raccrochent au mélodrame dans les moments de tension. Mais un juriste de cette envergure ?

— L'été dernier, Teresa, ma femme, qui vaquait à ses occupations habituelles du vendredi, a oublié quelque chose dans la maison de Lisbonne. Elle y est retournée à l'heure du déjeuner et a trouvé Catarina au lit avec un homme. Il s'en est suivi une grosse dispute...

— Catarina avait alors quatorze ans, *Senhor Doutor*. Qu'en avez-vous pensé ?

— Je pense que c'est ce que font les enfants quand on leur en laisse l'occasion... aussi minime soit-elle. Mais, en ce qui me concerne, c'est différent. J'en ai déjà élevé quatre. Je suis déjà passé par là. J'ai commis des erreurs. J'ai essayé d'apprendre. Cela m'a rendu plus compréhensif, moins strict. Je ne me suis pas fâché. Nous avons parlé. Elle a été très franche, très sincère, et même effrontée, comme le sont les jeunes, de nos jours, pour montrer qu'ils sont adultes, eux aussi.

Depuis deux minutes, Carlos était assis, la tasse de café à dix centimètres des lèvres, hypnotisé par la conversation. Je lui jetai un regard et il plongea le nez dans son café.

— Quand vous dites que votre femme « a trouvé Catarina au lit avec un homme », on a l'impression que son partenaire était plus vieux que l'un des « garçons » du groupe, par exemple. Était-ce le cas ?

— Vous avez une bonne écoute, inspecteur Coelho.

Je ne lui permis pas de marquer un point grâce à sa flatterie.

— Quel âge avait-il, docteur Oliveira ?

— Trente-deux ans.

— C'est très précis. Catarina vous l'a avoué ?

— Elle n'en a pas eu besoin. Je le connais. Il s'agit du frère cadet de ma femme.

La pendule en bronze doré faillit en oublier d'égrener une seconde.

— Ça ne vous a pas mis très en colère, docteur Oliveira ?

Il n'est pas nécessaire d'être avocat pour savoir que votre beau-frère a enfreint la loi : ça s'appelle un détournement de mineure.

— Je n'allais quand même pas le faire jeter en prison, non ?

— Ce n'est pas ce que jc supposais.

— Je suis un mélange de plusieurs choses, inspecteur Coelho. Avant de devenir avocat, j'étais comptable. J'ai maintenant soixante-sept ans et ma femme en a trente-sept. Je l'ai épousée quand j'avais cinquante et un ans et qu'elle en avait vingt et un. Quand elle avait quatorze ans...

— Mais *Senhor Doutor*, quand vous l'avez rencontrée, vous n'avez pas profité du fait qu'elle était mineure.

— C'est exact.

— Peut-être Catarina, après cet épisode, pendant la conversation que vous avez eue avec elle, vous a-t-elle donné des raisons de vous montrer indulgent envers votre beau-frère, articulai-je en me débattant avec cette phrase comme si je luttais contre une pieuvre géante.

— Si vous entendez par là qu'elle n'était pas vierge, inspecteur Coelho, vous auriez raison. Vous ne manqueriez peut-être pas non plus d'être choqué d'apprendre qu'elle a reconnu avoir séduit mon beau-frère, acheva-t-il en imitant mes difficultés syntaxiques.

— Vous pensez qu'elle disait la vérité ?

— Ne vous imaginez pas qu'ils ont la même façon de penser que nous quand nous avions quatorze ans.

— Avez-vous parlé de consommation de drogue au cours de cet entretien ?

— Elle a admis qu'elle fumait du haschisch. C'est tout à fait banal, comme vous le savez. Rien de plus. Elle n'aurait pas... Je le sais... Je commence à comprendre d'après votre expression, inspecteur Coelho, qu'à la suite d'une telle conversation j'aurais dû l'enfermer dans un donjon jusqu'à ses vingt ans.

Ce n'était pas ce que je pensais. Je pensais à tout un tas de choses, mais pas à ça. Il faut que j'apprenne à maîtriser ce visage.

— Peut-être vos conceptions de la morale sont-elles en avance sur celles de la plupart des Portugais, *Senhor Doutor.*

— Près de trente ans se sont écoulés depuis la fin de la dictature, et la prohibition a pour conséquence une société criminelle. Je n'appelle pas ça être en avance... simplement être observateur.

— Vous avez dit qu'elle n'aurait pas accepté de prendre une drogue plus dure que du haschisch...

— Mon fils est dépendant à l'héroïne. Il *était* dépendant à l'héroïne.

— Catarina le connaissait ?

— Elle le connaît toujours. Il vit à Porto.

— Il a décroché ?

— Ça n'a pas été facile.

Je me souvins de sa démarche voûtée de prêtre. Avec les fardeaux qu'il portait, il aurait dû être deux fois plus courbé.

— Vous exercez toujours votre métier d'avocat ?

— Plus tellement, maintenant. J'ai une fonction consultative auprès de certaines entreprises et je représente quelques amis pour des problèmes liés aux impôts.

— Parmi les coups de fil que vous avez passés vendredi soir, avez-vous appelé l'un de ses professeurs ?

— Celle à laquelle je voulais parler, avec qui Catarina a cours le vendredi après-midi, n'était pas là. C'était la Santo António...

Il écrivit le nom, l'adresse et le numéro de téléphone de l'enseignante sans que j'aie besoin de les lui demander.

— Je voudrais des photos de votre fille et je pense que nous devrions parler avec votre femme maintenant, si c'est possible.

Il arracha la feuille de papier avant de me la tendre.

— Il serait préférable que vous reveniez plus tard. Si vous apprenez quelque chose, j'ai également noté mon numéro de portable.

— Vous accordez beaucoup de liberté à votre fille. Aurait-elle pu se rendre aux fêtes de la Santo António sans vous prévenir ?

— Nous dînons toujours ensemble le vendredi soir. Ensuite elle aime bien aller dans les bars de Cascais.

Nous quittâmes les lieux. Il ne nous raccompagna pas. Il faisait encore plus chaud dehors après la fraîcheur de la maison. Nous prîmes place dans la voiture, vitres baissées. Je fixai la place derrière la rangée d'arbres, sans rien voir.

— Vous n'auriez pas dû le prévenir ? demanda Carlos. Je pense que vous auriez dû le prévenir.

— Quelqu'un de compliqué, cet avocat, vous ne trouvez pas ?

— Sa fille est *morte.*

— J'ai eu le sentiment qu'en ne le lui révélant pas, nous pourrions en apprendre davantage. Ma responsabilité.

Un quart d'heure plus tard, une Morgan décapotable rouge vif dans laquelle se trouvait l'avocat chaussé de lunettes noires sortit dans la rue. Nous la suivîmes autour de la place, le long du fort, à travers le centre de Cascais puis sur la Marginal en direction de Lisbonne. La journée commençait à prendre tournure.

— Vérifiez s'il regarde en direction de la plage quand nous dépasserons Paço de Arcos.

Carlos, tendu comme un astronaute au moment du lancement, ne ferma pas les paupières une seconde, mais la tête de l'avocat ne bougea pas. Elle ne se tourna pas avant que nous ne roulions dans Belém, dépassant le Bunker, ou nouveau Centre culturel comme on l'appelle parfois, et les lignes gothiques complexes du monastère des Jerónimos. Tout à coup, elle pivota vers la droite à la hauteur du monument en proue de bateau qui commémore les grands explorateurs : Henri le Navigateur et ses hommes, le regard braqué au-dessus du Tage dans la direction d'un gigantesque bateau porte-conteneurs. À moins que le geste de l'avocat n'ait été destiné à observer la blonde qui le dépassait sur la file de droite au volant de sa BMW.

— Alors ? demanda Carlos.

Je ne répondis pas.

Le brouillard s'était dissipé autour du pont, les grues utilisées pour mettre en place la nouvelle travée métallique sous le tablier saluaient le Cristo Rei, la statue géante du Christ sur la rive sud, dont les bras grands ouverts nous rappelaient que tout était peut-être possible. Je n'avais pas besoin qu'on me le rappelle. Je le savais. Lisbonne avait davantage changé ces dix dernières années que pendant les deux siècles et demi qui avaient succédé au tremblement de terre.

Ça avait été comme une bouche qui n'avait pas vu le dentiste depuis trop longtemps. Les immeubles cariés avaient été arrachés, les vieilles rues élargies, les places forées, des siècles de tartre enlevés, les façades fraisées et remplies d'un amalgame immaculé composé de béton et de tuiles, les crevasses bouchées par des bureaux, des centres commerciaux et des immeubles d'habitation. Des taupes avaient creusé de nouvelles lignes de métro et des entrailles de câbles tout neufs avaient été reliées aux canaux dentaires de la ville. On avait fixé tout un appareil de nouvelles routes, construit un pont, agrandi l'aéroport. Nous sommes la nouvelle prothèse dans la mâchoire ibérique de l'Europe. Nous pouvons désormais sourire sans que personne ne s'évanouisse.

À Alcântara nous roulâmes dans un bruit de tonnerre sur le macadam réparé par plaques. Un vieux tram fit entendre sa cloche en passant devant la gare de Santos. À droite, les coques métalliques des cargos étincelaient entre les piles de conteneurs et les publicités pour la bière Super Bock. À gauche, des immeubles de bureaux et d'habitation grimpaient à l'assaut des collines de la capitale. Nous brûlâmes le feu rouge à Cais do Sodré parce qu'un nouveau tram, publicité itinérante pour Kit Kat, sifflait derrière nous. J'allumai ma première cigarette de la journée, une SG ultralégère, sans pratiquement tirer dessus.

— Peut-être qu'il va tout simplement à son cabinet, déclara Carlos. Profiter un peu du samedi matin pour avancer dans son travail.

— Pourquoi vous poser la question puisque vous pouvez l'appeler sur son portable ?

— Vous plaisantez.

— Je plaisante.

Nous laissâmes le fleuve derrière nous. Nous approchions de la vallée de la Baixa, aux rues tracées au cordeau, entre les collines du château de São Jorge et du Bairro Alto. Le thermomètre atteignait les 30 °C. Des bronzes gros et laids traînaient sur la place. La Morgan de l'avocat s'engagea dans la Rua da Alfândega et prit à gauche dans la Rua da Madalena qui montait en pente raide avant de se perdre dans le Largo Martim Moniz, très avant-gardiste avec ses kiosques de verre et d'acier et ses fontaines indifférentes. Nous longeâmes la place, accélérâmes le long de l'hôpital de São José, puis pénétrâmes sur l'esplanade dominée par la façade de l'Institut de médecine avec son fronton et ses colonnes. Nous nous rangeâmes près de la statue du docteur Sousa Martins, dont le socle était couvert de plaques de remerciements en pierre, de coulées de cire et de bougies. Maître Oliveira, déjà garé, descendait la colline en direction de l'Institut médico-légal. Carlos retira sa veste, révélant une longue traînée sombre sur sa chemise trempée de sueur.

Le temps que nous arrivions à l'Institut, l'avocat mettait son expérience à profit pour obtenir ce qu'il voulait. Les membres du personnel, cependant, étaient moins faciles à impressionner qu'un juge. Je le laissai en compagnie de Carlos et pris les dispositions nécessaires pour qu'on lui montre le corps. Un garçon de salle fit entrer maître Oliveira, qui avait remplacé ses lunettes de soleil par ses double-foyer. L'assistant souleva le drap. L'avocat cligna deux fois des yeux et hocha la tête. Il prit le drap des mains de l'assistant et le releva en entier pour voir tout le corps qu'il inspecta minutieusement. Il en recouvrit ensuite le visage et quitta la pièce.

Nous le trouvâmes debout dehors, dans la rue pavée. Il essuyait interminablement ses lunettes de soleil et son visage exprimait une détermination extrême.

— Toutes mes condoléances, *Senhor Doutor.* Je vous présente mes excuses pour ne pas vous avoir prévenu. Vous avez tout lieu d'être en colère.

Il n'avait pas l'air fâché. La détermination initiale avait faibli et le désordre des émotions qui l'avaient suivie laissait son visage étrangement affaissé. Il donnait l'impression de se concentrer sur sa respiration.

— Allons nous asseoir là-bas, à l'ombre, proposai-je.

Nous l'encadrâmes en passant entre les voitures, puis devant la statue du bon docteur qui, au lieu d'être imprégnée de la réussite des guérisons, paraissait, sous les éclaboussures de pigeons, baignée de la tristesse de ceux qui avaient péri.

Nous nous assîmes tous trois sur un banc, dans une étonnante fraîcheur, à quelque distance des nourrisseurs de bisets et des buveurs de café qui paressaient sur des chaises en plastique.

— Cela vous surprendra peut-être d'apprendre que je suis heureux que vous enquêtiez sur le meurtre de ma fille. Je sais que votre travail est difficile et j'ai également tout à fait conscience que je suis un suspect potentiel.

— Je commence toujours par les proches de la victime... c'est une triste vérité.

— Posez-moi vos questions, je dois ensuite retourner auprès de ma femme.

— Bien sûr. À quelle heure avez-vous quitté le tribunal hier ?

— À quatre heures et demie environ.

— Où êtes-vous allé ?

— À mon cabinet. J'ai un petit bureau dans le Chiado, dans la Calçada Nova de S. Francisco. J'y suis allé en métro. Je l'ai pris à Campo Pequeno, j'ai changé à Rotunda et je suis descendu à Restauradores. Je suis allé prendre l'Elevador pour monter au Chiado et j'ai continué à pied jusqu'à mon bureau. Ça a dû me prendre une demi-heure, et j'y suis resté autant.

— Avez-vous parlé avec quelqu'un ?

— J'ai pris un appel.

— De qui ?

— Du ministre de l'Intérieur qui m'invitait à venir boire un verre au Jockey Club. J'ai quitté mon bureau un peu après cinq heures et demie et, comme vous devez le savoir, la Rua Garrett est à deux minutes à pied.

Je hochai la tête. L'alibi était en béton. Je lui demandai d'écrire le nom des personnes qui se trouvaient au Jockey Club avec lui. Carlos lui tendit son calepin à cet effet.

— Puis-je parler à votre femme avant que vous ne lui appreniez ce qui est arrivé ?

— Si vous me suivez là-bas, oui. Sinon, je n'attendrai pas.

— Nous serons juste derrière vous.

Il me remit le papier et nous regagnâmes nos véhicules.

— Comment avez-vous su qu'il fallait venir ici, *Senhor Doutor* ? lui demandai-je alors qu'il se faufilait vers sa Morgan entre les voitures.

— J'ai appelé un ami à moi, un avocat qui travaille dans le pénal. Il m'a appris qu'on amène ici le corps des personnes décédées dans des circonstances suspectes.

— Qu'est-ce qui vous a fait penser qu'elle était morte de cette façon ?

— Parce que j'ai posé des questions sur vous à cet ami, et il m'a répondu que vous êtes inspecteur à la criminelle.

Il se détourna et foula les pavés en direction de sa Morgan. J'allumai une cigarette, montai dans l'Alfa, attendis qu'il démarre et le suivis. J'interrogeai Carlos :

— Qu'en avez-vous pensé ?

— Si ça avait été ma fille qui avait été là...

— Vous vous attendiez à plus de détresse ?

— Pas vous ?

— Que faites-vous de la torpeur ? Les traumatismes paralysent les gens.

— Il n'avait pas l'air anéanti. Son regard quand nous sommes sortis... il paraissait galvanisé.

— Inquiet pour sa personne ?

— Je ne suis pas certain. Je ne l'ai vu que de profil.

— Alors comme ça, vous ne pouvez me dire ce à quoi je pense que quand vous me voyez de face ?

— J'ai simplement eu de la chance, *Senhor* inspecteur.

— Vous êtes sûr ?

Cela le fit sourire. Je poursuivis :

— Qu'avez-vous pensé de sa façon de dresser un bilan ? De l'équation entre sa femme et lui ?

— J'ai trouvé que c'était une espèce de sale enfoiré.

— Des sentiments très tranchés, *agente* Pinto. Que fait votre père, dans la vie ?

— Il était ajusteur chez LisNave. Il installait des pompes sur les bateaux.

— Il l'était ?

— Ils ont perdu plusieurs contrats au profit des Coréens.

— Question politique, vous ne seriez pas de centre gauche, par hasard ?

Il haussa les épaules.

— Maître Aquilino Oliveira est un homme sérieux, dis-je. Un gros calibre. Un canon de 125 mm, pas moins.

— Il était colonel dans l'artillerie, votre père ?

— Dans la cavalerie. Mais écoutez. Cet avocat s'est servi de son cerveau toute sa vie. C'est son travail, d'utiliser son intelligence.

— C'est vrai. Jusqu'à maintenant il a toujours eu un temps d'avance sur nous.

— Vous l'avez vu. Son instinct a été de voir le corps. Son cerveau l'emporte toujours sur ses émotions. Jusqu'à ce qu'il se souvienne, peut-être, qu'il est censé avoir des sentiments.

— À ce moment-là, il sort de la pièce pour aller les rameuter.

— Intéressant, *agente* Pinto. Je commence à comprendre pourquoi Narciso vous a mis avec moi. Vous êtes un original.

— Ah bon ? La plupart des gens me trouvent très normal. Ils me trouvent ennuyeux.

— C'est vrai que vous n'avez pas prononcé un mot sur le football, les voitures ou les filles.

— J'aime la façon dont vous établissez les priorités, *Senhor* inspecteur.

— Peut-être êtes-vous un homme d'idéaux. Je n'en ai pas vu depuis...

— 1974 ?

— Un peu après. Dans le désordre qui a suivi notre glorieuse révolution, on a multiplié les idées, les idéaux, les visions d'avenir. Ils ont fait long feu.

— Et dix ans après nous avons adhéré à l'Europe.

Désormais nous n'avons plus besoin de nous battre seuls. Nous n'avons plus à transpirer la nuit en nous demandant d'où va venir le prochain escudo. Bruxelles nous montre la voie. Nous émargeons à la fin du mois. Si nous...

— Et c'est mal ?

— Qu'est-ce qui a changé ? Les riches sont de plus en plus riches. Les initiés en profitent. Bien sûr, nous en tirons des bénéfices. Mais ils nous arrivent au compte-gouttes. On pense qu'on vit mieux parce qu'on roule dans une Opel Corsa qui nous coûte le salaire de toute une vie alors que nous habitons chez nos parents, qu'ils nous nourrissent et nous achètent de quoi nous habiller. C'est ça le progrès ? Non. Ça s'appelle le crédit. Et à qui profite le crédit ?

— Je n'avais pas entendu une telle colère depuis... depuis que le FC Porto est venu jouer ici et qu'il en a planté trois au Benfica.

— Je ne suis pas en colère, répliqua-t-il en mettant la main à la fenêtre pour la rafraîchir. Je ne le suis pas autant que vous.

— Qu'est-ce qui vous fait penser ça ?

— Vous êtes en colère contre lui. Vous pensez qu'il a tué sa fille et qu'il vous a donné le meilleur alibi qui soit... et ça vous met en colère.

— Maintenant, c'est de profil que vous lisez sur mon visage. La prochaine fois, ce sera en regardant ma nuque.

— Vous savez ce qui m'énerve ? Il se fait passer pour quelqu'un qui a des idées libérales, mais regardez de près. Il a presque soixante-dix ans. Il a dû travailler la majeure partie de sa vie sous le régime Salazar et vous savez aussi bien que moi qu'il fallait être politiquement sûr pour pouvoir travailler, à cette époque.

— Que se passe-t-il, *agente* Pinto ? Durant ces vingt dernières années je n'ai pas pensé une fois à la révolution sinon le 25 avril, jour férié. Je vous connais depuis même pas une demi-journée et nous en avons déjà parlé trois ou quatre fois. Je ne crois pas qu'il soit efficace de commencer une enquête criminelle en revenant vingt-cinq ans en arrière et en cherchant...

— Ce n'étaient que des mots. Il se présentait comme un libéral. Je ne le crois pas... Ça, c'est l'une des raisons.

— Les types comme Oliveira sont trop intelligents pour croire en quoi que ce soit. Ils changent...

— À mon avis, non. Pas si tard. Mon père a quarante-huit ans, il est incapable de s'adapter, et maintenant il se retrouve à la casse en même temps que toutes ses vieilles pompes.

— N'ayez pas des idées arrêtées sur les gens, *agente* Pinto. Ça vous brouillera la vue. Vous n'allez pas condamner quelqu'un à perpétuité simplement parce que cette personne appartient politiquement au camp adverse, si ?

— Non, répondit un Carlos innocent jusqu'au bout des cheveux, ce ne serait pas juste.

7.

Samedi 13 juin 199-, chez maître Aquilino Oliveira, Cascais

On nous introduisit dans le salon qui, à en juger d'après le mobilier, n'était pas le domaine de maître Oliveira. La pièce était éclairée par la lumière du jour, il y avait d'extravagantes faïences et aucun recoin sombre envahi de livres. Les tableaux sur les murs étaient de ceux qui exigent des commentaires, à moins que vous ne soyez un inspecteur de la police de Lisbonne, auquel cas votre avis n'a pas d'importance. Je m'assis dans l'un des deux canapés en cuir couleur caramel. Au-dessus de la cheminée, un tableau représentait une silhouette squelettique dans un fauteuil, comme aperçue à travers des filaments de peinture. C'était dérangeant. Il fallait être dérangé pour vivre avec.

Sous le plateau en verre épais de la table basse, on découvrait la facette plus humaine de la *Senhora* Oliveira. Des magazines comme *Caras, Casa, Máxima* et l'espagnol *¡ Hola !* Des plantes et une composition de lys ornaient la pièce, mais alors que l'œil commençait à se reposer, il rencontrait une figurine en métal sombre qui s'efforçait de s'extraire de la glaise primitive ou une tête en terre cuite qui hurlait, la bouche levée vers le plafond. Le seul endroit que l'on pouvait contempler sans risque était le sol, un parquet recouvert de tapis persans.

Maître Oliveira fit entrer sa femme. Elle avait probablement la même taille que sa fille mais sa coiffure lui donnait dix centimètres de plus. Monumentale, gonflée, blonde. Son visage bronzé paraissait tendu, encore bouffi du sommeil facilité par les barbituriques, et elle avait essayé de le dissimuler en se maquillant les yeux outrageusement. Ses lèvres étaient roses et elle avait ajouté une ligne foncée pour en relever le contour. Elle portait un chemisier crème sous lequel un soutien-gorge rapprochait ses seins de manière artificielle. Sa jupe courte en soie, ceinturée d'une chaîne en or, avait cinq tons d'écart par rapport à son chemisier. Nous échangeâmes une poignée de main. Au toucher, ses bijoux semblaient râpeux.

— Nous aimerions parler à votre femme seule, *Senhor Doutor*.

Il était prêt à camper sur ses positions, en homme qui se trouve sous son propre toit, mais le profil de sa femme lui communiqua un message qui m'échappa et il quitta la pièce. Nous nous assîmes. Carlos sortit son calepin.

— Quand avez-vous vu votre fille pour la dernière fois, *Dona* Oliveira ?

— Hier matin. Je l'ai déposée à l'école.

— Comment était-elle habillée ?

— Elle portait un tee-shirt blanc, une minijupe bleu clair à carreaux jaunes. Ces grosses chaussures disgracieuses piquetées de strass qu'elles ont toutes en ce moment. Elle avait également autour du cou un fin lacet en cuir auquel était suspendue une fausse pierre.

— Pas de collants par ce temps ?

— Non, juste un soutien-gorge et une culotte.

— D'une marque particulière ?

Elle ne répondit pas mais serra sa lèvre inférieure entre son pouce et son index, puis les frotta l'un contre l'autre pour enlever le gras.

— Avez-vous entendu ma question, *Dona* Oliveira ?

— Je...

Carlos se pencha vers elle. Le canapé grinça sous lui de telle sorte qu'il s'arrêta au milieu de son mouvement. La *Senhora* Oliveira cligna de ses yeux marron légèrement voilés.

— Sloggi, répondit-elle.

— Autre chose vous est revenu, *Dona* Oliveira ?

— Une pensée horrible, quand vous m'avez demandé, pour les sous-vêtements.

— Votre mari nous a déjà expliqué que Catarina est sexuellement active depuis plusieurs années.

Carlos s'adossa au canapé. La *Senhora* Oliveira tamponna d'un doigt sa lèvre où le rouge bavait.

— *Dona* Oliveira ?

— Vous m'avez posé une question, inspecteur Coelho ?

— Si vous nous disiez à quoi vous pensez, cela pourrait nous aider.

— Toutes les mères redoutent que leur fille soit violée et tuée, répondit-elle automatiquement, comme si ce n'était pas ce à quoi elle pensait.

— Comment vous entendez-vous avec elle depuis deux ans ?

— Il vous a raconté... commença-t-elle.

Elle s'interrompit.

— Quoi exactement ?

Elle lança un regard à Carlos, qui ne lui vint pas en aide.

— Que nous ne nous entendons pas.

— Les mères et les filles ne sont pas toujours...

Elle termina la phrase à ma place :

— ... en concurrence.

— En concurrence ?

Elle profita de ma surprise :

— Je ne pense pas que cela puisse vous aider à retrouver Catarina.

— J'aimerais en savoir plus sur son état psychologique. Si elle était susceptible de se mettre dans une situation délicate. C'est une jeune fille qui a confiance en elle. Ça aurait pu être le point de départ de...

— Pourquoi dites-vous qu'elle a confiance en elle ?

— Elle est à la tête d'un groupe... Ça ne se fait pas comme ça.

— Ce n'est pas un groupe très connu. Oui, c'est vrai, elle peut sembler plus âgée qu'elle n'est.

— Qu'entendiez-vous par « concurrence » ?

Nos regards se rencontrèrent, mais elle ne put soutenir le mien durant plus de quelques secondes. Elle semblait s'agripper à la table basse. Les bagues qu'elle portait à tous les doigts cliquetèrent contre le verre.

— Je ne... Maintenant je me demande ce qu'il vous a raconté, fit-elle en jetant un coup d'œil vers la porte.

— Dites-moi juste ce qu'il s'est passé.

— Est-ce qu'il vous a raconté que j'avais trouvé Catarina au lit avec mon frère ?

— Quel rapport cela pourrait-il avoir avec la concurrence ?

— Il a trente-deux ans.

— Mais c'est votre frère.

— Je ne vois pas pour quelle raison je devrais discourir des crises de paranoïa des femmes de quarante ans avec quelqu'un qui enquête sur la disparition de ma fille. Le fait est que si elle peut le séduire, elle peut...

— Votre mari a dit la même chose.

— C'est sans espoir.

— Votre frère est peut-être celui qui pourrait nous aider à...

— Je ne vois pas ce qui peut l'y obliger...

— De qui parlez-vous ?

Soudain, abandonnant tout faux-semblant, elle avoua calmement :

— Je n'ai pas trouvé Catarina au lit avec mon frère. Mais avec mon amant.

— Vous voyez toujours cet homme ?

— Vous êtes fou, inspecteur ?

— Et votre fille ?

Silence.

— Je l'ignore.

— Il va falloir que je parle à cet homme.

Carlos tendit le calepin à la *senhora.* Elle griffonna fébrilement et termina en inscrivant un point assez brutalement pour transpercer le papier.

— Comment votre mari l'a-t-il appris ?

Elle releva le menton comme un boxeur capable désormais de tout encaisser. Vérités, semi-vérités et mensonges passèrent dans ses yeux.

— Vous imaginez l'atmosphère dans la maison... entre Catarina et moi. Mon mari lui a parlé. Il maîtrise le langage. Il a réussi à tout lui faire avouer.

— Elle a séduit votre amant... Paulo Branco ?

— À ce qu'il paraît, il est difficile de résister à la douceur de la peau d'une jeune fille.

Elle avait prononcé ces paroles d'une manière qui semblait particulièrement pénible pour elle.

— Elle a déjà pris de la drogue. Votre mari est au courant pour le haschisch. Savez-vous si elle consomme quelque chose de plus fort ?

— Je ne saurais pas faire la différence. Je n'en ai jamais pris.

— Mais vous savez comment vous vous sentez quand vous avez avalé un somnifère, *Senhora* Oliveira ?

— Je m'endors.

— Je parle du lendemain matin.

Elle cligna des yeux.

— N'éprouvez-vous pas une impression d'isolement, comme si le monde réel était maintenu à distance ? Avez-vous déjà vu Catarina dans un état semblable, ou peut-être opposé : nerveuse, hyperactive, défoncée... je crois que c'est le terme qu'on utilise ?

— Je ne sais vraiment pas.

— Est-ce que cela signifie que vous n'avez pas remarqué ou...

— Cela signifie que, dernièrement, je ne m'en suis pas du tout souciée.

Il y eut un long silence pendant lequel l'air conditionné, discret jusqu'alors, fit sentir sa présence.

— D'où tient-elle son argent ? demandai-je.

— Je lui donne cinq mille escudos par semaine.

— Et ses vêtements ?

— Je les lui ai achetés jusqu'à... jusqu'à l'année dernière.

— C'est vous qui avez acheté les habits qu'elle porte, là ?

— Pas la jupe. Je ne lui aurais jamais acheté quelque chose d'aussi court. Elle cache à peine sa culotte mais c'est la mode, alors...

— Ça se passe bien, au lycée ?

— Je n'ai jamais entendu le contraire.

— Pas de problèmes d'absentéisme ?

— On nous aurait prévenus, j'en suis sûre. Chaque fois que je l'y ai déposée, elle est entrée docile comme un agneau.

— Un instant, dis-je, en quittant alors la pièce.

Je trouvai le docteur Oliveira dans son bureau en train de fumer un cigare et de lire le *Diário de Notíçias*. Je le prévins que je voulais annoncer la nouvelle à sa femme et lui demandai s'il préférait s'en charger. Il répondit qu'il me laissait m'en occuper. Nous retournâmes dans le salon. La *Senhora* Oliveira parlait à Carlos d'un ton animé. Elle était assise de profil sur le canapé et sa jupe remontait sur ses cuisses. Carlos était aussi rigide que ses cheveux. Elle nous vit et s'immobilisa. Son mari s'assit près d'elle.

— À six heures moins le quart ce matin, *Dona* Oliveira, commençai-je tandis que ses yeux me sondaient avec avidité et horreur, le corps de votre fille, Catarina Oliveira, a été découvert sur la plage à Paço de Arcos. Elle était décédée. Je suis profondément navré.

Elle resta silencieuse en me dévisageant intensément. Son mari prit sa main, qu'elle retira sans s'en rendre compte.

— L'*agente* Carlos Pinto et moi-même menons l'enquête sur la mort de votre fille.

— Sa mort ? répéta-t-elle, abasourdie, en laissant échapper un rire d'épouvante.

— Toutes nos condoléances. Je suis désolé de ne pas vous l'avoir appris plus tôt, mais il fallait que vous ayez l'esprit clair pour répondre à certaines des questions que j'avais à vous poser.

Son mari tenta à nouveau de lui prendre la main. Cette fois, elle la lui laissa. Elle était clouée sur place par ce que je venais de lui annoncer.

— Nous pensons qu'elle a été assassinée ailleurs et que son corps a été transporté et abandonné à Paço de Arcos.

— Catarina a été assassinée ?

Son ton était incrédule comme si pareille chose n'arrivait qu'à la racaille, à la télévision. Elle se laissa retomber en arrière sur le canapé, stupéfiée. Elle essaya de déglutir mais n'y parvint pas ; cette terrible nouvelle était impossible à avaler. Je me rendis compte que nous n'avancerions pas davantage dans l'immédiat. Nous échangeâmes une poignée de main et partîmes. Parvenus à la porte du jardin, nous entendîmes un long gémissement incontrôlé qui venait de la maison.

— Je ne suis pas sûr d'avoir tout compris, dit Carlos.

— C'était... très décevant.

— J'ai trouvé que c'était...

— C'était très décevant, pour quelqu'un d'aussi jeune et optimiste que vous, de devoir assister à ce genre de comportement.

— Pourquoi devions-nous être mis au courant de cette aventure avec le frère ou l'amant ? À quoi jouait maître Oliveira en nous en parlant ?

— C'est ça qui était si décevant. Il se servait de nous. Il se servait de notre enquête sur le meurtre de sa fille pour punir l'infidélité de sa femme. Ce à quoi nous avons assisté, dans cette maison, était une leçon d'humiliation de haute volée. Maintenant, vous avez vu l'intelligence de l'avocat à l'œuvre.

— Mais la femme, insista Carlos, agité. La femme... quand vous êtes sorti de la pièce elle n'a pas posé une seule question sur la disparition de sa fille. Pas une. Elle a bavardé. Elle m'a interrogé sur ces stupides peintures, elle m'a demandé depuis combien de temps j'étais dans la *Polícia Judiciária*, si je vivais à Cascais...

— Oui, quelques détails me chagrinent chez ces deux-là. D'abord, maître Oliveira a une photo de son autre famille sur son bureau alors que Catarina est perchée sur une étagère à côté de livres de poche cornés. Ensuite, ils ont tous les deux les yeux marron.

— Je n'ai pas remarqué, dit-il en notant l'information sur son calepin.

— Or, marron plus marron, ça ne donne pas souvent bleu, et Catarina avait les yeux bleus.

8.

2 mars 1941, sud-ouest de la France

C'était une matinée parfaite. La première depuis des jours. Le ciel était immaculé, sans un nuage, d'un bleu tel que, si on le fixait, on en éprouvait de la douleur. Au sud, les Pyrénées coiffées de neige recevaient juste les premiers rayons du soleil levant, et, sur les sommets, l'air froid, piquant et raréfié, aiguisait les pics blancs et soulignait le bleu du ciel à proximité. Les deux chauffeurs suisses de Felsen ne pouvaient s'empêcher d'en discuter. Ils étaient du sud, parlaient italien et connaissaient les montagnes, mais seulement les Alpes.

Ils ne communiquaient pas avec lui à moins qu'il ne leur adresse la parole en premier, ce qui ne se produisait pas fréquemment. Ils le trouvaient distant, froid, brusque, et, en une occasion, brutal. Dans les rares moments où il s'était endormi à l'intérieur de la cabine ils l'avaient entendu grincer des dents et avaient vu les muscles de ses mâchoires se contracter. Ils le surnommaient « broyeur d'os » lorsqu'il était visible mais à une certaine distance. C'était le seul risque qu'ils étaient prêts à prendre après avoir été témoins de la violence excessive avec laquelle il avait roué de coups de pied un chauffeur qui avait, par inadvertance, heurté le montant d'une barrière en reculant, dans la caserne en dehors de Lyon. Ils étaient suisses italiens, après tout.

Felsen n'avait rien remarqué. Il s'en moquait. Il parcourait un circuit bien établi, reprenait sans arrêt les mêmes cheminements de telle sorte que si ses pensées avaient fonctionné sur le principe de la marche, il se serait retrouvé enfoncé jusqu'aux épaules dans une tranchée circulaire. Il avait fumé des heures de cigarettes, des mètres, des kilos de tabac pendant qu'il disséquait chacun des instants vécus avec Eva en quête *du* moment. Et comme il n'avait pas réussi à le découvrir, il avait étudié sa maîtresse selon un éclairage différent, analysant chacune de ses phrases, de ses expressions, soupesant le moindre de ses mots, y compris ceux qu'elle n'avait pas prononcés, ce qui constituait une tâche bien plus difficile car Eva était quelqu'un qui s'exprimait à mots couverts. Avec elle l'exprimable restait dans le non-dit, elle parvenait à transmettre ce qu'elle souhaitait sans l'expliciter.

Il revisionna mentalement les images de la première fois où elle était entrée dans son lit alors qu'ils étaient amis depuis quatre ans. Elle s'était assise à califourchon sur lui, en porte-jarretelles et bas de soie noirs, elle avait parcouru sa poitrine de ses mains, inlassablement.

— Pourquoi ? avait-il voulu savoir.

— Pourquoi quoi ?

— Après toutes ces années... Pourquoi es-tu là ?

Elle avait avancé les lèvres et l'avait scruté du coin de l'œil, évaluant la question en fonction de lointaines perspectives. Puis, soudain, elle avait saisi son pénis à deux mains.

— À cause de ta grosse queue souabe.

Ils avaient ri. Ça n'avait pas été la véritable raison, mais il avait bien fallu s'en contenter.

Quand, pour la centième fois, il en arriva au moment où elle l'avait humilié, il éprouva toutes les peines du monde à ne pas se contorsionner sur son siège, en proie aux tourments de la jalousie sexuelle. Il vit le Gruppenführer à la taille enrobée, à la peau rose, aux fesses molles s'insinuer entre les cuisses blanches fuselées et s'activer tandis qu'Eva l'encourageait de ses talons, qu'elle libérait son souffle dans un halètement, qu'il poussait des grognements tremblants, niché dans son cou, qu'elle griffait de ses doigts le dos flasque, qu'il la palpait de ses mains avides, qu'elle relevait les genoux, qu'il accélérait la cadence... Felsen secouait la tête. Non. Et il en revenait à Eva, assise sur lui en porte-jarretelles... Pourquoi ?

« Le pouvoir, avec les femmes, ça marche », avait dit le chauffeur de Lehrer. « Même Himmler... » C'était à ça qu'il avait pensé en regardant Lehrer avaler son petit déjeuner le lendemain du soir où il l'avait vu dans le club avec Eva. C'était ce qu'il avait pensé en se rendant à pied à la Banque Nationale Suisse par cette matinée sombre, en signant les documents de retrait, en supervisant le chargement de l'or, en échangeant une poignée de main avec le Gruppenführer et en le regardant partir vers le Schweizerhof, vers ses trois jours à Gstaad en compagnie d'Eva.

Il se rappelait à peine le passage de la frontière. Il ne parvenait pas à se souvenir d'un seul instant en France à l'exception de l'épisode causé par ce chauffeur stupide. Il avait vécu à l'intérieur de sa tête jusqu'au moment où le nuage s'était levé, ce matin-là, au-dessus des Pyrénées. Le même soir, à Bayonne, il se soûla en compagnie d'un Standartenführer d'une Panzerdivision qui lui avait affirmé que ses tanks entreraient à Lisbonne avant la fin du mois.

— Nous avons atteint les Pyrénées en quatre semaines. Il nous en faudra deux pour Gibraltar, une pour Lisbonne. Nous n'attendons plus que le coup de pistolet du Führer pour nous donner le signal du départ.

Ils burent un vin de Bordeaux, un grand cru classé château-batailley, bouteille sur bouteille comme si c'était de la bière. Cette nuit-là, il dormit tout habillé et se réveilla le lendemain avec le visage douloureux et la gorge râpeuse à force d'avoir ronflé comme un porc. Ils franchirent la frontière espagnole et récupérèrent une escorte militaire envoyée par le général Francisco Franco lui-même, avec des instructions personnelles pour assurer leur sécurité. À la tombée de la nuit, ils gravissaient encore péniblement la route en épingles à cheveux des Vascongadas comme s'ils traînaient derrière eux la gueule de bois de Felsen.

Maintenant qu'une attaque aérienne de la part des alliés n'était plus à craindre, ils roulaient dans le noir, heureux de pouvoir continuer à faire tourner les moteurs : dès qu'ils avaient quitté les montagnes pour s'engager sur la *meseta*, plus rien ne s'était interposé entre eux et le vent, qui chassait un lugubre mélange de pluie glaciale et de grésil contre les parois des camions. Les chauffeurs tapaient de la semelle sur les planchers métalliques afin d'éviter que leurs pieds s'engourdissent. La tête rentrée dans les épaules derrière le col de son manteau de laine, Felsen fixait les ténèbres, la route sinueuse, les phares qui dessinaient un arc de lumière sur les arbres. Il ne bougeait pas. Ce genre de température lui convenait désormais.

Ils refirent le plein à Burgos, une ville morose où la nourriture répugnante était imprégnée, non, noyée dans l'urine âcre d'une huile d'olive de la pire qualité qui brûla les intestins des chauffeurs au point qu'ils déféquèrent durant tout le reste du trajet jusqu'à Salamanque. Felsen finit par leur refuser l'autorisation de s'arrêter et ils durent présenter leur cul nu à la portière.

Des réfugiés apparurent sur la route, à pied pour la plupart, certains encadrant une carriole et, occasionnellement, une mule décharnée. Ils avaient la peau foncée, le visage creusé par la faim et la peur. Ils marchaient tels des automates, les adultes mornes, les enfants stupéfiés. Ce spectacle réduisit au silence les conducteurs qui cessèrent de se plaindre de la nourriture et du froid. Quand les camions dépassaient les réfugiés, pas une tête ne se tournait, pas un chapeau de feutre ne déviait de sa trajectoire. Les juifs d'Europe cheminaient dans les paysages sauvages et déserts de l'Espagne en emportant leurs valises en carton, leurs draps noués en balluchon, sans voir au-delà du prochain chêne malmené par le vent sur l'horizon.

Felsen les dominait du haut de la cabine. Il s'était attendu à éprouver de la pitié pour eux, comme il en avait ressenti pour les deux juifs de Sachsenhausen venus balayer le sol de l'usine après leur libération au moment des jeux Olympiques de Berlin. Il ne trouva rien. Il s'aperçut qu'il n'y avait plus de place en lui pour la moindre émotion.

Ils traversèrent Salamanque. La pierre dorée des murs de la cathédrale et des bâtiments de l'université était terne sous le dôme blanc du ciel glacial. Le carburant manquait. Les chauffeurs parvinrent à acheter du *chorizo* et du pain infecté de charançons. Le convoi poursuivit sa route vers Ciudad Rodrigo et la ville frontière de Fuentes de Oñoro. L'escorte de l'armée espagnole harcelait les colonnes de réfugiés qui abandonnaient la chaussée pour la plaine nue parsemée de rochers sans esquisser un geste de protestation.

Les vingt masures blanchies à la chaux posées sur le site caillouteux dépourvu d'arbres de Fuentes de Oñoro étaient figées sous un vent perçant qui contraignait les habitants à rester chez eux et les réfugiés à se recroqueviller derrière rochers et chariots renversés. Les chauffeurs progressèrent à l'aveuglette au milieu des exilés à la recherche de nourriture, et les trouvèrent tous dans un état pire que le leur. Dans l'unique boutique, une femme leur proposa des morceaux de lard baignant dans ce qui semblait être cette même huile rance qu'ils avaient consommée à Burgos. Ils nommèrent ce plat *Gordura alla Moda della Guerra* et n'y touchèrent pas.

Du côté espagnol, les formalités douanières furent succinctes. Les agents suspendirent le travail moins lucratif qui consistait à inspecter minutieusement les papiers des réfugiés terrorisés et le peu qu'il restait des possessions de toute une vie, pour venir toucher leur prime. Felsen, n'ignorant pas qu'il s'agissait du poste frontière qui allait voir transiter la majeure partie de son commerce, avait préparé ce passage en se munissant de cognac français et de *jambon de Bayonne*[1]. Ses chauffeurs étaient furieux. Le marché fut scellé par des rasades d'*aguardente* bon marché et le convoi passa en territoire portugais à Vilar Formoso.

L'escorte de l'armée locale n'était pas arrivée. Un envoyé de la légation allemande, qui avait déjà dépêché une estafette à Guarda, attendait. Felsen et l'envoyé prirent leurs dispositions pour que les chauffeurs puissent garer les camions sur la place, devant la gare aux panneaux de faïence élaborés qui présentaient des vues encadrées de toutes les principales villes du pays. Cette place était envahie d'une multitude plus grande encore de personnes aux regards égarés. Une fois de plus, les chauffeurs partirent en quête de nourriture. Ils trouvèrent une soupe populaire qui avait été instaurée par des entreprises de Porto mais n'était accessible qu'aux détenteurs de passeports britanniques. Ils tentèrent de parler aux réfugiés. Les femmes, effondrées sous leurs châles colorés, refusaient de les regarder. Avec les hommes, dont les longs manteaux étaient frangés de boue, les toques de fourrure enfoncées sur d'épais cheveux noirs emmêlés, les visages vides de toute expression et envahis d'une barbe hirsute, ils ne purent trouver de langage commun : il y avait des Polonais et des Tchèques, des Yougoslaves et des Hongrois, des Turcs et des Iraqiens. Ils tentèrent leur chance auprès de ceux qui avaient l'aspect le moins pittoresque : des individus en costume trois pièces froissé qui se tenaient au-dessus de femmes exténuées et d'enfants qui braillaient, mais ils étaient hollandais ou flamands, roumains ou bulgares, et peu disposés à s'exprimer par signes, surtout le genre de signe qui consistait à braquer l'index en direction de la bouche. Les jeunes eux-mêmes ne voulaient pas communiquer : les garçons étaient fuyants, les filles refermées sur elles-mêmes. Quand une des motos de l'armée portugaise qui s'approchait eut un retour d'allumage, ces pauvres débris amassés et ballottés par les vagues

1. En français dans le texte. *(N.d.T.)*

de la guerre tressaillirent et se jetèrent au sol comme un seul homme.

Auprès des douaniers, Felsen fit jouer son charme et quelques-unes des provisions apportées par le membre de la légation allemande. À leur tour les Portugais exhibèrent du fromage, du *chorizo* et du vin, et l'aidèrent à remplir les rames de formulaires nécessaires à la libre circulation des camions dans le pays. Quand le convoi repartit, le *chefe* de l'*alfândega*, la douane, sortit pour agiter la main en signe d'au revoir et lui souhaiter un prompt retour – pour lui, il s'agissait du début prometteur de ce qui pouvait devenir des années de dessous de table ininterrompus.

Ils parcoururent la Côa et passèrent une nuit dans un poste militaire de Guarda où ils mangèrent un repas pantagruélique dont les quatre plats avaient le même goût, tout en buvant beaucoup de vin dans des bonbonnes de cinq litres. Felsen sentait qu'il commençait à remonter la pente. L'intérêt qu'il éprouvait à l'idée d'observer les femmes des cuisines le lui confirma. Depuis le jour de son arrivée à Berlin, il avait rarement passé quarante-huit heures sans relations sexuelles et là, cela faisait plus d'une semaine. Quand enfin il vit ces femmes, il espéra qu'on les avait choisies exprès pour calmer l'ardeur des soldats. Toutes étaient très petites, n'avaient pas plus de trois centimètres de front entre leurs sourcils noirs et les foulards entourant leur crâne. Elles avaient le nez pointu, les joues creuses, les dents pourries ou tombées. Il alla se coucher et dormit mal sur un matelas infesté de puces.

Au matin, ils commencèrent à traverser certains des endroits représentés sur les *azulejos* bleu et blanc de la gare de Vilar Formoso. Les chauffeurs comprirent ce qui n'avait pas été représenté sur ces images, à moins que les routes en mauvais état, la pauvreté et la crasse ne prennent un aspect différent revêtues de leurs couleurs véritables. Ils contournèrent les montagnes de roches et de forêts de pins de la Serra da Estrela, sur la frontière nord de la Beira Baixa qui allait être le lieu d'habitation de Felsen durant les années à venir. Là où schiste et granite se rencontrent se trouvent les formations de tungstène cristallin, noir et luisant, et l'Allemand constata, devant les maisons bâties à l'aide de blocs de pierre brun-gris et pourvues de toits en ardoise, qu'il s'agissait de la bonne région.

Ils franchirent la Mondego et la Dão en direction de Viseu puis prirent au sud vers Coimbra et Leiria. L'atmosphère changea. Le froid sec des montagnes disparut, remplacé par une chaleur moite. Le soleil était ardent, même en ce début de mois de mars, et ils ôtèrent leurs manteaux. Les chauffeurs retroussèrent leurs manches de chemise et parurent sur le point de chanter. Il n'y avait pas de réfugiés sur le chemin. Le représentant de la légation allemande leur avait expliqué que Salazar prenait toutes les mesures afin qu'il n'en arrive plus à Lisbonne : la ville était déjà pleine. Ils passèrent une dernière nuit sur la route, se levèrent tôt le lendemain matin pour livrer l'or à la Banco de Portugal, avant l'heure normale d'ouverture des bureaux.

Les premières lueurs du jour pointaient quand ils tournèrent le dos au Tage pour entrer sur le Terreiro do Paço. Les camions s'engagèrent derrière la façade à arcades datant du XVIIIe siècle pour pénétrer dans le quadrillage planifié de la Baixa, volontairement tracé par le Marquês de Pombal après le tremblement de terre de Lisbonne en 1755. Ils roulèrent jusqu'au groupe de bâtiments incluant l'église São Julião qui constituaient la Banco de Portugal. Ils attendirent que les portes ouvrent dans le Largo de São Julião puis, un par un, les camions entrèrent en marche arrière pour décharger.

À l'intérieur de la banque, Felsen fut reçu par le directeur financier et un autre membre de la légation allemande, plus haut placé et plus grand, qui accueillit sa main tendue par un salut énergique et un « *Heil Hitler* » incongru. Cela ne sembla pas déranger le directeur financier qui, Felsen l'apprit ultérieurement, était membre de la Légion portugaise. Mais cela le perturba, lui, et il ne parvint qu'à balbutier « *Ja, ja* » tout en ébauchant un geste de la main semblable à une tentative avortée pour attirer l'attention d'un serveur. Il aurait également souhaité connaître le nom de ce grand gaillard à l'aspect prussien. Ce ne fut qu'après que l'or eut été déchargé et dûment contrôlé que Felsen vit ce personnage appliquer de sa main gauche le nom de Fritz Poser sur les innombrables documents. Il remarqua que la main droite était une prothèse dissimulée sous un gant.

À onze heures, la transaction était achevée. Le membre subalterne de la légation avait conduit les chauffeurs dans une caserne de la périphérie et, assis à l'arrière d'une Mercedes décorée de drapeaux, Poser et Felsen roulaient en direction du fleuve. Les trottoirs étaient envahis de monde, essentiellement des hommes en costume foncé, chemise blanche, cravate sombre et chapeau trop petit d'une taille pour leur tête, qui contournaient les très jeunes vendeurs de journaux aux pieds nus. Les rares femmes étaient élégantes dans leur tailleur en tweed, leur chapeau et leur fourrure, même s'il ne faisait pas froid. Les visages défilaient à toute vitesse à mesure que la voiture accélérait sur la chaussée déserte. Une femme blonde, tête nue, suivit des yeux, hypnotisée, le véhicule dont la petite croix gammée claquait sur le capot. Puis son visage recula tout à coup et elle se noya dans la foule. Felsen se tourna sur son siège. Un jeune garçon courait le long de la voiture en lui agitant le *Diário de Notíçias* à la figure.

— La ville est pleine à craquer, commenta Poser. C'est à croire que le monde entier est là.

— Je les ai vus à la frontière.

— Les juifs ?

Felsen hocha la tête, fatigué par la tension nerveuse du voyage.

— Le mélange est plus éclectique ici. Lisbonne est en mesure de satisfaire tous les goûts. Pour certains, c'est une fête permanente.

— Le rationnement n'y a donc pas cours ?

— Pas encore, et de toute façon, pas pour nous. Ça va venir, néanmoins. Les Britanniques mettent en place leur blocus économique et les Portugais commencent à souffrir. L'essence pourrait devenir un problème : les Portugais ne disposent d'aucun pétrolier et les Américains font des difficultés. Bien sûr, on peut manger correctement si l'on aime les produits de la mer, et boire leur vin si l'on n'a pas le palais trop français. Il y a encore du sucre pour le moment et le café est bon.

Ils tournèrent à droite pour sortir de la Praça do Comércio et suivirent le Tage au-delà des docks. À Santos, une multitude d'hommes, de femmes et d'enfants se bagarraient devant les bureaux des compagnies maritimes.

— C'est le quartier le plus détestable de la capitale, annonça Poser. Vous voyez ce bateau, le *Nyassa,* celui qui se trouve à quai ? Ils veulent tous y monter mais il est plein. Il est plein des semaines à l'avance. En fait, il est déjà au double de sa capacité mais ces imbéciles s'imaginent que puisqu'il est là, ils doivent pouvoir embarquer. La plupart n'ont pas d'argent du tout, ce qui signifie qu'ils ne disposent pas de visas américains. Bah, la *Guarda Nacional Republicana* va arriver d'un moment à l'autre pour les disperser. La semaine dernière, ça a été la même histoire avec le *Serpa Pinto,* la semaine prochaine, ce sera le *Guiné.* Toujours pareil.

— On dirait que nous sortons de Lisbonne, remarqua Felsen quand le chauffeur accéléra en direction des faubourgs verts de la ville.

— Pas encore. Ce soir peut-être. Nous allons à Lapa, au Palácio do Conde dos Olivais où nous avons installé la légation allemande. Vous allez voir que nous disposons du plus beau site de la capitale.

Ils entrèrent dans ce quartier par Madragoa et remontèrent la Rua São Domingos à Lapa. À mi-côte, un Union Jack pendait mollement sur le devant d'un long bâtiment rose doté de hautes fenêtres blanches et d'un fronton central qui occupait une cinquantaine de mètres de façade sur la rue. La Mercedes passa dans un bruit de tonnerre sur la chaussée pavée.

— Nos amis britanniques, annonça Poser en accompagnant ces mots d'un geste de sa prothèse.

Après une centaine de mètres, un palais de forme cuboïde, dans son parc privé, apparut sur la gauche. Des bougainvillées débordaient des grilles, les feuilles des palmiers dattiers vibraient dans la brise légère, et les trois drapeaux rouge, blanc et noir, ornés du svastika, claquaient doucement. Le portail glissa sur ses gonds, la voiture tourna le dos à l'océan et grimpa une courte allée de gravier pour s'arrêter devant les marches. Un portier vint ouvrir les portières.

— On déjeune tout de suite ? proposa Poser.

Ils s'installèrent dans la salle à manger où le soleil projetait de courts rectangles de lumière sur les tables vides, attendirent leur soupe. Felsen tentait de se remémorer une époque où il avait connu pareille impression de calme. C'était avant la guerre, avant les jeux Olympiques, dans son ancien appartement de... il ne parvenait plus à se souvenir où cet appartement se trouvait... les fenêtres ouvertes en été, allongé sur le lit avec Susana Lopes, la Brésilienne.

— Elle vous plaît ? demanda Poser qui se tenait aussi droit que si sa colonne vertébrale était enserrée dans un carcan.

— Pardon ?

— Notre légation. Notre *palácio.*

— Magnifique.

— La Baixa, avec tous ces réfugiés, reprit Poser en plissant le nez, vous savez, c'est extrêmement débilitant. Lapa est un quartier tellement plus civilisé. On peut y respirer.

— Et la guerre paraît si loin, compléta Felsen froidement.

— Absolument. Berlin ne doit pas être particulièrement drôle, je pense, poursuivit Poser en essayant d'adopter un ton plus détaché. Nous organisons ce soir une petite réception et un dîner en votre honneur, de telle sorte que vous puissiez rencontrer un certain nombre de personnes avec lesquelles vous allez travailler. Ils seront de caractère officiel. Est-ce que vous...

— Oui.

— J'ai pensé qu'ensuite vous souhaiteriez peut-être sortir de la ville pour aller à Estoril. Une chambre a été retenue pour vous à l'hôtel Parque. Le casino se trouve là-bas et il y aura moyen de danser. Je suis persuadé que vous trouverez l'endroit très plaisant.

— J'aimerais pouvoir dormir à un moment ou à un autre. Je n'en ai pas eu beaucoup l'occasion sur la route, cette dernière semaine.

— Bien sûr. Loin de moi l'intention de vous imposer quoi que ce soit. Je voulais simplement que vous soyez sûr de pouvoir trouver détente et agréable compagnie après notre soirée de caractère plus sérieux.

— J'en serai ravi. Quelques heures de sommeil cet après-midi devraient me suffire.

— Je dispose d'une couchette dans une pièce voisine de mon bureau. Vous pouvez vous en servir si vous le désirez.

La soupe arriva et les deux hommes l'attaquèrent.

— Cet hôtel Parque... ? commença Felsen.

— Nous avons l'hôtel Parque et les Britanniques ont l'hôtel Palácio. Nous sommes voisins. Le Palácio est plus grand mais le Parque possède les cures thermales... si vous aimez ce genre d'agréments.

— J'allais vous demander...

— C'est une foule très internationale. Une fête permanente. D'après les conversations qu'on y entend, on croirait qu'ils continuent à organiser des bals comme à la cour de Versailles. Et les femmes, à ce qu'on m'a raconté, ont un comportement beaucoup plus moderne que les indigènes.

Leurs assiettes à soupe furent retirées et remplacées par un homard grillé découpé.

— Ai-je répondu à votre question ?

— Parfaitement.

— Votre réputation vous précède, Hauptsturmführer Felsen.

— J'ignorais que j'en avais une qui pût présenter le moindre intérêt.

— Vous trouverez les femmes étrangères d'Estoril très accommodantes, même si je devrais...

— Vous êtes bien informé, Herr Poser. Est-ce que vous travaillez pour l'Abwehr ?

— ... même si je devrais vous prévenir que deux types de monnaie ont cours dans cette ville. L'escudo et le renseignement.

— Ce qui est la raison de votre présence ici.

— Tout un chacun est un espion à Lisbonne, Herr Hauptsturmführer. Du réfugié le plus faible aux membres les plus puissants des légations. Et cela inclut les femmes de chambre, les portiers, les serveurs, le personnel des bars, les propriétaires de boutiques, hommes d'affaires, cadres d'entreprises, toutes les femmes, prostituées ou non, et les représentants des familles royales, vrais ou faux. Quiconque a des oreilles pour entendre peut gagner sa vie.

— En ce cas, les rumeurs doivent également courir bon train. Vous avez dit vous-même que la ville est pleine, probablement de quantités d'individus qui n'ont rien de mieux à faire que parler. Après tout, cela passe le temps.

— C'est exact.

— Qui se charge de séparer le bon grain de l'ivraie ?

— Ah ! votre formation agricole refait surface.

Felsen préleva la chair blanche sur la carapace du homard.

— Alors, où les véritables espions passent-ils leur temps ?

— Ceux qui nous fournissent des informations de première main sur l'état des réflexions de Salazar concernant les exportations de wolfram ?

— Parce qu'il y réfléchit ?

— Il commence. Nous pensons qu'il commence à entrevoir ce qu'il pourrait en tirer. Nous y travaillons actuellement.

Felsen attendit que Poser poursuive mais, à la place, le Prussien entreprit de décortiquer les pinces de son homard non sans certaines difficultés dues à la rigidité de sa main droite gantée.

— Combien de personnes sont au courant de ma mission ici ?

— Celles que vous rencontrerez ce soir. Pas plus de dix au total. Votre travail est très important et, comme vous n'avez probablement pas manqué de vous en apercevoir, quelque peu compliqué par une situation politique extrêmement délicate. Pour l'instant, nous avons le dessus. Ce sont nos hommes ici, sur place, qui vont vous rendre le travail sur le terrain plus facile.

— Ou plus difficile si nous commençons à perdre.

— Nous entretenons de bonnes relations avec Salazar. Il nous comprend. Les Britanniques comptent sur la force de leur vieille alliance, qui remonte à 1386, je crois – à se demander dans quel siècle ils vivent ! Nous, en revanche, nous...

— ... lui faisons peur ?

— Je m'apprêtais à dire que nous lui fournissons ce dont il a besoin.

— Mais je suis convaincu qu'il est tout à fait informé de la présence des Panzerdivisions à Bayonne.

— Et des U-Boots dans l'Atlantique. Mais si on choisit de faire la pute et de coucher dans les deux camps, on peut s'attendre à récolter quelques coups. Tendre ?

— Je vous demande pardon ?

— Le homard.

— Très tendre.

— Du homard portugais... petit mais extrêmement tendre. Le meilleur du monde.

— Je songeais à aller me promener un peu après ma sieste.

— Le Jardim da Estrela n'est pas loin et il est très agréable.

À dix-sept heures, le café Chave do Ouro, sur la place du Rossio, en haut du quadrillage de la Baixa marquant le cœur de la ville, était plein à craquer. Il faisait encore chaud et les fenêtres étaient toutes ouvertes. Laura Van Lennep, assise près de l'une d'elles, tournait fréquemment son regard vers la place. Elle n'avait commandé qu'un unique café durant l'heure et demie qu'elle venait de passer là, mais les serveurs la laissaient tranquille. Ils avaient l'habitude. Elle était cruellement à court de cigarettes et l'homme qui allait changer sa vie, qui lui avait promis qu'il en était capable, n'arrivait pas.

Un inconnu apparut au sommet des marches, parcourut la salle du regard. Il s'avança lentement, arriva devant sa table. Il n'était pas petit, mais en raison de sa carrure et de sa masse physique il paraissait trapu. Il avait les cheveux noirs, courts, taillés *en brosse*[1], les yeux bleu-gris. Elle ressentit un tremblement intérieur, reporta son attention vers la place, vers les groupes

1. En français dans le texte. *(N.d.T.)*

d'hommes en costume sombre qui se tenaient ici et là sur la *calçada* noir et blanc, les files de taxis, le kiosque où les chauffeurs buvaient du café et parlaient football. Le Sporting allait remporter le championnat, cette année. Elle ne pouvait plus l'ignorer. Quand elle se retourna, l'homme était toujours là. Elle sentit ses yeux sur elle. Se saisit de son sac qui contenait ses papiers. Faisait-il partie de la police ? On l'avait mise en garde contre ceux qui étaient en civil. Il ne paraissait pas portugais mais une certaine autorité émanait de lui. Elle remit de l'ordre dans sa robe lie-de-vin qui n'en avait nul besoin mais aurait dû être jetée l'année précédente.

— Puis-je me joindre à vous ? interrogea l'inconnu en français.

— J'attends quelqu'un, répondit-elle dans la même langue en laissant sa tête blonde pivoter à nouveau vers la fenêtre.

— Il n'y a aucune place libre et je ne veux qu'un café. Vous êtes seule et vous occupez une table pour quatre.

— Quelqu'un va arriver.

— Veuillez m'excuser. Je ne voulais pas...

— Non, non, je vous en prie, lança-t-elle tout à coup tandis que la nervosité provoquait l'envol de ses mains comme celui des pigeons sur la place.

Il s'assit en face d'elle, lui offrit une cigarette. Elle refusa mais dut retenir très fort sa main pour y parvenir. Il en alluma une pour lui, sembla y prendre un plaisir plus grand que ne le justifiait la seule odeur du tabac qui se consume. Le garçon se présenta à côté de lui.

— Votre café a l'air froid, dit l'inconnu à la jeune femme, puis-je... ?

— Ça va, je vous remercie.

Il s'en commanda un. À nouveau elle se tourna vers l'extérieur. L'homme s'était exprimé en portugais. Pas celui de Lisbonne, un portugais plus ouvert, proche d'un espagnol qui serait parlé lentement.

— Ce n'est pas comme ça que vous le ferez arriver plus vite, vous savez, déclara-t-il.

Le sentiment proche du soulagement qui commençait à accompagner l'idée qu'on n'allait pas lui demander ses papiers s'exprima dans un sourire.

— Je ne supporte pas d'attendre.

— Acceptez une cigarette, un café plus chaud que le vôtre... le temps passera plus vite.

Elle en prit une. Felsen remarqua l'absence de bague à l'annulaire et le tremblement nerveux de la main. Elle aspira une bouffée en laissant une marque rouge sur le papier blanc, rejeta cette fumée forte et inhabituelle.

— Elles viennent de Turquie, précisa-t-il.

— On peut tout trouver, ici, si on a l'argent.

— Vous en savez plus que moi. Je les ai apportées. C'est ma première journée à Lisbonne.

— D'où venez-vous ?

— D'Allemagne.

Ce qui expliquait le tremblement qu'elle avait ressenti.

— Où allez-vous ?

— Je reste ici un moment et après... qui sait ? Et vous ?

— Je viens de Hollande. Je veux partir en Amérique.

Ses yeux bleus filèrent une nouvelle fois vers l'extérieur, au-delà du balcon, puis scrutèrent la pièce derrière l'inconnu. Son café arriva. Il en commanda un autre pour elle. Le garçon emporta la tasse précédente. Le regard de la jeune femme revint se poser sur son interlocuteur.

— Il va venir, lui dit-il avec un clin d'œil rassurant.

Elle n'ignorait pas qu'il pouvait être dangereux de parler à cet homme, mais après trois mois passés dans le monde des réfugiés de Lisbonne, elle pensait avoir acquis un certain instinct.

— Je ne supporte pas de ne pas savoir.

— C'est comme d'attendre.

— Oui. Si je sais... Si je savais...

Elle n'acheva pas sa phrase, reprit :

— Vous ne savez pas encore comment c'est, vous venez d'arriver.

— Où logez-vous ?

— À la Pensão Amsterdão, dans la Rua de São Paulo. Et vous ?

— Je trouverai un endroit.

— Tout est plein partout.

— J'irai peut-être à Estoril.

— C'est plus cher là-bas.

Cette information ne sembla pas émouvoir l'inconnu. Elle inclina la tête et, tout à coup, elle se leva d'un bond et entreprit d'agiter les bras. Son compagnon de table se retourna pour observer le haut des marches. Un homme d'une petite vingtaine d'années, aux cheveux blonds tirant sur le roux, approchait à grandes enjambées entre les tables. Il marqua une hésitation quand il vit l'inconnu mais s'empara d'une chaise qu'il approcha de celle de la jeune femme. Elle ouvrit grands les yeux. Ses traits s'affaissèrent. Il lui prit les mains. Elle fixa la nappe comme si son sang dessinait au centre une tache qui allait en s'élargissant. Il se pencha à son oreille pour chuchoter en anglais.

— J'ai fait tout ce que j'ai pu. Mais ce n'est absolument pas possible sans... La femme du bureau des visas...

Il se tut lorsque le serveur vint poser un café devant sa compagne, puis jeta un coup d'œil sur l'homme assis à leur table qui regardait par la fenêtre.

— Il faut de l'argent. Beaucoup d'argent.

— Je n'en ai pas du tout, Edward. Sais-tu combien coûtent les billets, maintenant ? Avant, on pouvait s'en procurer pour soixante-dix dollars, maintenant c'est cent dollars. J'y suis allée aujourd'hui, au bureau de vente. Un homme a payé quatre cents dollars pour monter sur le *Nyassa*. Plus je reste ici...

— J'ai réussi à arriver jusqu'au guichet... mais après, c'est *elle* qui est là. *Elle* ne me reconnaît pas. *Elle* ne sait pas qui je suis. *Elle* refuse même d'accepter les formulaires de demande à moins... à moins que tu puisses réunir l'argent, les invitations requises ou...

L'Allemand appela le garçon et paya les deux cafés. Il se leva, baissa les yeux vers le jeune couple. L'Anglais était méfiant. Le visage de la femme présentait une expression différente. Une intensité avide. L'Allemand posa son chapeau sur sa tête, l'inclina pour la saluer. Elle lui rendit son salut.

— Merci pour le café. Vous ne m'avez pas dit votre nom.

— Vous ne m'avez pas dit le vôtre. Je ne crois pas que nous en étions arrivés jusque-là.

— Laura Van Lennep. Et je vous présente Edward Burton.

— Felsen. Klaus Felsen.

Il tendit la main. L'Anglais ne la serra pas.

9.

8 mars 1941, légation allemande, Lapa, Lisbonne

L'ambassadeur ne se joignit pas à la réception, ni au dîner ce soir-là. Felsen se trouva assis entre deux exportateurs de tungstène, un Portugais qui possédait trois concessions dans la région de Trancoso, dans la Beira Alta, et un aristocrate belge qui refusa de lui confier quoi que ce soit sinon que c'était son groupe qui fournissait la société écran grâce à laquelle il allait exporter le minerai.

Les membres de la légation, qui, en l'absence de leur ambassadeur, perdaient de vue leur propre insignifiance, passèrent trop de temps à étendre leur propre responsabilité à des domaines qui n'étaient nullement de leur compétence. De quoi donner à Felsen le sentiment que l'essentiel du travail se ferait dans les couloirs du pouvoir et les salons des hôtels de Lisbonne, et non au cœur des rudes reliefs montagneux du Nord. Il ne gagna pas en popularité lorsqu'il leur demanda de quelle manière leurs négociations indirectes allaient se transformer en tonnes de minerai franchissant la frontière dans des camions. Ils lui répondirent avec condescendance. Firent état de tractations complexes, mais sans fournir aucune donnée concrète. Ils affirmèrent que lui-même en sentirait les retombées. Felsen réinterpréta l'ensemble : l'Abwehr et la Commission spéciale aux armements n'appréciaient pas du tout l'intrusion des SS sur leur territoire ; il ne devait compter que sur lui-même.

Après le dîner, alors qu'ils attendaient sur les marches les voitures qui devaient les reconduire à Estoril, Felsen ne parvenait pas à chasser l'inquiétude qu'entraînait pour lui la présence flagrante de lumière. Toutes les fenêtres du *palácio*, de un ou deux mètres de haut chacune, étaient illuminées par des lustres insouciants à l'incandescence éblouissante. Quand il avait quitté la Baixa en taxi dans la soirée, le *Nyassa* était toujours à l'ancre au milieu des docks, indifférent, resplendissant de lumières tandis que son chargement se poursuivait. Berlin portait le deuil depuis deux ans. On pouvait se retrouver en camp de concentration pour avoir allumé une cigarette dans la rue après la tombée de la nuit. Les voitures roulaient dans l'obscurité avec des yeux réduits à des fentes, aveugles comme des taupes. Le reste de l'Europe ressemblait à une cave à charbon et Lisbonne était la gueule de la chaudière.

Un claquement et un crépitement d'armes de petit calibre s'élevèrent à la périphérie de la ville. L'un des plus jeunes membres de la légation, qui avait un verre de vin dans le nez, s'écria : « L'invasion ! » et hurla de rire.

L'exportateur portugais avait le visage figé quand ils montèrent dans les voitures. Felsen voyagea de nouveau à côté de Poser, sur le siège arrière de la Mercedes de tête. Ils plongèrent sur la pente raide qui descendait à Alcântara et quittèrent la capitale par l'ouest.

— Qu'est-ce que c'était, cette « invasion » ?

— Une manière nocturne de rappeler qui commande vraiment, répondit Poser qui regardait par la vitre comme s'il s'attendait à voir une foule. Salazar n'autorise les habitants de Lisbonne à battre leurs tapis qu'après vingt et une heures.

Ils traversèrent Belém, dépassèrent des bâtiments et des monuments éclairés.

— Pas encore habitué à la lumière, Herr Hauptsturmführer ? Encore nerveux après Berlin, les batteries antiaériennes et les sirènes annonçant les raids ? Là, c'est le site de l'Expo de l'année dernière. Pendant que Londres brûlait et que la France tombait, Lisbonne affichait ses huit cents ans de souveraineté à la face du monde.

— Je ne suis pas trop sûr de savoir où vous voulez en venir, Herr Poser.

— Vous êtes allé vous promener, aujourd'hui.

— Vous m'avez conseillé le Jardim da Estrela et j'ai continué tout droit, j'ai franchi le sommet du Bairro Alto, je suis descendu jusqu'au Chiado et je suis entré dans la Baixa.

— Ah, le Bairro Alto. Et vous avez vu le marché de la Praça da Figueira... il ne sent pas trop mauvais à cette époque de l'année ; et ce trou à rats, la Mouraria, ou l'Alfama, ce quartier en ruine qui empeste ?

— Je suis monté jusqu'au château de São Jorge et j'ai pris un taxi pour revenir.

— Ainsi vous avez un peu visité Lisbonne. Maintenant, quand vous aurez vu de nuit la capitale de Salazar, vous comprendrez pourquoi je parle de putain. Lisbonne est une prostituée, une paysanne arabe prostituée qui, la nuit, se coiffe d'une tiare.

— Vous êtes peut-être ici depuis trop longtemps, Poser.

— *Ach,* ce Salazar, il dit une chose, il en fait une autre, il se penche d'un côté, allonge le pied de l'autre. Il accepte nos francs suisses et nos lingots d'or et après il accorde un crédit illimité aux Anglais. Il se répand en injures contre eux parce qu'ils bloquent ses importations des colonies et... *ach*... C'est un Maure et il fait la bête à deux dos avec quiconque lui plaît, sans exception.

Il avait prononcé cette conclusion d'un ton amer.

— À vous entendre, vous pensez que la prostituée, parce que vous la payez, devrait vous être fidèle. Ensuite, vous allez exiger qu'elle tombe amoureuse de vous.

— Absolument, Felsen, répondit Poser d'une voix calme. J'avais oublié que vous êtes un expert en la matière.

Ils atteignirent la nouvelle route de la côte, la Marginal. Les lumières des villages-dortoirs de Caxias, Paço de Arcos, Oeiras, Carcavelos et Parede scintillaient devant la houle sombre de l'invisible Atlantique. Poser continuait de ruminer quand ils se rangèrent devant les façades éclairées des hôtels Parque et Palácio. Les hautes frondaisons des palmiers, dans les jardins donnant sur la rue, échappaient juste à la zone éclairée. Poser désigna le casino du doigt, en haut de la longue place qui descendait sur plusieurs centaines de mètres jusqu'au rivage. De la musique provenait du bâtiment moderne et bas. Des files de voitures s'étiraient sur les côtés des jardins. Le chasseur alla prélever les bagages dans le coffre et les deux hommes franchirent le grand arc romain qui constituait l'entrée de l'hôtel Parque.

— Prenez possession des lieux, Felsen, après je vous ferai visiter, dit Poser qui rit en se tournant vers le concierge. Ne parlez pas aux fleurs. N'utilisez pas non plus le téléphone. Je me trompe ?

L'employé abaissa une fois les paupières, lentement.

Felsen rejoignit Poser au bar. Ils laissèrent la compagnie fruste des autres membres de la légation et, dans la nuit parfumée, remontèrent les jardins en direction du casino.

— Le concierge sait que quand nous parlons de cette manière, c'est pour que tout le monde nous entende.

— Est-ce pour cela que le bar est vide ?

— Vous verrez, il va se remplir au fur et à mesure que la nuit avancera.

— Peut-être devraient-ils rendre le décor plus attrayant... y inviter des femmes, elles ont toutes l'air de se diriger par ici.

Ils pénétrèrent dans le hall du casino au même moment qu'une petite femme aux cheveux noirs, très soignée. Elle se défit en douceur de son manteau de fourrure et de son chapeau onéreux avant d'être escortée jusqu'au bar par deux hommes plus jeunes qu'elle, et dont les chairs étaient plus fermes. Elle portait des bas nylon. Plus de la moitié de la salle se retourna quand elle entra.

— Serait-elle reine de quelque lieu ? demanda Felsen.

— C'est la reine de Lisbonne.

— La fille de la prostituée arabe ?

Le Prussien s'esclaffa.

— Elle s'appelle Mme Branescu. Elle tient le guichet du bureau d'attribution des visas au consulat américain. Vous avez vu tous ces gens qui voulaient monter à bord du *Nyassa*, ce soir ?

— Elle a prélevé son pourcentage pour chacun d'eux.

— Vous ne l'auriez pas reconnue il y a dix-huit mois. Elle était moitié moins grasse et on pouvait lire un journal à travers ses vêtements, mais elle parle quatorze langues. Je ne sais pas si vous êtes passé devant le consulat américain, mais ces quatorze langues ne sont pas du luxe, et quelques-unes de plus ne feraient d'ailleurs pas de mal.

Ils pénétrèrent dans le bar. Le garçon se tenait déjà devant la table de Mme Branescu lorsque celle-ci et ses blonds accompagnateurs s'assirent. En dépit de ses vêtements, de sa coiffure et du maquillage, elle n'était nullement séduisante. Felsen l'imagina, au cours d'une vie antérieure, employée dans le cabinet d'un important homme de loi. Une femme de petite taille, ordinaire, vêtue de gris, ignorée de tous mais à laquelle cependant, à l'instar du concierge de l'hôtel Parque, rien n'échappait. Elle avait tout appris : les langues, la maîtrise, l'art du pouvoir. Et elle se retrouvait là, petite personne improbable accordant la vie ou le désespoir aux milliers de réfugiés échoués dans les mansardes des pensions de Lisbonne. Des hommes et des femmes s'approchaient d'elle pour lui adresser de petites paroles obséquieuses agrémentées de courbettes. Certains recevaient l'autorisation de frôler de leurs lèvres les articulations dodues de sa main grassouillette, d'autres battaient en retraite vers leur siège, blêmes et tremblants.

Felsen s'excusa auprès de Poser et se présenta à la table de cette femme. Les regards des deux chevaliers servants le transpercèrent. Dans un anglais parfait, il lui demanda si elle daignerait lui accorder une danse. Des yeux, elle inspecta son visage pour déterminer si elle le connaissait ou non, puis elle posa un regard sur ses vêtements et ses chaussures, experte en qualité.

— On raconte que Mme Branescu est une excellente danseuse. Moi également. Je pense qu'il nous appartient de montrer l'exemple.

Elle tenta de lui adresser son regard d'acier mais il paraissait homme à en adopter un semblable. Elle sourit en lui tendant la main.

— Vous n'êtes pas anglais, n'est-ce pas ? s'enquit-elle tandis qu'ils se dirigeaient vers la piste et que tous les yeux convergeaient sur eux. Et vous boitez.

— Vous ne serez pas déçue.

— Êtes-vous suisse ? Ou peut-être autrichien ? Je perçois quelque chose dans votre accent.

— Je suis allemand.

— Je n'aime pas les Allemands, répondit-elle en adoptant sa langue.

— Nous ne sommes pas encore arrivés à Bucarest.

— Si ce que les Allemands font dans les pays étrangers consiste à y « arriver », vous êtes à n'en pas douter les *arrivistes* du siècle.

— Peut-être est-ce la raison de votre présence ici ?

— Les Allemands qui ne sont pas des assassins sont des brutes. C'est pour ça que je suis ici.

— J'ignore de quel calibre étaient les Allemands que vous avez rencontrés.

— Des Allemands d'Autriche. J'habitais à Vienne.

— Mais vous êtes roumaine, n'est-ce pas ?

— Oui.

— Permettez-moi de vous montrer une facette moins brutale.

Elle observa le laboureur souabe avec, à l'esprit, un doute certain, mais il l'entraîna sur un air de swing qui la laissa pantelante et stupéfaite. Felsen avait éprouvé une légère inquiétude quand il avait perçu que le premier morceau serait un swing, il ignorait si les hanches de Mme Branescu pourraient en supporter le rythme. Mais elle savait remuer son lard. Ils exécutèrent trois danses avant d'abandonner la piste sous de légers applaudissements.

— J'ignorais que le swing avait l'approbation de Hitler, commenta-t-elle.

— Il craint qu'il n'entraîne le déboîtement de notre pas de l'oie.

— Vous devriez faire attention à ce genre de réflexion. Vous ne seriez pas le premier Allemand à disparaître des rues de la ville. Saviez-vous que la PVDE est formée aux méthodes de la Gestapo ?

— La PVDE ?

— La *Polícia de Vigilância e de Defesa do Estado* : les forces de sécurité de Salazar. Et leurs prisons ne sont pas particulièrement agréables, à moins de pouvoir s'en offrir une bonne.

— Je ne crois pas que quelqu'un puisse en remontrer aux Allemands, en matière de prisons.

Elle s'excusa pour aller se refaire une beauté. Felsen estima que le balancement de ses hanches avait gagné trois centimètres. Poser se porta à sa hauteur.

— Tout à fait surprenant, Felsen, lui confia-t-il à l'oreille.

— C'est une Américaine qui m'a appris cette danse avant la guerre.

— Je voulais parler de vos goûts... en matière de partenaire.

— L'héritage de mon passé agricole, Poser. Ce goût m'est venu en coursant les porcelets d'un bout à l'autre de la ferme.

Poser sourit et s'éloigna. Mme Branescu réapparut après avoir atténué la rougeur de ses joues. Il la reconduisit à sa table. Les chevaliers servants se levèrent. D'un geste de la main, elle leur intima l'ordre de se rasseoir.

— Vous êtes nouveau à Lisbonne, n'est-ce pas, Herr... ?

— Felsen. Klaus Felsen. Et oui, je suis frais arrivé d'aujourd'hui.

— Vous ne vous exprimez pas comme quelqu'un qui éprouve le besoin de partir en Amérique.

— Parce que je ne l'éprouve pas.

Elle plissa les yeux.

— Peut-être êtes-vous ici pour travailler ?

— Au contraire, je suis là pour danser, et j'espère que l'occasion s'en représentera.

Il s'inclina et elle le laissa frôler de ses lèvres ses phalanges dodues avant de reprendre son siège.

Felsen retrouva Poser dont le nez naviguait dans un verre de cognac.

— Vous semblez déjà avoir pris la mesure de cet endroit, remarqua le Prussien en écartant son nez des vapeurs de l'alcool.

— Je ne pense pas, Poser. Simplement, vous et moi voyons les choses différemment. Vous êtes un diplomate qui veut savoir ce que tout le monde pense. Je suis un opportuniste qui veut savoir ce que tout le monde fait. Mme Branescu appartient à la même espèce. Nous nous sommes reconnus.

— Mais je ne vois vraiment pas ce que vous pourriez faire l'un pour l'autre.

— Patience, patience, déclara Felsen en s'éloignant.

Des clients continuaient à entrer dans l'établissement, une foule hétérogène de gens heureux et souriants dans leurs habits de soirée voyants et d'individus furtifs recroquevillés dans des vêtements d'emprunt. Felsen se fraya de l'épaule un chemin jusqu'au caissier puis se dirigea droit sur la table de roulette. Seuls les imbéciles jouent à la roulette.

Il retrouva les odeurs et le spectacle communs aux casinos, mais cette fois avec des différences plus marquées, plus poignantes. Les tables étaient éclairées par l'habituel éclat qu'engendre l'appât du gain : une urgence marquée par la fixité du regard, une déglutition difficile. Mais l'air ambiant était envahi par les strates de la fumée des cigarettes et par une peur si âcre qu'elle lui mordit le fond de la gorge comme du vinaigre brûlant. À l'occasion, une explosion d'euphorie insouciante partait sous cette voûte tel un envol d'oiseaux tropicaux au-dessus de la forêt, mais en permanence, tapi de plus en plus profondément, un sinistre désespoir imprégnait chemises de piètre qualité et robes du soir reprisées. Les espoirs placés sur la bille d'ivoire cliquetante, sautillante, hésitante, représentaient soit tout, soit rien. L'argent symbolisé par chacun des jetons essaimés sur le tapis de feutre vert était ou un billet prélevé sur le dessus d'une liasse ou l'ultime bijou familial sorti d'un écrin. Les visages les plus proches de la table, les plus avides, pâlissaient à en devenir diaphanes devant les gambades joyeuses de la bille ou alors se laissaient momentanément envahir par le soulagement devant la perfection d'un mouvement.

Felsen se positionna en retrait par rapport à la foule agglutinée autour de la roulette, le plastron de sa chemise amidonnée retenant seul la lumière périphérique. Un Américain parlait à voix haute à qui, derrière lui, voulait l'entendre tout en posant bruyamment la mise maximale sur un nombre auquel il n'avait nul besoin de réfléchir. Il ne se taisait que pour jeter un regard sur la bille et ponctuer ses gains d'un cri de joie, ses pertes d'un haussement d'épaules. Juste à côté, voûtée par l'âge, se réchauffant aux rayons des sommes empilées devant lui, une aristocrate spectrale, usée jusqu'à la corde, russe probablement, refermait une main décharnée, aux tendons saillants et aux articulations livides, sur ses jetons qui correspondaient à la mise minimale. Un Anglais, impeccable dans son col cassé raide, posait un regard de dédain sur la roulette en rotation, méprisant indifféremment les numéros qui sortaient jusqu'à ce que toute la rigidité qui restait en lui ne soit plus concentrée que dans son col. Sa bouche avait déjà adopté le pli sarcastique de celui qui va devoir affronter pain et maquereau au déjeuner dans l'attente du prochain mandat. Devant Felsen, une minuscule Portugaise décorée de la rosette de la Légion d'honneur tirait sur un fume-cigarette de quinze centimètres de long et portait des gants qui lui montaient aux aisselles. Elle jouait pour se distraire et offrait des cigarettes à une jeune femme, assise près d'elle, qui les fumait trop vite, la poitrine pressée contre le bois de la table comme si elle pouvait influencer le trajet de la bille. La jeune femme tenait un unique jeton de peu de prix qui avait imprimé des marques rouges dans la paume de sa main. C'était un jeton désorienté qui pouvait paraître sûr de lui sur sa case jusqu'à l'appel signalant les ultimes paris, quand il était alors contraint de rejoindre d'autres jetons sur des cases voisines avant de souffrir l'indignité de se voir retirer du champ. Il survécut de la sorte à cinq rotations de la roulette, jusqu'à ce qu'il trouve un foyer d'accueil sur le chiffre cinq, qui venait de sortir deux fois en dix minutes. La roue tourna, la bille d'ivoire roula et cliqueta, la main blanche s'avança.

— Madame, la réprimanda sévèrement le croupier.

La main recula brusquement. La bille se stabilisa sur le vingt-quatre et le jeton chaud fut ramassé par le râteau. La tête de la parieuse ploya. La main de la Portugaise trouva le dos de la jeune femme, lui appliqua une tape d'encouragement. Elle lui offrit une autre cigarette. La jeune femme se leva, se tourna et rencontra les yeux de l'Allemand posés sur elle. Elle sourit.

— Monsieur Felsen, je ne me trompe pas ?

— Exactement, mademoiselle Van Lennep, dit-il en lui tendant un tas de jetons. Voulez-vous les placer sur le rouge pour moi ?

La transfusion eut un effet instantané. L'anémie disparut. Le sang battit de nouveau. Les couleurs revinrent à ses joues. Elle se tourna.

— Mettez tout sur le pair, demanda Felsen.

Le pair sortit. Il partagea les jetons, en donna la moitié à la jeune femme.

— Ceux-là sont pour vous. Si vous devez jouer, misez cinquante-cinquante, mais souvenez-vous qu'il y a sur la roue un zéro qui finit toujours par faire basculer les choses en votre défaveur. Alors...

Elle s'était déjà retournée vers la table, puis se rendit compte que le conseil à venir était le plus important.

— Alors quoi ?

— Alors, ne jouez pas quand cela revêt de l'importance pour vous. Ne jouez que pour vous amuser.

La Portugaise qui, debout, avait la même taille que la jeune femme lorsqu'elle était assise hocha la tête pour marquer son accord. Laura Van Lennep rangea les jetons dans son sac à main. Felsen lui offrit son bras. Ils allèrent au Wonderbar où ils burent du whisky qu'elle allongea de soda. Dansèrent sur la piste éclairée jusqu'à ce que Felsen entre en collision avec l'un des chevaliers servants de Mme Branescu qui halait cette dernière de droite et de gauche comme il l'aurait fait d'un poêle en fonte. Ils échangèrent un signe de tête et Felsen quitta la piste avec sa partenaire. Ils s'assirent à une table située sur le devant, commandèrent un autre whisky.

— Vous ne m'avez pas expliqué ce qui vous amène à Lisbonne, monsieur Felsen.

— Qu'est-il arrivé à votre ami ? Edward, je crois, Edward Burton.

— Il a dû partir dans le Nord. C'est un de ces Anglo-Portugais qui viennent de la région de Porto. Les alliés comptent beaucoup sur eux pour effectuer des achats, vous savez, ils comprennent les habitants de ce pays. Il m'a raconté que cela revêtait une extrême importance, mais je pense qu'il est peut-être un peu bête.

Elle le rabaissait afin de se rapprocher d'un objectif plus immédiat.

— Pourquoi lui avez-vous demandé de vous aider ?

— Il est jeune, beau et il a des relations...

— Mais pas avec la femme du bureau des visas américains.

— Il a essayé. Elle les aime jeunes et beaux.

— Mais argentés.

Elle hocha la tête d'un air morne et tourna le regard vers les salles de jeu derrière eux. Les musiciens libérèrent Mme Branescu au terme de la danse suivante et elle passa à côté de Felsen en roulant un peu des yeux à son adresse.

— Qui est-ce ? demanda Laura Van Lennep.

— Mme Branescu, répondit-il. C'est elle qui dirige le bureau des visas au consulat américain.

Une expression proche de l'amour apparut sur le visage de Laura.

Une heure plus tard, Felsen retirait le bouton en perle sous son menton et ôtait le col de sa chemise. Il défit les boutons de manchettes en or portant ses initiales, les posa sur la table de nuit à côté d'une lettre qu'il avait rédigée sur le papier à en-tête de l'hôtel Parque, à l'intention de Mme Branescu. Il défit un des boutons de sa chemise.

— Laissez-moi faire, dit Laura.

La robe de soirée qu'elle avait empruntée était drapée sur la chaise longue où elle l'avait jetée en même temps que son petit sac à main entièrement vide. Elle s'agenouilla sur le lit, en bas et combinaison noirs. Felsen était devant elle. Le premier picotement d'adrénaline courut le long de ses jambes, sous l'ample pantalon noir. Elle déboutonna sa chemise, fit glisser les bretelles sur ses épaules, sortit les pans de tissu du pantalon. Il l'attira à lui et la sentit se raidir à son contact. Elle dégrafa le pantalon qui tomba droit à terre. En constatant quel triangle de voile dessinait le caleçon, sa tête trembla au sommet de son cou.

Elle tira le sous-vêtement à elle, l'abaissa et porta son doigt à ses lèvres. Son visage était écarlate et cela ne venait ni des whiskies ni du soda. Dans la salle de bains, au milieu des parfums et onguents fournis par l'hôtel Parque, elle trouva quelque chose qui correspondait à ce qu'elle cherchait. De l'huile de jasmin. Elle rentra dans la pièce où Felsen se tenait, la chemise toujours ouverte. Les gestes doux et consciencieux avec lesquels elle le lubrifia stimulèrent l'irrépressible urgence d'un homme aux abois. Elle fut saisie de frayeur quand il la fit pivoter sur le lit, froissa sa combinaison pour la relever et déchira la culotte frangée de dentelle déjà fragilisée. Elle tendit avec crainte une main derrière elle pour tenter de freiner ses ardeurs.

— Doucement.

Il se tenait entre ses talons nus qui dépassaient par les trous dans les bas de soie usagés. Elle poussa un cri quand il la pénétra et ses coudes cédèrent. Felsen l'agrippa par les hanches, la plaqua contre lui. De sa main elle battait l'air. Son visage était contorsionné de douleur, sa gorge comprimée à cause de la façon dont sa tête avait ployé sous elle pendant qu'il s'enfonçait davantage.

Felsen fut choqué de se sentir réagir avec excitation à chacun de ses refus, quand il vit ses doigts se tendre pour le repousser, les phalanges blêmes de l'autre main s'accrocher au dessus-de-lit chiffonné. Il ne tint pas longtemps.

Ils restèrent allongés sur le lit dans l'air léger et froid qui entrait par les fenêtres. Elle était pelotonnée sous les couvertures, frissonnait et s'évertuait à ne pas pleurer. C'étaient ces moments-là qui la faisaient toujours pleurer. La honte qu'elle en ressentait. Combien de fois cela s'était-il produit au cours des trois derniers mois ?

Felsen fumait. Il lui avait proposé une cigarette mais elle n'avait pas répondu. Il était irrité parce qu'il s'était attendu à trouver la plénitude. Mais, lorsqu'il avait éjaculé, il s'était aperçu que dans sa tête il n'y avait de place que pour Eva.

Il dormit mal, se réveilla tôt, seul dans la pièce désormais glaciale que l'air marin rendait humide. Il ferma la fenêtre. La lettre qu'il avait écrite pour la jeune femme et adressée à Mme Branescu avait disparu, les boutons de manchettes en or marqués KF qu'Eva lui avait offerts pour son dernier anniversaire n'étaient plus sur la table de nuit.

Plus tard dans la journée, il se fit conduire à Lisbonne et se rendit à la Pensão Amsterdão de la Rua de São Paulo. À la réception, ils n'avaient jamais entendu parler de Laura Van Lennep et la description qu'il en fit ne leur rappela personne. Il passa en revue les autres pensions de la rue, sans obtenir de résultat. Il se rendit au consulat américain, parcourut la file des visages, mais il n'y avait pas de femmes célibataires. Finalement, il se rendit au bureau maritime. Il était fermé, les docks déserts. Le *Nyassa* avait pris la mer.

10.

15 mars 1941, Guarda, Beira Baixa, Portugal

Il avait plu toute la nuit à Guarda. Il plut pendant tout le petit déjeuner et toute la réunion stratégique que Felsen avait organisée avec ses collègues pour décider de la tactique à adopter s'ils devaient acheter et convoyer à hauteur de trois cents tonnes de tungstène par mois durant le restant de l'année.

L'ampleur de la tâche s'était cristallisée dans son esprit lorsqu'il avait vu la mine Beralt des Britanniques, dans le sud de la Beira. La mine et ses bâtiments étaient considérables, le crassier colossal déjà intégré dans le paysage. Pour engendrer pareil terril, il fallait qu'une petite ville de puits de cent mètres de profondeur possédant des kilomètres de galeries s'étende sous ses pieds. Il n'existait rien qui s'en approchât, même de loin, dans toute la Beira. Cette prouesse technologique arrachait à la terre deux mille tonnes par an prélevées dans d'épaisses veines de wolfram horizontales. En comparaison, toutes les autres mines de la région n'étaient qu'égratignures et entailles à la surface de la croûte terrestre. Le seul espoir de Felsen résidait dans la motivation absolue de ses hommes. Il lui fallait galvaniser des milliers d'entre eux à la tâche qui consistait à glaner en surface. Et, bien sûr, à voler.

La réunion avait mal débuté. Ces hommes travaillaient déjà à plein temps et n'avaient jamais réussi à approcher les trois cents tonnes par mois. Ils commencèrent par se plaindre que les Portugais détenteurs de concessions avaient senti dans quel sens allait le marché et constituaient des stocks. Puis ils critiquèrent violemment les Britanniques qui avaient instauré des opérations de préemption, lesquelles avaient tiré les prix vers le haut et encouragé les Portugais à attendre sans bouger.

— Le prix n'est plus un obstacle, annonça Felsen pour calmer les participants. Notre tâche consiste à mettre la main sur le produit par tous les moyens possibles. Les renseignements qui m'ont été communiqués par nos services de Lisbonne indiquent que la Compagnie commerciale du Royaume-Uni est soumise à un processus décisionnaire lent, qu'elle n'est active sur le marché que durant de courtes périodes, qu'elle redoute les prix élevés parce que ses gestionnaires sont prudents et règlent leurs achats avec de l'argent emprunté. Les Anglais se sont tirés eux-mêmes dans le pied. Ils ont fait monter les prix et maintenant ils commencent à perdre des travailleurs. Leurs mineurs s'aperçoivent qu'ils peuvent gagner davantage en prospectant qu'en recevant un salaire pour descendre sous terre. Nous n'avons pas ces problèmes. Nous avons de l'argent. Nous pouvons développer une stratégie de l'offensive. Nous pouvons être cohérents.

— Qu'entendez-vous par « être cohérents » ?

— Nous ne manquons jamais d'acheter. Les Anglais, eux, ne le peuvent pas. Ils travaillent par à-coups, par périodes. Ils déçoivent. Nous ne décevrons jamais. Nous entretiendrons des relations proches avec les gens sur le terrain, ceux qui contrôlent les communautés locales, et nous développerons leur loyauté à la cause des achats allemands.

— Et comment l'obtenons-nous, cette loyauté ? gronda un des agents. Les Britanniques leur donnent du thé et des gâteaux, ils embrassent leurs enfants. Est-ce que nous en avons le temps, si nous courons après trois cents tonnes par mois ?

— Dans la Beira, la loyauté ne s'exprime qu'envers une seule chose, intervint un autre agent d'un ton lugubre.

— Ce n'est pas vrai, reprit le premier. Il y a des détenteurs de concessions qui ne vendront qu'aux Anglais, certains ont du sang anglais. Ils ne passeront jamais de notre côté.

— Vous avez raison tous les deux, dit Felsen. Tout d'abord, j'ai vu les gens d'ici, les gens ordinaires. Ils vivent comme nous au Moyen Âge. Ils n'ont rien. Ils parcourent trente-cinq kilomètres à pied avec cinquante kilos de charbon de bois sur le dos afin de le vendre en ville. Ils gagnent suffisamment d'argent pour se remplir le ventre et pouvoir rentrer à leur village. Ils sont très pauvres. Ils ne savent ni lire ni écrire. Une vie rude les attend. Ce sont ces gens qui creuseront la Beira pour nous et nous apporteront chaque morceau de wolfram qu'ils découvriront. Avec le temps, ils verront comme il est facile de gagner de l'argent ici, et d'autres viendront du Sud. L'Alentejo regorge de ces victimes de la pauvreté qui travailleront aussi pour nous.

— Et les mines qui vendent aux Britanniques, quel que soit le prix ?

— C'est le second point dont je voulais parler : ceux qui travaillent pour ces concessions habitent dans des villages. Nous nous infiltrerons dans les villages et les encouragerons au travail de nuit. Nous leur achèterons la production au tarif du marché en vigueur.

— C'est bien de vol dont vous parlez ?

— De répartition des richesses. De prises de guerre. Celle que nous allons livrer dans la Beira.

— Ils ne sont pas commodes, les habitants de cette région.

— Ce sont des montagnards. Les montagnards ne sont jamais commodes. Ils ont une vie dure, froide. Votre travail consiste à les comprendre, à les aimer, à devenir leurs amis... et à acheter leur tungstène.

Felsen divisa la région entre eux, plaçant un groupe d'agents à Viseu, Mangualde et Nelas, un autre à Celorico et Trancoso, un troisième plus au sud, à Idanha-a-Nova. Il se réserva la zone s'étendant au sud de Guarda jusqu'à la Serra da Malcata, et du pied de la Serra da Estrela à l'ouest jusqu'à la frontière espagnole. La majorité de la production transiterait par la route reliant Guarda à Vilar Formoso et franchirait la frontière en ce point. Il fallait qu'il ait la GNR, la *Guarda Nacional Republicana*, dans une poche afin que les camions puissent atteindre cet endroit, et l'*alfândega* dans l'autre pour qu'ils puissent entrer en Espagne sans encombre. La ville de Guarda était le point central de la région du wolfram. L'emplacement évident de son quartier général.

La pluie s'était arrêtée quand la conférence se termina. Son chauffeur entra pour lui annoncer qu'il avait livré les deux bouteilles de cognac au *chefe* de la GNR et qu'il serait préférable d'aller le rencontrer tout de suite, avant le déjeuner.

Le *chefe* de la GNR venait de Torres Vedras, il avait été nommé à ce poste récemment. C'était un homme bedonnant au visage menu encastré dans une grosse tête. Sa moustache fournie, aux extrémités torsadées en pointes, noire et aussi luxuriante qu'une fourrure de vison, lui conférait l'aspect d'un personnage perpétuellement jovial, ce qui la majeure partie du temps correspondait à la réalité. Sa main parut petite et douce dans la poigne paysanne de Felsen. Elle ne lui donna pas l'impression de pouvoir s'abattre avec toute la rigueur de la loi. L'Allemand s'assit de l'autre côté d'un bureau qui semblait avoir connu de violentes escarmouches lors des guerres napoléoniennes. Le *chefe* le remercia de son cadeau et lui proposa un verre d'absinthe. Il versa la liqueur verte dans deux petits verres. La bouche de Felsen se plissa au goût amer de l'armoise pendant qu'il déposait une feuille de journal sur le meuble, devant son interlocuteur. Il appuya son doigt à plusieurs reprises sur un article en bas de la page. Le *chefe* le lut en sirotant son absinthe et en pensant déjà au déjeuner. Il accepta une des cigarettes de Felsen.

— Vous faites la une, à Lisbonne, commenta l'Allemand.

— Dans cette région, en ce moment, les assassinats sont très fréquents, remarqua son interlocuteur en regardant par la fenêtre le ciel qui se dégageait.

— C'est le troisième en deux semaines. Les cadavres ont tous été retrouvés dans la même zone et tous étaient dévêtus, ligotés et massacrés à coups de gourdin.

— C'est à cause du wolfram, déclara le policier comme si cela ne le concernait en rien.

— Bien sûr que c'est à cause du wolfram.

— Ils sont tous devenus fous. Même les lapins sauvages en ramassent.

— Où en est votre enquête ?

Le *chefe* changea de position sur son siège et emplit ses poumons de l'étrange tabac turc. Le feu siffla dans la cheminée.

— Il y a eu un quatrième décès depuis.

— Un de vos hommes ?

Le Portugais hocha la tête et remplit les verres. L'absinthe gommait les rides sur son visage rebondi de telle sorte que l'écolier commençait à refaire surface.

— Est-ce que vous tentez d'élucider l'affaire ?

Le policier balaya l'air au-dessus de son bureau.

— Une situation de non-droit existe de fait dans la région, déclara-t-il d'un ton théâtral. Nous avons trouvé le corps.

— Toujours dans cette zone ?

Le même hochement de tête, plus lent cette fois.

— Où votre homme avait-il débuté son enquête ?

— Dans un village appelé Amêndoa.

— Peut-être comptez-vous vous y rendre en force ?

— La région que je dois couvrir est vaste. Les circonstances actuelles... difficiles.

— De telle sorte que vous aimeriez voir cesser ce non-respect des lois sans être contraint d'engager vos ressources en hommes.

— C'est peu réaliste. Il y a énormément d'argent en jeu, ici. Les gens ont l'habitude de vivre avec cinq *tostões*. Pour eux, un seul escudo représente une fortune. Quand un petit bloc de tungstène vaut soixante-quinze, quatre-vingts, cent escudos, c'est comme une fièvre qui s'empare de leur cerveau. Vous ne pouvez pas imaginer. Ils deviennent fous.

— Si je pouvais faire en sorte que votre loi soit respectée, qu'il n'y ait plus de violence, vous pourriez peut-être m'aider, en retour, pour certaines difficultés que je rencontre ?

— Plus de violence, répéta le *chefe* en s'adressant à son verre d'absinthe comme s'il avait suggéré cette idée. Plus du tout ?

— Plus du tout, assura Felsen, reprenant ce mensonge à son compte.

— Quelle serait la nature de vos difficultés ?

— Comme vous le savez, quantité de camions à moi vont véhiculer du minerai dans les régions minières et en direction de la frontière, à Vilar Formoso.

— Les douanes constituent une organisation à part.

— J'en suis bien conscient. Mais vous pouvez m'aider pour les papiers, les *guias* que nous devons présenter quand nous transportons le minerai d'un endroit à un autre.

— Les *guias* ont une très grande importance pour le gouvernement. Il faut qu'il sache ce qui part, et où ça va.

— C'est vrai et, en temps ordinaire, il n'y aurait pas de problème... la bureaucratie exceptée.

— Ah, oui, la bureaucratie, répéta le *chefe*, qui semblait soudain engoncé dans son uniforme. Vous êtes un homme d'affaires. Je comprends. Les hommes d'affaires aiment faire ce qu'ils veulent, quand ils le veulent.

Ils retombèrent dans le silence. À en croire les expressions qui se succédaient sur le visage du *chefe*, une lutte se déroulait en lui, comme s'il se forçait à avaler quelque chose d'indigeste.

— Je découvrirai également ce qu'il est arrivé à votre homme, ajouta Felsen.

Cependant, la difficulté n'était pas là. Ce meurtre ne préoccupait pas outre mesure le *chefe*.

— Les *guias* constituent un dispositif gouvernemental très important. Ce serait une infraction grave à...

— Bien sûr, une commission correspondant à chaque tonne transportée vous reviendra.

Felsen comprit qu'il avait touché juste. Les rides s'aplanirent. Les intestins s'apaisèrent. Le *chefe* lui prit une autre cigarette en même temps qu'il le transperçait du regard.

— Mais sans les *guias*, comment je ferai pour connaître le nombre de tonnes que vous aurez véhiculées ? Comment ma commission sera-t-elle calculée ?

— Vous et moi participerons à une réunion avec les douaniers une fois par mois.

Le sourire du *chefe* gagna plusieurs centimètres par la vertu de sa moustache joyeuse. Ils échangèrent une poignée de main puis vidèrent leurs verres. Le *chefe* ouvrit la porte à Felsen et lui appliqua une tape sur l'épaule.

— Si vous allez à Amêndoa, parlez à Joaquim Abrantes. Il a beaucoup d'influence dans la région.

La porte se referma derrière Felsen, le laissant dans la pénombre d'un couloir sans éclairage. Il sortit lentement du bâtiment en réfléchissant. Pour la première fois il apprenait qu'il ne fallait pas sous-estimer les Portugais. Il monta dans sa voiture, donna au chauffeur l'ordre de le conduire à Amêndoa, dans les contreforts de la Serra da Estrela.

Aucune route ne menait jusqu'à ce village. On empruntait une piste de terre tassée où affleuraient des blocs de granite. Elle était bordée par genêts et bruyères puis, plus tard et plus haut, par la forêt de pins. La pluie avait cessé mais le nuage demeurait accroché dans le ciel. Il descendait plus bas sur le flanc de la montagne, touchant la cime des arbres, puis enveloppant la voiture elle-même. Le chauffeur dépassait rarement la seconde. Des hommes apparurent sur la piste. Ils portaient des sacs fendus sur la tête, telles des capuches de moines. Gris et silencieux, ils s'écartaient sans se retourner. Assis au milieu de la banquette arrière, Felsen sentait chaque mètre l'éloigner davantage de la rude civilisation de Guarda. Il avait mentionné le Moyen Âge au cours de la conférence, mais ce qu'il voyait se rapprochait davantage de l'âge de fer, paraissait même antérieur. Il n'aurait pas été surpris de voir biner la terre à l'aide d'un os. Il n'avait pas encore aperçu un seul âne ni une mule. Tout le transport était assuré par des hommes, sur l'épaule, ou par des femmes, sur la tête.

La voiture déboucha en terrain plat. Aucun panneau n'annonçait Amêndoa. Des maisons en blocs de granite émergèrent du brouillard, une femme vêtue de noir traversa la route en traînant les pieds. Le chauffeur se rangea devant la seule habitation du village bâtie sur deux niveaux. Ils descendirent. Une porte ouverte donnait sur la rue. Une vieille femme s'activait au milieu de sacs de grain, de boîtes servant à la salaison des jambons, de fromages séchés, de paniers à pommes de terre, de bottes d'herbes, de seaux et d'outils. Le chauffeur lui demanda où ils pouvaient trouver Joaquim Abrantes. Elle abandonna sa tâche, ferma la porte avec la clé que tenaient ses doigts noueux et tordus, les précéda sur les marches en granite qui, à l'extérieur de la demeure, menaient à un perron soutenu par deux piliers, de granite eux aussi. Elle les abandonna là et pénétra à l'intérieur.

Quelques minutes plus tard, elle rouvrit la porte. Felsen baissa la tête pour entrer dans la maison sombre. Son chauffeur retourna à la voiture. Un feu dégageait une fumée épaisse dans une vaste cheminée qui ne produisait aucune chaleur. Au fur et à mesure que ses yeux s'habituèrent au manque de lumière, Felsen commença à discerner un vieil homme assis devant l'âtre. Des *chouriços* pendaient à une perche au-dessus de sa tête. La femme avait sorti un chiffon de sa poche et essuyait les yeux du vieillard. Il gémissait tout bas comme si, tiré du sommeil, il se réveillait dans un monde de douleur. Elle quitta la pièce. Quelque part dans le bâtiment, on toussa et cracha. La femme revint avec deux petites lampes en argile dans lesquelles brûlait de l'huile d'olive. Elle en plaça une sur la table et indiqua un fauteuil à Felsen. Certaines des ardoises du toit étaient visibles à travers les lattes, entre les chevrons de la charpente. Elle laissa l'autre lampe dans une niche du mur, essuya à nouveau les yeux du vieil homme et partit. Les deux fenêtres de la pièce étaient en permanence protégées des intempéries par de lourds volets de bois.

Au bout de quelques minutes, la porte à double battant qui se trouvait derrière Felsen s'ouvrit avec réticence. Un homme trapu à la carrure impressionnante s'insinua de biais par l'ouverture. Il cria quelque chose vers le fond de la maison, tendit une main qui se referma sur celle de Felsen avec une fermeté mécanique. Il s'assit en posant ses avant-bras sur la table. Ses mains rudes, aux ongles cassés, prolongeaient des poignets massifs. Sous la veste épaisse, son corps puissant laissait deviner une ossature solide. Felsen reconnut quelque chose en lui et sut, dès ce premier instant, que cet homme allait l'aider à contrôler la Beira.

Une jeune fille coiffée d'un foulard apporta une bouteille d'*aguardente* et deux verres. Le visage du Portugais restait immobile dans le flamboiement de la lampe à huile, vaste comme un paysage de mine à ciel ouvert. Ses cheveux étaient rejetés en arrière en une épaisse coulée de lave noire et grise, son front et son nez ressemblaient à un escarpement surmonté d'une crête de granite exposée, ses orbites et ses pommettes à des cratères. Des années de vent froid et sec avaient rigidifié toute la géographie de son visage en lui conférant l'austérité. Il était impossible de deviner son âge : il pouvait se situer entre trente-cinq et cinquante-cinq ans. Mais quels que soient les minéraux représentés dans les os de son visage, ils ne s'étendaient pas jusqu'à ses dents qui étaient noircies et usées, plantées de travers, jaunies ou simplement manquantes. Joaquim Abrantes versa l'alcool pâle dans les verres. Ils burent.

La jeune fille revint avec du pain, du jambon séché, du fromage et du *chouriço.* Elle posa un couteau devant Abrantes. Son visage était très jeune, ses yeux de couleur claire, bleus ou verts, difficile à déterminer à la lumière jaune de la lampe à huile. Une mèche de cheveux blonds dépassait sous son foulard. C'était la plus jolie fille que Felsen eût vue depuis son départ de Lisbonne, mais jeune, pas plus de quinze ans, et cependant, étrangement, elle possédait les formes épanouies d'une femme adulte.

Abrantes regarda l'Allemand qui contemplait la jeune fille. Il poussa le jambon devant lui, lui tendit le pain et le couteau. Felsen mangea. Le jambon était d'une suavité exquise.

— *Bolotas,* expliqua Abrantes, des glands. Ils donnent une grande douceur au jambon, non ?

— Je n'ai pas vu beaucoup de chênes par ici. Il n'y a que du genêt et du pin.

— Loin des montagnes, il y en a. Je les monte ici. Ma viande de porc est la plus fondante de la Beira.

Ils continuèrent à manger et à boire. Le *chouriço* était parsemé de fragments de gras. Le fromage tendre, relevé et salé.

— On m'a dit que vous veniez me voir, commença Abrantes.

— Je ne vois pas comment c'est possible.

— Les nouvelles arrivent jusqu'ici. Nous avons même entendu parler de votre guerre.

— Dans ce cas, vous savez pourquoi je suis là.

— Pour enquêter sur des meurtres.

Les épaules d'Abrantes tressautaient, un cliquetis métallique émanait de sa veste. Il riait.

— Ces meurtres m'intéressent, c'est exact.

— Je ne vois pas en quoi la mort de quelques paysans portugais vous intéresserait.

— Et celle du membre de la GNR.

— Un accident. Il est tombé de cheval. Ce genre de chose se produit en terrain accidenté. De toute façon, qu'est-ce que ça a d'intéressant ? Il n'y a pas assez de tueries pour vous occuper, dans votre guerre, sans que vous éprouviez le besoin de venir dans la Beira ?

— Voilà qui est intéressant, parce que ça signifie que quelqu'un contrôle la situation.

— Et c'est une situation que vous voudriez, peut-être, contrôler vous-même.

— C'est votre pays, *Senhor* Abrantes. Ce sont vos concitoyens.

Les verres furent remplis à nouveau. Felsen proposa une cigarette. Abrantes refusa ; il n'était pas encore prêt à accepter quoi que ce soit. Felsen admira cette psychologie.

— *Senhor* Abrantes. Je vais faire de vous un homme très riche.

Joaquim Abrantes fit tourner son verre comme s'il le vissait dans le bois de la table. Il ne réagit pas. Peut-être avait-il déjà entendu ces mots.

— Vous et moi, *Senhor* Abrantes, nous allons nous approprier le marché du wolfram qui n'est pas régi par contrat, pour toute la région, jusqu'au plus petit fragment.

— Pourquoi est-ce que je devrais travailler avec vous alors que je me débrouille très bien tout seul ? Et si vous pouvez m'apporter la richesse, qu'est-ce qui empêche les Anglais de faire pareil ? Je préfère peut-être laisser jouer la loi du marché. Elle ne peut aller que dans un sens, pour autant que je puisse voir.

— Les Britanniques n'investiront jamais pour un tonnage aussi élevé que nous.

— Ils achètent quand même. Ils achètent pour vous interdire l'accès à la production.

— Qu'est-ce que vous pensez du prix actuel du wolfram ?

— Il est élevé.

— Vous achetez ?

Abrantes changea de position sur son siège.

— J'ai des stocks. Les prix montent.

— Si, comme vous le supposez, le prix ne change que dans un sens, vous allez vendre cher pour acheter plus cher... enfin, si vous désirez rester sur le marché.

L'œil le plus sombre d'Abrantes, le plus éloigné de la lumière, le scruta par-dessus l'arête granitique de son nez.

— Quelle est votre proposition, *Senhor* Felsen ?

— Je vous propose d'augmenter vos capacités à diriger le commerce du tungstène. Pour mon compte.

— Vous avez l'argent, je n'en doute pas, mais est-ce que vous avez la moindre idée sur la façon de vous y prendre ?

— Peut-être possédez-vous une meilleure connaissance de la région que moi.

Abrantes posa sur son pouce un bout de pain et de fromage qu'il porta à sa bouche et qu'il chassa avec de l'*aguardente.*

— Une grande partie du wolfram que l'on m'apporte n'est pas pur, expliqua-t-il. Il est toujours mélangé à du quartz et à des pyrites. Si nous créons des compagnies de purification du minerai, nous le ferons venir en plus grande quantité et nous garantirons la qualité.

Felsen acquiesça de la tête.

— J'exigerai le contrôle financier, poursuivit Abrantes. Je ne veux pas être obligé de demander la permission pour chaque bout de roche que j'achèterai, et j'exigerai une part des profits, et s'il n'y en a pas, un pourcentage garanti sur le chiffre réalisé.

— Combien ?

— Quinze pour cent.

Felsen se leva et se dirigea vers la porte.

— Vous parviendriez peut-être à gagner autant, pour votre propre compte, en traitant des petits volumes de marchandise, mais je ne peux pas vous offrir ce genre de pourcentage, et de loin, sur les volumes dont je parle.

— De quels volumes s'agit-il ?

— De milliers de kilos plutôt que de centaines.

Le Portugais soupesa mentalement l'information.

— Si je marche avec vous, je ne suis plus présent sur le marché...

— Je ne vous interdis pas de commercer de votre côté.

— Combien de temps allez-vous exercer cette activité ? Je n'ai aucune garantie que vous...

— *Senhor* Abrantes. Cette guerre... cette guerre pour

laquelle nous avons besoin de ce tungstène va tout modifier. Savez-vous ce qui se passe en Europe ? L'Allemagne contrôle tout, de la Scandinavie à l'Afrique du Nord, de la France à la Russie. Les Britanniques sont finis. L'Allemagne va contrôler l'économie de l'Europe et, si vous travaillez avec moi, vous serez un ami de l'Allemagne. Par conséquent, pour répondre à votre question, *Senhor* Abrantes, nous serons sur le marché pour la durée de votre vie, celle de vos enfants, des leurs et d'autres après encore.

— Dix pour cent.

— Ce commerce ne pourrait pas supporter un tel pourcentage, affirma Felsen en tendant la main vers la porte.

— Sept.

— Je ne crois pas que vous saisissiez ce qui nous attend en ce domaine, *Senhor* Abrantes. Sinon, vous comprendriez que un pour cent suffirait à faire de vous l'homme le plus riche de la Beira.

— Revenez vous asseoir. Nous pouvons discuter. Nous devons manger. Vous devez savoir combien il est important pour nous que nous mangions maintenant.

— Je le sais, répondit Felsen en reprenant place.

La jeune fille leur apporta un épais ragoût de porc, foie et boudin noir. Elle remit du pain sur la table ainsi qu'un pichet de vin rouge. Les deux hommes mangèrent seuls. Abrantes apprit à Felsen que ce plat s'appelait *sarrabulho* et que c'était ce que la mère de la jeune fille lui avait enseigné de mieux.

Joaquim Abrantes avait peut-être été un paysan, à une époque, mais il ne l'était plus. Ce qui ne signifiait pas, comme Felsen s'en aperçut durant la discussion qui les mena à un accord concernant volumes et pourcentages, qu'il savait lire et écrire. Cela signifiait que son père avait cultivé la terre et qu'à eux deux ils avaient agrandi leurs possessions. Il était propriétaire de cette maison, qui était attenante à deux autres, sur l'arrière et le côté. Il avait des bêtes. Il appréciait la bonne nourriture et le bon vin. Il avait sa jeune femme. C'était un rustre étrange. Les rares fois où leurs regards se croisèrent, Felsen éprouva le même sentiment que s'il scrutait l'intérieur d'un crâne de taureau. Quelque chose d'énorme, d'individuel et d'universel à la fois se déroulait dans le cerveau de cet homme. Il comprenait des notions surprenantes concernant les échanges et les chiffres, mais n'avait aucune conception de la cartographie ni des distances, à moins de les avoir parcourues lui-même. Il avait l'instinct du pouvoir. Il n'aimait personne à l'exception de son vieux père à demi aveugle. Les femmes ne lui parlaient pas.

Après le déjeuner, il s'excusa. Felsen se leva et s'étira. Par la porte à double battant il distingua un salon où la mère faisait du crochet et, plus loin, la cuisine. Abrantes se tenait derrière la jeune fille dont les deux paumes étaient appuyées sur la table. Il avait la main glissée sous sa jupe. Il réajusta le devant de son pantalon, baissa les yeux comme s'il envisageait de la monter séance tenante. Il changea d'avis et sortit en empruntant l'escalier sur l'arrière.

11.

3 juillet 1941, Guarda, Beira Baixa, Portugal

Felsen transpirait, assis à une petite table proche de la fenêtre aux volets fermés, dans le restaurant où l'air ne circulait pas. Il y avait des ventilateurs mais aucun n'était en état de marche. Les volets interdisaient à la chaleur accablante, renvoyée par les pavés et les façades de pierre des maisons, d'entrer, mais ils ne résolvaient en rien l'absence de ventilation à l'intérieur. Le restaurant accueillait quinze clients répartis entre deux tables voisines de la porte, et lui, seul à l'autre extrémité. Ces hommes, des *volframistas,* étaient bruyants : ils avaient trop d'argent grâce à leurs découvertes en minerai, et trop de cognac dans le ventre. Ils arboraient tous des *chapéus ricos,* identiques aux chapeaux des pauvres mais coûtant plus cher, et des stylos à plume dans la poche de poitrine de leur veste même si tous, jusqu'au dernier, étaient illettrés. Le restaurant avait bénéficié d'une relative tranquillité jusqu'à ce qu'ils aient épuisé le meilleur vin de la maison, moment où ils s'étaient mis à consommer du cognac en quantité équivalente. Leurs rivaux, à la table voisine, leur tenaient tête, bouteille pour bouteille. Les insultes succédaient aux insultes, comme des assiettes sales s'empilant dans l'évier, et ils menaçaient d'imbiber de sang le plancher nu et rugueux.

Joaquim Abrantes entra et cria en direction de la table la plus proche de la porte. Les convives gras et suants se calmèrent. Les autres *volframistas* poursuivirent un échange d'insultes qui ne s'exerçait plus que dans un seul sens. Abrantes tourna lentement la tête vers eux et leur adressa un sourire qui dévoilait une toute nouvelle dentition. Un spectacle plus sinistre que celui de ses chicots antérieurs. Ils se turent.

Le Portugais s'assit en face de Felsen, dans son costume neuf. Il apprenait la valeur du sourire dans les transactions commerciales avec les Européens du Nord, mais n'avait pas encore maîtrisé le nouveau dentier qu'il s'était fait poser à Lisbonne, le mois précédent, aux frais de l'Allemand.

Celui-ci venait de rentrer par avion de Berlin après une réunion où il avait vu le Gruppenführer Lehrer dévoiler sa facette la plus laide. Le 20 juin, Lehrer était passé voir Fritz Todt, le ministre de l'Armement, gris et malade d'inquiétude devant les conséquences, sur ses lignes de production, de l'invasion de la Russie qui devait débuter le 22 juin. Lehrer avait annoncé à Felsen que les réserves en tungstène étaient lamentables et il lui avait tracé un tableau vivant d'une autre réunion qu'il avait eue avec le SS-Reichsführer Himmler. Ce dernier lui avait écrabouillé les couilles sur la moquette à coups de talon. Felsen en doutait. Il avait vu Himmler à un rassemblement de masse avant la guerre, à Munich : il était davantage du genre à bouffer des statistiques qu'à écrabouiller les couilles de ses subordonnés.

Autour d'un déjeuner, un résultat brut était sorti de cette désagréable rencontre : le tungstène était exigé à n'importe quel prix. Felsen devait également se mettre en quête d'étain, et développer d'autres marchés : les sardines, l'huile d'olive, le liège, les peaux, les couvertures, par exemple.

— Allons-nous nous mesurer aux Russes durant l'hiver ?

— La Russie est un immense pays, avait répondu Lehrer lentement et calmement. Le léger retard que nous avons pris n'a pas été... opportun.

— Il faut du temps pour conquérir la Yougoslavie, la Grèce, la Roumanie, la Bulgarie...

— Le champagne n'a sans doute pas cessé de couler à l'hôtel Parque, avait rétorqué Lehrer en le coupant brutalement.

— Ce n'est pas à moi qu'il faut le demander, Herr Gruppenführer.

Le riesling avait pris un goût acide.

Felsen était remonté dans l'avion pour Lisbonne et s'était tourné vers l'Abwehr pour obtenir les renseignements confidentiels susceptibles de lui fournir un avantage sur les Anglais. Ceux-ci s'étaient alignés sur ses nouveaux prix et avaient enlevé un contrat de cinquante tonnes, à son nez et à sa barbe. L'Abwehr ne l'avait aidé en rien. Felsen était maintenant de retour dans la Beira et cherchait à qui il pourrait, à son tour, botter les fesses.

Abrantes aspira sa soupe entre ses dents toutes neuves. Felsen, qui avait deux plats d'avance sur lui, grignotait sans appétit un imposant morceau de porc.

— Demain après-midi, annonça Abrantes, entre quatorze et seize heures, une voiture roulera sur une petite route, entre Melos et Seixo.

— Avec un agent anglais à l'intérieur ?

Abrantes hocha la tête.

— Nous savons autre chose ?

— Non. Si ce n'est que cette route traverse une forêt de pins.

— Qui vous l'a dit ?

— Le chauffeur.

— Il est fiable ?

— Il a demandé mille escudos et il veut un travail. Il va falloir que nous nous occupions de lui.

— La fiabilité commence à revenir cher.

Abrantes eut un hochement de tête par-dessus son épaule en direction des *volframistas.*

— Ils ne veulent plus manger de pain, c'est trop bon marché. Ils ont des montres-bracelets mais ils ne savent pas lire l'heure. Ils se font poser des couronnes en or sur leurs dents pourries, mais ils continuent à dormir au-dessus de leurs moutons. La Beira est devenue un endroit de fous. Un village entier s'est déplacé pour me voir hier. Un village entier ! Quatre cents personnes venues d'un village, à l'extérieur de Castelo Blanco. Ils ont entendu parler des prix. Deux cents escudos contre un petit bout de roche, ça leur permet de gagner cinquante fois leur salaire journalier. Ils appellent ça l'or noir.

— Ça ne peut pas continuer.

— Bientôt ils vont acheter des voitures, et après, vous verrez. Nous serons tous des hommes morts.

— Le docteur Salazar ne laissera pas la situation se détériorer de la sorte. Le gouvernement n'autorisera pas les gens à partir de chez eux, à cesser de s'occuper de leurs récoltes. Il ne tolérera pas de voir les prix et les salaires échapper à tout contrôle. Salazar sait ce qu'est l'inflation.

— L'inflation ?

— Un fléau qui s'abat sur les portefeuilles.

— Racontez-moi.

— Une maladie qui tue l'argent.

— L'argent, c'est du papier, *Senhor* Felsen, lui répondit Abrantes d'un ton catégorique.

— Vous savez ce qu'est le cancer ?

Abrantes hocha la tête et cessa de dévorer sa *bacalhau*.

— Eh bien, il existe aussi un cancer du sang. On croirait que celui-ci n'a pas changé, il est toujours rouge, mais quelque chose pousse dedans. Un jour, on regarde son billet de dix escudos, et le lendemain il en vaut cent, le jour suivant il vaut mille escudos.

— Et ce n'est pas bon ?

— L'argent a toujours le même aspect mais il n'a plus de valeur. Le gouvernement imprime des billets uniquement pour ne pas être débordé par l'augmentation des prix et des salaires. Votre billet de mille escudos ne vous permet plus de rien acheter. Nous savons ce qu'est l'inflation, en Allemagne.

Le couteau et la fourchette de Joaquim Abrantes restaient en suspens au-dessus de sa *bacalhau*. Ce fut la seule fois où Felsen le vit en proie à la peur.

4 juillet 1941, Serra da Estrela, Beira Baixa, Portugal

Il faisait chaud. Une chaleur insupportable, sans un souffle d'air. Même dans les contreforts de la *serra* où il aurait dû y avoir une petite brise, il ne régnait que cette chaleur desséchante qui blanchissait tout, si intense que Felsen la sentait brûler sa gorge et ses poumons. Il transpirait sur le siège arrière de la Citroën. La vitre était ouverte et la fournaise l'engloutissait. Il but de l'eau tiède dans une flasque en métal. Abrantes était assis à ses côtés, la veste sur les épaules. Pas une goutte de sueur n'était visible sur lui.

Ils étaient venus de Belmonte où des multitudes de personnes envahissaient le paysage sauvage calciné par le soleil. Felsen avait songé, tant ils étaient nombreux, qu'il avait dû se produire un miracle, une nouvelle vision comme celle qui avait eu lieu en dehors de Fátima en 1917, et que les gens se précipitaient dans l'espoir d'apercevoir la Sainte Vierge. Mais c'était le wolfram qui les avait attirés là. Ce magma noir, cristallisé et scintillant qui avait jailli du centre de la terre un million d'années plus tôt.

Felsen se trouvait à l'origine de ce nouveau culte qui le fascinait et l'horrifiait à la fois. Les gens avaient abandonné leur vie normale. Des maires de petites localités, des bureaucrates, des hommes de loi, des cordonniers, des maçons, des fabricants de charbon de bois, des tailleurs... tous avaient quitté leur travail pour aller prospecter les collines, arracher la bruyère, creuser la terre, le cerveau grouillant du virus du tungstène. Si l'envie prenait à quelqu'un de mourir, il ne restait pas une âme pour organiser les funérailles, pour fabriquer le cercueil.

L'Anglais blond se sentait mal. Il était avachi sur le siège arrière de l'épave qui lui servait de voiture, essayant de procurer un peu de fraîcheur à sa peau pâle, à ses bras rouges et à son visage rose. Depuis Viseu, le trajet avait été long, désagréable, tout s'était passé de travers. Il avait cessé de penser au wolfram après la première crevaison et s'était laissé envahir par un léger délire où, marié à une Hollandaise aux yeux bleus dont il avait des enfants, il était devenu viticulteur.

La route l'arracha dans un cahot à ce rêve éveillé, le chauffeur possédant un génie instinctif pour trouver les nids-de-poule les plus profonds. Des fragments de réalité perforèrent ses pensées. Pourquoi tenait-elle à partir en Amérique ? Il ne servait à rien d'essayer d'en discuter. Devrait-il se sentir coupable ? Peut-être. Peut-être aurait-il dû au moins se rendre au consulat américain, essayer de parler à la femme du bureau des visas, mais pourquoi faudrait-il se faire du mal à soi-même ? Seigneur, cette chaleur, cette lumière bizarre. Le sable venu du désert, lui avait expliqué le chauffeur. Un sombre crétin, celui-là, insolent par-dessus le marché. Ces gens de la Beira, il ne saurait jamais s'y prendre avec eux. Pourquoi l'avait-on fait venir du Minho ? La température n'atteignait jamais pareils extrêmes, là-bas dans le Nord, et les habitants étaient plus faciles. Le wolfram. Et dire qu'il ne l'avait même pas embrassée une seule fois.

La voiture de Felsen aborda la pente, pénétra sous la forêt de pins, négocia les épingles à cheveux pour arriver dans le fond de la vallée puis remonta de l'autre côté. Un petit camion la suivait, dans lequel avaient pris place un conducteur et quatre hommes. Ils atteignirent le virage qu'ils avaient repéré la veille et mirent pied à terre. Les deux véhicules partirent un peu plus haut sur la route avant de s'arrêter.

Deux hommes halèrent en travers de la chaussée le pin qu'ils avaient déraciné la veille et tiré à cet endroit. Un troisième, qui portait une hache, gravit la pente vers l'épingle à cheveux. Felsen, Abrantes et les autres s'enfoncèrent dans le bois de pins torride et susurrant. Abrantes confia un gros bâton à chacun. Ils s'assirent sur une couche d'aiguilles de pin sèches. Abrantes allongea une de ses jambes, tira un Walther P48 de sa ceinture. Felsen alluma une cigarette, mit la tête entre ses genoux. Il avait trop bu la nuit précédente. Cette chaleur ne cessait de se refermer davantage sur lui, la lumière rougeoyait comme si un événement terrible allait se produire, un événement contre nature, un tremblement de terre par exemple. Les hommes chuchotaient derrière lui, les talons enfoncés dans le versant de la colline.

— Vos gueules, ordonna-t-il en s'adressant à la terre.

Ils obéirent.

Il essaya de réorganiser les plis de son caleçon autour de son sexe à vif à cause des excès de la veille. Il frémit au souvenir de l'ample fessier de la prostituée envahi de cellulite, de sa toison noire dense et de son haleine aux relents d'ail et de cloaque. L'écœurement lui comprima la gorge, l'empêchant de déglutir. Des mouches se posaient sur sa chemise trempée de sueur et l'agaçaient au point qu'il lançait de grands gestes brusques derrière son épaule. À nouveau il se retrouvait au plus bas. Il tenta de laisser vagabonder ses pensées mais elles revenaient s'échouer sur les mêmes écueils. Eva, Lehrer, les boutons de manchettes en or que la jeune Hollandaise lui avait volés.

Les hommes avaient repris leur murmure. Ça le rendit fou furieux. Il se leva d'un bond en sortant son pistolet de sa poche. Il le pointa sur chacun d'eux à tour de rôle.

— Ta gueule. Ta gueule. Ta gueule.

Abrantes leva la main.

Tous, au même moment, entendirent la voiture au fond de la vallée. Elle changea de vitesse pour s'attaquer à la pente. Les hommes avaient l'immobilité des chouettes sur une branche. Felsen s'assit et regarda à travers les arbres en direction de celui qui portait la hache et qui attendait un peu plus haut, sur le bord de la route, à cinquante mètres de l'arbre couché à terre. Il leva la main. La voiture progressait, d'épingle à cheveux en épingle à cheveux, le chauffeur dédaignant l'embrayage et faisant grincer les vitesses. L'odeur âpre de la résine commença à irriter le fond de la gorge rêche de Felsen.

— Vous allez bousiller la boîte de vitesses si vous n'utilisez pas l'embrayage, cria l'Anglais sur son siège.

Le chauffeur ne modifia en rien sa manière de conduire. Il godillait à l'envi avec le levier de changement de vitesse, martyrisait les pignons comme s'il adorait entendre le bruit du métal torturé. L'Anglais se laissa retomber en arrière tandis que la voiture attaquait en vibrant le virage suivant. Comment ce serait, de l'embrasser sur la bouche ? Une fois, il en avait effleuré la commissure avec ses lèvres, et la nouveauté de ce contact avait déclenché en lui un frisson fulgurant. Il y avait des mois de cela. Serait-elle encore là ? Il sortit son portefeuille d'où il fit glisser la photo de la jeune femme avec son pouce. Il sentit que la voiture ralentissait.

— Que se passe-t-il ?

— Un arbre en travers, annonça le conducteur en emballant le moteur dans une tentative désespérée pour éviter de caler.

— Tombé tout seul ou abattu ?

L'Anglais fouillait du regard les pins alentour tout en rangeant son portefeuille.

— Tombé... on voit les racines.

— Comment un pin peut-il tomber en cette période de l'année ?

Le chauffeur haussa les épaules. Il n'était pas un expert. Il n'était expert dans aucun domaine, pas même dans celui de la conduite.

— Allez jeter un coup d'œil, ordonna l'Anglais.

Le chauffeur écrasa à nouveau l'accélérateur.

— Non, attendez, ajouta tout à coup le passager, pris d'inquiétude et de soupçon.

Pendant deux minutes entières, personne ne descendit de la voiture. Le chauffeur fit rugir le moteur avant de lui imposer brusquement silence. Ils demeurèrent tous tapis dans le calme imprégné de l'odeur de résine et uniquement rompu par les cigales. Le chauffeur descendit, posa sur l'arbre l'indolence de son regard. Il alla ouvrir le coffre, fouilla à l'intérieur en aveugle. Referma, se pencha par la vitre de la portière arrière.

L'agent anglais apparut. Il était grand, vêtu d'une chemise blanche aux manches relevées et d'un pantalon kaki. Un revolver pendait à sa main droite. Il scruta la profondeur des arbres au-dessus du toit de la voiture. S'approcha pour inspecter la base du tronc. Retourna au véhicule, posa l'arme sur le toit, ôta sa chemise qu'il lança par la fenêtre arrière. Il était en maillot de corps blanc, maintenant, il avait les bras rouges jusqu'au coude et blancs au-dessus.

Felsen abaissa sa main et l'homme qui portait la hache au creux du coude s'avança sur la route en direction de l'arbre.

— *Boa tarde*, lança-t-il aux deux hommes debout sur la chaussée.

L'Anglais saisit d'un geste vif son revolver sur le toit de la voiture pour le braquer en direction du paysan, dont les mains se levèrent aussitôt. La hache tomba au sol avec fracas. L'agent lui fit signe, de l'autre côté du tronc. Le paysan regarda sa hache. L'Anglais fit non de la tête.

— *Não, não, anda cá, anda cá*, dit-il.

Avec un accent prononcé, le paysan répondit qu'il ne voulait pas laisser sa hache comme ça par terre. Le chauffeur répéta ses paroles à l'étranger. Celui-ci ordonna au Portugais de ramasser l'outil et de le lui remettre. Le paysan présenta le manche en bois poli. L'agent tendit la hache au chauffeur en lui indiquant de se mettre au travail.

— Il n'a qu'à le faire, lui ! protesta l'intéressé.

— Je veux que ce soit vous. Lui, nous ne savons pas qui c'est.

Le chauffeur refusa de la tête et s'éloigna. L'Anglais était furieux mais il se retrouvait coincé. Il enfonça le revolver sous sa ceinture et s'attaqua à l'arbre. Le chauffeur s'installa sur le pare-chocs avant, épongea la sueur sur son front. Le paysan regardait l'agent avec, sur le visage, l'indulgence que témoigne l'ouvrier quand il voit quelqu'un qui ne sait pas se servir d'un outil. En quelques secondes, l'agent était couvert de transpiration. Au début, il s'interrompit pour essuyer la sueur, puis il se contenta de donner des petits coups de tête afin de l'empêcher de lui tomber dans les yeux. Les mains du paysan le démangeaient.

— Il l'a voulu, grommela Felsen pour lui-même en se laissant glisser sur la pente jusqu'au bord de la route. On le laisse faire.

Felsen et Abrantes longèrent la voiture, chacun d'un côté,

dépassèrent le chauffeur assis sur le pare-chocs. Felsen hocha la tête à l'adresse du paysan.

— *Posso ?* demanda celui-ci à l'Anglais. Je peux ?

L'étranger lui tendit la hache et sentit la chaleur du Walther P48 de Felsen s'enfoncer dans le creux derrière son oreille droite. Abrantes le délesta de son revolver. Les jambes de l'Anglais tremblaient dans son pantalon. Il pivota lentement et ne put dissimuler la lueur qui traversa son regard quand il reconnut l'Allemand.

Lui, pensa Felsen, la tête embrasée, l'ami de Laura Van Lennep. Celui qui avait refusé de lui serrer la main. Quel était son nom, déjà ? Edward Burton.

Abrantes ordonna au chauffeur de l'Anglais d'aider ses hommes à écarter l'arbre de la route. L'homme n'était pas d'accord : ce n'était pas un travail pour lui, et ses mille escudos, alors ? Abrantes abaissa son chapeau sur sa tête. Felsen, qui était déjà à la limite, explosa. Il arracha le bâton des mains d'un des hommes et se précipita sur le chauffeur. Ce dernier adopta une stratégie de repli, mais il était trop tard. Felsen lui tomba dessus à bras raccourcis, cinglant, frappant et fouettant. Le chauffeur s'effondra sous la frénésie de la première volée de coups. Son cœur battant à tout rompre dans sa poitrine, Felsen se laissa tomber à genoux et cogna, cogna, cogna jusqu'à ne plus savoir sur quoi.

Les autres avaient interrompu leur travail et l'observaient tout en dégoulinant de transpiration.

L'Allemand essuya son front sur son épaule, y laissant une tache sombre. Il se frotta les yeux sans parvenir à éclaircir les limites mal définies de son champ de vision. Il pantelait, toujours à genoux, le sang battant dans sa tête, sa vue vibrant au même rythme. Il baissa le regard vers le tas de chairs informes devant lui et sentit son ventre se soulever. Il se redressa sur des jambes flageolantes, le bâton ensanglanté pendant dans le vide au bout de sa main. L'Anglais vomissait.

Le caractère maladif de la lumière, écharpe de terre rouge, là-haut, enveloppant le soleil, s'accentua encore.

Les hommes n'avaient pas repris leur travail et Felsen pensa qu'il allait imiter l'Anglais jusqu'au moment où il vit leurs visages. Ils étaient désorientés et effrayés par le pouvoir que possédait cet homme, capable de commettre un tel acte pour une peccadille. Un comportement que l'Allemand les avait déjà vus adopter, mais seulement en présence d'Abrantes.

— Maintenant, vous comprenez l'importance de l'obéissance, dit-il en pointant son gourdin sur eux tout en respirant avec difficulté. N'est-ce pas, *Senhor* Burton ?

Entendre prononcer son nom arracha brutalement l'agent à ses haut-le-cœur et l'obligea à se redresser, mais il ne put articuler une parole. Ses lèvres étaient devenues blanches dans son visage pâle. Son front transpirait à grosses gouttes comme s'il était atteint du choléra.

— Enterrez-le, ordonna Felsen en jetant son bâton au pied des hommes.

Abrantes entraîna Burton vers le siège arrière de la voiture pendant que Felsen s'installait au volant. Ils s'arrêtèrent à la maison du Portugais où ils se munirent d'une chaise, d'une corde et d'une bouteille de *bagaço* frais, prélevée au fond de la cave. Ils roulèrent jusqu'à une mine désaffectée, dans les collines proches d'Amêndoa, une de celles où la veine de wolfram s'était éteinte au bout de trente mètres. Dans le coffre de la voiture se trouvaient un brasero, du charbon de bois et plusieurs *chouriços*. Abrantes répandit l'alcool pur du *bagaço* sur le charbon de bois et enflamma le tout. Dans la mallette de Burton, Felsen découvrit des liasses de billets, pour une somme de cinq cent mille escudos, et un contrat non signé correspondant à quatre-vingts tonnes de wolfram auprès d'une concession minière de Penamacor. Il avait toujours la gorge sèche, mais comme il n'y avait pas d'eau, il avala d'un trait du *bagaço* froid et s'essuya la bouche sur sa manche.

— Vous avez revu Laura ? demanda-t-il en anglais en feuilletant le contrat.

— La Chave d'Ouro, prononça Burton de manière purement automatique.

— Est-ce qu'elle l'a obtenu, son précieux visa ?

Burton scruta son passé comme s'il voyait sa propre patrie s'éloigner à l'horizon. Felsen engloutit une nouvelle rasade d'alcool pour essayer d'empêcher la douleur de lui vriller le crâne. L'alcool frais le brûla en descendant dans son estomac.

— Alors, elle l'a eu ? répéta-t-il.

Burton leva un regard égaré mais ne répondit pas. Felsen fouilla les poches de l'Anglais, en sortit le portefeuille. Il compta l'argent et tomba sur la photo de la jeune femme, qu'il présenta à l'éclairage de l'après-midi, teinté par le sable rouge du désert.

— Avez-vous obtenu ce que vous vouliez ? demanda-t-il. Dites-moi au moins ça.

— Je ne le voulais pas, qu'elle obtienne un visa.

— Dans ce cas, vous n'avez sûrement pas obtenu ce que vous vouliez.

— Qu'est-ce que je voulais ?

— Parce que vous... La baiser, monsieur Burton. Vous ne vouliez pas la baiser ?

— Laura ?

— Ah ! lança Felsen. Un malentendu.

— Je ne vous suis pas.

— Le marché de Laura. Vous ne connaissiez pas le marché de Laura ? Vous me procurez un visa. Non. Vous avez l'air de quelqu'un qui peut me procurer un visa... alors vous pouvez me baiser. Le seul mot de « visa » suscitait l'amour dans ses yeux. Tout le monde pouvait le constater, monsieur Burton. Je n'ai pas été le premier, je peux vous l'assurer, et de loin.

Il retourna la photo. « À Edward, affectueusement », lut-il. Pour une raison inconnue, cela décupla sa cruauté.

— Allons, Edward, ne me dites pas... Elle faisait des choses que vous auriez bien du mal à obtenir d'une putain de la Friedrichstrasse...

Burton jaillit de sa chaise pour se jeter sur lui, entourant de son bras maigre le cou de taureau de l'Allemand. Il expédia son poing de tout jeune homme dans les reins de son adversaire. Le large coude de Felsen partit avec la brutalité d'un piston à vapeur. L'Anglais s'écroula. Abrantes attisa les charbons de bois jusqu'à l'incandescence.

Felsen attacha Burton sur la chaise. Il avala une nouvelle gorgée de *bagaço.* Sa tête allait mieux, ses idées étaient plus claires, plus nettes. Il agita le contrat devant le prisonnier.

— Vous êtes sur mon territoire, Edward. C'est mon tungstène que vous prenez. Avec qui d'autre êtes-vous en contact, là-bas ?

Burton se referma entièrement sur lui-même. Il n'écoutait pas l'Allemand. Il ne respirait pas l'odeur âcre du charbon de bois. Il ne sentait pas le halètement chaud du soufflet d'Abrantes. Il ne voyait pas les nuages rouges qui bouillonnaient dans ce ciel étrange.

Felsen trouva du fil de fer dans le coffre de la voiture. Abrantes entreprit de faire cuire les *chouriços* en les retournant avec des doigts devenus soudain délicats. Felsen assaillit l'agent anglais de nouvelles questions. Sa langue avait épaissi dans sa bouche, l'alcool se faisait sentir. Un alcool qui lui rappelait

Laura, les boutons de manchettes volés, Eva, Lehrer, la putain de Guarda la nuit précédente. Burton gardait le silence, chassant de son esprit l'odeur forte de la graisse de porc que crachaient les *chouriços*.

— Cette grosse truie roumaine du bureau des visas m'a raconté que la police de Salazar était formée par la Gestapo, reprit Felsen. Mes collègues m'ont expliqué que c'était par Kramer. Il est commandant de KZ maintenant. Ils savent comment traiter les individus, dans un KZ. Nous en avons tous entendu parler, Edward, nous savons tous... Mais rien ne remplace l'expérience personnelle. Comme je ne suis jamais allé dans un de ces camps, cela signifie que mes connaissances ne sont que de seconde main, alors vous allez peut-être trouver que mes méthodes manquent de raffinement.

Felsen enfonça le fil de fer dans le feu. Il dégrafa la ceinture de l'Anglais et se servit du couteau d'Abrantes pour lui ôter son pantalon et son caleçon. Il trouva un gant en cuir, y glissa sa main et retira le fil de fer brûlant. Il s'immobilisa quand il sentit une rafale de vent dans son dos, regarda la coloration artificielle du ciel au-dehors, puis s'approcha de l'Anglais.

Les paysans qui venaient d'ensevelir le corps du chauffeur dans le bois de pins revinrent à Almêndoa un peu après dix-sept heures. La chaleur la plus intense régnait. Les globes oculaires brûlaient dans les orbites, les bouches étaient pleines d'une salive épaisse et rance. Ils allèrent à la source, burent goulûment et sortirent des bouts de tissu de leurs poches pour les plonger dans l'eau afin de se rafraîchir le cou et le visage. Ils ne s'interrompirent que lorsqu'ils entendirent l'animal pour la première fois. Un animal inconnu, appartenant à une espèce dont ils n'avaient jamais perçu les cris à ce jour, et qui souffrait atrocement.

Ils marchèrent jusqu'à la lisière du village. Un hurlement jaillit d'un trou dans les collines et, tout à coup, ils le reconnurent. Ils posèrent leur chapeau sur leur tête, bien droit. Ils se réfugièrent dans la fraîcheur de leurs maisons de granite pour s'étendre sur leurs couches en bois, la tête sur les coudes, la paume des mains pressée sur les oreilles.

Le ciel se déchira. Le tonnerre tira Felsen de son sommeil imbibé d'alcool. Il ne savait pas où il était. Sa tête était douloureuse au point qu'il était persuadé d'avoir fait une chute, sa bouche avait un goût de fromage fétide. Il roula sur lui-même, découvrit l'Anglais affaissé sur sa chaise et en fut choqué. Il s'apprêtait à aller voir comment il allait quand il vit le pistolet par terre, le sang sur la poitrine de l'agent et... Comment cela était-il arrivé ?

La pluie commença à tomber, assombrissant tout. Felsen sortit sous le déluge pour se laver les mains. Il fit un saut en arrière et recula en titubant dans la mine, s'écroulant sur le corps inerte d'Abrantes. Ses mains et sa chemise étaient maculés de sang, ses bras piquetés de taches rouges eux aussi. Il donna de grands coups de pied dans les pierres pour échapper à la gueule vorace de la mine. Il hurla en direction d'Abrantes qui s'était réveillé et tendait une main dehors sous la pluie, refermait son poing sur elle.

— Ça s'est déjà produit, le rassura le Portugais en essuyant sa main sur son pantalon. Mon père m'a raconté qu'il a plu comme ça, il y a quarante ans. L'eau traverse la poussière rouge du désert. Ce n'est rien.

Ils replièrent les membres de l'agent anglais afin qu'il tienne dans le coffre de la voiture, regagnèrent la maison d'Abrantes en marche arrière. Déchargèrent Burton dans la cour. Felsen repartit avec la voiture et avança aussi loin qu'il put dans la mine. L'orage avait précipité la venue de la nuit. Quand il coupa les phares dans la galerie, il ne resta pas un soupçon de lumière ambiante. Il s'agrippa au volant, y appuya le front. Le bruit du verre qui se brise lui revint, la bouteille de *bagaço* qui éclatait contre la paroi de pierre de la mine et dont le goulot était devenu la poignée d'un outil primitif. Comment cela avait-il pu se produire ?

Abrantes était dans la cour, enfoncé jusqu'à la taille dans un trou. La jeune fille le regardait. Elle était ronde, enceinte, bien avancée dans sa grossesse. Elle versa un verre de vin blanc frais à Felsen et rentra dans la maison.

— Félicitations, dit l'Allemand, qui avait repris contact avec le monde.

Abrantes se demanda ce qu'il entendait par là. Felsen eut un geste de la tête en direction de la maison.

— Il vaudrait mieux que ce soit un fils, répondit Abrantes.

— Elle n'est pas trop jeune pour avoir des enfants ?

— Il y a plus de chances qu'elle fasse des garçons.

— J'ignorais ça.

— C'est ce que raconte la *Senhora dos Santos*, celle qui, chez nous, détient la sagesse.

Abrantes pelletait la terre, une cigarette au coin des lèvres.

— Quel âge a-t-elle, cette jeune fille ?

— Je ne sais pas.

La jeune femme revint dans la cour, apportant des olives, du fromage et des morceaux de viande. Elle posa le tout sur la table, près du vin.

— Quel âge as-tu ? lui demanda Abrantes.

— Je ne sais pas, répondit-elle.

Ils enterrèrent le corps et allèrent se coucher. Felsen fit des rêves précis. Il se réveilla, la vessie gonflée à se rompre. Par méprise, il pénétra dans la maison principale pour aller se soulager et entendit les grognements bestiaux d'Abrantes et la fille qui émettait une sorte de sifflement comme si elle s'était coupée avec un couteau. Il ressortit dans la cour, alla à la limite du village où l'air était frais maintenant et où de la terre montait une odeur fertile après la pluie. Il pissa vingt mètres de barbelés. Ses joues ruisselaient de larmes. Cette putain de Guarda. La douleur était atroce.

12.

16 décembre 1941, caserne SS, Unter den Eichen, Berlin-Lichterfelde

— Donc, dit le Gruppenführer Lehrer en résumant la campagne du wolfram pour les Brigadeführers Hanke, Fischer et Wolff, nous avons reçu 2 200 tonnes ici, en Allemagne. Il y en a 300 en transit et 175 en stock au Portugal. Si je sais compter, on obtient un total de 2 675 tonnes. Ce qui est inférieur de 325 tonnes à l'objectif de 3 000 tonnes fixé pour l'année en cours.

Silence chez les quatre hommes. Felsen, assis à environ trois mètres du bureau de Lehrer, fumait.

— Les renseignements qui nous parviennent de Lisbonne nous apprennent que les Britanniques ont exporté 3 850 tonnes.

— Vous n'avez probablement pas vu la mine Beralt, Herr Gruppenführer, intervint Felsen. C'est une exploitation colossale...

— Ils précisent que 1 300 tonnes parmi celles figurant dans ce total concernent du tungstène « libre », qui ne se trouve pas sous contrat d'exploitation. Selon ma façon de voir, ces 1 300 tonnes auraient dû prendre le chemin de l'Allemagne.

Il feuilleta les papiers posés sur son bureau en ajoutant :

— Mon Dieu, l'argent que nous versons pour ce...

— 660 000 escudos la tonne, précisa Felsen.

— Ça ne me dit pas grand-chose.

Wolff convertit :

— 6 000 livres par tonne.

— Exactement, confirma Lehrer. Une somme phénoménale.

— Il coûte plus de 7 000 livres la tonne en Espagne, objecta Felsen. Souvent, il est envoyé de l'autre côté de la frontière, ce qui constitue un plus à gagner non négligeable. Dans un marché comme celui-là, il n'est pas toujours facile de persuader les gens de vendre. En octobre, les Britanniques se sont retirés du marché, et vous avez vu que le prix a chuté d'un quart. Maintenant, ils sont de retour.

— Ça ne devrait pas vous arrêter dans vos achats.

— Nous devons accepter le fait que, quand les Anglais sont présents sur le marché, ils disposent toujours de leurs contacts, des individus que l'on ne peut pas persuader de commercer avec nous, ni par l'argent, ni par la peur.

— La peur ?

— Nous menons notre propre guerre dans la Beira. Elle ne bénéficie pas de la même couverture que la campagne de Russie, c'est tout.

Le nom de ce pays déclencha une réaction réflexe chez Hanke :

— Les couvertures !

— Pas maintenant, Hanke, dit Lehrer.

— Cela vous fera peut-être plaisir d'apprendre que les Britanniques paient leur wolfram plus cher, reprit Felsen. En octobre, Salazar a introduit une taxe de 700 livres à l'exportation. Tout le minerai britannique part par voie maritime, si bien qu'ils sont obligés de déclarer jusqu'au moindre kilo dans les ports. J'ai convoyé plus de 300 tonnes sans payer aucune taxe.

— En contrebande ? demanda Fischer.

— La frontière est longue, accidentée.

— Il semble que Salazar ait l'intention de réduire la production. Tout cet argent sous lequel nous noyons son pays l'inquiète... l'inflation, ce genre de choses.

— C'est pour cette raison qu'il a instauré la taxe sur les exportations. Il a maintenant mis une commission spéciale de la Corporation des métaux en position d'acheter tout le wolfram et l'étain...

— Oui, oui, oui, nous savons tout cela, l'interrompit Hanke. Notre légation à Lisbonne va désormais devoir persuader Salazar que l'Allemagne mérite la part du lion du tungstène « libre », de préférence aux Britanniques.

— Je vais continuer à acheter et à faire de la contrebande,

mais dorénavant les tonnages importants seront décidés dans les bureaux gouvernementaux de Lisbonne et non plus sur le terrain dans la Beira. Néanmoins, cela prendra du temps...

— Pourquoi ?

— Demandez à Poser. Il est persuadé que Salazar est le salopard le plus retors de l'histoire depuis Napoléon.

— Qu'est-ce qu'il veut, Salazar ? interrogea Wolff.

— De l'or. Des matières premières. Pas d'ennuis.

— De l'or, nous en avons, affirma Lehrer. Nous pouvons probablement nous procurer de l'acier de bonne qualité et, si cela ne lui suffit pas, nous pouvons lui faire très mal.

— Comment ? demanda Fischer.

— Nous avons coulé le *SS Corte Real* en octobre, Fischer. Vous n'avez donc aucune mémoire ? Il n'y a aucune raison que nous n'en torpillions pas un autre.

— Oh, je vois, murmura Fischer, qui avait envisagé une action plus personnelle.

— Bien, maintenant, Hanke, les couvertures, poursuivit Lehrer.

La conférence et le dîner qui lui avait succédé s'étaient terminés à vingt-trois heures. Enjoué, ivre et dangereux, Lehrer avait raccompagné Felsen à la voiture qui l'attendait.

— Les Américains sont dans le coup, maintenant, Felsen. Qu'en pensez-vous ?

Sans attendre de réponse, il avait fait courir son index sur sa paume d'avant en arrière comme s'il étalait quelque chose, puis il avait claqué des mains en ajoutant :

— N'oubliez pas la chair à pâté.

Felsen n'avait eu aucune réaction. Lehrer était secoué de rire.

La voiture entreprit sa lente progression de taupe pour le reconduire à son appartement berlinois. Felsen n'avait pas réagi durant la réunion, mais les chiffres avancés l'avaient ébranlé. Il savait qu'il n'avait pas atteint l'objectif des 3 000 tonnes, mais il savait également qu'il en était beaucoup plus proche que les 325 tonnes annoncées. Une erreur avait dû se glisser dans l'estimation des stocks au Portugal. Tout en y réfléchissant, il fuma une cigarette en trois bouffées.

La voiture le déposa juste avant minuit. Il attendit qu'elle soit repartie, puis il prit la direction du club d'Eva, sur la Kurfürstendamm.

Il s'installa à une petite table où il était seul, dans une alcôve avec vue sur la porte du bureau. Sur la scène, une fille aux cheveux courts, d'un noir de jais, et aux bras nus et blancs, chantait mal mais s'en tirait parce qu'elle avait les jambes longues, fines et parfaitement gainées de nylon. Il commanda un cognac et regarda toutes les femmes présentes. Pas d'Eva. L'une d'elles s'approcha de sa table et lui demanda s'il souhaitait de la compagnie. Elle avait un côté masculin, pas de hanches, des fesses efflanquées. Il secoua la tête en silence. Elle haussa ses épaules osseuses.

Quand il sortit ses cigarettes, l'étui en argent lui échappa des doigts. Il tenta de le récupérer à l'aveuglette sous la table. Rencontra une autre main. Se redressa. Eva, qui portait une de ses cigarettes à sa bouche. Elle l'alluma, alluma celle de Felsen, frotta l'étui sur sa robe.

— Je pensais bien que c'était toi. Je n'arrive toujours pas à te reconnaître en uniforme. Je ne parviens pas à différencier les hommes quand ils sont en uniforme. Je peux me joindre à toi un moment ?

Elle glissa ses jambes sous la table et leurs genoux se rencontrèrent. Un souvenir jaillit à ce contact, un élan qui fit renaître une époque et deux êtres qui avaient été proches l'un de l'autre.

— Que t'est-il arrivé ? demanda-t-elle en lui rendant son étui et en touchant sa main, ses poils familiers, raides, drus comme une soie de cochon. Tu as perdu ta pâleur berlinoise.

— Tu as toujours été la plus pâle de nous deux.

— Ces derniers temps, je suis devenue translucide. Question de régime et de peur.

— Tu n'as pas l'air effrayée.

— L'unique raison pour laquelle mon club est plein ce soir, c'est la couche de nuages. Certaines nuits, je suis seule avec les filles... et nos amis venus de l'autre côté de la mer qui nous larguent leurs dindes de Noël.

— Les filles paraissent plus maigres, constata Felsen sans remarquer le poignet d'Eva aussi épais qu'une brindille.

— Moi aussi, fit-elle en lui présentant son bras aux muscles filiformes.

Il tripota son verre, obtint un cône parfait avec la braise de sa cigarette. Par où commencer ? Neuf mois loin de Berlin et il avait perdu ce vernis, cette couche dure et sèche de cynisme et d'humour qui permettait aux habitants de tenir, jour après jour.

— Je t'ai vue à Berne, dit-il en s'adressant au cendrier.

Elle fronça les sourcils et ses joues se creusèrent tandis qu'elle tirait sur sa cigarette.

— Je ne suis jamais allée à Berne. Tu as dû...

— Je t'ai vue dans une boîte de nuit de Berne... en février.

— Mais, Klaus, je n'ai jamais mis les pieds en Suisse.

— Je t'y ai vue avec lui.

Il était totalement immobile et l'observait avec l'intensité du loup affamé qui descend des montagnes. Elle lui rendit son regard, à contre-jour, la fumée environnant sa tête. Il était exclu de revenir sur ce mensonge. Elle trempa les lèvres dans le cognac de Felsen.

— Tu as changé.

— Je passe beaucoup de temps dehors.

— Nous avons tous changé, poursuivit-elle alors que son genou rompait le contact. L'être humain s'est endurci.

— Nous finissons tous par faire ce que nous ne voulons pas forcément faire. Mais ce n'est pas comme si la possibilité d'agir différemment n'existait pas.

— C'est juste que le choix n'existe pas toujours.

— Si, dit-il.

Soudain lui revint la chaude puanteur d'un souvenir, par un après-midi de juillet dans une mine désaffectée. Le choix existait alors, quelque chose avait mal tourné.

— Que t'est-il *arrivé*, Klaus ?

L'emphase qu'elle avait mise sur ce verbe ébranla Felsen comme s'il portait sur la figure une expression qui n'aurait pas dû s'y trouver.

— Certaines choses sont difficiles à expliquer.

— C'est vrai, répliqua-t-elle.

La fille qui était venue un peu plus tôt s'approcha d'Eva.

— Personne ne veut de moi à sa table.

— Assieds-toi avec Klaus, il veut que tu t'assoies avec lui.

Elles le dévisagèrent. Il acquiesça de la tête, les yeux dans le vide. La fille, tout heureuse, insinua ses jambes sous la table. Eva se pencha vers Felsen, approcha sa joue de la sienne.

— Ça m'a fait plaisir de discuter un moment avec toi, murmura-t-elle.

Elle ne laissa aucun parfum, juste la chaude caresse de son haleine.

— Je m'appelle Traudl, dit la fille.

— On se connaît déjà, répondit-il en faisant tourner sa consommation sur le dessous-de-verre.

Il la porta à sa bouche, à l'endroit où celle d'Eva s'était posée. Elle avait gardé le même rouge à lèvres.

Il ramena Traudl chez lui. Elle parlait pour deux. Il accrocha son manteau sur un cintre, se versa un verre et s'aperçut que la jeune femme n'était plus là. Il se sentit soulagé jusqu'à ce qu'elle l'appelle de la chambre. Il lui demanda de revenir dans le salon.

— Il fait froid, protesta-t-elle.

Elle était nue et marchait sur la pointe des pieds sur le plancher verni. Les tendons et les nerfs saillaient sur ses jambes maigres. Les sacs flasques de ses seins aux tétons fripés pendaient sur le squelette de ses côtes apparentes. Elle les cacha avec ses bras. Il ôta sa veste d'uniforme, fit glisser ses bretelles sur ses épaules. Les poings sous le menton, elle frissonnait. La face postérieure de son corps se refléta dans les portes vitrées de la chambre : le triste fessier, les os des hanches qui dépassaient. Il perdit presque toute ardeur, s'assit et lui demanda de masser le devant de son pantalon. Elle claquait des dents. Son pénis refusait d'abandonner sa torpeur.

— Tu as froid, retourne dans le lit.

— Non, j'ai envie.

— Retourne dans le lit, répéta-t-il d'un ton tranchant.

Elle ne protesta pas et partit. Il resta assis dans le noir à boire de l'*aguardente* qu'il avait rapportée avec lui pour Noël. Elle avait un goût épouvantable. Il se remémora toute la rencontre avec Eva. Aux petites heures du matin, il arriva à la conclusion qu'il n'y avait plus rien pour lui à Berlin et décida de rejoindre Lisbonne par le premier vol.

Il reprit l'avion le lendemain, via Rome, et ne resta dans la capitale portugaise que le temps nécessaire à Poser pour lui apprendre qu'il s'était passé quelque chose. Il ignorait ce dont il s'agissait, des hommes à lui étaient sur l'affaire, mais Salazar n'était pas content.

— Il bave de fureur, poursuivit le Prussien avec délectation. Il est en proie à une colère folle. Un accès de rage magnifique. Et les alliés sont gagnés par la contagion... juste au moment de nos négociations avec la Commission des métaux.

Felsen reprit la route de la Beira et passa l'après-midi du

19 décembre avec le comptable de Guarda. Il effectua un petit tour de son territoire et, trois jours avant Noël, arriva à Amêndoa par une matinée glaciale battue par le vent. Il n'y avait aucun signe d'Abrantes. La vieille femme était là avec son mari, le père d'Abrantes, assis dans sa position hivernale coutumière devant le feu, larmoyant à cause de la fumée. La fille était là aussi avec son fils Pedro, âgé de quatre mois. Felsen lui demanda où était son mari et elle parut embarrassée, ce qui ne se produisait que rarement en sa compagnie maintenant qu'elle était accoutumée à le voir. Elle n'avait pas de bagues à ses doigts ; elle n'était pas mariée.

Felsen caressa la tête duveteuse du bébé qui s'inscrivait exactement dans sa main. La fille lui proposa à manger et à boire et fit passer le bébé sur sa hanche.

— Laissez-moi le porter, dit Felsen.

Elle hésita et scruta le visage de l'Allemand de ses yeux couleur de citron vert. Deux étrangers. Elle lui tendit le bébé et se dirigea vers la cuisine. Elle n'avait pas retrouvé sa ligne de jeune fille. Sa poitrine avait gardé sa plénitude et ses hanches oscillaient sous les jupes qui lui tombaient à mi-mollets. Quand elle se tourna, elle vit que Felsen la détaillait du regard et elle fut sur le point de sourire. Il chatouilla Pedro. Le visage du bébé se fendit largement et Felsen eut une brève vision de Joaquim Abrantes sans son dentier.

Elle apporta du vin et du *chouriço*. Il lui rendit le bébé qui voulut prendre le sein.

— Il est quelque part sur ses terres ? demanda Felsen.

Abrantes pouvait très bien être parti sonder ses vingt hectares maintenant que le prix du wolfram avait atteint son maximum.

— Il est parti ce matin. Il ne m'a rien dit.

— Il va revenir ?

Elle haussa les épaules : Abrantes ne parlait à aucune des femmes de sa maison. Felsen but deux verres de vin râpeux, mangea trois morceaux de *chouriço* et sortit dans le froid du matin. Il se rendit dans la vallée voisine où il trouva quelqu'un pour le guider jusqu'aux terres d'Abrantes. Il ne s'était pas trompé, l'exploitation était en cours. Mais pas d'Abrantes.

Une petite maison de granite et d'ardoise se dressait sur la propriété. La moitié du toit s'était effondrée à l'intérieur, les ardoises intactes s'empilaient par terre sur plusieurs rangées, celles qui étaient brisées étaient regroupées en un tas d'éclats gris. Une femme préparait à manger à l'abri du vent ; elle remuait le contenu d'une marmite posée sur un brasero rouillé. Elle était crasseuse, hâve, le visage creusé par l'absence de dents. La porte, de l'autre côté de la maison, était vermoulue. Felsen aperçut une paillasse couverte de haillons et des jattes en argile ébréchées. Ça sentait la terre humide et l'urine. Un être de petite taille frissonnait sous les loques.

Un des paysans d'Abrantes qui habitait à Amêndoa tourna l'angle de la maison et s'immobilisa, surpris de découvrir l'Allemand. Il ôta son chapeau et s'avança en le saluant. Felsen s'enquit d'Abrantes.

— Il n'est pas ici, répondit le paysan en fixant la terre.

— Et les autres ? Où sont-ils ? Pourquoi ne sont-ils pas ici ?

Pas de réponse.

— Et qui sont ces gens qui vivent ici, comme ça, sur la terre du *Senhor* Abrantes ?

La femme laissa sa marmite et commença à apostropher le paysan dans un portugais édenté, assez longuement, en se servant de sa cuiller en bois pour souligner ses propos.

— Que raconte-t-elle ?

— Rien d'important.

La femme prit à partie le paysan, qui détourna le regard. Cette fois, Felsen lui adressa ses questions. Elle lui fournit une très longue réponse que le paysan interrompit par ce message bref :

— Elle est la femme du *Senhor* Abrantes.

— Et l'enfant qui est là-bas ?

Le paysan fit signe à Felsen de laisser la vieille sorcière et de le suivre vers l'arrière de la maison où se trouvaient trois monticules d'herbe dépourvus de toute marque.

— Les enfants du *Senhor* Abrantes, expliqua-t-il. Une maladie des poumons.

— Et celui qui est à l'intérieur ?

Le paysan fit oui de la tête.

— Des filles uniquement ?

Il renouvela son geste.

— Où est le *Senhor* Abrantes ?

— En Espagne, répondit l'homme sans quitter les tertres des yeux.

Le nom du paysan était Alvaro Fortes. Felsen l'installa sur le siège avant, à côté du chauffeur, et ils se rendirent à la frontière, à Vilar Formoso. Felsen but de l'*aguardente* dans la bouteille métallique qu'il utilisait aussi pour emporter de l'eau en été, et renouvela ses calculs : 28 tonnes provenant de Penamacor, 30 tonnes de Casteleiro, 17 tonnes apportées de Barco, 34 tonnes venant de Idanha-a-Nova. Toutes disparues... Telle était la raison pour laquelle les stocks portugais étaient inférieurs de 109 tonnes à ce qu'ils auraient dû être.

À la frontière, il but avec le *chefe* de l'*alfândega*. Celui-ci, tout heureux, l'informa que les Britanniques avaient suivi les convois allemands, de l'autre côté de la frontière, durant tout le mois précédent, et que des rumeurs annonçaient que Lisbonne allait donner l'ordre d'interdire ces expéditions de wolfram. Felsen lui fit cadeau d'une bouteille de cognac et lui demanda s'il avait vu Abrantes. Pas depuis une semaine, répondit le *chefe*.

Il commença à pleuvoir tandis qu'ils faisaient route vers le sud le long de l'Espagne, vers la Serra da Malcata, dont les vastes collines basses patrouillées par les lynx enjambaient la frontière. Là se trouvait un *contrabandista* qui organiserait une opération de transport à dos de mules à travers la *serra* si le docteur Salazar décidait de leur compliquer la vie.

— Est-ce que vous avez déjà fait le trajet jusqu'en Espagne ? demanda-t-il en s'adressant à l'arrière du crâne d'Alvaro Fortes.

Pas de réponse.

— Vous m'avez entendu ?

— Oui, *Senhor* Felsen.

— Vous l'avez déjà fait ?

Toujours pas de réponse.

— C'était quand, la première fois ?

Alvaro Fortes répondit en ne répondant pas. Felsen commença à sentir que la piste de ses tonnes manquantes était chaude quand le vent du nord cingla la voiture de sa mitraille. Ils traversèrent le village en direction de la maison et des étables de l'homme qui possédait les mules. La *serra* disparaissait sous les nuages bas.

Arrivés à l'habitation, Felsen ouvrit le coffre de la voiture et fit jouer la serrure d'une petite malle métallique. Il en sortit son Walther P48 qu'il chargea. Il ordonna à Alvaro Fortes de descendre. Ils se rendirent sur l'arrière de la maison de granite, dans la cour des étables dont une extrémité était occupée par un entrepôt, fermé par une chaîne et un cadenas. Il n'y avait pas une seule mule. Alvaro Fortes ne cessait de s'agiter.

Felsen frappa violemment avec la base de sa main contre la porte, sur l'arrière de la maison. Pas de réponse. Il obligea Alvaro Fortes à marteler le battant sans discontinuer, jusqu'à ce qu'ils entendent la voix d'un vieillard.

— *Calma, calma, já vou !* J'arrive !

La pluie tombait à l'oblique dans la cour quand le vieil homme ouvrit la porte devant l'Allemand qui se tenait là dans son épais manteau de cuir, les mains croisées derrière le dos. Il comprit qu'il avait des ennuis bien avant que l'une des mains ne surgisse pour lui braquer un pistolet sur le visage.

— Pas de mules, déclara Felsen.

— Elles sont au travail.

— Qui les a emmenées ?

— Mon fils.

— Quelqu'un d'autre ?

Les yeux du vieil homme se portèrent sur Alvaro Fortes qui ne lui procura aucune aide.

— Vous avez la clé de cet entrepôt ?

— Il est vide.

Felsen leva le canon de l'arme à la hauteur de son œil afin que le vieillard puisse sentir la graisse, voir l'étroit et sombre chemin par où s'enfuirait sa vie. Les trois hommes traversèrent la cour pleine de flaques. Le vieillard ouvrit le cadenas et retira la chaîne. Alvaro Fortes écarta les portes. L'entrepôt était vide. Felsen s'accroupit et appuya ses doigts sur le sol sec. Il les retira avec de jolis éclats noirs incrustés dans la peau. Il se leva.

— À genoux, tous les deux, ordonna-t-il.

Il enfonça le canon du pistolet à l'arrière du crâne du vieil homme, sous la bosse occipitale.

— Qui est avec votre fils et les mules ?

— Le *Senhor* Abrantes.

— Que font-ils ?

— Ils passent du wolfram en Espagne.

— Où le prennent-ils ?

— Dans un entrepôt de Navasfrias.

Il appuya l'arme contre la tête d'Alvaro Fortes.

— Que devient le wolfram ?

— Il le vend.

— À qui ?

— Au plus offrant.

— Est-ce qu'il a vendu aux Britanniques ?

Silence. La pluie fouettait la cour et le toit au-dessus d'eux.

— Est-ce qu'il a vendu aux Britanniques ?

— Je ne sais pas à qui il vend. Le *Senhor* Abrantes ne parle pas de ces choses-là.

Felsen se tourna vers le vieillard.

— Quand revient-il ?

— Après-demain.

— Vous l'avertirez que je suis venu ?

— Non, *Senhor*, je ne le ferai pas... si vous ne voulez pas.

— Je ne veux pas. Si vous le prévenez quand même, je reviendrai et je vous tuerai personnellement.

Pour montrer qu'il ne parlait pas à la légère, il tira près de l'oreille du vieil homme une balle qui allait le rendre sourd pendant une semaine. Le projectile ricocha dans l'entrepôt de granite et d'ardoise. Alvaro Fortes jeta ses mains au-dessus de sa tête et tomba sur le côté. Felsen l'agrippa par la peau du cou et le propulsa dans la cour.

Ils retournèrent à la voiture. Felsen but de l'alcool au goulot pendant qu'Alvaro Fortes frissonnait, les cheveux plaqués sur son front livide.

L'Allemand ordonna au chauffeur de les reconduire à Amêndoa et, pendant que le vent chassait la pluie au-dessus des collines, entre les châtaigniers et les chênes, contre les parois de granite, plutôt qu'à Abrantes ou au tungstène ce fut à Eva qu'il pensa. Quelques nuits plus tôt, il était un individu civilisé, assis en compagnie d'une femme dans un club de Berlin. Elle lui avait menti. La trahison avait précédé le mensonge, mais il n'était pas parvenu à faire surgir sa colère. Ici, dans ce paysage de roches jetées en vrac et battues par les vents où les maisons étaient sculptées dans la pierre du sol, Felsen ne pouvait compter que sur la brutalité opiniâtre pour continuer jour après jour. Il était une créature primitive, un homme dépouillé de tout ce qui n'était pas essentiel.

Et maintenant il allait falloir qu'il tue Joaquim Abrantes.

Il faisait nuit quand ils arrivèrent à Amêndoa. La jeune femme et les parents d'Abrantes mangeaient. Il se joignit à eux. La pluie avait cessé et seul demeurait le vent qui déplaçait les tuiles du toit. Le vieil homme refusait d'avaler quoi que ce soit. Sa femme portait la nourriture à sa bouche mais il ne l'acceptait pas. Elle termina son dîner, essuya les yeux de son mari et l'emmena se coucher. La fille servit Felsen. Elle ne voulait pas s'asseoir avec lui. Il demanda où était le bébé. Il dormait. Elle lui proposa des pommes mais il n'avait pas terminé le ragoût. Il écoutait le bruit de ses jupes lorsqu'elle se déplaçait autour de lui. Il pensait aux grognements d'Abrantes quand il l'avait montée et à ce sifflement qu'elle émettait.

Elle le regardait manger chaque fois que l'occasion s'en présentait. Même quand elle était derrière lui, il savait qu'elle l'observait. Il lui demanda du café, une denrée qu'ils n'avaient jamais eue dans la maison avant la venue de l'Allemand. Il le but, versa de l'*aguardente* sur le marc, engloutit le mélange. Il lui souhaita bonne nuit. Elle lui apporta une poêle plate en métal, contenant des bouts de charbons chauds pour atténuer la morsure du froid dans la pièce nue qu'il occupait de l'autre côté de la cour, là où avant ils entreposaient le foin pour les bêtes.

Il s'allongea sur le lit et fuma des cigarettes à la lumière de la lampe tempête. Au bout d'une heure il se leva et traversa la cour. Il alla à la chambre de la jeune femme dont la porte n'était protégée que par un rideau. Il posa la lampe par terre. Elle se réveilla avec un hoquet de frayeur. Il plaqua la main sur sa bouche et arracha les couvertures. Le bébé dormait contre elle. Il le repoussa sur le côté, la fit rouler sur le dos, lui emprisonnant les bras sous le corps. Il porta la main vers le haut de ses jambes protégées par des bas de laine. Ses cuisses étaient serrées l'une contre l'autre. Il introduisit sa main en force entre elles et les obligea à s'écarter en fermant son poing. Les yeux de la fille partaient à toute vitesse de droite et de gauche au-dessus de sa main. Il lui baissa sa culotte sur les genoux, défit son pantalon et fut surpris de la facilité avec laquelle il se glissait en elle. Leurs yeux se rencontrèrent dans la lumière tachetée provenant de la lampe, sur le sol. À cause du bébé dans le lit, il bougea lentement, avec précaution. Au bout de plusieurs minutes, elle ferma les yeux et il sentit qu'elle plaquait son talon contre sa fesse gauche. Il retira la main de sa bouche. Elle commença à se raidir et à frissonner contre lui, puis le deuxième talon se mit à battre sur sa fesse droite. Il accéléra. Elle ouvrit brusquement les yeux et il se répandit en elle où il resta, enfoncé jusqu'à la garde, frémissant. Le lendemain, elle lui servit le petit déjeuner. Ce ne fut en rien différent de n'importe quel autre jour si ce n'est qu'elle le dévisageait sans aucune timidité.

Toute la journée, il supervisa le chargement d'une cargaison de tungstène dans des wagons de chemin de fer. Il rentra chez Abrantes à la tombée de la nuit. Après le dîner, les deux vieux partirent se coucher. La fille resta assise à la table avec lui. Ils n'échangèrent pas une parole. Il se leva pour aller au lit. Elle lui donna la poêle contenant les braises. Il lui demanda son nom, elle répondit Maria. Une heure plus tard, elle vint le rejoindre. Cette fois, sans le bébé dans le lit, il put faire preuve d'une plus grande vigueur avec elle mais fut conscient qu'à aucun moment elle ne sifflait comme quand Abrantes la prenait.

Au matin il s'habilla et vérifia le Walther P48 qu'il inséra sous sa ceinture. Les traces de boue laissées par les pieds de la fille avaient séché sur le sol.

Au petit déjeuner il lui demanda de nettoyer sa chambre. Puis il resta assis dans l'obscurité de la demeure principale, à écouter la pluie et à attendre Abrantes.

13.

Samedi 13 juin 199-, Cascais, Portugal

Nous nous tenions, Carlos et moi, face à l'immeuble de l'ancien amant de Teresa Oliveira. Un bâtiment tout neuf, enduit d'un vilain jaune, avec vue sur la mer par-dessus la ligne de chemin de fer, la Marginal et le parking du supermarché. Pas parfait, mais suffisamment bien pour être largement au-dessus de ce qu'un policier pourrait jamais s'offrir.

Une chaîne barrait l'accès d'une avant-cour pavée de *calçada* sur laquelle était garée une jeep flambant neuve, avec arceaux de sécurité noirs, chromes et carrosserie rutilante, dont le nom devait ressembler à Wrangler. Largement plus qu'il n'en fallait pour escalader les trottoirs de Cascais. Sous la résidence, un petit garage abritait une BMW série 3 argentée et une Kawasaki 900 d'un noir de jais. Toutes les trois appartenaient à Paulo Branco, l'ex-amant et unique occupant de l'un des appartements de l'immeuble. Un vendeur maintenait la porte ouverte en la coinçant avec son pied pendant qu'il ajoutait deux dernières mesures de baratin à un jeune couple sur le départ. Nous passâmes devant eux pour monter à l'appartement avec terrasse, au dernier étage.

Paulo Branco sortait du lit. Il ouvrit la porte en short. Il émanait de lui l'odeur d'une relation sexuelle récente même si nous ne vîmes qu'un bras bronzé sur un drap et un pied marron qui dépassait. L'ex-amant était beau comme ils sont des centaines à l'être : cheveux noirs plaqués en arrière, yeux marron foncé, mâchoire carrée avec l'inévitable fossette au menton, corps sculpté au gymnase. Insipide mais sûr de lui, jusqu'à ce qu'il voie nos plaques officielles.

Il nous précéda dans le salon sans cloisons, avec sa fenêtre en ogive allant du sol au plafond, et nous fit asseoir autour d'une table sur laquelle étaient éparpillées des photos ainsi que quatre téléphones portables de couleur.

— Vous connaissez la *Senhora* Teresa Oliveira ?

Il fronça les sourcils.

— C'est la femme de maître Aquilino Dias Oliveira. Il est avocat, lui rappelai-je. Ils ont une maison ici, à Cascais.

— Oui, je la connais.

— Comment ?

— Je lui ai vendu un ordinateur l'année dernière.

— C'est votre domaine d'activité ?

— Ça l'était à ce moment-là. Maintenant je travaille pour l'Expo. J'y ai installé la plus grande partie du matériel.

— Les trucs qui ne marchaient pas ? demanda Carlos, décidé à l'asticoter sur-le-champ.

— Nous avons connu des problèmes de mise en route.

— Vous vous êtes quand même fait un peu de fric ?

À en juger par le paysage, les photos sur la table représentaient une ferme de l'Alentejo : chênes-lièges et oliveraies. Un autre « accessoire » à la mode.

— C'est à vous ? demanda Carlos.

Notre hôte hocha la tête. Nous aussi.

— Nous avons cru comprendre que vous avez eu une relation intime avec la femme de l'avocat. Quand cela s'est-il passé ?

Derrière son épaule, il regarda la porte de la chambre restée entrouverte.

— En mai. Je pense que c'était en mai, l'année dernière. J'aimerais boire un café, vous en voulez ?

— Nous n'en avons pas pour longtemps, dis-je. Pourquoi cette relation avec Teresa Oliveira ?

— C'est quoi, cette question ?

— L'une des plus faciles, rétorqua Carlos.

Paulo Branco se pencha au-dessus de la table pour nous faire entrer dans la confidence.

— Elle voulait du sexe. Elle prétendait que le vieux n'était plus à la hauteur.

— Où ça ? demanda Carlos.

— À l'endroit habituel, répliqua-t-il en y mettant un peu d'impertinence maintenant qu'il savait qu'il ne s'agissait pas d'un contrôle fiscal.

— Géographiquement parlant.

Paulo Branco adressa à Carlos son sourire factice le plus réussi.

— Dans sa maison de Lisbonne.

— Pas ici ?

— Une ou deux fois, quand je rentrais tôt du travail, le vendredi soir, elle est venue ici. Mais ça se passait surtout à Lisbonne. Je me rendais à un rendez-vous pour mon travail et je m'arrêtais chez elle. Voilà.

— Et la fille. Catarina ?

Il afficha l'expression d'un homme dont le parachute vient de refuser de s'ouvrir.

— La *fille* ?

— Elle s'appelait Catarina.

— *S'appelait ?*

— C'est ce que j'ai dit.

— Écoutez, je n'ai pas vu Catarina depuis... depuis...

— Continuez... depuis quand ?

Il avala péniblement sa salive, passa la main dans ses cheveux coiffés avec style.

— Nous avons appris que vous avez couché avec elle. C'était quand, la dernière fois ?

Il abattit ses paumes sur ses cuisses, se leva, poussa un cri inarticulé et arpenta la pièce en gesticulant. Tout à coup, nous nous retrouvions dans un soap-opera. Je me levai de mon siège et montrai le sien du doigt.

— Asseyez-vous s'il vous plaît, *Senhor* Branco.

Il était abasourdi. La porte de la chambre se ferma : la fille devait probablement en être à chercher ses sous-vêtements. Paulo Branco s'assit et se prit la tête entre les mains, refusant d'en entendre davantage.

— Je veux un avocat.

— Il y en a un ici, à Cascais, dont vous connaissez le numéro, répliqua Carlos, qui s'amusait comme un fou.

— *Senhor* Branco, nous n'allons pas vous accuser d'avoir couché avec une mineure, ou de détournement de mineure, selon l'expression consacrée. Mais si vous l'avez tuée, c'est une autre histoire. Peut-être devriez-vous *vraiment* engager un avocat.

— *Moi ?* s'écria-t-il, voyant soudain sa belle journée s'assombrir. Je ne l'ai pas tuée. Je ne l'ai pas vue depuis... depuis...

— Quand, pour la dernière fois ?

— Il y a des mois.

— Comment l'avez-vous connue ?
— Dans la maison de Lisbonne.
— Comment ? *Senhor* Branco... pas où.
— Je sortais de la chambre...
— Quelle chambre ?
— Celle de sa mère, la chambre de Teresa. Catarina était dans le couloir.
— Quand ?
— C'était un midi... juin, juillet l'année dernière.
— Que s'est-il passé ?
— Je ne... elle avait ses chaussures à la main. Elle a descendu les escaliers. Je partais. J'ai jeté un coup d'œil à sa mère derrière moi puis je l'ai suivie. Nous nous sommes revus dans la rue. Elle mettait ses chaussures.
— Est-ce qu'elle a dit quelque chose ?
— Elle m'a demandé d'être là le vendredi suivant à l'heure du déjeuner.
— Vous avez accepté ça de la part d'une gamine de quatorze ans ?
— Quatorze ! Non, non. Ce n'est pas possible. Elle disait...
— Ne nous faites pas perdre notre temps, Paulo. Racontez-nous le reste.
— Je me suis présenté le vendredi suivant. Teresa n'était pas là. Elle allait à Cascais le vendredi.
— Nous le savons.
Il haussa les épaules.
— J'ai couché avec Catarina.
— Dans le lit de la mère ?
Il se gratta la tempe et fit oui de la tête.
— Autre chose ?
— Elle m'a pris cinq mille escudos.
— Vous l'avez laissée faire ?
— Je ne savais pas quoi en penser. Je n'étais pas sûr de ce dont elle était capable.
— Ne me racontez pas de salades. Vous êtes un adulte comparé à elle.
— Vous n'étiez pas obligé d'y aller, ajouta Carlos.
Il nous jaugea du regard avant de passer à des aveux d'adolescent boutonneux. Je l'encourageai :
— Nous en avons entendu d'autres.
— Ça m'excitait, avoua-t-il. De coucher avec la mère et la fille dans...

— La belle affaire ! Bon, combien de fois c'est arrivé avant que Teresa s'en aperçoive ?

— Trois. Elle nous a surpris la quatrième fois.

— Il s'est passé quelque chose d'inhabituel ce jour-là ?

Son visage s'affaissa et finit par ressembler à celui d'un enfant de six ans. Il eut un rire nerveux.

— Merde, dit-il en comprimant l'arête de son nez. Il y avait quelque chose de différent. Ça a été la première fois que Catarina a eu l'air d'y prendre du plaisir.

— Elle ne faisait pas semblant chaque fois ? persifla Carlos.

Paulo regarda fixement la table, déterminé à ne pas réagir.

— Elle a crié, et elle a eu une sorte de sourire, mais pas dirigé vers moi... derrière mon épaule. Je me suis retourné et Teresa se tenait à la porte.

— Qu'est-ce qu'elle a fait ?

— Je me suis levé. Catarina s'est redressée. Elle n'a même pas serré les jambes, elle a juste regardé sa mère en souriant. Teresa s'est élancée vers elle et l'a giflée à la volée, merde, on aurait cru un coup de fusil.

— Est-ce que Catarina a dit quelque chose ?

— « Pardon, maman », avec une voix de petite fille.

— Et vous ?

— J'étais sorti, déjà dans les escaliers.

— Vous n'avez jamais revu Teresa ?

— Non.

— Et Catarina ?

Il jeta un autre coup d'œil à la porte de la chambre et parla calmement.

— Elle est venue plusieurs fois. La dernière c'était en mars. Oui, en mars. Deux jours après mon anniversaire, c'est le 17.

— Elle est venue pour coucher avec vous ?

— Ce n'était pas pour faire la conversation.

— Vous ne parliez pas ?

— À peine entrée elle retirait ses vêtements.

— Vous pensez qu'elle se droguait ?

— Peut-être, fit-il en baissant vivement la tête.

— Elle vous prenait de l'argent ?

— Oui, jusqu'à ce que je cache mon portefeuille.

— Est-ce que ça l'a agacée ?

— Elle n'a rien dit.

— Combien de fois est-elle venue ici ?

— Dix, douze fois.

— Et pourquoi n'est-elle pas revenue après le 19 mars ?

— Elle est revenue. Mais je ne l'ai pas laissée entrer.

Il désigna la porte de sa chambre d'un mouvement de la tête. Nous partîmes peu après et restâmes assis dans la voiture, dehors. La copine sortit quelques minutes plus tard, elle faisait des pas beaucoup trop longs pour ses jambes, ses talons hauts vacillant sur la *calçada*.

— Ce type, lança Carlos. *Novo rico.*

Nous retournâmes chez l'avocat. J'avais quelques questions à poser à Teresa mais maître Oliveira refusa de m'y autoriser jusqu'à ce qu'elle arrive dans le couloir et nous fasse signe d'entrer. Elle avait des gestes de vieille femme et s'exprimait avec lenteur, d'une voix mal assurée.

— Le jour où vous avez trouvé Catarina au lit avec Paulo Branco... pourquoi étiez-vous retournée chez vous ?

— Je ne me souviens pas.

— Vous n'étiez pas déjà ici ?

— Si.

— Ça devait être quelque chose d'important pour refaire tout le chemin jusqu'à Lisbonne.

Elle ne répondit rien. Je m'excusai et me levai pour partir. Son visage s'était affaissé. Des poches qui n'étaient pas là auparavant étaient apparues sous ses yeux.

— Je suis retournée... commença-t-elle d'un ton si fatigué qu'elle pouvait à peine articuler... parce que Catarina m'a appelée. Elle m'a dit qu'elle s'était blessée au lycée.

Nous échangeâmes tous les trois des regards. Elle présenta ses mains ouvertes comme pour nous montrer combien la vie pouvait être imprévisible.

— Ça a marqué la fin entre Catarina et moi.

Sans prononcer une parole, nous reprîmes le chemin de la *2º Circular* qui entoure Lisbonne. Carlos avait cette qualité de savoir rester silencieux. Il ne servait à rien de poser des questions auxquelles ni l'un ni l'autre nous ne pouvions apporter de réponse. Il était songeur. Différent de l'individu nerveux qu'il s'était révélé être sur la plage ou dans l'appartement de Paulo Branco. Je doutais qu'il eût beaucoup d'amis.

L'idée qu'une famille comme les Oliveira puisse tourner aussi mal me rendait malade. La famille. L'unité la plus forte de la devise portugaise. Notre or. Notre capital essentiel. L'élément pur qui garde nos rues propres, la plupart du temps. Personne en Europe ne comprend la valeur de la famille mieux que nous, et il ne s'agit pas seulement d'un vestige de la propagande salazariste. Était-ce là, au cœur de cet édifice précieux entre tous, que les fissures de la société apparaissaient en premier ?

Nous nous dirigions vers une zone d'habitation urbaine gigantesque appelée Odivelas, à la limite nord de Lisbonne. Nous longeâmes l'un de nos actuels titres de gloire (Colombo, le plus grand centre commercial d'Europe) qui se trouve en face de l'un des plus anciens : le stade de Benfica, au bord de la faillite. Nous virâmes pour quitter la *2º Circular*, passâmes dessous et attaquâmes la montée. Au sommet, nous avions la meilleure vue possible sur Odivelas : vingt kilomètres carrés de rues où s'alignaient des tours sinistrées, coiffées de touffes d'antennes de télévision effilochées. C'était une vision diabolique, la vision élyséenne d'une société de construction. En l'espace de quelques semaines on avait bâti ces machins (carcasses squelettiques en béton, murs fins semblables à de la peau privée de chair), où on cuisait en été et gelait en hiver. Je n'ai jamais pu respirer dans ces trucs-là, l'air y est recyclé en permanence.

Nous montâmes les escaliers jusqu'au quatrième étage d'un des bâtiments d'origine, les autres étant des clones. L'ascenseur ne fonctionnait pas. Des carreaux au sol étaient cassés ou manquaient à l'appel, et les murs en béton portaient des incrustations causées par l'humidité. Des télévisions braillaient d'un étage à l'autre. De la musique et des odeurs de repas se déversaient dans la cage d'escalier. Deux gamins qui rebondissaient contre les murs nous croisèrent en nous frôlant.

Nous frappâmes à une porte aussi épaisse que du carton derrière laquelle nous espérions trouver le guitariste solo du groupe de Catarina. L'homme qui ouvrit était maigre, avec ce qui ressemblait à une moustache postiche mal fixée, de la même apparence terne que ses cheveux noirs. Sa chemise violette à manches courtes était ouverte jusqu'au nombril. La main sur le torse, il caressait les poils qu'il avait autour des tétons à l'aide des deux doigts dont il se servait pour fumer. Il savait que nous étions de la police.

— Valentim Mateus Almeida est-il là ? demandai-je.

Il tourna les talons sans répondre. Nous le suivîmes dans l'étroit couloir. Il frappa à une porte en passant.

— Valentim ! cria-t-il. Police !

Il poursuivit son chemin jusque dans la cuisine où une femme obèse aux cheveux décolorés, boudinée dans une jupe turquoise, débarrassait la table. Elle lui demanda qui c'était. Il le lui dit et elle rentra le ventre. Nous frappâmes à notre tour à la porte. L'appartement sentait le poisson frit.

Valentim nous invita à entrer mais ne leva pas les yeux. Il était assis sur son lit et jouait d'une guitare électrique qui n'était pas branchée. Son épaisse et volumineuse toison de boucles brunes liée sur la nuque s'étalait dans son dos. Il portait un tee-shirt et un jean. Il était maigre, avait la peau olivâtre, de grands yeux noirs en creux, des joues hâves. Carlos ferma la porte de la chambre exiguë dans laquelle se trouvaient un lit, un bureau mais pas de bibliothèque. Les livres étaient empilés par terre. Certains d'entre eux étaient en anglais, d'autres en français.

— Votre père n'a pas l'air trop inquiet de notre visite.

— Ce n'est pas mon père, même pas mon beau-père. C'est juste la tique qui vit ici pour que ma mère ne se sente pas toute seule... Et ne vous en faites pas, elle sait ce que j'en pense.

— À savoir ? demanda Carlos.

— Qu'il vaut mieux vivre seul plutôt qu'avec une nullité, mais bon... elle le virerait et elle en trouverait un autre pour le remplacer. Ça marche comme ça entre les tiques et ceux dont elles se nourrissent.

— Tu es étudiant en zoologie ?

— En psychologie. La zoologie, je vis avec. Ça rampe sous ma porte.

— Tu connais une fille qui s'appelle Catarina Sousa Oliveira ?

— Je la connais, répondit-il en recommençant à gratter sa guitare.

— Elle est morte. Assassinée.

Ses doigts s'immobilisèrent. Il prit la guitare par le manche et l'appuya contre une chaise au pied du lit. Il réfléchissait, composait avec cette nouvelle, mais il était choqué.

— Je ne le savais pas.

— Nous reconstituons ses dernières vingt-quatre heures.

— Je ne l'ai pas vue, se hâta-t-il de répliquer.

— Pas durant les dernières vingt-quatre heures ?

— Non.

— Est-ce que tu lui as parlé ?

— Non.

— Quand l'as-tu vue pour la dernière fois ?

— Mercredi soir.

— Que s'est-il passé ?

— Le groupe s'est réuni pour parler du concert du week-end et des répétitions de vendredi et de samedi.

— Vendredi, c'était hier, fit remarquer Carlos.

— Merci de me le rappeler. Tous les jours se ressemblent à Odivelas. Par ailleurs, le groupe a explosé mercredi. Il n'y a pas eu de répétition, il n'y aura pas de concert.

— Pourquoi vous êtes-vous séparés ?

— Divergences musicales. Teresa, la fille qui est au clavier, elle baise avec un mec qui joue du saxophone, alors tout d'un coup elle se met à penser qu'on a besoin d'un saxophoniste. Elle pense qu'on doit faire plus de trucs instrumentaux.

— Avec une importance moindre donnée à la chanteuse ? interrogea Carlos.

Valentim tourna vers moi un regard interrogatif.

— Là, je ne peux pas t'aider. Ma vie s'est arrêtée au Pink Floyd, en matière de musique.

— Elles n'étaient que musicales, ces divergences ? s'enquit Carlos.

— C'est votre première question digne de ce nom, et vous pouvez y répondre tout seul.

— Et Bruno, de quel instrument joue-t-il ?

— De la basse.

— Est-ce que l'un de vous deux sortait avec Catarina ? demandai-je.

— Sortait ?

— Est-ce que l'un de vous baisait avec elle ? corrigea Carlos, adaptant son vocabulaire à mesure que l'interrogatoire se déroulait.

— On avait conclu un accord : pas de relations sexuelles dans le groupe.

— Le saxophoniste n'avait aucune chance.

— C'est bien mon sentiment.

— La réunion, où a-t-elle eu lieu ?

— Dans un bar. Le Toca. C'est dans le Bairro Alto.

— Et tu n'as pas revu Catarina après... ni jeudi ni vendredi ?

— Non.

— Est-ce que tu sais ce qu'elle faisait hier ?

— Elle est allée au lycée, non ?

— Et toi, tu étais où ?

— À la *Biblioteca Nacional*. Toute la journée. Jusqu'à sept heures, sept heures et demie.

Je lui donnai ma carte et lui demandai d'appeler si quelque chose lui revenait. La mère de Valentim se tenait dans la cuisine et surveillait le couloir quand nous sortîmes. Je lui souhaitai un bon après-midi et aussitôt la tique vint se coller contre son épaule.

— Où était Valentim hier ? demandai-je.

— Il est resté dehors toute la journée et une grande partie de la nuit, répondit le parasite. Il n'est pas rentré avant trois heures du matin.

La femme semblait abattue malgré son maquillage tout frais. La tique voulait que nous embarquions le gamin tout de suite. Nous retournâmes à notre voiture sur laquelle nous ne pouvions pas poser la main tellement elle était chaude. J'allumai une cigarette et l'écrasai après deux bouffées.

— Il ment, déclara Carlos. Il l'a vue.

Je démarrai.

— Allons parler à la fille au clavier.

— On ne mange jamais, dans ce boulot ?

— On déjeune à l'anglaise.

— Ça ne me dit rien qui vaille.

— C'est normal. Vous êtes portugais.

— Les gens racontent... commença-t-il avant de s'arrêter.

— Qu'est-ce qu'ils racontent, les gens ?

— Que vous étiez marié à une Anglaise.

— C'est censé vous expliquer quelque chose ?

— Ça m'a surpris quand vous avez parlé du Pink Floyd tout à l'heure.

— J'étais en Angleterre dans les années soixante-dix.

Il hocha la tête.

— Qu'est-ce que les gens racontent d'autre ? demandai-je, tout surpris que l'on puisse se donner la peine de parler de moi en mon absence.

— Ils disent que vous n'êtes pas... normal.

— À votre avis, pourquoi on vous a associé à moi ? Pour regrouper tous les anormaux dans un coin à part ?

— Je ne suis pas anormal.

— Seulement ennuyeux : vous n'avez toujours pas abordé le sujet des filles, des voitures ou du foot. Vous avez vingt-sept ans. Vous êtes policier. Vous êtes portugais. À votre avis, qu'est-ce qu'ils en déduisent, les gens ?

— Le Sporting, répondit-il, pour satisfaire à mes exigences.

— C'est une bonne équipe.

— Je n'ai pas les moyens de m'acheter une voiture.

— Ce n'est pas le problème.

— Je travaillais dans un garage. Je ne m'y connais qu'en vieilles voitures qui ne marchent pas. Comme les Alfa Romeo.

— Et les filles ?

— Je n'ai pas de petite amie.

— Là non plus, ce n'est pas le problème. Vous êtes homo ?

On aurait cru que j'avais enfoncé un tournevis acéré entre ses côtes.

— Non, rétorqua-t-il, mortellement blessé.

— Vous me l'auriez avoué si vous l'étiez ?

— Je ne le suis pas.

— Vous croyez que nous avons des collègues qui se parlent comme ça ?

Il regarda par la fenêtre.

— C'est pour ça qu'ils nous ont mis ensemble. Nous sommes à part, nous sommes les deux anormaux.

14.

Samedi 13 juin 199-, Telheiras, Lisbonne, Portugal

Nous avalâmes une *bifanas* qui est un sandwich mais avec une tranche de porc chaude à l'intérieur : un compromis anglo-portugais pour le déjeuner. Je taquinai Carlos afin de le réconcilier avec moi. Nous commandâmes du café. Je lui tendis mon sucre sans un mot. Il me posa des questions sur ma femme... ce que personne ne faisait jamais. Il me demanda comment c'était d'être marié avec une Anglaise.

— Vous voulez dire, quelle différence ça fait ?

Il haussa les épaules, pas très sûr de comprendre le sens de sa propre question.

— Le seul point sur lequel nous n'étions pas d'accord était la manière d'élever Olivia, notre fille. Nous nous disputions pour ça. Elle se disputait aussi avec mes parents à ce sujet. C'était un problème culturel. Vous savez comment ça se passe au Portugal.

— On est élevé dans du coton durant toute l'enfance.

— Et adoré. Nous avons une vision romantique de l'enfance, qui devrait être une période heureuse, sans responsabilités, ni tensions, continuai-je en me rappelant toutes les vieilles querelles. Nous dorlotons nos enfants, nous leur répétons qu'ils sont un véritable cadeau du ciel, nous les encourageons à croire qu'ils sont exceptionnels. Et la plupart d'entre eux deviennent des êtres sûrs d'eux et heureux. Les Anglais ne pensent pas comme ça. Ils sont plus pragmatiques. En tout cas c'était vrai pour ma femme.

— Alors comment elle est... Olivia ? questionna-t-il, s'habituant à ce prénom.

— Il s'est avéré que la méthode anglaise était celle qui convenait le mieux. Elle a seize ans et se comporte comme si elle en avait vingt et un. Elle prend soin d'elle-même. Elle sait se débrouiller. Elle s'est *déjà* occupée de moi : c'est comme ça qu'elle a surmonté son chagrin. Elle sait se comporter en société. Elle sait faire face à des situations seule. Elle a ses occupations. C'est une excellente couturière. C'était le passe-temps de ma femme. Toutes deux consacraient des journées entières à confectionner des vêtements en discutant sans arrêt. Mais j'ignore si elle a eu ce que j'appellerais une enfance. Parfois, ça me rendait fou. Quand Olivia était petite, ma femme refusait de l'écouter si elle ne s'exprimait pas avec clarté. Si elle voulait s'exprimer comme les petits enfants, il fallait qu'elle vienne me voir... Et ça refait surface de temps en temps, vous savez. Elle a besoin de faire ses preuves, d'être bonne en tout, d'être toujours intéressante. Elle ne peut pas toujours être à la hauteur de ses propres exigences... Bon, me voilà lancé. Je vais me taire, sinon vous allez y avoir droit pendant toute la journée.

— Votre femme aimait bien les Portugais ?

— Oui. La plupart du temps elle nous aimait bien.

— Vous lui avez dit ?

— Que nous ne sommes pas si gentils que ça les uns avec les autres ? Elle le savait. De toute façon, les Anglais se détestent encore plus entre eux, mais au moins, d'après elle, les Portugais aiment les étrangers, ce qui n'est pas le cas des Anglais. Elle prétendait aussi qu'à force de côtoyer des menteurs et des meurtriers j'ai une vision désabusée de mes compatriotes

— Elle ne pouvait pas aimer *tout le monde*.

— Elle n'aimait pas les bureaucrates, mais je lui avais expliqué qu'ils reçoivent une formation spéciale. C'est l'unique héritage que nous avons gardé de l'Inquisition.

— Qu'est-ce qu'elle détestait le plus chez les Portugais ? Il doit bien y avoir quelque chose qu'elle ne pouvait pas supporter.

— Les émissions de télé qui ne commençaient jamais à l'heure.

— Allez ! Elle a bien dû trouver mieux que ça.

— Elle détestait les Portugais au volant, surtout ceux qui accélèrent quand une femme les dépasse. Pour elle, c'était la seule circonstance où nous nous comportions en machos. Elle a toujours su qu'elle mourrait dans un accident de voiture, et c'est ce qu'il s'est passé.

Silence. Carlos n'était pas satisfait.

— Il devait y avoir un autre truc. Un truc pire que ça.

— Elle répétait souvent : « Le moyen le plus sûr de mourir piétiné, c'est de s'interposer entre un Portugais et son repas. »

— Pas celui que nous venons de faire. De toute façon, ça signifie simplement que nous avons faim. Allez... quoi encore ?

Son complexe d'infériorité le poussait aux extrêmes.

— Elle trouvait que nous n'avions pas assez confiance en nous.

— Ah.

— D'autres questions ?

Aucune.

Teresa Carvalho, la fille qui jouait du clavier, vivait chez ses parents dans une résidence de Telheiras, un quartier qui est géographiquement proche d'Odivelas, mais en est très éloigné sur l'échelle des revenus. C'est là que s'installent ceux dont l'argent appelle l'argent. Des immeubles bien isolés, des tons pastel, des systèmes de sécurité, un parking, des antennes satellites, des courts de tennis, dix minutes de l'aéroport, cinq minutes du stade de foot comme du centre commercial Colombo. Pourtant l'endroit est mort, on a l'impression de marcher dans un cimetière de mausolées parfaits.

Les Carvalho occupaient l'appartement avec terrasse. L'ascenseur fonctionnait. Une domestique angolaise nous fit attendre dehors pendant qu'elle allait montrer nos plaques au *Senhor* Carvalho. Elle nous conduisit à son bureau. Carvalho était assis à sa table de travail, coudes et avant-bras velus reposant fermement sur le meuble. Il portait un polo Yves Saint Laurent d'où d'autres poils dépassaient, à l'encolure. Son crâne était brun, sans le moindre cheveu. Sa moustache si fournie qu'il avait dû la tailler au coupe-boulons. Il avait l'air moins affable qu'un taureau qui a six *bandarilhas* plantées dans le dos. La domestique ferma la porte en faisant le moins de bruit possible, comme si le moindre geste pouvait attirer l'attention du grand méchant taureau.

— De quoi voulez-vous parler avec ma fille ? demanda-t-il.

— Ce n'est donc pas la première visite que vous rend la *Polícia Judiciária*, répliquai-je. Votre fille a déjà eu des problèmes ?

— Elle n'a jamais eu de problème, ce qui n'empêche pas la police d'essayer de lui en causer.

— Nous travaillons à la criminelle, pas aux stupéfiants.
— Mais vous étiez au courant.
— J'ai deviné. Sur quoi l'interrogent-ils ?
— Fabrication et approvisionnement.
— Quelle drogue ?
— De l'ecstasy. La police a placé l'assistant en chimie de son université en garde à vue pour l'interroger. Il cite des noms afin de se rendre la vie moins difficile. L'un d'eux était celui de ma fille.

Je lui expliquai ce qui nous amenait et il se libéra lentement du harnais de sa colère. Il alla la chercher. J'appelai Fernanda Ramalho sur mon portable. Le médecin légiste était peut-être marathonienne, mais elle donnait ses informations à la vitesse d'une coureuse de cent mètres.

— Des choses qui peuvent vous intéresser. Heure du décès : très près de dix-huit heures, dix-huit heures trente, vendredi. Cause du décès : asphyxie par strangulation, pression exercée par des pouces gantés sur la trachée (pas de marques d'ongles sur sa gorge). Le coup porté à la nuque : elle n'a été frappée qu'une fois à l'aide d'un objet très dur et très lourd. Pas une barre en fer, le crâne fracassé et la zone contusionnée font plutôt penser à un gros marteau. Elle était sans nul doute possible inconsciente quand on l'a étranglée. Je ne trouve aucune preuve de lutte avérée, pas d'écorchures à part celle du front qui a été causée par un choc contre un pin. Il y avait de l'écorce dans la blessure. Elle n'avait rien sous les ongles. Activité sexuelle : vous n'allez pas aimer. Il y a eu pénétration vaginale *et* anale. Avec utilisation de préservatif. Pas de traces de sperme. Il y avait des restes de lubrifiant à base d'eau dans son rectum, et les lésions causées au muscle sphinctérien suggéreraient qu'elle pratiquait la sodomie pour la première fois. Sang : son groupe sanguin est assez rare, AB négatif. Il contenait des traces de trois ou quatre méthylènedioxyméthamphétamine qu'on appelle aussi de l'Ex ou ecstasy. Elle avait également fumé du cannabis et il y avait des traces de caféine.
— Rien dans son estomac ?
— Elle n'avait rien mangé au déjeuner.
— C'est tout ?
— Vous, les mecs, même quand on vous le fait rapide comme ça, vous n'en avez jamais assez.
— Fernanda, vous savez que nous vous sommes reconnaissants.

Elle raccrocha.

Teresa Carvalho avait de longs cheveux violets, du rouge à lèvres, du vernis à ongles et du crayon pour les yeux violet foncé. Elle portait un sous-pull noir, une jupe courte noire, des collants noirs et des Doc Martens violettes qui lui montaient aux mollets. Elle prit place sur un fauteuil, dans le coin du bureau de son père, croisa les jambes. Le *Senhor* Carvalho quitta la pièce et nous nous assîmes dans le silence qu'elle ne remplissait pas en mastiquant son chewing-gum.

Nous n'entendîmes pas le *Senhor* Carvalho s'éloigner. Teresa fixait un point au-dessus de la tête de Carlos. J'ouvris la porte et informai le *Senhor* Carvalho de ce que je souhaiterais lui parler de nouveau plus tard. Il s'en alla comme un ours retournant dans sa caverne. Quand je me rassis, je discernai une once de confiance dans les yeux de Teresa.

— Les paroles prononcées dans cette pièce n'ont aucune raison d'en sortir, commençai-je.

— Papa dit que vous travaillez à la criminelle. Comme je n'ai tué personne, je suis tranquille, déclara-t-elle en faisant éclater son chewing-gum.

— As-tu parlé à l'un des membres de ton groupe depuis que vous vous êtes séparés mercredi soir ?

Cette entrée en matière donnait l'impression que j'avais quantité d'autres munitions dans le chargeur. Son expression suggéra qu'elle en avait compris toutes les implications.

— Non. Je n'avais pas de raisons de le faire.

— C'est la dernière fois que tu as vu Catarina ?

— Oui. Il lui est arrivé quelque chose ?

— Pourquoi poses-tu cette question ?

— Il aurait pu lui arriver n'importe quoi.

— Des raisons particulières ? demanda Carlos.

— Elle a vraiment l'air innocente, hein ?

— Tu dis ça à cause des cheveux blonds et des yeux bleus.

Elle fit de nouveau éclater son chewing-gum et posa une de ses Doc Martens sur le bord du fauteuil.

— Allez, Teresa, insistai-je. Raconte-nous ce que tu penses de Catarina.

— Elle est complètement jetée.

— Folle, névrosée, droguée ?

— Je crois qu'elle n'a même pas seize ans, si ?

— C'est exact.

— Vous pouvez peut-être trouver des *putas* de trente ans qui ont la même expérience qu'elle, mais je...

— J'espère que ce n'est pas l'expression d'une jalousie féminine, Teresa.

— C'est les garçons qui le disent. Allez sur le campus et demandez-leur.

— Tu ne l'aimes pas.

— Non.

— Est-ce que tu l'envies ?

— Est-ce que je l'envie ?

— Pour sa voix, par exemple.

Elle réprima un gloussement.

— Le fait qu'elle attire les garçons.

— Je vous l'ai dit, elle ne vaut pas plus qu'une *puta.*

— Et Bruno et Valentim ?

— Eh bien quoi ?

— Réponds à la question, dit Carlos.

— C'est quoi la question ?

J'intervins pour tenter de calmer Carlos qui n'avait pas l'air de l'aimer elle non plus.

— Le groupe. Comment le groupe s'est-il séparé ?

— Je n'aimais plus ce qu'on faisait.

— De quelle façon il s'est séparé ? Est-ce que vous vous êtes tous disputés avant de partir chacun de votre côté ? Est-ce que certains ont pris le parti d'un des autres...

— Je ne sais pas. Moi, je suis allée voir un ami dans le Bairro Alto.

— Ce n'était pas le saxophoniste, si ? demandai-je.

Elle se statufia.

— Non ce n'était pas lui, murmura-t-elle si bas que nous dûmes nous pencher pour l'entendre.

— Que fait-il à part jouer du saxophone ?

Elle ne répondit pas. Sa main était devant sa bouche et elle se rongeait l'ongle du pouce.

— Ce saxophoniste, est-ce que c'est l'assistant de ton université ?

Elle fit oui de la tête. De grosses larmes prenaient forme dans le maquillage violet de ses yeux. Elle fixait son genou.

— Tu n'étais pas avec lui le soir où le groupe s'est séparé ?

Elle secoua sa tête violette.

— Est-ce que tu l'as vu ?

Ses yeux se fermèrent et des larmes violettes coulèrent sur ses joues.

— Tu l'as peut-être vu avec Catarina Oliveira plus tard ce soir-là ?

— Elle me l'a volé, éructa-t-elle en même temps que coulait un peu de morve. Elle me l'a volé exprès.

— C'est pour cette raison que les stups ont reçu un coup de fil accusant un assistant d'université de fabriquer et de vendre de l'ecstasy ?

Elle se leva d'un bond, attrapa des mouchoirs en papier qui se trouvaient sur le bureau de son père et se barbouilla tellement le visage qu'elle donnait l'impression d'avoir été passée à tabac.

— Où étais-tu hier soir ?

— Dans l'Alfama, à la *festa.*

— Quand ?

— Je suis restée ici la plus grande partie de l'après-midi à travailler dans ma chambre. Des amis sont venus me chercher vers sept heures.

Je lui demandai de noter les noms et numéros de téléphone de ses amis.

— Vous ne m'avez toujours pas dit ce qui est arrivé à Catarina.

— Elle a été assassinée hier soir.

— Je ne lui ai rien fait, moi, lança-t-elle d'une voix rapide en gardant le stylo suspendu dans les airs.

— Est-ce que tu penses que Valentim ou Bruno avaient des relations sexuelles avec elle ?

— J'en suis sûre en ce qui concerne Valentim... c'est lui qui l'a trouvée. Pas Bruno. Il avait peur de Valentim.

— Comment ça, trouvée ?

— Il a entendu sa voix et il l'a fait entrer dans le groupe.

— Alors pourquoi penses-tu qu'ils couchaient ensemble ?

— Catarina était comme ça.

— Mais tu n'as jamais été témoin de quoi que ce soit qui puisse le confirmer ?

Elle leva les yeux.

— Non. Je n'ai rien vu.

Nous nous préparâmes à partir.

— Vous n'allez pas en parler, de mon coup de téléphone à la brigade des stupéfiants ? demanda-t-elle.

— Si ton assistant est innocent, je vais le faire. Il l'est ?

Elle secoua la tête.

— Et toi ?

— Ils veulent prouver que je l'ai aidé, au laboratoire, mais c'est faux.

— Et pour ce qui est de la distribution ?

— Non, répliqua-t-elle, la bouche crispée.

— Catarina avait des traces d'Ex dans le sang, le jour de sa mort.

— Ça ne venait pas de moi. Je ne lui ai rien donné.

— Et Valentim et Bruno ?

— Non, jeta-t-elle.

Un mensonge concis, dur comme la pierre, inébranlable. Je posai sur elle un regard appuyé qu'elle ne put soutenir. Elle réfléchissait à la façon de sauver ce qui pouvait l'être, de faire en sorte que je l'aime bien. La mal-aimée. L'adepte de l'imposture. La conservatrice qui jouait en violet et noir.

— Si vous vouliez comprendre Catarina, ajouta-t-elle, il fallait l'entendre chanter. Elle était en prise directe sur la douleur.

Nous roulâmes dans une capitale vide en ce premier après-midi chaud de l'été, parcourant sans difficulté les artères principales habituellement bouchées. Carlos parlait comme s'il avait la bouche pleine de clous qu'il ne pouvait recracher en quantité suffisante.

— Le monde peut se passer de *chatas* comme Teresa Carvalho. La petite *senhorita rica* sans personnalité, qui joue à l'artiste grunge mais qui passe son temps à nourrir et à cultiver les valeurs minables de la bourgeoisie salazariste. C'est le genre de personne qui a toujours eu ce qu'elle voulait, et quand ce n'est pas possible, parce qu'elle est vraiment trop *chata,* elle s'assure que personne d'autre ne peut l'avoir. Elle dénonce les autres pour sauver ses fesses. C'est une menteuse. Elle vous observe sans arrêt pour s'assurer qu'elle va dire ce que vous avez envie d'entendre. Elle balance son assistant, dénigre Catarina et après elle nous sert un... (Il adopta une voix pleurnicharde.) « Si vous vouliez comprendre Catarina, il fallait l'entendre chanter, elle était en prise directe sur la douleur. » Et vous pouvez être sûr qu'elle n'a pas trouvé ça toute seule. Pouah ! Elles sont toutes pareilles.

— Qui ?

— Les petites-bourgeoises. Elles n'ont rien pour elles. Des poules sans cœur ni entrailles.

— Est-ce que Catarina était une poule sans cœur ni entrailles ?

— Elle devait valoir plus que tous les autres réunis, ce qui explique pourquoi ils s'empressent de balancer des saloperies sur elle et de nous expliquer que c'était une petite *puta*. Mais jusqu'à présent aucun de ceux qu'elle fréquentait et que nous avons rencontrés ne vaut plus de cinq *tostões*.

— Alors vous voulez vraiment trouver son assassin ?

— Oui. Il y a un problème ?

— C'était juste pour savoir.

— Mais si ça avait été une *chata* comme Teresa Carvalho...

— Par pure curiosité, est-ce que vous aimez les Noirs ?

Il m'observa pour comprendre où je voulais en venir.

— Je n'ai pas de préjugés raciaux, si c'est ce que vous voulez dire.

— Mais si vous aviez une fille et qu'elle voulait épouser un Noir... ?

— C'est peut-être la question que moi, je devrais vous poser.

— Ça ne me plairait pas. Voilà... vous m'avez démasqué.

— Le bon vieux policier portugais raciste.

— Ça ne signifie pas que je pense que tous les Noirs sont des criminels. J'ai vécu en Afrique, je connais les Africains, et j'en ai apprécié beaucoup. Simplement, beaucoup de gens ont des préjugés raciaux et je ne voudrais pas que ma fille ait à faire face à ce genre d'attitude si elle peut l'éviter.

Nous longeâmes le Jardim da Estrela, ombré, frais et propice à la torpeur. Je coupai par le côté de la Basílica et montai la colline jusqu'à Lapa. C'est le domaine des ambassades, un ancien paradis pour riches qui surplombe les docks d'Alcântara, probablement afin qu'ils puissent voir leur argent rentrer par la voie maritime. Nous nous garâmes sur une place centrale devant un vieil immeuble qui donnait sur un ancien *palácio* décrépi entouré d'échafaudages et dont le portail affichait un permis de construire délivré par la mairie. J'actionnai la sonnette. Pas de réponse. Un jardinier taillait dans les broussailles de l'autre côté de la grille.

— C'est le Palácio do Conde dos Olivais, expliquai-je à Carlos. Il est fermé et laissé à l'abandon depuis aussi loin que remontent mes souvenirs.

— On dirait qu'ils le rénovent.

J'appelai le jardinier en criant. C'était un vieil homme à la peau foncée dont le visage ressemblait à celui d'un mulet. Il s'arrêta de travailler, prit appui sur la grille et retira la cigarette qu'il avait aux lèvres et qui était éteinte depuis un bon bout de temps.

— Ils veulent le transformer en lupanar, déclara-t-il.

— C'est vrai ?

— Vous savez ce qu'il faut pour faire un bon lupanar ?

— Des jolies filles, peut-être.

— Beaucoup de chambres. Ici, c'est parfait.

Il partit d'un rire asthmatique, s'essuya le visage avec un chiffon usagé, reprit :

— Non. Ça va être un de ces clubs privés pour riches qui ne savent pas comment dépenser tout l'argent qu'ils ont sous leur matelas.

Carlos poussa un petit rire et sonna à nouveau. Pas de réponse. Le jardinier ralluma sa cigarette.

— C'est là que résidaient les nazis pendant la guerre. Après, les Américains leur ont succédé quand les autres ont perdu.

— C'est grand, pour un club.

— Ce sont des gens sérieux, les riches. C'est ce qu'ils me racontent en tout cas.

Nous avions obtenu une réponse. Une réponse presque inaudible. Une frêle voix féminine, trop faible pour être compréhensible. Elle nous laissa entrer au bout de la cinquième explication. Nous grimpâmes les escaliers jusqu'au deuxième étage. Une femme vêtue d'un épais cardigan vert et d'une jupe en tweed ouvrit la porte. Elle avait déjà oublié qui nous étions et quand nous le lui expliquâmes une fois de plus, elle répondit qu'elle n'avait pas appelé la police, qu'il ne s'était rien passé. Elle commença à refermer la porte d'une main qui tremblait, comme agitée par la maladie de Parkinson.

— Ça va, m'man, lança une voix derrière elle. Ils viennent me parler. Il n'y a pas à s'inquiéter.

— J'ai envoyé la domestique dehors pour une course... et les gens viennent toujours quand elle n'est pas là, alors il faut que je me lève et que je réponde à l'interphone et je n'entends jamais rien là-dedans...

— Ça va, m'man, elle va bientôt revenir.

Nous suivîmes la femme qui s'avançait vers le salon d'un pas traînant, au bras de son fils. Des livres s'alignaient sur les murs du sol au plafond et l'espace vacant était surtout occupé par des étagères couvertes de dessins, de peintures, de croquis et d'aquarelles. Le garçon fit asseoir sa mère à une table au vaste plateau de verre sur lequel était posée une carafe pleine d'un liquide qui ressemblait à du porto marron-roux. Puis il nous précéda vers une autre pièce. Il était vêtu du tee-shirt et du jean réglementaires ; il avait les cheveux longs, raides et noirs, avec une raie au milieu, et un visage triste dont la gamme d'expressions était limitée. Sa bouche s'ouvrait à peine quand il parlait. Ici, les murs étaient couverts d'autres dessins et croquis, dont aucun n'était encadré.

— Qui est l'artiste ? demanda Carlos.

— Ma mère avait une galerie d'art. C'est ce qu'il reste de ses réserves.

— Elle a l'air malade.

— Elle l'est.

— Tu as parlé à Valentim ?

— Il m'a appelé.

— Quand est-ce que tu as couché avec Catarina pour la dernière fois ? questionnai-je.

Carlos tressaillit comme si c'était lui qui allait devoir répondre. Bruno recula et ses mains, battant l'air comme les ailes d'un oiseau effarouché, rejetèrent ses cheveux en arrière.

— Quoi !

Il ouvrit la bouche de deux millimètres de plus que ne l'aurait fait une palourde, ce qui évoquait irrésistiblement *Le Cri* de Munch.

— Tu as très bien entendu.

— Je n'ai...

— Teresa Carvalho prétend que si. Toi, Valentim et la moitié de l'université.

Il avait déjà l'air brisé, comme une araignée qui porterait son squelette à l'extérieur. Valentim l'avait peut-être préparé à quelque chose mais pas à ça. Il avala sa salive.

— Nous ne voulons pas t'entendre nous débiter le scénario imaginé par Valentim. Nous enquêtons sur un meurtre alors si, ne serait-ce que l'espace de deux secondes, j'ai l'impression que tu mens et que tu entraves le cours de la justice, je t'embarque aux *tacos* pour le week-end. Tu y es déjà allé ?

— Non.

— Tu sais comment c'est ?

Pas de réponse.

— Des maquereaux, des prostituées, des drogués, des

ivrognes, des dealers, des pickpockets et tout un tas d'autres voyous trop violents pour être renvoyés chez eux. Pas de lumière naturelle. Pas d'air frais. De la pâtée pour cochon comme repas. Tu vas y avoir droit si tu insistes, Bruno. La domestique veillera sur ta mère, alors ça ne me pose aucun problème de ce côté-là. Par conséquent, oublie Valentim... et accouche.

Il était debout devant la fenêtre et tourna la tête pour contempler la portion de Tage visible à travers les arbres, au-delà du *palácio*. Il n'avait pas l'air d'avoir beaucoup besoin de réfléchir.

— Vendredi à midi, murmura-t-il face à la vitre.

— Où ?

— À la Pensão Nuno, quelque part dans les environs de la Praça da Alegria.

— À quelle heure ?

— Entre une et deux heures de l'après-midi.

— Est-ce que vous avez pris de la drogue ?

Bruno s'éloigna de la fenêtre et s'assit sur le lit. Il se pencha, les coudes sur les genoux, et s'adressa au sol.

— On a pris un comprimé d'Ex chacun et on a fumé un joint.

— Qui a fourni ?

Il ne répondit pas.

— Nous ne cherchons pas à arrêter quelqu'un pour possession ou trafic de drogue. Je veux juste que vos faits et gestes soient clairs dans ma tête. Je veux voir chaque minute de cette journée comme si je l'avais vécue. C'était Teresa Carvalho ?

— Valentim.

— Valentim était là aussi ? demanda Carlos.

Le garçon hocha la tête, visage tourné vers le sol.

— Vous y étiez tous les deux... à coucher avec la fille ?

Bruno se prit le front.

— Comment en êtes-vous arrivés là ?

— Valentim a dit que ça la branchait.

— C'était vrai ?

Il ouvrit les mains et haussa les épaules.

— Lequel l'a sodomisée ?

Il hoqueta, moitié sanglot, moitié haut-le-cœur, se couvrit la tête avec les mains et se pencha pour adopter la position du passager dans un avion en perdition, comme s'il s'attendait à un impact épouvantable.

15.

Samedi 13 juin 199-, Odivelas, Lisbonne, Portugal

Je déposai Carlos et Bruno devant les locaux de la PJ, Rua Gomes Freire, afin que Carlos puisse prendre sa déposition, et retournai chercher Valentim à Odivelas.

Dans la tour qu'il habitait la vie avait bougé d'un pouce : d'autres émissions faisaient rage à la télé, de la musique techno ricochait dans la cage d'escalier, la chaleur sortait des murs comme si l'immeuble avait une poussée de fièvre.

La tique répondit à la porte et tourna les talons sans un mot. Il frappa de la même manière en passant devant la chambre de Valentim et alla dans la cuisine où il prit une bouteille de Sagres ouverte.

— Police ! cria-t-il au-dessus du goulot avant de commencer à engloutir la bière.

La mère de Valentim apparut sur le seuil. Je tambourinai contre la porte en carton jusqu'à ce que Valentim l'ouvre d'un geste brusque.

— Nous partons, déclarai-je. Tu n'auras besoin de rien.

— Où l'emmenez-vous ? s'enquit la mère d'une voix stridente.

— À Lisbonne.

— Qu'est-ce qu'il a fait ? demanda-t-elle en s'écartant de la porte et en fonçant vers moi dans le couloir.

La tique resta à la cuisine à siroter sa bière, étirant sa petite moustache entre pouce et index, très satisfait.

— Il va nous aider dans notre enquête sur le meurtre d'une jeune fille.

— Un meurtre ? fit-elle en allant le prendre dans ses bras comme si on l'avait déjà condamné.

— Allons-y, dit-il en se détournant d'elle.

Nous montâmes dans la voiture. Valentim appuya le coude sur le rebord de la fenêtre et joua de la batterie sur le toit avec ses doigts pendant le trajet qui nous ramenait en ville, au plus chaud de la journée.

— Où est ton père ? interrogeai-je.

— Ça fait des années qu'il est parti, je ne me souviens pas de lui.

— Quel âge avais-tu ?

— Trop petit pour m'en souvenir.

— Tu t'es bien débrouillé, pour entrer à l'université.

— Pas si on compare aux *chatos* de ma classe.

— Tu l'aimes, ta mère ?

— C'est ma mère... c'est tout.

— Quel âge elle a ?

— À votre avis ?

— Je ne sais pas. C'est difficile à dire...

— À cause de tout le maquillage ?

— Le type avec qui elle est a l'air jeune.

— Elle a trente-sept ans, d'accord ?

— Mais est-ce que tu l'aimes bien ?

Il arrêta de tapoter sur le toit.

— Où est-ce qu'ils vous ont trouvé, bon Dieu ? s'écria-t-il. Blessé, sur l'autoroute ?

— Dans mon monde, je suis l'une des rares personnes que tu rencontreras qui s'intéresse à ses congénères... ce qui ne signifie pas que je sois tout le temps gentil. Maintenant, dis-moi ce que tu penses de ta mère.

— Tout ça, c'est trop chiant, déclara-t-il en détachant bien chaque syllabe.

— C'est toi qui étudies la psychologie à l'université.

Il soupira, dévoré d'ennui.

— Je pense que ma mère est quelqu'un de très bien, dotée d'une ligne de conduite hautement morale, qui se sent profondément concernée par...

— Tu as répondu à ma question. Bien. As-tu une copine en ce moment ?

— Non.

— Tu en as déjà eu ?

— Ça m'est arrivé. Temporairement.

— Qu'est-ce qui t'attirait chez ces filles ?

— Vous écrivez pour *Cosmopolitan* durant votre temps libre ?

— C'est ça ou mon coude dans la gueule.

— Ce sont toujours les filles qui viennent vers moi.

— Ce magnétisme irrésistible qui te caractérise.

— J'énonçais simplement un fait. Je ne leur ai pas couru après. Elles sont venues vers moi.

— Quel genre de filles ?

— Des bourgeoises issues de familles aisées qui voulaient être différentes, qui voulaient être cool, qui voulaient essayer quelqu'un qui ne soit pas un con pendu à un portable qui ne sonne jamais.

— Mais tu étais trop épicé pour elles. Trop riche. Non. Ce n'est pas le bon mot. Trop relevé.

— Ce ne sont pas des êtres humains authentiques, inspecteur. Ce sont juste des gamines qui se déguisent.

— Et Catarina... elle était comme ça ?

Il hocha la tête et sourit d'un air narquois comme si mes questions étaient cousues de fil blanc.

— Vous oubliez quelque chose : Catarina n'a jamais été ma copine.

— Mais c'était intéressant, non ? insistai-je. Parce que c'est toi qui l'as trouvée.

— Comment ça, trouvée ?

— Tu as découvert sa voix. Tu l'as fait entrer dans le groupe. Tu lui courais après. Elle n'est pas venue vers toi, elle.

— Ça ne veut pas dire qu'elle était...

— Mais c'était différent, non ?

Il se remit à taper sur le toit.

J'eus quelques problèmes pour entrer dans les locaux de la PJ car le policier de faction, qui me connaissait pourtant bien, refusa de croire que j'étais bien moi, jusqu'à ce que je lui présente une pièce d'identité avec une photo de mon moi barbu. Était-ce le début d'une bonne vieille crise d'identité ?

Laissant Valentim à l'accueil, je montai voir Carlos et Bruno, tous deux assis silencieusement dans mon bureau. Je lus la déposition et dis au jeune homme de la signer.

— Est-ce que Valentim devait voir Catarina après les cours, vendredi ?

— Elle allait toujours à Cascais le vendredi.

— As-tu vu Valentim vendredi soir ?

— Oui. Nous nous sommes retrouvés à Alcântara vers dix heures du soir.

— Qu'est-ce qu'il a fait entre quatorze et vingt-deux heures ?

— Je ne sais pas.

— Il était agité quand tu l'as vu ?

— Non.

— Teresa prétend que Catarina couchait avec pas mal de garçons de l'université. Est-ce que c'est vrai ?

— Pas si c'est Teresa qui le raconte. Elle n'est pas digne de confiance.

— Elle dit qu'elle a vu Catarina avec son assistant de chimie, plus tard mercredi soir dans le Bairro Alto, après la séparation du groupe.

— Je n'en sais rien.

— Où es-tu allé après la réunion ?

— Chez moi. J'ai travaillé tard sur un devoir que je devais rendre jeudi matin.

— Et Valentim et Catarina ?

— Je les ai laissés au bar, le Toca, dans le Bairro Alto.

Nous nous dirigeâmes vers les marches. Je lui recommandai d'attendre cinq minutes, puis de rentrer chez lui. Carlos et moi conduisîmes Valentim à la Pensão Nuno qui se trouvait Rua da Glória, une voie étroite entre la Praça da Alegria et le funiculaire qui part du métro Restauradores pour monter au Bairro Alto. Il n'y avait pas beaucoup de prostituées dans les rues à cette heure de la journée. Quelques-unes, plus vieilles et plus tristes que les autres, regardaient par les vitrines des bars, assises devant un café. Dans le rétroviseur, je voyais le visage immuable de Valentim qui semblait comme sorti d'un moule.

L'accueil se trouvait au deuxième étage d'un immeuble datant du XIXe siècle qui en comptait quatre et dont la façade était décorée de faïences jusqu'au balcon du premier étage. Le large escalier de bois sentait le moisi et était recouvert en son milieu d'une bande de lino bleu. Un homme d'une soixantaine d'années se tenait derrière le comptoir, un journal devant lui, le doigt sur la langue. Un tube de néon fixé au mur au-dessus de sa tête grise éclairait des toiles d'araignée et toute la crasse en hauteur. Il n'était pas rasé et fumait une cigarette sans y prêter attention. On avait l'impression qu'il avait été obèse avant de perdre du poids et que d'inutiles plis de peau s'affaissaient sous sa chemise.

Quand il leva les yeux sur nous, je devinai à son expression qu'il se savait en présence de deux policiers et d'un suspect. Il se redressa et mit une main sous son aisselle. L'ongle de son autre pouce s'insinua au milieu des poils sous sa lèvre inférieure. La fumée l'obligea à fermer un œil. Sa peau semblait grise comme si la poussière s'y était incrustée au cours d'un travail antérieur, dans une mine par exemple.

— C'est vous, Nuno ? lui demandai-je.

— Il est mort.

— Qui êtes-vous ?

— Jorge.

— C'est vous le patron ?

Il fuma et hocha la tête.

— Je sais qui vous êtes, déclara-t-il.

— Alors vous n'avez pas besoin de voir nos plaques.

— Vous pouvez me les montrer quand même.

Nous les lui présentâmes. Il les examina minutieusement sans les toucher.

— Vous êtes mieux sans, m'annonça-t-il.

— Vous connaissez ce jeune ?

Les yeux de Jorge prirent l'expression lasse d'un python qui vient de manger un cheval et qui éprouve des difficultés à digérer les sabots. Il fuma un peu plus, écrasa sa cigarette avec une grimace et nous montra un assortiment de dents jaunes qui ignoraient le dentifrice.

— Vous allez me dire qu'il est déjà venu et il va falloir que je vous croie mais...

Il n'acheva pas sa phrase, sortit son livre de réservations, en feuilleta les pages vides.

— Vous devriez peut-être sortir l'édition « Chambres louées à l'heure ».

— S'ils occupent...

— Nous voulons jeter un coup d'œil à une chambre du haut. Elles sont toutes libres ?

— Si elles sont fermées à clé, c'est qu'elles sont occupées.

— Vous avez des choses urgentes à faire ? Fermées ou non, je vais entrer dans toutes les chambres.

Jorge remonta son pantalon et sortit de derrière le comptoir. Il portait des tongs et les ongles de ses orteils, jaunes, épais comme des carreaux de céramique, étaient assortis à ses dents. Je suivis la peau morte de ses talons squameux jusqu'à l'étage supérieur.

— Il y a combien de chambres ?

— Quatre.

Il était devenu avare de paroles maintenant que la montée des marches lui coupait le souffle. Au sommet, il fut secoué d'une toux qui le laissa tremblant et silencieux, et il cracha dans un mouchoir. Puis il agita un doigt en direction de Valentim.

— Alors ?

— C'est pas à moi qu'il faut s'adresser, répondit celui-ci. Je ne sais pas ce que je fabrique ici.

— Tu te souviens de ce que je t'ai dit, à propos du coude dans la figure ?

— Vous avez entendu ? fit-il remarquer à Jorge. C'était une menace.

— Je ne te vois pas, rétorqua Jorge. Je ne l'entends pas. Ça fait des années que mes sens ne fonctionnent plus.

Jorge ouvrit l'une des portes avec un geste maniéré, tel un portier du XIXe siècle. Valentim alla prendre position en face de moi, de l'autre côté du lit. Carlos s'assit sur une chaise tordue près de la porte qu'il venait de refermer. Je me lavai les mains dans le lavabo, examinai Valentim dans le miroir, me tapotai le visage de mes paumes humides pour me rafraîchir. Je secouai mes mains pour qu'elles sèchent, ajustai ma cravate et retirai ma veste. Il faisait chaud dans la pièce, même avec les volets fermés.

— On t'écoute, Valentim.

— Vous savez ce qu'il s'est passé.

— Alors comme ça, tout d'un coup, tu sais pourquoi tu es là ! Mais je veux l'entendre de ta bouche. C'est toi qui as tout organisé. Tu as raconté à Bruno que Catarina aimait ce genre de trucs. Donne-nous ta version des faits.

— Elle m'avait dit qu'elle voulait essayer, mais seulement avec quelqu'un qu'elle connaissait.

— Elle t'a dit ça, hein ? La proposition venait d'elle ? Une fille de quinze ans à un garçon de vingt et un ?

— Vingt-deux, corrigea-t-il avant d'observer un instant de silence. Ça vous a fait réfléchir, hein, inspecteur ?

— Que ta mère t'ait eu à quinze ans ? Et alors ? Ce n'est pas la même chose que d'être à trois dans un lit. C'est une erreur de jeunesse.

Un déferlement de haine émana du garçon dont l'existence était due à une erreur. Il baissa la tête et, quand il la releva, ses yeux souriaient.

— Peut-être que les filles sont plus mûres de nos jours. Vous ne pouvez pas le savoir, inspecteur.

— J'ai une fille... Pas beaucoup plus âgée que Catarina.

— Et vous savez ce qui traverse son esprit d'une innocence virginale ?

— Pas être à trois dans un lit.

— Vous avez dû en parler avec elle pour en être aussi sûr.

Je sentis ma colère sur le point de déborder.

— Ferme-la.

— Vous devez au moins savoir que de nos jours les filles n'ont plus les idées aussi confuses concernant ce qu'elles veulent.

Carlos vint à ma rescousse.

— Qu'est-ce qu'elles s'imaginaient vouloir, avant ?

— Un amour romantique.

— Et maintenant ?

— Maintenant elles savent qu'on peut avoir des relations sexuelles sans amour et ça les intéresse. Je ne suis pas un enfant d'avant la révolution comme l'inspecteur. On ne m'a pas nourri de catholicisme, de valeurs familiales salazaristes : « Pas de femmes sur les lieux de travail, pas de seins ni de fesses exhibés dans la rue »...

— Si c'est une justification, l'interrompit Carlos, viens-en au fait.

— Ce n'est pas une justification, juste une opinion pour expliquer pourquoi les filles d'aujourd'hui, une fille comme Catarina, qui n'était assurément pas vierge, a pu faire la proposition qu'elle nous a faite, et aussi pourquoi l'inspecteur en doute.

— Comment se fait-il que la génération suivante s'imagine toujours avoir inventé le sexe ?

— Pas inventé, juste révolutionné.

Un filet de sueur descendait le long de ma nuque, s'insinuait sous mon col, prêt à dévaler ma colonne vertébrale. Valentim, comme le pire taon de Guinée, commençait à me taper sur les nerfs.

— Qu'est-ce qu'elle avait de si spécial, la voix de Catarina, pour te faire courir après elle ?

— Du talent.

— Elle devait contenir autre chose pour que le grand Valentim, qui est toujours poursuivi par les filles, se mette à courir après...

— Elle était blonde aux yeux bleus. Ce n'est pas commun pour une Portugaise. J'ai été attiré par cette différence.

Un temps de silence. Valentim leva les sourcils.

— Je veux que tu y réfléchisses encore un peu pendant que tu nous racontes ce qu'il s'est passé dans cette chambre. Tu es assez intelligent pour y arriver, non ?

— Par où vous voulez que je commence ?

— Quand avez-vous pris la drogue ?

— Dès qu'on est arrivés. Bruno avait un joint. Nous l'avons fumé. J'avais des comprimés. On en a pris un chacun. De l'ecstasy... ça vous évitera de poser la question.

— Où l'avais-tu eue ?

— Dans la rue.

— Pas par Teresa ?

— Eh bien, comme je suis sûr que Teresa vous a déjà aidés dans vos recherches, je vais la balancer. Si, c'est Teresa qui m'avait tout fourni.

— Quels ont été les effets de l'Ex ? demanda Carlos.

— Ça t'enlève tes inhibitions, ça accentue ton amour pour ceux que tu aimes.

— Comme ça tu finis par te baiser toi-même, conclut Carlos, satisfait de son analyse.

— Peut-être que *vous,* vous le feriez, *agente,* rétorqua Valentim.

— Est-ce que la pièce est exactement comme hier ?

— Cette chaise était dix centimètres plus à droite.

Le silence régna pendant que je remontais ma manche pour dévoiler un coude bronzé et pointu.

— D'accord, d'accord ! s'exclama-t-il en levant les mains. On a déplacé le lit.

— Montre-nous.

Il avança le lit devant le miroir.

— Ton idée à toi ?

— Elle a dit qu'elle voulait se regarder.

— C'est vrai ?

— Qu'elle s'est regardée ?

— Qu'elle a dit qu'elle voulait le faire ?

Il haussa les épaules.

— Continue.

— On s'est déshabillés.

— Comment ça s'est fait ?

— On a d'abord enlevé nos chaussures, comme des gentils petits garçons bien élevés.

Cette réponse fit bondir Carlos de sa chaise, les lèvres pincées par la fureur.

— *Eh pá !* s'écria Valentim, *calma.*

— Vous l'avez déshabillée ?

— Elle s'était déshabillée pendant qu'on déplaçait le lit.

— Et maintenant c'est elle qui prend la direction des opérations.

— C'était son idée. Elle s'est agenouillée au milieu du lit. Elle a demandé à Bruno de s'agenouiller devant elle et moi derrière. Elle a voulu que je mette un préservatif. Il a fallu qu'elle excite Bruno... il était nerveux. J'ai enfilé le préservatif et voilà.

— Tu as oublié quelque chose.

— Je ne pense pas.

— Le lubrifiant.

— Elle n'en avait pas besoin.

— Je crois que l'on s'en sert d'ordinaire pour sodomiser quelqu'un, et le médecin légiste a signalé qu'il y en avait des traces dans son rectum.

— Je *ne l'ai pas* sodomisée. Absolument pas. Ce n'est pas mon truc du tout.

— Ce n'est pas l'opinion de Bruno.

— Qu'est-ce qu'il a raconté ? s'insurgea Valentim.

J'adressai un signe de tête à Carlos qui feuilleta sa copie de la déposition. Il lut :

— « ... elle m'a masturbé et sucé le pénis pendant que Valentim la prenait par-derrière. Il n'y a pas eu de pénétration de ma part, ni vaginale, ni anale, et je n'ai pas éjaculé. »

— Ça ne veut pas dire que je l'ai sodomisée... et je ne l'ai pas fait. Pour Bruno, c'est vrai. Il était nerveux, et j'ai bien eu une relation sexuelle avec elle, et j'étais bien derrière elle, mais j'ai pénétré son vagin. Vous pouvez vous servir de votre célèbre coude tant que vous voulez, inspecteur, je ne changerai rien à ma déposition.

— Alors comment expliques-tu le rapport du médecin légiste ?

Il y eut un silence pendant lequel Valentim déplaça son épaisse masse de cheveux et passa un doigt sur son front. Il projeta une traînée de sueur sur le sol.

— Il a dû y avoir quelqu'un d'autre.

— À quelle heure êtes-vous partis d'ici ?

— Vers deux heures.

— Bruno est rentré chez lui et tu t'es dirigé vers le funiculaire avec Catarina.

— C'est vrai.

— Où êtes-vous allés ?

— On est partis vers l'Avenida da Liberdade et on a pris le bus 45. Elle est descendue à Saldanha pour retourner en cours. J'ai continué jusqu'à Campo Grande et je suis allé à la *Biblioteca Nacional.*

— Tu y es resté combien de temps ?

— J'en suis parti bien après sept heures. Plein de gens m'ont vu.

— Tu as une voiture ?

— Vous plaisantez, inspecteur.

— Est-ce que tu as accès à une voiture ?

— Le copain de ma mère en a une. Vous croyez qu'il me la prêterait ?

— Revenons-en à ma première question sur les raisons qui t'ont incité à prendre Catarina dans le groupe.

— Je vous l'ai dit.

— Qu'est-ce qu'elle avait de spécial, Valentim ? Qu'est-ce qui t'attirait particulièrement chez elle ?

Il humecta ses lèvres sèches. Il semblait ne plus avoir de salive.

— Elle n'était pas heureuse, hein, Valentim ?

— Heureuse, répéta-t-il avec un sourire sarcastique comme si le terme était mal choisi.

— Ça te plaisait, ça, Valentim ? Tu aimais travailler avec quelqu'un de vulnérable, une authentique souffrance dont tu pouvais te repaître.

— Et ensuite vous allez m'expliquer que je hais ma mère, fit-il après un rire aigu. On enseigne Freud, maintenant, à l'école de police ?

— Demande à l'*agente* Pinto, moi ça fait un bout de temps que je n'y ai pas mis les pieds. De toute façon je n'ai pas besoin de Freud après avoir passé dix-huit ans de ma vie à parler avec des individus de ton genre.

Valentim tourna ses regards vers Carlos, flairant une proie plus facile.

— Vous avez des conneries à me sortir, *agente* ?

— Tu n'es pas quelqu'un de bien, énonça Carlos tranquillement après l'avoir regardé dans les yeux.

— Si c'était le cas, ajoutai-je, et qu'une fille de quinze ans te proposait une partouze à trois avec sodomie en prime...

— Je ne l'ai pas sodomisée ! cria-t-il.

— ... tu n'accepterais pas, si ? Tu penserais que la fille a un sérieux problème. Tu es étudiant en psychologie. Tu comprendrais que ce n'est pas un comportement normal. Si tu étais quelqu'un de bien, tu l'aiderais. Tu parlerais à ses parents. Tu ferais en sorte qu'elle suive un traitement. Mais tu n'es pas quelqu'un de bien, hein, Valentim ? Tu es une sale petite ordure. Quand tu rencontres une fille comme Catarina, tu imagines : Je peux me *servir* d'elle. Je peux *abuser* d'elle... et ça va me faire du bien à moi.

— Tout ça parce que je n'ai pas dit que j'aimais ma mère... Vous êtes un radical, inspecteur. Vous êtes un putain de radical !

— Mais c'est pour ça que tu as arrangé ce petit rendez-vous hier, n'est-ce pas, Valentim ? Pour rabaisser Catarina à ton niveau, pour l'aspirer dans ta fange. Maintenant, tout ce qu'il me reste à déterminer, c'est si tu voulais aller un peu plus loin et la tuer.

— Dans ce cas, vous avez du pain sur la planche.

— En attendant, tu vas passer le week-end aux *tacos*... on verra si ça te rafraîchit la mémoire. Et je vais me procurer un mandat pour fouiller ta chambre.

Valentim se frotta le nez avec le pouce et l'index et fit tomber la sueur par terre. Il secoua la tête et je vis qu'il était inquiet, mais pas pour quelques nuits à passer aux *tacos*.

16.

Samedi 13 juin 199-, Pensão Nuno, Rua da Glória, Lisbonne, Portugal

Une voiture de police arriva pour emmener Valentim. Je conseillai à Carlos de partir avec eux pour s'occuper de l'obtention du mandat. Jorge retira le plastique de ce qui devait être son troisième paquet de la journée. Je sortis la photo de Catarina.

— Vous n'avez pas encore fini ? demanda-t-il en allumant une cigarette.

— Vous avez perdu beaucoup de poids récemment, Jorge ?

— J'ai été malade. Ils ont cru que j'avais un cancer du poumon.

— Et c'était quoi ?

— Juste une pleurésie.

— C'est quand même bien d'avoir perdu ces kilos.

— Vous n'êtes pas obligé d'être gentil avec moi, personne ne l'est.

— Vous connaissez bien les gens, hein, Jorge ?

— Le monde entier a défilé devant ce bureau.

— Vous avez toujours fait ce travail ?

— Probablement.

— Vous avez déjà été emprisonné ?

— Si c'est le cas, c'était avant que je puisse me souvenir si j'ai fait ce boulot toute ma vie.

— Votre mémoire doit être célèbre.

— Je lui dois une pièce entière remplie de récompenses octroyées par le monde de l'industrie. Vous devriez passer un jour où je ne suis pas trop occupé, je vous les montrerais.

Je plaquai la photo de Catarina sur le comptoir.

— Est-ce que vous vous souvenez de cette fille ? Elle était ici avec ce garçon et un autre, vendredi midi.

Ses yeux devinrent encore plus chassieux. Il regarda à peine le cliché.

— Écoutez, inspecteur, j'ai une réputation à maintenir. Si la guérison de ma singulière maladie du cerveau et ma participation à un jeu de questions-réponses avec la *Polícia Judiciária* s'ébruitent, je n'aurai plus un seul client.

— Moins qu'en ce moment ? On ne peut pas dire que les planchers vibrent.

— Vous voyez bien.

— Peut-être que cet établissement n'a pas été inspecté depuis bien longtemps.

— Pourquoi est-ce aussi important que je me souvienne d'elle ?

— Elle est morte cinq heures après être partie d'ici. Assassinée.

Les sourcils de Jorge jaillirent de son front l'espace d'un instant.

— Quand ?

— Vendredi à six heures, six heures et demie de l'après-midi.

— Ici, à Lisbonne ?

— Peut-être. On l'a retrouvée jetée sur une plage de Paço de Arcos.

Il hocha la tête, essuya avec le dos de sa main ses joues couvertes de poils de barbe drus.

— Elle était ici vendredi midi. Je ne vous apprends rien puisque vous avez parlé avec le garçon. Il y en avait un autre... un étudiant.

— Comment le savez-vous ?

— Ce sont les portes du paradis, inspecteur. Le monde entier passe devant moi... même des officiers de police.

— Je peux me servir de votre téléphone ?

Je composai le numéro personnel du professeur de Catarina. Elle décrocha immédiatement comme si elle attendait que le téléphone sonne. Je lui proposai un rendez-vous dans une heure. Elle m'assura qu'elle n'avait pas l'intention de sortir. Je reposai le combiné, un vieil objet en bakélite lourd qui me rappelait le quartier général de mon père quand il était militaire en Afrique. Je me dirigeai vers les marches de la sortie, les yeux de Jorge ne me quittant pas une seconde. Je m'arrêtai après en avoir descendu deux et l'entendis pousser un soupir.

— La fille, elle était déjà venue ?

Jorge tourna la page de son journal et porta à nouveau la cigarette à ses lèvres.

— Vous m'avez entendu, Jorge ?

— Je vous ai entendu. J'ai aussi entendu votre coup de téléphone. C'est une lycéenne.

— Elle n'avait même pas seize ans, Jorge.

Il secoua la tête, pas surpris outre mesure de constater où le monde en était arrivé.

— Elle venait ici assez régulièrement le vendredi midi, depuis mars ou avril, quelque chose comme ça.

— Elle se prostituait ?

— Elle ne montait pas là-haut toute seule pour faire la sieste, fit-il en allumant une cigarette au mégot de la précédente. Les filles d'aujourd'hui, elles sont différentes. Propres, bien habillées, polies. Elles viennent ici pour se faire de l'argent de poche parce qu'elles ne veulent pas expliquer à papa pourquoi elles ont besoin de trente mille escudos quand elles veulent passer un bon samedi soir. Les professionnelles le savent aussi. Il n'y a qu'à sortir et observer. Si elles voient une fille en minijupe traîner dans le coin trop longtemps, c'est tout juste si elles ne la massacrent pas à coups de pied. Si vous voulez mon avis, inspecteur, et il n'y a pas beaucoup de monde qui me le demande de nos jours, c'est à cause de l'héroïne.

— Est-ce que vous connaissiez certains de ses clients ?

Jorge me lança un regard désolé et se tapota doucement la tempe.

— Combien de fois avez-vous été fermé ?

— Jamais... à moins que ça ne soit avant...

— Ça suffit, Jorge. Vous finissez par m'ennuyer.

— Écoutez inspecteur, je coopère le plus possible, finalement.

— Que penseriez-vous de coopérer tout de suite ?

Il réfléchit. Il souhaitait se débarrasser de moi.

— Je vais vous apprendre un truc, pas grand-chose, mais si ça peut vous faire partir...

— Je ne vous promets rien.

— Vous n'êtes pas le premier à venir vous enquérir de cette fille. Dans un but d'investigation.

— De quoi vous parlez... d'un autre flic ?

— Possible.

— Dites-moi tout, Jorge. D'un seul coup. Comme pour arracher une dent.

— Il ressemblait à un flic mais il n'a pas voulu me montrer sa plaque et j'ai refusé de lui parler.

— Qu'est-ce qu'il vous a demandé ?

— Il a prétendu être un habitué que la fille intéressait. Je ne l'ai pas cru. Il m'a dit qu'il était de la *Polícia Judiciária.* J'ai demandé à voir sa plaque. Il n'a pas voulu me la montrer. Je lui ai conseillé d'arrêter de me faire perdre mon temps et il est parti.

— Quand était-ce ?

— Peu après qu'elle s'est mise à venir régulièrement le vendredi midi.

— Avril, mai ?

Il fit oui de la tête.

— Décrivez-le-moi.

— Petit, trapu, et le peu de cheveux que j'ai vus étaient gris. Il portait un petit chapeau noir avec bord qu'il n'a pas enlevé, une veste grise en tweed, une chemise blanche, une cravate, un pantalon gris. Pas de moustache, pas de barbe. Les yeux marron. C'est tout.

— Je m'en vais, maintenant, Jorge.

— Ne courez pas dans l'escalier. Ça m'embêterait que vous tombiez.

Je sortis dans la rue sombre et étroite. Il avait fait bon dans l'entrée dépourvue de fenêtres et j'enlevai ma veste pour la porter sur l'épaule. Il y avait plus de filles dehors, maintenant, et je descendis en direction du funiculaire en demandant au hasard à quelques-unes si elles avaient vu Catarina. Deux Brésiliennes mulâtres se souvenaient de l'avoir vue, mais pas la veille. Une blonde décolorée qui se tenait sur une jambe pendant qu'elle réparait son talon pointa son doigt sur la photo et hocha la tête, mais elle ne se souvenait plus du moment où elle l'avait vue. J'interrogeai le conducteur du funiculaire qui, supposai-je, devait s'intéresser à la vie autour de lui, au lieu de garder les yeux rivés sur les deux cents mètres de rail qui montaient et descendaient sa colline, mais il haussa les épaules. Je redescendis la Rua da Glória, m'installai au volant de ma voiture et me rendis à l'arrêt d'autobus de Saldanha. Je trouvai quelques petits commerces ouverts où poser ma question.

— *Boa tarde,* avez-vous vu cette jeune fille hier vers deux heures, deux heures et quart ? Non. Merci. *Adeus.*

Pour moi, le métier de policier est une question d'instinct. Pour beaucoup de mes collègues, c'est un travail cérébral. Ils disposent de suspects, d'indices, de dépositions, de témoins, de mobiles et ils donnent un sens à l'ensemble. Je le fais aussi, mais quelque chose d'instinctif me souffle si j'ai raison. Un jour, António Borrego m'a demandé à quoi cet instinct pouvait ressembler et la seule réponse qui m'est venue à l'esprit étant « l'amour », il m'a conseillé de me méfier parce que, comme chacun sait, l'amour est aveugle. Une bonne remarque. Ce n'est pas comme l'amour, mais ça en a l'intensité.

— *Boa tarde,* avez-vous vu cette jeune fille hier vers deux heures, deux heures et quart ? Non. Merci. *Adeus.*

Les gens m'interrogent sur les raisons pour lesquelles j'exerce ce métier, comme si j'avais le choix, comme si je pouvais le plaquer et partir pour devenir poète d'avant-garde au Guatemala. Je suis entré dans la police parce que, quand nous sommes discrètement revenus au Portugal avec mon père, en 1978, c'est le seul boulot que j'aie trouvé. Et à cette époque, l'argent était aussi rare que le travail. Quand je suis sorti de la gare du Rossio après avoir passé cinq ans à Londres, j'ai compris ce que j'avais manqué : le remue-ménage de la pauvreté. Impossible de le rater en Afrique, c'est pour ça que je l'ai reconnu. Il se traduit par une frénésie angoissée engendrée par une activité économique insuffisante pour nourrir tout le monde. C'est l'agitation de la faim, mais elle n'existe plus ici, désormais. Les rues sont aussi calmes que celles de n'importe quelle autre ville d'Europe. Aujourd'hui, il ne reste que la tension, mais ce n'est plus de la faim, c'est juste de la névrose.

— *Boa tarde,* avez-vous vu cette jeune fille hier vers deux heures, deux heures et quart ? Non. Merci. *Adeus.*

Je fais ce boulot parce que au fil des années j'en suis venu à y croire. À la traque pour débusquer la vérité ou au patient labeur pour la démêler, en tout cas. J'aime l'échange verbal. Je m'émerveille du génie inné du genre humain pour la dissimulation. Si vous trouvez que les joueurs de football sont doués pour tricher, se rouler par terre et simuler, vous devriez voir les assassins faire leur numéro. Remarquez, ils ont beaucoup d'entraînement : ils se mentent à eux-mêmes à longueur de journée. Nos prisons sont remplies d'innocents. Mais le mensonge est dans la nature du meurtrier. C'est la faiblesse fondamentale de l'être humain. La solution la plus radicale à l'incapacité de s'amender. Les mensonges rendent ce travail vivant. Je suis comme un couturier qui évalue un tissu, apprécie sa texture, la richesse d'une superbe tapisserie, un fabuleux brocart cousu d'or, un damas lisse et soyeux, un magnifique velours sombre et profond. Je ne sous-estime jamais la valeur d'une toile de Nîmes légère et robuste, d'un coutil inusable, d'une solide popeline à la trame résistante. Parfois je tombe sur un taffetas mité, une flanelle usagée, ou même de fins voiles de tulle, simplement j'ai le goût développé d'un connaisseur.

— *Boa tarde*, avez-vous vu cette jeune fille hier vers deux heures, deux heures et quart ? Non. Merci. *Adeus.*

Nous avons rencontré plusieurs menteurs au cours de la journée. L'avocat, la femme, son amant, l'étudiant en psychologie, la petite *nouvelle riche*[1], le garçon issu d'une vieille famille fortunée. Mais prenez le patron de la *pensão.* Jorge. Celui qui a le profil type du menteur. Celui qui en a l'air mais n'en est pas un. Il pratique l'omission, l'élision, l'oubli volontaire, le montage artificiel des faits, mais il ne protège pas ses propres secrets. Voilà la différence. Maintenant Valentim. Il a le potentiel. Beaucoup d'expérience. Il a probablement commencé dès que son père est parti. Il ne fait confiance à personne. Même pas à sa mère. Il a l'étoffe du plus fin brocart, ce garçon. Puis vient celle que je n'ai pas pu rencontrer : la victime. Elle a dû pratiquer assidûment le mensonge quand elle était encore en vie, mais ce qui m'intéresse, c'est le jeu auquel elle jouait avec sa mère. Quel sens y trouvait-elle ? Dans quel but lui téléphoner, lui demander de venir ? Pour lui montrer qu'elle savait ? Pour lui montrer qu'elle était mieux qu'elle ? Pour la punir ?

— *Boa tarde,* avez-vous vu cette jeune fille hier vers deux heures, deux heures et quart ? Non. Merci. *Adeus.*

Mon instinct me souffle de surveiller l'avocat. Pour l'instant, c'est tout. Je suis indécis au sujet de Valentim. Il n'est pas facile d'admettre que l'on a sodomisé une adolescente. C'est humiliant. Peut-être en effet y a-t-il eu quelqu'un d'autre. Un pervers qui a infligé ça à la jeune fille, qui a eu honte et l'a tuée à cause de ce sentiment. Cette gamine, c'était quelque chose. Jorge dit que depuis des mois elle venait faire des passes pour se procurer de l'argent de poche. L'amant dit qu'elle lui prenait

1. En français dans le texte. *(N.d.T.)*

de l'argent après avoir couché avec lui. Teresa Carvalho dit qu'elle couchait avec plein d'étudiants, et même avec son assistant. Bruno dit qu'on ne peut pas faire confiance à Teresa. Aucun d'entre eux ne la connaît. Ils ne connaissent d'elle que différents aspects. Seul Valentim a percé la surface, mais il savait ce qu'il cherchait.

— *Boa tarde*, avez-vous vu cette jeune fille hier vers deux heures, deux heures et quart ? Oui. C'est vrai ?

J'étais dans un café sur l'Avenida Duque de Ávila, à quelques rues du lycée de Catarina, le lycée D. Dinis.

— Elle est entrée ici un peu après deux heures, me répondit le barman. Je l'ai déjà vue. Elle est au lycée. Elle commande un café, le boit, part... comme tout le monde.

— Y a-t-il une raison particulière pour que vous vous soyez souvenu d'elle ?

— J'ai commencé à deux heures, elle est arrivée quelques minutes après. C'était ma seule cliente.

— Elle était avec quelqu'un ?

— Non. Elle était au comptoir. Cheveux blonds, yeux bleus, haut blanc, jupe courte, jolies jambes, grosses chaussures avec des pierres brillantes aux talons.

— Vous l'avez bien regardée.

— Pourquoi pas ?

— Vous aviez une raison de le faire ?

Il se pencha sur le zinc en acier inoxydable, en martela le bord, soupesa une longue liste d'arguments allant dans le sens du pour et du contre et prit sa décision finale. Je ne l'avais pas quitté des yeux. Il arrêta de faire l'andouille.

— Vous voulez rire.

— Non.

— Parce que, dit-il en donnant des petits coups sur le comptoir avec ses pouces, ça m'aurait bien plu de la sauter. Elle avait un très joli cul. OK ? Maintenant, qui êtes-vous ?

— Police. Vous avez un téléphone ?

— Au bout du zinc.

J'appelai Carlos, qui n'avait toujours pas obtenu le mandat de perquisition. Je le priai de m'attendre au bureau quand il l'aurait, lui expliquai que j'allais parler au professeur une petite heure et que nous irions ensuite fouiller la chambre de Valentim. Je raccrochai, plaquai bruyamment quelques pièces sur le comptoir et partis.

Le professeur de Catarina vivait en haut d'un élégant

immeuble rénové de quatre étages, dans la Rua Actor Taborda, juste de l'autre côté de Saldanha par rapport au lycée, et tout près des locaux de la *Polícia Judiciária.* Il était sept heures passées et le jour avait encore un peu de temps devant lui, mais la chaleur avait commencé à décliner.

Premier point : elle ne ressemblait à aucun des professeurs que j'avais connus. Ses cheveux courts, noirs et brillants, étaient coupés à la mode. Elle portait des boucles d'oreilles qui ressemblaient à deux cuillers à café tordues et du rouge à lèvres, même pour recevoir la police. Ses yeux verts pénétrants ne quittèrent pas mon visage une seconde. Elle avait d'impeccables dents blanches d'apparence robuste. Elle était vêtue d'une robe fourreau légère, très courte et bleue, dont les dix centimètres de manches étaient remontés sur ses épaules satinées pour lutter contre la chaleur. Elle avait ma taille, de longs bras élancés, de longues jambes élancées. Elle s'appelait Ana Luísa Madrugada.

— Mais on m'appelle Luísa, dit-elle. Du thé glacé ? C'est moi qui l'ai fait.

Je fis oui de la tête.

— Asseyez-vous.

Elle partit dans une petite cuisine, ouvrit le réfrigérateur. Je m'assis dans la pièce sombre dont les volets partiellement fermés empêchaient la lumière et la chaleur d'entrer. Elle travaillait au moment de mon arrivée. Une lampe de bureau était allumée au-dessus d'une pile de livres et de papiers, certains dactylographiés, d'autres manuscrits. Dans le coin se trouvait un ordinateur dont l'écran à la lumière fluctuante était couvert de texte. Elle me tendit le thé glacé et se laissa tomber sur une chaise en face de moi. Elle étira un long bras fuselé, non pas musclé mais vigoureux. Posa avec élégance son verre sur une petite table où se trouvait un cendrier contenant deux mégots de cigarettes fumées jusqu'au filtre, comme s'il s'agissait d'une dose qu'elle s'octroyait. À peine si elle était assise : presque allongée, le dos contre le siège, les jambes étendues loin devant elle, ses genoux effleurant les miens.

Elle ne se souciait pas de cacher ses cuisses, ce qui expliquait pourquoi je les regardais autant. Je mentionnai son travail. Elle m'expliqua qu'elle rédigeait une thèse de doctorat sur un sujet qui échappa aussitôt à ma mémoire. J'étais trop absorbé par le fourreau qui remontait le long de sa jambe au moindre mouvement, m'incitant à penser que j'allais voir ce qui ne me concernait nullement, même si je souhaitais le contraire. Quelques secondes plus tard, je compris qu'elle portait une robe-culotte et qu'elle pouvait se permettre d'être négligente. Et moi de me détendre. Mes yeux glissèrent sur ses épaules satinées et les cuillers tordues. Je regrettai d'être venu sans Carlos. Il aurait posé les questions pendant que je me serais rincé l'œil à loisir sans prêter une attention soutenue à la conversation.

Je voulais savoir quel âge elle avait. J'essayai de voir le dessus de ses mains mais elle n'arrêtait pas de bouger. Elle devait avoir entre vingt-cinq et trente-cinq ans. Son pied rencontra ma jambe et elle posa la main sur mon genou pour s'excuser. Je sentis comme une décharge électrique, mon sang m'environnait de toutes parts, insaisissable comme du vif-argent. Où en étais-je ? Quels mots devais-je prononcer ?

— Inspecteur ?

— Oui, dis-je en voyant sa tête inclinée sur le côté qui attendait une réponse. La journée a été longue, *Senhora Doutora.*

— Luísa. Je n'arrête pas de parler. Quand je travaille toute la journée et que la nuit commence à tomber, j'ai besoin de parler. Vous avoir ici avec moi est un luxe. D'ordinaire, je dois descendre au café et essayer d'engager la conversation avec les barmen mais ils sont grincheux en bas, et ça travaille dur. Je leur raconte quand même ma journée qui n'est qu'un immense non-sens. Ça y est, je recommence. Je parle trop. C'est votre tour.

— Un peu plus de non-sens ne me dérangerait nullement. Ma vie n'en contient pas assez. Trop d'absence de sens, pas assez de non-sens.

— Je me suis levée à huit heures. À neuf heures, j'avais commencé à travailler. C'était parfait. Tout se passait très bien. Après, j'ai entendu des enfants jouer dans la rue, mais il n'y avait pas de circulation. Je me suis rappelée qu'on était samedi et que c'était pour ça que je travaillais au lieu d'enseigner. Et là j'ai pensé : Que font les enfants en ville le premier beau jour de l'été ? Qu'est-ce que je fais en ville ? Pourquoi est-ce que je ne suis pas en train de déjeuner avec quelqu'un sur la plage ? Pourquoi personne ne m'emmène déjeuner sur la plage ? Pourquoi est-ce que je reste enfermée à écrire des âneries cultivées que cinq personnes seulement liront ? Je sens que l'inutilité de tout ça commence à déferler tel un raz de marée alors, avant que ça n'arrive, je me replonge dans mon labeur.

Je travaille tout l'après-midi... et personne ne me téléphone. Ils sont tous à la plage.

— Mon appel est le seul que vous recevez.

— Mon sauveur.

— La police.

Elle éclata de rire.

— C'est bien le but de votre métier, non ?

J'esquivai la question. Cela fait des années que je ne sauve plus personne. Je donne plutôt dans le ramassage des morceaux.

— J'ai eu de la chance que vous soyez chez vous, dis-je. Un autre coup de fil et vous vous seriez envolée.

— J'aurais tout de même été là, répondit-elle tandis qu'un soupçon de mélancolie s'infiltrait dans la pièce.

— Ce n'est pas seulement à cause du travail ?

Elle m'examina attentivement, puis haussa les épaules.

— Non. Mon ami et moi avons rompu il y a peu et le monde s'est écroulé sous mes pieds. Cela n'a rien à voir avec le non-sens, c'est extrêmement, mortellement ennuyeux.

— Une relation qui a duré longtemps ?

— Trop longtemps. Tellement longtemps que nous ne nous sommes pas mariés.

Puis elle me prit au dépourvu :

— Et vous, alors ?

— Moi ?

J'étais sur la défensive : j'avais pour habitude de poser les questions.

— Vous êtes marié ?

— Je l'ai été pendant dix-huit ans.

— Le métier de policier n'est peut-être pas très bon pour le mariage.

— Elle est morte.

— Je suis désolée.

— Ça fait environ un an.

Puis je réfléchis à une chose que j'énonçai à voix haute :

— Ce qui signifie sans doute qu'en fait j'ai été marié dix-sept ans. Je continue juste...

Il faisait plus sombre dans la pièce. Nous étions assis en dehors du cercle de lumière que procurait la lampe de bureau et nous nous tenions maintenant très droits au bord de nos sièges, chacun essayant de distinguer le visage de l'autre dans la tiédeur du crépuscule.

— Je refais enfin surface, ajoutai-je.

D'abord ému par l'intimité qui régnait dans la pièce, j'en fus ensuite gêné et me repris :

— Mais cela aussi doit être extrêmement, mortellement ennuyeux.

— Et voilà où ça aboutit.

— Quoi ?

— Les gens extrêmement et mortellement ennuyeux se retrouvent à travailler le samedi après-midi. C'est la seule chose qui nous donne l'impression d'avoir de l'importance.

— J'ai une fille. Ça aide. Et si je travaille, c'est parce qu'un homme sans visage, à l'autre bout d'un portable, me donne des ordres auxquels j'obéis.

— Quel genre d'ordre a bien pu vous conduire à ma porte ? Est-ce que l'un de mes élèves a des problèmes ?

— Vous n'avez reçu aucun appel aujourd'hui ?

— Ne retournez pas le couteau dans la plaie.

— À votre avis, lequel d'entre eux risquerait d'avoir des enuis ?

— Garçon ou fille ?

— Fille.

— Catarina Sousa Oliveira.

— Du premier coup.

— Je savais que quelqu'un finirait par venir me parler d'elle.

— À quel propos ?

— La drogue, probablement.

— Je travaille à la criminelle.

Elle porta les mains à son visage. Le mot l'avait glacée. Elle alla à la fenêtre et ouvrit un volet pour laisser entrer davantage de lumière et un peu de la chaleur qui demeurait de la journée.

— Que s'est-il passé ?

— Elle a été assassinée hier en fin d'après-midi. Je suis surpris que personne ne vous ait appelée. Maître Oliveira m'a dit qu'il avait essayé hier soir.

— Je suis sortie avec ma sœur dans l'Alfama.

— Vous vous attendiez à des problèmes liés à la drogue.

— Je considère que cela fait partie de mon travail de repérer les signes. Piqûres de seringue, pupilles dilatées, faible capacité de concentration, solitude.

— Combien de ces symptômes présentait-elle ?

— Tous, sauf les piqûres de seringue.

— Vous lui en avez parlé ?

— Bien sûr. Je parle à tous les élèves qui éveillent mes soupçons.

— Pourquoi était-elle solitaire ?

— Elle était appréciée des autres. Vous savez comment ça se passe. Elle avait du talent. Ça lui valait beaucoup d'attention. Elle avait une voix superbe, les cheveux blonds, les yeux bleus. Beaucoup d'élèves l'aimaient bien et voulaient être comme elle... mais ce n'étaient pas vraiment ses amis... Elle avait trop d'avance sur eux.

— Vous l'avez entendue chanter ?

— Sa voix n'était pas vraiment belle, ni claire ni mélodieuse, mais elle donnait la chair de poule. Catarina pouvait chanter le *fado* mais elle préférait la musique des Noirs, les airs de blues... Billie Holiday. Elle adorait chanter du Billie Holiday.

— Et elle avait de quoi pleurer, elle. Elle avait des sautes d'humeur, aussi ?

— Ce trimestre, ça allait. Mais avant, elle a traversé une période de colère incroyable. Elle devenait cramoisie et on avait l'impression qu'elle allait jeter son pupitre par la fenêtre, puis elle se calmait aussi vite qu'elle s'était énervée et elle s'abîmait dans la morosité. J'en ai parlé à sa mère, et ça s'est amélioré presque aussitôt.

— On n'a pas trouvé de substances médicamenteuses dans son sang.

— Elle a peut-être arrêté de prendre ce qui la mettait dans cet état.

— Elle avait une vie sexuelle particulièrement active pour son âge. Vous étiez au courant de relations au sein du lycée ?

— Il ne se passe rien dans cet endroit sans que le monde entier le sache, mais parfois les rumeurs ont plus de piquant que la réalité et ce n'est pas toujours facile de distinguer le vrai du faux, alors je préfère ne pas répéter des bruits.

— Tout ce qui m'intéresse, c'est ce que vous avez vu.

Elle s'éloigna de la fenêtre, se rassit au bord du siège.

— Je vais formuler ma requête différemment. J'ai reconstitué son parcours depuis une *pensão* de la Rua da Glória jusqu'au café situé en bas de la rue du lycée, La Bella Italia, où elle se trouvait aux alentours de quatorze heures quinze. Je suppose qu'elle est allée au lycée. Elle n'aurait pas fait tout ce chemin, sinon.

— Elle était en cours avec moi jusqu'à quatre heures et demie environ.

— Et après ?

Elle se tordit les mains et baissa les yeux.

— Je l'ai vue quitter l'établissement. Elle était avec un jeune type qui enseigne l'anglais. Il est écossais. Jamie Gallacher. Il lui parlait au coin de la rue et elle ne répondait pas. Puis elle a remonté l'Avenida Duque de Ávila et il l'a suivie... C'est tout ce que j'ai vu.

— Était-ce inhabituel ?

— Si vous vous fiez aux rumeurs, il y avait quelque chose entre eux. J'ai entendu dire que Catarina allait parfois chez lui après les cours. Mais ce n'est pas un renseignement sûr et ça ne devrait apparaître dans aucun de vos rapports. Ce sont des ragots de filles.

— Que pensez-vous de Jamie Gallacher ?

— Plutôt sympa, mais il est comme beaucoup de ces Anglais. Il aime boire, il boit beaucoup... et ensuite, c'est une autre histoire.

17.

20 décembre 1941, Serra da Malcata, Beira Baixa, Portugal

Le convoi des mules s'était scindé en deux. Abrantes avait ordonné au plus jeune de ses compagnons de partir devant. Il se maudissait d'avoir surchargé les animaux, mais cela ne rimait à rien de laisser seulement quelques centaines de kilos pour le voyage suivant. Deux des mules n'étaient plus bonnes à rien, la première parce qu'elle boitait, la seconde parce que sa sangle avait cédé. Ils avaient tenté de répartir les charges sur les autres, mais c'était impossible, ils risquaient d'en perdre davantage. Le temps ne connaissait pas d'accalmie, il était devenu plus froid, mêlant de la glace à la pluie dans le sillage d'un vent mordant du nord-est, tandis que des nuages noirs enserraient les collines.

Ils déchargèrent les mules. Pendant qu'Abrantes travaillait sur le sabot, Salgado fit de son mieux pour réparer la sous-ventrière déchirée. Ils se trouvaient près de la rivière quand ils les entendirent : des hommes à cheval. La *guarda*. Une des patrouilles régulières le long de la frontière. Les deux hommes regardèrent le tungstène, plus de deux cents kilos au total, pour une valeur de près de cent cinquante mille escudos. Ils écrasèrent leurs cigarettes et calmèrent les bêtes.

Un brusque signe de tête d'Abrantes à destination de Salgado et, soulevant chacun un sac de soixante kilos, les deux Portugais s'approchèrent des eaux glaciales en trébuchant. Salgado voulait lâcher sa charge près du bord mais Abrantes insista pour qu'il s'avance jusqu'au milieu, là où le courant était plus fort. Ils revinrent sur leurs pas. Comme Salgado était incapable de porter le second sac, ils mirent leurs forces en commun pour soulever les deux suivants et entrer dans l'eau. Ils revinrent ensuite vers les mules, réussirent à les convaincre d'entrer dans la rivière, puis d'en ressortir. Ils continuaient à entendre les chevaux de la *guarda*. Plus proches maintenant, mais ils ne progressaient plus, ils devaient évaluer la situation.

Au début, ils ne les virent pas parce que l'acoustique de la vallée jouait des tours. Les cavaliers apparurent juste au-dessus d'eux, leurs casquettes à visière se détachant sur fond de ciel plus clair. L'un des hommes tendit le doigt vers leur position. Deux d'entre eux dégainèrent leurs armes de poing, le troisième sortit un fusil rangé à l'arrière de sa selle. Ils leur lancèrent un ordre. L'homme au fusil abaissa son arme et visa. Abrantes et son compagnon levèrent les mains. Les deux *guardas* aux pistolets galopèrent le long de la crête et foncèrent dans la ravine. Leurs chevaux posèrent prudemment les sabots sur les rochers en s'approchant des deux mules. Les *guardas* mirent pied à terre. Celui qui était demeuré sur la crête abaissa son arme, la rangea dans sa selle, fit pivoter son cheval pour venir rejoindre le groupe au bord de l'eau.

Le *chefe da brigada* s'avança vers Abrantes et Salgado qui avaient toujours les bras en l'air. Il affermit la prise de sa main gantée sur la crosse de son pistolet, inspecta les mules du regard.

— Qu'est-ce que vous fichez ici ?

— On a eu des problèmes avec les mules, expliqua Abrantes. Celle-ci boite et la sangle de l'autre a cassé.

— Où sont vos marchandises ?

— On n'en a pas.

— D'où vous venez ?

— De Penamacor.

— Où vous allez ?

— À Foios. Nous rapportons les mules à leur propriétaire. Elles ont servi pour un travail, pas loin de Penamacor.

— Quel genre de travail ?

— Un transport.

— Un transport de quoi ? insista le *guarda* qui commençait à s'énerver.

— Vous savez, des trucs à faire autour de la mine.

— Du wolfram ?

— Je crois que oui. Je crois que c'était ça.

— Est-ce que vous transportiez du wolfram, là ?

— Non, on ramène juste les bêtes.

— Vous êtes mouillés. Vous êtes mouillés jusqu'à la taille.

— Nous venons de leur faire franchir la rivière.

Avec son pistolet, le *chefe* leur fit signe d'aller près des mules. Il appliqua une claque sur le ventre des bêtes, constatant par lui-même qu'elles étaient mouillées. S'approcha de la berge. Le *guarda* qui avait braqué le fusil arriva à son tour et mit pied à terre. Il arracha une branche d'arbre, rejoignit le *chefe*. Ils marchèrent le long de la rive en traînant la branche sous la surface derrière eux.

C'était la fin de l'après-midi et la lumière déclinait. Abrantes ne savait pas d'où venaient les *guardas* mais, de toute façon, ils avaient deux heures de cheval devant eux pour rentrer. Le *chefe* et son subordonné eurent une conversation qu'il ne put surprendre. Les trois cavaliers revinrent à leurs chevaux, montèrent en selle et quittèrent la vallée sans échanger une parole supplémentaire.

Abrantes et Salgado s'assirent et regardèrent la rivière durant plusieurs minutes. La pluie leur fouettait le dos. Abrantes sortit son Walther P48, vérifia qu'il était chargé et qu'il n'avait pas pris l'eau. Ils allumèrent un feu. Abrantes reprit son travail sur le sabot de la mule, Salgado répara la sangle. La nuit tomba et ils dormirent auprès du feu après avoir mangé du pain rassis et du jambon.

Au matin, ils étaient debout à la première heure pour entrer dans la rivière et récupérer les sacs de wolfram. Il leur fallut un bon moment car le cours d'eau avait continué de gonfler durant la nuit, et ils ne purent les en extraire qu'un par un. Ils fixèrent les sacs sur les mules, octroyant la charge la plus légère à celle qui boitait. La pluie avait cessé mais le vent froid soufflait toujours et il continuait d'arriver depuis le versant de la *meseta*. Ils sortirent de la ravine pour regagner la crête et commencer à escalader la *serra* afin de passer en Espagne. C'était là qu'ils les attendaient, de l'autre côté de la crête.

Le *chefe de brigada* leva son arme et leur ordonna de faire halte. Abrantes s'effondra sur le côté comme s'il avait été touché d'une balle à la tempe. Le *chefe* appuya instinctivement sur la détente et Salgado, bouche bée, reçut le projectile dans le haut de la poitrine, où il lui brisa la clavicule. Le second l'atteignit au ventre avant qu'il n'ait heurté le sol.

Abrantes tira sa mule à lui, l'obligeant à tomber à terre, dégagea prestement son pistolet de son pantalon et fit feu. Touché au torse, sous l'aisselle, le *chefe* s'écroula. L'homme au fusil tentait de calmer son cheval qui se cabrait et Abrantes tira deux nouvelles balles. La seconde atteignit le cavalier à la tête. Le troisième *guarda* fit effectuer une volte-face à sa monture juste à temps pour recevoir un projectile entre les omoplates. Il chuta sur le sol dans un bruit de craquement et son cheval partit au galop vers la ravine.

Abrantes attacha sa mule puis s'approcha du *chefe* qui respirait encore mais dont la bouche laissait échapper des bulles de sang. Il lui expédia une balle dans le crâne. L'homme au fusil était déjà mort. Le troisième avait la nuque brisée. Abrantes se dirigea vers Salgado qui était étendu sur le dos, tellement à plat que la terre semblait s'être déjà emparée de lui. Il haletait, à cause de la douleur et de la peur, lèvres et visage livides. Abrantes écarta son manteau et sa chemise, vit la bouillie d'os et de chairs au niveau de sa clavicule et le trou noir dans son ventre. Salgado murmura quelque chose. Abrantes approcha sa tête de la bouche du blessé.

— Je ne sens plus mes jambes.

Il hocha la tête en le regardant, se releva et lui tira une balle dans l'œil.

Le cheval du *chefe* était resté. Abrantes chargea les deux *guardas* sur son dos et descendit à la rivière. Les autres chevaux s'y trouvaient. Il les attacha à un arbre, fit demi-tour, chargea le *chefe* et Salgado. Il lesta de pierres les vêtements des morts qu'il traîna l'un après l'autre dans le courant.

Enfourchant le cheval du *chefe*, il récupéra sa propre mule et trouva celle de Salgado qui broutait dans un creux, le chargement de wolfram encore sur le dos. Il répartit les charges sur les chevaux des *guardas* et reprit sa marche à travers la *serra* en direction de l'Espagne.

C'était l'après-midi, la veille de Noël, et Felsen était toujours à la maison d'Abrantes où il patientait, pistolet nettoyé et chargé. Il ne s'était pas préparé à ce que l'attente se prolonge autant. Il ne pouvait pas consacrer indéfiniment son temps à penser à Abrantes, au tungstène détourné et à la façon dont il allait manœuvrer le Portugais pour lui faire franchir la frontière et l'abandonner de l'autre côté, au milieu des rochers et des genêts, avec une balle dans la tête.

De temps en temps, Maria apportait du café puis, plus tard, à manger et à boire. Elle voulait attirer son attention, mais il refusait de la lui accorder. Sa présence l'irritait. Elle suscitait des enchaînements de pensées qu'il aurait préféré laisser en sommeil. Il se souvenait d'un regard qu'elle avait posé sur lui quand ils avaient enterré l'Anglais dans la cour ; il se rappelait alors l'après-midi dans l'ancienne mine et était obligé de secouer la tête et d'arpenter la pièce pour s'en débarrasser. Pourquoi avait-il possédé cette femme ? Pour quelle raison avait-il humilié Abrantes, puisqu'il allait le tuer ?

Puis elle réapparaissait et le mot « viol » montait à son cerveau. Il se remémorait le frisson d'excitation qu'il avait ressenti quand il s'était enfoncé lentement en elle, les yeux affolés de la jeune fille qui fuyaient de droite et de gauche au-dessus des phalanges qu'il plaquait sur sa bouche. Ensuite, la relation avait changé. Il avait senti le talon sur sa fesse. Elle était venue le voir la nuit suivante et il en avait éprouvé de l'écœurement. Il lui ordonna de rester dans la cuisine.

Il pensa à d'autres femmes. Il pensa à la première. Une fille qui aurait dû être dans le champ, à travailler pour son père, mais qu'il avait surprise endormie dans la grange. Elle avait remarqué la façon dont il contemplait sa chair, entre sa jupe et le sommet de son bas, et elle l'avait laissé la prendre afin qu'il ne la dénonce pas.

Elle était encore la seule quand, jeune homme, il était arrivé à Berlin. Une fille l'avait abordé à la gare. Il avait pensé que cela faisait partie des mœurs débridées de la ville jusqu'au moment où il en avait terminé et où elle avait exigé son argent. Il lui avait demandé : Pour quoi ? Et les lèvres de la femme s'étaient durcies telle l'extrémité de ciseaux à bois. Elle avait appelé le maquereau, qui avait évalué du regard la carrure du jeune fermier avant de sortir son couteau. Felsen avait payé et battu en retraite, puis il avait entendu l'homme qui la frappait. *Wilkommen in Berlin.*

La tempête engloutit à nouveau Amêndoa. La pluie raclait sur les tuiles. Fumant, Felsen s'acharnait à détourner son esprit du meurtre de l'Anglais. Il essayait de se rappeler toutes les femmes qu'il avait possédées, dans l'ordre chronologique. S'il en oubliait une, il devait recommencer au début. Il lui fallut un bon moment pour arriver à Eva.

Il ne voulait pas penser à elle mais dans la quasi-obscurité de la maison et après leur brève rencontre lors de son retour à Berlin, il s'aperçut qu'il ne pouvait empêcher ses pensées de flotter au-dessus des fragments brisés de leur liaison comme la fumée des armes sur un champ de bataille. Il commença à discerner la façon dont elle avait lentement démantelé leur relation. Du jour où elle avait accepté qu'il revienne, après qu'il l'eut accusée de jouer un rôle, jusqu'à leur ultime étreinte dans son appartement avant que la Gestapo ne vienne l'embarquer ce matin-là. Mais même pendant cette période, il parvenait à se souvenir de moments où ils avaient retrouvé leur entente, et du point de contact de leurs genoux lorsqu'ils s'étaient rencontrés sous la table du club, à peine quelques nuits plus tôt. Il frotta l'endroit comme s'il le brûlait encore.

Quand il alluma une cigarette, le courant d'air dans la pièce gifla la fumée dans un sens puis dans l'autre, la fouettant et la réduisant à néant. Il se demanda si c'était cela, l'amour : cette étrange acidité au creux de l'estomac qui brûle en permanence comme un ulcère, cette poche d'air dans les voies respiratoires qui peut générer des tremblements dans l'organisme entier et y suspendre toute circulation. Mais ce n'était pas ainsi qu'il l'avait jamais entendu décrire et, tel un homme qui s'apprête à franchir d'un bond un précipice au-dessus d'eaux vives, le cœur serré, il fonça sur une conclusion vertigineuse : il était passé de l'intimité à la perte sans avoir, à aucun moment, rencontré l'amour. Oppressé, il dut à nouveau arpenter la pièce pour tenter d'échapper à cette idée. Il tira de longues bouffées hargneuses jusqu'à ce que la nicotine lui fasse tourner la tête, tituba jusqu'à la porte et sortit dans les bourrasques de l'après-midi.

Le vent lui projetait ses aiguilles de grésil au visage. Il le respirait à fond comme s'il pouvait s'en trouver purifié. Il n'avait aucune notion du temps. La tempête faisait tomber une chape de plomb sur le pays, obscurcissant l'après-midi. Son visage avait immédiatement été gagné d'engourdissement, et s'il savait que de la glace se mêlait à la pluie, c'était uniquement parce qu'elle lui mordait la langue.

Quand enfin il fit demi-tour pour regagner la maison, il vit qu'il n'était plus seul. Deux silhouettes approchaient, courbant l'échine pour lutter contre le vent. Felsen parvint à la hauteur des marches conduisant à la maison. L'un des arrivants s'écarta vers le côté de celle-ci comme pour s'abriter. Il vit qu'il s'agissait d'une mule. La seconde silhouette poursuivit obstinément sa progression et, à sa démarche, il devina qu'il s'agissait d'Abrantes. Il sentit sous sa ceinture la présence rigide du pistolet, déboutonna son manteau à la taille. La silhouette ne marqua pas une hésitation avant de parvenir à environ cinq mètres de lui.

Les doigts de Felsen libérèrent un nouveau bouton. Des mains apparurent hors des vêtements de l'homme qui lui faisait face. Felsen glissa ses doigts dans l'échancrure du manteau, les referma sur la crosse. La main gauche d'Abrantes se leva et retira l'écharpe qui lui protégeait le visage. La droite pendait dans le vide. D'un mouvement rapide, trop rapide pour que Felsen puisse esquisser un geste, Abrantes franchit les cinq mètres qui les séparaient, jeta ses bras autour de l'Allemand et appliqua de grandes tapes dans son dos couvert de cuir.

— *Bom Natal !* s'écria-t-il. Joyeux Noël.

Abrantes guida Felsen sur les marches puis dans la maison. Il appela Maria, lui ordonna de s'occuper de la mule. Dans le salon, Abrantes jeta des bûches dans l'âtre. Le visage de Felsen retrouva ses sensations. Il était à vif, douloureux. Abrantes alla à la cuisine, en rapporta une bouteille d'*aguardente* et deux verres. Il versa la liqueur et ils burent à Noël. Il était plus heureux que Felsen ne l'avait jamais vu.

— On m'a appris que vous étiez passé à Foios, dit-il, comme si l'Allemand s'y était rendu pour boire un verre mais n'avait trouvé personne.

— Le *chefe* de Vilar Formoso m'a confié que nous allions peut-être au-devant de grosses difficultés. J'ai eu l'idée d'aller jeter un coup d'œil aux mules.

— Et vous vous êtes aperçu que je les faisais travailler depuis des mois.

— Des mois ?

— J'ai plus de cinquante tonnes, là-bas.

— Où ça ?

— Dans un entrepôt de Navasfrias.

— Vous auriez dû me prévenir. À Berlin, j'ai eu beaucoup de mal à expliquer le déficit en tonnes.

— J'en suis désolé. Je ne faisais que réagir aux rumeurs.

— Quelles rumeurs ?

— Celles qui disent que, maintenant que vous avez envahi la Russie et que cette campagne se poursuit, Salazar ne craint plus une invasion ici. Les forces allemandes sont trop dispersées, à ce que l'on raconte.

— Vous vous souvenez du *Corte Real*, qui a coulé en octobre ?

— Et du *Cassequel*. Le *Cassequel* était un de nos meilleurs navires, sept mille tonnes.

— Alors vous ne pensez pas que ce soit un problème, pour Lisbonne ?

— Je pense que nous devrions nous rendre à Vilar Formoso demain. Apporter un nouveau cadeau de Noël au *chefe*.

— J'y étais il y a quelques jours à peine.

— Ils ont la mémoire courte.

— Et nous pourrions traverser pour aller jeter un coup d'œil à la marchandise qui se trouve à Navasfrias. Elle est en sûreté ?

— Oui. Absolument.

« En sûreté » signifiait gardée par des hommes armés de fusils. Tout à coup, Felsen se vit gisant au milieu de rochers et de genêts, le visage pulvérisé, mais il ne pouvait plus reculer devant Abrantes. Il hocha la tête et observa le Portugais, ne vit qu'une peau marquée par les intempéries, tendue sur une ossature solide, des yeux qui se concentraient sur la tâche consistant à remplir les verres.

Qu'est-ce que Poser, ou un autre à la légation, il ne savait plus qui, lui avait raconté à propos de ces Portugais ? Deux choses. D'abord, qu'il n'existait pas une seule loi, dans le pays, qui ne puisse être contournée ; ensuite, qu'ils ne vous affrontaient jamais de face. Ils s'arrangeaient pour que vous regardiez droit devant vous, et après seulement ils vous frappaient par-derrière. Felsen avait objecté qu'envisager pareille chose en Allemagne était bien évidemment impossible, et le Prussien avait tourné les talons, offusqué par l'ironie de la remarque.

Ils mangèrent un dîner de Noël composé d'un énorme poulet et de *bacalhau* rôti, burent deux bouteilles de dão datant d'avant-guerre qui leur laissa à la bouche le goût chaud et riche d'un été bien moins compliqué.

Felsen alla se coucher tôt, fuma dans le noir et but de l'*aguardente* au goulot de sa flasque en métal. Il mit son pistolet sous l'oreiller. Au bout d'une heure, il traversa la cour et, l'arme au poing, écouta à la porte de la maison. Il entendit les grognements d'Abrantes et l'étrange sifflement de Maria.

Au matin, il but du café, fuma une cigarette et ne prêta aucune attention à la fille dont le visage était impassible. Il avait un problème : il ne tenait pas à franchir la frontière avec Abrantes pour se jeter au-devant d'un groupe d'hommes armés de fusils, à Navasfrias. À neuf heures, son problème se trouva résolu par un chauffeur qui arriva de Guarda avec un télégramme en provenance de la capitale. *Troupes hollandaises et australiennes envahissent Timor O. Retour Lisbonne immédiat. Poser.*

Il apprécia l'usage que faisait le Prussien du verbe « envahir ». Il savait que Salazar aurait une vision identique de la situation : l'invasion de territoires placés sous souveraineté portugaise.

— Ça ne va pas ? s'enquit Abrantes qui paraissait tout à coup inquiet.

— Nos difficultés concernant la frontière sont terminées. Les alliés ont commis une erreur. Je dois partir pour Lisbonne tout de suite. Vous prendrez vos dispositions afin que les cent neuf tonnes que vous avez regroupées à Navasfrias rejoignent l'enceinte de Ciudad Rodrigo, et je ne veux plus de contrebande jusqu'à ce que je l'autorise.

— Cent neuf ?

Felsen lui exposa ses calculs. Les chiffres dansaient dans le cerveau d'Abrantes dont le visage, que la désaffection du rasoir rendait gris comme le givre, demeura impassible. À cet instant, Felsen comprit à quel trafic le Portugais s'était livré. Il n'avait pas volé mais joué sur les différences de prix entre les deux côtés de la frontière. Il vendait cher en Espagne et revenait acheter meilleur marché au Portugal, empochant la différence. Mais il s'était fait piéger : les cours ayant chuté en Espagne, peut-être n'avait-il plus trouvé d'acheteurs, et il ne disposait pas de l'argent nécessaire pour remplacer les tonnes prélevées à Foios. Tout ce qu'il pouvait faire consistait à tenter de rentrer dans ses fonds en revoyant à la baisse le tonnage qu'il avait passé en fraude. La bonne humeur de la veille avait marqué le début d'un bluff, la tentative d'un homme en quête d'un délai pour amortir ses pertes.

— Quand voulez-vous que la marchandise soit convoyée ? s'enquit le Portugais, dont l'inquiétude était patente.

— Elle est censée figurer sur les comptes de l'année écoulée. Ils devraient être clos fin janvier.

Felsen se rendit à la cuisine. Maria s'y trouvait, le bébé dans les bras, l'air pitoyable : il passa devant elle sans ralentir, traversa la cour et prépara son sac.

À l'arrière de la Citroën, il rédigea à l'intention du responsable de Ciudad Rodrigo un message qu'il tendit au conducteur. Pendant qu'ils descendaient la colline, ils rattrapèrent une procession. Il reconnut plusieurs hommes parmi ceux qui portaient un corps enveloppé dans une étoffe, et certaines des femmes qui les suivaient. Il baissa sa vitre.

— Qui enterre-t-on ?

Les hommes gardèrent le silence. Une femme parla.

— Alvaro Fortes, dit-elle. Voici sa femme et son fils.

Felsen cligna des paupières et ordonna au chauffeur de repartir.

27 décembre 1941, légation allemande,
Lapa, Lisbonne

— Salazar, commença Poser, qui depuis vingt-quatre heures ne s'était pas référé au dictateur en utilisant les termes de « filou d'Arabe », était dans une telle rage – d'ailleurs il l'est toujours – à cause de l'invasion que nous avons jugé opportun d'ouvrir nos négociations concernant le tungstène pour 1942. Quel merveilleux spectacle ! Sir Ronald Campbell, l'ambassadeur britannique, titubait sur place tel un pianiste concertiste aux doigts brisés. Notre bon président a passé toute l'année dans un bel état d'irritation à l'égard des Anglais, qui lui entourent les épaules d'un bras en lui murmurant à l'oreille des propos sur l'alliance séculaire, tandis que de l'autre ils lui imposent leur blocus et débarquent des troupes à Dili. Nous, en revanche...

— ... nous lui coulons ses bateaux.

— Exact. Des mesures mineures mais nécessaires, ou plutôt, des petits rappels concernant la neutralité de son statut.

— Pour Salazar, Noël arrive une fois l'an et c'est lui qui reçoit tous les cadeaux. Que lui offrez-vous ?

— De l'acier, répondit le Prussien, débordant d'assurance. De l'acier et des engrais. Dans deux semaines, nous lui ferons une offre. Salazar nous garantira des droits d'exportation pour trois mille tonnes et, une fois que nous en disposerons, les autres négociations relatives à celui qui obtiendra ceci ou cela de la Commission des métaux n'auront plus aucune portée. Nous obtiendrons ce que *nous* voulons, et les Anglais n'auront plus qu'à apprendre à en baver pour toute la durée de 1942.

— Est-ce que je poursuis mes opérations ?

— Bien sûr que oui, à moins que vous ne receviez des ordres contraires. Une approche plus clandestine pourrait être de mise, mais vous devriez trouver la voie libre.

— D'où tenez-vous ces renseignements ?

— Ce ne sont pas des renseignements, simplement une observation fondée sur le caractère des Britanniques. Vous ne connaissez sans doute pas grand-chose au cricket, n'est-ce pas ? Moi non plus. Mais à ce qu'il paraît, il s'agit entièrement d'une histoire de fair-play. Ils respecteront les règles et rapporteront à Salazar toutes les entorses dont vous vous rendrez coupable, comme les braves petits gars honnêtes qu'ils sont. Et Salazar, si nous continuons à lui lisser le poil dans le bon sens, ne leur prêtera aucune attention.

Poser prit l'une des cigarettes que Felsen lui tendait, l'alluma avant de la caler sur sa prothèse. Il but du café, se lécha les lèvres, y appliqua précautionneusement son mouchoir, s'adossa à son siège et se frappa doucement la poitrine comme si ses gains y étaient rangés.

— C'est tout ? interrogea Felsen. Vous m'avez fait venir de la Beira dans le seul but de m'exposer combien vous êtes brillant ?

— Non, seulement pour fumer quelques-unes de vos cigarettes. J'aime beaucoup cette marque.

Felsen l'étudia du regard.

— Oui, confirma Poser, j'apprends à votre contact, Felsen. Une plaisanterie. Chose bien rare dans les cercles diplomatiques.

— Poser, quand donc allez-vous convoler, Salazar et vous ?

Poser se fendit d'un large sourire.

— Le mariage, je le crains, appartient encore à un avenir lointain.

— Joyeux Noël, Poser.

— À vous également, Felsen, répondit le Prussien en levant sa prothèse dans un demi-salut. À propos, quelqu'un vous attend dans mon bureau.

L'espace d'un instant profondément irrationnel, gagné par la bonne humeur de Poser, Felsen s'imagina qu'il pouvait s'agir d'Eva. Une odeur de brûlé détourna son attention. Son interlocuteur arracha la cigarette à sa main artificielle dont le gant troué était bon à jeter.

— Merde ! s'écria Poser.

— Encore une de ces choses bien rares dans les cercles diplomatiques ? demanda Felsen.

Il trouva le Gruppenführer Lehrer assis dans le bureau, le dos tourné à la porte et les pieds posés sur le rebord de la fenêtre, le regard rivé sur le faible soleil hivernal qui filtrait à travers les frondaisons des palmiers dattiers du jardin.

— *Heil Hitler.* Quelle surprise, Herr Gruppenführer, quelle merveilleuse surprise !

— Votre charme souabe ne marche pas avec moi, Herr Sturmbannführer.

— Sturmbannführer ?

— Vous êtes monté en grade. Moi aussi. Désormais je suis Herr Obergruppenführer, si vous parvenez à prononcer ce mot. Et à partir de mars prochain, nous officierons sous les auspices de la *Wirtschaft-und Verwaltungshauptamt,* ou WHVA si, pour vous, cela signifie quelque chose.

Il marqua une pause, dans l'attente d'un signe de son subordonné.

— Visiblement pas, conclut-il.

— Alors maintenant nous montons en grade parce que nous sommes incapables d'atteindre nos objectifs...

— Non, parce que nous nous rapprochons d'objectifs impossibles à atteindre. Les circonstances n'ont en rien été faciles, je le sais bien, et vous n'avez pas eu la totale maîtrise de la campagne, mais en dépit de cela vous avez enregistré une progression considérable. Plus important, le Reichsführer Himmler lui-même a pu briller devant le Führer et agacer prodigieusement Fritz Todt. Ce dernier point étant le plus satisfaisant.

— Je ne peux que vous remercier d'avoir effectué un tel voyage pour venir me conférer cet honneur, Herr Obergruppenführer.

D'un mouvement soudain, Lehrer retira ses pieds du rebord de la fenêtre et pivota sur son fauteuil pour faire face à Felsen. Sa promotion avait eu de l'effet sur lui, une autorité plus grande et plus forte émanait de sous ses sourcils noirs.

— Savez-vous quelle température il fait en Russie ?

— En ce moment ? interrogea Felsen, désorienté par la question. Largement au-dessous de zéro, j'imagine.

— Moins vingt si vous êtes à Moscou. Moins trente si vous vous trouvez perdu au milieu de nulle part. Et ça continue de baisser. Il n'est pas très aisé de s'en souvenir quand on profite d'une température de plus quinze, du bleu de l'océan, du casino d'Estoril et du champagne...

— Les couvertures...

— Oubliez ces saloperies de couvertures. Elles étaient d'une qualité merdique, de toute façon. Je suis heureux, vous savez, *heureux* que la campagne de préemption menée par les Anglais ait remporté un tel succès. Ils se retrouvent avec toutes ces couvertures qui pourrissent dans leurs entrepôts plutôt que d'empester les nôtres.

— Et Poser m'a eu l'air si ravi.

— Ce que vous ignorez, concernant Poser, c'est que sa tête est remplacée par une prothèse. Il n'y a rien de réel à l'intérieur. Vous savez qui ils alignent pour combattre nos hommes, sur le front de l'Est ?

— Des Russes ?

— Des Sibériens. Des Sibériens au visage aplati et aux yeux bridés. Ces gens-là dorment en été : il fait trop chaud pour eux. Ils ne se réveillent que quand la température chute en dessous de moins dix. C'est celle qui leur convient. Nos soldats portent encore leurs uniformes d'été. Ils n'ont même pas de gants. Et ils se retrouvent face à ces barbares qui dansent sur place parce qu'il fait froid et que pour eux c'est un vrai bonheur, qui enduisent leurs baïonnettes de graisse de porc rance de telle sorte que quand ils les plantent dans nos hommes à moitié gelés, la blessure s'infecte irrémédiablement et ils meurent dans d'atroces souffrances. Si leurs hurlements pouvaient s'entendre jusqu'à Berlin, nous lèverions le camp dès demain.

— Pourquoi me racontez-vous ça ?

— La récompense, pour un échec, est une affectation sur le front russe. Cela vous indique-t-il quelque chose ?

— Que nous n'y remportons pas une victoire totale.

— Le véritable hiver vient à peine de commencer, mais cela fait deux mois qu'il règne un froid d'enfer. Nos convois de ravitaillement et d'approvisionnement s'étirent sur des milliers de kilomètres. Les Russes ont battu en retraite en ne nous laissant rien. Ils ont tout rasé. Il n'y a strictement rien que nous ne soyons obligés de transporter. Vous savez ce que nous faisons de nos prisonniers de guerre russes ? Nous les collons derrière des barbelés et nous les regardons crever de faim et de froid. Nous n'avons rien à leur donner. Nous ne parvenons même pas à nous procurer assez pour nous nourrir. Sinistre est un adjectif incroyablement faible pour décrire la situation sur le terrain.

— La première moitié du sandwich à la chair à pâté ?

— Seriez-vous resté là-haut, dans la Beira, avec la tête

enfoncée dans le cul d'un cochon ? Que s'est-il passé le 7 décembre ?

— Pearl Harbor.

— Nous avons déjà tous les ingrédients du sandwich.

— Selon notre vision des événements, ici, nous sommes à vingt-cinq kilomètres de Moscou. Nous sommes dans les faubourgs, bon sang ! Les Américains, eux, sont de l'autre côté de l'Atlantique. Il faut encore qu'ils envahissent l'Europe. Soyons raisonnables, Herr Obergruppenführer.

— Je suis plein d'espoir, Herr Sturmbannführer, mais il nous faut prévoir l'imprévisible. Bien. Ce paysan avec qui vous travaillez dans la Beira...

— Abrantes.

— Sait-il lire et écrire ?

— Non, mais il a une signature.

— Il est sous contrôle ?

— Absolument, répondit Felsen en se rappelant qu'il s'en était fallu d'un cheveu. Tant qu'il gagne de l'argent, il est content. Il en empoche bien assez avec les entreprises de purification du tungstène que nous avons créées.

— Il s'agit de quelque chose de complètement différent. Ces entreprises de purification ne signifient rien, elles ne reposent pas sur des capitaux suffisamment tangibles. Vous vous souvenez de ce que je vous ai confié, au début de l'année... concernant une réflexion qui m'est personnelle.

Leurs yeux se rencontrèrent et parvinrent à un accord.

— Dans la perspective d'un improbable désastre...

Felsen laissa la phrase en suspens.

— Voici mon idée : nous allons fonder une banque, une banque appartenant à des Portugais.

— Comment ça ?

— Si les choses en arrivent à la réalisation effective du sandwich, je peux vous assurer que les alliés seront animés par l'esprit de revanche. Aucun capital allemand ne survivra en Europe. Cette banque appartiendra à des Portugais, mais elle aura de très importants, quoique très discrets, actionnaires allemands.

— Qui seront ?

— Pour le moment, vous et moi. Il s'agit de notre investissement privé, à nous. Personne, et certainement pas ce Prussien débile, ne doit être au courant.

— Est-ce qu'il s'agit d'un projet SS ?

— On peut le présenter de cette manière, répondit Lehrer en essayant d'être mieux compris de Felsen. Mais j'espère que vous concevez l'importance que revêt Abrantes dans cette affaire. Il doit être de toute confiance... Ce doit être un ami.

— C'est un ami, affirma Felsen en soutenant le regard inflexible de Lehrer.

Celui-ci se réinstalla confortablement dans son fauteuil.

— Parfait. Maintenant, il ne nous manque plus qu'un nom. Un nom bien portugais. Qu'est-ce que donne *felsen* traduit en portugais ?

— *Rochedo, rocha.*

— *Rocha.* Ça paraît solide, mais je pense qu'il nous faut un mot qui donne une idée d'étendue, de globalité.

— La mer est probablement l'image qui évoque le plus l'ampleur, au Portugal.

— Comment dit-on « mer » en portugais ?

— *Mar.*

— Non, non. *Mar e Rocha,* ça fait penser à un mauvais restaurant.

— *Oceano e Rocha* ?

— Je pense que ça pourrait convenir. Banco de Oceano e Rocha, prononça-t-il en tournant ses regards vers les jardins. Je n'hésiterais pas à y déposer mon argent.

18.

1er octobre 1942, centre de Berlin

Eva Brücke était assise dans le bureau de son appartement. Elle fumait cigarette sur cigarette en buvant des petites gorgées de cognac dans le verre qu'elle tenait entre des mains blanches où elle pouvait nettement voir œuvrer les veines bleues. Son visage avait si peu de couleurs qu'à son avis, si elle se tenait devant la lumière, ses dents devaient être visibles à travers ses joues. Ses entrailles ? Elle n'en avait pas. Elle se faisait l'impression d'un oiseau plumé et vidé, transi de froid.

L'appartement en abritait deux. Pas de nom, bien entendu, Hänsel et Gretel, Tristan et Isolde. Deux habitués, experts dans l'art de n'être pas là... plus silencieux que des insectes. Ils se dissimulaient ainsi depuis des mois d'un bout de Berlin à l'autre et, cette fois, c'était leur dernière étape.

Eva se préparait pour sortir, s'apprêtait tout juste à porter à sa bouche un bâton de rouge à lèvres dont il ne restait presque plus rien quand on frappa un coup à sa porte. Un coup poli. Elle rangea le rouge à lèvres. Elle ne voulait pas faire un geste de travers et briser le précieux bout tout usé. Le coup suivant retentit comme un grondement de tonnerre, un martèlement susceptible d'interrompre les battements du cœur, et fut suivi de ce mot de trois syllabes tant redouté qui pouvait transformer en gélatine les cuisses d'un barman berlinois.

— Gestapo !

Suffisamment fort pour que les deux qui se trouvaient dans le fond de l'appartement l'entendent et se cachent. Elle n'avait pas une seconde devant elle.

— J'arrive, cria-t-elle en parvenant dès sa première

tentative à prononcer ce mot sans que sa voix ne se brise et en lui conférant une intonation de légère irritation.

Elle couvrit ses épaules de son manteau avant d'ouvrir la porte.

— Je m'apprêtais à sortir, déclara-t-elle d'un ton de grande maîtrise avec un léger pli au front.

Les deux hommes pénétrèrent de force dans le salon. Ils portaient un manteau en cuir noir et une casquette noire qu'ils n'ôtèrent ni l'un ni l'autre. L'un était maigre. L'autre une brute épaisse.

— Entrez, dit-elle.

— Vos papiers ?

Elle les sortit de son sac à main et les leur tendit à bout de bras avec une impertinence empreinte d'assurance.

— Eva Brücke ? questionna le maigre sans lire les documents.

— Vous n'allez pas manquer de découvrir que c'est bien moi.

— Vous avez été dénoncée.

— Pour quoi et par qui ?

— Hébergement de clandestins. Par vos voisins.

— Je n'ai pas de voisins, je suis environnée de décombres.

— Nous ne parlons pas nécessairement de gens qui habitent la maison d'à côté. Vos voisins pourraient être ceux qui dominent votre appartement sur l'arrière, par exemple.

— Ils ont été chassés par les bombes la semaine dernière.

— Ça ne vous ennuie pas si nous jetons un rapide coup d'œil ?

— Je m'apprêtais à sortir, répéta-t-elle d'un ton d'urgence.

— Ça ne prendra pas longtemps, assura le maigre en humant l'air.

— À condition que ça ne vous ennuie pas, vous, de me donner le nom des voisins et celui de vos supérieurs pour que je puisse dénoncer l'intérêt malsain des premiers quand les seconds viendront ce soir à mon club. Et vos noms à vous aussi.

— Pour quoi faire ? Que vous puissiez nous dénoncer nous aussi ? demanda la brute en plantant sa figure sous le nez d'Eva.

— Müller, répondit le maigre en pointant le doigt sur sa propre poitrine, et Schmidt. Vous voulez les écrire ? Nous pouvons faire ce pour quoi nous sommes là, maintenant ?

— Le fond de l'appartement est encore dangereux à cause du bombardement. Je décline toute responsabilité si vous vous blessez. Et si un mur s'effondre à cause de votre imprudence et que je me retrouve à geler cet hiver, je...

— ... dormirai dans cette pièce, acheva Schmidt dont le nez cassé était tordu vers la droite et dont les yeux avaient pris une expression de torpeur.

— Non. Je demanderai à mes amis, vos supérieurs du RHSA, de payer les frais de reconstruction.

— Dans le cul, éructa Schmidt.

Impossible de deviner ce qu'il avait voulu dire.

Les deux hommes observaient Eva de très près. Elle avait poussé l'arrogance un peu loin, sans compter l'allusion aux gradés qu'elle connaissait. Question de nervosité. Müller lui rendit ses papiers.

— Je vais passer devant. Si Schmidt commence à glisser dans le vide avec ses cent kilos, il risque d'entraîner dans sa chute tout ce côté du bâtiment.

Il sourit comme si sa bouche était une entaille récente, tourna les talons et renifla à nouveau l'air. Eva le trouvait déplaisant. Il paraissait un peu trop intelligent pour faire partie de la Gestapo. Qu'était-il advenu des gros balourds ? À moins qu'ils n'aient tous été expédiés à Stalingrad ?

Elle s'assit dans le séjour et enfonça les mains dans les poches de son manteau. Schmidt s'appuya au chambranle, suivant Müller des yeux dans le couloir.

— Dites-lui que ce sont les deux dernières pièces dont il faut se méfier. Il le sentira aux lattes du parquet.

Schmidt lui jeta un coup d'œil et reprit son observation sans prononcer un mot. Elle avait envie de fumer mais n'osait pas sortir ses mains de ses poches. À en juger d'après l'état de son estomac, elle savait qu'elles seraient agitées de tremblements.

— Il les renifle avant de les voir, assura Schmidt au bout de quelques instants.

— Quoi ?

— Les juifs. Il dit qu'ils empestent comme les vieux rogatons de fromage.

— Expliquez-lui que j'en ai à la cuisine.

— Des juifs ? releva-t-il d'un ton neutre.

— Du fromage. Je ne tiens pas à ce qu'il démolisse les lieux pour la simple raison qu'il me reste un bout de gruyère que quelqu'un m'a donné il y a six semaines.

— Ça ne se garde pas ? Le gruyère.

— Où vont-ils dénicher des gens comme vous ?

L'homme s'arracha au montant de la porte pour traverser la pièce à une vitesse terrifiante comme si les plaisanteries avaient assez duré et l'heure d'utiliser les arguments habituels était venue. Il referma ses mains robustes sur les bras du fauteuil et colla son visage contre celui d'Eva de telle sorte qu'elle pouvait distinguer chacun des poils naissants au-dessus de sa lèvre supérieure.

— Vous avez de jolies jambes, ricana-t-il.

— Ce n'est pas le cas de vos manières.

— J'espère qu'on va vous embarquer Prinz Albrechtstrasse, fit-il en abaissant les yeux vers ses cuisses avant de la regarder à nouveau en face. Nous pouvons faire tout ce que nous voulons, là-bas.

— Schmidt ! cria Müller dans le fond de l'appartement.

Eva sursauta.

— Amène-toi tout de suite !

Schmidt sourit et s'écarta du fauteuil. Il s'engagea dans le couloir. Eva enfonça une de ses mains, toujours dans sa poche, entre ses jambes et serra les cuisses pour se retenir de se pisser dessus. Elle sentait ses viscères secoués de tremblements.

— Attrape ma ceinture, ordonna Müller.

— Ce plancher est complètement foutu, commenta Schmidt avec la précision de diagnostic digne d'un expert en bâtiment.

Eva s'obligea à quitter le fauteuil et à s'avancer dans le couloir.

— Bon sang, faites attention ! Il y a sept mètres de vide d'ici à la rue. La chute vous tuera si les gravats ne le font pas.

— Elle s'inquiète pour toi, Müller.

Ce dernier, penché au maximum, se démanchait le cou pour voir derrière la porte. Schmidt le tenait en souriant, clignant de l'œil en direction d'Eva.

— Je crois qu'elle doit aimer les maigres, ajouta-t-il.

— La ferme, Schmidt, tire-moi en arrière.

Sans quitter Eva des yeux, Schmidt replia son avant-bras et Müller, bondissant en arrière, vint lui percuter la poitrine.

— Tu sais comment il faut s'y prendre, déclara Schmidt. Il faut être sûr de soi à cent pour cent. Pas question d'hésiter. Il faut y aller carrément.

Il fit deux pas dans le couloir et pénétra dans la chambre qui se trouvait sur sa gauche. Le plancher tout entier ploya. Des poutres protestèrent. Du plâtre et des fragments de maçonnerie se détachèrent et tombèrent en poudre. Un craquement sonore retentit. Schmidt réapparut, le visage couleur de cendres, la tête branlant au sommet de son cou. Une ligne fissura le plâtre de finition au-dessus de leurs têtes.

— Pauvre connard ! s'écria Müller en exécutant un saut en arrière dans le couloir.

— Il n'y a personne là-dedans, annonça Schmidt qui marchait avec raideur en serrant les fesses.

— Allez, on s'en va.

— Tu n'as rien senti ? s'enquit Schmidt qui retrouvait son sang-froid.

— Juste la merde qui souille ton froc.

Eva les précéda dans le salon. Müller, lèvres crispées, était ulcéré et furieux. Schmidt ouvrit la porte en se retournant vers elle.

— Qu'est-ce qu'il y a à l'intérieur ? interrogea Müller en désignant un vieux coffre qu'elle avait sorti de la pièce endommagée.

Ce n'était pas un meuble de grande taille. Il n'aurait pas pu contenir un homme adulte.

— Des livres. Essayez de le soulever.

Müller testa le couvercle. Il était fermé à clé.

— Ouvrez-le, ordonna-t-il.

— Ça fait des années que je ne l'ai pas ouvert. Je ne sais même pas où est la clé.

— Trouvez-la.

— Je ne...

Elle se tut. Schmidt avait écarté les pans de son manteau et sorti un Walther PPK.

— Que faites-vous ?

— Le meilleur détecteur de juifs que j'aie jamais vu, lança-t-il.

— Et s'il n'y a pas de juif à l'intérieur, vous êtes prêt à me donner six mois de votre salaire ?

— Six mois ?

— C'est un coffre du XVIIe siècle et les livres aussi ont de la valeur. Pourquoi croyez-vous que je l'ai apporté de la chambre ?

Schmidt affermit sa prise sur le pistolet qu'il braqua sur elle.

— Vous savez ce qu'il en coûte d'héberger des clandestins ?

— J'imagine que cela inclut plusieurs années dans un KZ.

— *Pan !* fit-il.

— On y va, ordonna Müller.

Ils partirent. Eva alla droit aux toilettes et libéra un fin filet de diarrhée. Elle alluma sa première cigarette, manteau et robe toujours remontés autour de la taille.

Il fallait qu'elle s'oblige à sortir. Comme elle avait dit qu'elle s'apprêtait à le faire, elle y était obligée. Elle savait qu'ils allaient rester assis dehors, dans leur voiture, à l'attendre. Elle finit sa quatrième cigarette, vida le reste du cognac, se rinça la bouche avec de l'eau et s'exhorta à franchir le seuil. Elle marcha sur la chaussée : les trottoirs étaient couverts d'amoncellements de décombres et des Polonais ou des Tchèques continuaient à sortir des immeubles à demi effondrés. Quand la voiture de la Gestapo s'avança à sa hauteur, Schmidt abaissa sa vitre.

— On peut vous déposer ? Nous allons sûrement dans la même direction.

— Je préfère aller à pied, merci.

— À bientôt. Numéro 8, Prinz Albrechtstrasse.

Elle arriva à son club de la Kurfürstendamm. Bien qu'il ait fait froid dans la rue, elle était en sueur. Traudl se trouvait dans le bureau, allongée sur un lit de camp derrière un rideau. Elle habitait là quand elle ne parvenait pas à trouver un homme pour s'occuper d'elle, ce qui se produisait la plupart du temps. Elle était maigre et d'une lividité extrême, les os de son visage aussi clairs et fragiles que de la porcelaine. Eva l'envoya nettoyer le bar et s'assit en compagnie d'un nouveau cognac et de cigarettes. Son corps, qui lui donnait désormais l'impression de ressembler à l'idée que s'en faisaient les cubistes, retrouva lentement son unité. Ses entrailles se réchauffèrent et se remplirent, ses intestins retrouvèrent leur fermeté. Elle fit les comptes de septembre, chassa Hänsel et Gretel au fin fond de ses pensées.

À dix-neuf heures trente elle rentra chez elle pour passer sa tenue de soirée. La nuit était froide. De petits groupes de juifs, portant tous l'étoile jaune que, selon la loi, ils étaient tenus d'arborer depuis début septembre, la dépassaient en marchant vite pour rentrer chez eux avant le couvre-feu de vingt heures... des ouvriers des usines d'armements. Aucun n'était en situation illicite.

Avant de s'engager dans sa rue pavée qui partait de la Kurfürstenstrasse, elle leva les yeux vers la nuit étoilée. Elle huma l'air. Il était limpide. Les bombardiers allaient effectuer des sorties. L'été avait été terrible. D'abord Lübeck, puis Cologne, Düsseldorf, Hambourg, Osnabrück, Brême et, bien sûr, Berlin. La putréfaction avait rendu l'atmosphère irrespirable. Seuls les rats étaient gras. Mais ce soir, l'air était clair. Elle monta à l'appartement, entra, inspecta toutes les pièces.

— La voie est libre, chuchota-t-elle.

Progressivement, elle entendit un mouvement provenant de la pièce du fond. Un jeune homme contourna la porte avec prudence, le visage contorsionné à cause de la raideur de son corps.

— Où est la fille ? interrogea Eva.

Elle se matérialisa derrière elle.

— Où étiez-vous ?

— Dans le coffre. J'essayais juste de vérifier s'il était assez grand quand ils sont arrivés.

Eva se représenta soudain dans la situation de la jeune femme, à l'intérieur du coffre. Elle frissonna.

— Vous allez partir ce soir pour Gothenburg, annonça-t-elle.

La jeune femme sourit au plafond. Le garçon serra le bras d'Eva. Il y eut un léger coup frappé à la porte. Le garçon repartit subrepticement dans le couloir et disparut derrière la porte. La fille n'était plus là. Eva s'éclaircit la gorge.

— Qui est-ce ?

À nouveau un coup léger.

Elle ouvrit la porte. Deux jeunes filles. La première dans les dix-huit, dix-neuf ans, l'autre quatorze ans au maximum. Avec des étoiles jaunes.

— Oui ? interrogea Eva en plongeant le regard dans la cage d'escalier derrière elles.

— Est-ce que vous pouvez nous aider ? demanda l'aînée. C'est Herr Kaufman qui nous envoie.

— Je ne peux pas.

Elle perçut le petit cri qui leur échappa comme si elles avaient reçu un coup de poignard.

— Je suis surveillée.

— Qu'allons-nous faire ?

— Il faut que vous alliez ailleurs.

— Maintenant ?

— C'est trop dangereux pour vous de rester ici.

— Où est-ce que nous pouvons aller ?

Elle cligna des yeux. Pourquoi Kaufman ne l'avait-il pas avertie qu'il lui en envoyait deux autres ? Elle se frappa le front de son poing fermé, tenta de penser à une adresse proche.

— Est-ce que vous connaissez Frau Hirschfeld ?

Elles firent non de la tête.

— Est-ce que vous connaissez Berlin ?

Pareil.

Elle inscrivit ses instructions. Ce n'était pas un endroit tellement facile à atteindre, après vingt heures, quand on n'avait pas de papiers. Elle les fit partir. Il lui restait beaucoup à faire avec Hänsel et Gretel. Elle alla vers le bureau, ouvrit le second tiroir qui était fermé à clé, le retira. En sortit le contenu, le retourna. Scotchés sur le dessous se trouvaient des faux papiers pour eux, aux noms de Hans et Ingrid Kube.

Un nouveau coup discret frappé à la porte.

Quoi encore ?

Elle remit le tiroir et son contenu à leur place.

Un coup, encore, frappé avec douceur.

Ces filles. Qu'est-ce que Herr Kaufman avait donc dans la tête ?

Elle traversa le salon à grandes enjambées et ouvrit. Les deux filles se tenaient devant elle dans leurs manteaux, les chaussures plantées l'une près de l'autre, bien réelles. Derrière elles, une main posée sur leur épaule, se tenait Müller. Le poing colossal de Schmidt apparut dans la lumière, agitant les instructions qu'elle venait d'écrire... la conséquence d'un instant de déconcentration. La plus jeune des deux filles fondit en larmes.

— Frau Hirschfeld vous envoie ses meilleurs souvenirs, lança Schmidt en poussant brutalement Eva du plat de la main entre les seins de telle sorte qu'elle tomba à la renverse et partit en glissade à travers la pièce.

— Quelle valeur vous nous avez dit qu'il a, ce coffre ? demanda-t-il en claquant la porte derrière lui.

Il sortit son pistolet. Des pas descendaient les marches. Il ôta le cran de sécurité.

— Non, cria Eva.

— Non ? Et pourquoi ?

— J'ai retrouvé la clé.

— C'est trop tard pour les clés. Je n'ai pas de temps à perdre avec des clés.

Il tira deux balles dans le coffre. On entendit un cri étouffé. Eva se jeta sur le bras armé et Schmidt lui assena un coup en travers du front avec le canon. Elle s'effondra sans perdre complètement connaissance. Il expédia une nouvelle balle dans le coffre. Eva fut soulevée, sa joue atterrit sur le couvercle sculpté du meuble. Schmidt retroussa sa jupe et elle sentit sa main empoigner brutalement son entrejambe, ses doigts se frayer un chemin en elle.

Une plainte incohérente résonna à l'arrière de la maison. Un objet tomba, un objet volumineux et lourd, comme l'armoire qui se trouvait dans la pièce et qu'elle n'avait pas réussi à en sortir. La main l'abandonna. Il y eut un craquement prodigieux suivi d'une petite plage de silence avant que tout l'arrière de l'immeuble ne s'écroule dans un vacarme qui se prolongea indéfiniment.

Elle se laissa choir au pied du coffre : Schmidt se tenait au-dessus d'elle, il contemplait cet effondrement sans fin, bouche bée, incapable de bouger, incapable de déterminer quelle partie du bâtiment allait se briser et s'ils seraient broyés dans sa chute.

Pour la première fois depuis deux ans, Eva n'éprouvait plus aucune peur. Elle était soulagée que tout soit terminé. Soulagée, oui, jusqu'à ce que la maison retrouve le silence, qu'elle sente le plancher toujours sous elle, et que Schmidt dise :

— Ce n'était vraiment pas très sûr, tout ça, hein ?

1er octobre 1942, Largo do Rato, centre de Lisbonne

Dans le Largo do Rato, Felsen avait pris un *táxi a gasogénio*, système introduit près d'un an plus tôt quand la pénurie de carburant avait commencé à se faire durement sentir. Bizarrement, il avait le sentiment d'être moins en sécurité quand un poêle alimenté au bois, monté sur le capot, générait de la vapeur et l'envoyait dans un cylindre à l'avant, que quand de l'essence remplissait pratiquement le même office. Il était impatient de mettre pied à terre, ce qu'il fit après moins de soixante-dix mètres, dans la Rua da Escola Politécnica, mais pas parce qu'il avait cédé à la peur.

Il pensa s'être trompé mais la ressemblance était si criante qu'il ne put s'empêcher de descendre pour aller vérifier. La fille tourna à droite dans la Rua da Imprensa Nacional et il s'élança en boitant pour la rattraper. Il ne s'était pas trompé. C'était Laura Van Lennep. Il la saisit par le poignet au moment où elle tournait à nouveau à droite et elle pivota en essayant de se soustraire à son étreinte.

— Vous vous souvenez de moi ? lui demanda-t-il sans la lâcher.

Le regard de la jeune femme demeura dépourvu d'expression.

— Chave d'Ouro, casino d'Estoril, hôtel Parque, mars 1941. Nous sommes tombés amoureux, acheva-t-il d'un ton sarcastique.

Elle cligna des yeux et il la scruta de plus près. Elle avait une expression absente, comme si quelque chose ne tournait pas tout à fait rond dans sa tête et transparaissait sur son visage.

— Il faut que j'aille en Amérique, déclara-t-elle en essayant de libérer son poignet d'un geste brusque.

Il la retint avec fermeté.

— Klaus Felsen. Vous vous rappelez peut-être, vous m'avez volé mes boutons de manchettes. Ils étaient gravés à mes initiales, KF. Non ? Combien en avez-vous tiré ? Pas assez pour vous permettre de partir en Amérique, de toute évidence.

Elle reculait vers le haut de la rue, non par crainte mais parce qu'elle savait qu'il fallait qu'elle fuie cette pression. Cette pression malfaisante. Elle voulait retrouver l'endroit où on était gentil avec elle. L'endroit où on prenait soin d'elle. Elle se retourna. Felsen la lâcha, hésita, puis la suivit. Elle entra dans la Travessa do Noronha où il y avait une soupe populaire et un hôpital fondés par la *Commissão Portuguesa de Assistência aos Judeus Refugiados.* C'était l'heure du déjeuner. D'autres personnes entraient dans le bâtiment. Felsen la regarda faire la queue et recevoir sa nourriture. Elle ne parlait pas. De temps en temps elle jetait un coup d'œil furtif autour d'elle, la tête baissée sur sa cuiller. Il s'avança vers un médecin en blouse blanche qui attendait d'être servi. Montrant la fille du doigt, il se renseigna sur elle.

— Nous ne savons pas exactement ce qui lui est arrivé, répondit le praticien en s'exprimant en portugais mais avec un accent viennois. Nous avons eu un autre cas, semblable au sien, dans lequel nous avons constaté la même obsession névrotique de partir en Amérique. Cette autre personne avait été mise dans un train par ses parents, en Autriche, avec pour instruction de se rendre en Amérique à tout prix. Elle avait découvert par la suite que toute sa famille avait été envoyée dans les camps. Cette nouvelle avait induit une réaction étrange, une nécessité profonde d'obéir à ses parents combinée à une culpabilité obsessionnelle qui lui interdisait d'y parvenir.

« La seule raison qui nous incite à penser que ce pourrait être la même chose pour cette jeune Hollandaise, c'est que nous avons vu, sur son passeport, qu'à un moment elle a disposé d'un visa pour les États-Unis, et que dans ses possessions nous avons trouvé un billet valable pour une traversée dont la date était dépassée depuis longtemps. Triste... mais voyez autour de vous.

Le médecin reprit place dans la file pour attendre son repas. L'Allemand examina les alentours sans comprendre le sens de la remarque de son interlocuteur. La jeune femme n'était plus assise à la table. Felsen quitta le bâtiment, s'arrêta sur les marches, porta à sa cigarette une allumette qu'il jeta dans la rue. Il descendit à travers le Bairro Alto sous le haut soleil d'automne, atteignit le Largo do Carmo où il prit l'*elevador* vers la Rua d'Ouro en contrebas.

Il grimpa au deuxième étage de l'immeuble qu'ils avaient loué pour la Banco de Oceano e Rocha. Les bureaux occupaient le rez-de-chaussée et le premier étage. Deux appartements étaient situés aux étages supérieurs. Le sien était tout en haut, alors que le deuxième niveau appartenait à Abrantes et à sa famille. Le Portugais avait prié Felsen d'être le parrain de son second fils. Il l'avait appelé à la légation allemande le matin même pour lui apprendre que Maria sortait de l'hôpital et qu'il fallait qu'il vienne voir son tout nouveau filleul.

La domestique le précéda dans le séjour. Maria était allongée sur la chaise longue, vêtue d'un manteau de fourrure qui n'était pas nécessaire par ce temps. C'était à peine si Felsen pouvait supporter de la regarder. En moins d'un an, la petite paysanne s'était transformée en une parodie de vedette de cinéma des années quarante. Elle ne savait pas lire mais elle avait feuilleté les revues, choisi tout ce qui éveillait ses désirs, et Abrantes avait accédé à chacun de ses caprices. Felsen alluma une cigarette pour retenir une grimace de mépris. Elle en alluma une aussi et rejeta la fumée en un filet soigneusement étudié.

Abrantes regardait la Rua do Ouro à travers les vitres. Celles-ci étaient tendues de croix en ruban adhésif destinées à les protéger contre les raids des bombardiers, que les Portugais s'attendaient toujours à voir surgir du continent européen tel un mauvais front dépressionnaire. Felsen avait entendu des sirènes annonçant ces raids aériens et vu les soldats assis sur des sacs de sable derrière leurs barricades en fil de fer barbelé, sur la Praça do Comércio, se demandant ce qu'ils pouvaient bien faire là.

Abrantes était vêtu d'un costume gris et portait maintenant des lunettes, même s'il n'avait jamais prétendu savoir lire. Il fumait un *charuto*. Sa métamorphose à lui, l'ancien paysan de la Beira, était plus réussie que celle de Maria. Il possédait une stature et un aspect sinistre qui pouvaient inspirer le respect chez les citadins. Il avait absorbé quantité d'informations concernant le comportement et les bonnes manières, exactement comme Felsen quand il était arrivé de sa province souabe. Il accueillit l'Allemand avec effusion, comme il sied à un homme d'affaires triomphant en temps de guerre. Il le guida au pied du berceau sur lequel Maria posait une main possessive.

— Mon second fils, annonça-t-il. Ton filleul. Nous l'avons appelé Manuel. J'aurais aimé lui donner ton nom, Klaus, mais... je suis sûr que tu comprendras, un garçon portugais ne peut pas porter le prénom de Klaus. Alors nous avons choisi celui de mon grand-père.

Felsen hocha la tête. Le bébé dormait, emmailloté serré dans ce qui semblait être un bien trop grand nombre de vêtements. Il était comme n'importe quel bébé, un peu moins ridé peut-être que d'ordinaire. Maria le chatouilla du doigt. Felsen sentit qu'elle le regardait. Le bébé lutta contre l'intrusion de ce doigt. Une bulle apparut à sa petite bouche pincée. Ses yeux s'ouvrirent soudain, surpris, grands pour son visage. Felsen fronça les sourcils. Le visage de Maria entra dans son champ de vision.

— Celui-là, il ressemble à sa mère, lança Abrantes derrière son épaule.

Il y avait beaucoup de bleu dans ces yeux et seul le père pouvait y déceler un infime soupçon du vert de Maria. Mais pour Felsen, ils étaient bleus. Son bleu à lui.

— Un superbe bébé, commenta-t-il de manière automatique.

Abrantes prit l'enfant dans le berceau et le brandit dans les airs. Il gronda en le regardant. Le bébé cligna des paupières face au grand méchant ours.

— Mon second fils. Aucun homme ne saurait connaître un plus grand bonheur que celui qui a deux fils.

— Et celui qui en a trois ? s'enquit Maria avec impertinence, assurée de son statut.

— Non, non ! s'écria Abrantes, se remémorant une superstition courant comme le vent dans les genêts de la Beira. Sur trois, il y en aura toujours un de mauvais.

Rassemblant ses forces, faibles et néanmoins impressionnantes, le bébé émit un long vagissement perçant.

19.

21 décembre 1942, SS-WHVA, 126-35 Unter den Eichen, Berlin-Lichterfelde

— Stalingrad... dit Lehrer.

Il était assis de travers par rapport à son bureau, le coude posé sur un buvard, la main levée, en équilibre, semblable au tranchant d'une lame.

— ... Parlez-vous de Stalingrad, à Lisbonne ? Buvez-vous à Stalingrad, dans votre foutu hôtel Parque d'Estoril ?

Felsen était assis, seul, en face de lui. Il tira sur sa cigarette mais ne répondit pas. Personne ne parlait de Stalingrad.

— Alors ? insista Lehrer.

— Pas au dîner auquel j'ai assisté hier soir.

— Juste le bruit des couverts sur les assiettes.

— Pas tout à fait aussi solennel que ça.

— Et Poser ? Quel air avait-il, Poser ?

Lehrer changea de position sur son fauteuil et sa ceinture, plus longue qu'une sous-ventrière de mule, craqua à chacun des mouvements de sa bedaine.

— Le même que d'habitude, en plus malade.

— Hum, grommela Lehrer dans un bruit de séisme. Par solidarité avec nos soldats, Zeitzler, le chef d'état-major des armées, n'avale plus que les rations dont ils disposent sur le front de Stalingrad. Il a perdu douze kilos. Qu'est-ce que ça vous apprend ?

Felsen ferma les yeux devant l'une de ces questions tests dont Lehrer possédait une inépuisable réserve. Il avait envie de lui rétorquer que Zeitzler avait vraisemblablement plus de douze kilos à perdre, mais un regard porté sur la ceinture tendue à craquer lui suggéra que pareille réflexion n'allait pas détendre l'atmosphère.

— La sixième armée rencontre de grosses difficultés, récita-t-il comme s'il était le meilleur élève de Lehrer.

— Vous savez, Herr Sturmbannführer, j'ai mes contacts au quartier général de Prusse-Orientale, à Rastenberg. Selon les informations sûres dont je dispose, le maréchal Paulus et ses deux cent mille hommes sont foutus.

La main de Lehrer s'abattit, guillotinant la sixième armée en la séparant du Troisième Reich.

— Ils ne peuvent pas s'échapper, battre en retraite, se regrouper ?

— Le Führer ne l'acceptera jamais. Il est obsédé par la honte de la retraite, la honte qu'il y aurait à perdre toute notre artillerie lourde. Il ne semble pas saisir l'argument de Zeitzler qui affirme qu'en maintenant nos hommes là-bas, l'Allemagne perdra tout. Pas seulement Stalingrad : toute la campagne de Russie.

— Stalingrad possède-t-elle une importance stratégique vitale ?

Lehrer leva les mains, sinon vers Dieu, du moins vers les rideaux du black-out.

— C'est une ville mythique. Celui qui tient Stalingrad tient Staline par les couilles, qu'il a en acier.

Ils parlèrent tungstène. Lehrer ne témoignait nul intérêt. Il ne pavoisa même pas en apprenant qu'au cours de la dernière opération de contrebande, Felsen avait chargé à Lisbonne, dans des wagons de chemin de fer, deux cents tonnes identifiées sur la foi de papiers comme étant du manganèse. Le train avait suivi tout le trajet jusqu'à la frontière sans que les douanes ne le contrôlent. Les agents alliés avaient failli faire le coup de poing avec les *chefes* des douanes qui avaient autorisé la cargaison, à Lisbonne et à Vilar Formoso. Ils n'avaient pas compris que ces fonctionnaires prélevaient cinq millions d'escudos à eux deux, ce qui rabaissait leur salaire, de mille escudos par mois, au niveau de la note de bar de Felsen.

Lehrer parvint à énoncer plusieurs questions, dépourvues d'enthousiasme, concernant la banque qui n'avait pas réalisé beaucoup de transactions à l'exception de prêts consentis pour l'achat de concessions minières sur la frontière.

Felsen acheva son rapport oral en début de soirée, mais avant de le libérer, l'Obergruppenführer se leva soudain en chancelant, contourna son bureau en clopinant et s'assit sur l'angle du meuble.

— Nous avons une entente particulière, vous et moi, déclara-t-il d'une voix soudain devenue grave. Je vous ai promis, lorsque je vous ai arraché à votre usine de Berlin, que vous seriez correctement récompensé pour la mission que vous alliez remplir. L'an prochain, il est possible que votre travail devienne différent. Il s'agira d'une tâche pour laquelle vous possédez une certaine expérience mais dont la nature est autre. Vous devez me faire confiance. Vous ne devez pas céder au découragement si je vous avoue qu'en l'état actuel nous en sommes peut-être déjà au début de la fin.

— Poser a tout de même affirmé que depuis la promotion de Speer comme ministre de l'Armement, au début de l'année, nos capacités de production se sont sensiblement améliorées. La pression qui s'exerce sur nous pour l'acheminement du wolfram est énorme...

— C'est exact, reconnut Lehrer en l'interrompant avec douceur, mais mes pieds me soufflent que cela ne fera que prolonger l'agonie. Et ils ne se trompent jamais.

Les deux hommes abaissèrent leurs yeux sur la souffrance de l'Obergruppenführer contenue dans le carcan des bottes.

Il était dix-huit heures, il faisait nuit, et un vent venu en droite ligne des éternelles ténèbres finlandaises rendait l'air glacial. La voiture progressait lentement, telle la créature à demi aveugle qu'elle était. Felsen, assis à l'arrière, ne savait que penser. Lehrer était-il bien renseigné ? Il s'était toujours présenté comme un visionnaire, mais le futur du Troisième Reich se résumait-il au fait qu'il pesait vingt kilos de trop et qu'il passait trop de temps, assis derrière un bureau, à souffrir d'une atroce maladie des pieds ? La grande armée allemande qui avait déferlé à travers toute l'Europe dans le fracas des bottes, écrasé la Russie jusqu'au Caucase et jusqu'à la banlieue de Moscou, bon sang, pouvait-elle être anéantie à cause de la perte d'une seule ville ? Felsen se rappelait qu'au début du mois de juin Poser lui avait confié une information qu'il n'avait pas crue. Durant la nuit du 30 mai, en un peu plus d'une heure et demie, les bombardiers alliés avaient largué plus de deux mille tonnes de bombes sur Berlin. Quand Poser le lui avait raconté, quatre jours s'étaient écoulés et Berlin brûlait encore. Il ne l'avait pas cru, avait tenté de sortir de la pièce en contournant ce Prussien qui sombrait dans la démence, mais l'autre l'avait saisi par le coude avec sa prothèse et lui avait tranquillement glissé à l'oreille : « J'ai vu l'estimation des dégâts. L'estimation réelle, pas la version de Goebbels. Maintenant, allez chercher votre wolfram. Nous allons en avoir besoin, jusqu'au dernier kilo. »

Au moment où ils pénétraient dans le sud de Berlin par la Potsdamerstrasse, il demanda au chauffeur de continuer et de tourner à gauche pour remonter la Kurfürstenstrasse. Elle était méconnaissable : des amas de décombres se dressaient de part et d'autre, ainsi que des immeubles effondrés et calcinés. Celui où Eva avait habité semblait toujours debout. Felsen emprunta une torche au chauffeur, s'enfonça dans la rue pavée latérale puis dans le jardin sur l'arrière de l'immeuble, franchit une porte qui s'ouvrait en un quart de cercle précis au milieu des gravats sur un étroit passage menant à la porte du bâtiment dont toute la partie arrière s'était effondrée au point qu'il pouvait voir dans la cuisine d'Eva.

L'immeuble était inhabitable. Il commençait à faire demi-tour quand il entendit une voix, frêle comme de la porcelaine, qui chantait une chanson souabe enfantine à la gaieté absurde :

Ich bin ein Musikant, ich komm vom Schwabenland,
Du bist ein Musikant, du kommst vom Schwabenland.
Ich kann aufspielen auf Meiner Geige,
Du kannst aufspielen auf Deiner Geige.
Dela schum, schum, schum,
Dela schum, schum, schum.
Dela schum, schum, schum,
Dela schum.

Il gravit les marches demeurées intactes. La voix poursuivait le refrain. La porte de l'appartement était ouverte. Du salon, il ne restait que les lattes du plancher dont certaines avaient même été arrachées à l'extrémité opposée. Il suivit la voix jusque dans le bureau d'Eva. Recroquevillée dans un angle, au milieu d'un extravagant mélange de vêtements (foulards, cardigans, jupes, et même un gilet d'homme), se trouvait Traudl. Elle cessa de chanter.

— Vous m'avez apporté quelque chose, aujourd'hui ?

Son visage avait complètement régressé pour n'être plus que celui d'une enfant. Une enfant qui n'avait pas un gramme de graisse sur le corps. La peau blanche qui couvrait son front était plus mince que le gant de cuir le plus fin. Ses tempes étaient creusées. Il s'agenouilla près d'elle.

— Oh, fit-elle en voyant qu'il s'agissait d'un homme, vous voulez me baiser ?

— Où se trouve Eva, Traudl ?

— D'accord, laissez-moi m'asseoir à votre table alors, laissez-moi juste m'asseoir à votre table.

— Tu peux t'y asseoir, mais dis-moi où est Eva.

— Elle est partie.

— Où ça ?

La fille fronça les sourcils mais ne répondit pas. Il tenta de lui passer la main dans les cheveux, mais ils étaient collés ensemble, tout emmêlés. Elle reprit sa chanson.

Des pas dans l'escalier. Le vacillement d'une lumière dans le séjour. Une femme apparut sur le seuil.

— Que faites-vous ? demanda-t-elle d'un ton agressif avant de voir l'uniforme.

— J'essaie de trouver Eva Brücke.

— Frau Brücke a été arrêtée par la Gestapo il y a des mois.

La fille cessa son agaçant refrain.

— Pour quelle raison ? demanda Felsen.

— *Judenrein, judenrein, judenrein,* psalmodia Traudl.

— Hébergement de clandestins. Elle, elle est arrivée quelques jours plus tard. Elle refuse de sortir d'ici, même pendant les raids aériens. Je lui apporte un peu à manger de temps en temps. Mais avec l'hiver qu'on a, il va bientôt falloir qu'elle parte.

Felsen conduisit Traudl à son appartement qui, réquisitionné par l'Organisation Todt, était rempli de travailleurs œuvrant sur les chantiers de construction de Speer. Il remit toutes ses cartes de rationnement et un peu d'argent à l'une des femmes qui s'y trouvait et lui confia Traudl. Ensuite, il ordonna au chauffeur de le conduire dans la Wilhelmstrasse et prit à l'hôtel Adlon une chambre d'un luxe absurde.

Dès huit heures trente le lendemain, il se trouvait au 8 Prinz Albrechtstrasse, assis dans le bureau du SS Sturmbannführer Otto Graf. En attendant qu'on leur apporte le dossier, Graf goûtait l'une des cigarettes de Felsen.

— Quel intérêt portez-vous à cette affaire, Herr Sturmbannführer ?

— Je la connaissais.

— Intimement ?

— Depuis des années elle tenait des clubs et des bars à Berlin. Beaucoup de gens la connaissaient.

— Mais vous, comment la connaissiez-vous ?

— Je la connaissais suffisamment pour savoir qu'elle refusait de se laisser connaître.

— Peut-être... Vu ce qu'elle faisait, ça se comprend.

— Je la connaissais avant la guerre. Elle a toujours été comme ça.

Le dossier arriva. Graf regarda la photo et se souvint d'elle. Il tourna les pages.

— Oui, oui, je vois le genre. L'air de quelqu'un qui va se briser comme un crayon le premier matin et, au bout de trois semaines, elle ne nous a rien révélé. Ce n'est pas que...

— Trois semaines ?

— Un cas d'une gravité extrême. Elle faisait sortir des juifs en toute illégalité. Elle les envoyait à Gothenburg, dans des wagons remplis de meubles.

— Et au bout de trois semaines ?

— Elle a eu de la chance. Si le juge du tribunal avait été Freisler, elle aurait eu droit à la pendaison. En l'occurrence, elle a été envoyée à Ravensbrück, pour le restant de sa vie.

Felsen offrit une nouvelle cigarette, qui fut acceptée. C'étaient des américaines, des Lucky Strike rapportées de Lisbonne. Il donna le paquet à Graf, plus un autre qu'il sortit de sa poche. Il affirma qu'il pouvait lui garantir une cartouche, deux cartouches. Graf hocha la tête.

— Revenez à l'heure du déjeuner, j'aurai un permis de visite qui vous attendra.

Il ne fut pas difficile de trouver une auto, mais il lui fallut tout l'après-midi et deux cartouches de cigarettes supplémentaires pour se procurer l'essence nécessaire. Il aurait pu prendre le train jusqu'à Fürstenberg mais quelqu'un lui avait expliqué que la gare était loin du camp et qu'il n'y avait pas toujours moyen de s'y rendre.

Le soir, il alla sur l'arrière du bâtiment du Reichstag rasé par les flammes pour acheter quatre tablettes de chocolat au marché noir. Il ne dormit pas beaucoup cette nuit-là mais, allongé sur le lit luxueux de l'hôtel Adlon, il but beaucoup trop et sa poitrine se gonfla de rêves de sauvetage. Il se voyait grimpant avec Eva les marches qui menaient à l'avion, sur l'aéroport de Tempelhof, et s'envolant loin de la capitale éventrée par les bombes, à destination de la mer bleue, du large Tage et d'une vie nouvelle à Lisbonne. Jamais, dans sa vie d'adulte, il n'avait été aussi proche des larmes, des larmes engendrées par une émotion.

Le lendemain matin était sans nuages ; le paysage, tout au long des soixante kilomètres vers le nord, figé dans la glace et saupoudré d'un givre blanc, dur comme le fer, que le soleil d'hiver rasant ne réchaufferait jamais de ses rayons. Les globes oculaires de Felsen le brûlaient, ils étaient piquetés de lignes rouges. Une chaleur aigre lui rongeait le ventre, mais il parvenait quand même à ressentir un peu de l'héroïsme de la nuit précédente. Il se gara à l'extérieur du camp et fut introduit derrière les murs de barbelés dans un périmètre composé de baraquements bas. On le conduisit dans l'un d'eux où on le laissa seul avec quatre rangées de bancs en bois. Le temps passa. Des heures entières. Aucun autre visiteur ne vint. Il s'assit sur un banc et, pour profiter de sa chaleur, il se déplaça avec le soleil qui pénétrait par la fenêtre.

À midi, une gardienne entra dans la pièce, vêtue d'une capote grise et d'un calot. Il se leva pour protester mais vit qu'elle était suivie d'une silhouette en tenue rayée de prisonnière, environ trois fois trop grande pour elle, avec un triangle vert sur la poche de poitrine. La gardienne ordonna à la prisonnière au crâne rasé de s'avancer le long des bancs dans la direction de Felsen. Celle-ci marcha comme un soldat à l'exercice.

— Vous avez dix minutes, annonça la gardienne.

Felsen n'était pas préparé à ça. L'apparence de la prisonnière était tellement loin de celle des êtres humains qui se trouvaient de l'autre côté de l'enceinte en barbelés qu'il n'était pas certain que son langage soit le même. Il lui fallut une demiminute entière pour reconnaître les vestiges d'Eva Brücke, propriétaire de boîtes de nuit à Berlin, dans ce crâne en papier mâché gris, décharné. Un instant, il avait pensé que cette prisonnière allait le mener à Eva... blonde, avec sa peau blanche, fumant une cigarette quelque part à l'intérieur du camp.

— Tu es venu, dit-elle d'un ton monocorde avant de s'asseoir à ses côtés.

Il tendit sa main robuste. Elle croisa sur ses genoux des

pattes de singe noircies et fripées. Il cassa un bout de chocolat qu'elle engloutit en entier et avala. Il se consuma en elle instantanément.

— Tu sais, je faisais des rêves dans lesquels mes dents tombaient. Des cauchemars. Les gens me disaient que c'était parce que je m'inquiétais à cause de l'argent. Mais je savais que ce n'était pas pour ça. L'argent n'a jamais eu tellement d'importance pour moi. Ce n'est pas comme toi. Je savais que j'étais pétrifiée de terreur à l'idée de perdre mes dents parce que j'avais vu toutes ces femmes édentées dans les villages, avec leurs visages qui se creusaient de l'intérieur, leur beauté disparue, leur personnalité anéantie. Il m'en reste huit, Klaus, je suis encore humaine.

— Qu'est-il arrivé à tes mains ?

— Je fabrique des uniformes toute la journée, tous les jours. C'est la teinture.

Elle regarda la main de Felsen toujours tendue vers les siennes, puis son visage. Elle secoua la tête.

— Je vais...

— C'est ma pause-déjeuner, Klaus, l'interrompit-elle avec sauvagerie. Donne-moi encore du chocolat, c'est tout ce qui m'intéresse. Pas d'espoir, pas de promesses et certainement pas de sentiments. Seulement du chocolat.

Il cassa un autre morceau qu'il lui tendit.

— Et je ne vais pas non plus te faire perdre ton temps. Je suppose que tu es venu pour avoir une explication. Oui, tu m'as bien vue cette nuit-là à Berne. Ce porc de Lehrer... il était tellement mauvais perdant. Je t'avais mis en garde contre lui, non ?

— Pourquoi Lehrer ?

— Je le connaissais. Je l'ai connu avant toi, des années avant. Il a fréquenté tous mes clubs. Ça m'a surprise que vous ne vous soyez jamais rencontrés avant. Une nuit, il m'a demandé si je connaissais quelqu'un capable de parler plusieurs langues, bon en affaires et susceptible de réussir. Et tout s'est parfaitement organisé. Toi, lui, et ce que je faisais. Tu devrais t'estimer heureux. S'il ne t'avait pas envoyé à Lisbonne, tu serais probablement à Dachau. C'était une solution... Lehrer te faisait disparaître du paysage et mes relations avec lui signifiaient que l'on ne me surveillait pas de trop près.

— Mais pourquoi ne me l'as-tu pas dit ?

Il était en colère. Il regarda son visage dévasté, les cratères proéminents de ses orbites, les dents jaunes qui lui restaient, noircies par le chocolat fondu, les veines qui saillaient sur sa tête rasée, les balafres dues aux coupures du rasoir dans le duvet qui se formait sur son crâne fin comme de la porcelaine. Et elle vit qu'il était en colère.

— Encore du chocolat.

Elle ne prit pas la peine de répondre à la question de cet homme en uniforme de SS, l'homme qui avait été le *Förderndes Mitglied* des SS, qui avait fabriqué des attelages pour les SS, bon sang, celui qui avait acheté du tungstène pour eux de telle sorte que la machine de guerre des nazis puisse continuer à avancer comme la foudre. Pourquoi ne le lui avait-elle pas dit, à cet homme-là ?

Il cassa un autre bout de chocolat.

— Ne t'imagine pas que c'était du courage de ma part, Klaus. Tout est arrivé par hasard... après ce qu'il était advenu de ces deux filles juives. Tu t'en souviens ? Je t'ai *tout* raconté, celles que j'avais envoyées à Lehrer et à son ami. Ça représentait un risque, pour moi, de te raconter ça... un risque que je n'ai pas répété quand j'ai vu...

Elle se tut, reprit le contrôle d'elle-même.

— Alors j'ai fait sortir de Berlin les deux autres filles juives que j'avais et voilà, je me suis retrouvée impliquée. Il y en avait de plus en plus qui venaient me voir et je ne pouvais pas les renvoyer. J'étais devenue un maillon de la chaîne.

— Plus qu'une minute, annonça la gardienne.

— Quand tu as vu quoi ? insista Felsen.

— Rien.

— Dis-le-moi.

— Quand j'ai vu que tu ne te sentais pas concerné.

— Je vais parler à Lehrer, déclara-t-il très vite pour ne pas être obligé de réfléchir trop longtemps à ce qu'elle venait de lui dire.

— Tu ne comprends donc pas, Klaus ? C'est Lehrer qui m'a envoyée ici. Il s'est débarrassé de moi. J'étais devenue gênante pour l'Obergruppenführer. La seule personne qui puisse me faire sortir d'ici est le Reichsführer Himmler en personne. Alors ce n'est même pas la peine d'y penser. Encore du chocolat.

Il lui donna les trois tablettes qu'il avait dans sa poche et qui disparurent sous sa tenue de prisonnière. Elle se leva et il l'imita. Elle se mit au garde-à-vous. Il prit l'arrière de son crâne de bébé dans le creux de sa main. Elle eut un mouvement de recul brutal sous l'effet de la surprise et se tourna pour lui échapper.

— Visite terminée, lança la gardienne.

Eva regagna la porte au pas de gymnastique et, sans un regard en arrière, sortit droit dans le soleil hivernal. Ce fut la dernière fois qu'il la vit.

20.

24 juillet 1944, hôtel Riviera, Gênes, Italie du Nord

Felsen était allongé sur le lit, les fenêtres de sa chambre grandes ouvertes, le soleil se déversant sur le plateau du petit déjeuner et sur son corps. Il était épuisé et somnolent comme un chien sur la place du village. La main qui tenait la cigarette pesait vingt kilos, il devait consentir un effort pour la porter de sa poitrine à sa bouche. Il se sentait flotter tel un ballon de défense antiaérienne, relié au sol par le fil fin d'un câble.

Cela faisait seize mois qu'il travaillait sans relâche, avec une seule interruption. Cette pause lui avait été octroyée pour pouvoir rentrer à Berlin et être témoin de la destruction totale de l'usine Neukölln Kupplungs Unternehmen lors du raid aérien du 24 mars 1944. Speer n'allait même pas tenter de lui redonner vie. Elle était rasée.

La seule raison, selon lui, qu'avait eue Lehrer de le faire revenir pour cette triste cérémonie funèbre était de lui montrer ce qu'il était advenu de la capitale du Troisième Reich. Depuis le ciel, la cité lui avait donné l'impression d'être la même, à l'exception de diverses colonnes de fumée. Mais quand l'appareil avait effectué sa descente vers l'aéroport de Tempelhof, il avait vu qu'aux endroits où se dressaient toujours des murs, les immeubles n'étaient plus que des squelettes, sans fenêtres, éventrés, sans toit. Ils n'accueillaient plus de locataires. Tout le monde vivait sous terre. La ville avait été retournée : ruches en dessous, catacombes au-dessus.

Il avait marché dans les rues couvertes de décombres, dépassé les pompiers de quatorze ans qui essayaient encore de maîtriser les foyers allumés plusieurs nuits auparavant : les rues jonchées de rails de tramway arrachés, de câbles aériens, de tuyaux d'alimentation et d'évacuation des eaux, dont les extrémités étaient écrasées et obstruées par des autobus retournés et des tramways calcinés, ressemblaient à des platées de pâtes. Il avait été obligé de se déplacer à pied : pas de S-Bahn, pas de U-Bahn, pas d'essence. Il avait marché jusqu'au 8 Prinz Albrechtstrasse pour poser au Sturmbannführer Otto Graf une question qu'il ne voulait pas faire transiter par une ligne téléphonique. Contre une cartouche de Lucky Strike, Graf lui avait révélé qu'Eva Brücke était morte le 19 janvier. Quand il était reparti de Berlin par la voie des airs, cet après-midi-là, il n'avait pu imaginer une seule raison de revenir un jour.

Lehrer lui avait promis que son travail changerait, mais jusqu'à la fin avril 1943, il s'était occupé uniquement de faire sortir en contrebande du tungstène du Portugal. Au début du mois de mai, cependant, il avait commencé à transporter des lingots. Son premier convoi avait consisté à conduire quatre camions contenant plus de quatre mille kilos d'or de la frontière suisse à Madrid où il les avait déposés à la Banque Nationale d'Espagne. Il avait répété l'opération à deux reprises en juin. Début juillet, pour la première fois depuis l'ouverture de la campagne du wolfram, il avait escorté un convoi jusqu'au Portugal et déposé trois mille quatre cents kilos d'or dans les coffres de la Banco de Oceano e Rocha. Quatre cent quatre-vingts kilos avaient été vendus à la Banco de Portugal pour acheter des escudos, le reste expédié par bateau à la Banco Alemán Transatlántico de São Paulo, au Brésil. Puis était venue la bataille de la percée de Koursk et, le 13 août 1943, il avait rencontré Lehrer à Rome.

L'Obergruppenführer avait perdu dix kilos en trois mois, son visage était rouge en permanence mais pas desséché par le soleil. Ils étaient allés dans un restaurant où Lehrer avait englouti jusqu'au dernier grain de nourriture présent dans son assiette et consommé deux bouteilles et demie de vin rouge avant de s'attaquer à la grappa. À trois ou quatre reprises, il avait eu une grimace de douleur et avait enfoncé ses doigts dans son estomac. Après avoir fumé toutes ses cigarettes, il avait fumé celles de Felsen.

— Nous avons perdu Koursk, avait-il dit.

— Je l'ai appris. Nous avons vécu quelques journées noires à Lisbonne.

— La guerre a fini par arriver là-bas, alors ? avait remarqué Lehrer d'un ton désagréable.

— Poser s'est tiré une balle.

— Pas dans la tête, j'espère. Ça ne l'aurait pas tué.

— Et le tungstène ? demanda Felsen.

Lehrer avait hurlé, indigné au point que Felsen avait dû serrer le poing pour conserver son calme.

— On l'emmerde ! Vous ne comprenez donc pas ce que Koursk signifie ? Koursk signifie que nous ne sommes plus une armée qui se déploie derrière des tanks. Finie, la *Blitzkrieg* ! Nous ne pourrons jamais remplacer les Panzers que nous avons perdus à Koursk. Les Soviétiques ont ouvert une nouvelle usine à Tcheliabinsk, les nôtres sont détruites jour après jour par les bombardiers alliés. L'Armée rouge est à quinze cents kilomètres de Berlin. Ce n'est pas de tungstène dont nous avons besoin. C'est d'un miracle, bordel !

— Et les munitions à charge dure ?

— Speer utilise un truc qu'on appelle l'uranium, qui vient d'un projet de bombe spéciale qu'ils ont dû abandonner.

— Est-ce que c'est la fin du wolfram ?

— Pour vous, oui. Abrantes peut en maintenir l'approvisionnement. Votre travail consiste maintenant à sortir le maximum de lingots d'or de Suisse et à les déposer en Espagne et au Portugal. Vous recevrez des instructions.

Durant l'année qui s'était écoulée depuis cette rencontre de Rome, Felsen avait acheminé près de deux cent cinquante camions de lingots entre la frontière suisse et la péninsule Ibérique. De là, l'or partait par bateau à destination de banques en Argentine, en Uruguay, au Brésil, au Pérou et au Chili. Pendant cette période, Felsen était devenu le subordonné en lequel Lehrer avait le plus confiance. Il y travaillait d'arrache-pied. Il ne se satisfaisait pas d'être simplement le collègue de son supérieur, il voulait être ni plus ni moins que son fils. Lorsque Salazar décréta un embargo total sur le tungstène, le 1er juin 1944, le succès de Felsen était total. Quand Lehrer et lui se rencontraient désormais, ils ne se serraient plus la main, ils se donnaient l'accolade. Lehrer se laissait même aller à montrer ses sentiments. Ils s'appelaient par leurs prénoms, Oswald et Klaus. Pour Lehrer, Felsen était devenu la seule parcelle de terrain solide dans une Europe livrée au chaos.

Un coup frappé à la porte le fit jaillir du lit. Il écrasa sa cigarette, enfila une robe de chambre et ouvrit. Lehrer entra avec, sous le bras, un long rouleau noué par un ruban et, à la main, une enveloppe en papier bulle.

— Le camion est chargé, Klaus ? s'enquit-il.

— Il a été descendu sur le pont du *SS Juan Garcia* à six heures ce matin.

Lehrer appuya le rouleau contre le mur et posa l'enveloppe sur la table. Il piocha dans le petit déjeuner de Felsen. Il avait regagné les kilos perdus et pris la mesure de son ulcère au cours de l'année écoulée.

— Je suis inquiet, dit-il en aspirant bruyamment la surface du café. Les Américains vont nous attaquer d'un jour à l'autre sur la Côte d'Azur.

— Le pavillon du bateau est espagnol, et les Américains ont d'autres chats à fouetter. Qu'y a-t-il dans ce rouleau ?

Les sourcils noirs de Lehrer tressautèrent.

— Un Rembrandt. Jetez un coup d'œil dans l'enveloppe.

Felsen en déversa le contenu sur le lit : des photos de Lehrer, Wolff, Fischer et Hanke, ainsi que des renseignements les concernant.

— Vous savez ce qu'il faut faire. Papiers, passeports, visas pour le Brésil. Je veux que vous acquériez une propriété au Portugal, quelque part près de la frontière. Pas dans les régions d'extraction du wolfram où vous êtes connu, plus au sud, peut-être. Il paraît que c'est un désert là-bas.

— L'Alentejo. Nous y sommes allés pour acheter du liège. Il y a des domaines sur la frontière. Vous n'auriez que la Guadiana à traverser. Mais pour y arriver depuis Berlin...

— Ça va être un joli chaos, vous pouvez me croire...

— Et le Rembrandt ?

— Il part avec vous dans le camion. Vous le garderez dans les coffres de la Banco de Oceano e Rocha, avec l'or.

Felsen abaissa le regard sur le lit. Les photos, les renseignements personnels.

— Alors, cette fois, c'est la bonne, Oswald ?

— La dernière.

— Vous avez prévu une escorte à Tarragone ?

— Pas d'escorte. Personne ne doit être au courant de ce convoi. Pas plus les Espagnols que les Portugais.

— Vous voulez que j'introduise le tout en fraude au Portugal ?

— Vous avez dû passer plus de dix mille tonnes de wolfram au fil des ans, pourquoi pas deux tonnes et demie d'or ?

— Et après ?

— Vous attendez.

— Combien de temps ?

— Ça, je ne peux pas le savoir. Si le Führer capitulait, ça pourrait être demain, mais il ne le fera pas. Il ne peut pas.

— Pourquoi ?

— Vous avez lu les documents qui accompagnent ce chargement d'or ?

— Je ne lis plus rien depuis longtemps. Je me suis contenté de les signer.

— Vous n'avez pas remarqué l'origine des trois colis ?

— Non.

— Lublin, Auschwitz et Majdanek.

— De l'or polonais.

— On peut le définir de cette façon.

— Je ne comprends pas bien.

— Mon élève le plus doué, fit Lehrer en secouant la tête. On ne trouve pas de mines d'or dans ces villes-là. L'or national polonais a été retiré de Varsovie il y a longtemps.

Felsen resta muet.

— Lisbonne est restée très loin de cette guerre, poursuivit Lehrer. Personne ne vous a parlé de la solution finale. Ce n'est pas un sujet de conversation lors des dîners à Lapa. Cet or vient des juifs. Leurs montres, leurs lunettes, leurs bijoux, leurs dents.

— Leurs dents ? répéta Felsen en passant sa langue sur ses propres molaires.

— Le Führer ne capitulera pas parce qu'il sait, même dans sa folie, que le monde n'acceptera pas l'anéantissement systématique du judaïsme européen qu'il a organisé. Nous allons tous devoir tomber les armes à la main.

Le 15 août 1944, l'opération Dragon débuta par le débarquement de troupes américaines en France sur la Côte d'Azur. À cette date-là, deux mille sept cent quatorze kilos d'or provenant des bijoux et des dents des juifs, et une toile de Rembrandt roulée, attendaient dans les coffres de la Banco de Oceano e Rocha, sur la Rua do Ouro, dans le quartier de la Baixa à Lisbonne. Il faudrait encore neuf mois à l'Obergruppenführer Lehrer pour venir les réclamer.

21.

11 mai 1945, Quintas das Figueiras, Alentejo, Portugal

La ferme était immense, située à quinze kilomètres du village le plus proche par une piste d'ardoise et de boue séchée propre à briser les châssis d'automobiles. Hormis l'occasionnel berger errant venu pour tirer de l'eau au puits au plus chaud de l'été, personne ne s'aventurait en ce lieu. La maison occupait le sommet d'une légère élévation de terrain, dans un paysage vallonné parsemé de chênes-lièges et d'oliviers. La façade est de la bâtisse dominait le confluent de la Lucefecit et de la Guadiana. Elle abritait une vaste terrasse en carreaux de terre cuite, ceinte d'un muret et de sept figuiers. C'était à l'ombre de ces arbres, dans leur fraîcheur parfaite, que l'on s'asseyait pour contempler le fleuve qui, au-delà de l'orangeraie close de murs, disparaissait dans une gorge rocheuse en direction du sud et de l'Atlantique.

Il faisait chaud. Non pas cette chaleur torride de l'été qui surgissait quand quelqu'un laissait ouverte la porte de la fournaise saharienne, mais suffisamment chaud pour que, passé midi, les oiseaux gardent le silence, les moutons baissent la tête et se rassemblent sous l'ample ramure des chênes-lièges. On pouvait percevoir l'arrivée d'une voiture une heure à l'avance, et les habitants du coin tendaient l'oreille car les véhicules étaient rares dans cette région isolée.

Felsen et Abrantes roulaient dans un camion de trois tonnes à travers un champ de coquelicots rouge sang, fauchant les fleurs qui montaient jusque sur l'arrière de la *quinta.* Ils transportaient quinze jours de provisions, des conserves, quarante litres de vin dans des bonbonnes de cinq litres, une caisse de cognac, une de porto, quatre valises de vêtements, un tas de draps et deux Walther P48 qu'ils avaient glissés sous le siège du conducteur. Entre eux était posée une mallette contenant des papiers d'identité et des passeports pour quatre hommes, quatre liasses bien tassées de billets de mille escudos et un sac en velours renfermant vingt-quatre diamants bruts. Felsen essayait de fumer mais le camion se cabrait avec une telle violence sur les ornières du champ qu'il ne parvenait pas à insérer la cigarette entre ses lèvres. Il était dix-huit heures trente.

Ils atteignirent la cour en terre tassée, sur l'arrière de la *quinta*, et reculèrent jusqu'à la porte de la cuisine. Felsen tourna la clé dans la serrure et ouvrit en grand. Il fut accueilli par la fraîcheur de cette demeure aux murs épais. Ils déchargèrent la cargaison, rentrèrent le camion dans la grange sur le côté. Abrantes prit deux cruches en terre cuite pour aller les remplir au puits. Felsen emporta les draps dans les profondeurs fraîches et sombres de la maison. Il traversa la grande salle à manger au plafond voûté, ouvrit une porte à deux battants qui menait dans un couloir de trois mètres de large desservant huit chambres, quatre de chaque côté.

Fenêtres et volets étaient fermés dans toutes les pièces. Seuls des rais de lumière intense étaient visibles à leur pourtour. Les murs avaient un demi-mètre d'épaisseur ici aussi, et tous les plafonds étaient cintrés. Felsen répartit la literie dans les quatre chambres du côté est et les deux dernières côté ouest. Au bout du large couloir se trouvait un crucifix qu'il redressa sur le mur.

Retirant un poteau de bois épais, inséré de part et d'autre dans des trous creusés à même les murs, il ouvrit un jeu de portes qui reliait la salle à manger à la terrasse. Il s'arrêta au milieu de celle-ci, laissa le soleil le réchauffer à travers sa chemise moite. Alluma une cigarette et entendit un cliquetis métallique qu'il était impossible de confondre avec aucun autre. Il se tourna pour découvrir un homme qu'il ne reconnut pas mais dont il sut aussitôt qu'il s'agissait d'un Allemand, debout près des portes, un revolver dans la main gauche.

— Bonsoir, dit-il. Je suis Felsen. Nous ne nous sommes jamais rencontrés.

L'homme était plus massif que lui. Il avait un aspect brutal avec ses paupières à demi fermées et son nez cassé.

— Schmidt, fit-il avant de sourire.

Un éclat de rire s'éleva sous les figuiers, suivi d'une voix connue.

— Schmidt est très orienté sécurité, Klaus. Nous sommes heureux de le compter parmi nous.

Lehrer, Hanke et Fischer, tous trois vêtus de chemises sans col, de gilets et de pantalons noirs, émergèrent de sous les feuilles vertes et denses des figuiers. Felsen donna l'accolade à chacun d'eux.

— Où est Wolff ?

— Il est là, annonça Wolff qui fit son apparition aux côtés de Schmidt.

Il poussait Abrantes devant lui au bout du canon d'un Mauser.

— Je ne vous attendais pas avant plusieurs jours, déclara Felsen.

— Nous avons pris un départ anticipé, déclara Lehrer, ce qui déclencha un éclat de rire chez les autres. Nous avons passé deux nuits dans la grange.

— Vous avez des nouvelles d'Allemagne ? demanda Hanke.

— Weidling s'est rendu à Berlin le 2 mai. Jodl face à Eisenhower le 7 et Keitel à Joukov le lendemain.

— Parce qu'une seule reddition ne suffisait pas ? s'étonna Hanke.

— Et le Führer ? s'enquit Wolff.

— On pense qu'il est mort, mais la situation est assez confuse. Le corps n'a pas été retrouvé.

— Il reviendra, prédit Wolff, que Lehrer regarda avec scepticisme.

— Je vous ai acheté des vêtements neufs, si vous souhaitez vous changer pour le dîner.

— Non, non, répliqua Lehrer, nous sommes très heureux d'être des fermiers après dix jours déguisés en prêtres. Mangeons. Depuis quarante-huit heures nous ne nous nourrissons que de figues pas mûres et nous crevons de faim.

Après le dîner, ils restèrent assis autour de la table, portes ouvertes sur la terrasse. Ils buvaient tous du cognac ou du porto, à l'exception de Schmidt qui ne buvait pas mais gardait la main gauche posée sur son revolver et caressait avec la droite la fracture de son nez.

Felsen leur avait distribué les papiers d'identité qu'ils inspectaient à la lumière diffuse des bougies.

— Est-ce que Schmidt a apporté des photos ? demanda Felsen comme si l'intéressé ne se trouvait pas dans la pièce.

Schmidt sortit de son gilet un paquet qu'il lança sur la table.

— Ça pourrait me prendre plusieurs semaines pour les avoir, dit Felsen.

— Nous ne sommes pas pressés, répondit Lehrer. Nous goûtons cette paix. Vous ne pouvez pas avoir idée du chaos qu'il nous a fallu endurer.

Les cinq hommes hochèrent la tête solennellement. Felsen remplit les verres et scruta leurs visages pour voir comment cette épreuve les avait marqués. Les yeux de Hanke s'étaient enfoncés davantage dans sa figure, ses sourcils avaient viré au gris de même que la barbe épaisse qui couvrait ses joues creuses. Les poches sous les yeux de Fischer s'étaient ravinées et ses joues à vif, parcourues d'affluents rouges, avaient perdu de leur rigidité. Wolff n'avait plus son aspect d'adolescent de quarante ans, sa chevelure blonde se dégarnissait sur le dessus, ses yeux s'étaient entourés de rides et deux lignes profondes reliaient ses narines aux coins de sa bouche. La tête de Lehrer était entièrement blanche, ses cheveux coupés court, au ras du crâne, comme une jeune recrue. Il avait perdu du poids, beaucoup de poids, et la peau flasque pendait sur son visage et sous ses mâchoires jusqu'à son cou. Curieusement, ses sourcils étaient toujours noirs. Tous étaient fatigués mais la nourriture et la boisson leur avaient redonné vie de telle sorte qu'ils ressemblaient maintenant à des retraités partis pour une excursion estivale dans la ville d'eaux voisine.

Ils burent jusqu'à minuit. Ils burent jusqu'à ce que Hanke, Fischer et Wolff partent en titubant, suivis par le vigilant Schmidt. Abrantes, que la conversation des Allemands ennuyait, était allé se coucher à dix heures. Felsen et Lehrer sortirent sur la terrasse avec une lampe tempête et une autre bouteille de cognac. Ils allumèrent des cigares dont la fumée stagnait avant de se dissiper dans la nuit discrètement parfumée par les ultimes fleurs d'oranger encore présentes sur les arbres du jardin clos.

— Ça a marché, dit Lehrer en inspectant les braises au bout de son cigare. Ça a marché magnifiquement. Merci, Klaus.

— S'il y a une personne qui n'a pas à me remercier, c'est vous, Oswald, répondit Felsen en adoptant le même sentimentalisme.

— Il est important de remercier les gens, reprit Lehrer en

oscillant un peu sur sa chaise. Vous avez toujours été très attentif à montrer votre gratitude, déjà à l'époque de Neukölln Kupplungs. C'est ainsi que j'ai entendu votre nom pour la première fois. C'est l'une des raisons pour lesquelles je vous ai choisi.

— Et cet homme, Schmidt, pourquoi l'avez-vous choisi ?

— Schmidt était membre de la Gestapo et c'est un catholique fervent. Son confesseur a joué un grand rôle dans notre plan. Nous avons transité par le Vatican.

— Son manque de sang-froid pourrait attirer l'attention sur vous. Il faut qu'il apprenne à se détendre.

— *Ach*, je sais... mais il est bon d'avoir quelqu'un qui fait preuve de prudence à votre place. Les gestapistes ont l'esprit soupçonneux.

Lehrer engloutit une lampée de cognac qu'il fit tourner dans sa bouche avant de l'avaler. Il laissa ses bras choir de part et d'autre, le verre et le cigare pendant dans le vide, la tension s'échappant de son corps. Il aspirait l'air chaud nocturne, prêtait l'oreille aux grillons dont la stridulation scandait les nuits les plus longues et aux grenouilles dont les bavardages éructés rappelaient ceux d'ivrognes qui n'écoutent jamais rien et se moquent de tout.

— Combien de temps allez-vous rester au Brésil ?

Lehrer réfléchit en faisant rouler son cigare entre ses lèvres.

— Deux ou trois ans, peut-être plus.

— Tout sera retombé d'ici un an. Les gens ressentent un ardent désir de reprendre une vie normale.

La tête de Lehrer pivota lentement à la lumière sautillante de la lampe. Ses yeux noirs ne brillaient plus, comme si l'énergie qui avait pu les habiter les avait abandonnés définitivement.

— Rien ne sera plus normal après cette guerre.

— On disait la même chose après la dernière. Tous ces hommes qui avaient péri pour des étendues de boue insensées.

— Souvenez-vous de ce que je vous ai confié à propos de l'origine de l'or, prononça Lehrer d'une voix lasse, si calme qu'il aurait pu reposer sur son lit de mort. Il faut se défier de certains noms : Treblinka, Sobibor, Belzec, Kulmhof, Chelmno...

De cette même voix calme, Lehrer lui enseigna son ultime leçon. Il lui parla des convois de chemin de fer, des wagons à bestiaux, tous reliés entre eux par des attelages fabriqués à Neukölln Kupplungs Unternehmen. Il lui parla de la sélection, des douches collectives au Zyklon B, et des fours. Il lui parla de nombres, le nombre des personnes entassées dans un seul wagon à bestiaux, le nombre de wagons, le nombre tatoué sur l'avant-bras, le nombre d'individus qui pouvaient tenir dans les douches, le nombre qu'ils pouvaient passer au four crématoire dans une journée. Et il lui répéta le nom de ces lieux afin qu'il s'en souvienne.

— Je vous ai raconté ces choses parce que cela pourrait prendre au moins cinq ans avant que le monde n'oublie, et que durant cette période, tout lien établi avec les SS sera extrêmement dangereux. Si vous avez l'intention de rester ici... et il n'y a aucune raison pour vous en empêcher... vous devez garder le silence sur ces événements et, quand ils seront mentionnés, ne prononcez pas une parole.

C'était précisément l'attitude de Felsen qui fumait son cigare en sirotant son verre. Lehrer se leva, chassa le passé d'un mouvement d'épaules. Il enfonça ses mains au creux de ses reins, rejeta la tête en arrière pour lever le regard vers le ciel clair nocturne.

— Il est tard. J'ai trop bu et j'ai besoin de dormir.

— Prenez la lampe, Oswald. Elle vous sera utile pour trouver votre chambre.

— Je dors bien, ici. La paix qui y règne est sublime.

— Bonne nuit.

— Vous allez vous coucher aussi ?

— Dans un moment. Je n'ai pas encore sommeil.

Lehrer rentra dans la maison en boitillant. Ses pieds continuaient à le faire souffrir mais ils ne lui annonçaient plus rien. Felsen entendit le léger déclic du loquet quand l'Allemand ouvrit et referma la porte de sa chambre. Il demeura assis une heure dans les ténèbres, ses yeux parvenant progressivement à distinguer les feuilles des figuiers, le tracé du muret et les champs au-delà. Il occulta le bruit des insectes, écouta le craquement des solives au fur et à mesure que le toit refroidissait, le ronflement régulier qui lui parvenait par une fenêtre ouverte.

Il se baissa pour passer sous les branches des figuiers, franchit le muret. Ôta un fragment d'ardoise de la structure en pierres sèches, en exhuma un paquet enveloppé dans du tissu. Il contenait un couteau de chasse ainsi qu'un autre, à lame plus courte, destiné à trancher la colonne vertébrale des animaux. Il était deux heures trente du matin.

Felsen revint dans la maison et ouvrit la porte de la deuxième chambre côté ouest. Abrantes attendait près de la fenêtre ouverte. Felsen lui tendit le couteau doté de la lame courte puis traversa le couloir vers la première chambre, qui résonnait des ronflements de Fischer. Il était étendu sur le dos, le cou parfaitement exposé. Felsen y plongea la lame sans la moindre hésitation, coupa la trachée, sentit que la pointe rencontrait les vertèbres. Les yeux de Fischer s'ouvrirent en grand, sa bouche s'élargit en quête d'air. Felsen rejeta les couvertures, enfonça la lame jusqu'à la garde sous les côtes. Il ressortit de la pièce. Abrantes qui, d'un seul coup porté au cortex cérébral, venait de livrer Hanke à un sommeil plus profond l'attendait. Felsen lui indiqua la chambre de Schmidt, à l'extrémité de la maison.

Lui-même poussa la porte de Wolff et sut aussitôt qu'il se passait quelque chose d'anormal. Le panneau s'entrebâilla mais refusa d'aller plus loin. Il donna un violent coup d'épaule, ce qui fit racler le lit sur le sol, s'insinua dans les trente centimètres d'espace dégagés. Wolff sortit du sommeil, la main déjà crispée sur la crosse de son Mauser. Le poing de Felsen fendit l'air et le frappa sur le côté du cou. La tête de Wolff alla cogner contre le mur blanchi à la chaux mais cela ne l'empêcha pas de tirer un coup de feu qui sembla éventrer le toit de son rugissement colossal. Se saisissant de la main qui tenait l'arme, Felsen plongea la lame du couteau de chasse dans le haut de la cage thoracique. Elle ne perfora que le poumon. Il la retira d'un coup sec, enfonça à nouveau le fer qui rencontra l'os et tomba bruyamment sur le sol. Il arracha le pistolet à l'étreinte faiblissante de son adversaire, qui s'agrippa à lui. Wolff hoquetait, crachant un liquide noir sur le cou et la poitrine de Felsen. Ce dernier appliqua le canon sur le ventre du blessé et tira à deux reprises. Le corps tressauta sous l'impact des balles mais les mains ne lâchèrent pas prise et tous deux s'écroulèrent sur le lit, épuisés comme des amants. Felsen se libéra, sortit de la pièce en chancelant et s'avança vers la chambre de Lehrer.

— Il n'y est pas, siffla Abrantes depuis l'autre côté du couloir.

Il désigna la pièce de Schmidt.

— La fenêtre était ouverte et il n'était pas à l'intérieur.

— Avant ou après le coup de feu ?

— Il n'était pas là, répondit Abrantes qui semblait égaré.

— Trouve-le.

— Où ?

— Il est dehors. Trouve-le.

Soudain, les traits d'Abrantes surgirent de l'ombre à la lumière jaune et huileuse de la lampe tempête. Lehrer se tenait devant eux, en tricot de corps et caleçon. Il tenait un Walther PPK dans sa main droite.

— Que se passe-t-il ?

Il n'était nullement abruti par le sommeil, mais totalement réveillé et investi de son ancienne autorité.

— Hanke, Fischer et Wolff sont morts. Schmidt n'est pas dans sa chambre, répondit Felsen sans prendre le temps de réfléchir.

— Et lui ? demanda Lehrer en tournant son pistolet d'un geste brusque vers Abrantes qui tenait dans le prolongement de sa main le couteau à lame courte. Et vous ? Votre chemise.

Le torse de Felsen était noir du sang qui avait jailli des plaies de Wolff. Les deux hommes se regardèrent. Les yeux de Lehrer s'élargirent d'horreur quand il comprit.

Son arme n'était pointée ni sur l'un ni sur l'autre. Felsen abattit son poing sur le Walther PKK et une balle partit en ricochet par la porte qui béait sur la chambre de Schmidt. Ensuite il fit feu sur Lehrer avec le Mauser de Wolff, visant le bas de son corps dans le seul but de l'atteindre, sans prendre la peine de relever le canon pour s'assurer que le tir serait fatal. L'Obergruppenführer s'écroula aussitôt dans un cri. Son arme glissa sur le sol. La lampe tempête se brisa, la paraffine explosa en flammes jaunes.

Lehrer poussa un rugissement, recroquevillé dans la position du fœtus, les mains crispées sur son genou en sang. Des flammes léchaient ses chevilles, ses tibias et son caleçon. Felsen l'enjamba pour ramasser le pistolet. Poursuivant sur son élan il pénétra dans la chambre, arracha les draps et étouffa les flammes. Lehrer serrait les dents pour retenir ses cris. Le couteau à la main, Abrantes se tenait au-dessus de lui. Felsen lui tendit l'arme du SS et lui dit de trouver Schmidt.

Il saisit Lehrer sous les aisselles, le traîna dans le séjour. Des hurlements de souffrance s'élevèrent tout du long. Il alluma les bougies sur la table, le souleva pour l'installer sur une chaise. Lehrer s'avachit en avant, hoquetant de douleur. L'une de ses jambes était grièvement brûlée, les chairs noircies et boursouflées. L'autre avait été touchée par le projectile en dessous de la rotule. Felsen s'assit en face de lui, le Mauser chaud posé entre eux. Il s'empara du cognac et de deux des verres qui avaient servi, les remplit, en fit glisser un vers Lehrer.

— Buvez, Oswald. Ça vous aidera à tenir durant les dix minutes à venir.

La tête de Lehrer se redressa. La sueur causée par ses souffrances et par l'effort suintait sur le côté de son visage, les larmes ruisselaient sur ses joues. Il but. Felsen lui remplit son verre.

— Il y a de la morphine dans ma chambre.

— Ah bon ?

— Une petite trousse en cuir, près de la fenêtre. Il y a une seringue et quatre ampoules.

— Pourquoi vous avez ça ?

— Au cas où, vous savez.

Felsen ne réagit pas. Il alluma une cigarette.

— Je n'imaginais pas, compte tenu de votre connaissance approfondie de la douleur, que vous la redouteriez.

— Près de la fenêtre... une trousse en cuir.

Felsen s'adossa à son siège et fuma. Lehrer émettait des grognements réguliers, comme s'il était constipé.

— Qu'y a-t-il eu de pire, Oswald ?

— Allez me chercher la morphine, Klaus, je vous en prie.

— Dites-moi ce qu'il y a eu de pire.

— Je ne sais pas.

— Comment ça ? Il y a eu trop de douleurs, ou bien il y en a eu une qui était vraiment trop atroce ?

— Je ne vous comprends pas.

— Je veux juste savoir s'il y a eu une chose qui vous a fait souffrir personnellement.

— Ayez seulement la bonté de me tuer, Klaus. Je ne vais pas jouer à ce...

— Pas avant que vous n'ayez essayé.

Felsen alluma une autre cigarette, la tendit à Lehrer qui la prit et se cacha le visage au creux du coude, comme un écolier qui doit affronter un examen épouvantable.

— Je vais vous mettre sur la voie, Oswald, reprit Felsen en buvant une gorgée de cognac. Une femme, une prostituée, avait mis un peu d'argent de côté et avait ouvert un club. Guère plus qu'un bordel, avec de l'alcool et des attractions minables, mais un lieu qui avait du succès auprès des militaires parce que cette femme parvenait toujours à répondre aux demandes particulières de ses clients... À votre tour, Oswald.

Lehrer releva la tête, stupéfait de se trouver dans pareil endroit. D'un geste de la main, il renversa le verre de cognac. Felsen le redressa et le remplit. Lehrer tenta de porter la cigarette entre ses lèvres. Felsen l'y aida.

— Un jour, elle reçut un appel téléphonique d'un Gruppenführer qui lui demandait de lui envoyer deux filles juives à une adresse au bord de la Havel. On fit entrer les filles dans une magnifique pièce dotée d'un haut plafond et offrant une vue sur le lac par de grandes fenêtres. Deux officiers se tenaient dans la pièce. Le Gruppenführer et son supérieur. Les filles reçurent l'ordre de se déshabiller entièrement puis de remettre leur manteau. Le supérieur du Gruppenführer épingla une étoile de David à chacun des revers. Vous vous souvenez de ça, Oswald ?

Lehrer resta muet. La cigarette se consumait entre ses lèvres. La transpiration continuait de couler.

— On donna une cravache à chacune des filles qui reçurent l'ordre de fouetter les fesses nues de l'officier supérieur. Elles étaient jeunes, pas très fortes, et comme les cravaches étaient trop courtes on les remplaça par des cannes. Quand elles lui eurent strié les fesses de marques, elles reçurent l'ordre de se mettre à genoux et, le pantalon autour des chevilles, l'officier SS leur logea une balle dans la tête à toutes les deux.

— C'est la vérité ? demanda Lehrer comme s'il avait rêvé la scène.

— Vous y étiez. Vous l'avez vu. Vous l'avez raconté à Eva. Il fallait bien que vous lui expliquiez ce qu'il était arrivé à ses filles. C'est pour cette raison qu'elle a commencé à héberger des clandestins. Et la Gestapo lui a rendu visite un jour.

— Ha ! fit Lehrer en se penchant à la lumière des bougies. C'est donc de ça qu'il s'agit. D'Eva Brücke. Vous êtes un sentimental, Klaus ?

— C'est vous qui avez ordonné son arrestation.

— Schmidt m'a appris ce qu'elle faisait. Je n'avais pas le choix.

— Et ça, c'est la vérité ? demanda Felsen.

— Vous n'avez pas besoin de justifier ce que vous êtes en train de faire. Vous n'avez pas besoin d'essayer de rendre vos actes plus nobles. Tuez-moi et prenez l'or, Klaus. Vous le méritez. Vous avez su être meilleur que moi. Mon choix était trop réfléchi, et trop bon.

Ils restèrent encore assis plusieurs minutes en silence. Felsen demeurait insatisfait, souhaitait tirer davantage de la situation. Lehrer fixait la lumière vacillante de la bougie en fumant une nouvelle cigarette. Un coup de feu déchira la nuit. L'écho de la détonation se répercuta au-dessus de la terrasse. Felsen prit le Mauser et contourna la table. Il se pencha sur Lehrer comme un garçon de restaurant plein de sollicitude. L'entoura de son bras et le hissa sur ses pieds. Lehrer passa un bras autour de son cou. Ils s'éloignèrent dans la nuit fraîche, traversèrent la terrasse, dépassèrent les épaisses feuilles vertes et rugueuses des figuiers, franchirent la brèche dans le mur puis prirent une piste creusée d'ornières pour s'enfoncer dans un pré d'herbes et de fleurs qui s'étaient refermées pour la nuit. Au bout de cinquante mètres à peine, les jambes de Lehrer se dérobèrent et Felsen le laissa glisser sur le sol où il resta allongé sur le flanc, pantelant et clignant des paupières tel un animal blessé recroquevillé sur lui-même. Felsen appuya le canon sur sa tempe et tira une fois. L'arme eut un brusque recul, la secousse ébranla le corps. Celui-ci eut un hoquet soudain comme si quelque chose qui se trouvait à l'intérieur attendait de sortir.

Felsen revint vers la maison avec, aux narines, la fraîcheur précédant l'aube. Abrantes l'attendait en buvant du cognac, le visage maculé de saleté et de sueur.

— Tu as trouvé Schmidt ?

Abrantes fit oui de la tête.

— Il était où ?

— Près du fleuve.

— Tu l'as abattu.

— Il est dans l'eau... je l'ai lesté avec des pierres.

Felsen alla au camion, en revint avec une pelle et une pioche. Dans la salle à manger, il tendit la pioche à Abrantes puis but du cognac au goulot. Abrantes cracha dans ses mains. Ils sortirent sur la terrasse au moment où les premières lueurs transformaient les ténèbres.

Deuxième partie

22.

Samedi 13 juin 199-, Rua Actor Taborda, Estefânia, Lisbonne

Il faisait sombre dans l'appartement du professeur, ce qui m'avait donné l'impression que la journée était plus avancée qu'elle ne l'était en réalité. Je traversai le Largo Dona Estefânia, avec sa fontaine où Neptune montait ses deux dauphins pour l'éternité, puis me dirigeai vers la Rua Almirante Reis et la station de métro Arroios. Les rues étaient vides, sans aucune circulation. Les grands arbres se dressaient, immobiles dans la chaleur du soir, pas un seul enfant ne courait dans le parc Arroios, pas un seul duo de vieux messieurs ne jouait aux cartes, on n'apercevait que des pigeons. Comme si la population locale savait quelque chose que j'ignorais et avait précipitamment quitté la ville.

J'appelai Carlos sans succès, lui fis transmettre que j'allais dans l'Alfama parler avec Jamie Gallacher.

J'ôtai ma veste, suivis le long couloir en mosaïque de la station de métro désertée et attendis un quart d'heure dans le tunnel éclairé par les néons. Les haut-parleurs diffusaient de la musique en sourdine. Je ne la reconnus pas et, de toute façon, le grondement et le sifflement d'un train qui se dirigeait vers le nord l'interrompit. Je m'imaginais rencontrant Luísa Madrugada en d'autres circonstances, mais aucune des conversations que j'engageais avec elle n'allait bien loin car je n'aspirais qu'à retourner dans cette pièce de son appartement envahie de pénombre. Que pouvait représenter une autre femme après dix-huit ans ? Une odeur, un shampooing, un parfum, une transpiration autres ?

Un souffle d'air déferla dans le tunnel, chassant des relents de garnitures de frein brûlées. Lorsque j'entrai dans le compartiment vide, la musique se fit plus reconnaissable. Al Green. Il chantait *I'm so Tired of Being Alone.* Pourquoi pareilles coïncidences se produisent-elles ? Je regardai mon reflet brouillé, deux images légèrement différentes, superposées jusqu'à ce que les portes se referment en ne laissant qu'un contour unique, bien défini, de mon nouveau visage.

Je descendis à Martim Moniz, pris le tramway 12 envahi de touristes espagnols qui parlaient tous comme s'ils entamaient le lendemain une retraite d'un mois chez les frères trappistes. La rame soufflait en grimpant péniblement la colline abrupte. Je descendis avant d'être arrivé, marchai jusqu'au Largo das Portas do Sol pour prendre l'air et peut-être une bière, et pour regarder le Tage bleu, aussi vaste qu'une mer à cet endroit, par-dessus les toits rouges de l'Alfama. La horde espagnole me suivit, entra dans le café où j'avais prévu d'aller et, à eux tous, ils commandèrent une cinquantaine de consommations. Le barman enregistra le tout sans sourciller.

Je rebroussai chemin, suivis la Rua das Escolas Gerais jusqu'au coin et descendis dans l'entrelacs de ruelles que constitue l'Alfama. Le vieux quartier arabe ne sentait pas très bon après la nuit de la Santo António, une nuit pendant laquelle on avait fait griller puis mangé cinq cent mille sardines. Jamie Gallacher vivait juste en dehors du Beco do Vigário, au-dessus de la boutique d'un barbier dans laquelle un grand-père se prêtait à son rasage hebdomadaire, étendu sur une vieille chaise hydraulique en cuir noir. Son petit-fils aux cheveux en brosse se tenait à côté de lui, intéressé par le spectacle, et le vieux monsieur touchait de sa main la chemise du garçon, se souvenant d'un temps où il était jeune.

Je montai un escalier à peine assez large pour mes épaules, frappai à la seule porte de l'étage. Jamie Gallacher mit un certain temps à venir m'ouvrir. Il n'était pas rasé et ses cheveux ressemblaient à un matelas éventré. Son tee-shirt de Led Zeppelin délavé était froissé, son boxer-short chiffonné, emmailloté autour de son entrejambe. Il tenait dans la main gauche un joint qui n'était pas allumé. Il avait un œil à moitié collé par le sommeil.

— Ouais ? fit-il en anglais avec un très léger accent écossais. Qui êtes-vous ?

— Police, répondis-je en lui montrant ma plaque.

Il cacha le joint dans le creux de sa main, décolla sa paupière.

— Entrez donc, proposa-t-il poliment pour se faire excuser. Désolé pour le désordre, ça a été un peu arrosé hier soir.

Chaque centimètre carré de la pièce était couvert de bouteilles de vin et de bière vides, de verres et de tasses en plastique remplis de mégots, de cendriers empilés et de paquets de cigarettes vides. Les tableaux accrochés aux murs piquaient du nez. La moquette était tachée de frais. Un chaton furetait dans les décombres, à la recherche de quelque chose qui ne soit pas alcoolisé.

— Je vais m'habiller, je suis à vous dans une seconde.

Il prit le chaton dans ses bras et quitta la pièce. Des voix s'élevèrent plus loin dans l'appartement. Je suivis le même trajet jusqu'à une porte, dans le couloir, qui était entrebâillée. Une fille nue, à la volumineuse chevelure bouclée, était assise en tailleur sur un matelas posé par terre. Elle roulait un joint et ne semblait absolument pas inquiète. Un pied à la peau noire s'avança lentement sur sa cuisse et l'orteil frotta contre sa toison pubienne. Elle inspira intensément.

— Bordel de merde ! s'écria Jamie en ouvrant à la volée la porte pour sortir.

Le propriétaire du pied était affalé sur le matelas, les yeux à peine entrouverts. La fille caressait la jambe noire. Jamie claqua la porte derrière lui.

— Bandes d'emmerdeurs.

— Des amis à vous ? lui demandai-je en anglais.

— Je ne peux même pas dormir dans mon propre lit sans que des inconnus viennent y baiser toute la journée et toute la nuit.

Nous retournâmes dans le salon. Jamie se mit à la recherche d'un mégot fumable dans les cendriers. Il en trouva un, l'alluma et eut une grimace.

— Où avez-vous dormi ?

— À l'endroit où je me suis écroulé.

— Racontez-moi ce qui est arrivé hier, après le lycée.

— Je suis revenu ici vers les cinq heures, j'ai pioncé pendant quelques heures.

— Seul ?

— Oui, seul. Je n'ai pas de copine en ce moment.

— Ça remonte à quand, la dernière fois que vous en avez eu une ?

Il tira une bouffée. Son visage se crispa et il plongea le reste du mégot dans un verre à moitié rempli de vin où il s'éteignit avec un sifflement.

— C'est ce que j'appellerais une question plutôt inhabituelle, inspecteur Coelho. Zé Coelho. Un nom de circonstance, pour un inspecteur. Jeannot Lapin. Vous y aviez déjà pensé ?

— Parlez-moi de votre copine.

— Ça dépend de ce que vous appelez une copine. J'ai couché avec une fille hier soir, mais ce n'était pas ma copine.

— Où ?

— Quoi ?

— Votre lit était occupé... où avez-vous couché avec elle ?

Il s'appuya contre le mur, croisa les jambes au niveau des chevilles, se gratta la joue avec un ongle.

— Dans la salle de bains. Elle s'est mise à genoux sur la cuvette des toilettes. Je n'en suis pas fier, inspecteur, mais comme vous tenez à le savoir, voilà.

— On vous a vu quitter le lycée avec Catarina Sousa Oliveira hier après-midi, vers quatre heures et demie.

Un grognement syncopé nous parvint de la pièce voisine.

— Nom de Dieu ! cria Jamie en tapant contre le mur. Je les ai prévenus que j'avais ces p... la police ici et tout.

— Je vous écoute, monsieur Gallacher. Quatre heures et demie hier... que s'est-il passé ?

— Mais c'est quoi, ce bordel ? Pourquoi vous voulez que je vous parle de Catarina ? Vous êtes dans quelle branche de la police ?

— Répondez à la question, monsieur Gallacher.

— On parlait, c'est tout, bordel de Dieu.

— De quoi ?

— J'essayais de la persuader de venir à la fête.

— Afin qu'elle améliore son anglais ?

Il se remit à fouiller dans les cendriers. Je lui donnai une cigarette. Il s'assit sur la seule chaise disponible et se courba sur ses cuisses. La tension semblait monter à côté. La peau claquait sur la peau. Jamie regarda derrière son épaule puis de nouveau à terre. La fille poussait des cris.

— Je débarque au milieu des retombées de votre soirée, Jamie. J'ai une assez bonne idée de ce qu'il a pu s'y passer. Alors pourquoi vous ne me parlez pas de ce qu'il y avait entre Catarina et vous, et de ce que vous aviez en tête ?

— Je la fréquentais.

— Vous la fréquentiez. Est-ce la même chose que connaître quelqu'un au sens biblique du terme ?

— Bordel, pour un flic, vous parlez vachement bien anglais. D'accord, je couchais avec elle.

— Est-elle déjà restée la nuit entière ?

Il respira à fond.

— Je l'ai vue très régulièrement pendant six mois, jusqu'à il y a deux semaines. Et non, elle ne restait pas la nuit. Jamais.

— Vous lui avez déjà donné de l'argent ?

Il me regarda du coin de l'œil.

— Quand elle me demandait de lui en prêter, oui.

— Et elle le rendait ?

— Non.

— Que s'est-il passé il y a deux semaines ?

Le couple d'à côté atteignait le terme du voyage : l'homme grognait et soufflait comme si quelqu'un l'arrosait d'eau froide, la fille gémissait.

— Je lui ai dit que je l'aimais.

— Pour vous, alors, c'était plus qu'une histoire de cul ?

— C'était le pied au lit. On s'éclatait ensemble.

— Mais en plus vous parliez.

— Bien sûr.

— De quoi ?

— De musique.

— De trucs personnels ?

— C'est personnel, la musique.

— Et la famille, les relations, les amis... les sentiments, les émotions ?

Il ne répondit pas.

— Elle parlait de ses parents ?

— Seulement pour m'avertir qu'elle devait rentrer.

— Comment a-t-elle réagi quand vous lui avez déclaré que vous étiez amoureux d'elle ?

— Rien.

— Aucune réaction ?

— *Nada.*

— Vous n'avez pas été déçu ?

— Bien sûr que si, putain !

— Revenons-en à vendredi après-midi. Vous êtes devant le lycée, vous parlez. Vous venez de lui demander d'assister à votre fête. Que fait-elle ?

— Elle a refusé. Elle m'a dit qu'elle devait rentrer à

Cascais. Que ses parents l'attendaient. Je lui ai demandé de les appeler, de les prévenir qu'elle voulait rester en ville pour aller à la *festa de Santo António* dans l'Alfama. Elle n'avait pas envie. Je lui ai répété que je l'aimais et elle a commencé à s'éloigner. Je l'ai attrapée par le poignet. Elle s'est dégagée brusquement.

— Où étiez-vous, à ce moment-là ?

— Juste au-dessus du lycée, sur Duque de Ávila.

— Seuls ?

— Oui. La plupart des autres élèves étaient partis ou traînaient au coin de la rue.

— Et ?

Il se massa le front et tira une bouffée prolongée sur l'une de mes ex-cigarettes.

— Je l'ai frappée.

— Avec quoi ?

— Je l'ai giflée.

— Comment a-t-elle réagi ?

— Ben... c'était bizarre, putain... parce qu'elle m'a juste souri. Elle n'a pas porté la main à sa joue. Elle n'a rien dit. Elle a juste souri.

— Comme si elle pensait : « C'est comme ça que tu m'aimes ? »

Il fit oui de la tête, sans y croire.

— J'ai craqué. Je lui ai dit que j'étais désolé. Je lui ai demandé de me pardonner. Tout ça...

— Qu'a-t-elle fait ?

— Elle a tourné les talons et elle s'est tirée dans la rue. Je me suis effondré contre une voiture. L'alarme s'est déclenchée. Elle ne s'est pas retournée. Quand elle est arrivée au coin, à la hauteur des feux, une voiture s'est arrêtée. Elle est descendue du trottoir, elle a parlé avec le conducteur pendant une minute, le feu est passé au vert, elle est montée et la voiture a démarré.

— Parlez-moi de cette voiture.

— Je n'y connais rien, en voitures.

— Vous n'en avez pas ?

— Je n'ai même pas le permis.

— Commençons par le commencement. Elle était petite ou grosse ?

— Grosse.

— Foncée ou claire ?

— Foncée.

— Un bouchon de radiateur ?

— Elle était tout au bout de la rue.
— D'après vous, elle connaissait le conducteur ?
— Je n'en sais rien.
— Ils ont discuté combien de temps exactement ?
— Merde. Moins d'une minute. Quarante secondes environ.
— D'où venait la voiture ?
— Quelque part dans la rue, je ne sais pas. Cette putain d'alarme sonnait, vous savez, et j'étais mal.
— Il va falloir faire un effort, monsieur Gallacher.
— Je ne sais pas si je peux, bordel.
— Il va le falloir et je vais vous y forcer. Vous allez m'accompagner à la *Polícia Judiciária* pour consigner vos propos par écrit.
— Putain, vous allez m'obliger à faire une déposition ? Qu'est-ce qu'il se passe ?
— Catarina est morte, monsieur Gallacher. Elle a été tuée hier après-midi vers six heures et je veux savoir si vous êtes le coupable.
Il n'en donnait pas l'impression. On aurait cru qu'une trappe venait de s'ouvrir sous ses pieds et qu'il tombait dans un abysse. Quand il se leva, ses jambes tremblaient.
— Et les deux, là ?
— Ils partent.
J'allai dans le couloir, ouvris la porte à la volée. L'homme était allongé sur le dos, comme anéanti, il respirait toujours bruyamment, luisant de sueur dans la pièce où l'air était saturé. La fille était sur le ventre, les jambes écartées. Je leur expédiai leurs habits avec le pied. La fille se retourna, les joues enflammées, les yeux dans le vague.
— Vous deux, dehors !

23.

15 avril 1955, bureau d'Abrantes, Banco de Oceano e Rocha, Rua do Ouro, Baixa, Lisbonne

— L'absinthe dévore le cerveau, déclara Abrantes.

Tout à coup, il savait absolument tout sur tout. Son succès dans la fraternité du monde des affaires lisboète lui montait à la tête. Felsen but une nouvelle gorgée du liquide vert contenu dans son verre et observa les régiments de parapluies noirs, dans la rue fouettée par la pluie, en contrebas. Il était dix heures du matin et c'était sa seconde absinthe de la journée. Il porta les doigts à sa tête en se demandant à quel endroit la corruption allait attaquer en premier et pourquoi Abrantes l'avait tiré de son appartement avant midi.

Déjà deux semaines que Felsen était rentré d'Afrique, où il avait passé la plus grande partie de la décennie écoulée à ouvrir des succursales de la banque à Luanda, en Angola, et à Lourenço Marques, au Mozambique. Il avait le moral au plus bas, comme toujours quand il remettait le pied en Europe. Berlin avait été isolée par les rouges, le rideau de fer rouillait sur place, divisant le continent par le milieu, et la totalité de la péninsule Ibérique était pour ainsi dire coupée de ses amarres et dérivait dans l'Atlantique avec, à la barre, Salazar et Franco, deux fous qui faisaient claquer au vent leurs vieux drapeaux fascistes. Les grands empires volaient en éclats. Les Anglais avaient perdu l'Inde. Les Français avaient perdu le Maroc, la Tunisie et l'Indochine, cette débâcle culminant dans l'humiliation de Diên Biên Phu, en mai de l'année précédente. Le pouvoir planétaire était passé aux mains des Américains alors que les Européens tournaient leurs regards vers les nations qui composaient le continent, sinistrées par le coût de la guerre, ongles arrachés et sanglants à la suite de leur ultime tentative pour s'accrocher à leur position dominante sur la planète. Aux yeux de Felsen, tous ces pays empestaient la mort, l'odeur corrompue du déclin. Et pour chasser cette puanteur de ses narines, en même temps que le second café du matin il laissait le mince filet vert de l'absinthe couler dans son verre.

Après la guerre, les alliés étaient entrés au Portugal. Les Américains s'étaient installés dans le vieux *palácio* de Lapa qui avait abrité la légation nazie. Felsen et Abrantes avaient eu de la chance. Leurs mines de tungstène s'étaient vu apposer les sceaux, mais le minerai avait peu de valeur. Leurs stocks de liège, d'huile d'olive et de sardines en conserve avaient été confisqués parce qu'ils étaient perçus comme de futures marchandises allemandes. Mais la banque, avec sa curieuse structure directionnelle, avait survécu à plusieurs tentatives de geler ses avoirs menées par les représentants des alliés. Les liens entretenus par Abrantes avec le gouvernement de Salazar les avaient sauvés. Lorsque la guerre avait pris fin, l'industrie du bâtiment avait connu une forte expansion au Portugal et Abrantes avait été présent autour de la table, ignorant tout de cette branche d'activité mais rien de ce qui concernait les pots-de-vin. Des hauts fonctionnaires du ministère des Travaux publics recevaient des lotissements où ils voyaient pousser des maisons, leurs fils obtenaient à la mairie de Lisbonne des postes qu'ils ne méritaient pas comme urbanistes et architectes municipaux, et tous avaient soudain commencé à trouver la vie davantage à portée de leur bourse. La Banco de Oceano e Rocha avait créé une société immobilière, une filiale dans le bâtiment, elle facilitait les projets d'amis et leur gagnait la protection des plus hautes instances du gouvernement.

Et l'or était toujours là, à dix mètres sous les pieds de Felsen, entreposé dans les chambres fortes souterraines, avec les voitures de la Rua do Ouro qui roulaient au-dessus d'eux dans un bruit de tonnerre.

Abrantes en était à sa troisième demi-tasse de café très noir de la matinée. Il fumait désormais le cigare.

— Ils n'ont pas encore achevé de bâtir ta maison ? demanda-t-il à Felsen tout en sachant bien que si.

— Tu as sans doute besoin de mon appartement pour une de tes maîtresses, répondit l'Allemand avec une causticité qui lui était venue vite ce matin.

Abrantes tirait sur son cigare. Il avait connaissance d'un fait que Felsen ignorait. Il leva les yeux au plafond en quête d'inspiration. Une tache s'y déployait à la suite des pluies hivernales et des averses d'avril. Elle était grosse et large dans l'angle où une fente la traversait comme une rivière, puis près de la rosace centrale elle s'affinait selon une forme qui rappelait l'Argentine et la Terre de Feu.

— Est-ce que tu as repensé au Brésil ? demanda-t-il.

— Tu peux récupérer l'appartement, Joaquim. Je vais le libérer, je t'assure. Il n'y a pas de problème.

Ils échangèrent un sourire contraint.

— Le Brésil est une étape naturelle, insista Abrantes. Nous aurions peut-être dû commencer par là. Les Brésiliens...

— Nous ne connaissions personne là-bas... et ça n'a pas changé.

Abrantes tira une bouffée ostentatoire, prenant un immense plaisir à se montrer supérieur. Il souffla la fumée avec affectation.

— Je t'écoute, fit Felsen d'un ton d'ennui.

— Tu as toujours été l'Allemand qui parlait portugais avec un accent brésilien. C'est comme ça qu'on m'a parlé de toi la première fois.

— Je te l'ai expliqué, c'est une Brésilienne qui m'a enseigné le portugais, à Berlin.

— Susana Lopes. C'était bien son nom ?

Une image traversa l'esprit de Felsen : Susana refermant ses jambes derrière ses genoux pour plaquer son pubis contre le sien. Il se racla la gorge. Son pénis grossit dans son pantalon.

— Je t'ai parlé d'elle ?

Abrantes eut un hochement de tête négatif. Nous y voilà, pensa Felsen.

— Je ne crois même pas t'avoir dit son nom.

— J'ai reçu un coup de téléphone hier soir. Susana Lopes est à la recherche de son vieil ami Klaus Felsen qui, a-t-elle appris, est devenu directeur de la Banco de Oceano e Rocha.

Le cœur de Felsen bondit et il dut consentir un effort pour se radosser à son fauteuil.

— Où est-elle ?

— Une femme absolument charmante, ajouta Abrantes en jouant avec son coupe-cigare.

— Elle est ici ?

— Nous avons parlé du Brésil.

— Est-ce que je t'ai raconté comment je l'ai rencontrée ?

— Non. Mais elle, oui.

— Elle travaillait dans un club...

Sa voix hésita lorsqu'un immense fragment d'histoire complexe se détacha du glacier de sa mémoire pour ébranler son esprit tout entier.

— Ce genre de fille connaît tout le monde, poursuivit Abrantes.

— Quoi ? demanda Felsen, encore pris dans l'avalanche.

— Elle semble avoir bien réussi là-bas. Elle est propriétaire d'un club sur la plage, dans un domaine qui se trouve à l'extérieur de São Paulo. Un lieu appelé Guarujá.

— Tu n'as pas chômé.

— Ils sont différents de nous, les Brésiliens. Ils aiment parler, s'amuser, ils regardent toujours en avant. Les Portugais, enfin, tu sais comment ils sont.

Il battit des mains dans les airs en indiquant les rafales de pluie, la rue sombre, la tache qui s'épanouissait au plafond. Felsen se réinstalla au fond de son siège. Il en avait assez de divertir Abrantes. Son associé vit que le jeu était terminé.

— Je lui ai dit que tu allais la retrouver pour déjeuner... à Estoril... hôtel Palácio.

Felsen était assis dans la salle à manger de l'hôtel Palácio. Il portait un costume bleu pastel et une cravate en soie jaune. À l'extérieur, la lumière s'assombrissait et s'éclaircissait au fur et à mesure que les nuages crevaient dans le ciel de plus en plus dégagé, apportant des giboulées qui traversaient les jardins à la hâte et malmenaient les palmiers de la place. Il se sentait pris d'un haut-le-cœur, puis d'une fringale, et à nouveau d'un haut-le-cœur. Sa vie lui revenait par vagues, en énormes rouleaux océaniques déferlant avec violence. Il engloutit un nouveau verre de vin blanc et tendit la main vers la bouteille, déjà aux trois quarts vide dans le seau à glace. En commanda une deuxième.

Il observa toutes les femmes qui s'installaient jusqu'à ce qu'il en repère une qui se dirigeait vers lui sans s'arrêter en chemin. Elle était plus grande que dans son souvenir. Sa jeunesse s'en était allée : les longs cheveux noirs soyeux étaient coupés court, la minceur de liane de la jeune fille qui approchait de sa vingtième année s'était étoffée et avait été remplacée par ce qu'un Américain aurait appelé une certaine

« classe ». Elle portait une robe blanche pimpante, près du corps, à l'échancrure carrée, qui donnait une impression de qualité, et ses cuisses gainées de nylon émettaient un froissement qui ressemblait à l'appel de la femelle. Les têtes masculines devaient consentir un effort pour ne pas regarder dans sa direction. Susana était consciente de l'effet produit. Elle l'avait prémédité.

Felsen se leva. Le serveur arriva avec une nouvelle bouteille de vin. Susana et lui effectuèrent un pas de danse l'un autour de l'autre, s'embrassèrent, s'assirent, rapprochèrent leurs sièges.

— Cela fait combien de temps ? demanda Felsen, un instant décontenancé.

— Quinze ans...

— Non, non, seize, je crois.

Il s'en voulut aussitôt de cette précision toute germanique. Il leva son verre. Ils trinquèrent et burent sans se quitter des yeux.

— D'après mon associé, tu as très bien réussi, commença-t-il.

— C'est seulement ce que je lui ai raconté.

— Tu as *l'air* d'avoir réussi.

— Je reviens de Paris où j'ai acheté des vêtements.

— Ce qui constitue une preuve.

— J'ai eu de la chance. J'ai de bons amis. Des hommes riches en quête d'un endroit où aller...

— ... pour fuir leurs femmes ?

— J'ai beaucoup appris à Berlin. D'Eva. Elle m'a enseigné tout ce que j'avais besoin de savoir. Est-ce que tu la vois toujours ?

Le nom d'Eva le frôla tel un animal sauvage fonçant dans la nuit, le laissant tout étourdi, secoué. La salle à manger s'assombrit. La pluie griffa les vitres, fit tourner les têtes dans la pièce.

— Elle est morte pendant la guerre.

Susana secoua la tête.

— On a su qu'il y avait des bombardements.

— Tu es partie juste à temps.

À l'aide d'une pince en argent, le serveur déposa un petit pain sur une assiette proche de Susana.

— Alors qu'as-tu appris d'Eva ?

— Ce que veulent les hommes.

Elle n'en révéla pas plus. Felsen commença à penser qu'elle

en avait appris bien davantage, l'art du non-dit, par exemple. Il en ressentit de l'excitation.

Le garçon apporta les menus. Ils choisirent instantanément.

— Tu as perdu ton accent brésilien, remarqua-t-elle.

— Je suis resté longtemps en Afrique.

— Où tu faisais quoi ?

— La banque. Les minerais. Le bois.

— Tu devrais venir au Brésil. Vous n'y êtes pas encore installés, si ?

— Nous y pensons.

— Eh bien, je serai sur place... si vous avez besoin d'aide.

— Avec tes amis, compléta-t-il, mais elle lui sourit sans lui fournir spontanément les renseignements qu'il désirait connaître.

La bisque de crabe arriva. Ils la dégustèrent à petites cuillerées. La pluie arrachait les pétales des roses dans les jardins.

— À Berlin, as-tu rencontré quelqu'un qui s'appelait Lehrer ? Oswald Lehrer.

Elle posa son verre. Le garçon emporta leurs assiettes creuses.

— Je ne l'aimais pas. Il avait des goûts extrêmements déplaisants.

— Il m'a confié une mission ici, pendant la guerre. Il savait que je parlais portugais.

— Ça, c'était sa manière de faire. Il aimait toujours tout savoir.

Une pièce de turbot en sauce blanche apparut devant elle, un steak d'espadon devant Felsen. Il s'aperçut qu'il avait envie de fumer, de boire, de manger et de tout ce qui est humainement possible encore. Susana ouvrit son poisson. Felsen rompit son pain. Ils venaient d'évoquer ce que leur passé avait en commun. Chaque souvenir associé au plaisir et à la douleur. Il se sentait soudé à elle par de nombreux points.

— Tu es superbe, Susana.

— Même après deux enfants, fit-elle en l'étudiant pour voir sa réaction.

— Tu es mère.

— Mais pas épouse. Et toi ?

Il posa ses couverts, écarta les mains.

— C'est bien ce que j'avais pensé.

— Pourquoi ?

— Un costume bleu pastel et une cravate jaune ne correspondent pas, pour moi, à l'image d'un papa.

Il sourit. Elle rit. Le soleil pénétra dans la pièce tels les projecteurs d'un théâtre réglés. Ils commandèrent à nouveau du vin et parlèrent des deux enfants qu'elle avait laissés avec sa mère à São Paulo. Elle ne s'attarda pas sur l'absence du père.

Ils prirent le café dans un autre endroit de l'hôtel et Felsen fuma un des petits cigares fins, marron clair, qui avaient la préférence de Susana. Sans prononcer un mot ils montèrent à sa chambre. Elle ouvrit la porte. Ils s'embrassèrent. Elle porta la main à son pantalon, une étreinte ferme et experte.

Il se déshabilla, fut entièrement nu avant qu'elle n'ait ôté ses sous-vêtements. Il se jeta sur elle, les jarretelles frottant contre ses cuisses. Ils firent l'amour avec une urgence à peine moindre que celle qu'ils manifestaient seize années auparavant. La seule différence, après que Felsen se fut immobilisé dans un frisson, fut qu'elle repoussa la tête de son partenaire vers son ventre puis l'attira à elle. Il n'était pas très sûr. Il ne l'avait jamais fait. Mais elle le maintint là jusqu'à ce qu'il la sente trembler entre ses mains.

Susana avait encore une semaine devant elle. Elle avait voulu se rendre à Berlin mais n'avait pu obtenir de visa, ce qui lui laissait du temps libre à Lisbonne. Ils partagèrent l'essentiel de ces huit jours. Felsen s'installa à demeure dans la chambre de l'hôtel Palácio. Ils passèrent beaucoup de temps à se rendre dans la maison qu'il s'était fait construire, la résidence la plus occidentale de tout le continent européen : entre elle et l'océan ne s'étendaient que la bruyère, les ajoncs, les falaises. Au loin se dressait le phare de Cabo da Roca. Ils marchèrent dans les pièces vides qui sentaient encore la peinture et l'humidité empreinte de moisi que prend le plâtre en séchant. Ils achetèrent deux chaises pour s'asseoir sur le toit clos en terrasse où ils burent du cognac et observèrent les orages, au large, les nuages insensés et les couchers de soleil orange et sang. Ils parlèrent. Ils renommèrent la maison : *Casa ao Fim do Mundo*, la maison aux confins du monde. Ensemble ils la décorèrent de meubles provenant de la vente d'un vieux palácio de la Serra da Sintra, Susana relançant follement les enchères pour une paire de divans séculaires couleur de rose qu'ils « baptisèrent » l'après-midi suivant. Ensuite ils restèrent étendus sous des couvertures râpeuses en se confiant mutuellement leurs projets pour, finalement, en élaborer un commun.

Felsen prit un billet à destination de São Paulo sur le même vol que Susana. Il passa un après-midi à discuter en détail avec Abrantes de l'ouverture de la succursale de São Paulo, de la façon dont Susana le présenterait à ses amis, de la manière de lancer l'opération. Tous trois déjeunèrent ensemble le lendemain midi, Abrantes seul d'un côté de la table, impressionné par la Brésilienne et presque jaloux de Felsen.

Le jour du départ, Felsen se réveilla avec une érection dure comme le teck et la tête remplie de plans d'avenir. Il se serra contre Susana et sentit qu'elle se raidissait. Elle se retourna. Il sourit en désignant le monolithe. Elle appliqua une pichenette à son sommet. Le menhir s'effondra.

— Mes petites affaires ont commencé cette nuit, dit-elle. Nous allons être en retard.

Felsen descendit régler la note, qui était colossale, et couvrait plusieurs feuillets. Il rédigea le chèque en pensant à autre chose. Ils expédièrent les bagages dans un taxi et suivirent dans un autre. La journée était claire, ensoleillée et sans vent. La mer, près de la Marginal, était d'un bleu sombre parsemé de moutons. Ils ne parlèrent pas. Susana regardait par la vitre. Felsen tambourinait sur les garnitures du siège, encore piqué au vif par la rebuffade matinale.

À l'aéroport, il se chargea de trouver un porteur pour les bagages. Susana arpentait le trottoir, ses talons claquant sur un parcours géométrique limité. Ils se retrouvèrent dans la file d'attente devant le comptoir d'enregistrement. Susana tendit son passeport à Felsen avant de se mettre en quête des toilettes. Il ouvrit le document, vérifia sa photo, prise quelques années plus tôt, cheveux plus longs, sourcils non épilés. Il feuilleta les pages. Un papier en tomba, qu'il ramassa. C'était le talon d'un billet de retour sur un vol intérieur Francfort-Munich-Francfort en date du 28 mars 1955, il y avait à peine plus de trois semaines. Il le retourna. Un numéro de téléphone était inscrit au dos ; ce n'était pas un numéro local.

Il reporta son attention sur le passeport, découvrit le visa allemand et un tampon d'entrée à Francfort correspondant à la journée du 24 mars. Il y avait un tampon de départ de Lisbonne à côté et, en dessous, ceux du voyage retour, datés du 13 avril. Sur une autre page, les tampons de sortie de São Paulo et d'arrivée à Lisbonne remontant au 20 mars. Pas de visa français. Il étudia à nouveau le numéro de téléphone, réfléchissant avec une rapidité plus grande qu'il n'en avait témoigné depuis un mois. Sortant la note de l'hôtel, il remarqua, cette fois, la somme fabuleuse qui correspondait à la facture de téléphone. Il tourna les feuillets. Sept appels avaient été passés vers un numéro qui correspondait à celui figurant sur le talon du billet.

Il s'approcha de l'un des bureaux de la compagnie aérienne et demanda à utiliser le téléphone. Il appela les renseignements, donna le numéro en s'enquérant du pays auquel il correspondait. La voix féminine lui répondit immédiatement que c'était un numéro brésilien et, au bout d'une minute, qu'il correspondait à l'indicatif d'une ville appelée Curítiba. Felsen sentit sa poitrine tout à coup envahie d'une froideur de cathédrale.

Susana apparut près des bagages, le cherchant des yeux. Il traversa sur des jambes raides le sol ciré à l'extrême. Il lui semblait que les muscles de ses cuisses étaient paralysés par une faiblesse glacée. Elle lui demanda si quelque chose n'allait pas. Il secoua la tête. Ils enregistrèrent les bagages. Le vol était retardé jusqu'à trois heures de l'après-midi. Elle fulmina en silence en récupérant son passeport avec la carte d'embarquement. Ils allèrent au restaurant, s'assirent l'un en face de l'autre. Il régnait autour d'eux la même agitation que dans la tête de Felsen. Il commanda du vin. À l'extérieur, les quatre moteurs à hélice d'un avion-cargo démarraient dans un fracas suivi d'un long hurlement ininterrompu. Susana, qui avait conscience du silence, regardait alentour, ne désirant pas poser les yeux sur l'homme en face d'elle. Felsen se contraignit à la détente, puis il s'adossa à son siège.

— *Saúde !* dit-il en levant son verre avec un entrain forcé.

Elle l'imita.

— Je ne t'ai jamais demandé comment tu m'avais retrouvé.

— Par hasard. Je cherchais le numéro d'un de mes amis dont le nom de famille est Felizardo, le tien était dessous. Je ne pensais pas que ça allait être toi mais j'ai appelé tout de même. Ça n'a pas répondu. Le lendemain, j'étais à Lisbonne, je me suis rendue à l'adresse et j'ai trouvé ton appartement au-dessus de la banque. Le père de mon ami savait qui tu étais. Quand je suis revenue à Lisbonne après mon petit voyage, je t'ai rappelé... à la banque cette fois. On m'a mise en communication avec ton associé.

Il hocha la tête en écoutant cette réponse plausible. Une plausibilité bien étayée, mûrement réfléchie.

— Mais tu n'es pas allée à Paris, n'est-ce pas ?

— Est-ce que c'est... (elle s'interrompit une seconde) un interrogatoire ?

Il posa le talon du ticket sur la table devant elle.

— Je suis allée en Allemagne, confirma-t-elle d'un ton calme tandis que son regard le fuyait.

— Le numéro qui figure au dos correspond à Curítiba, au Brésil. Tu as appelé ce numéro tous les jours depuis que nous sommes au Palácio. C'est celui de qui ? De tes amis ?

— De ma famille...

— Une autre famille que ta mère et tes enfants de São Paulo ?

Le garçon arriva et battit en retraite lorsque Felsen le chassa d'un revers de main.

— Oui, répliqua-t-elle d'un ton de défi.

— Tu ne m'as jamais montré de photo de tes enfants.

Il tendit soudain la main vers son sac. Elle le subtilisa d'un geste vif.

— Tu ne me l'as pas demandé.

— Je te le demande maintenant.

Elle sortit deux photographies et les tint une fraction de seconde devant son visage. Le garçon avait la peau foncée, le type brésilien, mais la fille, quoique possédant un teint sombre, avait les cheveux blonds et les yeux bleus. La bouche de Susana avait adopté un pli méprisant.

— J'ai entendu parler de Curítiba, poursuivit Felsen. Une très importante communauté allemande y est installée. Je sais ce qu'ils ont célébré il y a tout juste trois jours. Le 20 avril, comme chaque année. L'anniversaire du Führer. Ils hissent les couleurs. Qui t'a envoyée, Susana ?

Elle ne répondit pas.

— Je ne vois pas qui pourrait connaître mon existence, à l'exception peut-être d'ODESSA. Il n'est pas exclu qu'ils aient pu faire appel à ses ressources, aux renseignements dont elle dispose. L'*Organisation der SS-Angehörigen*... c'est eux ?

Susana recula sur son siège en levant un menton qui irradiait le mépris.

— La chose la plus importante que j'ai apprise d'Eva, c'est que Klaus Felsen ne réfléchit jamais qu'avec sa grosse queue stupide de Souabe.

Il en fut meurtri au plus vif de sa chair, au plus profond de son être, et la frappa pour avoir prononcé ces paroles. Il la gifla en pleine face de son énorme main ouverte. Le coup retentit avec un bruit de pneu qui éclate. Susana pirouetta sous l'impact et quitta sa chaise, la marque de la main sur sa joue. Ses yeux étaient fixes et noirs, éclatants d'une intensité haineuse. Elle lui marmonna quelque chose entre ses dents. Il aurait aimé la frapper à nouveau tant son humiliation était cinglante, mais tous les yeux du restaurant étaient maintenant braqués sur eux. Il partit récupérer ses bagages.

1er juillet 1955, appartement d'Abrantes, Rua do Ouro, Baixa, Lisbonne, Portugal

Maria Abrantes, en chemisier blanc et jupe bleue, veste de tailleur ouverte, était assise au bord d'une chaise longue côté accoudoir. Elle portait un collier de perles serré autour de son cou empourpré jusqu'au lobe des oreilles par la colère qui allait même jusqu'à infecter ses joues. Elle fumait en écoutant comme elle ne cessait de le faire depuis trois quarts d'heure, croisant, décroisant et recroisant ses jambes toutes les trois ou quatre minutes, attendant que ce qu'il se passait dans la chambre voisine prenne fin.

À trois reprises déjà elle avait pensé que c'en était terminé et s'était préparée, bouche crispée, poings serrés. Mais comme chaque fois ça avait recommencé, elle avait adopté une respiration lente et profonde par le nez, relâché les muscles de ses mâchoires. Dans la main qui ne fumait pas elle tenait une carte semblable à celles que l'on distribuait dans les kiosques à tabac depuis dix ou quinze ans. Elle en frappait le bras de la chaise longue. La carte représentait la photographie d'une actrice qui se faisait appeler Pica mais dont le vrai nom était Arlinda Monteiro. Maria examina pour la centième fois Pica, la blonde décolorée aux grosses lèvres brillantes qui essayait d'avoir l'air d'une Américaine. Elle remit de l'ordre dans sa propre chevelure naturellement blonde comme si cela lui conférait un statut supérieur.

La porte de la chambre s'entrouvrit, se referma. Le pied de Maria Abrantes commença à osciller de bas en haut puis s'immobilisa. Le battant s'ouvrit à la volée sur un rire et Pica, la tête tournée en arrière, entra dans le séjour. Ses hauts talons claquaient sans aucune pitié pour le plancher de bois. Au tout début elle ne vit pas Maria, mais cette présence hostile dans la pièce ralentit la progression des talons. Quand Pica aperçut Maria, ses talons exécutèrent quatre petits pas en retrait et son épaule heurta la demi-porte demeurée fermée qui séparait les deux pièces. Elle lança un coup d'œil dans la chambre, allongea le cou pour générer un semblant de la dignité propre à l'art dramatique, inclina la mâchoire et reprit son périple sur le bois nu du plancher, balançant son sac à main blanc au bout de sa main gauche.

— *Puta*, prononça calmement Maria Abrantes.

Le mot rebondit contre le dos de Pica qui se retourna. Sa poitrine se gonfla. Maria Abrantes espérait qu'elle allait vomir des insultes mais l'actrice ne parvint qu'à émettre un sifflement proche de ceux qu'elle avait dû entendre sur les fauteuils du fond de l'orchestre certains soirs de semaine où le public ne se bousculait pas.

Joaquim Abrantes apparut à la porte de la chambre, détectant qu'une lutte pour la vie se déroulait dans son séjour. Il portait un de ses pantalons gris de costume, une chemise blanche aux poignets déjà fermés par des boutons de manchettes, et tenait entre ses mains une cravate de soie que Maria n'avait jamais vue.

— Qu'est-ce que tu fabriques ici ?

Pica tourna le dos, ses talons crépitèrent sur les lattes du plancher et la porte de l'appartement s'ouvrit dans une rafale de vent et se referma avec un bruit de détonation. Abrantes noua lentement sa cravate. Tout ce que Maria avait répété dans sa tête l'abandonna sous l'effet de la panique, la condamnant au pur dépit et au mutisme.

— Je croyais t'avoir entendu dire que tu étais à Estoril aujourd'hui, poursuivit Joaquim Abrantes.

Il s'écarta du seuil, rentra dans la chambre et revint après avoir enfilé sa veste de costume gris.

— Je...

— Qu'est-ce qui t'a fait revenir en ville ? Des courses ?

Il se comportait comme si Pica n'avait jamais mis les pieds dans l'appartement. Il s'assit dans un siège, devant Maria, tendit les bras pour faire dépasser ses manches de chemise. Ouvrit une boîte en argent posée sur la table, y prit une cigarette qu'il tassa sur le couvercle. L'alluma et s'enfonça dans le fauteuil, inhalant la fumée de manière vulgaire, la bouche hargneuse. Ça la rendit folle.

— Non, ce n'était pas pour faire des courses.

— Oh ?

— C'est parce que je ne supporte plus que les gens d'Estoril parlent des putains que tu reçois ici.

— Ils parlent des putains d'ici, à Estoril ? Je ne crois pas.

— Si. Ils ne disent peut-être pas *putas*, ils disent peut-être... actrices, c'est possible, mais elles se font payer en dîners et en cadeaux exactement comme les prostituées des docks reçoivent de l'argent.

Abrantes se demanda qui l'avait aidée à préparer ce discours. De toute évidence, ces mots ne venaient pas d'elle. Dans les cafés d'Estoril, les gens voyaient peut-être la coupe parisienne des tailleurs qu'elle portait, ses bas nylon américains, les chapeaux venus de Londres, mais *lui*, il voyait la fille de la Beira avec son urne d'eau posée sur la tête.

— Pas toi ? lui retourna-t-il, cette imitation de citadine attisant sa cruauté.

— Je suis ta femme ! cria-t-elle en lui lançant la carte de Pica sur les genoux.

Il la ramassa et la posa sur la table à ses côtés. Il fixa Maria bien en face, de ses yeux d'onyx noir ternes. Elle se figea sur place et se contint.

— Je suis la mère de tes enfants, de tes deux fils, lui lança-t-elle, pensant que cela allait l'attendrir, sans succès.

— J'ai reçu une nouvelle. De la Beira. Il y a deux semaines.

— Il y a deux semaines ? répéta-t-elle automatiquement tandis qu'une ombre étrange s'abattait sur elle telle une tache sur une radiographie pulmonaire.

— Ma femme est morte.

— Ta femme ? fit-elle, momentanément égarée.

— Arrête de répéter tout ce que je dis. Ma *femme* est morte. Tu te souviens d'elle, n'est-ce pas ?

Elle s'en souvenait, effectivement. La vieille sorcière sur la colline, qui avait été expulsée de la maison pour lui laisser la place. Elle hocha la tête.

— Elle est morte. Tu comprends ?

— Je comprends, confirma-t-elle, tandis que cette prise de conscience l'envahissait progressivement comme de la ciguë.

— Je vais me remarier, déclara-t-il en se levant et en s'éloignant d'elle. À la fin de la semaine, je vais annoncer mon intention d'épouser la *Senhora* Monteiro.

Maria lui hurla quelque chose d'incohérent. Il pivota sur

lui-même. Sa tête énorme, lente, plus noire à l'intérieur que celle d'un taureau.

— Et moi ? glapit-elle. Qu'est-ce que je deviens ?

— Tu continueras à t'occuper des garçons à Estoril.

— Comme une nounou ! s'écria-t-elle en se dressant d'un bond. Comme une nounou anglaise !

— Tu es leur mère, répliqua-t-il d'un ton glacial. Ils ont besoin de toi.

— Et toi tu es leur père, hurla-t-elle en tapant du pied, et nous...

Les mots lui manquèrent. Abrantes distingua une étincelle de méchanceté pure au fond de ses yeux. Elle était cramoisie, les poings crispés à hauteur des hanches. Il songea qu'il allait peut-être devoir la gifler pour l'arracher à cette petite crise et s'approcha de deux pas dans cette intention.

— Tu te souviens de Noël 1941 ? lui demanda-t-elle.

Il s'immobilisa sur place en se préparant à lever la main.

— Non.

— Tu étais parti vendre ton tungstène de l'autre côté de la frontière quand le *Senhor* Felsen est revenu en avance et t'a pris la main dans le sac.

— Comment tu peux savoir ça ? Tu n'étais qu'une enfant à l'époque.

— Tu essayais de le tromper, ça au moins je le savais, et il le savait aussi. Je l'ai vu t'attendre toute la journée, furieux...

Elle ralentit délibérément avant d'assener son coup.

— Mais il t'a trompé lui aussi.

— Il m'a trompé ?

— Il m'a violée dans notre lit cette nuit-là et la suivante et...

Elle vit ce que cette révélation lui faisait. Elle vit dans ses yeux l'apitoiement momentané en surface et les muscles du visage qui s'affaissaient. Il était assommé sous l'impact des mots. Elle se sentit soudain forte, trop forte parce qu'elle y prenait plaisir. Elle avança son visage vers lui.

— Manuel n'est pas ton fils, ajouta-t-elle calmement.

Et elle rit. Ce ricanement râpait sa gorge comme des griffes grattant sur du verre. La tête d'Abrantes s'abaissa, ses yeux clignèrent sous son front épais. Les gouffres dans sa tête se remplirent soudain, transmirent les ordres. Son poing se leva lentement et percuta le visage de Maria. Lui écrasa le nez. Elle en sentit l'explosion se répercuter dans tous les os de son crâne et de sa face. Un sang chaud et épais jaillit dans un ruissellement qui recouvrit ses lèvres et dont le goût métallique s'insinua dans sa bouche. Elle tomba, à plat sur les fesses, sa tête porta en arrière sur l'accoudoir de la chaise longue et elle demeura étourdie. Une ample lavallière rouge se déploya sur son chemisier. Elle sentit un second coup venir et parvint à lever les bras. Le poing d'Abrantes projeta le dos de sa main violemment contre sa bouche, lui arrachant les deux dents de devant et lui pulvérisant les phalanges. Elle s'écroula sur le côté en suffoquant, vit le sang dessiner une flaque et imprégner le bord du tapis.

— Tu repars dans la Beira vivre avec les cochons.

24.

Samedi 13 juin 199-, Alfama, Lisbonne

Je fis en sorte qu'une voiture vienne nous chercher pour nous conduire à la *Polícia Judiciária.* J'autorisai Jamie Gallacher à acheter des cigarettes et il fuma tout le long du parcours en jouant avec le taquet de la portière jusqu'à ce que le chauffeur ne puisse plus le supporter. Je ne l'avais pas laissé se laver ni se raser. Il portait toujours son tee-shirt chiffonné et le jean maculé de taches de bière, mais avait aux pieds des Nike toutes neuves dont il ne resterait sûrement pas longtemps propriétaire aux *tacos,* où j'avais l'intention de le faire séjourner aussitôt sa déclaration enregistrée. Non que je ne le croyais pas. Simplement, je ne l'aimais pas.

L'hypothèse de la grosse voiture foncée confirmait mes intuitions : un pervers était passé après Valentim et Bruno, après Jamie Gallacher. Il avait sodomisé Catarina puis l'avait tuée parce qu'elle savait quel genre d'individu il était vraiment. Ça paraissait logique, aussi, que la victime ait eu une querelle et qu'elle soit partie fâchée. Une chose qui peut arriver aux filles : elles se mettent dans tous leurs états, deviennent vulnérables et c'est à ce moment-là qu'un type malsain peut les convaincre de venir avec lui, puis les violer ou les tuer. J'en ai vu, pas beaucoup, car Lisbonne n'est pas une ville dangereuse. Mais ces salopards sont d'une cruauté absolue. Ils offrent un réconfort : un contact, une caresse, un baiser amical, une légère étreinte, une main qui s'égare et après plus rien ne peut arrêter leur violence.

Peut-être le conducteur de la grosse voiture sombre connaissait-il Catarina. Peut-être l'attendait-il devant le lycée, avait-il vu Gallacher la gifler et était-il alors passé à l'action. Mon instinct me parlait. Le seul problème, c'était qu'il n'avait pas cessé de le faire depuis que j'étais entré dans l'appartement de Luísa Madrugada.

Jamie Gallacher déposa et je l'envoyai en prison. Il protesta qu'il avait des cours le lundi matin.

— Vous êtes soupçonné de meurtre, monsieur Gallacher. Vous avez reconnu avoir eu une relation sexuelle avec une mineure qui était l'une de vos élèves. Je peux vous garder un an en cellule, sans accusation formelle, pendant que je poursuis mon enquête. Vous êtes au Portugal, ici. C'est ça, notre système judiciaire : vous êtes coupable jusqu'à ce que vous soyez reconnu innocent. Bon week-end.

Carlos avait le mandat de perquisition. Nous nous rendîmes à Odivelas. La tique ouvrit la porte et lut le mandat, de la première à la dernière ligne. Il le porta à la mère de Valentim. Elle s'assit à la table de la cuisine en fumant et en se détournant de la télévision, dans la pièce voisine, qui présentait des obèses se prétendant riches et tentant vainement d'être drôles. La tique tétait une bouteille de Sagres. La mère de Valentim leva les yeux : rouges, orbites noircies par le mascara, rouge à lèvres effacé. On sentait dans sa voix qu'elle avait la bouche pleine de salive à force d'avoir bu et pleuré.

— Par quoi vous voulez commencer ? demanda-t-elle.

— Je veux juste voir sa chambre. Elle est fermée ?

Elle haussa les épaules. La tique fit signe que oui.

— Il y a une clé ?

La tique fit non de la tête. La tique savait tout.

J'abaissai la poignée et forçai. Le battant, trop petit pour son encadrement, céda facilement dans un craquement. Je commençai par une extrémité de la pièce, Carlos par l'autre. Il me tendit une paire de gants de caoutchouc, en enfila une aussi. Il était méthodique, consciencieux. Je le savais déjà. Il tourna une à une les pages de tous les livres, prenant soin de chacun des ouvrages comme s'il lui appartenait. Il procéda de même avec les partitions. Je fouillai la table de nuit. Le tiroir ne recelait rien de particulier. Le placard contenait des cahiers d'exercices à spirale remplis d'annotations tirées de livres universitaires. Je les feuilletai. Carlos se glissa sous le lit, une petite lampe torche entre les dents. Quelques instants plus tard je l'entendis grogner et il réapparut avec une clé pourvue d'une étiquette plastifiée.

Elle portait l'inscription « 7D ». Nous la rangeâmes dans un sachet en plastique avant de quitter la pièce.

— Vous avez trouvé ce que vous vouliez ? interrogea la mère.

Je leur demandai s'ils avaient déjà vu la clé. La tique fit signe que non, mais il était au courant. La femme baissa les yeux sur le cendrier qui se trouvait devant elle. La bretelle de son soutien-gorge lui tombait sur l'épaule.

Assis dans la voiture, nous présentâmes la clé à la lumière du lampadaire.

— Qu'en pensez-vous ? me demanda Carlos.

— Un garage, peut-être.

— La voiture ?

— Possible. Ou tout simplement un endroit où ses affaires personnelles sont à l'abri des regards indiscrets.

Un visage apparut à la vitre du côté de Carlos. La tique, à l'affût du sang.

— Vous voulez savoir quelle porte ouvre cette clé ?

— Vous ne l'aimez vraiment pas, hein ? remarquai-je.

— C'est rien qu'un sale petit con.

— Montez.

La tique nous guida vers une zone réservée aux industries légères, composée de petits entrepôts, d'ateliers de tôlerie, de mécanique automobile, de fabricants de meubles en caoutchouc mousse et d'autres entreprises à petit budget, qui se trouvait à moins de deux kilomètres. Le local 7D avait la taille d'un garage double avec une grande porte pour le chargement et les livraisons, et une petite pour le bureau. C'était un endroit abordable pour quiconque n'était pas étudiant ou gagnait sa vie grâce à ces différentes activités. J'essayai la clé. Elle s'inséra dans la serrure et tourna. Je la retirai.

— Vous n'entrez pas ? demanda la tique.

— Pas sans mandat de perquisition.

— Ce n'est pas moi qui irai râler.

— Je m'en fous. S'il y a quelque chose là-dedans, je ne veux pas prendre le risque de ne pas pouvoir m'en servir. En plus, j'ignore à quel jeu vous jouez. Vous changerez peut-être de camp.

Nous déposâmes la tique dans un bar proche de l'immeuble. Il y pénétra, percha son fessier sur un tabouret, claqua des doigts pour commander une bière. Nous retournâmes à Saldanha remplir les papiers concernant la clé. Comme Carlos faisait la tête, je l'emmenai de l'autre côté de la rue et lui offris une bière dans le seul bar encore ouvert car le quartier dormait debout après une longue semaine et semblable chaleur. Nous restâmes assis en silence sous la lumière des néons à vider une Super Bock à petites gorgées, nos vestes drapées sur le dossier des chaises. Le barman regardait le match de football. Je lui demandai le score même si ça ne m'intéressait pas plus que ça.

— Zéro-zéro, répondit-il en m'écoutant à peine.

— On peut en regarder d'un bout de l'année à l'autre maintenant, déclarai-je.

Pas de réponse. Carlos tournait et retournait des pensées dans sa tête.

— Vous parlez anglais comme un Anglais, dit-il.

— J'ai vécu en Angleterre durant quatre ans et demi, dont quatre ans et trois mois passés au pub. Je ne parlais qu'anglais avec ma femme et cela m'arrive encore avec Olivia.

— Vous ne m'avez pas expliqué pourquoi vous y étiez.

J'allumai une cigarette et le fixai droit dans les yeux.

— Vous n'êtes pas fatigué ?

— Il faut qu'il se passe quelque chose pendant que je bois cette bière.

— Vous ne voulez pas parler de football.

— Je n'y connais rien en football.

— Merde ! lança le barman.

Nous levâmes la tête à temps pour voir le ballon voler dans les tribunes.

— Mon père était dans l'armée, vous le savez déjà. Il a servi en Guinée dans le cadre de ces bonnes vieilles guerres coloniales, sous le général Spínola. Peut-être le savez-vous aussi, ça...

— Continuez.

— C'étaient des guerres perdues d'avance. Des gars de votre âge se faisaient tuer chaque jour sans aucune raison valable si ce n'est que Salazar voulait être empereur. Le général Spínola a eu une excellente idée, non conformiste. Plutôt que de tuer les gens pour en faire des citoyens portugais, pourquoi ne pas se montrer gentils avec eux ? Il a décidé de livrer ce qu'on a appelé une guerre « des cœurs et des esprits ». Il a amélioré les soins médicaux et l'éducation, a fourni des livres, ce genre de trucs, et tout à coup les Africains ont commencé à l'aimer et les rebelles ont perdu tout motif de se battre. Les hommes de mon père ne se faisaient plus tuer, ce qui a fait de lui un grand admirateur de Spínola.

Carlos recula sur sa chaise, manifestant déjà une légère résistance. J'en ressentis davantage la fatigue.

— Après la révolution, l'euphorie une fois dissipée, au moment où le Portugal était une masse grouillante de dizaines de partis politiques et de programmes différents, et où les communistes accaparaient une bonne partie du pouvoir dans l'administration, mon père a décidé que la solution, pour sortir de ce chaos, était celle de son vieux copain Spínola.

— Un deuxième coup d'État.

— Exactement. Qui, comme vous le savez, a été déjoué. Mon père a dû s'enfuir en toute hâte. Comme il avait des amis à Londres, nous y sommes allés. Voilà.

— On aurait dû le passer par les armes, déclara Carlos, le nez dans sa bière.

— Qu'est-ce que vous avez dit ?

— Votre père... on aurait dû le passer par les armes.

— C'est bien ce qu'il me semblait avoir entendu.

— Il y avait eu une révolution. Le processus démocratique était en marche, une marche chaotique, je vous l'accorde, mais c'est comme ça que cela se passe. Ce dont ce processus n'avait assurément pas besoin, c'était d'un autre coup d'État et de l'instauration d'une dictature militaire. Je pense, sans l'ombre d'un doute, que votre père et tous les autres auraient dû se retrouver devant un peloton d'exécution.

La journée avait été longue et chaude. J'avais bu une bière sur un estomac vide. Depuis le matin des individus qui ne me connaissaient pas lisaient sur mon nouveau visage à découvert. Il y avait quantité de raisons pour lesquelles entendre ce gamin condamner calmement mon père, mon défunt père, à mort... cela fit surgir de mon être une émotion qui ne s'était pas manifestée depuis bien longtemps. Pour employer une expression anglaise, je perdis mon flegme habituel. Je ne savais pas vraiment ce que ce « flegme » recouvrait jusqu'à cet instant. Maintenant je le sais. C'est la maîtrise qui fait de nous des êtres humains. J'attaquai toutes griffes dehors.

J'abattis mes poings sur la table. Les deux bières sautèrent et tombèrent au sol, le barman se prépara à intervenir en prenant appui sur le métal du comptoir.

— Pour qui vous vous prenez, bordel ? hurlai-je. Vous êtes le procureur, le jury et le juge à vous tout seul ? Vous portiez encore des couches, à l'époque où ça s'est passé. Vous n'aviez même pas encore vos vraies dents. Vous ne connaissiez pas mon père. Et vous n'avez pas la moindre idée de ce que c'est que de vivre sous une saloperie de dictature fasciste, de voir des hommes se faire tuer, de les voir sauvés par les idées d'un seul, de voir votre pays plongé dans la merde par une poignée de connards qui ne cherchent qu'à prendre le pouvoir et à se mettre en avant. Alors, pour qui vous vous prenez, bordel, pour condamner des hommes à mort ? À l'origine, c'est à cause de types comme vous que ce genre de conneries se produisent.

Carlos partit en déséquilibre sur sa chaise et trouva son salut contre la vitrine, chemise et pantalon éclaboussés de bière. Mais son visage était calme, impassible, nullement intimidé.

— Et vous pensez que ça s'inscrit dans le processus démocratique, hein ? Retourner dans ses tanks et descendre l'Avenida da Liberdade. Vous pensez que c'est la bonne façon de traiter un différend politique dans le monde moderne ? Peut-être qu'ils auraient dû vous exécuter aussi.

Je me jetai sur lui, m'écroulai avec la table, trébuchai dessus, me coupai la main sur du verre cassé, glissai dans la bière, me relevai, me jetai en avant et percutai la grosse et grasse épaule du barman qui avait déjà dû assister à ce genre de scène et dont les cent kilos avaient bondi par-dessus le bar plus vite que ne l'aurait accompli un gymnaste chinois. Il emprisonna mes bras qui fouettaient l'air.

— *Filho da puta !* hurlai-je.

— *Cabrão !* me rétorqua Carlos sur le même ton.

Je me précipitai à nouveau sur lui, entraînant le barman dans mon élan. Nous tombâmes les uns sur les autres près de la porte vitrée du bar. Dieu sait ce que quiconque, venant de l'extérieur, aurait pu déduire en posant le regard sur nous : une discussion de football qui avait encore dégénéré.

Le barman fut le premier à se relever. Il chassa Carlos dans la nuit à coups de pied aux fesses avant de me remorquer vers les toilettes au fond du bar. Je m'assis en tremblant. Le sang ruisselait de mon poignet, trempait la manche de ma chemise. Je nettoyai la blessure dans le lavabo. Le barman me tendit des serviettes.

— Jamais de ma vie je ne vous avais vu dans cet état, dit-il. Jamais.

Il reprit sa place derrière le comptoir. Je ramassai ma veste et ouvris la porte.

— Merde ! constata-t-il de nouveau devant la télé. Comment ils s'y sont pris pour se retrouver à 2 à 1 ?

Je traversai la rue et entrai dans les locaux de la *Polícia Judiciária* où j'administrai les premiers soins à ma main. Je retournai chez moi en voiture, le sang bouillonnant toujours dans mes veines, propulsant vers mon cerveau des arguments meilleurs et plus percutants. Au moment où je me garai à Paço de Arcos et arrivai à la maison, je me rapprochais de l'état de la mer lorsqu'elle est calme à agitée.

Olivia était sortie, la porte fermée. Je fouillai dans mes poches en quête de mes clés.

— Inspecteur ? prononça une voix de femme derrière moi.

Teresa Oliveira se tenait à quelques mètres dans la rue. Elle avait l'air différent, les cheveux tirés en arrière, vêtue d'un jean et d'un tee-shirt rouge sur lequel était écrit le mot GUESS. J'essayai d'aller chercher un peu de gentillesse dans le coin de mon cerveau où elle se trouvait encore réfugiée.

— Est-ce important, *Dona* Oliveira ? La journée a été épuisante et je crains de n'avoir rien de nouveau à vous apprendre.

— Ce ne sera pas long, fit-elle sans parvenir à m'en convaincre.

Nous entrâmes dans la cuisine. Je bus un peu d'eau. Elle s'inquiéta en voyant ma chemise tachée de sang. Je me changeai et lui proposai à boire. Elle opta pour un Coca.

— À cause des médicaments, vous comprenez, ressentit-elle le besoin de m'expliquer.

Je me versai un verre de whisky à l'aide d'une vieille bouteille de William Lawson qui n'avait pas vu le jour depuis six mois.

— J'ai quitté mon mari, inspecteur, m'annonça-t-elle.

J'allumai une cigarette.

— Était-ce une décision bien sage ? On prétend qu'il vaut mieux ne pas opérer de changements traumatisants tout de suite après une tragédie.

— Vous avez dû vous rendre compte que j'y pense depuis longtemps.

Je hochai la tête sans rien ajouter. Elle fouilla dans son sac à la recherche de ses cigarettes et de son briquet. À nous deux, nous parvînmes à en allumer une.

— Ça n'a jamais marché, dès le début ça n'a pas marché, ajouta-t-elle en parlant de son mariage.

— Ça remonte à quand ?

— Quinze ans.

— C'est beaucoup pour un mariage qui ne marche pas.

— Ça nous arrangeait de continuer.

— Et maintenant vous le quittez. Est-ce que la mort de votre fille a été le catalyseur ?

— Non, répondit-elle d'un ton sec.

La main dans laquelle se trouvait sa cigarette tremblait tellement qu'elle dut l'affermir avec l'autre.

— Il abusait d'elle... sexuellement.

Nous y arrivions enfin.

— C'est très grave, ce que vous affirmez là. Si vous avez l'intention de porter plainte officiellement, je vous suggérerais de vous assurer les services d'un avocat et de réunir des preuves tangibles. Et si c'est vrai, cela pourrait également avoir des répercussions sur mon enquête concernant le meurtre, mais ce n'est pas à moi que vous devriez en parler.

— Mais c'est *vrai*, insista-t-elle. La domestique confirmera.

— Depuis combien de temps cela dure-t-il ?

— Cinq ans à ma connaissance.

— Et vous le tolériez ?

Sa main tremblait toujours quand elle porta la cigarette à ses lèvres.

— Mon mari a toujours été un homme de pouvoir, en public comme en privé. Il étendait ce pouvoir à ses relations... à moi et à ses enfants.

— C'est cela qui vous avait attirée, au début ?

— Les hommes de mon âge ne m'ont jamais plu. Mon père est mort quand j'étais jeune... c'est peut-être pour ça.

— Vous aviez vingt et un ans quand...

— Depuis toujours, seuls les hommes influents m'intéressent. Et lui s'est intéressé à moi. Il est capable de se montrer tout à fait charmant. J'étais flattée.

— Comment vous êtes-vous rencontrés ?

— Je travaillais pour lui. J'étais sa secrétaire.

— Vous savez donc tout ce qu'il y a à savoir sur lui ?

— À l'époque, oui. Quand j'étais sa secrétaire. Comme vous le savez sans doute, les épouses ne sont pas aussi bien informées.

— Par conséquent, vous ignorez le nom des clients pour qui il travaille en ce moment ?

— Pourquoi voulez-vous le connaître ?

— J'aime bien savoir à qui je m'attaque.

— Je sais seulement pour qui il travaillait il y a quinze, seize ans.

— Et c'était ?

— Des gens importants.

— Par exemple ?

— Químical, Banco de Oceano e Rocha, Martins Construções Limitada.

— Des gens très importants, confirmai-je. Pensez-vous que vous, votre domestique et l'avocat dont vous vous assurerez les services serez à la hauteur pour lutter contre ce genre de personnes ?

— Je ne sais pas.

Son pouce tremblait sur le filtre de la cigarette.

— C'est pour ça que vous êtes venue ce soir ?

Elle leva vers moi ses yeux charbonneux dans leurs orbites profondes. Son visage n'était pas bouffi comme le matin, la pesanteur l'emportait sur la rétention d'eau.

— Je ne suis pas sûre de bien vous comprendre.

— J'ai déjà mon rôle tout tracé dans cette affaire, *Dona* Oliveira, dis-je en hésitant avant d'aborder une petite mais déplaisante réalité. Votre fille avait des mœurs sexuelles très dissolues.

— Ça vous étonne de la part d'une gamine dont on a abusé ? demanda-t-elle en sortant un mouchoir pour s'essuyer les yeux.

— Ce comportement a également été observé chez des filles dont personne n'avait abusé. Mais c'est votre propos, pas le mien. Au fil de la journée, nous avons découvert qu'elle a couché avec votre ex-amant, et aussi avec deux garçons de son groupe de musiciens, en même temps, dans une *pensão* de la Rua da Glória. Le propriétaire de cette *pensão* qui loue les chambres à l'heure l'avait déjà vue certains vendredis midi avec d'autres hommes qui lui ont donné l'impression d'être des clients. Et je viens de finir d'interroger l'un de ses professeurs qui a eu une liaison de six mois avec elle. Catarina aurait pu aller avec n'importe qui et j'en suis arrivé dans mon enquête au point où il va me falloir un peu de chance si je veux progresser.

— Je sais tout cela. J'essaie d'aider. J'essaie de vous faire comprendre que, psychologiquement, il y a eu...

— Je ne suis dans le camp de personne, *Dona* Oliveira, rétorquai-je calmement mais fermement.

Elle se leva et écrasa sa cigarette dans le cendrier. Mit son sac à main sur son épaule. Je la suivis jusqu'à la porte, hésitant à poser la question qui me brûlait les lèvres. Catarina était-elle votre fille ? Mais j'étais trop épuisé pour entendre la réponse. La porte d'entrée se referma. Je la rouvris pour la rappeler mais *Dona* Oliveira était déjà presque au bout de la rue. À cause de ses talons et des pavés, elle s'éloignait d'un pas chancelant à la lueur jaune de l'éclairage municipal.

25.

23 août 1961, Casa ao Fim do Mundo, Azóia,
à 40 km à l'ouest de Lisbonne

De la véranda située sur le toit de sa maison, Felsen regarda en bas dans la cour. Elle était pleine d'invités qu'il ne connaissait pas, amis et relations d'affaires d'Abrantes. Certains étaient debout, d'autres assis à des tables, d'autres encore tendaient le bec au-dessus du buffet décimé avec la déception crue de vautours chauves arrivés en retard pour la curée.

La journée était chaude, avec à peine un souffle d'air, ce qui se produisait à peu près une fois par an sur cette pointe de Cabo da Roca fouettée par les vents. L'océan était d'un calme plat, lent et visqueux sous le soleil. Felsen fumait et buvait du champagne. La fête avait été organisée pour célébrer son retour définitif d'Afrique. Il y était reparti au milieu du mois de juin 1955 et y avait passé la presque intégralité des six dernières années. Mais c'était terminé désormais. La guerre avait enflammé l'Angola, entraînant l'effondrement des affaires.

Il tourna son regard vers le jardin ceint de murs sur le côté sud de la maison. Une de ses maîtresses du moment, Patrícia, la seule qu'il avait invitée, se tenait aux côtés de Joaquim Abrantes dans un groupe composé de Pedro, son fils aîné, Pica, sa femme, et des Monteiro, les parents de Pica. L'une des mains d'Abrantes reposait au creux des reins de Patrícia, l'autre sur la taille de sa femme. Il était penché en avant pour écouter Pedro qui, comme d'habitude, captivait l'auditoire avec une de ses longues histoires amusantes que Felsen avait probablement déjà entendue mais dont il ne parvenait jamais à saisir l'humour.

Il n'éprouvait aucun désir d'être avec eux. Il était habitué à voir Pedro briller en société et, comme pour un bon cognac, ne voulait pas en abuser. Il chercha des yeux Manuel, le second fils, celui qui avait ses yeux. Il le trouva plus loin, dans le jardin clos, mais à quatre mètres en retrait du groupe, debout sous le couvert d'une bougainvillée, seul, se cachant peut-être, se fondant dans l'ombre, ignoré de tous, invisible à leurs yeux, attendant que se produise un fait qui possédât un intérêt pour lui. Felsen l'avait déjà vu se tenir ainsi, lors d'une autre fête. Plusieurs amis de Pedro s'étaient trouvés à côté de la bougainvillée, parmi lesquels une fille aux cheveux blonds. La main de Manuel avait surgi de l'ombre et lui avait touché la tête. Elle avait été à demi morte de frayeur.

Pedro, le fils aîné, était grand et sûr de lui, avec ses cheveux clairs et ses yeux marron, joueur de football et également major de sa promotion à l'université de Lisbonne où il étudiait l'économie. Manuel, qui avait dix-neuf ans, était plus petit, plus enrobé, et perdait déjà ses cheveux bruns, d'une étrange manière qui laissait un duvet épars sur son crâne bronzé. Sa mâchoire se noyait dans son cou, ses seins dessinaient des renflements sous sa chemise et son pantalon lui remontait inexorablement dans la raie des fesses, quelle que soit la taille qu'il prenait. Il arborait néanmoins une magnifique moustache. Compensant les poils qu'il perdait au sommet de son crâne, elle était fournie, luxuriante, brillante, comme si elle drainait toute l'énergie de sa tête. Et il y avait ses yeux : bleus, avec une infime trace de vert qu'il tenait de sa mère, et de longs cils. Ce qu'il avait de plus beau.

Manuel était un garçon taciturne. Davantage que son frère, il avait souffert de l'absence de leur mère. L'école lui était une torture. Les bulletins relatifs à ses capacités intellectuelles restaient médiocres. Il était incapable de taper dans un ballon sans expédier une motte de terre et d'herbe avec, et le souvenir de sa tentative pour pratiquer le hockey sur patins à roulettes continuait de faire surgir des larmes de rire dans les yeux de ceux qui en avaient été témoins. Il ne se distinguait même pas par une grande impopularité. Il ne l'était que dans une certaine mesure : pas même décrié, simplement ignoré.

Si un traitement brutal s'abattait par la main de leur père, ce qui ne manquait assurément pas en période de relevé de notes, il s'exerçait sur l'arrière du crâne ou sur les fesses de Manuel, jamais à l'encontre de Pedro. Le cadet n'en haïssait pas pour autant son aîné. Il l'aimait trop, comme tout le monde, et

Pedro prenait toujours sa défense. Il ne haïssait pas non plus son père, mais il avait appris à se montrer prudent et sournois afin d'éviter les confrontations. C'était le contact des femmes qu'il trouvait difficile. Manuel n'avait aucun talent pour leur parler, ne parvenait à déceler, en sa propre personne, rien qui pût les intéresser et, en conséquence, elles ne l'aimaient pas. Il souhaitait apprendre des choses sur elles et les tiroirs de sous-vêtements lui avaient paru un endroit aussi indiqué qu'un autre pour commencer.

Ces investigations avaient fait naître chez Manuel une passion adolescente pour l'espionnage. Il trouvait excitant d'observer sans être vu, de recueillir des renseignements dont les autres ignoreraient toujours qu'il en avait connaissance. Ce qui lui conférait un pouvoir contre leur indifférence, lui apprenait des choses sur eux, et sur le sexe.

Son éducation sexuelle avait débuté grâce à la domestique de leurs voisins et au chauffeur de son père. Un jour où il s'était introduit dans la maison d'à côté pour y rôder, fouillant dans les tiroirs, inspectant les placards, il les avait entendus entrer. Il s'était dissimulé dans la buanderie pour attendre qu'ils s'en aillent, mais ils l'y avaient suivi. Au début, il n'avait pas été très sûr de ce à quoi il assistait quand l'homme et la femme s'étaient gentiment bagarrés en émettant d'étranges petits bruits moqueurs. Il n'avait que douze ans à l'époque. Mais dès qu'il avait vu les jupes de la jeune fille retroussées, ses jambes nues et un buisson cuivré à leur sommet, sa propre excitation lui avait appris qu'il s'agissait d'un frisson s'inscrivant dans une catégorie bien supérieure à tous les tiroirs de sous-vêtements de Pica.

Il avait été choqué par le comportement du chauffeur, qui avait laissé tomber son pantalon comme s'il s'apprêtait à faire *caca* devant la jeune femme avant de la soulever et de la placer sur la table. C'était repoussant. Mais quand il avait vu l'outil de l'individu, l'état dans lequel il se trouvait, sa taille, l'endroit où il le mettait, la manière dont il l'enfonçait énergiquement au contact de la toison ardente de la femme, la gratitude étrange et craintive de celle-ci, la sauvagerie croissante des coups de reins de l'homme et la confusion qui s'en était suivie lorsque sa semence s'était répandue partout, il avait compris qu'il venait de découvrir quelque chose d'extraordinaire. À la fois excité et dégoûté, il éprouvait une dérangeante impression de calamité immanente : il avait deviné que c'était ce que l'on attendrait de lui.

Une partie du mystère s'était éclaircie deux jours plus tard (la buanderie était désormais devenue l'une de ses cachettes permanentes) quand son père y avait fait irruption avec la même domestique. Manuel avait appris que seuls les gens des classes inférieures répandaient leur semence partout, alors que les gens plus convenables, aux manières plus courtoises, lui semblait-il, et moins malpropres, laissaient tout dans le buisson de la femme.

Ce ne fut que des années plus tard, et une succession de domestiques plus tard, qu'il comprit toute la procédure. Et même à ce moment-là il lui fallut une visite auprès d'une prostituée, vers son dix-huitième anniversaire, pour la démythifier totalement. Ce fut elle qui, d'un genou bien positionné, lui démontra que la technique consistant à se retirer était une pratique partagée par toutes les classes sociales au sein d'une société catholique.

Felsen se déplaça pour avoir une meilleure vue de ce qui fascinait Manuel. Étaient-ce les fesses de Pica ? Si oui, c'était un signe de bonne santé car son propre regard avait fréquemment dérivé vers cette zone-là. Elle avait gardé la ligne. Elle n'avait pas eu d'enfants. Abrantes lui avait proposé de l'emmener voir la *Senhora dos Santos* dans la Beira et s'était vu opposer un silence compatissant. À la place, il l'avait emmenée à Londres à plusieurs reprises et avait dépensé des sommes importantes dans Harley Street, mais elle n'avait jamais été enceinte. C'était pourquoi ses parents se montraient excessivement polis chaque fois qu'ils venaient dans la maison d'Abrantes ou assistaient à l'une de ses fêtes. Ce qui entraînait des conversations ennuyeuses.

Felsen revint à Manuel qui, au même instant, se raidit comme s'il avait vu ce pour quoi il était venu. La main de son père avait glissé du dos de Patrícia et étreignait maintenant une de ses fesses tandis que, de l'autre main, il jouait avec une jarretelle à travers le tissu de la robe de Pica. Quel vieux chien, pensa Felsen au moment où Pica se tournait et apercevait le blanc de la chemise de Manuel sous la bougainvillée. D'un haussement d'épaules, elle chassa la main de son postérieur. L'autre main d'Abrantes abandonna la fesse de Patrícia avec la vivacité du lézard.

L'après-midi s'avança. Les gens s'en allèrent au fur et à mesure que la nourriture disparaissait. Abrantes vint retrouver Felsen sur la véranda avec deux verres de cognac et une bouteille d'*aguardente* qu'il avait apportée de la Beira. Assis sur des chaises en raphia avec une table en fer forgé entre eux, ils burent et fumèrent pendant qu'Abrantes appliquait de petites tapes sur la rambarde de bois peinte.

— Tu vois, ça, c'est les Portugais, persifla Felsen en regardant les invités partir, ils ne peuvent rien faire sans manger.

Abrantes ne l'écoutait pas. Il expédia sa cendre par-dessus la rambarde sans se soucier de l'endroit où elle allait tomber.

— L'année a été mauvaise, dit-il en se glissant dans le rôle de l'homme d'affaires qui réussit très bien mais est d'un naturel pessimiste.

— Nous avons quitté l'Afrique sans y laisser notre chemise, objecta Felsen.

— Je ne parle pas des affaires. Les affaires, ça va. Ce sont les colonies. Ce problème africain ne va pas disparaître.

— Salazar imitera les Anglais. Ils ont octroyé l'indépendance au Ghana et au Nigeria. Le Kenya va suivre. Et Salazar aussi. D'ici deux ans nous serons de retour en Afrique où nous gagnerons de l'argent avec des gouvernements indépendants tout neufs.

Abrantes se pencha en avant, genoux écartés, chevilles croisées, heureux, pour une fois, d'être en mesure de corriger les propos de l'Allemand.

— Si tu le penses, c'est que tu ne comprends pas Salazar. Tu oublies ce qui s'est passé pendant la guerre, quand les Australiens ont débarqué au Timor oriental. Salazar n'abandonnera jamais les colonies. Elles sont l'Empire. Elles sont le Portugal. Elles font partie de son *Estado Novo.*

— Allons, Joaquim... il a soixante-douze ans, maintenant.

— Si tu ne crois pas qu'il a le cran de le faire, tu te trompes. C'est une de ses faiblesses. Tout le monde le sait. Pourquoi imagines-tu qu'il rencontre toutes ces difficultés en métropole ?

— Avec Moniz qui essaie de l'obliger à démissionner ? se moqua Felsen en agitant la main d'un geste désabusé, comme s'il jetait du sel par-dessus son épaule.

— Et n'oublie pas le général Machedo. Il est toujours dans le coup.

— Au Brésil, à plusieurs milliers de kilomètres.

— *Voilà* un homme qui possède le soutien populaire, continua Abrantes sans tenir compte de la réaction de Felsen.

Voilà un homme qui ferait n'importe quoi pour arriver au pouvoir... et s'il ne peut pas rallier les chefs de l'armée à sa cause, il serait même prêt à s'entendre avec *ces gens-là*.

— Ces gens-là ? interrogea Felsen.

Abrantes abattait une main sur la rambarde. Les deux hommes d'affaires se comportaient comme s'ils étaient les acteurs d'une forme d'expression théâtrale conventionnelle.

— Ces gens attirent l'attention sur eux. Ils se sont emparés de ce bateau de croisière, le *Santa Maria*. Ils ont détourné l'avion de la TAP. Ils...

— Mais de qui s'agit-il ? De quels gens parles-tu ?

Les yeux d'Abrantes s'agrandirent en une expression que Felsen prit pour une peur feinte alors qu'il s'agissait en réalité de stupéfaction.

— Les *communistes*. Ce sont eux qu'il faut redouter. S'il y a une personne qui devrait le savoir, c'est bien toi. Regarde ce qu'ils ont fait à Berlin.

— Le mur ? Ça ne durera pas.

— C'est un mur. On ne construit pas un mur si on ne pense pas qu'il va durer. Crois-moi. Et ils gagnent en force ici aussi. Je le sais.

— Comment ?

— J'ai des amis... la *Polícia Internacional e de Defesa do Estado*, la PIDE.

— Et la PIDE parle en ces termes de Salazar ?

— Tu ne comprends pas, mon ami. Tu as passé longtemps en dehors du pays. Moi, je suis ici, à Lisbonne, à longueur de temps. La PIDE, ce n'est pas simplement la police, c'est un État à l'intérieur du Nouvel État. Elle voit la réalité des faits. Elle comprend les dangers. Elle voit les guerres africaines. Elle voit les troubles sur le continent. Elle voit les dissidences. Elle voit le communisme. Toutes ces choses constituent une menace contre la stabilité de... Tu sais ce que les communistes font aux banques ?

Felsen ne répondit pas. Abrantes s'était glissé dans la peau de quantité d'animaux (l'habile associé en affaires, l'impitoyable adepte des rapports musclés dans l'entreprise, le partisan de la réduction des coûts, le négociateur) mais jamais, à sa connaissance, dans celle de l'animal politique.

— Ils les nationalisent, conclut le Portugais.

Felsen passa ses doigts dans sa coupe en brosse grise. Abrantes fut irrité par cette apparente absence d'intérêt.

— Cela signifie que *nous* ne sommes plus propriétaires de *rien*, réitéra-t-il avec horreur.

— Je sais ce qu'est une nationalisation. Je ne sais pas ce qu'est le communisme. Ça me fait peur. Je n'ai pas besoin d'être convaincu. Mais que proposes-tu ? Que nous vendions et que nous partions ? *Moi*, je ne vais pas au Brésil.

— Manuel entre à la PIDE.

Felsen réprima l'instinct qui le poussait à hurler de rire : c'était une solution, *ça* ?

— Et sa formation universitaire ? demanda-t-il automatiquement.

— Il n'a pas obtenu les notes suffisantes, répondit Abrantes en appliquant le bout de son cigare à plusieurs reprises sur sa tempe. Je regarde Pedro, je regarde Manuel... je n'arrive pas à croire qu'ils ont les mêmes parents. Mais ne te méprends pas, je pense que Manuel va très bien réussir dans la PIDE. J'ai fait les présentations. Il leur plaît. Maintenant, il a quelque chose pour structurer sa vie. Et il n'aime pas les communistes non plus. Ils n'auront pas besoin de lui enseigner quoi que ce soit à ce niveau. Tu verras. Nous allons en tirer profit. S'il y a des communistes qui travaillent dans nos usines, il les délogera et les fera incarcérer dans la prison de Caxias. Et ils savent ce qu'il convient de faire des communistes, dans la prison de Caxias.

Felsen, maintenant fatigué, eut un murmure, le fanatisme de son interlocuteur conférant à l'*aguardente* un mordant qu'elle n'avait pas auparavant. Abrantes s'appuya à son dossier, enfonça le cigare dans sa bouche et rectifia sa cravate sur son ventre.

La tête duveteuse de Manuel se retira dans les ténèbres de la terrasse close derrière la véranda.

Abrantes partit à l'heure du dîner avec sa famille et Patrícia, qui prétendit qu'elle ne se sentait pas bien, mais c'était parce que Felsen était immensément ivre. Au point qu'il lui fallut plusieurs tentatives infructueuses pour ancrer une cigarette entre ses lèvres. Il parvint à mettre *Jailhouse Rock* sur le tourne-disques et réussit sans savoir comment à se lever sur la véranda, où il remplit avec ostentation ses narines d'un air marin encore paisible et plongea son regard dans la nuit noire.

Quand la musique s'arrêta, qu'il n'entendit plus que les crépitements du disque et le grattement rythmé de l'aiguille, il descendit en trébuchant et but de l'eau jusqu'à suffoquer. Une courte éternité s'écoula. Il se retrouva miraculeusement dans sa chambre à coucher, ouvrant les fenêtres à toute volée, sortant brutalement ses pans de chemise de sa ceinture et traînant sur le plancher son pantalon tombé sur ses chevilles. Il se sentait brûlant, ressentait un immense besoin d'être nu entre des draps frais, inconscient. Il arracha le drap du dessus d'un geste brusque, se redressa dans un sursaut et recula de deux pas, effrayé.

Au milieu du lit se trouvait un énorme lézard. Un lézard vivant. L'animal hocha la tête de haut en bas, se ramassa sur le drap blanc, prêt à bondir. Felsen fonça hors de la pièce, s'empara d'outils et revint avec un rouleau à pâtisserie et un marteau. Son premier coup rata très largement la cible et fit bondir le lézard sur le plancher. Ils luttèrent durant dix minutes, dévastant la chambre jusqu'à ce que Felsen parvienne à assommer l'animal grâce à l'ustensile de cuisine projeté avec la fureur de l'échec. Il frappa le lézard à grands coups de marteau, ne s'interrompant que lorsqu'un incident qui s'était produit sur une route chaude et poussiéreuse de la Beira s'infiltra dans son esprit. Il souleva l'animal par la queue. Celui-ci pesait un poids surprenant. Il le jeta dans la cour.

Au matin, Felsen fut réveillé par son cœur qui battait contre sa cage thoracique. Il était encore ivre. Il le savait parce que sa tête n'était pas douloureuse et qu'il n'était pas dérangé à la vue du sang qui maculait les deux oreillers et les draps. Une faible lumière grise et un air glacé venu du large entraient par les fenêtres. La pièce était embrumée. Il était dix heures du matin. Un brouillard dense ensevelissait la maison.

Il avait à la tête une entaille où le sang avait coagulé. Il la nettoya dans la salle de bains et se doucha pour redonner un semblant de raison à son corps. En costume sous un manteau de laine, il sortit pour aller jusqu'à sa voiture. Il contourna le lézard, marchant à reculons vers le garage, stupéfait de voir l'animal, une bestiole gigantesque, cinquante centimètres avec la queue. Il revint sur ses pas et le retourna du pied. Pas une espèce locale, lui sembla-t-il.

Il ouvrit le garage, baissa aussitôt les yeux comme s'il en avait reçu l'instruction. À l'arrière de la voiture, sur le sol au-dessous du pare-chocs, avaient été disposés deux fers à cheval rouillés entrecroisés. Il s'accroupit. D'autres fers avaient été placés derrière chacune des roues arrière. Il les prit et les lança par-dessus le mur avec une force exagérée. Il haletait quand il sortit en marche arrière. Lorsqu'il revint fermer le garage, il vit deux autres fers qui s'étaient trouvés sous les roues avant. Il se précipita et les projeta dans les buissons avec l'ardeur d'un dément. Il suivit la route qui descendait à Estoril. Un battement lancinant commençait juste derrière ses yeux.

À moins d'un kilomètre de la maison, il émergea dans un soleil éblouissant. Il arriva en sueur à Estoril et, sur la place principale, but un café qui sembla causer des dégâts à la partie de son cerveau qui contrôlait sa respiration. Son cœur s'emballa comme s'il pompait de l'éther et non un sang riche et énergique. Il laissa son manteau dans la voiture, monta jusqu'à la maison d'Abrantes, sa veste de costume jetée sur l'épaule. Il arriva les sourcils pleins de sueur, les contours de sombres pays africains peints sur le devant et dans le dos de sa chemise. La domestique faillit lui refermer la porte au nez. Elle le fit asseoir dans le séjour en compagnie d'un verre d'eau mais il était trop agité pour rester en place et il arpenta la pièce telle une panthère en cage.

Joaquim Abrantes arriva plein d'allant et de détermination jusqu'à ce qu'il voie Felsen avec sa chemise tachée, la tête fendue, la gueule de bois clairement visible.

— Qu'est-ce qu'il s'est passé ?

Il le lui raconta.

— Un lézard ? demanda Abrantes.

— Je serais assez content de savoir qui l'a mis là.

Manuel fut mandé et l'accusation de s'être livré à une plaisanterie douteuse lui fut lancée. Le jeune homme se tenait comme un soldat au repos. Il nia avec véhémence et fut congédié.

— Je me pose des questions sur ce garçon, dit Abrantes. Il est toujours à fouiner chez les autres.

Felsen lui parla des fers à cheval. Abrantes se figea sur place, dos courbé, et Felsen eut une vision fugitive du paysan de la Beira, superstitieux, païen, le nez prêt à déceler l'odeur du paranormal.

— C'est mauvais signe. Très mauvais signe. Tu as peut-être contrarié tes voisins.

— Je n'ai pas de voisins.

— Les gens du village, alors.

— Je ne connais personne au village à l'exception de la domestique, et elle est heureuse d'empocher mon argent.

— Tu sais ce qu'il faut que tu fasses ?

— J'espère que tu vas me l'expliquer. Ça vient de ton peuple.

— Il faut que tu ailles voir la *Senhora dos Santos.*

— Dans la Beira ?

— Non. Non. Une de par ici. Pose la question au village. Ils sauront. Cette magie ne vient pas de la Beira.

— Cette *magie* ?

Abrantes hocha la tête avec gravité.

Felsen repartit pour Azóia, toujours dans le brouillard. Un monde fermé, étouffé et glacé après les rayons du soleil d'août à Estoril se présentait à lui. Il se rendit au bar où se trouvaient quatre personnes, trois vêtues de noir plus le barman. Personne ne parlait. Il formula sa question et un jeune garçon, Chico, fut appelé.

Chico le guida dans les étroites ruelles au cœur d'un brouillard si dense que, dans son état, Felsen s'arrêtait de temps à autre et reculait comme devant un mur de pierre. Le garçon le conduisit à une maison basse en bordure du village. L'humidité s'était condensée sur ses cheveux noirs, semblable à une rosée matinale.

Une femme en blouse bleue à fleurs vint à la porte en essuyant sur un chiffon des mains ensanglantées – par la préparation du repas ou, peut-être, la lecture d'entrailles. Elle avait le visage rond et de très petits yeux qui ne s'ouvraient qu'en fentes infimes. Elle regarda le garçon qui avait la même taille qu'elle mais ce fut Felsen qui parla.

— J'ai un problème, j'aimerais que vous veniez voir ma maison.

Elle chassa le garçon à qui Felsen remit une pièce. Ils traversèrent la cour à l'arrière de l'habitation où se trouvait un grand pigeonnier surmonté d'un dôme qui avait la taille d'une coupole d'église. La femme plongea la main à l'intérieur et les oiseaux battirent des ailes en roucoulant. Sa main ressortit, une colombe posée dessus, blanche avec des traces de marron sur les ailes. Elle la prit contre sa poitrine et l'apaisa par des caresses. Felsen se sentait étrangement calme.

Ils roulèrent jusque chez lui dans un brouillard si dense qu'il passa sa tête par la portière pour tenter de mieux voir.

La *Senhora dos Santos* inspecta le lézard mort qui grouillait déjà de fourmis.

— Vous l'avez trouvé dans votre lit, c'est ça ?

Felsen confirma de la tête, empli de scepticisme.

— Il aurait mieux valu que vous ne l'ayez pas tué.

— Pourquoi ?

— Allons regarder dans la maison.

Dès qu'elle pénétra dans le vestibule, sa respiration se fit laborieuse comme si elle souffrait d'une attaque pulmonaire. Elle traversa la maison, luttant à chaque pas, son visage s'empourprant et, en dépit du froid océanique, transpirant. Felsen se sentit proche du rire devant l'absurdité de ce spectacle. Il marchait derrière elle, imperturbable, comme s'il se livrait à une vague inspection dans un cantonnement.

La *Senhora dos Santos* contempla le lit, encore plein de sang à cause de sa blessure à la tête. Elle quitta la pièce en titubant, descendit les marches, sortit dans la cour, suivie par Felsen. Quand elle eut repris son souffle, son visage retrouva sa couleur naturelle. La colombe n'eut pas autant de chance. Elle tomba de ses mains, morte et déjà raide. Ils la regardèrent. Elle, triste, lui, offensé par le charlatanisme de cette femme. Il était convaincu qu'elle venait de la tuer elle-même.

— Qu'en pensez-vous ? s'enquit-il.

Le visage qui se leva vers lui n'était pas encourageant. Les yeux étaient maintenant entièrement ouverts au lieu de présenter leur fente antérieure. Ils étaient noirs, dévorés par la pupille, l'iris effacé.

— Ce n'est pas l'effet de notre magie à nous.

— Mais qu'est-ce que tout cela signifie ? Le lézard ? Les fers à cheval ?

— Vous avez tué le lézard... dans votre propre lit. Cela signifie que vous allez vous détruire.

— Que je vais me tuer ?

— Non, non. Que vous allez causer votre perte.

Il émit un bruit exprimant la dérision.

— Et les fers à cheval ?

— Ils vous empêcheront d'aller où que ce soit. Ils...

— J'en viens, de quelque part. Vous et moi, nous venons de rouler dans la voiture.

— Il ne s'agit pas de la voiture, *Senhor* Felsen.

Un instant, il se demanda comment elle connaissait son nom.

— De quoi alors ?

— De votre vie.

— Qu'est-ce que c'est que ce... ce...

Sa main décrivait cercle sur cercle tandis qu'il cherchait le mot.

— C'est de la *Macumba.*

— De la *Macumba* ?

— De la magie noire brésilienne.

26.

Samedi 13 juin 199-, Paço de Arcos, Lisbonne

Pendant ces six mois difficiles qu'avait duré le régime draconien destiné à me faire retrouver la forme, j'avais prévu d'en marquer la fin en nous préparant, à Olivia et moi, un plat délicieusement noyé dans le gras. Une lamentation s'élevait des profondeurs de mon corps pour réclamer de l'*arroz de pato,* du canard au riz (le riz imprégné de graisse, parsemé de *chouriço,* la chair des morceaux de canard fondant dans la bouche, la peau croustillante), accompagné d'un vin rouge épais, ayant du corps et des relents d'ardoise. Mais cela exigeait des heures de préparation, il était tard, presque minuit, Olivia n'était pas rentrée et il n'y avait rien dans le réfrigérateur. Je versai le whisky que je n'avais pas bu dans l'évier, pris une douche et me changeai.

Mes pieds nus claquaient sur le sol de la cuisine. Dans de l'eau chaude je fis décongeler des escalopes de dinde, bouillir du riz, ouvris une boîte de maïs en conserve et une bouteille d'esteva rouge. À minuit et demi, j'étais assis avec un petit café et un verre d'*aguardente,* tirant sur mon avant-dernière cigarette. Olivia rentra, elle sentait le parfum et la bière. Elle s'assit, fuma la dernière à ma place. Je protestai. Elle me mit les bras autour du cou et m'embrassa fort sur l'oreille. Je la serrai contre moi en résistant à l'envie de la mordre comme je le faisais quand elle était petite. Elle échappa à mon étreinte et me demanda ce que je m'étais fait à la main.

— Un petit accident, répondis-je, car je n'avais pas envie d'y penser.

— Ah bon, fit-elle, passant à l'anglais comme nous le faisions de temps en temps.

Elle me vola une gorgée de café.

— Tu as l'air heureuse, dis-je.

— Je le suis.

— Tu as rencontré quelqu'un qui te plaît ?

— En quelque sorte, répliqua-t-elle en mentant à moitié, ce qui est un réflexe à tout âge en ces circonstances. Comment s'est passée ta journée à toi ?

— Tu as entendu parler de quelque chose ?

— De la fille sur la plage, papa. Toutes les conversations de Paço de Arcos tournent autour de ça.

— Et à Cascais ?

— Pareil.

— Tu as arrêté de parler des Manic Street Preachers pendant deux secondes ?

— Pas autant.

— Elle était morte. Frappée à la tête puis étranglée. Pas beau à voir. La seule chose...

— Quel âge avait-elle ?

— Un peu plus jeune que toi.

— Tu allais dire « la seule chose » ?

Mon adorable fille, ma toute petite. C'était toujours cela que je voyais, en dépit des vêtements, de la coiffure, du maquillage et du parfum. Avant, je m'inquiétais beaucoup le soir parce qu'étant un homme, je connais les hommes, je pensais à tous ces jeunes gens qui ne verraient pas ça, qui voyaient... qui voyaient ce qu'elle souhaitait qu'ils voient. Les filles ne veulent pas rester des petites filles pour toujours... même pas pour dix minutes, de nos jours.

— Peut-être la connaissais-tu, poursuivis-je, éludant la question.

— Moi ?

— Pourquoi pas ? Elle avait ton âge. Ses parents vivent à Cascais. Elle allait à l'école à Lisbonne, au lycée D. Dinis. Elle s'appellait Catarina Sousa Oliveira. Les enfants issus des milieux privilégiés meurent assassinés eux aussi.

— Je ne connais personne au lycée D. Dinis. Je ne connais personne qui s'appelle Catarina Sousa Oliveira. Mais ce n'est pas « la seule chose ». Tu as changé d'avis. Je le sais. Tu ne...

— C'est vrai... Elle n'avait même pas seize ans et elle faisait beaucoup de passes.

— Des passes ?

— C'est ce que font les prostituées... des passes.

— Je sais... C'est juste bizarre d'employer ce mot pour parler de ça.

— Je parie que ta mère ne te l'avait pas appris.

— On parlait de tout avec maman.

— De faire des passes ?

— Ça s'appelle « l'éducation sexuelle ». Comme elle n'en avait pas reçu, elle s'est occupée de la mienne.

— Est-ce qu'elle utilisait ce vocabulaire ?

— C'est ce que font les femmes, papa. Pendant que les garçons tapent dans le ballon sur les terrains, nous parlons de... tout.

— Sauf de foot.

— Je t'ai acheté un cadeau.

— Qu'est-ce que ta mère t'a expliqué d'autre ?

— Tiens.

Elle sortit un rasoir, cinq lames et une bombe de mousse à raser. Je l'attirai à moi et l'embrassai sur la tête.

— Ça sert à quoi ?

— Ne fais pas l'enfant.

— Allez.

— Quoi ?

— Nous parlions de ta mère.

— Tu voulais mettre ton nez dans nos conversations... Et si maman ne te répétait pas ce dont elle parlait avec moi, c'est qu'elle devait penser que ça ne te regardait pas. Ou plutôt, que ça ne t'intéressait pas, papa.

— Essaie, on verra.

Elle leva les yeux pour réfléchir, fuma un peu, passa la langue sur ses dents.

— Toi d'abord.

— Moi ?

— Raconte-moi quelque chose de personnel dont tu parlais avec maman afin de me démontrer... ta bonne foi.

— Quoi, par exemple ?

Elle insista, s'amusant beaucoup.

— Un truc personnel. Le sexe par exemple. Vous ne parliez jamais de sexe ?

Je contemplai un bon moment mon verre d'*aguardente.*

— Elle me racontait comment c'était, de faire l'amour avec toi, ajouta-t-elle.

— Non ? m'exclamai-je, abasourdi.

— Elle disait... attends, je ne veux pas me tromper : « Faire l'amour avec un homme que tu aimes est une chose merveilleuse. Une fois que tu as connu cette tendresse, la profonde intimité du respect total qu'il a pour toi, l'intense élan que procure cette communion affective, il ne peut plus être question de retourner en arrière... » Il me semble que c'était plus ou moins ça. Elle m'a dit ça après ma première fois, quand je me suis plainte que ça ne valait pas le battage qu'on en faisait.

Olivia se tut. Je me sentais mal, incapable de déglutir, les yeux me piquaient, j'avais une boule dans l'estomac. Il n'y avait pas un bruit dans la pièce. Un chien solitaire aboyait dans la nuit, au loin. Ma fille posa la main sur mon dos, me massa entre les épaules. Je m'écartai du précipice. Elle posa son front sur mon bras. Je caressai ses cheveux noirs si doux. Le temps continua de s'écouler. Elle embrassa mon poignet. Le bruit de la circulation reprit ses droits dans la pièce. Je refis surface.

— Ta première fois ?

Olivia se redressa sur son siège.

— Elle ne t'en a pas parlé, hein ? J'en étais sûre.

— Pourquoi ?

— Je lui ai demandé de ne pas le faire. Je pensais que tu le jetterais en prison.

— C'était quand ?

— Il y a assez longtemps.

— Je ne suis pas certain de ce que « assez longtemps » signifie exactement en anglais. Parfois c'est court, parfois c'est long.

— À peu près dix-huit mois.

— Quand, exactement ? Je veux me souvenir du moment.

— Au mois de février l'année dernière, pendant le carnaval.

— Tu n'avais que quinze ans.

— C'est exact.

— Que s'est-il passé ?

Elle s'étira et eut un frisson de nervosité parce qu'elle n'était pas habituée à me parler ainsi. Moi non plus.

— Tu le sais bien.

— Raconte-le-moi.

— C'était à une fête, il avait dix-huit ans...

On pense à ce genre de trucs jusqu'au jour où l'on se rend compte qu'ils ont eu lieu sans qu'on le sache. Pourquoi ne l'avais-je pas vu ? Les femmes n'ont-elles donc pas une lueur dans les yeux quand elles ont goûté au fruit défendu ? Je sais que ce n'est pas le cas pour les garçons : avant, ce sont des crétins, et après, ce ne sont que des crétins heureux.

Je m'étais cru détendu, mais soudain mon énergie fut prête à jaillir, tel un ressort à boudin. D'où venait toute cette rage ? Pour la deuxième fois ce soir-là, mon poing s'abattit sur la table et je rugis contre ce salopard inconnu qui avait défloré ma fille. J'admonestai ma défunte épouse. Je me répandis en injures contre mon image qui se réfléchissait dans la fenêtre, me reprochai d'avoir été aussi aveugle. Je fustigeai Olivia, qui se vengea en expédiant un coup de pied dans sa chaise et en me jetant l'intégralité de sa vie amoureuse au visage. Elle hurlait à tue-tête au point que les membres d'équipage dont les bateaux prenaient la mer ce soir-là auraient pu s'aligner le long du bastingage et écouter. Elle ne s'arrêta que pour me frapper : les larmes ruisselaient sur son visage, ses poings martelaient mon torse puis elle sortit en coup de vent, les portes résonnèrent violemment derrière elle, les marches craquèrent sous ses talons et, après un ultime claquement de porte, je l'imaginai s'écroulant la tête la première sur son lit.

Après, le silence, à l'exception du sang qui battait dans mes oreilles et du grignotement d'un ver à bois qui forait son chemin dans le pied de la table.

Au bout d'une heure et demie à tourner et retourner mes pensées dans ma tête, je grimpai à l'étage. Il n'y avait pas de lumière sous la porte d'Olivia. Je continuai de monter vers ma pièce du grenier et la faiblesse à laquelle je m'abandonnais depuis six mois.

J'avais un bureau installé près de la lucarne avec une chaise de bois au siège en raphia. Dans le pupitre, je gardais une photo de ma femme, un portrait que j'avais pris de nuit sur la terrasse d'une maison dans laquelle nous avions dormi près de Lagos, dans l'Algarve. Sur le cliché, son visage est lumineux. C'est une photo en couleurs mais seuls le noir, le blanc et une aura jaune sont sortis avec le flash. Elle n'a jamais aimé qu'on la prenne en photo. J'ai pris celle-ci alors qu'elle ne s'y attendait pas mais elle n'a ni les yeux écarquillés ni l'air désagréablement surpris. En fait, elle a ce regard attentif et assez concentré qui précédait le moment où elle effectuait une manœuvre de repli.

Je plaçai sur le bureau la photo dans son cadre, face à la

fenêtre. Son visage apparut sur l'un des carreaux de verre comme si elle se trouvait dehors et regardait à l'intérieur.

Dans l'un des tiroirs du bureau, fermé à clé, je conservais un sac d'herbe et un paquet de papier à rouler Rizla+. J'en fumais quand j'étais jeune, en Afrique. C'était l'alcool du pauvre et les jardiniers en consommaient sans arrêt. Je n'avais pas fumé depuis mon départ de Londres, mais quand j'avais dû m'arrêter de boire pour perdre du poids, j'avais su que je ne parviendrais pas à surmonter les durs moments de solitude sans une aide pour en atténuer les difficultés. Je fumais environ deux ou trois joints par semaine depuis six mois. Quand je le faisais, je parlais au reflet de ma femme dans la fenêtre, et le plus étrange, c'était qu'après que la drogue eut fait effet et que je me fus replié sur moi-même, elle me répondait.

Je m'assis avec la lumière allumée, pour obtenir ce reflet, et fumai. Il n'en fallait pas beaucoup. C'était une herbe d'excellente qualité. Pas d'ici. J'aurais pu sortir de chez moi et me procurer de la marijuana en moins de cinq minutes, mais l'effet aurait été moindre. Le vieux chauffeur qui était au service de mon père, en Guinée, me l'avait fournie. Mon frère noir.

— Quelle journée, dis-je.

Pas de réponse. Le regard de ma femme était aussi droit que la trajectoire d'un bateau qui fend la mer.

— Ma nouvelle figure te plaît ?

Ses lèvres, légèrement ouvertes, sombres par rapport à son visage blanc, ne bougèrent pas.

— Je me suis foutu en rogne deux fois, aujourd'hui. Je n'avais encore jamais perdu mon sang-froid à ce point, même pas quand j'avais bu. Cette histoire à propos de mon père... Carlos qui parle de mon père comme ça. Je n'ai pas pu le supporter.

— Peut-être que tu sens coupable, pour ton père.

— Coupable ? Mais je l'ai défendu.

— Tu étais plus à gauche que la gauche quand je t'ai rencontré.

— C'était ma façon de me rebeller contre... contre le fascisme.

— Vraiment ? Ce n'était que ça ?

Silence. Dans ma tête je fis un marathon sur un parcours de cross. Je connaissais la réponse à cette question, mais comment la faire sortir ?

— Tu peux le dire tout bêtement. Il n'y a que toi et moi.

— Il n'aurait pas dû faire ça.

— C'est ce que tu as pensé ?

— Et je le pense toujours.

— C'est difficile pour toi de l'admettre, reprit-elle. Je sais combien tu admirais ton père.

— Mais pourquoi est-ce que je suis devenu fou furieux ? Taper des poings sur la table...

— Tu as toujours soutenu que les Portugais préfèrent vivre dans le passé... peut-être as-tu décidé de vivre dans le présent et le futur. Tu changes. Tu es seul et tu changes. Peut-être que tu ne veux plus être seul.

— Tu m'as manqué ce soir. Entendre Olivia prononcer tes paroles, tu m'as manqué.

— Ça ne t'embête pas que je lui aie dit ça ?

— Non, non. Pas ça.

— Quoi alors ?

— Je viens d'avoir le sentiment que même quand tu étais vivante, j'étais un peu seul.

Elle corrigea mon anglais :

— Pas seul. Solitaire. C'est ce qui fait que tu es toi, mais ça peut te briser. Tu étais trop curieux de connaître la vérité sur tout et tout le monde. Personne n'aime ça. Pas même les policiers. Et les personnes les plus proches de toi ne tiennent pas toujours à la révéler, et ne la connaissent pas forcément non plus...

— Je ne te suis pas, là.

— En particulier quand tu ne t'avoues pas tes propres petites vérités, quand tu te caches.

— Ah oui, je savais que nous y viendrions. La barbe.

Elle étouffa un petit rire.

— La barbe. La barbe n'a aucune importance.

— Métaphoriquement, j'entends...

— Si tu veux. Mais souviens-toi, c'est la première fois que tu me parles de ton jugement sur les actes de ton père.

— Pourquoi tu ne me l'as pas dit, pour Olivia ?

— Elle m'avait accordé sa confiance en me priant de ne pas en parler. Elle a ajouté qu'elle ne supporterait pas de te décevoir.

— De me *décevoir* ?

— Elle se rappelait toutes les fois où tu l'emmenais en promenade quand elle était petite. Toutes ces heures que tu passais avec elle, à lui répéter combien elle était merveilleuse et à quel point tu l'aimais. Ça t'a déçu ?

Je fumai le joint jusqu'au filtre et l'écrasai dans le cendrier en fer-blanc qui avait la forme d'un coquillage. Je ressentis à nouveau ce sentiment d'anéantissement qui suit le moment où une fille dont vous êtes tombé amoureux vous plaque avec désinvolture.

— Nous sommes des créatures étranges, murmurai-je.

— C'est compliqué, l'amour.

Je fixai mon propre reflet dans la vitre au-dessus de celui de ma femme.

— J'ai rencontré quelqu'un aujourd'hui.

— Qui est-ce ?

— Un professeur.

— Homme ou femme ?

— Femme.

— Et ? interrogea-t-elle d'une voix un peu sèche.

— Je suis... Je l'aime bien.

— Tu l'aimes bien ? Quel sens ça a, bien aimer ?

— Elle m'attire.

Silence.

— C'est la première femme que je rencontre avec qui j'aimerais...

— Tu n'as pas besoin d'être explicite, Zé.

— Je ne voulais pas...

— Alors ne le fais pas.

— C'était juste que...

— Zé ?

Son image trembla sur la vitre. Le vent venu de la mer cognait contre les carreaux mal fixés dont le mastic était tombé depuis longtemps. La lampe grésilla sur le coin du bureau. Je reculai le siège et me retrouvai ramassé sur moi-même, agrippé au bord du meuble. Des tuiles remuaient sur le toit à mesure que la brise mordait davantage. Quand la secousse m'ébranla, j'eus l'impression qu'elle venait de derrière mon sternum. Elle me propulsa vers l'avant contre le meuble, la photo tomba, la vitre s'assombrit, la lampe chavira.

J'étais étendu sur le sol dans l'obscurité, les mains crispées sur le ventre. À moitié sous le bureau, incapable d'aspirer suffisamment d'air dans mes poumons. Un docteur aurait pu conclure à une crise cardiaque et, dans un sens, c'en était une. Après une petite éternité, je m'aidai de la chaise pour me relever, réussis tout juste à me traîner jusqu'à la porte et dégringolai à moitié les escaliers.

Je me déshabillai comme un dément, mes vêtements collant à mon corps comme ceux d'un amant en proie au désir. Je m'allongeai sur le lit, la main dans la dépression que son corps avait creusée dans le matelas. Des larmes coulèrent le long de mon visage et mouillèrent l'oreiller.

27.

24 décembre 1961, Monte Estoril, près de Lisbonne

Felsen était assis sur le bord d'un coffre en bois, le dos tourné à la fenêtre noire, battue par la pluie, qui aurait révélé en plein jour l'océan gris et, sur la droite, le fort de Cascais, râblé, robuste, résistant aux vagues. Il regardait la famille de Pica partir après ce dîner de veille de Noël. Pedro, le fils aîné de Joaquim, était au milieu des invités, embrassant les uns, serrant la main des autres. Appuyé contre le mur, chevilles croisées, mains dans les poches, Manuel surveillait. Sûr de ses observations.

Les convives se séparèrent, Pica monta à l'étage, Pedro et Manuel disparurent dans la maison. Abrantes et Felsen se versèrent de l'armagnac d'avant-guerre, s'allumèrent un cigare cubain. Abrantes s'assit sur son meuble préféré, un fauteuil en cuir à dossier haut surmonté d'un appuie-tête arrondi dans le haut. Il aimait frapper doucement de sa main, sans y prendre garde, le bras de ce fauteuil qui présentait une trace plus foncée à l'endroit où la graisse naturelle de sa paume s'était incrustée.

— Tu n'as pas bonne mine, constata Abrantes. Tu ne te nourris pas correctement.

Il était exact que depuis plusieurs semaines Felsen n'avait plus d'appétit. Il avait l'impression qu'un événement important était imminent, et pour se trouver prêt à l'affronter il voulait être affûté, affamé, concentré. Il se tourna vers la fenêtre noire où il contempla le reflet d'Abrantes.

— Si tu avales de l'alcool sur un estomac vide, tu vas te détruire tout seul, fit remarquer Abrantes en mettant en avant sa connaissance approfondie de toute chose, comme si ses visites avec Pica à Harley Street s'étaient inscrites dans son éducation et l'autorisaient à pontifier sur tout ce qui touchait à la médecine.

Felsen tira sur son cigare. La braise à son extrémité lui renvoya des signaux en morse.

— Fumer est mauvais aussi... à moins de manger, ajouta Abrantes. Tout est bon tant que tu te nourris correctement.

Felsen fit les cent pas le long de la fenêtre, les yeux posés sur l'océan.

— En plus, tu es nerveux. Tu es devenu incapable de rester assis tranquillement. Tu ne travailles pas. Tu passes trop de temps avec trop de femmes différentes. Tu devrais t'assagir, te marier...

— Joaquim ?

Celui-ci l'observa de son fauteuil avec un air de victime innocente.

— Quoi ? J'essaie seulement de t'aider. Tu n'es plus toi-même depuis ton retour d'Afrique. Si tu avais une femme, je ne serais pas obligé de m'inquiéter pour toi... elles sont là pour ça.

— Je ne veux pas me marier, dit Felsen, s'exprimant pour la première fois à haute voix.

— Mais il le faut, il faut avoir des enfants ou alors... ou alors...

— Ou alors quoi ?

— Tout s'arrête. Tu ne veux pas être le dernier de ta lignée ?

— Ce n'est pas comme si j'étais le dernier descendant mâle des Habsbourg, Joaquim.

Abrantes n'était pas trop sûr de ce qu'était un Habsbourg. La remarque le coupa dans son élan. Ils burent. Felsen remplit son verre et retourna à la fenêtre. Il vit le reflet d'Abrantes qui se démanchait le cou pour distinguer ce qui valait le coup d'être regardé.

— Manuel se débrouille très bien à la PIDE, affirma le Portugais.

— Tu me l'as déjà dit.

— Ils affirment qu'il a des dispositions naturelles pour ce travail.

— Un esprit suspicieux, peut-être ?

— Un esprit inquisiteur, rectifia Abrantes. Il paraît qu'il veut tout savoir... ils vont le nommer *agente de 1º classe.*

— Et c'est une grande réussite ?

— Après moins de six mois d'exercice ? Je crois, oui.

— Qu'est-ce qu'il fait ?

— Tu sais... il enquête sur les gens. Il parle à des informateurs. Il trouve les vers dans la pomme.

Felsen hocha la tête, écoutant à peine. Abrantes se tortillait dans son fauteuil favori, incapable de trouver une position confortable.

— Je voulais te demander une chose. Ça fait des mois que j'en ai l'intention.

— Oui ? fit Felsen intéressé pour la première fois de la soirée.

— As-tu vu la *Senhora dos Santos*, pour ton problème de l'été dernier ?

— Bien sûr.

Abrantes se rassit, jambes tendues, soulagé.

— Ça m'inquiétait. Que tu ne prennes pas ça au sérieux. C'est un incident très sérieux.

— Elle n'a rien fait du tout. Elle m'a expliqué que ce n'était pas son genre de magie.

Abrantes jaillit de son fauteuil comme si un mécanisme l'avait frappé dans le dos. Il saisit Felsen par le coude, le serra fort pour souligner la gravité de ses propos.

— Maintenant, je sais ! s'exclama-t-il, les yeux exorbités. Maintenant je sais pourquoi tu te comportes comme ça. Tu dois aller voir quelqu'un. Immédiatement.

Felsen dégagea son coude de l'emprise du Portugais. Il avala l'armagnac qui restait dans son verre et quitta la maison.

Il était vingt-deux heures trente. Il était ivre mais pas trop pour prendre le volant de la Mercedes et rentrer à Cabo da Roca. Il roula dans les rues silencieuses, noires et luisantes de pluie. Ralentit en passant devant deux ou trois adresses de Cascais, puis chaque fois poursuivit son chemin. Non qu'il manquât d'appétit physique, mais à cause de l'échange de paroles nécessaire pour en venir au fait. Il fuma le reste du cigare, tambourina des doigts sur le volant. Lui vint alors à l'esprit, dans les ténèbres venteuses de la route de Guincho, tandis que les orages s'amoncelaient au-dessus de l'Atlantique en attendant de pénétrer à l'intérieur des terres, que, dans un accès de folie, Maria avait peut-être révélé à Abrantes que Manuel n'était pas son fils. Était-ce pour cela qu'elle était retournée dans la Beira ? Était-ce pour cela qu'Abrantes parlait de continuer la lignée, et que l'instant suivant il mentionnait

Manuel et sa réussite à la PIDE ? Il avait lâché une remarque, au cours de cette fameuse soirée de l'été précédent, concernant Manuel qui n'avait pas les mêmes parents que Pedro. Felsen secoua la tête en direction des essuie-glaces, indécis au moment où la pluie s'abattait en bourrasque sur la route, cinglant et secouant la voiture. Ces pensées le perturbaient. Il commença à éprouver une sensation désagréable entre les épaules et sur la nuque, se méfiant tout à coup du siège arrière qui n'était peut-être pas vide.

Encore ivre, soupira-t-il.

Une voiture s'approcha sur une longue section de route droite. Les deux conducteurs mirent en codes. Quand l'autre véhicule fut proche, Felsen profita de la lumière pour jeter un coup d'œil à l'arrière dans le rétroviseur. Rien. Il tendit le bras derrière lui, balaya l'air entre les sièges. Crétin d'ivrogne.

Les feux de position rouges s'effacèrent dans l'obscurité, rapidement oblitérés.

La route grimpa à travers les profondes ténèbres des bois de pins, dépassa Malveira da Serra, serpentant, revenant sur elle-même. Le volant filait entre les mains de Felsen tandis qu'un peu de transpiration s'était formée sur sa lèvre supérieure où l'alcool suintait de son corps.

Il bifurqua au sommet et plongea à travers le village d'Azóia en direction du phare où sa maison, ramassée au milieu de la cour, tournait l'échine aux intempéries. Il sortit pour ouvrir la barrière. Le vent gonfla ses poumons, la pluie cingla son oreille chaude. Il roula jusqu'au garage, revint fermer la barrière. Il avait laissé une lampe extérieure allumée, au coin de la demeure, et, dans la lumière qui se réfléchissait sur la boue durcie et mouillée de la cour, il discerna des empreintes qui se dirigeaient vers le côté de la maison.

Il posa son pied sur l'une d'elles. Il était plus petit. La GNR l'avait averti que des bandits opéraient sur les routes de la Serra da Sintra. Il rentra la voiture dans le garage. Ouvrit la boîte à gants, en sortit un vieux Walther P48 qu'il avait gardé depuis la guerre. Il vérifia le chargeur, glissa l'arme sous sa ceinture de pantalon. En pensée, il s'inquiéta de la corrosion des munitions par l'air marin et essaya de se souvenir de la date où il avait graissé cette saleté pour la dernière fois. L'important, néanmoins, était de l'avoir à portée de la main.

Il entra en trébuchant, vit son visage caoutchouteux dans le miroir de l'entrée. Peut-être était-il ivre, tout simplement, et les empreintes appartenaient-elles au jardinier. Ça devait être ça. Il ôta son manteau, le secoua pour en chasser la pluie, l'accrocha. Le jardinier était petit, il ne lui arrivait même pas à l'épaule, il avait les pieds d'un elfe. Il tendit les oreilles en quête d'un mouvement.

Felsen s'engagea dans le couloir. Ses semelles de cuir donnaient l'impression de faire beaucoup de bruit sur le bois du plancher. Il actionna la lumière de la cuisine. Vide. Traversa en direction du séjour. Appuya sur le commutateur. Le Rembrandt abaissa sur lui son regard. Il s'approcha du buffet pour se verser une dose d'*aguardente* qu'il gardait dans une bouteille sans étiquette. En renifla l'odeur. L'alcool brut lui dégagea l'esprit, la paranoïa recula d'un cran. Il alluma une cigarette, tira deux bouffées rapides, l'écrasa. Sortit le pistolet de sous sa ceinture et se retourna.

Un homme se tenait à côté de la porte, cheveux gris peignés en arrière, imperméable bleu dont les épaules mouillées luisaient sous la lumière. Il tenait une arme

— Schmidt, dit Felsen d'un ton étonnamment calme dans la mesure où ce nom venait de surgir dans sa tête telle une grenade lancée dans les airs.

Schmidt ajusta sa prise sur le revolver calibre 38 dont le canon de douze centimètres décrivit un petit cercle. Il était étonné que Felsen ne soit pas stupéfait de son apparition au point d'en heurter le mur derrière lui. Étonné de voir le Walther dans sa main. Comment pouvait-il être armé et se tenir prêt ? Que savait-il ?

— Vous devriez poser ça, lança-t-il.

— Vous pourriez faire la même chose.

Ni l'un ni l'autre ne bougea. Bouche hermétiquement fermée, Schmidt respirait bruyamment par son nez cassé. La tension faisait jouer les muscles de ses mâchoires, son cerveau effectuait des calculs avec la même intensité qu'un grand maître d'échecs, sans cependant en posséder la clarté.

— Cigarette ? proposa Felsen.

— J'ai arrêté. Mes poumons n'ont pas supporté les tropiques.

— Un verre alors ?

— J'ai déjà pris un cognac tout à l'heure.

— J'ignorais que vous buviez.

— D'ordinaire, je ne le fais pas.

— Prenez-en un autre, dans ce cas, pour voir si vous êtes capable d'apprécier.

— Posez votre arme.

— Pourquoi nous ne les poserions pas tous les deux là-bas, sur le buffet.

Schmidt s'avança entre les meubles, le revolver devant lui. Au fur et à mesure qu'il s'approchait, la teinte grise de son visage devenait plus apparente. C'était un homme malade, ce qui le rendait d'autant plus dangereux. Avec un hochement de tête, ils déposèrent leurs armes simultanément sur le bois verni. Felsen versa à boire.

— Je suis surpris, dit-il d'un ton qui démentait son propos. On m'avait juré que vous gisiez au fond d'une rivière avec une balle dans la tête et les poches remplies de pierres.

Il tendit un verre d'*aguardente*. Schmidt renifla le liquide.

— Votre associé. Il ne s'est même pas lancé à ma poursuite, à aucun moment. Je l'ai vu. Il est resté près de la maison comme s'il me donnait le temps de m'échapper, et quand il a cru que j'étais loin, il s'est avancé dans le champ de coquelicots et il a tiré une cartouche en l'air. Pas quelqu'un de courageux, mais pas stupide non plus. Je l'aurais tué.

— Pourquoi n'êtes-vous pas revenu dans la maison pour nous éliminer ?

Schmidt inclina la tête sur le côté d'un air sardonique.

— Comme dans les films. J'y ai pensé, mais j'ai décidé que c'était trop dangereux. De toute façon, vous tuer tous les deux n'était pas ce qui importait le plus à ce moment-là.

— C'est pour cette raison que vous m'avez envoyé Eva ?

— Eva ?

— Susana. Susana Lopes... de São Paulo.

— Susana a bien failli réussir. Elle a commis une erreur de débutante, mais après tout, elle n'était pas autre chose.

— Vous travaillez pour quelqu'un, Schmidt ?

— Il s'agit d'une affaire personnelle.

— Pourquoi ne commencerions-nous pas par ce que vous voulez. Mettons ça au clair. Ce n'est pas l'or que vous voulez, n'est-ce pas ?

— L'or, dit Schmidt d'un ton qui n'était ni celui d'une question ni celui d'une réponse.

Déstabilisé, Felsen déclara :

— Vous êtes malade. Ça se voit.

— Fibromes aux poumons, reconnut Schmidt.

— Où est-ce que vous habitez ?

— Je suis rentré en Allemagne, à Bayreuth. J'étais de Dresde. Vous savez ce qu'ils ont fait à Dresde. Je n'y suis pas retourné.

— Est-ce que votre famille a survécu ?

— Ils sont à Dortmund.

— Des enfants ?

— Deux garçons et une fille. Ils sont adultes maintenant.

— Je vois. C'est un revolver américain que vous avez là.

— Un souvenir.

— Est-ce que le drapeau des États-Unis sort du canon quand on tire ?

Schmidt sourit. La tension se relâcha. Felsen s'arrangea pour l'entraîner plus loin des armes. Il s'assit sur le bras d'un sofa en cuir tandis que Schmidt prenait place sur celui d'un des fauteuils, leurs genoux se touchant presque.

— Ce tableau me rappelle quelque chose, lança Schmidt.

— Un autre souvenir.

— Il ne donne pas l'impression d'être une gravure de piètre qualité.

— Je l'ai acheté dans Bayswater Road, à Londres.

— C'est une copie de... ? s'enquit Schmidt en amorçant le geste de se lever.

Felsen posa la main sur son épaule.

— C'est un Rembrandt, Schmidt. Maintenant expliquez-moi la raison de cette visite de courtoisie. Le dîner s'est prolongé tard et je suis fatigué.

Schmidt tourna son cou plissé dans son col élimé. Une petite touffe grise était visible sous sa mâchoire, oubliée au moment du rasage matinal. Des poils noirs en broussaille dépassaient de son oreille.

— Je ne suis pas le seul à avoir un passé sensible, déclara-t-il.

— Ah, fit Felsen, maintenant que le mobile était révélé. Encore une chose que vous avez importée des États-Unis. Il paraît qu'en ce moment le chantage y est très populaire.

Les yeux de Schmidt se posèrent sur les armes. Le vieil homme, sur le tableau de Rembrandt, veillait.

— Ils s'intéressent de très près à certains cercles, confirma-t-il d'un air absent.

— Vous ne croyez pas qu'ils ont largement de quoi s'occuper avec les Russes ?

— Ils disposent de tout le personnel nécessaire quand il s'agit d'une société valant plusieurs millions de dollars et fondée en temps de guerre grâce à des capitaux SS.

— Il y a bien sûr un risque que tout cela vous explose à la figure, Schmidt. Vous n'avez aucune preuve hormis votre propre passé haut en couleur.

Schmidt se jeta sur le buffet. Felsen réagit à retardement. Il lança violemment son pied devant lui et toucha son adversaire au tibia. Les bras de Schmidt battirent l'air mais ses mains parvinrent à retomber sur le buffet. Un pistolet chuta bruyamment sur le plancher à l'endroit où s'arrêtait le tapis. Schmidt s'écroula puis pivota pour se placer sur le dos. Felsen se retrouva à genoux, les yeux rivés sur le canon de son propre pistolet.

— Je croyais que nous discutions, Schmidt, dit-il.

— Oui, mais j'ai changé d'avis. Le chantage est une entreprise délicate... beaucoup de choses peuvent tourner mal en cours de route.

— Il en va de même pour le vol et le recel de vieilles toiles de maîtres.

— Je pensais plutôt au meurtre.

— Au meurtre ? Qu'auriez-vous à y gagner ? Vous n'avez plus de santé, vous devriez penser à l'avenir de vos enfants.

— Ils ne me connaissent pas. Je les ai vus... mais ils ne me connaissent pas.

— De quoi s'agit-il, alors ? Je ne comprends plus.

— Il s'agit de loyauté.

Felsen eut le souffle coupé quand Schmidt appuya sur la détente. Il y eut un déclic. Schmidt actionna la culasse mobile. Felsen bondit vers l'angle de la pièce, la main tendue pour se saisir de l'autre arme. Une explosion assourdissante retentit, bien plus forte qu'une simple détonation dans un espace restreint, et Felsen sentit une brûlure fulgurante à l'oreille et au bras. Le bruit qui s'ensuivit fut l'écho de l'horreur qui résonnait dans Prinz Albrechtstrasse, celui d'un homme aux confins de l'orgasme. Il s'empara du revolver et roula sur lui-même.

Schmidt était effondré contre le buffet, les jambes allongées devant lui, les yeux écarquillés fixés sur le moignon sanglant à l'extrémité de son bras droit. Le sang couvrait sa poitrine et ses cuisses. Son imperméable était déchiré, sa figure et ses cheveux gris piquetés de rouge. Il voulait crier mais, comme un homme sujet à un cauchemar, son esprit vacillait et il ne pouvait que gémir. La quantité de sang qui avait jailli de son artère brachiale sectionnée engendrait une tache qui gagnait du terrain à travers le tapis en direction du mobilier en cuir.

— Je m'en vais, chuchota-t-il d'une étrange voix polie comme s'il avait obtenu ce qu'il était venu chercher et s'apprêtait à repartir.

Felsen se releva. Le miroir lui montra qu'il avait perdu la moitié d'une oreille. Son bras gauche le brûlait, depuis l'épaule jusqu'au poignet. Il l'entoura prudemment des doigts de sa main droite qui disparurent dans une profonde blessure au niveau du triceps. Ses genoux le lâchèrent, il faillit s'évanouir.

Il ôta sa veste dans la salle de bains, se lava du mieux qu'il put, fit couler de l'eau sur son bras. Cela n'y changea rien. Il avait l'impression d'avoir un fragment de charbon ardent enfoncé dans les chairs. Il courba la nuque au-dessus du lavabo. Non seulement il fallait qu'il se débarrasse de Schmidt, mais aussi qu'il fasse disparaître des meubles et un immense tapis ancien d'Arraiolos. Il ceignit son bras d'une serviette-éponge.

Il retourna dans le séjour, avança la main au-dessus de Schmidt, retira le bouchon de la bouteille d'*aguardente* et but une grande rasade au goulot. Il s'assit sur le divan, la bouteille coincée entre les cuisses et, à l'aide du téléphone le plus occidental d'Europe, passa un appel chez Abrantes. La communication fut longue à établir.

La domestique refusa de déranger son maître. Felsen dut insister durant trente secondes. Il savait à quoi le Portugais était occupé. Il but à nouveau et trouva un paquet de cigarettes neuf. Abrantes finit par prendre le combiné.

— J'ai besoin de ton aide.

— Ça ne peut pas attendre ? demanda la voix irritée.

— J'ai besoin de l'aide de tes amis... ceux pour qui Manuel travaille.

Un silence. Felsen avait capté l'attention du Portugais. Il avala une gorgée supplémentaire, cligna des paupières pour chasser les larmes.

— Il y a eu une suite à cette histoire avec Susana Lopes. Il y a un homme mort, ici.

— Ça suffit. Pas un mot de plus. Je t'envoie quelqu'un. Tu es blessé ?

Le visage de Felsen brûlait à cause de l'alcool. Ses lèvres le démangeaient, la cigarette collée à celle du bas. La sueur suintait du papier de verre de sa moustache.

— Au bras.

— Laisse la porte ouverte.

Felsen raccrocha maladroitement l'appareil. Il réussit à aller jusqu'à la porte d'entrée et à parcourir la moitié du chemin en sens inverse. Puis il s'effondra sur le seuil du séjour. Le visage livide de Schmidt fut la dernière image qu'il vit.

Il eut vaguement conscience de la présence d'individus dans la pièce. Des ombres et de la lumière dans ses yeux, des meubles qui raclaient par terre, des voix lointaines et indistinctes, le vent qui continuait de s'engouffrer dans la maison, qui faisait vibrer les fenêtres. On le déplaçait. Il sentit un éclair sous le dôme de son crâne et il repartit à la dérive, son radeau craquant sous la houle d'une mer démontée.

Il se réveilla à plusieurs reprises durant une période qu'il était incapable d'évaluer. Chaque fois, la chaleur à l'intérieur de son corps était phénoménale, comme s'il brûlait des combustibles fossiles. La dernière fois, il renifla une odeur épouvantable qui le terrorisa et le laissa aussi faible que le nouveau-né le plus chétif d'une portée de douze.

Il reprit ses esprits à la lumière du matin. Pendant les tout premiers centimètres de clarté, quand le gris le plus précoce s'infiltre à travers le noir. Sa tête était trop lourde pour se soulever de l'oreiller. Était-il réveillé, cette fois ? Était-il conscient ? Il attendit pour voir où il se trouvait, pour s'assurer qu'il n'était plus à l'intérieur de son propre crâne. Une lumière un peu plus soutenue, blanchâtre, couleur d'os, s'insinua dans la pièce. Il se sentait rafraîchi. La douleur intense avait en partie quitté son bras blessé, une perfusion saline coulait dans l'autre au goutte à goutte. Il ne souffrait plus autant de la soif. Dans le couloir, il entendit des voix qui parlaient d'une tentative de coup d'État à Beja, prononçaient le nom du général Machedo, mais tendre l'oreille requérait un trop grand effort et il coupa le son.

Il leva son bras droit. Il était retenu au châssis du lit à l'aide de menottes. Il leva le gauche, prudemment car la douleur était toujours présente. Le bras bougea. Felsen baissa les yeux vers sa poitrine pour le voir, mais il n'était pas là. Il avait l'impression que le bras y était, mais il n'y était pas. Sa main était là, mais elle n'y était pas. Son poignet. Son coude. Le biceps. Tout y était, et pourtant non. Il hurla à se déchirer les poumons. Deux gardes, tous deux armés de fusils, firent irruption dans la pièce.

— Qu'est-ce qu'il se passe, bordel ! s'écria le premier qui était également le plus âgé.

— Mon bras ! rugit Felsen. Mon bras n'est plus là.

Ils le contemplèrent en silence, à l'autre bout de la pièce.

— C'est vrai, confirma alors le plus jeune. On vous a amputé.

L'autre lui donna un coup de coude.

— Ben quoi ? fit le plus jeune.

— Il vient de perdre son bras, merde.

— Il sent bien moins mauvais que quand on l'a amené.

Le plus âgé lui jeta un regard vide puis partit chercher un médecin. Le plus jeune resta et arpenta la pièce.

— Pourquoi est-ce que je suis enchaîné au lit ? interrogea Felsen.

— Vous avez tué un type. Vous étiez complètement ivre et vous avez tué un type. Dès que vous serez en état d'être transporté, on vous ramène à Caxias.

— Je n'ai aucun souvenir du procès.

— C'est pour plus tard.

Felsen laissa retomber sa tête sur l'oreiller et regarda le plafond un moment en clignant des yeux.

— Vous voulez bien faire quelque chose pour moi ?

— Vous ne donnez pas l'impression d'avoir beaucoup d'argent sur vous.

— Si je vous donne un numéro, vous voudrez bien appeler Joaquim Abrantes ? Il vous donnera de l'argent.

Le garde secoua la tête. Pas la peine de se fatiguer.

Deux semaines plus tard, Felsen fut transféré à la prison de Caxias. Au bout de sept jours, on le tira de sa cellule froide et humide pour le conduire dans une pièce contenant une table, une boîte de sardines vide en guise de cendrier et deux chaises. Abrantes fut introduit par l'un des responsables de l'établissement. Il échangea une poignée de main avec Felsen, lui appliqua une tape sur l'épaule et essaya de l'encourager par des hochements de tête. Felsen tenta d'empêcher la froideur de transparaître dans son regard : Abrantes, le seul homme à l'extérieur de ces murs qui pouvait l'aider. Ils s'assirent.

Abrantes exhiba les cigarettes turques préférées de Felsen et une flasque de cognac. Ils fumèrent et trinquèrent.

— Alors, que se passe-t-il ? demanda Felsen.

— Une situation très délicate et désormais placée entre les mains de la bureaucratie.

— Je n'ai pas beaucoup de souvenirs, après t'avoir appelé.

— Ça a été le premier problème. Tu m'as contacté par l'intermédiaire d'une opératrice de Cascais. Le temps que j'appelle mes amis de la PIDE, une autre force de police avait déjà été alertée, par le central téléphonique, qu'un décès s'était produit et que tu ne le signalais pas aux forces de l'ordre. Suspect. Extrêmement suspect.

— Il s'est introduit dans ma maison. Il était armé.

— Toi aussi. Tes empreintes se trouvaient sur le pistolet qui n'avait pas été déclaré. Une balle provenant de cette arme a été retrouvée dans le cadavre.

— Je n'ai...

Felsen laissa la phrase inachevée et mâchonna l'ongle du pouce qui lui restait.

— Tu vois à quel point la situation est devenue compliquée.

— Ce n'était pas *mon* pistolet. C'est *lui* qui avait le mien. Il lui a explosé à la figure.

— Qu'est-ce qu'il faisait avec ton arme, qu'est-ce que tu faisais avec la sienne ?

Felsen ferma les yeux et comprima l'arête de son nez entre ses doigts. Il raconta ce qu'il s'était passé, au mieux de ses souvenirs. Abrantes l'écoutait, consultant sa montre et buvant plus que sa part de cognac. Il hochait la tête et murmurait pour l'inciter à poursuivre.

— Tu sais, déclara-t-il quand il fut certain que l'Allemand avait terminé, je ne crois pas que tu puisses raconter un mot de tout cela devant le tribunal.

— Comment ça, devant le tribunal ?

— Un procès est inévitable.

— Et tes amis de la PIDE ?

— Comme je te l'ai expliqué tout à l'heure... une situation très délicate et désormais placée entre les mains de la bureaucratie. Tu es à l'intérieur du système. Il n'est pas si facile de t'en faire sortir.

— Je ne me souviens pas avoir été mis en accusation.

— L'accusation, mon ami, est celle de meurtre.

Felsen chassa la boîte à sardines sur la table en écrasant sa cigarette.

— Tu sais qui c'était, hein ?

— Qui ?

— Le mort.

— D'après ses papiers, c'était un touriste allemand nommé Reinhardt Glaser.

Felsen secoua la tête avec dans les yeux une telle intensité qu'ils paraissaient saisir Abrantes à la gorge.

— Tu as une dette envers moi.

— Une dette ?

— Le mort était Schmidt... Tu te souviens de lui ?

— Schmidt ?

— Celui que tu m'as assuré avoir abattu, cette nuit-là dans l'Alentejo. Tu m'as affirmé que tu l'avais jeté à la rivière...

— Non, non, non, non.

— Si, Joaquim. C'était lui. Tu m'as menti. Il m'a dit que tu ne l'avais pas poursuivi, que tu avais tiré un coup de feu en l'air dans le champ de coquelicots. Il t'a vu. Schmidt t'a vu.

— Non, non, non... Son nom était Reinhardt Glaser. Tu t'es trompé.

— Je ne me suis pas trompé. Tu le sais très bien.

— Moi ? Comment ça ? Je ne l'ai jamais vu.

Un silence de plomb s'abattit sur la pièce.

— Tu as une dette envers moi à cause de ça, Joaquim.

— Écoute, tu as perdu ton bras, j'en suis désolé. Tu as traversé une épreuve terrible. Tu es encore en état de choc. Ta mémoire te joue des tours. Voilà ce que je vais faire pour toi. Je vais engager un des meilleurs avocats de droit pénal afin de t'aider à te sortir de cette situation catastrophique. S'il ne peut pas t'obtenir l'acquittement, personne ne le peut. Maintenant, bois. Il faut que j'y aille. Pica m'attend dans le Chiado. Plus je tarde, plus elle dépense. *Força, amigo meu.*

Ce fut la dernière fois que Felsen vit Abrantes. L'avocat ne se présenta jamais. Son vieil associé n'assista pas au procès, neuf mois plus tard, et il n'entendit pas la condamnation à vingt années de réclusion pour l'assassinat d'un touriste allemand, identifié au vu des renseignements figurant sur son passeport comme étant Reinhardt Glaser.

Lorsque Felsen entama ses deux décennies d'incarcération à Caxias, il fit un rêve bref, mais intense : il mettait en scène quatre fers à cheval qui se redressaient progressivement pour former un treillis métallique et, derrière ce treillis, se trouvait un lézard vivant dont la tête était écrasée en une bouillie sanglante, les pattes avant raidies, et qui semblait opiner du chef. Felsen se réveilla en sursaut. Le souvenir lui revint d'une portion de route noire menant à Guincho, par une nuit de Noël livrée à la tempête. Il sut alors que, même dans son état d'ébriété, son instinct ne l'avait pas trompé : Maria avait révélé à Abrantes que Manuel n'était pas son fils. Il se repassa en mémoire sa dernière rencontre avec le Portugais. Il avait donné l'impression d'être venu lui apporter de l'alcool, des cigarettes et un espoir possible, mais Felsen comprenait maintenant qu'il l'avait fait pour jouir d'une satisfaction profonde, pour se frotter les mains au-dessus du feu incandescent de la vengeance accomplie.

Deux semaines après le procès, le 18 novembre 1962, Joaquim Abrantes eut une entrevue avec son nouveau conseiller juridique, maître Aquilino Dias Oliveira, dans le but de modifier les statuts de la Banco de Oceano e Rocha. Parmi les actionnaires et directeurs, il n'était fait aucune mention de Klaus Felsen, l'assassin condamné par la justice.

28.

Dimanche 14 juin 199-, Paço de Arcos, près de Lisbonne

Olivia dormait encore, la tête cachée sous ses cheveux noirs, quand je passai la voir dans la matinée. Je descendis, mangeai un fruit, bus du café et parlai à la chatte qui, en s'étirant, était devenue la plus longue de Paço de Arcos. Les aiguilles de la pendule avançaient par à-coups vers neuf heures du matin et j'allai regarder le téléphone. Je lui avais trouvé un certain intérêt des années plus tôt alors que nous disposions d'un gros combiné en bakélite assez lourd pour écourter les conversations des jeunes filles. Maintenant nous avions un appareil à touches gris graphite entièrement lisse qui tranchait absurdement dans le décor de plus en plus vieillot de la pièce, et il était tellement léger qu'Olivia pouvait le coincer derrière son oreille et confectionner des vêtements pendant qu'elle parlait de garçons. Je le remis bien d'aplomb sur sa table, vérifiai le fil de raccordement extensible. Olivia entra, vêtue d'un tee-shirt qui lui descendait aux genoux, les yeux encore brouillés par le sommeil.

— Qu'est-ce que tu fais ? demanda-t-elle.

— Je regarde le téléphone.

Elle le fixa elle aussi.

— Est-ce qu'il s'apprête à entrer en transe ?

— J'envisageais de m'en servir.

La chatte survint et s'assit à côté d'elle, les pattes propres, pressentant un moment qui pouvait s'avérer intéressant. Elle bâilla à gorge déployée.

— À qui veux-tu téléphoner ?

Je me saisis le menton et levai les yeux vers elle. Tout à

coup ma tête accusait un trop-plein : je m'apprêtais à appeler un témoin potentiel dans un procès criminel afin de l'inviter à déjeuner, j'allais devoir parler d'elle à ma fille, j'avais la folie de la veille à expliquer.

On sonna à la porte.

— Je voulais te parler de ce qu'il s'est passé hier soir, dis-je en choisissant la solution la moins périlleuse.

On sonna à nouveau. Olivia quitta la pièce rapidement. Heureuse de s'échapper. La chatte observa alentour pour chercher un truc à voler, et partit elle aussi. Je saisis brusquement l'appareil et composai le numéro de Luísa Madrugada. Elle décrocha avant même que la sonnerie n'ait retenti.

— C'est l'inspecteur Zé Coelho, commençai-je sur un rythme précipité parce que j'étais pris de panique. Ça vous plairait d'interrompre votre travail ?

— Ça me plaît toujours d'interrompre mon travail, inspecteur, nous en avons parlé hier. Par quoi et par qui... toute la question est là.

— Pour déjeuner. Est-ce que déjeuner... ?

— Inspecteur ? m'interrompit-elle, soudain sérieuse et distante. S'agit-il d'un appel professionnel ?

Un frisson me parcourut. Je me sentais mal.

— Absolument pas, répondis-je en changeant mon idée d'origine et en forçant les mots à sortir.

Elle rit et me pria de passer à son appartement à une heure. Olivia revint dans la pièce, suivie de Carlos qui portait un journal sous le bras, et de la chatte qui cherchait toujours les amuse-gueule.

— Tu es en progrès, me déclara ma fille, pas impressionnée outre mesure.

Je reposai le combiné, mon cœur se remettant à battre après un de ces moments forts en émotions (espoir, désespoir, joie) qui marquent le début d'une relation – le tout en l'espace de dix secondes. J'avais oublié l'énergie que cela réclamait.

Carlos s'approcha et me tendit la main. Je l'acceptai. Il prolongea ce contact, la tête baissée, me présenta de longues excuses qui avaient dû l'empêcher de fermer l'œil toute la nuit. Je regardai Olivia, qui resta clouée sur place jusqu'à ce qu'une idée plus importante lui traverse l'esprit et qu'elle quitte la pièce.

Je posai la main sur l'épaule de Carlos. Il souffrait et ne pouvait toujours pas lever les yeux sur moi. J'avais l'impression que mon torse avait la même envergure qu'un toit de cathédrale. Si j'avais ouvert la bouche, il en serait sorti un accord d'orgue dont tous les boutons de registre auraient été tirés au maximum. Je lui entourai les épaules du bras.

— Vous êtes quelqu'un de bien. Ce n'est jamais facile de s'excuser, surtout lorsqu'on n'est pas seul fautif.

— Je n'aurais jamais dû parler de cette façon de votre père. C'était impardonnable. C'est un problème pour moi. Je lâche les mots comme ils me viennent. Je ne pense pas aux autres. Je m'efforce de retenir mes pensées mais je n'y parviens pas. C'est pour ça que l'on me mute tout le temps. Je fâche les gens. Mais vous le savez maintenant.

— C'est un sujet délicat... la révolution. Nous n'aurions pas dû l'aborder après une journée pareille.

— C'est ce que m'a dit mon père : qu'il n'y avait même pas encore eu une génération depuis. C'est encore trop sensible.

— Et vous... votre génération peut se permettre d'être plus objective sur le sujet. Je suis encore... j'étais... directement concerné. Et votre père ?

— C'était un communiste, il était militant syndical sur l'un des chantiers navals. Il a été emprisonné presque quatre ans à Caxias.

Nous restâmes là à hocher la tête. Tout cela était trop grave et trop délicat pour risquer des commentaires. J'avais l'impression d'avoir lié mes mains à celles de quelqu'un d'autre en ceinturant le tronc d'un gros arbre. Je précédai Carlos dans la cuisine et l'installai devant une tasse de café. Il posa son journal bien informé sur la table.

— Il raconte des trucs intéressants ? questionnai-je.

— Ils parlent de Catarina Oliveira.

— Ah bon ?

— Vous n'auriez pas cru...

Je lus l'article. Il exposait les faits : où et quand son corps avait été découvert, l'heure de la mort, le nom du lycée qu'elle fréquentait, ce qu'elle faisait le vendredi après les cours, la façon dont elle avait été tuée et, plus surprenant, mon nom était mentionné.

— Qu'en pensez-vous ? demanda Carlos.

Je haussai les épaules. Je ne savais pas. C'était très inhabituel. Si j'avais l'esprit retors, j'en conclurais que Aquilino Oliveira mettait ses amis en garde contre les personnes avec qui ils risquaient de s'entretenir. L'affaire prenait une tournure plus importante, une dimension publique.

— Il pourrait en surgir un élément qui soit profitable pour nous, déclarai-je. Quoi d'autre ?

— Il y a un grand article à propos de cette histoire d'or.

— Je ne savais pas qu'il y avait une histoire d'or.

— Une commission d'enquête se constitue sous la forte pression des États-Unis, de l'Union européenne et des organisations juives. Nous avons tenté de nous y soustraire, mais maintenant, finalement, nous sommes contraints de nous bouger.

— Nous ? Qui ça, nous ? On croirait entendre un journaliste portugais, ils ne livrent jamais le renseignement intéressant qu'on voudrait connaître.

— Le gouvernement a nommé une commission d'enquête sur la complicité du Portugal qui, pendant la Deuxième Guerre mondiale, aurait accepté de l'or pillé par les nazis en échange de matières premières et aurait, vers la fin du conflit, blanchi cet or par le biais de l'Amérique du Sud.

— Le gouvernement ?

Carlos déplia le journal.

— En fait non, ce sont les gouverneurs de la Banco de Portugal. On a nommé quelqu'un pour fouiller dans leurs archives.

— Qui ?

— Je ne sais quel professeur.

— Ça va être un exercice de haute voltige. Qui donc nous oblige à laver notre linge sale en public ?

— Les Américains. Un de leurs sénateurs affirme qu'il détient la preuve de l'implication du Portugal... voilà... en 1939, nos réserves en or s'élevaient à près d'un milliard cinq cent millions d'escudos et, en 1946, elles atteignaient quasiment les onze milliards. Qu'est-ce que vous en pensez ?

— Nous avons vendu beaucoup de matières premières pendant la guerre. Ça n'est pas du blanchiment. D'où venait tout cet or ?

— De Suisse... commença-t-il avant de s'arrêter.

Je suivis son regard. Olivia était entrée dans la cuisine et s'était assise latéralement sur une chaise proche de la table. Elle portait sa minijupe la plus courte et une paire de chaussures à talons hauts et à lanières appartenant à sa mère. Ses longues jambes avaient déjà pris la couleur du miel après un jour passé à la plage. Elle les croisa et se versa une tasse de café. Ses cheveux brillants, noirs avec des reflets bleus, étaient impeccables. Ses lèvres rouge vif. Sa jeune poitrine tendait le tissu d'un haut bleu nuit qui s'arrêtait cinq centimètres au-dessus de la ceinture de sa jupe, dévoilant la peau ferme et bronzée de son ventre.

— Tu vas quelque part ? demandai-je.

Elle rejeta ses cheveux derrière son épaule comme s'il s'agissait d'un geste soigneusement étudié.

— Je sors. Plus tard.

— Je te présente mon nouvel équipier, Carlos Pinto.

Sa tête pivota comme si elle était montée sur un mécanisme extrêmement coûteux qui rendait ses gestes plus souples. Sa langue était collée à sa lèvre supérieure.

— Nous avons fait connaissance à la porte.

Carlos s'éclaircit la gorge. Nos yeux se portèrent sur lui. Il n'avait pas été dans son intention d'attirer nos regards mais maintenant il devait dire quelque chose. Et pratiquer la politique de la retenue.

— Nous nous sommes battus, votre père et moi, hier soir.

Peine perdue.

— Une rixe dans un pub, commenta-t-elle en adoptant son plus bel accent anglais avant de poursuivre en portugais. Je croyais que vous faisiez partie de la police.

— Ça se passait juste entre nous deux.

— Et le barman ? dis-je. N'oubliez pas le barman.

— Mon père était d'humeur à se battre avec tout le monde hier soir. Vous, moi, ma défunte mère, le barman... est-ce que j'oublie quelqu'un ?

— C'était de ma faute, objecta Carlos.

— Pourquoi vous êtes-vous battus ?

— Pour rien, dis-je rapidement.

— Et vous, alors ? interrogea Carlos.

Olivia trouva le moyen de ne pas rougir.

— Moi ? Pour rien non plus.

— C'était important à ce moment-là, rétorquai-je.

Elle se tourna vers moi.

— Et c'était quoi, tout ce bruit dans le grenier, hier soir ?

Carlos fronça les sourcils. La chatte arriva au pas de course.

— Je suis tombé dans le noir. Où m'as-tu dit que tu allais... plus tard ?

— Les parents de Sofia m'ont invitée à déjeuner.

— Sofia ?

— La fille du banquier. Celui qui t'a remis tout cet argent, pour ta barbe.

— Tu les vois beaucoup... les Rodrigues ?

— Sofia est dans ma classe. Elle....

Olivia hésita, regarda dans la direction de Carlos dont les yeux n'avaient pas quitté son visage.

— ... Elle a été adoptée. On s'entend bien depuis l'année dernière. Vous savez comment c'est.

Carlos semblait savoir.

— Je serai à Lisbonne cet après-midi, dis-je.

— Je m'en vais, annonça Carlos.

Olivia sauta sur l'occasion, en oubliant qu'il n'était pas vraiment « plus tard ».

— Si vous passez par la gare, vous pourriez m'y accompagner.

Elle m'embrassa sur la joue et fit disparaître le rouge à lèvres avec son doigt, un geste qu'elle aimait faire, qu'elle trouvait adulte.

— N'oublie pas de te raser.

Ils partirent. Je me rasai, descendis au café où je bus un *bica* avec António Borrego. Je me sentais détendu après le numéro d'Olivia. Si une fille de seize ans était capable de manipuler ainsi deux mâles adultes, je pouvais aussi bien me livrer pieds et poings liés à Luísa Madrugada pour voir si elle allait faire de moi un chimpanzé ou un homme.

J'entrai dans Lisbonne en luttant contre ma conscience tentaculaire. Pouvais-je vraiment inviter un témoin potentiel à déjeuner alors que j'ignorais quelle place il occupait dans l'affaire ? C'était une querelle véhémente. Ce mot *potentiel* prenait beaucoup d'importance et, pour une fois, je laissai la partie privée impétueuse de mon être terrasser la partie professionnelle raisonnable.

Je passai vingt minutes Rua Actor Taborda, assis dans ma voiture à attendre d'être un peu moins en avance. J'observai l'entrée d'un cinéma porno, vaguement intéressé par le genre de spectateurs qui pouvaient avoir la force d'aller assister à des *sessões contínuas* un dimanche midi. Apparemment aucun.

Je sonnai à treize heures et ressentis une légère déception quand Luísa vint à ma rencontre. Je ne savais pas ce que mon subconscient avait espéré mais mon estomac me faisait comprendre que ce n'était pas de rater le déjeuner. Nous entrâmes dans une *cervejaria* de l'Avenida Almirante Reis, à l'enseigne d'une chaîne réputée pour ses fruits de mer. J'avais envie que nous nous installions au comptoir parce que j'aime manger des fruits de mer de façon informelle, mais la zone du bar me parut peu attrayante et plutôt minable en dépit des énormes aquariums pleins de langoustes et de homards à l'air perplexe. Le serveur nous installa près de la vitrine. Deux autres couples y étaient assis, le reste de la salle caverneuse était vide. Nous commandâmes une platée de gambas, deux crabes tout préparés et deux bières.

— Je dois reconnaître que vous m'avez surprise, déclara-t-elle.

— En vous appelant ? Je me suis surpris moi-même.

— Ah oui, ça aussi... mais je voulais dire que j'ai été surprise que vous soyez policier.

— Je n'en ai pas l'air ?

— Ceux que l'on voit se cachent derrière leurs grosses chaussures et leurs lunettes de soleil. Ceux que l'on ne voit pas, les gens comme vous, qui appartiennent à la *Polícia Judiciária*, je ne sais pas. Je les imaginais seulement sévères, durs... las aussi.

— J'étais las.

— Las de la vie... las de ce qu'il y a de pire dans la vie. Vous étiez fatigué.

On nous servit nos bières. Je lui offris une cigarette mais elle repoussa mes ultralégères pour sortir un paquet de Marlboro tout à fait normal. Elle s'empara d'un Zippo à essence qu'après usage elle fit briller sur la nappe pendant qu'elle regardait la rue bordée d'arbres. Elle posa son menton sur la base de sa main et fuma en pensant à quelque chose qui accentuait le vert de ses yeux.

— J'ai toujours trouvé que si on a envie d'être triste, Lisbonne est l'endroit rêvé pour ça.

— Et vous êtes triste ?

— Plutôt mélancolique.

— C'est mieux, mais...

— Je suis triste aussi, assise là-haut devant mon ordinateur alors que c'est le premier beau dimanche après-midi de l'été.

— Mais vous n'y êtes plus.

— Vous avez raison, reconnut-elle avant de secouer la tête pour chasser cette humeur.

Ses grandes boucles d'oreilles bizarres tressautèrent sur ses joues.

— Vos boucles d'oreilles ? interrogeai-je.

— Un de mes amis fabrique des bijoux en se servant de ce qu'il récupère dans les restaurants. Celles-ci ont été faites avec le treillis métallique d'une bouteille de vin.

— J'ai vu les cuillers, hier.

— Les cuillers, répéta-t-elle.

Elle avait encore l'esprit ailleurs... peut-être sur la plage avec quelqu'un d'autre. Elle reporta son attention vers la fenêtre.

— Vous savez pourquoi Lisbonne est une ville triste ? demandai-je. Elle ne s'est jamais remise de son histoire. Quelque chose de terrible est arrivé ici qui l'a marquée pour toujours. Toutes ces étroites ruelles ombragées, les jardins sombres, les cyprès autour des cimetières, les rues pavées et pentues, la *calçada* noir et blanc des places, les vues sur le fleuve au débit lent et sur l'océan au-dessus des toits rouges... rien de tout cela ne s'est jamais libéré de cette réalité : l'anéantissement quasi total de la population urbaine lors du tremblement de terre qui s'est produit voici presque deux cent cinquante ans.

Silence. Son menton pivota sur sa main. Elle cligna des yeux deux fois. Qu'avais-je fait ?

— Police poétique, déclara-t-elle.

— L'Igreja do Carmo. Connaissez-vous un seul autre lieu au monde où le monument dédié aux victimes est le squelette d'une cathédrale au cœur de la ville ?

Elle réfléchit quelques instants.

— Non... Police méditative, ajouta-t-elle, sans plaisanter cette fois.

— Je peux aussi faire la police impitoyable.

— D'accord.

Je lui adressai le regard glacial que je réservais aux assassins menteurs ayant occis leur mère. Elle frémit.

— Combien d'autres polices avez-vous en réserve ?

Je lui présentai mon sourire de catholique béat.

— La police sympathique.

— Je ne crois pas à la police sympathique.

Je m'effondrai sur ma chaise, la tête sur la poitrine.

— Et ça ?

— La police que tout le monde veut voir... la police posthume.

— Vous avez le cerveau malade.

— Ça m'aide dans mon travail.

Le serveur apporta les grosses crevettes et les crabes. Nous commandâmes deux autres bières. Mangeâmes les gambas. Luísa Madrugada me plaisait beaucoup. Elle suçait les têtes : raffiné ou non, elle s'en moquait totalement.

— Vous ne ressemblez pas à un professeur.

— C'est parce que je ne le suis pas. Je suis le pire prof que je connaisse. J'adore les enfants mais je n'ai aucune patience. Je suis trop agressive. Encore deux semaines et je ne le suis plus.

— Qu'est-ce que vous allez faire ?

Elle me jaugea pendant une seconde pour voir si j'étais digne de la confidence, si elle était déjà prête à aller jusque-là.

— Je résiste depuis un bon bout de temps mais maintenant je vais franchir le pas. Je vais diriger une des entreprises de mon père.

Elle aspira avec force le jus d'une tête de crevette, fit claquer ses lèvres, les essuya et vida les trois cinquièmes de sa bière en trois gorgées.

— Seulement une ?

Elle arrêta de s'essuyer les mains pour vérifier si ma remarque était ironique.

— Je suis ambitieuse.

Le serveur déposa deux autres bières devant nous.

— À quoi est-ce que vous aspirez ?

— À une vie dans laquelle ce sera moi qui prendrai la plupart des décisions, sinon toutes.

— C'est une évolution récente ?

Elle sourit et baissa les yeux sur les carapaces de crevettes déchiquetées dans son assiette.

— Il s'agissait de la police perspicace, cette fois ?

Je finis ma première bière, attaquai la seconde.

— Vous avez déjà évolué dans le milieu des affaires ?

— J'ai travaillé pour mon père pendant quatre ans, après l'université. On s'est disputés. On se ressemble. Je suis partie et j'ai décidé de passer un doctorat.

— Sur quoi ?

— Et ça, c'était la police sourde ? Je vous l'ai dit hier, vous vous souvenez ?

— J'étais accaparé par d'autres pensées.

— Je sais.

Soudain la mécanique quantique se manifesta à nouveau. Je pris conscience de chacun des photons qui nous séparaient.

— À votre tour d'être perspicace, dis-je.

— Les principes de l'économie sous Salazar, énonça-t-elle lentement. L'économie portugaise entre 1928 et 1968.

— Nous ne sommes pas obligés d'en parler maintenant, si ?

— Uniquement si vous pouvez vous en tirer seul.

— Laquelle des entreprises de votre père allez-vous diriger ?

— Il a une maison d'édition.

— Qu'est-ce qu'elle publie ?

— Trop d'écrivains hommes. Pas assez d'œuvres de fiction. Pas de fiction de genre, comme les romans policiers ou les romans d'amour. Pas de livres pour enfants. Je veux changer tout ça. Je veux inciter les gens qui ne lisent pas à lire. Les accrocher, les cultiver.

— Les Portugais considèrent la littérature exactement comme leur nourriture : avec un immense sérieux.

— Vous travaillez dans la police et vous n'avez jamais lu un roman policier ?

— Je crains qu'ils ne soient aussi ennuyeux que la réalité, et si ce n'est pas le cas, ça ne me semblera pas réaliste.

— Vous ne comprenez pas ce qui est important. Un adolescent de treize ans ne lira jamais José Saramago, mais donnez-lui un roman policier et, arrivé à l'âge de dix-sept ans, il le fera.

— Et qu'adviendra-t-il de notre grande nation footballistique ?

— Nous aurons des footballeurs cultivés.

Elle émit un rire profond et rauque qui était probablement dû à sa consommation de Marlboro, mais je m'en fichais : il faisait bondir mon cœur dans ma poitrine, déclenchait un frisson le long de ma colonne vertébrale. Nous mangeâmes notre crabe, bûmes de la bière et discutâmes livres, films, acteurs, célébrités, drogue, gloire, succès. Je commandai un homard préparé et grillé et Luísa proposa de payer un *vinho verde* Soalheiro Alvarinho 1996 qui avait plus de corps que tous les autres *vinho verde* que j'avais jamais bus. Nous commandâmes donc une autre bouteille qui descendit à grandes lampées et, deux heures et demie après notre arrivée, nous quittâmes l'air conditionné pour nous jeter directement dans la chaleur de la rue déserte, sans voitures ni passants, où les arbres immobiles observaient le silence de la sieste.

Nous marchions bras dessus, bras dessous. À la porte de son immeuble, elle me saisit par le poignet et me tira sur les marches. Elle ne me lâcha que pour sortir ses clés et, l'instant suivant, nous étions dans le couloir sombre à nous embrasser tandis qu'elle claquait la porte si violemment avec le pied que les verres tintèrent dans les placards de la cuisine.

Elle me guida à travers le salon, se débarrassa de ses sandales dans la chambre, puis elle se tourna vers moi, arracha la chemise de mon pantalon et fit courir ses mains sur mon torse. D'un mouvement d'épaules elle fit glisser les bretelles de sa robe qui tomba à terre. Elle abaissa énergiquement mon pantalon sur mes cuisses. Je m'évertuai à retirer ma chemise. Elle m'empoigna à travers le caleçon et me lança un regard de défi. Elle m'arracha le sous-vêtement puis ôta sa culotte. Je l'attirai à moi et elle bondit, serra ses jambes autour de ma taille et replia un bras derrière mon cou. Elle se laissa descendre doucement, sa toison frottant contre mon ventre, incroyablement chaude, d'une chaleur qui dépassait le seuil de la tolérance humaine, puis vint le moment où le contact se noua et elle garda cette position jusqu'à ce que nous soyons tous deux tremblants et frissonnants. Elle allongea les bras, se pencha en arrière en me souriant, souriant de mon supplice et, au moment où nous nous écroulions sur le lit, j'eus l'impression d'être le surfeur qui sent la vague gigantesque croître sous lui, les tonnes d'eau enfler, surgir, rouler avec une terrifiante vitesse dans leur déferlement monumental.

Le bruit de la circulation nous réveilla. Les Lisboètes rentraient chez eux au crépuscule. Sans un mot, nous nous liâmes l'un à l'autre et fîmes à nouveau l'amour. Le miroir nous observa sombrement. Une lumière rouge traversa le fragment de ciel velouté que nous apercevions par la fenêtre ouverte, puis vint le bruit des pales d'un hélicoptère qui fendaient l'air. La pièce sentait le sexe : transpiration, parfum, et une odeur sucrée comme celle du jus de baies écrasées sur la peau. La vie soudain paraissait riche, la ville mûre, la chambre foncée comme le vin et pleine de possibilités simples et complexes.

Je ne sais comment je réussis à m'extraire de son appartement. Après un bref moment pénible je me retrouvai dans ma voiture et me dirigeai vers la sortie de la ville. L'odeur de son corps était toujours sur moi et dans ma poitrine se déployait un sentiment qui m'évoquait les voiles d'une flottille prenant la mer.

La terre de Paço de Arcos parut solide sous mes pieds. En entrant dans la maison, j'eus l'impression que j'avais beaucoup d'argent à la banque et que le frigo était rempli de nourriture, ce qui était doublement faux.

Il était vingt-deux heures. Il y avait de la lumière dans la cuisine et j'entendais des voix. Olivia, les jambes nichées sous la table, écoutait Faustinho, un pêcheur du coin qui était affalé sur une chaise, en retrait, sa bière tout juste à portée de sa main. Il se mettait dans tous ses états en parlant du gouvernement, des quotas de pêche de l'Union européenne et de Benfica, par ordre d'importance croissante.

Il parvint à se lever quand j'entrai. Olivia me parut soulagée, et fatiguée. Nous nous embrassâmes.

— Tu ne sens pas comme d'habitude, dit-elle.

Sur ce, elle partit se coucher.

Faustinho, sérieusement éméché, vida sa bière et posa un bras sur mes épaules.

— Venez. Il faut que vous rencontriez ce garçon. Il a vu quelque chose l'autre nuit. Ça vous aidera pour votre enquête. Il faut que vous lui parliez. Vous avez de l'argent ?

Nous prîmes la direction des jardins et empruntâmes le tunnel pour rejoindre le parking de l'autre côté de la Marginal. Faustinho marchait à grands pas devant moi, regardait sous les bateaux, dans les cabanes. Je traînais derrière, profitant de cet instant où je me laissais guider.

— Qu'y a-t-il de si urgent ? lui criai-je de loin.

— Ça fait déjà une heure.

— Tu ne m'as pas dit qu'il se préparait pour la nuit ?

— C'est un gosse des rues, il a pu arriver n'importe quoi. Il a peut-être pris peur.

— Tu ne lui as quand même pas révélé que je suis policier.

— Non, non, mais ça fait une heure que je suis parti et peut-être qu'il a commencé à réfléchir.

— Tu le connais, ce garçon ?

— Je l'ai déjà vu. Un petit maigrichon. Il a aussi un peu de sang noir. Sa veste, elle est deux fois trop grande pour lui.

Nous fouillâmes le parking et la zone où le club entreposait ses bateaux. Rien. Je m'assis sur la quille de l'un d'eux et fumai en regardant le large avec le sentiment d'être utile. Nous retournâmes à A Bandeira Vermelha et bûmes de l'*aguardente* distillée à partir du *vinho verde* qu'António avait rapporté du Minho dans des bonbonnes de cinq litres.

S'étant persuadé que je ne le croyais pas, Faustinho me fit une autre description plus détaillée du garçon. António et moi étions penchés l'un sur l'autre, de part et d'autre du bar, et nous observions impassiblement Faustinho qui évaluait la taille du gamin en prenant sa propre épaule comme référence.

Je repris sans me presser le chemin de chez moi dans la tiédeur de la nuit. Demeurai un moment indécis au bas de l'escalier du grenier, éprouvant la tentation de monter. J'entrai dans la chambre, me déshabillai et me glissai nu entre les draps, l'odeur de Luísa toujours sur moi.

29.

16 juillet 1964, Pensão Isadora,
Praça da Alegria, Lisbonne

Manuel Abrantes se réveilla en sursaut, les yeux fixés sur le panneau central élimé de la descente de lit. Sa moustache était trempée de sueur, sa tête embrouillée par l'alcool qui avait tourné à l'aigre dans son cerveau. La chambre ne lui rappela rien jusqu'à ce que l'odeur du parfum bon marché franchisse son importante pilosité nasale et qu'un léger ronflement dans son dos active plus encore ses souvenirs. Il regarda derrière son épaule, essayant de retrouver un visage ou un nom. Ni l'un ni l'autre ne lui vint. Elle était jeune et plutôt grosse. Allongée sur le dos, le drap rabattu autour de la taille. Ses seins largement écartés s'étaient répandus sous ses aisselles. Elle avait une légère moustache. Son accent de l'Alentejo lui revint.

Il se leva, essuya la sueur et éprouva de la répugnance en sentant l'odeur de la fille sur lui. Il trouva une serviette, emprunta le couloir pour aller à la salle de bains, se doucha sous un mince filet d'eau tiède, debout dans une baignoire en fonte. La migraine peu prononcée qui s'était déclarée ne le dérangeait pas, son pénis douloureux, si. Elles vous racontent toujours qu'elles n'ont rien, mais...

Il s'habilla. Sa chemise était dans un état épouvantable. La journée de la veille avait été torride, il avait trop bu et ça l'avait fait transpirer doublement. Il allait devoir se rendre au travail en effectuant un détour par la maison familiale de Lapa afin de se procurer une chemise propre. Un costume, aussi. Celui-ci avait été piétiné par une armée entière. Il ressemblait à un représentant de commerce brisé plutôt qu'à un *agente de 1º classe* de la *Polícia Internacional e de Defesa do Estado* qui n'avait même pas encore vingt-deux ans.

Il jeta une pièce sur la table de chevet et partit. Chercha sa voiture sur la Praça da Alegria, jusqu'à ce qu'il se souvienne qu'il l'avait laissée dans le Bairro Alto. Il suivit la Rua da Glória puis prit le funiculaire pour grimper la colline où il trouva son véhicule garé dans la Rua Dom Pedro V. Il se rendit à Lapa. La maison était silencieuse. Le reste de la famille se trouvait à la villa d'Estoril pour l'été. Il se rasa, se doucha et enfila des vêtements propres qui apaisèrent de leur fraîcheur son pénis irrité. Il se redressa face au miroir, laissa tomber sa chemise sur son ventre avant de la rentrer à nouveau dans son pantalon sans parvenir à décider ce qui était le mieux. Il voulait se présenter sous son meilleur aspect possible à son travail ce jour-là. Tout avait mal débuté mais il espérait qu'il allait se remettre sur les bons rails.

Il roula jusqu'à la Marginal et, pour la première fois, remarqua que l'air était plus frais aux confins de la ville, et plus pur. Au terme de cinq journées de fournaise oppressante, la mer était redevenue bleue, le ciel limpide et les pylônes d'acier jumeaux du Ponte Salazar, le pont suspendu en cours de construction sur le Tage, pointus comme des épingles au-dessus du calme plat de l'estuaire. Les ouvriers étaient déjà sur l'énorme rampe de béton, ils se préparaient à tirer le premier câble en travers du fleuve.

Manuel fit halte à Belém pour avaler un café et un *pastel de nata* dans l'Antiga Confeitaria. Il en mangea trois et fuma une cigarette. Maintenant que son corps était propre et son estomac calmé il commença à se délecter en pensant à son travail. Cela faisait deux ans et demi qu'il était membre de la PIDE et pas une minute il ne l'avait regretté. Il avait passé sa première année au quartier général dans la Rua António Maria Cardoso, dans le quartier du Chiado à Lisbonne, où il avait prouvé à ses supérieurs qu'il possédait un talent naturel pour ce travail. Ils n'avaient même pas eu à lui expliquer comment recruter des informateurs. Il savait. Il trouvait les faiblesses des individus, laissait sous-entendre que la PIDE s'intéressait à leurs activités, puis les sauvait de l'arrestation et de la très redoutée prison de Caxias en les intégrant à son réseau. Ça le surprenait que son arme la plus efficace soit le charme. Il s'en était cru dépourvu mais avait appris plus de choses qu'il ne le pensait de son Pedro, et maintenant qu'il évoluait dans un autre univers, où il n'avait pas de passé, il pouvait se servir de ce qu'il n'avait fait qu'observer auparavant. C'était si simple. Le charme n'était qu'une question de comportement. S'il souriait, on l'appréciait. Son sourire faisait étinceler ses yeux bleu-vert aux longs cils, ce qui attirait l'attention, tandis que sa moustache lui conférait un aspect affable, ses cheveux dégarnis un air de vulnérabilité, de telle sorte que globalement les gens lui accordaient leur confiance. Il ne commettait jamais l'erreur de les en mépriser car il était très heureux d'être apprécié. Il s'assurait seulement que ses supérieurs n'ignorent pas que sous cet extérieur adroitement élaboré se dissimulait une ténacité impitoyable, une sévérité inflexible, et un désir indéfectible de poursuivre son action.

Manuel demanda au barman de l'Antiga Confeitaria de lui préparer un paquet de six *pastéis de nata.* Il écrasa sa cigarette, paya et reprit le chemin de la prison de Caxias.

Durant sa première année au quartier général de la PIDE, il avait particulièrement bien réussi à extirper les racines de la contestation au sein de l'université. Ça avait été plus facile qu'il ne l'avait escompté. Son frère était étudiant. Il était très populaire. Ses amis venaient continuellement à la maison. Manuel écoutait. Il notait des noms, en nourrissait son réseau. Il ne cessait de recruter. Il flattait, menaçait et manipulait jusqu'à ce que, parvenu fin 1963, il ait compilé des dossiers sur deux professeurs qui ne travailleraient plus jamais, et sur huit étudiants dont l'avenir était terminé avant même d'avoir commencé. Ses supérieurs étaient impressionnés. Son père avait souhaité qu'il identifie tous les syndicalistes et tous les communistes de ses usines pour s'en débarrasser, mais Manuel avait été irrité de constater qu'il ne possédait pas, sur cette institution, l'influence qu'il avait appris à considérer comme naturelle en d'autres lieux. Il avait alors reçu son affectation pour le centre d'interrogatoire de la prison de Caxias où l'*Estado Novo* enfermait ses dissidents les plus sérieux et les plus actifs politiquement. Des méthodes plus persuasives étaient nécessaires pour encourager ces individus à aider la PIDE à identifier le réseau de cellules communistes qui menaçait non seulement la stabilité du gouvernement mais tout le mode de vie du pays.

Manuel avait consacré ses premiers mois à Caxias à affiner ses techniques d'interrogatoire, en partie par la pratique mais avant tout en observant des hommes plus expérimentés à travers un miroir sans tain récemment posé. Ce dispositif l'excitait énormément. Il faisait resurgir des souvenirs d'enfance. Il aimait s'asseoir tout près, le touchant presque du nez, avec parfois le visage du prisonnier écrasé contre le miroir de l'autre côté. Il éprouvait un plaisir délicieux, presque sexuel, à observer ouvertement sans être vu le visage fracassé d'un homme que l'on poussait aux limites de son endurance.

C'était un autre aspect de sa formation : comment briser un prisonnier. La méthode préférée consistait en un mélange de privation de sommeil et de tabassages aléatoires. Ils avaient installé un équipement sonore qui, sans exiger beaucoup d'encadrement, permettait d'empêcher un prisonnier de dormir pendant des jours. Ils utilisaient toujours la bonne vieille méthode de la statue, où l'on obligeait le prisonnier à s'appuyer contre un mur, le poids de son corps supporté par le bout de ses doigts, mais cette technique demandait beaucoup de temps, exigeait des passages à tabac réguliers et, par conséquent, du personnel.

Manuel se gara devant le fort. Il enfila sa veste, prit sa mallette et les gâteaux, se souvint avec un frisson de plaisir de la raison pour laquelle il avait payé cette fille, la nuit dernière, et avait absolument tenu à en trouver une qui ait l'accent de l'Alentejo. Il présenta son sauf-conduit que le gardien ne regarda pas, traversa la cour intérieure vers le centre d'interrogatoire. Jorge Raposo, un jeune de vingt et un ans obèse, originaire de Caldas da Rainha, qui était *agente de 2º classe*, l'attendait dans son bureau. Il discutait avec un autre *agente* d'un groupe de musiciens pop anglais qui s'appelaient les Beatles et de leur nouveau quarante-cinq tours, *Can't Buy Me Love*. Jorge traduisait le titre en portugais mais il se tut quand Manuel entra et l'autre agent s'éclipsa après un *Bom dia* hâtif.

— C'est quoi, son problème ? demanda Manuel en posant sa mallette et le paquet de gâteaux.

Jorge haussa les épaules et lorgna vers les pâtisseries.

— Nous n'en sommes pas arrivés au stade où nous devons nous dénoncer mutuellement parce que nous écoutons de la musique pop.

Jorge haussa à nouveau les épaules, alluma une cigarette et fit tourner la boîte d'allumettes sur son bureau d'un mouvement ininterrompu.

— Alors comme ça, tu aimes les Beatles, remarqua Manuel.

— Bien sûr, répondit Jorge en s'adossant à son siège et en soufflant la fumée vers le plafond.

— *She loves me yeah, yeah, yeah,* fit Manuel en anglais pour montrer que lui aussi était dans le vent.

— *She loves you...* corrigea Jorge.

— Quoi ?

— *She loves* you *yeah, yeah, yeah.* Pas « *me* ».

Manuel poussa un grognement, s'assit à son bureau et posa les mains à plat dessus. Jorge regretta de l'avoir repris.

— Qu'est-ce qu'on a aujourd'hui ? interrogea Manuel.

Jorge replaça la cigarette au coin de sa bouche et baissa les yeux sur ses papiers. Le nom, sur la page, lui sauta au visage.

— Toujours cette Maria Antónia Medinas.

Il constata aussitôt qu'il avait touché juste.

— Ah, oui, fit Manuel en fronçant les sourcils comme s'il l'avait oubliée, la fille de Reguengos.

— Celle qui a les cheveux blonds... les yeux bleus...

— Et moi qui croyais qu'il n'y avait que des Arabes là-bas. Tu sais... la peau bistre... le type maure.

— Pas elle, en tout cas, fit Jorge en se léchant les lèvres.

— Ta gueule, Jorge, prends un gâteau.

L'autre ouvrit le paquet et en prit deux.

— Bon Dieu, ils sont bons ! On devrait apporter de la cannelle au bureau.

— Dis-leur de faire monter la nommée Medinas, ordonna Manuel.

Jorge tendit la main vers le téléphone intérieur.

— Tu veux lui parler ou... ?

— Non, non, je vais regarder, cette fois.

La fille était debout dans la salle d'interrogatoire. Jorge la fit approcher du miroir. Manuel détaillait son visage, hagard en raison du manque de sommeil. Ses yeux bleus étaient sombres, enfoncés dans les orbites. Elle clignait fréquemment des paupières sous la lumière éblouissante des néons. Ses cheveux commençaient à devenir gras. Elle était effrayée mais le dissimulait. Manuel ressentait pitié et admiration. Elle tenait ses épaules droites dans un haut en jersey moulant : le premier des quatre boutons était placé entre ses seins qui tendaient le vêtement, le dernier à son cou. Elle portait une jupe grise qui lui descendait aux mollets et une paire de chaussures basses noires. Elle était soignée et paraissait encore propre à l'exception de ses cheveux.

Jorge débuta par la même litanie de questions. Il voulait

des renseignements sur les exemplaires du torchon communiste *Avante* qui avaient été découverts en sa possession quand elle avait tenté de monter à bord d'un ferry, à Cais do Sodré. Ses réponses étaient identiques. Elle ne savait rien. Elle avait pris le paquet par erreur. On ne le lui avait pas donné. Elle ignorait tout d'un réseau d'imprimerie clandestine. Elle ne connaissait aucun nom. Elle ne connaissait l'adresse d'aucun lieu sûr.

Jorge la passa au gril pendant deux heures. Elle s'en tint rigoureusement à son histoire. Quand les questions se faisaient moins pressantes et qu'elle commençait à s'assoupir, l'agent la giflait pour la réveiller, puis il l'obligeait à adopter la position du crucifié et à effectuer des flexions au niveau des genoux jusqu'à ce qu'elle sanglote. Au terme de la troisième heure, Jorge la fit reconduire en bas, à sa cellule.

Comme la section de la prison réservée aux détenus politiques était surpeuplée, ils avaient été obligés d'installer le matériel servant à priver les prisonniers de sommeil dans l'une des cellules du bâtiment consacré aux droit-commun purgeant des peines de longue durée. Le gardien escorta la fille, la sangla sur le banc de bois dur puis lui fixa les écouteurs sur la tête. Klaus Felsen épiait par un interstice dans le grillage de la porte de sa cellule car de telles allées et venues possédaient de l'intérêt pour un homme à qui rien n'était arrivé depuis deux ans. D'autant qu'il s'agissait de voir une femme.

Jorge et Manuel sortirent déjeuner. Ils mangèrent du poisson, burent une bouteille de vin blanc et deux *bagaços* chacun. Dans le courant de l'après-midi, ils interrogèrent quatre autres détenus. À cinq heures, Jorge rentra chez lui. Manuel descendit dans la cellule équipée du matériel sonore. Il se fit remettre les clés par le gardien et pénétra dans l'étroite pièce. Maria Antónia Medinas, allongée sur la planche, se convulsait dans ses sangles. Le bruit qui lui martelait le crâne était légèrement audible depuis la porte. Manuel coupa la diffusion du son. Le corps de la jeune femme s'immobilisa. Il se pencha au-dessus d'elle, les mains jointes derrière le dos. Le bon docteur. Elle avait l'air affolée, hagarde et terrifiée, comme la survivante d'un accident de la circulation qui lève les yeux vers le pare-brise pulvérisé. Des muscles se contractaient tout seuls. Sa poitrine se soulevait violemment.

Manuel lui retira les écouteurs. Elle déglutit avec difficulté. Il repoussa le nœud de cheveux tombé sur un front que la transpiration glaciale rendait moite. Il frotta lentement ses paumes douces et sèches l'une contre l'autre, s'assit au bord du lit. Sourit sans montrer ses dents. Le bon père. L'enfant malade.

— Ça a été dur, dit-il de la voix la plus douce et la plus apaisante qu'il put trouver. Je sais à quel point ça a été dur. Mais c'est fini maintenant. Vous pouvez dormir. D'un long et profond sommeil. Après, nous aurons une petite conversation et vous verrez, ensuite, tout ira très bien.

Il lui tapota la joue. Les paupières de la jeune femme retombèrent. Sa bouche prit un pli bizarre. Une larme coula sur sa joue. Il l'essuya avec son pouce. Elle ouvrit les yeux. Il y lut de la gratitude.

— Ne parlez pas pour l'instant. Dormez d'abord. Nous aurons le temps, tout le temps qu'il faut, après.

Elle ferma les yeux et sa bouche se relâcha. Il replaça les écouteurs silencieux sur ses oreilles. Il la laissa, donnant pour instruction au gardien de n'autoriser personne à entrer dans la cellule.

Il prit la route d'Estoril, à l'ouest. Il se sentait bien. Il se sentait heureux. Pour une fois, il avait envie d'être en compagnie de sa famille. Ils dînèrent ensemble, son père, Pica et Pedro. Il régnait une ambiance de fête dans la maison car tout le monde avait retrouvé l'appétit après les journées d'intense canicule. Ils se mirent tous d'accord pour aller profiter de la fraîcheur des montagnes de la Beira pendant les vacances d'août. Manuel dormit jusqu'à ce que son réveil se déclenche, à deux heures du matin. Il se réveilla avec le cœur qui sautait dans sa poitrine, une excitation qui lui serrait la gorge. Il s'habilla, prépara un sandwich au fromage avec le meilleur *Queijo da Serra* et reprit le chemin de Caxias.

Le gardien jouait aux cartes à un autre étage si bien qu'il fallut à *l'agente de 1º classa* du temps pour le trouver et se procurer les clés. Il s'introduisit dans la cellule dont il verrouilla la porte. Il perçut la respiration rythmée de la prisonnière, détacha les sangles qui l'attachaient au lit. Elle roula sur le côté, se recroquevilla sur elle-même. Il s'assit, posa une main sur sa hanche. La secoua par l'épaule. Elle gémit. Il insista, secouant sa frêle omoplate entre le pouce et l'index. Elle sortit du sommeil avec un soupir de désespoir, roula sur elle-même et ses yeux soudain s'ouvrirent en grand sur la peur. Il lui présenta ses mains pour montrer qu'il n'avait ni armes ni intentions cachées.

— N'ayez aucune crainte.

Elle se redressa sur son lit, s'adossa au mur, les genoux

ramenés sous le menton. Elle avait perdu une de ses chaussures. Il la récupéra sur le sol. La posa près de son pied nu. Elle le glissa dedans. Elle se souvenait de cet homme. Celui qui était compréhensif. Celui dont il fallait se méfier. Il lui tendit le sandwich au fromage enveloppé dans une serviette en papier.

— J'ai quelque chose pour vous.

— De l'eau, murmura-t-elle d'une voix rauque.

Il trouva la jatte d'argile du gardien remplie d'eau fraîche. Elle but avidement, le bec verseur du récipient ne touchant pas ses lèvres une seule fois. Du liquide ruissela de sa bouche, coula sur son menton et dessina une tache de plus en plus sombre à la naissance de son sein gauche. Elle vérifia le contenu du sandwich avant de le manger. Puis elle but à nouveau, ne sachant quand la gentillesse allait prendre fin.

Manuel lui offrit une cigarette. Elle ne fumait pas. Il s'en alluma une et arpenta la pièce. Il lui donna le dernier *pastel de nata* acheté le matin. Elle le dévora.

Elle appuya l'arrière de sa tête contre le mur. Tout à coup, Manuel s'assit près d'elle de telle sorte qu'elle recula un peu ses pieds. Il écrasa la cigarette sous sa semelle. Regarda le cou de la jeune femme.

— Qu'est-ce que vous faites à Reguengos ?

— Je travaille sur un métier à tisser. Je fabrique des *mantas.* Des couvertures.

— Est-ce que l'usine est fermée pour l'été ?

— Non. On m'a octroyé un congé pour que je puisse venir voir mon oncle.

À peine ces mots prononcés, elle essaya de se reprendre. Elle n'avait encore jamais parlé de son oncle. Manuel le nota mais fit comme s'il n'avait pas remarqué l'évidence. Tout finirait par sortir. Elle noua ses doigts autour de ses genoux comme si cela pouvait empêcher d'autres renseignements de lui échapper. Tu dois te méfier de celui-là.

— Il y a une grande fête des *mantas* quelque part dans le sud, non ? demanda-t-il.

— À Castro Verde.

— Je n'y suis jamais allé.

— Il n'y a pas une grande demande de *mantas* de la part des habitants de Lisbonne.

— C'est vrai, c'est vrai, reconnut-il en se sentant un peu stupide. Moi-même, je suis de la Beira.

— Je sais.

— Comment ça ?

— Le fromage dans le sandwich, répondit-elle pour lui montrer qu'elle avait retrouvé toute sa lucidité.

— Mon père le fait venir de là-bas, avec tous les *chouriços*, *morcelas* et *presuntos*. Les meilleurs du Portugal, cela ne fait aucun doute.

— Il n'y a rien à redire à un bon *paio Alentejano*.

— La chaleur. La chaleur ne lui convient pas. Elle accentue le goût de la viande.

— Nous avons ce qu'il faut pour garder les choses au frais.

— Bien sûr, le liège.

— Et le chêne-liège produit des glands dont on nourrit les cochons, ce qui donne...

— Vous avez peut-être raison, remarqua-t-il en trouvant très agréable de discuter de la sorte avec une femme. On ne pense qu'à la chaleur, quand on parle de l'Alentejo.

Et aux communistes, songea-t-elle.

— Et au vin, ajouta-elle.

— Oui, un excellent *tinto*, mais je préfère le dão.

— Ce n'est pas étonnant, venant de là-haut.

— Quand tout cela sera terminé, vous devriez me laisser vous montrer...

Il laissa sa phrase en suspens. Elle se raidit intérieurement et fixa avec intensité l'oreille du policier. Il avait le regard braqué de l'autre côté de la pièce et souriait. Il se tourna. Leurs yeux se rencontrèrent.

— Quand quoi sera terminé ?

— Cette résistance.

— Quelle résistance... à quoi ?

— La vôtre.

Il encercla la fine cheville de la jeune femme avec son pouce et son index. Ce contact engendra une soudaine montée de panique dans la gorge de la prisonnière. Elle éprouva le besoin de pousser un cri perçant. Elle appuya sa tête contre le mur, ferma les yeux un moment pour reprendre le contrôle d'elle-même. Il lui souriait. Quand elle rouvrit les paupières, il était plus près, son visage doux se rapprocha davantage, ses lèvres rouges et sensuelles s'entrouvrirent sous la moustache.

— *Filho da puta*, lâcha-t-elle dans un souffle.

Ils étaient si proches que sa respiration se mêla à celle du policier. Il recula brutalement comme si elle l'avait giflé. La douceur disparut de son visage. Sa mâchoire se contracta. Ses yeux se fermèrent une fraction de seconde et se voilèrent. Sa grande main douce s'avança au-dessus des genoux de la femme et agrippa un nœud de cheveux blonds gras. Il l'obligea à tourner la tête si brutalement que tout son corps fut forcé de suivre.

Elle était accroupie au bord du lit, le cou tiré en arrière. Il poussa sa tête dans l'angle à l'aide de son poing robuste crispé sur sa nuque. Une main chercha à tâtons, libéra la jupe coincée sous les genoux. Elle n'avait plus de voix. Ses pommettes la faisaient souffrir à l'endroit où il lui plaquait le visage dans l'angle du mur. Elle sentit sa jupe remonter sur ses cuisses. Elle lança son poing dans le vide derrière elle. Il tira sa tête en arrière, lui cogna le visage contre le mur. La jupe était relevée sur sa taille. Il déchira le sous-vêtement comme une bête féroce. Elle ne parvenait plus à réfléchir normalement, la tête noyée d'une couleur verte. Un seul instant elle parvint à émettre le cri le plus ténu d'un tout petit enfant dans la nuit. La douleur irradia entre ses jambes. Son corps eut un sursaut violent. Son front cogna contre le mur.

Tout fut terminé en moins d'une minute. Elle glissa du lit et s'écroula à terre. Son visage était glacé contre le sol rude en béton. Elle vomit le sandwich au fromage et l'eau. Il essaya de la relever mais elle n'était plus qu'un poids mort. Il lui expédia un coup de pied dans le ventre, plus fort qu'il n'en avait eu l'intention. Il eut l'impression qu'un organe éclatait à l'intérieur de son corps. Il la saisit par une jambe et par les cheveux, lui enfonça un genou dans le ventre et la hissa sur le lit. La douleur la déchira.

Il la fit rouler sur la couche, la sangla, replaça les écouteurs. La respiration haletante, il se pinça le nez entre le pouce et l'index, expédia un jet de morve et de sueur sur le sol. Il rebrancha l'appareil. Le corps de la prisonnière se tendit. Il remonta sa braguette d'un geste brusque et rapide. Ramassa la jatte et quitta la cellule.

Lorsqu'il referma la porte à clé, sa chair, sur sa nuque, se mit à le démanger. Il entendit son nom murmuré tout bas de manière répétée. *Manuel. Manuel. Manuel.* Le couloir de la cellule était vide. Il frissonna, prit le récipient et courut presque jusqu'à la chaise désertée par le gardien.

Il rentra à la maison de Lapa en ressentant un besoin de solitude et de calme. Il but de l'*aguardente* abondamment, directement à la bouteille. Il dormit d'un sommeil profond et atroce jusqu'à une heure tardive. Le soleil le réveilla en se déversant à travers les rideaux qu'il n'avait pas tirés, ainsi que le bruissement des palmiers dans un jardin proche, les échos de jeux d'enfants. Son visage était chaud, bouffi et en sueur. Ses entrailles lui donnaient l'impression d'être noires.

Il se doucha et se savonna jusqu'à ce que de petits couinements proviennent de sa peau, mais il ne parvint pas à se libérer de la noirceur qui s'était emparée de ses viscères. Il alla en voiture à Belém où il but un café mais ne réussit pas à faire descendre un *pastel de nata* dans sa gorge contractée. Il arriva au travail avec une heure et demie de retard. Jorge Raposo l'attendait.

— On a un problème, lui dit-il, et les entrailles noires de Manuel devinrent aussi glacées qu'une grotte.

— Ah bon ?

— La Medinas. Elle est morte.

— Morte ? ! s'exclama-t-il tandis que le sang refluait de sa tête au point qu'il dut s'asseoir.

— Le gardien l'a trouvée ce matin. Il y avait du sang partout.

Sa main s'agita avec dégoût dans la région des organes génitaux.

— Est-ce que le docteur l'a vue ?

— C'est comme ça qu'on sait qu'elle est morte. Une fausse couche. Elle est décédée d'une hémorragie interne et, à ce qu'on dirait, externe aussi.

— Une fausse couche ? Est-ce qu'on savait qu'elle était enceinte ?

— Non, et, à propos, le chef veut te voir.

— Narciso ?

Jorge haussa les épaules et regarda les mains de Manuel.

— Pas de gâteaux aujourd'hui ?

Le commandant Virgilio Duarte Narciso reposa doucement le combiné sur son socle et fuma les trois derniers centimètres de sa cigarette comme si chaque bouffée lui lacérait les poumons. Manuel avait tenté de croiser les jambes mais il transpirait tellement que le tissu collait en chaque point de ses membres inférieurs et qu'il ne pouvait tout simplement pas faire passer une jambe sur l'autre. Son chef, le commandant, frotta l'extrémité de son grand nez marron, aussi volumineux que le pouce d'un gant de boxe et dont tous les pores étaient visibles, comme si on les avait percés volontairement.

— Vous êtes transféré, annonça-t-il.

— Mais...

— En l'occurrence, il n'y a aucune discussion possible. Les ordres viennent du directeur en personne. Vous devez prendre la tête d'une équipe qui a la responsabilité de traîner en justice ce charlatan de général Machedo. Nous avons reçu des renseignements confidentiels nous informant qu'il se trouve en Espagne où il se prépare à faire une nouvelle tentative de coup d'État. Vous êtes promu au grade de *chefe de brigada* avec effet immédiat, et le directeur lui-même vous instruira de votre mission cet après-midi à Lisbonne. Voilà. Qu'en pensez-vous ? Vous n'avez pas l'air particulièrement heureux, *agente* Abrantes.

Manuel en était encore à scruter les crevasses glaciales de ses propres pensées.

— C'est un grand honneur, bredouilla-t-il. Je pensais être trop jeune pour pareille promotion.

Le commandant ferma un œil et le contempla d'un air rusé.

— Caxias n'est pas un endroit pour un homme qui possède autant de capacités.

— Je pensais que vous vouliez me voir pour la prisonnière Medinas.

— Qui est-ce ?

— Elle est morte dans sa cellule hier soir. Fausse couche. Hémorragie interne.

Le silence qui s'égrenait fut rompu par la sonnerie du téléphone. Tous deux sursautèrent et le commandant porta l'appareil à son oreille d'un geste soudain. Sa secrétaire l'informa que son fils, Jaime, venait d'être conduit à l'hôpital avec une fracture du poignet après être tombé d'un arbre. Le commandant Narciso raccrocha, hypnotisé par l'espace qui le séparait de Manuel. Puis son regard se concentra à nouveau. Manuel tenta d'avaler sa salive sans y parvenir.

— Ah, fit Narciso en finissant par écraser sa cigarette dont l'extrémité lui brûlait l'ongle, une communiste de moins dont nous aurons à nous soucier.

Le 19 février 1965, Manuel Abrantes dînait dans un petit restaurant de Badajoz, en Espagne, à moins de deux kilomètres de la frontière portugaise. Ses deux compagnons de table passaient un bon moment et lui-même arborait un masque de cordialité. Dans deux heures, tous trois allaient parcourir à pied une petite distance jusqu'à un lieu sombre où ils rencontreraient un gradé de l'armée portugaise, stationné à la caserne d'Estremoz, qui allait tracer les grandes lignes d'une stratégie susceptible de marquer le début d'une vie nouvelle pour huit millions de Portugais. Les deux compagnons de table de Manuel étaient le général Machedo et son secrétaire, Paulo Abreu.

Il avait fallu six mois de préparation pour obtenir cette rencontre, sans compter les quatre années précédentes consacrées par la PIDE à infiltrer les échelons supérieurs de l'entourage du général. Manuel était arrivé au meilleur moment possible. Il avait apporté une vision neuve à un homme qui avait passé la plus grande partie de la décennie en exil. Il avait guéri la mélancolie qui environnait le général et lui avait communiqué un nouvel optimisme. En présence de Manuel, le général avait commencé à croire en un avenir.

La nuit de février était froide, le chauffage du restaurant inadapté. Assis dans leurs manteaux, ils buvaient du cognac pour réprimer leurs frissons. À onze heures du soir, un homme entra et but un café à leur table. Quinze minutes plus tard ils coiffèrent leurs couvre-chefs et effectuèrent à pied le court trajet de deux cents mètres qui les séparait du cimetière où la rencontre devait se dérouler. Une demi-lune brillait dans un ciel d'une limpidité glaciale et ils n'éprouvèrent aucune difficulté pour trouver leur chemin. L'homme qui les avait rejoints à leur table marchait quelques mètres devant eux. Nul ne parlait. Les épaules du général étaient voûtées pour lutter contre le froid.

À l'intérieur du cimetière, le guide leur demanda de patienter dans un étroit passage entre des mausolées de marbre. Le général regarda par la fenêtre de l'un d'eux et fit une remarque sur la petite taille des cercueils.

— C'étaient des enfants, remarqua son secrétaire.

Ce furent ses dernières paroles. Un marteau s'abattit sur l'arrière de son crâne et son front brisa la vitre dans la porte du mausolée. Le général recula d'un pas, choqué, et découvrit deux hommes derrière ses épaules. Ses mains lui furent brutalement retirées des poches et ramenées dans le dos. Il regarda avec horreur son secrétaire qu'on étranglait sous ses yeux.

Le général fut contraint de s'agenouiller. L'homme qui

était venu au restaurant sortit un pistolet d'une poche et un silencieux de l'autre. Il vissa le second sur le premier, remit l'arme au *chefe da brigada*, Manuel Abrantes, qui baissa les yeux vers le général dont le képi était tombé à terre devant lui. Le visage et le corps entier du vieux militaire cédèrent soudain à un épuisement total. Il secoua la tête mais son cou ne pouvait plus la supporter et elle ploya sur sa poitrine.

— *Nous* étions des enfants, dit-il avec amertume.

Manuel Abrantes plaça la gueule du silencieux au contact de la nuque du vieil homme et appuya sur la détente. Il y eut un bruit assourdi et le général partit en avant avec une telle force que ses bras échappèrent à la poigne des deux hommes de la PIDE.

Manuel rendit l'arme à l'*agente.* Il tendit la main vers le général pour chercher le pouls à sa gorge. Il n'y en avait pas.

— Où sont les tombes ? demanda-t-il.

L'homme au pistolet s'avança dans le passage séparant les mausolées et tourna à gauche vers l'un des angles du cimetière. Les trous avaient à peine trente centimètres de profondeur.

— Qu'est-ce que c'est que ce bordel ? s'écria Manuel.

— La terre était trop dure.

— Bande de connards !

30.

Lundi 15 juin 199-, Avenida Duque de Ávila, Saldanha, Lisbonne

À sept heures du matin, j'étais déjà lavé, rasé de manière inexperte, habillé, et je me tenais devant le lycée D. Dinis, profitant de la fraîcheur matinale. Je m'étais réveillé à cinq heures, souhaitant être au milieu de mes vacances d'été et n'avoir en tête que le choix de mes lectures, la position à adopter sur la plage et ce que j'allais manger. Les photos de Catarina Oliveira rangées dans ma poche me replacèrent sur les rails de la réalité. J'allais interroger les gens de la rue, près du lycée, pour savoir s'il y avait du vrai dans l'histoire de voiture que m'avait racontée Jamie Gallacher.

Je pris un *bica* dans la Pastelaria Sequeira située en face du bâtiment art nouveau de l'école et me demandai si la chance était avec moi. Comment pourrait-il en être autrement après un week-end pareil ? Et je fis aussitôt chou blanc auprès du personnel de la *pastelaria*. Je remontai la rue jusqu'au café Bella Italia dont le barman – différent de la fois précédente – avait vu Catarina prendre un café en revenant de la Pensão Nuno. Il me montra du doigt une vieille femme assise près de la fenêtre.

— C'est son premier passage. Matin, midi, fin d'après-midi. Rien ne se produit sur ce bout de trottoir sans qu'elle soit au courant.

Je m'adressai à la vieille dame. La peau de son visage ressemblait à du papier crépon. Elle portait des gants avec un seul bouton au niveau du poignet, une robe bleue à plis très serrés et de lourdes chaussures en cuir blanc à talons bas. Elle hocha la tête devant la photo de la jeune fille. Elle l'avait aperçue avec un homme qui correspondait à la description de Jamie Gallacher.

— Ils n'étaient pas heureux, dit-elle en me retournant la photo.

À cinquante mètres du Bella Italia se trouvait le feu où se croisent l'Avenida 5º de Outubro et Duque de Ávila. L'endroit où, selon Jamie Gallacher, Catarina était montée dans la voiture. Des immeubles d'habitation et de bureaux entouraient le carrefour. C'était un lieu de travail. À cette heure de l'après-midi, il avait dû y avoir quantité de passants qui rentraient chez eux pour le week-end. Je me dirigeai vers l'arrêt de bus en face du Bella Italia. À mesure que l'on approchait de huit heures, de plus en plus de personnes arrivaient. Si Gallacher avait frappé la jeune fille, il devait forcément y avoir quelqu'un, à l'arrêt du bus de ce côté de la rue, qui l'avait remarqué.

Rassembler des Portugais en bon ordre de marche n'est pas chose facile, même s'ils font partie de la même famille et qu'ils se dirigent vers la table du déjeuner, mais lorsqu'ils descendent du bus pour se rendre au travail, ils se transforment en un troupeau en furie. Cependant j'avais de la chance ce jour-là, et Jamie Gallacher aussi. Je rencontrai une jeune cadre commerciale de vingt-cinq ans employée par une compagnie d'informatique internationale dans la 5º de Outubro. Elle avait vu l'homme gifler la jeune fille et s'éloigner dans Duque de Ávila. Elle avait vu trois voitures s'arrêter au feu. La première était petite et gris métallisé, la deuxième grosse et foncée, la troisième blanche. Le conducteur de la deuxième, à peine visible derrière les vitres teintées, s'était penché sur le siège passager et avait appelé par la fenêtre. La fille était descendue du trottoir. Ils avaient parlé brièvement. Le feu était passé au vert, la voiture argent métallisé avait démarré et la fille était montée à côté du conducteur. La grosse voiture avait traversé l'Avenida 5º de Outubro et pris la direction du complexe formé par la fondation Gulbenkian et le musée d'Art moderne.

— Avez-vous noté la marque de la voiture ?

— J'ai regardé la fille, presque tout le temps. Je l'avais vu la gifler et, s'il l'avait suivie, je serais intervenue, mais il ne l'a pas fait, il s'est écroulé contre une voiture dont l'alarme s'est déclenchée.

— Celle dans laquelle la fille est montée, est-ce qu'elle avait l'air chère ?

— Elle était neuve. Les vitres étaient teintées... c'est tout ce que je peux vous dire. Demandez au collègue de travail qui était avec moi. C'est un homme, il saura vous répondre, pour la voiture.

Le collègue s'en souvenait. Sans l'ombre d'un doute, assura-t-il, il s'agissait d'une Mercedes noire.

— Si je vous envoie des catalogues de Mercedes, pensez-vous pouvoir me donner le type du modèle et le numéro ?

Il marqua son incertitude d'un haussement de sourcils.

Je notai leurs téléphones et retournai dans les locaux de la *Polícia Judiciária.* Je fis un petit détour par la Rua Actor Taborda et levai les yeux vers la fenêtre du grenier de Luísa. Je savais qu'elle n'y était pas mais j'avais envie de me sentir jeune et un peu bête. Je n'atteignis que l'un de ces deux objectifs.

Je me rendis au service des ressources humaines, dans l'immeuble de la PJ, pour suivre la piste que Jorge m'avait signalée, relative au détective privé venu fouiner à la Pensão Nuno en quête de renseignements sur Catarina. Je demandai à l'un des anciens s'il connaissait des policiers à la retraite qui travaillaient actuellement comme détectives privés. Il m'établit une liste de six noms.

— Est-ce que vous sauriez les reconnaître ?

— Pour la plupart, oui. Si je ne les ai pas vus en chair et en os, j'ai vu leur photo.

— Petit, trapu, cheveux gris, ni moustache ni barbe, yeux marron... Il porte un chapeau noir à bords qu'il n'enlève jamais.

— Lourenço Gonçalves. Il est chauve et il a une tache de vin sur la nuque, c'est pour ça qu'il n'enlève jamais son chapeau.

— Vous avez son numéro de téléphone ?

Il me conseilla de chercher dans l'annuaire et me donna le nom complet.

Je montai dans mon bureau. Carlos avait le mandat de perquisition pour le garage de Valentim. Je lui demandai d'aller chercher les catalogues Mercedes et de les porter à l'entreprise d'informatique. Je fis extraire Jamie Gallacher des *tacos* pour qu'on me l'amène. J'appelai l'appartement de Lourenço Gonçalves à Benfica, n'obtins pas de réponse.

J'essayai de tirer davantage d'informations de Gallacher, sur la voiture. Le jeune prof était en piteux état mais soulagé et tout disposé à coopérer. Quand je devinai qu'il commençait à inventer, je le renvoyai dans sa cellule.

Je m'assis et, en une heure et demie, rédigeai un rapport de six pages sur l'enquête. J'avais presque fini quand Carlos revint m'apprendre que la voiture avait été identifiée comme étant une série C. Je bouclai le rapport, rassemblai les dépositions et les envoyai à Narciso. Je tentai à nouveau d'appeler Gonçalves. Toujours aucune réponse. Il devait avoir un lieu de travail. J'abandonnai momentanément.

À onze heures trente, assis en face de Narciso, je regardais l'*Engenheiro* fumer ses SG Gigantes et pointais le doigt sur mon rapport comme s'il pouvait avoir une certaine valeur. Narciso s'approcha de la fenêtre. C'était un petit homme d'une quarantaine d'années, tellement soucieux de son apparence qu'on pouvait le croire sur le point de passer à la télévision. Même lorsque le taux d'humidité était élevé, il parvenait toujours à avoir des chemises qui n'adhéraient pas à son dos et les plis de ses manches étaient droits comme le fil du rasoir. Il paraissait plus puissant et plus calme que tout autre policier de l'immeuble.

— Comment ça se passe avec l'*agente* Pinto ? me demanda-t-il en abordant un point auquel je ne pensais déjà plus.

— L'*agente* Pinto est très fier, il fera un bon enquêteur.

— Répondez à la question, voulez-vous, inspecteur.

— Personne ne l'aime, je sais.

— Et vous, oui ?

— Je n'ai aucun problème avec lui.

— J'ai entendu dire qu'il y avait eu une bagarre de l'autre côté de la rue, samedi soir. Votre main, vous vous êtes coupé à la main.

— Et cette bagarre n'était pas sa première ?

— Je suis surpris d'entendre que vous l'appréciez, c'est tout.

— Il n'a pas une personnalité facile, mais ça ne me dérange pas.

Narciso tourna son beau visage lisse vers moi. Il avait bruni de deux ou trois tons au cours du week-end ensoleillé, mais ça ne l'avait pas rendu plus chaleureux : il était froid et distant, comme toujours.

— Ce qui m'inquiète dans votre rapport, c'est cette fallacieuse allégation de la *Senhora* Oliveira à propos de violences à enfant infligées à Catarina.

— Je suppose qu'elle n'a pas porté plainte de manière formelle.

— Non. Elle est décédée hier.

Silence. L'air conditionné me pénétra jusqu'à la moelle.

— Vous dites ça comme s'il s'agissait d'une mort naturelle.

Il secoua la tête.

— Une overdose. On l'a trouvée dans sa voiture, garée dans une rue de São João do Estoril, à environ trois cents mètres de la maison d'une amie chez qui elle avait passé la nuit.

— Une femme pleine d'égards, déclarai-je tandis que je sentais la culpabilité s'abattre sur mes épaules.

— Nous enquêtons sur sa mort, en ce moment même.

— Qui en est chargé ?

— L'inspecteur Abílio Gomes.

— Demandez-lui de s'assurer que maître Aquilino Dias Oliveira possède un alibi couvrant chaque minute de sa soirée de samedi.

— Ce qui nous ramène à votre rapport.

— À cette fallacieuse allégation.

— Une déclaration faite à la mauvaise personne sur des bases informelles, sans preuves pour l'étayer, par une femme instable que l'on savait dépendante aux barbituriques.

— La bonne a révélé quoi que ce soit ?

— Pas à ma connaissance.

— Vous ne trouvez pas que la présence de cette déclaration dans le rapport soit justifiée ?

— Vous avez fait du bon travail hier, inspecteur. Allez donc voir ce que va vous révéler le garage de Valentim Almeida. Je veux votre rapport là-dessus et l'interrogatoire de Valentim après la perquisition.

J'attrapai Carlos au passage, signai un papier pour sortir une voiture du parc de véhicules et roulai vers Odivelas, au nord. Nous restâmes bloqués pendant une demi-heure dans les embouteillages de Campo Grande. Je lui racontai ce qui était arrivé à Teresa Oliveira, et cela nous rendit silencieux pendant plusieurs minutes. Les klaxons retentissaient, indifférents. On entendait de la techno battre bruyamment derrière des vitres teintées, à côté de nous.

— Vous avez raison pour Olivia, déclara Carlos en lisant ce prénom à l'arrière d'une camionnette derrière laquelle nous nous trouvions. Elle est différente.

— Moitié portugaise, trois quarts anglaise. De quoi vous a-t-elle parlé ?

— Elle m'a raconté qu'un garçon de son lycée avait sa propre Range Rover.

— Ça ne lui ressemble pas d'être impressionnée par ce genre de chose.

— Elle ne l'est pas. C'est ce que je vous expliquais. Elle est différente. Elle m'a demandé ce à quoi, selon moi, pouvait aspirer un garçon de dix-sept ans qui a une Range Rover.

— Une question test... Qu'avez-vous répondu ?

— Que ça lui laissait l'opportunité d'aspirer à des choses plus importantes que la richesse matérielle.

— Elle a avalé ça ?

— Non. À son avis, il était déjà corrompu. C'était bien. Pour une fois j'ai eu l'impression de me faire l'avocat du diable.

Je tournai la tête vers Carlos, qui regardait résolument à travers le pare-brise.

— Elle aime ça. Les échanges d'idées. La discussion. Les joutes intellectuelles... c'est quelque chose qu'elle trouve rarement chez les filles de son âge. Comment la définiriez-vous ?

J'avais capté son attention.

— Une poule avec des entrailles ? proposai-je.

L'embouteillage se résorba. La colonne vertébrale du serpent de tôles s'étira. La techno, derrière les vitres teintées, décolla. D'autres pensées occupaient l'esprit de Carlos.

— Vous êtes resté longtemps, dit-il.

— De quoi parlez-vous ?

— De Narciso. Vous avez seulement discuté du suicide de la *Senhora* Oliveira ?

— Et de ses déclarations contre son mari.

— Rien d'autre à propos de l'enquête en général ?

— Il m'a également demandé comment nous nous entendions.

La main de Carlos se crispa autour de la poignée fixée au plafond.

— Je suppose qu'il était au courant pour la bagarre.

— Ce n'est pas la première fois que ça vous arrive, de l'avis général.

— Je me suis battu une fois avec Fernandes, qui travaille aux mœurs.

— Je ne le connais pas. Que s'est-il passé ?

— Fernandes est un porc. Il avait un accord avec plusieurs souteneurs et leurs prostituées. Il voulait me faire profiter de sa petite combine. J'ai refusé. Il m'a demandé si les petits garçons m'excitaient plus et je l'ai cogné.

— Il faut que vous essayiez de renforcer vos fusibles, vous savez.

— En plus, je n'y suis pas allé de main morte. Je lui ai donné un coup de poing dans le ventre et il lui a fallu un quart d'heure pour se relever. J'ai été transféré dans un autre service dès le lendemain.

— Je suis content que nous n'en soyons pas arrivés à ces extrémités.

— Je ne vous aurais jamais touché. Votre colère était tout à fait légitime. Quand j'ai raconté à mon père ce que je vous avais dit, il a bien failli me frapper.

— Votre père m'a l'air d'être quelqu'un de bien.

— C'est un Alentejano pur et dur qui mange encore la queue et les oreilles du cochon à Noël.

— Bouillies ou quoi ?

— Non, non, grillées.

— Ça doit être un vrai dur.

Il était midi quand nous arrivâmes à la rangée des garages. Seule une boutique de pneus restait ouverte. Nous pénétrâmes par la petite porte et nous heurtâmes à une cloison noire et à l'odeur de la mort.

La lampe ne fonctionnait pas. Nous sortîmes nos lampes de poche. Carlos se glissa le long d'un escalier en bois sous lequel se trouvait un rideau noir qu'il écarta. Je montai les marches. J'entendis Carlos hoqueter à cause de l'odeur de plus en plus forte. J'aboutis sur une plate-forme, sous le pignon du toit. Je ne parvenais toujours pas à trouver le compteur électrique général. Il y avait du matériel informatique très coûteux, une caméra vidéo et une télévision. Le long du mur étaient alignées sept têtes en polystyrène portant des perruques. Tous les yeux avaient été brûlés avec le bout d'une cigarette.

— *Porra !* s'écria Carlos.

Bordel de merde.

— Quoi ?

— Cette puanteur. J'ai trouvé d'où ça venait. Il y a des poules mortes ici.

— Des poules ?

— Et un serpent. Un serpent très malheureux.

— Je n'aime pas les serpents. Il est dans une cage ?

— Vous croyez que je parlerais comme ça si ce n'était pas le cas ?

— Je descends.

Je le rejoignis sur un plateau de tournage fermé par des murs sur trois côtés. À l'arrière, il y avait sept paires de chaussures à talons aiguilles, trois robes en matière synthétique, un lit, un coffre, un vélomoteur, un bidon d'essence de secours et une planche à outils.

— Vous avez vu ce qui manque, sur la planche à outils ? demanda Carlos.

À en juger d'après les contours tracés à même le bois, un gros marteau carré à manche court n'était pas à son emplacement.

— Essayons de trouver le disjoncteur.

— Il y a une boîte là-bas, vers le vélomoteur, près du plancher.

— Allumez et jetons un coup d'œil à l'*œuvre*[1] de Valentim.

Carlos enjamba le coffre et ouvrit la boîte. Il releva l'interrupteur principal, en abaissa quatre autres. Un bruit sec retentit et quatre halogènes s'allumèrent au-dessus de nous.

— Merde ! cria Carlos. C'est... Dehors ! Sortez !

Tout d'un coup, les lumières du studio s'éteignirent et nous aspirèrent dans une obscurité encore plus intense. La boîte à fusibles était entourée de flammes jaunes. Carlos fonça en se cognant dans le vélomoteur. Je courus en direction de la cloison noire que j'enfonçai avec mon épaule. Elle céda et je l'arrachai du mur. Carlos était sur mes talons quand j'entendis le bruit sourd que fit le bidon d'essence de réserve en s'enflammant. J'ouvris la porte à la volée. Nous jaillîmes sur le parking, suivis par la fumée et les flammes. Je montai dans la voiture que je mis en marche arrière pour l'éloigner du garage. Carlos appela les pompiers. Je m'assis sur le capot de la voiture, à l'ombre des garages d'en face, et regardai brûler l'unité 7D. Carlos était comme fou, en sueur, toujours effrayé, et il arpentait le bitume devant la voiture.

— Il l'avait piégé.

— Vous en êtes sûr ?

— Non, je n'en suis pas sûr. Je n'ai pas eu le temps d'étudier le putain de schéma commandant l'installation électrique...

— *Calma pá, calma.*

— Vous avez vu ce qu'il s'est passé.

---

1. En français dans le texte. *(N.d.T.)*

— Je vous pose la question.

— J'ai actionné les interrupteurs. Le truc s'est mis à crépiter. Des étincelles de partout. On aurait cru qu'il y avait de l'essence, une odeur d'essence.

— Qui venait du vélomoteur ou d'un piège ?

— Pourquoi ne pas aller le lui demander ?

À quinze heures, nous étions assis dans une salle d'interrogatoire avec Valentim qui jouait de la guitare virtuelle, les yeux fermés pour simuler l'extase. Je déclinai l'identité de l'équipe technique pour le magnétophone puis demandai à Valentim d'énoncer son nom complet et son adresse. Il s'exécuta sans interrompre sa répétition de guitare.

— Tu aimes la pellicule ?

— Les films ?

— Tu aimes les réaliser avec de la pellicule... ou tu préfères la vidéo ?

— J'aime bien le vrai cinéma.

— Je n'en ai pas vu dans ton studio... il n'y avait que de la vidéo. Je suppose que c'est meilleur marché, mais ça ne rend pas bien. Il faut tout éclairer sinon ça ne donne rien, c'est ça le problème. Le film, c'est plus sensible. Même le 16 millimètres.

— Mais c'est cher.

— Il y a aussi d'autres problèmes, non ?

Valentim arrêta de gratter sa guitare. Il tapota sur la table d'un seul doigt, gardant le tempo dans sa tête. Il attendait.

— Quels autres problèmes ?

— La pellicule, il faut la développer. La monter. Faire une copie étalon. La transférer sur une cassette avant d'effectuer ses propres copies.

— Oui, c'est cher, répéta-t-il.

— Et par ailleurs ce n'est pas très intime.

— C'est vrai.

— Mais si on choisit la vidéo, il faut consentir un gros investissement au départ. Il faut mettre combien ? Trente millions d'escudos ?

— Vous n'y connaissez rien en matériel informatique, n'est-ce pas inspecteur ?

— Renseigne-moi.

— Mon banc de montage m'a coûté un million d'escudos. Bon prix, hein ?

— Il faudrait que tu travailles longtemps chez McDonald pour rassembler une telle somme.

— À condition de penser que c'est le meilleur moyen de s'y prendre.

— Tu as fait comment, toi ?

— Comme n'importe qui. Je suis allé à la banque.

— Et ça ne les dérange pas de prêter à un étudiant ?

— Je ne travaille pas dans la police, inspecteur Coelho. Je ne me sens pas obligé de répondre avec une honnêteté absolue concernant qui je suis ou la nature de mes activités. Les banques veulent prêter de l'argent. Elles en ont plein. Les taux d'intérêt vont baisser quand on adoptera l'euro. Je paierai les remboursements. Qu'est-ce que ça peut leur foutre ?

— Combien de films as-tu faits avec Catarina ? demanda Carlos.

Silence.

— Ne nous oblige pas à visionner toute ta collection.

— Ça ne vous plairait pas.

— Qu'est-ce que tu en sais ?

— Vous ne semblez pas avoir la fibre très artistique.

— Dis-nous juste combien de films tu as faits avec elle.

— Trois. Des films muets. Pas de la pornographie. Désolé, *agente* Pinto, de vous décevoir.

— On parle bien d'art, n'est-ce pas... avec des poules, un serpent, des robes en synthétique ?

— Visionnez-les. Votre opinion m'intéresserait.

— Qu'est-ce qu'ils montraient, ces trois films ?

— Son visage... qui regardait la caméra.

— Ça a l'air intéressant.

— Elle avait un regard très spécial.

— Mais encore ?

— C'est bien en ça qu'il était spécial, répondit Valentim en me fixant.

— Qu'est-ce qu'il exprimait, pour toi, ce regard ?

— On se croirait passé de l'interrogatoire à la thérapie, là.

Carlos attaqua sans hausser la voix :

— Je vais t'expédier en taule, espèce de petit salopard. Je vais t'expédier en taule pour meurtre.

— Dans ce cas, vous avez du boulot sur la planche, *agente* Pinto, parce que ce n'est pas moi qui l'ai tuée.

— Où est le marteau ?

— Quel marteau ?

— Celui de ta planche à outils. Il n'était pas dessus.

— Il devrait être quelque part à l'intérieur. Cherchez mieux.

Silence, pendant que Valentim jouait un solo de batterie sur la table.

— Où étais-tu vendredi après-midi ? interrogea Carlos qui sentait la rage du désespoir monter en lui.

— Je vous l'ai dit.

— Redis-le-nous.

— Je suis allé à la *Biblioteca Nacional*. J'y suis resté jusqu'à l'heure de fermeture, c'est-à-dire dix-neuf heures trente. Allez demander à la bibliothécaire. On s'est disputés. Elle ne voulait pas me laisser me servir de l'ordinateur après dix-neuf heures.

— Est-ce que tu connais quelqu'un qui a une Mercedes noire série C ?

Valentim rit et fronça les sourcils.

— Je n'ai pas emprunté autant que ça à la banque.

— Comment fais-tu pour payer tes remboursements ?

— Je travaille. Je vends mes vidéos. Je me fais de l'argent.

— De la pornographie ?

— Décidément, vous n'avez pas vraiment la fibre artistique. Peut-être que ça a un rapport avec votre travail. Ça doit être assez ennuyeux...

Le poing de Carlos était déjà fermé.

— Si j'étais vous, j'arrêterais le magnétophone, inspecteur Coelho. L'*agente* Pinto veut en venir à des méthodes policières plus conventionnelles.

Je conclus l'interrogatoire quelques minutes avant seize heures. Carlos et moi nous rendîmes à pied Avenida Duque de Ávila.

— Il est impliqué, déclara Carlos dont la fureur n'était pas retombée. Je sais qu'il est impliqué. Nous aurions dû lui demander s'il avait piégé la boîte à fusibles... juste pour voir sa tête.

— J'ai trouvé qu'il nous avait déjà assez humiliés comme ça. Ce sont les pompiers qui nous donneront ce renseignement.

À seize heures vingt-cinq, nous interrogions ceux qui faisaient la queue aux arrêts de bus de chaque côté de Duque de Ávila et nous leur montrions des photos de Catarina. On aurait cru une publicité pour dissuader quiconque de commettre un crime parce qu'il y a toujours quelqu'un quelque part qui vous a vu. Quatre personnes avaient vu Catarina monter dans la Mercedes noire. Un homme s'en souvenait comme s'il s'agissait d'une des meilleures scènes de son film préféré. La voiture de devant était une Fiat Punto gris métallisé. La Mercedes noire était une série C200, elle avait un moteur à essence et les lettres NT sur la plaque d'immatriculation. La voiture de derrière était une vieille Renault 12 blanche dont l'une des ailes arrière était rouillée. Et la voiture contre laquelle Jamie Gallacher s'était effondré était une... Je lui affirmai qu'il nous en avait appris plus qu'il ne nous en fallait et notai son nom. Je renvoyai Carlos à la *Polícia Judiciária* en lui disant de transmettre les renseignements au service des véhicules. Je lui donnai aussi le nom de Lourenço Gonçalves et lui demandai de trouver son lieu de travail et son numéro de téléphone. Puis je fis ce que j'avais eu envie de faire toute la journée : j'allai à mon appartement préféré de la Rua Actor Taborda.

31.

24 avril 1974, Rua do Ouro, Baixa, Lisbonne

Joaquim Abrantes se tenait dans le noir, devant la fenêtre ouverte. Il était tard, près de minuit. Sa femme, Pica, était étendue sur la chaise longue et jouait avec le bouton de la radio, essayant de trouver une chaîne de variétés qui ne déclenche pas une crise de fureur chez son mari. Elle avait déjà failli une fois perdre le poste au bénéfice de la rue en contrebas quand elle était tombée sur une station étrangère et avait tout à coup capté les Rolling Stones chantant *Angie* à plein volume.

— Arrête-moi ça ! avait-il hurlé. Quand j'entends de la musique pareille... j'ai l'impression que c'est la fin du monde.

— Qu'est-ce qu'on fait ici de toute façon ? s'était-elle insurgée. Pourquoi on ne rentre pas se détendre à Lapa ? Tu es toujours comme ça quand tu as le nez sur ton travail.

— Je suis inquiet, avait-il répliqué sans autre précision.

Elle s'arrêta sur une station locale appelée Rádio Renascença. Elle reconnut la voix de José Vasconcelos qu'elle avait rencontré à plusieurs reprises quand elle était dans le métier. Abrantes râla de nouveau. Il n'aimait pas la musique. Elle nuisait à son fonctionnement intérieur. Il aspirait de profondes bouffées de l'une des quatre cigarettes qu'il avait réparties dans différents cendriers, autour de la pièce.

— Et maintenant, annonça la voix tranquille de la radio, Zeca Afonso chante *Grândola, vila morena...*

— Je ne vois pas pourquoi tu es comme ça.

— Je suis inquiet, répéta Abrantes en écrasant un mégot dans un autre cendrier et en y prélevant une cigarette allumée, parce qu'il se passe quelque chose.

— Il se passe quelque chose ? releva Pica en feignant la stupéfaction. Il ne se passe rien. Il ne se passe jamais rien.

— Manuel m'a prévenu qu'à son avis il allait se passer quelque chose.

— Qu'est-ce qu'il en sait ? rétorqua Pica, qui n'avait jamais aimé le garçon.

— Il est inspecteur à la PIDE. S'il ne le sait pas, lui, personne ne le sait. Je vais l'appeler.

— Il est plus de minuit, Joaquim.

— Éteins cette radio, ordonna-t-il en entendant les paroles de la chanson. Ce Zeca Afonso est un communiste.

Il composa le numéro de Manuel. Pica tourna le bouton du volume, le baissa.

— C'est un communiste, répéta Abrantes en s'adressant au plafond, et je ne le tolérerai pas dans la maison. Maintenant, éteins-moi ça.

À l'autre bout le téléphone sonnait sans discontinuer. Pica arrêta la radio.

— Manuel est dans son lit et je vais faire pareil, annonça-t-elle.

Abrantes ne lui prêta aucune attention. Il s'approcha de la fenêtre, le récepteur à la main. Il coupa la communication et composa un autre numéro sans parvenir à obtenir la liaison.

Quatre hommes étaient assis dans une voiture, à l'extérieur du parc Eduardo VII dans le centre de Lisbonne. Il s'agissait d'un commandant, de deux capitaines et d'un lieutenant. Le capitaine qui se trouvait sur le siège avant avait sur les genoux une radio qu'ils fixaient tous du regard, l'entendant à peine. Le commandant se radossa à son siège pour consulter sa montre à la lumière de la rue. Le lieutenant bâilla nerveusement.

— Et maintenant, annonça la voix tranquille de José Vasconcelos à la radio, Zeca Afonso chante *Grândola, vila morena...*

Les quatre hommes retinrent leur souffle un moment jusqu'à ce que Zeca commence à chanter. Le capitaine se tourna sur son siège pour regarder son supérieur.

— Ça y est, mon commandant, dit-il, et l'autre hocha la tête.

Ils parcoururent deux pâtés de maisons et se garèrent devant un bâtiment de quatre étages. Ils mirent pied à terre, chacun d'eux sortant un pistolet de sa poche. Ils entrèrent dans le bâtiment qui portait une petite plaque en façade : *Rádio Clube Português.*

Manuel Abrantes dormait au volant de sa berline Peugeot 504. La roue avant droite plongea dans un trou et il se réveilla brutalement pour voir de l'herbe défiler sous l'avant de la voiture. Il braqua à gauche et la voiture mordit à nouveau sur le macadam. Il s'arrêta et prit de petites aspirations rapides jusqu'à ce que la frayeur ait reflué. Il tourna la poignée pour baisser la vitre, respira l'air glacé. Tendit la main vers le siège du passager et y trouva sa mallette. Il fit jouer les fermoirs, en sortit un dossier, son dossier personnel en provenance du quartier général de la PIDE/DGS dans la Rua António Maria Cardoso. Il le remit à l'intérieur. Tout était en ordre. Le petit rêve angoissé qu'il venait de faire au volant n'avait pas de fondement. Il dégrafa son pantalon qui lui sciait le ventre et se surprit en lâchant un pet bruyant et involontaire. L'indigestion le poursuivait. Il enclencha la première et reprit sa route, plus calme désormais.

— Où suis-je ? demanda-t-il à voix haute comme si un passager assis sur le siège arrière pouvait se pencher et lui donner la réponse.

Un panneau surgit à l'extrémité d'une longue ligne droite. Il agrippa le volant et chassa le sommeil en clignant des yeux. Madrid 120 km.

Un Zé Coelho âgé de dix-huit ans buvait un *bagaço* bon marché dans une *tasca* carrelée de blanc en plein Bairro Alto, en compagnie de trois de ses camarades de classe, quand dans un grondement de tonnerre le propriétaire descendit les marches de son appartement situé à l'étage.

— Il se passe quelque chose, s'écria-t-il tout éperdu et essoufflé. J'écoutais la radio... des officiers de l'armée sont intervenus au milieu du programme. Maintenant ils ne diffusent plus que de la musique sans interruption.

— Si vous avez envie d'aller vous coucher, lui répondit Zé, vous n'avez pas besoin d'inventer un coup d'État.

— Je suis sérieux.

Les sept clients présents dans le bar le dévisagèrent durant plusieurs secondes, le temps de se convaincre de sa gravité. Ils se levèrent comme un seul homme et sortirent dans la rue. Zé Coelho portait sa *capote Alentejano* en laine qui tombait jusqu'au sol. Il rejeta ses cheveux, longs sur les épaules, derrière le col en poil de loup, et ils partirent tous en courant dans l'étroite allée pavée qui donnait sur la place en contrebas.

Ils n'étaient pas seuls. Une foule se rassemblait sur la Praça de Luis de Camões et les mots « coup d'État » et « révolution » ricochaient sur la statue au milieu. Au bout de quinze minutes le crescendo d'excitation atteignit son paroxysme dans un cri intimant à la foule de marcher contre le quartier général de la PIDE/DGS, dans la Rua António Maria Cardoso. Ils pénétrèrent dans cette voie en venant du Largo do Chiado et aperçurent une troupe identique à la leur qui arrivait de la Rua Vitor Cordon.

Derrière le passage voûté et les hauts murs, les portes du bâtiment étaient fermées, mais un éclairage diffus visible aux fenêtres indiquait aux manifestants que des lumières étaient allumées quelque part à l'intérieur. Ils ébranlèrent le portail en hurlant des mots incohérents. Zé se tenait au milieu de la rue, fendant l'air de son poing, criant « Révolution ! » Puis, enclin à aller un peu trop loin : « Coupez-leur la tête ! »

Des fenêtres s'ouvrirent en haut du bâtiment, des silhouettes sombres se penchèrent au-dessus de la rue. Quatre détonations fendirent l'air nocturne. La foule décampa des deux côtés en poussant des invectives. D'autres détonations la suivirent. Les bottes des fuyards résonnaient sur les pavés. Zé tomba au milieu de la mêlée confuse de jambes. Plus loin dans la rue, devant l'immeuble de la PIDE, il entendit les bruits épouvantables qui sortaient de la gorge d'un homme. Il jeta un nouveau regard vers le sommet du bâtiment mais n'y vit plus personne. Il se releva. Courbé en deux, il saisit le blessé par le col de son manteau et le tira derrière lui. Quand il fut en sécurité il ralentit, tendit la main vers l'homme qui suffoquait. Ses doigts rencontrèrent la chaleur poisseuse d'une blessure au cou.

Joaquim Abrantes avait très mal dormi. Il se réveilla à six heures, abruti et de mauvaise humeur comme s'il avait passé la journée de la veille à boire. Il tenta d'appeler ses fils mais ne parvint toujours pas à obtenir la communication. Il ouvrit la fenêtre et regarda dans la rue vide. Il se passait quelque chose d'anormal. La rue n'aurait pas dû être vide. Il huma l'air, le trouva différent, comme s'il détectait le premier parfum du printemps au terme d'un long hiver, à cette exception près qu'ils étaient déjà en plein printemps. Un jeune homme au regard fou déboucha dans la rue, venant de l'*elevador* qui montait au Chiado. Il leva le poing en l'air et cria :

— C'EST FINI !

Abrantes entendit des coups de klaxon et un lointain bouillonnement de conversations et de chants. Il se pencha davantage à la fenêtre. Il ne s'était pas trompé. On chantait dehors.

— C'est mauvais signe ! s'exclama-t-il à voix haute en retournant à grandes enjambées vers le téléphone.

— Qu'est-ce qui est mauvais signe ? demanda Pica qui se tenait sur le seuil de la chambre dans son peignoir de soie rouge.

— Je ne sais pas encore, mais ça a l'air grave. Les gens chantent dans la rue.

— Ils chantent ? s'étonna-t-elle, à la fois charmée et déconcertée qu'il puisse effectivement se passer quelque chose. Ah, enfin bon, même s'il y a eu un coup d'État...

— UN COUP D'ÉTAT ! rugit Abrantes. Tu ne comprends pas, hein ? Ce n'est pas un coup d'État. C'est une révolution. Les communistes sont arrivés.

Elle s'écarta du seuil d'un coup d'épaule.

— Et alors ? Qu'est-ce que ça a d'inquiétant pour toi ? La moitié de ton argent est à Zurich. L'autre moitié à São Paulo. Même l'or est en dehors du pays...

— Ne parle pas de l'or, gronda Abrantes en la menaçant de l'index. Ne prononce jamais le mot « or ». Cet or n'existe pas. Il n'y en a jamais eu. Tu comprends ?

— Parfaitement, rétorqua-t-elle.

Et elle rentra dans la chambre en claquant la porte. Abrantes enfila son manteau et marcha vers le Terreiro do Paço et le fleuve. La Praça do Comércio était remplie de militaires, mais ils riaient et plaisantaient. Abrantes s'avança au milieu d'eux, abasourdi.

Un peu avant huit heures du matin, une colonne de blindés venue de la caserne du 7e régiment de cavalerie apparut. Abrantes prit position sous les arcades au nord de la place.

— Maintenant on va voir, lança-t-il à un soldat qui l'examina de la tête aux pieds comme s'il était l'homme de Néandertal.

La colonne de tanks fit halte. La tourelle du blindé de tête s'ouvrit. Sur la place, un capitaine s'en approcha. Le lieutenant du tank lui cria quelque chose. Sa voix résonna avec clarté dans le petit matin frais et le silence complet de la place :

— J'ai reçu l'ordre d'ouvrir le feu sur vous.

Il y eut un mouvement au sein des soldats présents sur la place.

— Mais ça me donne envie de rire, ajouta le lieutenant.

Le mouvement s'interrompit et un murmure courut sur toutes les lèvres.

— Faites donc, dit le capitaine.

Les soldats poussèrent des acclamations. Le lieutenant leva la main, écarta les doigts et désigna la colonne derrière lui. Le capitaine envoya un peloton au cinquième tank. Quatre soldats grimpèrent à l'assaut des flancs du blindé. La tourelle s'ouvrit. Un colonel explosif sortit la tête et se retrouva face à quatre fusils.

Sur le Tage, le bâtiment de la marine *Almirante Gago Coutinho* vint se positionner à la hauteur de la Praça do Comércio, ses canons pointés sur le cœur de la ville. Les soldats et les tanks l'observaient en silence, se préparant pour la première salve. Plusieurs minutes s'écoulèrent. Aucun bruit ne venait du vaisseau. Les canons ne bougeaient pas. Puis lentement, un par un, les canons se détournèrent de la ville et s'orientèrent vers la rive sud du Tage. Les canonniers eurent l'impression qu'une nuée de pigeons venait de prendre son envol lorsque mille bérets et calots furent lancés dans les airs, ponctuant le rugissement d'enthousiasme qui montait de la Praça do Comércio. Tournant les talons, Joaquim Abrantes repartit vers la Rua do Ouro.

Zé Coelho ne rentra pas chez lui avant dix heures du matin. Ses amis l'avaient aidé à porter le blessé à l'hôpital, et les infirmières des *Urgência*, en voyant les vêtements du garçon couverts de sang, l'avaient séparé du lot et avaient refusé de le laisser repartir avant qu'un médecin l'ait examiné, ce qui avait pris un certain temps. Elles l'avaient nettoyé du mieux qu'elles pouvaient mais le col en fourrure de loup restait irrévocablement taché par le sang venant du cou du blessé. Sa mère ouvrit la porte et poussa un cri qui fit sortir son père de la chambre. Sa sœur lui prit son manteau et partit faire couler un bain. Le téléphone sonna. Son père décrocha. Zé et sa mère l'observèrent en silence pendant que le colonel parlait d'une voix calme et grave, les yeux fixés sur le plancher, refusant de rencontrer aucun regard. Il replaça le lourd combiné de bakélite. La sœur de Zé apparut sur le seuil. Le père se tourna vers sa famille. Il adopta un ton sérieux et posé pour bien communiquer tout le poids de l'événement.

— Le général Spínola m'enjoint de regagner la caserne du Largo do Carmo. Le Premier ministre Caetano s'y trouve avec son cabinet et on me demande de les convaincre d'autoriser le général Spínola à recevoir la reddition totale du gouvernement.

— Tu étais au courant de tout ça ? questionna sa femme.

Sous le choc de la nouvelle, sa voix tremblait. Par peur aussi : qu'adviendrait-il de ses enfants et d'elle-même si le coup d'État connaissait une issue contraire ?

— Non, et le général non plus. Apparemment, cette action a été organisée par les officiers subalternes, mais le général sait que Caetano refusera d'abdiquer devant eux. Le Premier ministre ne voudra absolument pas que le pouvoir tombe aux mains de la foule.

— Il veut dire aux mains des communistes, intervint Zé.

— Qu'est-ce que tu as fabriqué, toi ? s'enquit le colonel en posant son regard d'aigle sur son fils taché de sang.

— J'étais devant le quartier général de la PIDE quand ils ont ouvert le feu sur nous. Certains ont été blessés et on en a conduit un à l'hôpital.

Sa mère dut s'asseoir.

— Le général m'a affirmé qu'il n'y avait pas eu de pertes.

— Eh bien, tu pourras lui apprendre de ma part quand tu le verras que plus d'une personne est tombée dans la Rua António Maria Cardoso.

— Est-ce que d'autres personnes ont été conduites à l'hôpital pendant que tu t'y trouvais ?

— On m'a enfermé dans une chambre pour m'empêcher de partir.

Le colonel hocha la tête, le front plissé, mais sourit à son fils.

— Tu restes ici, maintenant, pour veiller sur ta mère, dit-il en attirant sa fille à lui et en l'embrassant sur la tête. Personne ne sort de cet appartement tant que je n'aurai pas annoncé que ça ne risque rien.

— Tu vas voir, lança Zé pour taquiner son père, ils dansent dans les rues, là-bas.

— Mon fils... le communiste, fit le colonel en secouant la tête.

À midi trente, le gardien entra dans la cellule de Felsen, dans la prison de Caxias, avec un plateau de nourriture. Il le posa sur le lit. Le bruit qui s'entendait dans le reste de la prison, et qui n'avait pas cessé de toute la matinée, ne s'était pas calmé. Les prisonniers politiques en étaient à leur cinquantième interprétation du chant antifasciste *Venham mais cinco* et les gardiens avaient depuis longtemps abandonné l'idée de les faire taire.

— Il se passe quelque chose que je devrais savoir ? interrogea Felsen.

— Rien qui vous concerne personnellement.

— Je faisais simplement allusion à l'atmosphère différente qui règne dans la prison aujourd'hui.

— Il est possible que certains de nos amis nous quittent bientôt.

— Ah bon ? Pourquoi ça ?

— Juste une petite révolution... Je vous le répète, rien qui vous concerne personnellement.

— Merci, dit Felsen.

— *Nada*, répondit le gardien.

Le docteur en droit Aquilino Oliveira aurait dû être heureux de suivre l'infirmière dans le couloir de l'aile réservée à la maternité, à l'hôpital de São José. On lui avait annoncé que son quatrième enfant était un garçon, qu'il pesait trois kilos sept et qu'il était en parfaite santé. L'infirmière n'arrêtait pas de papoter par-dessus son épaule tandis qu'elle poussait les portes battantes devant eux. Elle ne semblait pas avoir besoin d'encouragements pour poursuivre son bavardage.

— ... quatre morts et trois blessés. C'est ce qu'ils ont compté en bas, aux *Urgência*, seulement quatre ! Ils n'arrivent pas à le croire. Moi non plus, je n'y arrive pas. Il y a des tanks sur le Terreiro do Paço et le Largo do Carmo, mais ils ne font rien. Ils sont simplement là. Les soldats ont arrêté les agents de la PIDE, mais pas pour les punir, vous comprenez, juste pour assurer leur propre protection. Aux soldats. Je ne l'ai pas vu... mais il paraît que les soldats ont mis des œillets rouges dans le canon de leur fusil pour que les gens sachent, vous comprenez. Ils sauront qu'ils ne sont pas là pour tirer sur qui que ce soit. Ils sont là pour les libérer. Seulement quatre morts une nuit comme celle-là, avec des tanks dans les rues et des navires de guerre sur le Tage. Vous ne trouvez pas ça tout simplement incroyable, *Senhor Doutor*? Moi je trouve ça incroyable. Vous comprenez, *Senhor Doutor*, je ne pensais pas que j'aurais jamais l'occasion de dire ça durant ma vie, mais je suis fière. Je suis fière d'être portugaise.

Elle ouvrit à la volée la porte donnant sur la maternité et précéda le juriste. Son épouse était derrière un paravent, dans l'angle d'une chambre où se trouvaient six autres femmes. Il sentit ses chaussures déraper sur le sol verni à l'extrême et dut se rattraper à un lit pour éviter la chute.

— Faites attention, dit l'infirmière dont les semelles de caoutchouc couinaient à chaque pas.

Il passa derrière le paravent. Sa femme était assise dans son lit, l'air soucieux.

— Ça va ? lui demanda-t-elle.

— Il a failli glisser sur le sol, dit l'infirmière. Je leur ai déjà dit de ne pas mettre autant d'encaustique. Pour nous, ça n'a pas d'importance, mais tous les gens qui rentrent ici avec des semelles en cuir... Ils courent de gros risques. Est-ce que vous avez décidé comment vous allez l'appeler ?

— Pas encore.

— En tout cas, vous n'aurez pas beaucoup de difficultés à vous souvenir de son anniversaire.

Ana Rosa Pinto était assise avec sa mère dans la cuisine. Elles se tenaient la main et pleuraient en regardant le petit Carlos, âgé de trois ans, qui jouait sur le sol. Ana Rosa avait commencé la journée dans l'énervement parce qu'on ne l'avait pas autorisée à monter sur le ferry pour traverser le fleuve afin de se rendre à Lisbonne où elle avait rendez-vous chez le docteur, pour Carlos. Puis on lui avait montré l'*Almirante Cargo Coutinho* avec ses canons levés et elle était rentrée chez elle effrayée mais tout excitée, dans l'attente des nouvelles.

En fin de matinée, son père s'était rendu au premier meeting public du *Partido Comunista Português* sur les docks de Cacilhas, sur la rive sud du Tage. Ana Rosa et sa mère espéraient qu'il leur rapporterait la nouvelle de la libération des prisonniers politiques retenus dans la prison de Caxias.

Le petit Carlos n'avait jamais vu son père. Sa mère était enceinte de six mois quand la GNR avait dispersé un meeting du syndicat sur le chantier naval, et emmmené son père de l'autre côté du fleuve pour y être interrogé. Tout juste deux semaines avant la naissance de Carlos, Ana Rosa avait appris qu'on avait transféré son mari à la prison de Caxias où il devait purger une peine de cinq ans pour activités politiques contraires à la loi.

Elles avaient attendu toute la journée. Au moment où le crépuscule venait de se changer en nuit, un coup fut frappé à la porte de l'appartement. Ana Rosa retira sa main de celle de sa mère et alla ouvrir. Un jeune garçon lui remit un message et partit en courant sans attendre. Elle le lut et les larmes qui s'étaient progressivement taries au fil de la journée jaillirent à nouveau.

— Que se passe-t-il ? demanda sa mère.

— Ils ont traversé avec le bateau. Une foule se rassemble sur le Rossio. Ils vont marcher sur la prison de Caxias cette nuit.

À trois heures du matin, le 26 avril, la clé tourna dans la serrure de la cellule d'António Borrego, dans la prison de Caxias. Le gardien ne prononça pas un mot, il n'ouvrit même pas la porte, il passa simplement à la cellule suivante où il répéta son geste. António regarda dehors, dans le couloir mal éclairé. D'autres hommes l'imitaient. Il y eut des cris de joie et des embrassades. António se fraya un chemin, descendit d'un pas vif les trois volées de marches menant dans la cour. En bas, une cinquantaine d'hommes braquaient des regards d'attente sur les portes de la prison. Il courut vers le bâtiment de l'infirmerie dont il gravit les marches deux par deux. Arrivé au sommet, il dut reprendre son souffle. Il était moins en forme qu'il ne le pensait.

Il y avait trois hommes dans la chambre commune. Deux d'entre eux dormaient mais le troisième, Alexandre Saraiva, était assis sur le bord de son lit où il essayait d'enfiler ses chaussettes mais ne parvenait qu'à tousser. António les prit des mains de son ami et les lui passa aux pieds. Il trouva ses chaussures, les lui enfila et les laça. Alex cracha dans le plat métallique placé à son chevet et inspecta la glaire.

— Encore des traces de sang, dit-il sans s'adresser à personne en particulier. Tu es venu pour me ramener chez moi ?

— Oui, répondit António.

— Qui va régler le taxi ?

— On y va à pied.

— Je ne sais pas si je vais en être capable. Merde, ça m'a déjà presque achevé de m'habiller.

— Tu vas y arriver.

António passa le bras d'Alex autour de son cou. Ils se redressèrent. António referma son pouce autour de la taille du pantalon de son ami. Ils descendirent les marches, parvinrent dans la cour. S'y tenaient plus de cent prisonniers maintenant. Ils perçurent la clameur d'une foule qui s'agitait de l'autre côté des portes. Des noms étaient lancés qui se perdaient dans le vacarme. António appuya son ami contre le mur et l'y maintint légèrement d'une main posée sur sa poitrine.

Les portes s'ouvrirent sur le chaos de la multitude venue de Lisbonne en train, sans payer. Les prisonniers sortirent, aveuglés par les éclairs des flashes, en quête de visages connus. António attendit que la cour se vide avant d'aider Alex à gagner une liberté que ni l'un ni l'autre n'avaient connue depuis neuf ans. Ils évitèrent l'euphorie et descendirent la colline vers Caxias. Ils n'eurent pas un long chemin à parcourir. Un chauffeur de taxi en larmes les conduisit gratuitement à Paço de Arcos.

Il les déposa au bar d'Alex, près des jardins publics. L'enseigne en faïence fixée dans le mur était toujours là. On y voyait le contour bleu du phare de Búgio et, en dessous, l'inscription *O Farol.* Alex frappa à la fenêtre éclairée de la maison voisine. Une femme dont la voix paraissait vieille et fatiguée répondit.

— C'est moi, *Dona* Emilía, dit-il.

La femme édentée, vêtue de noir, ouvrit la porte et scruta la nuit de ses yeux qui n'y voyaient plus beaucoup. Elle reconnut Alex et prit son visage entre ses doigts tordus et déformés, l'embrassa sur les deux joues, de plus en plus fort, comme pour lui redonner la vie par ses baisers. De son tablier elle sortit la clé du café comme si depuis neuf ans elle se préparait à ce moment. Elle partit leur chercher des bougies dans sa cuisine.

Alex ouvrit la porte du bar et António le fit asseoir dans le noir sur une chaise métallique à côté d'une table en bois. Ils allumèrent les bougies.

— Il devrait bien y avoir une bouteille derrière le comptoir, dit Alex. Vieillie et bonifiée par l'âge, depuis le temps.

António trouva de l'*aguardente* et deux verres poussiéreux dans lesquels il souffla. Il y versa le liquide jaune pâle. Ils burent à la liberté et l'alcool déclencha chez Alex un accès de toux.

— Nous irons chez le notaire demain, déclara-t-il.

— Pour quoi faire ?

— Je veux m'assurer que quand je ne serai plus là, ce bar sera à toi.

— Hé, *homem,* arrête avec ces bêtises !

— Il y a une condition.

— Écoute, laisse tomber, tu...

— Verse-m'en un autre et écoute-moi.

— Je t'écoute.

— Il faut que tu remplaces le nom du bar par A Bandeira Vermelha. Comme ça personne n'oubliera.

Le 2 mai 1974, Joaquim Abrantes, Pedro, Manuel et Pica déjeunèrent dans un petit restaurant du centre de Madrid. Il fut décidé que Manuel prendrait l'avion pour São Paulo, au Brésil, afin d'y fonder une succursale de la Banco de Oceano e Rocha. Joaquim et Pedro partiraient à Lausanne d'où ils suivraient l'évolution de la situation politique au Portugal. Pica voulut savoir ce qui leur interdisait de le faire depuis Paris, mais personne ne lui prêta aucune attention.

Le 3 mai 1974, au moment précis où le vol de Manuel Abrantes reliant Madrid à Buenos Aires quittait la côte occidentale de l'Afrique, trente-six anciens *agentes* de l'ex-PIDE/DGS se mettaient à la disposition du nouveau régime pour contrôler la circulation et l'immatriculation des véhicules.

32.

Mardi 16 juin 199-, Polícia Judiciária,
Saldanha, Lisbonne

C'était la panique au bureau ce matin-là, mais cela ne me concernait pas. La secrétaire de Narciso m'attendait dans le couloir et elle m'emmena tout de suite le voir, ce qui ne l'empêcha nullement, bien sûr, de demeurer invisible, et les cinq minutes d'attente promises se transformèrent en vingt. Mais elle refusa de me laisser partir.

À huit heures trente, j'étais en face de Narciso, sa table de travail entre nous. Il était debout, fauteuil repoussé contre le mur, mains très écartées, agrippées au bord du meuble comme s'il allait le faire basculer sur moi. Son visage exprimait rarement ses émotions, mais ce matin-là il en montrait une : la colère. Non pas le genre explosif, volcanique, plutôt le genre pénétrant, glacial.

— Je n'ai pas encore vu votre rapport revu et corrigé.

— Je n'ai pas eu l'occasion de m'asseoir derrière mon bureau ce matin.

— Je n'ai pas vu non plus le rapport sur ce qu'il s'est passé hier.

— Pour la même raison, *Senhor Engenheiro.*

— En revanche, ajouta-t-il, j'ai cru comprendre que vous et l'*agente* Pinto vous êtes mis en danger et qu'un incendie a détruit toutes les preuves dont nous disposions.

— Un incident regrettable.

— Que vous ont dit les pompiers ?

— Je n'ai pas...

— J'ai entendu l'enregistrement d'un interrogatoire du

suspect qui était d'une incompétence si évidente que je ne peux croire que vous soyez vraiment à votre travail, pas plus l'un que l'autre.

— Nous sommes tout à fait à notre travail, *Senhor Engenheiro.*

— À quelle heure avez-vous quitté cet immeuble hier ?

— Vers seize heures quinze, nous interrogions les gens aux arrêts des bus, sur l'Avenida Duque de Ávila, le lieu où la jeune fille a été vue pour la dernière fois alors qu'elle montait dans...

— Et vous n'êtes pas revenu au bureau.

— J'ai envoyé l'*agente* Pinto...

— Et vous, où êtes-vous allé ?

— Je n'avais rien d'autre...

— On vous a vu entrer dans un immeuble situé juste en haut de la Rua Actor Taborda.

— Le professeur de la victime y habite.

— Combien de temps avez-vous passé avec elle ?

Silence.

— Je ne vous entends pas, inspecteur.

— Quatre heures.

— Quatre heures ! Et de quoi avez-vous parlé pendant quatre heures ?

— Je la vois en dehors du cadre de l'enquête, chef.

À peine si Narciso eut l'ombre d'une hésitation. Il avait tout prévu du début à la fin.

— Avez-vous la moindre idée de la pression qui pèse sur moi ?

— Je suis sûr qu'elle est considérable.

— Vous m'avez demandé de m'assurer que l'inspecteur Abílio Gomes apprenne où était maître Aquilino Oliveira au moment de la mort de sa femme.

— C'était juste une idée.

— Il dînait dans la résidence privée du ministre de l'Intérieur.

Je me tus. L'heure n'était pas bien choisie pour me livrer à des observations sur l'amitié entre l'avocat et le ministre. Narciso baissa la tête et fixa le dessus de son bureau.

— Je vous retire l'affaire, déclara-t-il calmement. Abílio Gomes s'en chargera dorénavant. Je veux que vous alliez à Alcântara et que vous enquêtiez sur un corps qui a été trouvé dans une poubelle derrière le club Wharf One.

— Mais, *Senhor Engenheiro* Narciso, vous n'avez pas...

— Vous n'êtes pas en position de prouver votre professionnalisme dans l'affaire Catarina Sousa Oliveira. « L'inspecteur chargé de l'enquête entretient une liaison avec un témoin », fit-il en traçant de la main l'éventuel titre à la une du *Correiro da Manhã*. Emmenez tout de suite l'*agente* Pinto avec vous et descendez à l'Alcântara.

Je m'assis dans mon bureau où je me rongeai plusieurs ongles. Carlos avait laissé une note avec le numéro de Lourenço Gonçalves et l'adresse d'un lieu de travail qui se trouvait sur l'Avenida Almirante Reis. Je composai le numéro en me demandant pourquoi Narciso m'avait complimenté la veille alors que je cherchais dans la mauvaise direction et pourquoi il m'éliminait vingt-quatre heures plus tard juste au moment où je commençais à obtenir des résultats. Pas de réponse. Carlos entra et s'assit sur le bureau. Je reposai le combiné.

— Nous avons un problème.

— Je sais.

— Le service des immatriculations refuse de me donner l'information.

— On nous a retiré l'affaire.

— Est-ce qu'ils sont au courant, eux ? interrogea-t-il en retombant sur sa chaise.

— Peut-être, répondis-je en décrochant le téléphone.

J'appelai un de mes amis qui travaillait aux immatriculations et qui me rendait des services de temps à autre. Il me mit en attente. Cinq minutes plus tard, il me répondit que son ordinateur était tombé en panne. Je raccrochai.

— Nous avons un problème interne, en effet.

Carlos eut soudain l'air perplexe, froid, d'un enfant qui a perdu ses parents sur la plage. Je lui fis un résumé de ma conversation avec Narciso.

— Quel sens ça a ?

— Jusqu'à présent nous nagions tout près de la plage, mais la marée nous a soudain emportés loin de la plate-forme continentale et nous avons maintenant vingt brasses d'eau sombre et froide sous les pieds.

Carlos se pencha davantage, aussi grave qu'une pierre tombale.

— De quoi parlez-vous ?

— Je ne sais plus.

Il faisait chaud et humide dans le complexe des docks de l'Alcântara et le cadavre qui se trouvait dans la poubelle était suffisamment avancé pour que l'on porte un mouchoir à son visage. Le photographe était déjà reparti et le médecin légiste, une femme que je ne connaissais pas, se démenait pour enfiler des gants en caoutchouc. Je jetai un rapide coup d'œil sur le corps : sexe masculin, environ dix-huit ans, peau mate, cheveux noirs ondulés, pas un gramme de graisse, uniquement couvert d'un caleçon couleur vin de Bourgogne avec un *smiley* imprimé devant les parties génitales. Je touchai son pied. Mou. Le tueur lui avait pris ses chaussures, ou quelqu'un d'autre était passé par là après. Le médecin légiste me rejoignit.

— Deux membres du personnel qui finissaient le ménage dans la boîte de nuit, m'expliqua-t-elle. Ils ont vidé les poubelles à cinq heures du matin, et à sept heures, quand ils ont fermé pour sortir par la porte de derrière, ici, le corps était déjà sur place. Ils m'ont également informée qu'il était connu pour se prostituer. Est-ce que je peux le déplacer ?

Je lui fis signe que oui. Elle était rapide et consciencieuse. J'indiquai à Carlos ce qu'il avait à faire et nous attendîmes le premier rapport de la femme de sciences.

— Cause de la mort : importante hémorragie cérébrale due à de nombreux coups violents portés sur le sommet, l'arrière et le côté du crâne. Aucune ambiguïté sur le fait que le meurtrier voulait sa mort. Je vais procéder à un test HIV, ça pourrait constituer un mobile. J'ai regardé rapidement dans son rectum, il avait travaillé. Je vous donnerai plus de renseignements quand je l'aurai examiné dans mon labo.

Je laissai Carlos avec son calepin et son intelligence ténébreuse, marchai jusqu'à la gare d'Alcântara. Rappelai mon ami du service des véhicules en attendant le train.

— Ton ordinateur est toujours en panne ?

— Désolé, Zé.

— Est-ce qu'il le sera chaque fois que je te téléphonerai ?

— Je n'en sais rien.

J'appelai chez l'avocat et ce fut la bonne qui décrocha. Je lui expliquai que c'était à elle que je voulais parler. Elle me répondit qu'elle était seule dans la maison.

Je montai dans le train de Cascais et, à dix heures, je marchais dans le vieux village en direction de la maison de l'avocat. Je sonnai. La domestique ouvrit la porte mais le docteur Aquilino Oliveira s'avança derrière elle dans le couloir.

— Merci Mariana, dit-il en lui ordonnant de nous apporter du café.

Il resta debout à côté de son bureau. Je ne m'assis pas non plus.

— Je ne m'attendais pas à vous voir, inspecteur. J'ai appelé votre service et on m'a répondu que vous n'étiez plus chargé de l'enquête. On m'a passé l'inspecteur Abílio Gomes. Il n'est pas du même calibre que vous, c'est certain, mais je ne doute pas qu'il soit néanmoins compétent. Que puis-je faire pour vous ?

— Je suis venu vous présenter mes condoléances. Pour votre femme. Il est difficile d'imaginer tout ce que vous avez dû endurer ces dernières quarante-huit heures.

Il s'assit lentement dans son fauteuil. Ses yeux ne quittaient pas mon visage.

— Merci, inspecteur Coelho. Je ne pensais pas que les membres de la police pouvaient se soucier de ce genre de délicatesse.

— C'est une de mes faiblesses... et peut-être aussi une de mes forces.

— C'est ça qui vous motive, inspecteur ?

— Oui. Ça, et... je continue à croire au caractère sacré de la vérité.

— Vous devez être un homme seul, inspecteur.

Sa remarque m'ébranla. Je dissimulai mon malaise.

— Il y a aussi le mystère. L'être humain a besoin de mystère.

— Parlez pour vous.

— En effet, peut-être les avocats et le mystère ne sont-ils pas faits pour aller ensemble.

— Eh bien, nous aimons beaucoup mystifier... c'est du moins ce qu'affirment mes clients.

Mariana apporta le café. Le versa. Attendit. Se retira.

— Votre femme est venue me voir le soir qui a précédé sa mort, *Senhor Doutor*. Le saviez-vous ?

Il laissa son café et leva des yeux animés d'une intense énergie qui scrutaient le fond de ma pensée.

— Elle avait déjà tenté de se tuer, inspecteur. Le saviez-vous ?

— Combien de fois ?

— Vérifiez à l'hôpital du coin. Ils lui avaient déjà fait deux lavages d'estomac. La première fois, Mariana l'a trouvée juste à temps. Il y a environ cinq ans. La deuxième fois, c'était moi. L'été dernier.

— À quoi avez-vous attribué ces deux tentatives ?

— Je ne suis pas psychiatre. J'ignore comment les névroses s'attaquent au cerveau humain. Je ne sais rien des déséquilibres chimiques.

— Une névrose résulte souvent d'un traumatisme initial que la victime essaie d'étouffer.

— Cela semble assez plausible, inspecteur. Comment se fait-il que vous sachiez cela ?

— Ma défunte femme s'intéressait aux travaux de Carl Jung. Étiez-vous au courant d'un événement qui aurait pu...

— Qu'est-ce que ma femme vous a raconté hier soir ?

— Elle m'a dit que depuis le début votre mariage n'avait pas marché. J'ai trouvé que quinze ans, cela faisait long, pour une relation qui ne marchait pas. Elle avait l'air de vous craindre et d'être dépendante de vous. Le petit exercice d'humiliation auquel vous vous êtes livré au début de cette enquête en est la confirmation.

— Et vous ne croyez pas que ça m'humiliait, *moi*, qu'elle ait une aventure avec un homme qui avait dix ans de moins qu'elle, inspecteur ? répliqua-t-il d'un ton vif et virulent, presque dans un sifflement.

— Quand avez-vous découvert qu'elle avait un amant ?

— Je ne m'en souviens plus.

— L'été dernier peut-être ?

— Oui, oui... l'été dernier.

— Comment ?

— J'ai trouvé un ticket de caisse correspondant à l'achat d'une chemise qui provenait d'une boutique où je ne vais pas.

— Le lui avez-vous montré en exigeant des explications ?

— J'ai observé et j'ai attendu. La chemise pouvait très bien être pour son frère, après tout. Je pensais qu'il n'en était rien, mais la certitude est l'une des exigences de ma profession.

— Alors comment l'avez-vous sommée de s'expliquer ?

Il fut ébahi par la question. Il essaya de cacher sa réaction par un changement de position très étudié. Cela l'arrachait au confort de notre conversation. Son doigt avait effleuré la vérité et l'avait trouvée aussi tranchante que la lame d'un rasoir. La température qu'il affichait en surface chuta brutalement en dessous de zéro.

— Rien de tout ça n'a de rapport avec l'enquête sur la

mort de ma fille, inspecteur. D'autant que vous ne travaillez plus sur cette affaire.

— Je croyais que nous étions juste en train de parler.

Il se pencha et but son café à petites gorgées. Prit un cigarillo dans une boîte posée sur son bureau. M'en proposa un. Je déclinai l'offre et allumai une de mes cigarettes. Il fuma et se détendit. Ma question me brûlait la langue.

— Vous me parliez de ce que ma femme vous a raconté hier soir, reprit-il.

— Elle m'a révélé des choses très importantes, sans me fournir d'explications, et j'étais très fatigué par une longue journée de travail. Elle m'a appris que votre mariage n'avait jamais marché, sans m'expliquer pourquoi. Elle a dit que vous étiez un homme de pouvoir et que vous étendiez ce pouvoir au domaine de vos relations intimes, mais elle ne m'a pas expliqué comment. Elle a formulé une accusation très grave, mais ne m'a fourni aucune preuve pour attester de sa véracité. Ce n'était pas...

— ... une conversation avec une personne en pleine possession de ses facultés.

— Elle contenait des éléments de vérité, ici et là, à mon avis.

— Sur quoi portait cette accusation très grave ?

— Elle m'a affirmé que vous abusiez de Catarina sexuellement.

— Et vous le croyez ?

— Elle ne m'a fourni aucune preuve...

— Mais vous le croyez ?

— Je suis enquêteur à la criminelle, *Senhor Doutor.* On me ment, non pas de temps en temps, mais sans arrêt. J'écoute. J'établis des parallèles entre les informations. J'essaie d'en savoir plus. J'étudie les éléments de preuves. Je trouve des témoins. Et si j'ai de la chance, je parviens à rassembler assez de faits pour établir une culpabilité. Mais je peux vous assurer d'une chose, *Senhor Doutor* : je ne crois pas automatiquement la personne qui me parle. Si c'était le cas, nous pourrions vider nos prisons de tous ces innocents et les réaménager en *pousadas.*

— Que lui avez-vous dit ?

Je tressaillis intérieurement en entendant cette question. Un souvenir impossible à oublier. Une responsabilité tenace.

— Je lui ai conseillé de procéder avec beaucoup de

prudence, de s'assurer les services d'un avocat et de réunir des preuves susceptibles de l'aider.

Il tira sur son cigare, le juriste analysant le point faible.

— Conseil judicieux, conclut-il. Lui avez-vous expliqué que vous n'étiez pas la bonne personne à laquelle elle devrait s'adresser, que si...

— Oui.

— Alors d'après vous, pourquoi est-elle venue vous voir, inspecteur ?

Je ne répondis pas.

— Croyez-vous qu'elle essayait de vous influencer, d'influencer votre attitude envers moi, par exemple ?

Je continuai de ne pas répondre et l'avocat se pencha au-dessus du bureau pour se rapprocher de moi.

— Peut-être a-t-elle avancé comme preuve le mépris total de notre fille pour toute morale sexuelle, causé par un trouble profond. L'homme dans l'amour inconditionnel duquel elle avait placé toute sa confiance avait profité de son innocence... Oui. J'imagine que ça pourrait marcher. Cela correspondrait à la définition d'un traumatime et la débauche sexuelle serait l'expression de la névrose. Ai-je raison ? Est-ce bien ce que ma femme pensait ?

Ce prédateur intelligent possédait la même intensité bouillonnante qu'un banc de piranhas déchiquetant un corps pour n'en laisser que les os. Pourquoi l'avez-vous épousée ? pensai-je. Pourquoi vous a-t-elle épousé, elle ?

— J'ai raison, conclut-il en se radossant à son fauteuil. Je sais que j'ai raison.

Il écrasa son cigare d'un geste venimeux jusqu'à ce qu'il se sente observé. Je me levai, irrité et déconcerté. L'élan qui me poussait m'avait abandonné. J'ouvris la porte pour partir. Je n'avais pas obtenu ma réponse, n'avais pas encore la force de poser la question.

— Il existe deux formes de mauvais traitements infligés à enfants, *Senhor Doutor*, déclarai-je. Celle dont on parle dans les journaux est de caractère sexuel. Elle est plus choquante. Mais l'autre peut être tout aussi cruelle.

— De quoi s'agit-il ?

— Du refus d'amour.

Je sortis dans le couloir, fermai la porte puis la rouvris.

— J'ai oublié de vous demander, *Senhor Doutor*. Avez-vous une autre voiture en dehors de la Morgan ? J'imagine qu'il s'agit de votre voiture d'agrément et que vous avez également un véhicule plus classique.

— Une Mercedes.

— Était-ce la voiture que votre femme conduisait dimanche soir ?

— Oui.

Je m'assis dans les jardins publics à l'extérieur de la maison de l'avocat et attendis que Mariana, la domestique, sorte. Ce qu'elle fit à midi. Je la suivis. C'était une petite femme trapue qui ne mesurait pas plus d'un mètre cinquante. Ses cheveux noirs et brillants étaient relevés en un chignon serré. Il suffisait de la regarder une fois pour lui octroyer toute confiance – le genre de femme que le docteur Oliveira ne méritait peut-être pas d'avoir à son service. Je la rattrapai dans une rue pavée très pentue, la fit sursauter.

— Pouvons-nous parler quelques minutes ?

Elle ne le voulait pas.

— Marchons, dis-je.

Je descendis sur la chaussée pour lui laisser le peu de place à l'ombre qu'offrait le trottoir.

— Vous êtes bouleversée.

Elle hocha de la tête.

— *Dona* Oliveira était quelqu'un de bien ?

— Oui. Une femme malheureuse, mais quelqu'un de bien.

— Allez-vous continuer à travailler pour le docteur Oliveira ?

Elle ne répondit pas. Ses talons plats claquaient sur les pavés.

— Catarina était-elle quelqu'un de bien, Mariana ?

— Je travaille pour maître Oliveira depuis neuf ans. J'ai connu Catarina durant le même nombre d'années, chaque week-end et chaque été pendant neuf ans, inspecteur... et non, ce n'était pas quelqu'un de bien, mais ce n'était pas sa faute.

— Même quand elle avait six ans ?

— Je comprends le malheur, inspecteur. Celui des riches n'est pas très différent de celui des pauvres. Mon mari est un ivrogne. Ça le change et ça rend mes enfants malheureux. Mais au moins, quand il est sobre, ça ne l'empêche pas d'aimer ses enfants.

— Et ce n'est pas le cas de maître Oliveira ?

Elle ne répondit pas. Elle ne pouvait pas se résoudre à prononcer de telles paroles.

— *Dona* Oliveira a essayé de donner à cet enfant tout l'amour qu'elle avait mais Catarina n'en voulait pas. Elle haïssait sa mère et, vous savez, ce qu'il y a de plus bizarre... elle aurait fait n'importe quoi pour son père.

— *Dona* Oliveira est venue me voir le soir qui a précédé sa mort.

Mariana se signa rapidement.

— Elle m'a appris que maître Olveira abusait sexuellement de Catarina depuis longtemps.

Mariana glissa sur les pavés. Je la retins. Elle s'adossa à un mur et resta là, horrifiée.

— *Dona* Oliveira m'a dit que vous confirmeriez cette accusation. Est-ce vrai, Mariana ?

Elle avala péniblement sa salive et secoua la tête. La rue était chaude, envahie de lumière et vide. Le ciel d'un bleu profond, comparé aux murs blanchis à la chaux et décapés par le soleil. L'odeur du déjeuner se mêlait à la brise marine. Mariana me regardait comme si j'étais armé d'un couteau. Elle chassa de la main une trace de chaux sur son épaule.

— Je n'aurais pas pu rester dans cette maison, murmura-t-elle.

Je ne pus m'empêcher de formuler la question que je n'avais réussi à poser à aucun des deux Oliveira.

— De qui est-elle la fille, Mariana ?

— Qui ça ? me demanda-t-elle d'un ton perplexe.

— Catarina.

— Je ne comprends pas.

Une voiture remonta la rue bruyamment, les pneus grondant sur les pavés. Je me laissai devancer par Mariana. À l'entrée du supermarché, je la saluai après lui avoir posé une dernière question à laquelle il était facile de répondre. Elle fut soulagée de me confier que l'amie de Teresa Oliveira était une Anglaise nommée Lucy Marques et elle me donna une adresse à São João do Estoril.

Je pris le train pour revenir à São João par la *Linha,* puis marchai pendant près de un kilomètre en tournant le dos à la mer et à la gare jusqu'à ce que je me trouve en face d'une maison de style traditionnel, mais construite récemment, avec portail, allée circulaire et larges marches qui menaient à un portique. Cela m'indiquait qu'il y avait de l'argent, mais pas assez pour posséder de l'authentique. Je me présentai à un interphone et à une caméra de surveillance. Le portail s'ouvrit tout seul. Une grande parabole blanche se dressait sur le toit de la maison.

Une domestique courtaude, originaire du Cap-Vert, me fit traverser des sols carrelés de marbre blanc en direction d'un salon d'où sortaient les échos d'un soap-opera anglais. Lucy Marques était assise, les pieds sur le canapé, tenant affectueusement dans ses mains une télécommande et un grand verre droit contenant ce qui se révéla être un gin-tonic bien tassé. Une pile de numéros du magazine *Hello !* s'étageait par terre à côté d'elle. Elle appuya sur le bouton pour éteindre la télévision.

— Je ne parle plus cette saleté de portugais, déclara-t-elle en me chassant d'un geste de la main. Alors si vous ne parlez pas le gin-tonic, vous pouvez tout de suite aller vous faire voir.

— J'ai un assez bon niveau en gin-tonic.

— Ah oui ? Passez-moi un clou alors.

— Un quoi ?

— Perdu dès le premier essai, inspecteur. Un clou de cercueil. Une cancérette. Une putain de clope, bon Dieu de merde... dans la boîte, là, sur la table.

Elle en sortit deux cigarettes, en mit une derrière son oreille. J'allumai celle qu'elle avait placée entre ses lèvres.

— Servez-vous, dit-elle. Versez-vous à boire. Faites le nécessaire. Vous avez l'air un peu plus vif que Gumbo Gomes. Qu'est-ce qu'il est déprimant, ce type.

— Abílio...

— Habile élue par cette crapule Abílio, fit-elle avant de pouffer de sa propre folie.

À en juger d'après le dos de ses mains, elle devait avoir dans les cinquante-cinq ans mais son visage et son corps semblaient avoir cessé de vieillir vers l'âge de trente-huit ans, un exploit véritable au vu de son régime. Elle portait un jean blanc et un tee-shirt avec un motif nautique imprimé.

— Pouvons-nous parler de Teresa Oliveira ?

— Seulement si vous prenez un verre avec moi. Gin-tonic. C'est la langue sur laquelle nous nous étions mis d'accord.

Je m'en servis un petit et allumai une cigarette.

— Teresa, Teresa, Teresa, soupira-t-elle avant de vider son verre. Quel gâchis.

— J'enquêtais sur la mort de sa fille.

— Vous enquêtiez ?

— On m'a retiré l'affaire. Politique interne. C'est Gumbo Gomes qui travaille dessus maintenant.

— Gumbo Gomes. Exactement le genre de Portugais que je déteste. Si sérieux. Si gra-a-a-ave. Même si on lui offrait un cocktail Molotov et un briquet, ça ne le rendrait pas plus pétillant.

— Madame Marques. Excusez-moi, pouvons-nous...

— Bien sûr, le gin me fait bavarder sans queue ni tête. Teresa. Non. Catarina. Oui, eh bien, ça ne me surprend pas qu'elle ait mal fini. C'était une drôle de belette, celle-là. Vous savez ce qu'on appelle une belette, inspecteur ?

— J'imagine.

— Une sale petite allumeuse intrigante.

Elle se lova sur le canapé, se préparant à cracher ses ragots :

— Vous savez que Teresa a eu un amant l'année dernière.

— Paulo Branco.

— C'est ça.

— Et qu'elle a surpris Catarina au lit avec lui.

— Ça a été un peu plus explicite que de les surprendre sous les couvertures, inspecteur Coelho. Les fesses qui pompent allégrement. Les chevilles au niveau des oreilles. Le grand jeu, je vous assure. Teresa s'est trouvée mal pendant des semaines, chaque fois qu'elle y repensait.

— J'ai cru comprendre que Catarina l'avait appelée pour faire en sorte qu'elle les surprenne.

— Vous êtes bien informé. Vous devez aimer les ragots, inspecteur.

— J'étais marié avec une Anglaise.

— Oh, c'est vilain de dire ça.

— Vous avez dit du mal des Portugais.

— Un partout, reconnut-elle en se léchant un doigt et en inscrivant le score dans le vide.

— L'amant, madame Marques ?

— Ah oui. Teresa était convaincue que c'était lui qui avait suggéré à Catarina de le faire.

— Lui qui ?

— Qu'Aquilino avait incité Catarina à le faire. À découvrir qui était l'amant de sa mère et ensuite à coucher avec lui.

— Mon Dieu ! Comment en était-elle venue à penser ça ?

— Ben moi, je lui ai dit : « Tu deviens paranoïaque, ma chérie. » Mais elle m'a raconté qu'un jour elle avait pris

Catarina entre quatre yeux pour l'obliger à s'expliquer et devinez ce que Catarina lui a répondu... « Tu ne devrais pas coucher avec d'autres hommes. » Sympa comme famille, hein ?

— Pourquoi Teresa ne l'a-t-elle pas quitté ?

— Vous, les Portugais, avec vos contrats de mariage, fit-elle en secouant la tête. L'accord d'Aquilino et de Teresa était... quel est le terme, quand les biens des époux sont mis dans le pot commun ?

— *Commuhão total de bens.*

— C'est ça. Quand ils se sont mariés, Teresa avait à peine un escudo à son nom. Elle travaillait pour lui, souvenez-vous. Tout appartenait à Aquilino. Il n'allait pas divorcer et la laisser embarquer la moitié du gâteau, ce qu'elle aurait acquis de plein droit...

— Mais...

— Exactement. Il était fou d'elle. Il a quitté sa première femme pour elle alors qu'elle était pleine aux as, elle... Elle avait l'argent et un nom.

— Alors que s'est-il passé ?

— Quelque chose tout au début, mais je ne sais pas quoi. Teresa ne m'en a jamais parlé. Et croyez-moi, j'ai essayé, lança-t-elle en frappant sur la pile de ses *Hello !* Eux, ils auraient payé un sacré paquet pour le savoir, je peux vous l'assurer.

Tout à coup, je n'étais plus si sûr d'apprécier Lucy Marques.

— Teresa est venue ici, samedi soir.

— Elle a dormi ici, inspecteur.

— Elle est venue me voir d'abord. Elle m'a révélé qu'Aquilino avait sexuellement abusé de Catarina.

— Elle était toujours à me répéter qu'il était impuissant, et je ne sais pas comment elle le savait parce qu'elle me jurait aussi qu'ils n'avaient pas refait l'amour depuis la naissance de Catarina. Alors vous pouvez en déduire ce que vous voudrez, inspecteur.

— Qu'a-t-elle fait dimanche ?

— Elle a dû prendre une dose de somnifère à endormir un rhinocéros parce qu'elle ne s'est pas levée avant midi. J'étais inquiète, alors plusieurs fois dans la matinée je suis allée vérifier si elle respirait. À une heure elle m'a prévenue qu'elle sortait déjeuner et je ne l'ai plus revue.

— Elle avait une Mercedes, de quelle couleur était-elle ?

— Noire.

— Modèle, numéro de série ?

— Pas la moindre idée.

— Plaque d'immatriculation ?

— J'ai peut-être l'air d'une vieille éponge triste, inspecteur Coelho, mais j'ai mieux à faire de mon temps que me souvenir des numéros d'immatriculation de mes amies. De toute façon, Gumbo Gomes l'a, la voiture... interrogez-le.

Je repris le train pour Lisbonne en me demandant si ça s'était terminé ainsi. La mère tuant sa propre fille. Je ne parvenais pas à me représenter pareille conclusion. Je ne la sentais pas. Je contemplai fixement la mer, hypnotisé par les vagues qui se brisaient sur le dos d'un banc de sable au milieu de l'estuaire et je pensai aux Oliveira, à leurs espoirs envolés, à la famille brisée et morte... à cause de quoi ? Parce que depuis le début, tout avait tourné de travers.

Je ne descendis pas à Alcântara. Du train, je voyais que les environs, derrière le Wharf One, étaient déserts. Il était l'heure de déjeuner quand j'arrivai à Cais do Sodré. Je m'approchai pour traverser les rails du tramway, sur l'Avenida 24 de Julho, afin d'entrer dans un restaurant proche du marché. L'un des nouveaux trams, une limace électronique vrombissante couverte de 7UP pétillant, approchait. La foule des personnes qui, autour de moi, attendaient pour traverser sembla se contracter et éclater. Quelqu'un heurta mon dos. Je tombai du trottoir, ma cheville céda, mon genou cogna contre le macadam. Mes doigts glissèrent dans les rainures argent des rails qui scintillaient à l'approche du tram. La vie défila au ralenti. Le son parut compressé. Des visages apparurent devant mes rétines. Une fille maigre comme un fil de fer, aux cheveux noirs et bouclés, tendit la main, non pas pour m'aider, mais pour me montrer du doigt. Un solide gaillard au ventre rebondi et aux avant-bras de lutteur s'avança d'un pas et partit brutalement en arrière. Les sourcils du visage de la femme qui se trouvait à côté du sien étaient dessinés au crayon, ils disparurent dans les plis de son front, sa bouche s'ouvrit, un hululement étrange et lointain en sortit. Le fragment de pellicule qui se déroulait dans ma tête échappa aux dents qui l'entraînaient. Des couleurs claires et foncées défilèrent devant la fenêtre du projecteur. Mes muscles échappèrent à leur paralysie. Je roulai sur moi-même. Un crissement métallique. Un chuintement hydraulique. Mes doigts sortirent du rail argenté. Une roue en acier passa dans un grincement.

Je contemplais le ciel à travers des câbles entrecroisés, là-haut, et tout ce qu'il y avait au-delà me semblait simple, tout à coup, après les complexités de la vie. Des visages formaient une voûte au-dessus de moi. Quelqu'un tenait ma main, qui était froide, la frottait pour la réchauffer. Je devais sourire comme un idiot parce que tout le monde me souriait. Ce n'était pas encore pour aujourd'hui. Je m'assis sur mon séant. On m'aida à me relever. Une femme épousseta mes vêtements. Quelqu'un me dit que j'avais eu de la chance. Je répondis que je le savais, je ris et ils rirent tous avec moi comme si eux aussi avaient échappé au danger. Je me retrouvai entraîné dans un restaurant par trois ou quatre personnes qui s'assirent avec moi à une grande table et racontèrent aux autres clients que j'avais failli devenir la rondelle de citron sous le tramway 7UP.

Après le déjeuner, encore hébété, je songeai qu'il était plus sûr de me déplacer en métro. Je me tins très en retrait des voies à la station Cais do Sodré. La rame alla jusqu'à Anjos puis je montai les marches qui menaient à l'Avenida Almirante Reis. Là, je découvris que la température avait atteint les 35 °C. Je me sentis froid et bizarre à l'intérieur. Je rendis mon déjeuner et je réalisai que je n'étais plus autant en sécurité qu'auparavant.

33.

20 avril 1975, Banco de Oceano e Rocha,
São Paulo, Brésil

La pluie avait cessé pour l'après-midi. Les lumières revinrent en tremblotant. Manuel Abrantes caressa son crâne chauve et essaya le téléphone. Le service était rétabli. Il appuya sur un bouton pour obtenir une ligne extérieure et composa un numéro. Il se rassit dans son fauteuil, desserra son nœud de cravate de deux centimètres supplémentaires et cria pour appeler sa secrétaire.

— La climatisation ne marche pas, lança-t-il à la jeune diplômée de l'université âgée de vingt-cinq ans.

— Elle marchait...

— Mais elle ne fonctionne plus parce que quand il y a une coupure d'électricité... Attendez, dit-il dans le téléphone.

— Je vais appeler le *técnico.*

— C'est la seule chose qui ne redémarre jamais.

— Je vais appeler le *técnico.*

Il la chassa du geste

— Bien. Roberto ?

— Oui, *Senhor* Manuel.

— Qu'avez-vous à me proposer ?

Silence.

— Vous êtes toujours là, Roberto ?

— Oui. *Senhor* Manuel, vous n'avez pas apprécié celle que je vous ai envoyée la dernière fois ?

— Elle était bien.

— Je vous envoie la même, alors.

Un coup frappé à la porte.

— Attendez. J'ai une urgence. Un ingénieur qui vient me voir. Entrez ! Ne raccrochez pas.

Le *técnico* entra. Manuel lui montra la climatisation.

— Restez en ligne une petite minute, dit-il avant de se tourner vers le *técnico.* Elle ne redémarre jamais après les coupures de courant. Est-ce que vous pensez que c'est...

— C'est le fusible, répondit le *técnico* d'une voix impassible que rien ne pouvait impressionner. Quand le courant revient, ça entraîne une pointe et ça fait sauter le fusible.

Il en installa un nouveau et repartit. Le condensateur démarra avec un déclic et de l'air frais souffla dans le dos de Manuel.

— Roberto ?

— Je vais vous l'envoyer à nouveau.

— Vous n'auriez pas quelqu'un qui porterait un costume ?

— Un homme ? demanda Roberto, qui ne comprenait plus.

— Une femme, espèce d'idiot. Les femmes aussi portent des costumes. Je ne veux plus voir ces filles en orange vif et minijupes citron vert qui montrent leur derrière... Je dirige une entreprise sérieuse, moi.

— Oh, d'accord.

— Achetez-lui un costume. Je lui donnerai l'argent.

— Vous voulez qu'elle monte tout de suite ?

— J'essaie tout juste de faire refroidir la pièce après la coupure d'électricité.

— Quand ça, alors ?

— Dans vingt minutes.

Manuel raccrocha. La sonnerie retentit aussitôt.

— Votre frère, Pedro, sur la ligne deux, lui annonça la secrétaire.

Il appuya sur le bouton... goûtant pleinement cette prouesse technologique.

— Tu vas bien ? demanda Pedro.

— Beaucoup de travail, c'est tout. Les coupures de courant n'améliorent pas les choses.

— Papa est à nouveau malade.

— Qu'est-ce qu'il a cette fois ?

— Tu sais qu'on lui a enlevé un bout d'intestin.

— La tumeur ?

— Oui. Ils pensent qu'il souffre d'une infection maintenant et que... tu sais, le cancer s'est répandu dans la lymphe.

— Autrement dit ?

— Je crois qu'il serait bien que tu rentres.

Silence, pendant que Manuel essuyait une sueur glaciale sur son front.

— C'est sérieux à ce point ?

— Je ne te conseillerais pas de rentrer.

— Tu connais mon problème.

— C'est en Suisse que tu vas arriver.

— Mais c'est l'Europe... tu sais comment ça se passe.

— Comment ça ?

— Quand bien même Franco mourrait demain, je ne prendrais pas un avion pour l'Espagne de gaieté de cœur.

— Tu n'es pas un criminel de guerre nazi...

— Fais attention aux mots que tu prononces. Tu sais quel anniversaire on continue à célébrer ici. Et sans arrêt nous lisons ce qui se passe de ton côté de l'Atlantique.

— De quoi tu me parles, là ?

— De l'anniversaire de Hitler.

— De mon côté de l'Atlantique ?

— Les communistes.

Silence. Un souffle, rien de plus, venu de Lausanne.

— Ils ont nationalisé les banques, au Portugal, reconnut Pedro.

— Tu vois ! s'exclama Manuel. C'est la fin pour nous.

— Donc tu ne viens pas.

— C'est trop tôt pour prendre ce risque. Est-ce que je peux lui parler ?

— Il est sous respirateur artificiel.

— Tu m'as dit que c'était l'intestin et la lymphe. Il ne peut plus respirer ?

— Je ne voulais pas t'inquiéter. Ses fonctions respiratoires se sont arrêtées.

— Combien de temps il lui reste ?

— Ça peut survenir à tout moment. Les médecins refusent de se prononcer.

— Je vais essayer d'attraper un vol tout de suite.

Il raccrocha et l'appareil sonna instantanément. Il secoua la tête en roulant des yeux agacés.

— Occupé, occupé, murmura-t-il pour lui-même.

— Une *Senhora* Xuxa Mendes demande à vous voir, annonça la secrétaire sans dissimuler la dérision dans sa voix. Pour affaires.

Une mulâtre pomponnée, en tailleur bleu clair bon marché, fit son apparition. Elle portait une mallette en plastique d'un goût encore plus douteux que son visage. Son irréductible fessier forçait déjà sur la couture qui divisait sa courte jupe par le milieu.

— *Senhora* Mendes, dit-il en lui prenant la main et en refermant la porte au nez de la jeune diplômée. Qu'avez-vous dans votre panier ?

La femme ne comprit pas mais ouvrit la mallette et lui tendit la boule de papier journal froissé qu'elle contenait. Il recula son fauteuil et lui ordonna de venir. Il se leva, baissa son pantalon avec ses pouces et lui commanda de se pencher sur le bureau.

34.

Mardi 16 juin 199-, Avenida Almirante Reis,
à l'extérieur de la station Anjos, Lisbonne

Je me repliai sur un café près de la station de métro. S'il avait un nom, il ne s'est pas inscrit dans mon cerveau. S'il y avait des clients, ils n'avaient pas de visage. Je demandai un verre d'eau et me rinçai la bouche. Commandai une tasse de thé avec deux sachets. Catherine de Bragance a peut-être fait connaître le thé aux Anglais mais Lipton est l'héritage qu'elle a laissé au Portugal. Je mis beaucoup de sucre dans mon thé. Après l'avoir bu, je commandai quelque chose de plus fort et m'assis, de nouveau en nage, la respiration difficile, asynchrone. Le barman gardait un œil sur moi. La télé nous encourageait tous à aller à Madeira. Une présence massive s'approcha du fond du bar, se planta devant moi et éclipsa partiellement la lumière des néons.

— Est-ce en ce lieu que tous les vieux détectives viennent se réconforter après leurs ennuis ? lança-t-il en s'asseyant à ma table.

Je le connaissais. Je connaissais ce gros nez, ces yeux anémiés. Je connaissais cette moustache noire et lisse aux pointes taillées.

— Je viens d'avoir un accident. J'ai failli passer sous un tram. Je me sens un peu secoué, c'est tout. Il fallait que je m'assoie.

— Pour une ville dans laquelle il y a autant de trams, il est étonnant qu'aussi peu de personnes passent dessous.

— Je ne me souviens pas de votre nom... mais je sais que je vous connais.

— Vous êtes Zé Coelho. J'ai failli ne pas vous remettre.

Vous portiez la barbe, avant. João José Silva... on m'appelait Jojó. Vous vous souvenez maintenant ?

Non, je ne me souvenais pas.

— J'ai été « retraité » il y a trois ans, vous savez... gentiment poussé vers la sortie.

— Vous n'étiez pas à la criminelle, si ?

— Aux mœurs.

— Vous ne venez pas de dire que les vieux détectives viennent ici pour se soigner ?

— Avant, oui... mais ça fait trois jours que ce n'est plus le cas.

— Comment ça ?

— Vous vous souvenez d'un type qui s'appelle Lourenço Gonçalves ?

Ce nom me suit partout.

— Non, mais j'ai entendu parler de lui.

— Il était aux mœurs, lui aussi.

— Vous faisiez équipe ?

— Plus ou moins. Il avait l'habitude de venir ici... mais ça fait trois jours qu'il ne vient plus.

— On m'a dit qu'il s'était installé à son compte.

— Il se donne le titre de conseiller en sécurité, maintenant. Un nom ronflant pour du travail de détective privé. Suivre les épouses des riches un peu partout pour s'assurer qu'elles ne font pas autre chose que du shopping le mercredi après-midi. Vous seriez surpris.

— Vraiment ?

— Lui, il l'était... et les maris aussi. Ce qui signifie qu'il ne touchait pas toujours ses honoraires.

— Alors pourquoi ne vient-il plus ici ?

Il haussa les épaules.

— On avait l'habitude de prendre un verre et d'aller jouer aux cartes dans le parc en été.

— Marié ?

— Oui. Sa femme est repartie à Porto. Elle ne pouvait pas nous supporter, nous autres gens du Sud. Pour elle on était tous des Maures. Elle est partie avec les enfants.

Je finis mon verre. Cet homme me déprimait. Je ne savais pas pourquoi. L'anémie dans ses yeux, peut-être.

— Il faut que j'y aille, déclarai-je. Je ne tiens pas à être mis à la retraite anticipée.

— Ce qui est arrivé à Lourenço ne vous intéresse pas ?

— Au bout de seulement trois jours, on ne peut pas parler de disparition, si ?

— Il venait ici tous les jours.

— Vous êtes allé à son bureau ?

— Bien sûr, c'est sur le trottoir d'en face, au deuxième étage. Pas de réponse.

— Il est peut-être parti.

— Il n'avait pas l'argent pour partir.

— Appelez-moi s'il revient, dis-je en lui tendant ma carte. Et appelez-moi si vous ne l'avez pas revu d'ici la fin de la semaine.

Je n'attendis pas sa réponse. Il fallait que je sorte, les néons me fendaient le crâne. Je marchai jusqu'à l'appartement de Luísa. Elle n'était pas là. J'allai à la *Polícia Judiciária.* Pas de Carlos. Je pris de l'aspirine et commençai à me sentir mieux. Abílio Gomes passa la tête par la porte et me confirma que j'avais l'air d'un spectre. Je le regardai disparaître dans le couloir. J'entrai dans son bureau et ouvris le dossier de Teresa Oliveira qui se trouvait sur sa table de travail. C'était pratiquement le premier détail figurant sur la première page. On l'avait retrouvée morte dans une Mercedes noire E250 diesel, immatriculée 14 08 PR. Je refermai le dossier.

Je descendis jusqu'à l'Avenida da Liberdade pour prendre l'air. La promenade ne fut pas agréable. La circulation était dense et le taux de pollution élevé dans la chaleur de l'après-midi. Je continuai jusqu'à la Pensão Nuno, suivis la même bande de lino qui devait être un millésime 1975, montai les mêmes escaliers sombres qui devaient dater du XVIIIe siècle, et arrivai au mètre de néon, au-dessus de la réception, qui constituait la touche la plus moderne de l'établissement. Jorge Raposo était toujours là, il fumait en lisant un journal différent. Je posai la main sur le comptoir.

— Vous cherchez Nuno ? demanda-t-il sans lever les yeux.

— Vous avez déjà répondu à cette question.

— Inspecteur, dit-il comme s'il n'était pas vraiment ravi de me revoir. C'est vous.

— Votre mémoire visuelle est revenue.

Il aspira entre ses dents et réfléchit.

— Seulement pour les personnes dont je suis obligé de me souvenir. Les fauteurs de troubles par exemple.

— Les trois jeunes qui étaient là vendredi midi.

— Vous voyez, inspecteur, soupira-t-il en fermant les paupières et en ne les relevant qu'à moitié.

— Est-ce que quelqu'un est sorti, après eux ?

— Comme s'ils avaient été trois à monter et quatre à redescendre ? fit-il tandis que ses épaules commençaient à être secouées d'une hilarité feinte. Ça prend un peu plus longtemps que ça, à ce qu'il paraît.

Je le dévisageai longuement. Il soutint mon regard, impassible.

— Combien de fois par an recevez-vous des coups, Jorge ?

— Ces vingt-cinq dernières années ? Pas une seule.

— Et avant ?

— La police était la même, seuls les uniformes étaient différents, et les méthodes. Vous savez : pas aussi délicates.

Je passai vivement de l'autre côté du comptoir et lui enfonçai avec brutalité mon genou dans le gras de la cuisse. Il tomba pesamment sur le bout de tapis qu'il avait derrière le bar. La cigarette lui échappa des doigts. Je la ramassai et l'écrasai.

— Un petit souvenir du bon vieux temps, Jorge. Maintenant, tous les matins à votre réveil, vous penserez : « Merde, l'inspecteur Coelho va peut-être venir me voir aujourd'hui. Je ferais mieux de commencer à me souvenir de ce qu'il s'est passé le vendredi midi où cette jeune fille est venue, où elle est repartie et a été tuée quatre heures après. » Votre mémoire sera en prise directe sur la douleur et, juste au moment où vous croirez avoir récupéré et pouvoir grimper les marches une par une, je reviendrai et je m'occuperai de l'autre jambe.

Je montai dans la chambre et l'inspectai. Le lit avait été repoussé contre le mur. C'était le seul changement. Je m'assis dessus, fumai, mais rien ne me vint. Je me regardai dans le miroir. Toujours pas brillant.

Jorge gisait à l'endroit où il s'était écroulé derrière le comptoir, il grognait. Il m'examina du coin de l'œil. Ferma les paupières.

— Ça va vous revenir, Jorge.

J'appelai Luísa. Elle était là. J'appelai Olivia pour la prévenir que je serais en retard. Je pris le bus qui montait à Saldanha, marchai jusqu'à l'appartement de Luísa. Elle m'ouvrit, me fit asseoir et me donna un verre de thé glacé. Je lui parlai de l'accident. Elle prit place sur la chaise, genoux relevés, mains sur les chevilles, sans ciller.

— J'ai eu un message, m'annonça-t-elle quand j'eus fini. Il était sous l'essuie-glace de ma voiture.

Elle tendit le bras pour se saisir du papier qui se trouvait sur la table, me le tendit. C'était une feuille format A4. Le mot PUTA était écrit au feutre rouge.

— Extrêmement téméraire, déclarai-je, pas le moins du monde impressionné.

Je lui résumai ma conversation avec Narciso, le matin même, lui annonçai qu'il m'avait retiré l'affaire.

— Ils sont au courant, pour moi ?

— Ils m'ont vu entrer dans cet immeuble et ils connaissent ta voiture maintenant, non ?

— Mais tu ne sais pas de qui il s'agit vraiment.

— Je ne prétendrais pas que c'est une tentative concertée. Si c'était le cas, je serais sûrement déjà suspendu de mes fonctions. Je pense qu'il s'agit juste de certains membres de la police à qui l'on a signalé que des personnes influentes ne sont pas satisfaites de la tournure qu'a prise mon enquête.

— Et tout ça à cause de Catarina ?

— Elle avait une vie sexuelle bien remplie. Quantité d'hommes veulent coucher avec de très jeunes filles. Certains sont persuasifs, d'autres offrent de l'argent et quelques-uns se servent, tout simplement. Catarina a été sodomisée. Même dans notre société permissive, sodomiser une jeune fille est un acte honteux. La perspective de comparaître sous le coup d'une accusation de ce genre aurait pu suffire pour que son agresseur la tue. Des hommes importants tournent autour de cette affaire. Son père, tu sais. Et il est lié au ministre de l'Intérieur. Maître Oliveira prenait un verre avec lui quand sa fille a été tuée et il dînait avec lui quand sa femme s'est suicidée.

— Teresa Oliveira s'est suicidée ?

— Dimanche soir... le moment où l'on se sent le plus seul.

Luísa en fut bouleversée et ressentit le besoin de se lever pour arpenter la pièce. Je fumai en buvant mon thé glacé, n'en sachant pas plus, après en avoir discuté avec elle, sur l'identité de ceux qui exerçaient une telle pression. Émanait-elle de Narciso ou ne jouait-il qu'un rôle d'intermédiaire ? Luísa m'embrassa pour me réconforter. Je lui rendis son baiser parce que j'aimais ça. Elle se laissa retomber sur son siège avec un bruit sourd.

— Et j'ai aussi eu une bonne nouvelle aujourd'hui.

— Ce n'est plus la peine que tu termines ton doctorat ?

— Pas aussi bonne que ça. Mon père m'a proposé de me confier le lancement du magazine qu'il avait sur cales depuis deux mois.

— Je croyais que tu voulais publier des livres.

— Oui, mais ça me permettra de faire mon trou dans le milieu de l'édition de Lisbonne, ce qui sera bénéfique pour mon projet de publication de livres. Les gens s'intéressent toujours beaucoup plus à un nouveau magazine et cela attirera sur moi l'attention de nombreuses personnes...

— Mais... ?

— Il faut que je trouve l'idée du lancement. Celle qui fera sortir ce magazine de la masse.

— Et ton père n'a pas trouvé ?

— Non, alors il m'a présenté le projet comme un cadeau. Il faut juste que je dénoue ce petit nœud gordien.

— C'est un bon vieux scandale sexuel qu'il te faut. Des individus surpris avec le pantalon autour des chevilles.

— Il me faut quelque chose d'un peu plus sérieux que ça, Zé. C'est un magazine d'affaires centré sur la péninsule Ibérique, pas un torchon pour salons de coiffure.

— Si j'avais su...

— Quoi ?

— Je t'aurais suggéré un homme d'affaires avec le pantalon autour des chevilles.

— Personne n'aura le pantalon autour des chevilles dans aucun magazine que je publierai.

— Dans ce cas, tu risques de connaître des problèmes de tirage parce que, si tu veux mon avis, c'est tout ce qui intéresse les lecteurs de nos jours.

— Tu me déprimes.

— Buvons à l'avènement de la frivolité.

Il était près de vingt et une heures et, quand je descendis la rue entre les immeubles, en sortant de la gare de Paço de Arcos, il y avait encore de la lumière, les jours rallongeaient, le temps semblait passer plus vite. Une sirène hurlait et des hommes se dirigeaient en courant vers la caserne des *Bombeiros Voluntários*. Quelques instants plus tard, deux voitures de pompiers jaillirent en rugissant et me donnèrent l'impression que rien ne s'arrête jamais.

J'hésitai au coin de la rue, envisageant d'aller prendre une bière avec António Borrego. Il était plus tôt que je ne le pensais.

Je m'étais senti trop fatigué pour rester dîner avec Luísa mais j'avais recouvré de l'énergie pendant le voyage du retour. J'avais d'abord besoin de prendre une douche. À peine chez moi, je sus que je n'étais pas seul. La chatte était assise sur une chaise dans la cuisine gagnée par la nuit, les pattes et la queue soigneusement cachées. Elle ferma ses yeux jaunes en me voyant et je la laissai à ses rêves de tueuse nocturne.

Je montai les marches, m'arrêtai en haut et crus entendre le bruit étouffé que fait quelqu'un qui souffre. Aucune lumière n'était allumée. Je parcourus le bout de tapis qui menait à la chambre d'Olivia et ouvris la porte sur ses yeux écarquillés et sa bouche qui commençait à béer d'effroi. Je secouai la tête et reculai d'un pas mais l'image continuait de m'agresser. Olivia était allongée sur le dos, entourant de ses jambes nues le torse de Carlos, chevilles croisées reposant sur ses fesses. Il la couvrait de son corps, nu, droit comme une planche, les bras tendus. Il tourna brusquement la tête. Je claquai la porte et esquissai deux pas en arrière, chancelant comme si j'avais reçu un coup au visage.

Aussitôt après, comme quelqu'un à qui cela vient effectivement d'arriver, je fus saisi de fureur. À ce point ivre de rage que mes globes oculaires étaient pris de pulsations. J'avançais la main vers la poignée de la porte avec le sang qui battait la charge dans mon avant-bras, quand soudain un martèlement sonore retentit contre la porte d'entrée. Je m'emparai de la poignée et sentis que quelqu'un faisait de même de l'autre côté. Le vacarme, en bas, ne s'arrêtait pas. J'eus l'image des pompiers, mes pensées établissant un rapprochement bizarre.

Je descendis les marches en courant. La chatte avait abandonné la chaise de la cuisine. J'ouvris violemment. Un homme que je connaissais, mais dans un contexte autre, se tenait sur le seuil, six de ses collègues derrière lui, et un fourgon derrière eux.

— Inácio ?

Je lui tendis la main, l'esprit totalement en déroute.

— Désolé, inspecteur, dit-il en ignorant ma main, mais je suis ici dans le cadre de mes fonctions.

— De tes fonctions ? Aux stupéfiants ? fis-je sans comprendre tandis que j'entendais du bruit au sommet des marches derrière moi.

— C'est bien ça. Je suis toujours aux stups. Nous sommes venus fouiller la maison, expliqua-t-il en me tendant un mandat que je ne lus pas. Vous connaissez un pêcheur du coin nommé Faustinho Trindade ?

— Je connais Faustinho, répondis-je en parcourant cette fois le mandat. Il est...

— C'est un trafiquant de drogue connu. On l'a vu entrer dans cette maison. On vous a vu partir avec lui et descendre au club nautique.

— Fouille la maison, Inácio. Fouille la maison. Prends ton temps.

Il pénétra dans l'entrée et donna des instructions à ses hommes. Deux d'entre eux retournèrent au fourgon d'où ils revinrent avec de grandes boîtes à outils. Olivia et Carlos les croisèrent en descendant les escaliers. Inácio nous fit passer dans la cuisine. Nous nous assîmes tous les trois autour de la table avec un *agente* qui resta debout derrière nous pendant que les autres investissaient bruyamment l'habitation. Olivia m'imposa une sorte de contact visuel direct.

— Qui sont ces types ? me demanda-t-elle en anglais.

— Des agents des stupéfiants. Ils sont venus fouiller la maison. Si tu en as dans ta chambre, tu ferais mieux de me l'avouer tout de suite.

— Non, je n'en ai pas.

— Tu en es sûre ?

— Moi, oui.

À ce moment-là, je pris conscience de chacune de mes cellules sanguines, de chacune des plaquettes dans mes veines. Mon estomac partit en chute libre. Le sac d'herbe dans la pièce du grenier.

Carlos avait l'air d'un chien qui regrette d'avoir mangé la viande avariée qu'il a trouvée dans une poubelle. On entendit un craquement bruyant venu d'en haut. Je demandai à l'*agente* ce qu'il se passait.

— Les lattes du plancher, j'imagine. Videz vos poches sur la table.

Nous vidâmes nos poches. Je remarquai que celles de Carlos contenaient quatre mille escudos, un peu de monnaie, quatre préservatifs – un point en sa faveur –, un stylo, sa carte d'identité et sa carte de la *Polícia Judiciária.*

— Je ne savais pas que vous étiez flic, lui dit l'*agente* en regardant la carte. Elle et vous, vous êtes ensemble ?

Personne ne répondit. L'*agente* haussa les épaules. Il prit la carte d'identité d'Olivia et compara sa date de naissance à celle de Carlos.

— Peut-être pas, conclut-il.

Ils restèrent dans la maison pendant quarante minutes. Ils ne trouvèrent rien. Inácio s'excusa et, cette fois, il serra ma main qui était couverte de sueur, très moite Ils partirent. Je restai dans le couloir assombri, le regard tourné vers la cuisine illuminée. Olivia et Carlos se tenaient l'un à côté de l'autre comme un couple de cinéma qui a survécu à un ouragan. Je pointai mon doigt sur Carlos.

— Vous pouvez partir maintenant, m'écriai-je. Allez ! Dehors ! Cassez-vous d'ici, bordel !

Il se glissa à l'extérieur. Je n'avais rien à dire à mon enfant. Rien à dire à ma fille. Je montai les marches une par une jusqu'à la pièce du grenier. J'allumai la lampe du bureau. Je m'assis. J'ouvris le tiroir. Pas de sac d'herbe. Pas de papier à rouler. Je sortis la photo de ma femme dont le visage était tourné vers moi et non tel que je l'avais laissé. Je refermai le tiroir. Je posai sa photo sur le bureau de façon à ce qu'elle me regarde. Je me sentais trahi, sali, pillé, mon univers était à ce point secoué que j'en étais réduit à cette seule constante : l'image immuable de ma défunte femme.

Une demi-heure passa, trois bateaux dans la nuit.

Olivia apparut, image reflétée dans les carreaux noirs de la fenêtre.

— Ton sac d'herbe est dehors, dans la bougainvillée... avec le papier.

— Tu étais déjà venue ici ?

— Après les cours... juste pour regarder maman. Mais je ne lui parle pas comme toi.

— Tu penses qu'un an c'est long, mais ça ne l'est pas.

— Je me suis assise ici, l'autre jour, et je me suis demandé comment ce serait si elle revenait... et si j'aurais envie qu'elle revienne.

— Tu n'en aurais pas envie ?

— Je n'ai jamais arrêté de penser : « Ça, ça intéresserait maman, je vais lui raconter en rentrant. » Et puis je rentre et il n'y a personne, et il n'y aura plus jamais personne. Absolument jamais. C'est dans ces moments-là qu'elle me manque. Je veux qu'elle revienne mais il faudrait que ce soit comme avant. C'est ce fossé. Cette année sans elle qui a tout changé.

Je fis oui de la tête, exagérant un peu le geste, tel un

ivrogne. J'allumai une cigarette, Olivia s'en empara. J'en allumai une autre et jouai avec le cendrier en fer-blanc en forme de coquillage.

— La perte d'un être, c'est comme une blessure causée par un éclat d'obus, dans laquelle le fragment de métal est fiché à un endroit que les chirurgiens n'osent pas approcher, alors ils décident de l'y laisser. Au début c'est douloureux, atrocement douloureux, tellement qu'on se demande si on peut vivre avec. Mais après le corps se referme autour jusqu'à ce que ça ne fasse plus mal. Plus comme avant. Mais de temps en temps, on ressent des tiraillements quand on ne s'y attend pas et on se rend compte que c'est encore là et que ça y sera toujours. Ça fait partie de soi. Une pointe dure et immobile à l'intérieur de soi.

Elle m'embrassa sur le sommet du crâne. Je passai un bras autour de ses hanches. Rangeai la photo dans le tiroir.

— J'ai rencontré quelqu'un, dis-je.

— Je sais.

— Comment ça ?

— Ton manège avec le téléphone, dimanche. L'odeur que tu avais quand tu es rentré et... tu ne le sais peut-être pas, mais tu es plus enjoué.

— Je ne sais pas trop comment faire... pour réapprendre à connaître quelqu'un.

— Comment est-elle ?

— Je ne sais pas encore. C'est allé si vite que je n'ai pas eu le temps de réfléchir. Elle est différente de ta mère, mais elle lui ressemble aussi pour les choses essentielles. C'est quelqu'un de bien, quelqu'un de vrai. Quelqu'un à qui on peut faire confiance.

Elle me caressa la tête.

— Comme Carlos.

Je résistai à l'envie de répliquer mais ne lui apportai pas de démenti.

— Je suis en colère contre lui. Je ne vais pas te raconter le contraire. Si Inácio n'était pas arrivé...

— Pourquoi ?

— Il sait ce qu'il fait. Il sait que tu es vulnérable. Il sait qu'il a dix ans de plus que toi. Il sait même que c'est contraire à la loi. Il te rencontre un dimanche matin et le mardi soir il est déjà au lit avec toi... Il a abusé de...

— Il ne le savait pas, ce qu'il faisait. Je lui ai déjà parlé de maman. C'est quoi, dix ans ? La loi est stupide. Qu'est-ce que ça peut faire ? Maman m'a raconté que vous aviez couché ensemble moins d'une semaine après votre rencontre et je savais que je le voulais plus que n'importe quoi dans ma vie. Ce n'est pas lui qui m'a séduite. Il n'a abusé de personne. Il... il a quelque chose. Il a quelque chose que tous ces fils à papa du lycée n'ont pas.

— Quoi ? Qu'est-ce qu'il a... ?

— Justement, papa, dit-elle en passant la main dans mes cheveux.

— Quoi ? Tes paroles deviennent aussi obscures que celles de ta mère par moments.

— Je ne sais pas... mais c'est ce que je veux. L'intense élan que procure cette communion affective, tu te souviens ?

35.

23 octobre 1980, Banco de Oceano e Rocha, São Paulo, Brésil

La secrétaire de Manuel Abrantes entra dans son bureau avec un paquet matelassé livré par coursier.

— Il lui faut votre signature, dit-elle.

Manuel fit signe au messager d'entrer et apposa son paraphe. Ses yeux se portèrent automatiquement sur les cinq centimètres de jambes de la secrétaire qui étaient visibles entre le meuble et l'ourlet de sa jupe. Il se demanda si ses dessous étaient aussi raisonnables qu'elle. Le coursier repartit. Manuel ordonna à la jeune femme de remettre de l'ordre dans les magazines posés sur la table basse et tenta de se rincer l'œil en avançant la tête sur le côté de son bureau. Elle s'accroupit pour s'acquitter de sa tâche. Au bout de six années de travail avec Manuel Abrantes, elle connaissait ses stratagèmes vicieux. Agacé, il la congédia d'un geste de la main. Peut-être devrait-il l'inviter à dîner avant de prendre l'avion, la ramener chez lui, et lui montrer une ou deux petites choses. Il ouvrit le paquet. À l'intérieur se trouvaient un passeport, une carte d'identité, une enveloppe contenant un carnet de chèques, un portefeuille qui portait le logo d'une banque portugaise, une carte de crédit Visa et une Amex. Il y avait également la photographie d'une femme de trente-deux ans nommée Lurdes Salvador Santos. Elle paraissait sympathique en dépit d'une coiffure austère et d'une ombre de moustache. Une lettre de quatre pages rédigée par Pedro lui donnait des explications sur les documents et le cliché.

Il vérifia la carte d'identité et le passeport. Ce dernier était usagé, il portait la marque de nombreux tampons. Il ouvrit le carnet de chèques, en préleva trois, rangea les autres dans le portefeuille. Il inventa trois sommes fictives qu'il reporta sur le livret consacré aux mouvements du compte à l'intérieur du portefeuille. Lut la lettre à quatre reprises pour en mémoriser tous les détails, puis la brûla en même temps que les trois chèques vierges.

Il prit mille dollars américains dans le tiroir du haut de sa table de travail et sortit de la pièce. Dans la stupéfiante humidité de l'après-midi il parcourut six pâtés de maisons jusqu'à la boutique d'un fabricant de timbres en caoutchouc qui lui avait déjà façonné un tampon d'entrée sur le territoire brésilien, alla dans une agence de voyages pour retenir une place sur un vol décollant de São Paulo à destination de Madrid avec escale à Buenos Aires. Il se rendit avec ses billets à l'ambassade d'Argentine où on lui accorda un visa pendant qu'il patientait. Il revint à la banque. Il vida ses poches et son bureau de tous ses anciens documents, les passa à la déchiqueteuse qu'il nettoya avant de brûler les fragments dans la boîte à ordures. Il sortit, s'immobilisa devant sa secrétaire. Ils se dévisagèrent. Trop compliqué, pensa-t-il. Il lui adressa un signe de tête et se dirigea vers la porte. Elle brandit son majeur dans son dos pendant qu'il s'éloignait.

À deux heures de l'après-midi le lendemain, son passeport reçut un tampon de sortie du territoire tandis qu'il pénétrait dans le salon d'embarquement de l'aéroport de São Paulo. Le fonctionnaire des douanes n'avait aucune idée ni aucune opinion sur la raison pour laquelle un ressortissant portugais, Miguel da Costa Rodrigues, pouvait quitter le Brésil à destination de l'Argentine, et il ne lui posa aucune question.

Le 25 octobre, au terme de deux vols et d'un long trajet en voiture, Miguel da Costa Rodrigues se retrouva assis dans le bureau de Pedro Abrantes, directeur de la Banco de Oceano e Rocha nouvellement privatisée, toujours installée dans les vieux bureaux de la Rua do Ouro dans la Baixa.

— Ce qui se passe au Portugal, je n'arrive pas à le croire, déclara Miguel en quittant du regard la photographie représentant la femme de son frère, Isabel, et leurs trois enfants.

— Le gouvernement est fermement décidé à intégrer la

CEE en même temps que l'Espagne. Il faut que nous allions de l'avant.

— Non, non. Je voulais parler du sexe. Il y en a partout sur les réclames, sur les affiches de cinéma. Tu as vu ce kiosque du Rossio ? La nudité. C'est incroyable. Ça n'aurait jamais été possible...

— Le *salazarismo* était très catholique et respectueux des femmes, répondit Pedro avec un froncement de sourcils. Il y avait des censeurs. Si quelqu'un devrait être bien placé pour le savoir, c'est toi.

— Moi, bien placé ?

La désinvolture qui venait de provoquer cette erreur chez son frère alarmait Miguel.

— Mes excuses, *Senhor* Rodrigues, j'avais oublié. Tu verras... nous avons laissé tout cela définitivement derrière nous.

— Les Portugais ne laissent jamais rien derrière eux, à l'exception d'une chaise pour s'asseoir à table. Nous vivons avec notre histoire comme si elle continuait à se dérouler autour de nous. Certaines personnes, dans ce pays, pensent que Sebastião, le roi disparu, va ressusciter au bout de quatre cents ans afin de les conduire vers un avenir plus grandiose encore. On ne sait jamais, il pourrait aussi bien y avoir des gens qui m'attendent, moi.

Pedro ne répondit rien. Il aimait son frère mais pensait qu'il exagérait l'importance de son rôle sous l'*ancien régime*[1]. Miguel ne lui avait jamais parlé du général Machedo. Il pensait que Pedro était un naïf... un homme intelligent, un banquier charmant et doué, une personnalité très respectée et aimée, mais un naïf.

— J'ai vendu l'or, annonça Pedro, abandonnant le sujet du passé pour se tourner vers un avenir meilleur. Je m'en suis servi pour capitaliser la banque.

— Qui te l'a acheté ?

— Un Colombien installé en Suisse.

— Combien en as-tu tiré ?

— Le moment m'a semblé bien choisi pour vendre. Ces rumeurs de craintes d'un déficit du budget américain ne sont rien. Tout ça...

— Combien ?

— Six cents dollars l'once.

1. En français dans le texte. *(N.d.T.)*

— Ça n'était pas monté à huit cents ?

— Si, mais c'était l'acheteur rêvé au moment rêvé. Aucun esprit inquisiteur.

— Le déficit budgétaire américain ne remet-il pas en cause la valeur réelle du dollar ?

Miguel tentait de faire croire qu'il était bien informé, ressortait des informations qu'il ne comprenait pas totalement, qu'il avait lues dans *Time* pendant le trajet en avion.

— C'est pour ça que j'ai investi dans la pierre.

— Si les États-Unis sont en faillite, ce dans quoi tu as investi n'aura aucune importance.

Pedro se leva et fit tourner le cadran d'un coffre-fort mural derrière lui. Miguel revit le petit garçon qu'il avait été, celui qui était tout excité à Noël.

— Les États-Unis ne feront pas faillite, mais si jamais ça arrivait... déclara Pedro en ouvrant la porte du coffre.

À l'intérieur se trouvaient deux lingots d'or. Miguel le rejoignit derrière le bureau et frotta son pouce sur le poinçon représentant l'aigle et la croix gammée de l'ancienne Reichsbank allemande.

— J'espère que leur valeur restera purement sentimentale, acheva Pedro.

— Parle-moi du travail, proposa Miguel en se rasseyant.

Il n'était pas tranquille : était-ce une bonne idée que d'avoir conservé ces souvenirs ?

— Nous avons investi juste à côté du Largo Dona Estefânia. Des vieux appartements qui tombent en ruine. Nous sommes en expansion. Nous ne tenons plus dans ce bâtiment. Alors nous allons détruire ces anciens appartements et bâtir un nouvel immeuble de bureaux. Nous garderons les trois étages supérieurs et nous louerons le reste. Je veux que tu t'occupes de ce projet. L'architecte est sur mon dos en permanence et je n'ai pas de temps à lui consacrer.

— Quand veux-tu que je commence ? interrogea Miguel, perturbé par la perspective immédiate de lourdes responsabilités.

— Dès que tu seras installé. Un bureau t'attend au-dessus. Nous avons été obligés de convertir les appartements afin de pouvoir tenir dans l'immeuble.

Miguel se leva et s'ébroua.

— Il me faut un peu de temps pour m'habituer à l'idée

d'être de retour au Portugal. Je veux retourner dans la Beira, sentir à nouveau l'air de là-bas. Je veux manger du poisson sur la plage de Guincho, tu sais, ce genre de choses.

Pedro, soudain ému de savoir son frère de retour au pays, contourna le bureau pour le serrer dans ses bras.

— Avant tout, nous devons passer chez le notaire demain. Maintenant que tu es Miguel da Costa Rodrigues, il faut régler quelques petits problème. Le premier, et le plus important, c'est que je veux te nommer tuteur de mes enfants au cas où il nous arriverait quelque chose, à Isabel et à moi. Le docteur Aquilino Oliveira a tout préparé.

— Bien sûr, acquiesça Miguel, qui se laissait presque dominer par l'émotion.

Ils se donnèrent mutuellement l'accolade et Miguel se dirigea vers la porte.

— Il y a un autre problème, annonça Pedro. Klaus Felsen a été libéré de prison le mois dernier.

— Ce n'est pas un an plus tôt que prévu ?

— Ne me demande pas pourquoi. Mais tu dois le savoir et tu dois aussi te souvenir que l'une des dernières volontés de notre père était que nous n'ayons aucun contact avec lui.

Miguel fut surpris de voir son frère se signer.

— Est-ce que le *Senhor* Felsen a appelé ?

— Il a essayé.

— Eh bien, il n'aura pas beaucoup de raisons de s'intéresser à Miguel da Costa Rodrigues.

— Je te préviens uniquement parce qu'il a toutes les raisons d'être furieux. Pas contre nous, peut-être, mais...

— Tu devrais lui faire une proposition.

— Papa m'a fait promettre... sur son lit de mort. Je ne peux pas.

Miguel haussa les épaules. Il était agréable de porter à nouveau un costume épais, de ne pas être assis dans le courant d'air glacial de la climatisation.

Pedro redressa la photographie posée sur son bureau et observa le large dos de son frère dans l'encadrement de la porte. Il ne lui avait pas parlé de l'autre dernière volonté de son père : son frère cadet ne devait absolument pas hériter de la Banco de Oceano e Rocha ni d'aucune des compagnies associées. Il n'avait pas compris cette décision, et son père ne lui avait fourni aucune explication mais maintenant, bizarrement, il était libéré de ce problème : Manuel Abrantes n'existait plus et rien n'empêchait Miguel da Costa Rodrigues de siéger au conseil d'administration.

Miguel da Costa Rodrigues était un homme très différent de Manuel Abrantes. Le Manuel d'autrefois n'était pas uniquement un passeport réduit en lambeaux ni une ancienne peau abandonnée dans un appartement de São Paulo. C'était un homme mort. Miguel da Costa Rodrigues représentait bien plus qu'un simple changement d'identité. Il n'avait pas torturé, pas violé, pas assassiné et sommairement exécuté son prochain. Il était diplômé d'une université américaine, titulaire d'une maîtrise et possédait sept années d'expérience professionnelle au sein du système bancaire brésilien. Il était charmant, affable et disposait d'un large répertoire de plaisanteries de mauvais goût pour les fins de repas. Il aimait les enfants et les enfants l'aimaient. Il était apprécié dans le travail, respecté pour les exceptionnels rapports qu'il entretenait avec le propriétaire de la banque et sa capacité instinctive à diriger les gens, à percevoir leurs forces et leurs faiblesses.

Pour la deuxième fois, sa vie connut la réussite.

Le 19 janvier 1981, il épousa la femme que son frère avait choisie pour lui : Lurdes Salvador Santos. Jusqu'à ce nom qui ne le dérangeait pas. Cette montagne de sainteté lui aurait occasionné des suées nocturnes dix ans auparavant. Maintenant il se délectait, sinon de sa beauté, du moins de sa nature douce et, bien sûr, du total dévouement qu'elle lui témoignait. Leur unique chagrin concernait deux fausses couches qui s'étaient succédé rapidement, et le conseil du médecin de ne plus essayer d'avoir des enfants.

En juin, il obtint l'autorisation de construire un gratte-ciel de vingt étages sur le site du Largo Dona Estefânia. Une semaine plus tard les travaux débutèrent et, aux yeux de la communauté des affaires de Lisbonne, il était le *Director Geral de Oceano e Rocha Propriedades Lda*, disposant d'un siège aux réunions plénières du conseil d'administration de cette banque dont il était devenu l'un des actionnaires principaux.

Ne pouvant être père, il reporta inconsciemment son attention sur son travail. Il acheta des terrains du côté de Saldanha en vue de projets futurs. Il acquit de vieux sites d'usines en périphérie de Lisbonne pour y développer des unités industrielles légères et de petites entreprises. Il acheta des sites à la sortie de Cascais, près de Boca do Inferno, pour construire des appartements pour touristes. Et un immeuble d'habitation dans le quartier de Graça, à Lisbonne, avec vue panoramique sur la ville. Il convertit les deux étages supérieurs pour en faire sa résidence dans la capitale. Il rénova la vénérable maison de sa femme dans le vieux Cascais. Il devint plus enrobé, et plus aimable encore.

Le jour du Nouvel An 1982, Miguel et Lurdes Rodrigues avaient invité Pedro Abrantes, Isabel et leurs trois enfants à venir déjeuner à Cascais. Le soleil brillait depuis le matin mais il faisait froid et, quand il se coucha vers la fin de l'après-midi, la température se stabilisa autour de zéro.

La femme de Pedro était enceinte de sept mois et demi, de leur quatrième enfant. Elle était énorme, ce qui l'avait surprise parce que pour les trois premiers sa silhouette avait à peine subi de modifications. En conséquence, sur le chemin du retour à Lisbonne, elle était assise à l'arrière avec les deux filles alors que le petit Joaquim voyageait à l'avant avec son père. Ils sortaient juste de São Pedro do Estoril sur la file rapide de la Marginal, dans leur break Mercedes acheté six mois auparavant, quand trois choses se produisirent en même temps. Le petit Joaquim se leva de son siège, une voiture qui arrivait en sens inverse franchit brièvement la double ligne blanche pour mordre sur leur voie, et une BMW les doubla par la droite. Pedro tendit le bras pour obliger Joaquim à se rasseoir et donna un brusque coup de volant sur la droite. La BMW percuta le break au niveau de l'aile arrière. La Mercedes effectua un double tête-à-queue, se retourna sur le trottoir, poursuivit son chemin sur le toit puis retomba sur deux roues au sommet d'un talus qui dominait les rochers en bord de mer. Elle acheva son tonneau, dérapa et piqua du nez. L'avant percuta les rochers, le pare-brise vola en éclats. Les trois enfants furent éjectés. La voiture décrivit un saut périlleux au-dessus d'eux et termina sa course sur le toit dans les eaux glacées de l'Atlantique.

Les *Bombeiros Voluntários* furent sur les lieux en moins de dix minutes. Les corps des trois enfants étaient broyés sur les rochers. Les pompiers établirent rapidement que Pedro n'avait pas survécu mais qu'Isabel respirait toujours, coincée entre les sièges avant et arrière. Il fallut une heure pour la désincarcérer, et elle fut conduite de toute urgence à Lisbonne sous escorte policière. Le fœtus, une petite fille de deux kilos sept, fut mis au monde par césarienne et placé en couveuse. Le cœur de la mère, affaibli par le choc de l'accident, ne résista pas à l'opération.

Les funérailles se déroulèrent vingt-quatre heures plus tard au Mosteiro dos Jerónimos à Belém. Tous les cercueils étaient plombés. L'âme de la congrégation brisée par la taille des trois plus petits. La famille Abrantes fut inhumée à Lisbonne, dans un mausolée du Cemitério dos Prazeres qui abritait déjà Joaquim Abrantes senior dont le corps avait été rapatrié de Lausanne en 1979.

Des semaines durant, Miguel da Costa Rodrigues ne quitta pas les lunettes noires et, quand il le fit, il révéla des yeux meurtris, soulignés de poches. La mort de son frère l'assombrit d'une manière qu'il n'avait connue qu'une fois auparavant. Il ne trouva qu'une faible consolation dans la sortie de couveuse de la petite fille qu'ils nommèrent Sofia, le nom que ses parents avaient choisi de lui donner.

À partir du début du mois de janvier 1982 Miguel da Costa Rodrigues commença à recevoir des visites de Manuel Abrantes. La Banco de Oceano e Rocha déménagea de la Baixa pour des bureaux temporaires plus spacieux sur l'Avenida de Liberdade, en attendant que la construction de l'immeuble du Largo Dona Estefânia fût achevée. Miguel décida de conserver le bureau de son frère dans la Rua do Ouro. Il commença à écumer les rues entourant la Praça da Alegria en quête de filles. Le 26 mars 1982, il gravissait l'escalier d'un vieil immeuble du XVIIIe siècle de la Rua de Glória, suivi d'une prostituée de vingt-trois ans originaire de Sines. Les étages supérieurs appartenaient à la Pensão Nuno qui louait les chambres à l'heure. Il fit tinter la cloche et entendit le bruit d'un journal que l'on pliait dans une pièce voisine. Sous la lumière du néon qui dominait la réception surgit Jorge Raposo, son ancien collègue de l'époque de la prison de Caxias.

Miguel da Costa Rodrigues n'eut plus à arpenter les rues voisines de la Rua da Glória. Jorge Raposo organisa la visite des filles dans son bureau de la Rua do Ouro. Dès début avril, l'heure du déjeuner et l'après-midi du vendredi se passèrent dans ce bureau. Tout papier nécessitant une signature lui était apporté du siège principal par des secrétaires qui savaient où le déposer.

Le 4 mai 1982, une secrétaire du cabinet juridique veillant sur les intérêts de la banque eut besoin d'une signature qui ne pouvait attendre jusqu'au lundi. Comme aucune des secrétaires de l'établissement financier n'était disponible pour porter ces documents, elle se rendit elle-même au bureau de la Rua do Ouro.

36.

Mercredi 17 juin 199-, Lisbonne

Je pris le train tôt pour Cais do Sodré. Je marchai le long du fleuve, heurté par des gens résolus qui descendaient des ferries et se rendaient à leur travail. Comme la journée était déjà chaude, j'avais enlevé ma veste pour la porter sur l'épaule. J'observai sur la rive d'en face l'énorme portique de grue de Lisnave qui pointait au-dessus de la brume du petit matin. Je pensais à Carlos Pinto. J'envisageais de le revoir, de travailler avec lui, de l'accepter.

On croit se connaître jusqu'à ce que se produisent certains événements, jusqu'à ce que l'on perde la protection que procure la normalité. Je me serais décrit comme « conscient » avant la perte cruelle de ma femme. Les gens, Narciso par exemple, me regardaient et pensaient : « Voilà Zé Coelho, un homme qui se connaît. » Mais je suis comme tout le monde. Je me cache. Ma femme avait raison. Je cherche la vérité mais je me dissimule la mienne. Tout ce que je véhicule avec moi et que je ne veux pas voir.

Mon père : un homme de bien qui pensait agir au mieux des intérêts de son pays. Il est mort d'une crise cardiaque sans jamais m'avoir parlé. Peut-être une très courte conversation aurait-elle suffi et nous aurait permis de nous délivrer de notre fardeau.

Ma fille qui ne peut supporter de m'avoir déçu... comme une maîtresse infidèle. Un concept terrifiant. L'image qu'ils présentaient tous les deux, livrés crûment à l'acte...

Tout à coup, le spectacle auquel Teresa Oliveira avait assisté s'imposa dans ma tête tel que Lucy Marques me l'avait décrit.

Sa fille. Son amant. Les fesses qui pompent. Les chevilles au niveau des oreilles. Quel acte absurde, mais crucial aussi. Une situation irréversible.

Je compris à ce moment-là, en regardant par-delà les eaux du Tage, fleuve éblouissant, miroitant, que je pouvais ramasser un autre sac de pierres, endosser un peu plus de culpabilité, ou d'histoire, et le porter pour le restant de mes jours. Ou alors je pouvais accepter, faire confiance, m'adapter... m'accorder une chance. Mais si je voulais le faire, il fallait que je règle un problème d'abord.

Je tournai le dos au fleuve, traversai à pied la Baixa jusqu'au Largo Martim Moniz, pris le métro en direction du nord.

Carlos et moi nous retrouvâmes convoqués dans le bureau de Narciso sans avoir eu le temps d'échanger une parole.

— Je vous ai envoyés à Alcântara hier, attaqua Narciso dont l'humeur n'avait pas subi de modification depuis vingt-quatre heures.

— Et nous y sommes allés, *Senhor Engenheiro,* dis-je.

— Vous y êtes allé mais vous n'y êtes pas resté, *Senhor* inspecteur. Un officier de la PSP vous a vu quitter les lieux du crime et monter dans un train en direction de Cascais. Je veux savoir où vous alliez durant votre temps de travail.

— Voir le docteur Oliveira...

Le visage bronzé de Narciso tourna au violet.

— ... pour lui présenter mes condoléances.

— Et cela s'inscrit dans le service de Zé Coelho ?

Je restai muet. Narciso fixait un point situé entre Carlos et moi.

— Et que pouvez-vous m'apprendre sur le meurtre de ce garçon de dix-huit ans survenu à Alcântara, *Senhor* inspecteur ? Le *maricão* dans la poubelle... comment s'appelle-t-il ?

— Il n'a pas de nom, *Senhor Engenheiro,* intervint Carlos. On le connaît sous celui de Xeta.

— *Cheta* ? Comme dans *não tenho cheta* ? « Je n'ai pas un sou » ?

— Ça veut dire « bisou » en brésilien, *Senhor Engenheiro.*

— Ah, ces gens-là. Mon Dieu. Tenez-moi juste au courant de ce qu'il s'est passé.

— L'enquête... commença Carlos.

— Je veux le rapport de celui à qui j'ai confié l'affaire, l'interrompit Narciso.

— Il était de notoriété publique que ce garçon se prostituait. Nous avons mené...

— Arrêtez de me sortir des conneries, inspecteur. Vous ne savez rien. Vous n'avez pas levé le petit doigt. Vous faites tout ce qu'il faut pour être suspendu, vous le savez, ça, suspendu sans solde. Et, *agente* Pinto...

— Oui, *Senhor Engenheiro* ?

— La police des stupéfiants qui exerçait une surveillance sur la propriété de l'inspecteur a noté que vous y êtes entré à dix-huit heures trente. Qu'est-ce que vous foutiez à Paço de Arcos ?

— Je voulais mettre l'inspecteur au courant de ce que j'avais appris de nouveau.

— C'est-à-dire rien.

— Pour discuter de différentes approches possibles.

— Avec la fille de l'inspecteur ?

— Elle m'a ouvert la porte, oui. J'ai dû attendre un peu avant que l'inspecteur rentre.

— Vous ne pouvez plus tirer sur la corde, *agente* Pinto. Si vous ne vous débrouillez pas pour que votre affectation auprès de l'inspecteur Coelho fonctionne, vous êtes fini. Viré. Vous chercherez du boulot à la PSP. Vous comprenez ?

— Parfaitement, *Senhor Engenheiro.*

— Sortez, tous les deux.

Carlos franchit la porte en premier. Narciso me rappela. Je repoussai complètement le battant. Il passa un doigt sous son col et l'écarta. Trop de sang lui montait à la tête, que le col ne laissait pas redescendre.

— Votre cravate, *Senhor* inspecteur. Où l'avez-vous achetée ?

Je marquai un temps d'arrêt pour comprendre où il voulait en venir.

— Ma cravate ?

— Celle que vous avez autour du cou, *Senhor* inspecteur.

— C'est ma fille qui me l'a faite.

— Je vois... fit-il, embarrassé par ma réponse. Elle pourrait m'en faire une ?

— Il faudrait que vous le lui demandiez, *Senhor Engenheiro...* il faudrait qu'elle voie votre visage, vous savez, pour déterminer ce qui vous irait.

Il s'essuya la figure avec la main avant de me congédier du geste. Je retournai dans mon bureau avec l'odeur de sa lotion après-rasage dans les narines. Carlos fixait par la fenêtre la foule qui se pressait dans les photomatons de la Rua Gomes Freire. Je m'effondrai sur mon fauteuil, allumai une SG ultralégère dont je tirai une bouffée énergique. J'avais désespérément besoin d'une bonne dose de nicotine.

— Qui va chercher du café ?

Carlos se leva sans un mot et revint avec deux minitasses en plastique qui contenaient chacune trois centimètres de liquide.

— Est-ce que nous allons discuter ? demanda-t-il en posant mon *bica*.

— Vous avez parlé à votre père ?

— De quoi ?

— De ce qu'il s'est passé hier soir.

— Non.

— C'est bien ce que je pensais. Vous n'auriez pas pu venir au travail s'il vous avait cassé les deux jambes en vous jetant du haut du balcon.

Il détourna les yeux, les mains crispées entre ses genoux.

— Alors comme ça, vous voulez discuter. Parlons. Parlons de la façon dont l'*agente* Carlos Pinto est entré dans ma vie, une paire de bottes aux pieds, écrasant tout sur son passage.

Il fit courir sa main sur ses cheveux en brosse, se frotta vigoureusement le nez avec son pouce et son index.

— Elle a seize ans. Vous en avez vingt-sept. Merde. Je me mets à parler comme ce putain d'avocat, maintenant. Nous avons des lois pour ce qui concerne le sexe, *agente* Pinto. On aborde le sujet, à l'école de police, de nos jours ?

— Il y a des lois, oui, et on nous en parle, mais comme vous le savez, inspecteur, on peut avoir beaucoup d'expérience à quatorze ans comme on peut être un débutant innocent à vingt-quatre. C'est une zone d'incertitude qui couvre dix années.

— Vingt-quatre ?

Il releva le menton... un signe de défi.

— C'est bien ce que j'ai dit, inspecteur, je vis chez mes parents. Ce n'est pas si facile.

Olivia m'avait objecté qu'il ne savait pas ce qu'il faisait. Il grimaça un sourire, il commençait à ne plus se contrôler.

— Vous avez de la chance, *agente* Pinto. Vous avez de la chance que les stups soient arrivés. Vous avez de la chance que j'aie parlé avec Olivia. Vous avez de la chance que j'aie été marié avec une Anglaise pendant presque la moitié de ma vie. Vous avez de la chance...

— ... de l'avoir rencontrée, poursuivit-il en me fixant du regard. J'ai de la chance d'avoir rencontré votre fille... et par conséquent de vous avoir rencontré vous aussi, d'ailleurs.

— C'est ce qu'elle m'a dit.

Je me laissai emporter par cette vague et me débattait à présent contre toutes sortes de d'émotions.

— Je suis amoureux d'elle, me déclara Carlos.

Un constat objectif.

— Je ne suis pas sûr qu'elle ait assez d'expérience pour faire la différence entre quelqu'un qui est amoureux d'elle et quelqu'un qui cherche juste à tirer un coup.

La colère brûla en lui, vive et fulgurante comme un éclair de magnésium. C'était ce que je voulais voir.

— Au moins, je ne suis pas noir.

Je l'avais sûrement mérité. Je pointai un doigt sur lui, le plus long, le plus éloquent, et le lui appuyai sur la poitrine à plusieurs reprises.

— J'ai confiance en vous, Carlos Pinto, et c'est la dernière raison pour laquelle vous avez de la chance.

Il recula en clignant des yeux. La colère était partie et une expression qui ressemblait à de la souffrance passa sur son visage. Il hocha la tête. Je baissai le doigt et lui retournai son signe d'acquiescement. J'ouvris le tiroir de mon bureau, mis les pieds dessus et fixai le plafond tout en buvant mon café à petites gorgées pendant cinq minutes.

— Qu'est-ce qu'il y a, maintenant ? demanda Carlos, toujours nerveux.

— Je suis en train de constater que cette dent, là, sous mon nouveau bridge, me fait mal quand je bois quelque chose de chaud.

J'appelai ma dentiste. Elle me trouva un créneau dans l'après-midi.

— Et Xeta ? s'enquit Carlos.

— Narciso sait que cette affaire est sans espoir.

— Le rapport du labo médico-légal indiquait qu'il avait trois types de sperme différents dans le rectum, deux dans l'estomac, et qu'il était séropositif.

Je levai les bras au ciel.

— Je n'aime pas ne pas consacrer toute mon attention à une affaire, mais il faut savoir reconnaître celles qu'on ne pourra jamais élucider. Narciso le sait. Il nous a mis sur la touche.

— Alors... dit-il en considérant la situation sous tous les angles. On déjeune à Alcântara ?

— Vous apprenez. Vous apprenez trop vite.

Nous étions assis à la terrasse du restaurant Navigator, à vingt mètres de la discothèque Wharf One, devant un grand plat de sardines, avec des pommes de terre à l'eau, des poivrons grillés et de la salade. Nous avions une carafe de vin blanc pour deux. Les sardines étaient parfaites, pas trop grosses, fraîchement débarquées du bateau. Nous les décortiquâmes sans un mot. Le serveur arriva et emporta nos assiettes. Nous commandâmes du café.

— Réfléchissons à ce que nous savons, commençai-je.

Carlos prit son calepin et le feuilleta. Il entama un exposé des faits.

— Nous avons une jeune fille de mœurs légères qui s'appelle Catarina Oliveira et qui a été vue pour la dernière fois montant dans une Mercedes type C200 noire, moteur à essence, vitres teintées, avec les lettres NT sur la plaque d'immatriculation. Cela s'est produit à une centaine de mètres de son lycée, sur l'Avenida Duque de Ávila, environ une heure avant qu'elle ne soit assassinée.

« Il semblerait que cette fille était prête à faire n'importe quoi pour attirer l'attention de son père, mais elle méprisait sa mère au point de se concerter avec lui pour l'humilier, probablement dans une tentative désespérée pour renforcer sa relation avec lui.

« Nous ne pensons pas que l'avocat soit son père biologique, conclut-il.

— L'avez-vous vérifié auprès des registres de l'hôpital ?

— Oui, *Dona* Oliveira est bien la mère. Ça ne fait aucun doute.

— Je suis impressionné.

— Ce n'est pas la peine que vous me balisiez le terrain. Je suis même allé voir l'employée de la *Biblioteca Nacional* et j'ai vérifié tous les autres alibis.

— Je ne suis pas habitué à pareil esprit d'initiative. Continuez.

— La victime fréquentait Valentim Almeida, le guitariste du groupe que nous soupçonnons d'être un pornographe et qui avait suffisamment d'influence sur elle pour la persuader de se livrer à un acte sexuel inhabituel à la Pensão Nuno pendant l'heure du déjeuner le jour où elle a été tuée.

Carlos revint en arrière dans son calepin puis reprit sa progression.

— Jusqu'à maintenant, rien n'indique que le tueur l'ait suivie de la *pensão* au lycée... ou plutôt au café qui se situe près du lycée.

— Revenez aux notes que vous avez prises quand nous avons interrogé les gens aux arrêts de bus. Quatre l'ont vue monter dans la voiture. Est-ce que quelqu'un a remarqué d'où arrivait cette voiture ?

— Une question que nous n'avons pas posée. Nous voulions seulement obtenir des renseignements sur le véhicule dans lequel elle était montée.

— Vous avez les numéros de téléphone de toutes les personnes qui se trouvaient à l'arrêt de bus. Appelez-les et posez-leur la question. S'il ne faisait que passer, c'est une chose, mais s'il attendait qu'elle sorte du lycée, c'est qu'il la suivait déjà.

— Le barman du Bella Italia a dit qu'elle était seule quand elle a pris son *bica*.

— J'ai voulu aller lui parler, l'autre jour, mais il n'était pas de service. J'essaierai à nouveau en sortant de chez ma dentiste.

— Valentim, reprit Carlos, il a encore un truc à nous dire. Je ne sais pas quoi mais... un truc.

— J'établirais volontiers un lien entre lui et le docteur Oliveira.

— Il y en a déjà un. C'est l'avocat qui nous a donné son numéro de téléphone.

— Je veux dire, une relation, quelle que soit sa nature.

— Financière... le matériel vidéo ?

— Peut-être. C'est une possibilité intéressante. Valentim ne nous révélera rien mais nous pouvons peut-être lui soutirer l'information par surprise. Il est encore aux *tacos* ?

— Je vérifierai.

Je laissai Carlos à ses coups de fil et lui dis de continuer de travailler à Alcântara sur l'affaire Xeta pendant que j'allais chez le dentiste au Campo Grande.

Je m'assis dans la salle d'attente, feuilletai un exemplaire du magazine *Caras*, contemplant toutes les semi-célébrités, pensant à Luísa et à son désarroi à l'idée que l'on puisse parler d'un scandale sexuel dans une publication sérieuse. Je reposai

Caras et pris un *VIP*, autre revue du même genre. Alors que je la feuilletais en commençant par la fin, je tombai sur un ensemble de clichés pris lors de réceptions de charité. Sur une photo au Ritz, Miguel da Costa Rodrigues et sa femme se trouvaient côte à côte en compagnie de personnalités importantes. Le *Senhor* Rodrigues portait l'une des cravates d'Olivia, celle qu'il avait le fameux vendredi soir à Paço de Arcos. Sa femme était vêtue d'un tailleur auquel j'avais vu Olivia travailler. Je déchirai la photo et la glissai dans mon portefeuille pour la montrer ultérieurement à ma fille.

La dentiste combla un petit espace entre le bridge et ma dent. Il lui fallut trente secondes et elle m'annonça que je devrais revenir pour qu'elle me pose un plombage. Le travail de réparation s'élevait à huit mille escudos auxquels il faudrait en ajouter douze pour le plombage. Je songeai que c'était une manière facile de gagner de l'argent, si on peut supporter de passer ses journées à plonger son regard dans des bouches pourries.

Je quittai le Campo Grande pour soumettre mon bridge réparé à l'épreuve d'un café. Je me retrouvai à contempler un bâtiment et réalisai qu'il s'agissait de la *Biblioteca Nacional*. J'errai entre les rayonnages de livres jusqu'à ce que j'arrive à la section psychologie. Je l'aperçus d'abord de dos, avec sa masse de boucles brunes. Il était sorti des *tacos*. Ça n'avait pas pris longtemps. Je m'assis à côté de lui. Il me jeta un coup d'œil et je vis que j'avais toute son attention.

— Les livres vous intéressent, inspecteur ?

— J'aime beaucoup José Saramago.

— Vraiment ? Vous me surprenez.

— Il a la même attitude que moi à l'égard de la ponctuation.

— Vous ne vous en servez pas.

— Ou alors il n'est pas doué dans ce domaine, ajoutai-je en réfléchissant. C'est une solution, non ?

Il était sur le point de sourire. Je montrai la porte de la tête et nous quittâmes le bâtiment. Nous nous assîmes à la terrasse du café, sur des chaises en plastique blanc. Il commanda un *bica*. Cette fois je pris un verre d'eau. Il me vola une cigarette. Je le laissai faire.

— Ça avance, inspecteur ?

— Je ne suis plus chargé de l'affaire.

— C'est une visite de courtoisie, alors.

— J'ai traversé beaucoup d'épreuves, il m'est tombé plein de trucs sur le dos ces derniers jours.

— Combien vous en avez passé aux *tacos*, vous ?

— Je n'ai pas dit que pour toi ça avait été une partie de plaisir.

— Vous avez raison.

— Ma maison a été fouillée de fond en comble.

— Pas par moi.

— Par des agents des stupéfiants.

— Les requins mangent tout, ils se mangent même entre eux, vous ne l'ignorez pas.

— À ton avis, qui est à l'origine de cette bonne blague ?

— C'est vous, le détective.

— Pourquoi t'es-tu retrouvé aux *tacos* pendant trois ou quatre nuits ?

— Parce que vous m'y avez envoyé.

— Et qui m'a donné ton numéro de téléphone ?

Il jaillit du dossier de sa chaise en plastique blanc.

— Vous êtes plus intelligent que vous n'en avez l'air, inspecteur.

— C'est pour ça que j'avais la barbe, pour qu'on ne voie pas ma bêtise.

— Et maintenant elle est exposée au vu et au su de tous.

— As-tu la moindre idée de la raison pour laquelle maître Oliveira se préoccuperait de ton sort ?

— Ce serait curieux que ça lui prenne maintenant, parce qu'on ne s'est jamais rencontrés.

— Avant que ton atelier ne parte en fumée, j'ai eu le temps de parcourir tes relevés bancaires.

Ce qui était un pur mensonge.

— Eh bien, voilà qui est digne de la personne intéressante que vous êtes, inspecteur.

— Je n'ai pas trouvé d'accord de prêt et je n'ai pas vu apparaître une seule trace de remboursement sur ton compte courant.

— Insinuez-vous que maître Oliveira m'a payé mon matériel ? Si oui, vous délirez.

— Vraiment ? fis-je en l'abandonnant avec une petite addition correspondant à un *bica* et une bouteille d'eau.

J'appelai Carlos qui avait contacté tous les témoins des arrêts de bus.

— Deux femmes ont vu la voiture garée devant le lycée pendant environ cinq à dix minutes, avec le moteur qui tournait.

— Il attendait que les élèves sortent.

— Ça en a tout l'air.

— Je vais passer voir le barman du Bella Italia. Vous avez du nouveau sur Xeta ?

— Rien. J'ai demandé au sergent pour Valentim...

— Je viens de discuter avec lui.

— D'accord. Le sergent m'a prévenu qu'un type nommé João José Silva vous cherchait.

— À la *Polícia Judiciária* ?

— Oui.

— Il savait pourquoi ?

— Silva a dit qu'il n'avait toujours pas eu de nouvelles de Lourenço Gonçalves.

37.

Vendredi 12 juin 199-, Pensão Nuno,
Rua da Glória, Lisbonne

Comment se fait-il que les filles fassent ça de nos jours ? Comment se fait-il que cette fille soit en train de faire ça ? Comment en sommes-nous arrivés là ? « Mon Dieu », s'écrie finalement Miguel à voix haute, pas assez fort cependant pour que les jeunes gens qu'il regarde dans la pièce voisine à travers le miroir sans tain, à travers le trou grossier dans le plâtre, à travers les bords déchiquetés dans le bois, entendent son accent de lubricité, épais comme le sang coagulé.

Une longue pente glissante l'avait progressivement conduit à ce dernier petit vice. Il avait cessé de fréquenter les prostituées. C'était surprenant de constater combien c'était devenu ennuyeux, et à quelle vitesse. La pornographie n'était rien d'autre que de la biologie. Coucher avec des putes, rien d'autre que de la dissection concrète. Ça ne lui avait pas plu. Il n'avait pas aimé. Ce n'était pas ce qu'il cherchait.

Le poids des noms avait aussi fini par lui peser. Toutes les Teresa, Fátima, Maria. Toutes ces petites saintes, les *santinhas*, comme il les appelait, avec leurs yeux levés vers lui. Il n'en avait pas besoin. Il en avait sa dose à l'église le dimanche. Terminé, les putes. Terminé, les *santinhas.* Il pensait qu'il était peut-être guéri, puis il s'était rendu compte qu'il aspirait encore à quelque chose, comme un artiste qui a peint la même toile un nombre incalculable de fois en essayant de découvrir ce qu'il cherchait à exprimer.

Il avait interdit à Jorge de continuer à lui envoyer des filles et la question avait été réglée. Pourtant Jorge... Jorge avait gardé un truc en réserve. Un truc spécial, mais il faudrait que Miguel vienne à la *pensão* pour le voir.

Il était venu un vendredi midi. Quand était-ce ? Cela faisait plusieurs années maintenant, non ? Jorge l'avait fait monter dans la chambre, lui avait expliqué qu'il y avait une glace sans tain, puis il était parti. Une contraction bien connue s'était formée dans la gorge de Miguel. Il avait décroché le miroir de son côté du mur et là, dans un cadre aux contours irréguliers, se trouvait un important architecte lisboète qu'il connaissait de nom, l'enfoiré, en compagnie d'une fille, une jeune fille aux jambes écartées, les talons appuyés contre le lavabo.

Pendant qu'il espionnait, il avait soudain été saisi par la crainte terrible qu'il s'agisse d'une fenêtre et non d'un miroir. Puis il avait remarqué que les yeux très maquillés de la fille regardaient ailleurs. Bien sûr que oui. Ils auraient poussé de hauts cris s'ils avaient vu le sommet chauve de son crâne encadré dans cette niche murale. Il leur avait adressé des signes de la main pour tester leurs réactions, les avait vus persévérer dans leurs efforts, ignorant tout de sa présence. Il s'était reculé pour s'asseoir sur le lit, sans les quitter des yeux, pendant les quelques minutes qu'il avait fallu à l'architecte pour boucler son affaire.

Il avait observé, fasciné, quand ils s'étaient écroulés sur le lit et que l'homme avait fait basculer sur les oreillers la fille qui chevauchait ses cuisses. Il avait légèrement frémi lorsque l'architecte s'était approché du miroir et avait scruté son visage en quête de traces révélatrices puis avait frénétiquement entrepris de laver son pénis semblable à une crevette décortiquée, mâchoire serrée, lèvres découvrant ses dents. Miguel s'était trouvé englouti dans le drame de cette projection privée. L'architecte qui s'habillait, tirait sur sa chemise, pressé de revêtir ses habits. L'argent jeté sur le lit, trop d'argent, la fille qui ne bougeait toujours pas. Il avait senti son cœur cogner dans sa poitrine quand la porte s'était refermée et qu'il avait entendu les pas résonner sur les marches de bois. Il avait passé la main dans ses cheveux soigneusement coupés et brillantinés sur l'arrière puis avait poursuivi le mouvement vers la partie charnue à la jointure de son cou et de ses épaules qu'il avait agrippée.

La fille avait tendu une petite main dans son dos. Il avait été touché de voir qu'elle portait au majeur une bague de pacotille composée de plusieurs morceaux imbriqués. Elle avait glissé la main entre ses cuisses et, avec le pouce et l'index, comme si elle retirait une écharde, avait extrait le préservatif usagé d'un geste brusque. Le gros voyeur était tombé à genoux en laissant échapper un gémissement étouffé. Ce spectacle avait satisfait une exigence profonde en lui, retourné une couche grise et aride de terre battue pour découvrir un sombre et riche terreau en dessous.

Miguel admirait l'histoire. Il en aimait le poids, la gigantesque, glaciale et irréversible marche en avant. Il aurait aimé l'avoir façonnée. En un sens, il l'avait fait. Mais pas assez. Il pensait que c'était la raison pour laquelle il appréciait tellement ce petit spectacle : une séquence arrachée à la vie secrète d'un homme. À son histoire authentique. Celle qui ne serait jamais publiée mais qui serait connue... qui avait été observée.

Et un jour, il avait vu *cette* fille. Jorge avait raison. Elle était différente. Elle avait « un truc spécial ». Jorge gardait la mémoire, ce qui l'inquiétait.

Elle se tient nue, regarde à travers la chambre en direction du miroir. Il aime voir son visage. Il aime la voir faisant directement face au miroir depuis l'autre côté du lit. Elle ne ferme jamais les yeux. Ses grands yeux bleus fixes, à la terrible innocence. C'est ce qui l'unit à elle. Dans tous ses gestes, elle exprime une quête. Comme lui. Qui tourne et retourne les pensées dans sa tête. Qui les retravaille sans relâche. N'arrivant jamais vraiment à la source, ne sachant quelle est cette source.

Sa décision est prise. Il faut qu'il lui parle. Il sait où elle va en classe. Il l'a suivie. Ce sera pour aujourd'hui.

Assis au bord du lit, il se tient le ventre à deux mains. Des poils noirs dépassent de sa chemise à l'endroit où un bouton s'est défait. Ouvrant sa chemise, il se lève et s'approche du miroir. Rentre son ventre. Plus gras que le cul d'un cochon noir nourri aux glands. Il reboutonne sa chemise, relève le col et noue sa cravate, la cravate que lui a confectionnée l'amie de Sofia, la fille de l'inspecteur. Il enfile sa veste et transforme le cul d'un cochon en banquier patricien.

Il parcourt la pièce du regard comme s'il ne la reverra jamais plus. La corniche fissurée, les taches concentriques au plafond, le sol gondolé, dissimulé sous des tapis râpés et élimés qui cachent les trous du linoléum, cassant comme un biscuit, l'armoire avec ses portes grandes ouvertes, béant d'une imbécillité permanente. Il met les mains dans ses poches, frotte l'étui qui renferme ses cartes de crédit contre sa jambe. Il quitte la pièce, descend l'escalier mal éclairé, recouvert de sa bande de lino bleu, dépasse la réception éclairée par son néon, abandonnée par Jorge, descend d'autres marches, et d'autres encore pour arriver aux massives portes en bois de l'entrée et sortir dans l'obscurité de la rue caressée par le soleil, retourner vers les acclamations lointaines de la circulation. Il respire. C'est la dernière fois. C'est vraiment la dernière fois.

Il est assis dans la Mercedes de sa femme, le moteur au ralenti, devant le lycée de l'Avenida Duque de Ávila. Elle va bientôt sortir. Un objet pointu le pique dans sa poche. Il y porte la main et... qu'est-ce que c'est ? Un tube de lubrifiant. Comment est-il arrivé là ? Il n'a pas l'intention de faire ça. Et des préservatifs. Ce n'est pas ce qu'il a l'intention de faire. Il les jette dans la boîte à gants.

C'est elle. Avec qui est-elle ? À qui parle-t-elle ? Il la veut. Ce regard qu'il pose sur elle. Ce n'est pas la première fois. Ça se voit. Elle s'éloigne maintenant. Ça ne se passe pas comme ça devrait. Regardez-la marcher. Un pied posé juste devant l'autre, exactement comme les mannequins. Il ne la laisse pas partir. Il la veut. Il la tient par le poignet mais elle se retourne et se dégage. Elle n'est pas d'accord. Mon Dieu. Il l'a frappée. Le regard qu'elle lui jette. Qu'est-ce qu'il exprime, celui-là ?

Miguel déglutit difficilement. Tout se passe plus vite qu'il ne s'y est préparé. Tous ces passants dans la rue. Il démarre. Elle a recommencé à s'éloigner... comme sur une estrade lors d'un défilé de mode. Il s'arrête au feu et appuie sur un bouton pour abaisser la vitre côté passager.

— Excusez-moi, crie-t-il.

Elle se tourne vers lui. Ces yeux qu'elle a sont sur lui maintenant. Va-t-il pouvoir lui poser la question ?

— Pourriez-vous m'indiquer comment aller au parc Monsanto ?

Elle descend du trottoir. Elle pose un coude sur le rebord de la vitre. Elle jette un coup d'œil à l'arrière de la voiture. Pourquoi ? Que veut-elle tout à coup ? Ses ongles sont rongés jusqu'à la peau.

— Le parc Monsanto... D'ici, c'est un peu compliqué.

Il a les mains qui commencent à devenir moites

— Est-ce que je suis dans la bonne direction ?

— Plus ou moins. C'est juste... ça peut se compliquer après le Parque de Palhavã.

— Vous n'allez pas de ce côté, par hasard ?

— Je prends le train pour Cascais.

— Je vais aussi à Cascais. C'est juste qu'à cette heure, un vendredi, je ne veux pas emprunter un des axes principaux. Je veux couper par le parc Monsanto et rejoindre l'autoroute de Cascais par là. Je vais vous déposer... devant chez vous. Qu'en pensez-vous ?

Elle le regarde. Ces yeux bleus qu'elle a sont plongés dans les siens. Et que voient-ils ? La vulnérabilité d'un homme, gros et vieux. Aucune raison de s'inquiéter.

— À moins que...

La tension du moment l'inspire.

— ... Vous n'êtes pas obligée de repasser par votre bureau ni rien avant, si ?

Psychologiquement, il a vu juste. Il a bonne mémoire.

Elle monte. Le feu passe au vert. Le pied de Miguel relâche l'embrayage un peu trop vite et la voiture part en avant dans un crissement de pneus. Il s'installe plus confortablement dans son siège. Il se calme. Ils sont ensemble maintenant. Il a réussi. Il a établi le contact.

Elle a un petit sac. Elle le met entre ses pieds. Elle ne boucle pas la ceinture de sécurité. Il remonte la vitre. C'est agréable, avec l'air conditionné.

— Continuez tout droit.

Elle se balance doucement d'avant en arrière. La tristesse claque dans la poitrine de Miguel, tel un drapeau en berne. Il change de vitesse. Son doigt entre en contact avec la cuisse bronzée. Elle ne s'écarte pas. Il laisse sa main sur le levier de changement de vitesse.

— Comment vous appelez-vous ?

— Catarina.

Il sourit derrière sa moustache. Elle ne lui demande pas son nom. Les jeunes ne le font pas.

Il parle de sa fille, Sofia. C'est celle de son frère mais ça, il ne le révèle pas. Il tente d'obliger à se taire la deuxième voix dans sa tête qui lui souffle qu'il sait ce qu'il est en train de faire. Il fait le gentil. Il sait bien faire le gentil. Et ça marche déjà. Elle se débarrasse de l'une de ses chaussures massives et relève la jambe, pose le talon au bord du siège.

— Tournez à droite ici et prenez la première à gauche.

— Vous aimez la musique ? demande-t-il en songeant immédiatement que sa question va peut-être paraître stupide.

Elle hausse légèrement une épaule gracile.

— Bien sûr.

— Quel genre de musique ?

— Peut-être pas la vôtre.

— Essayez, vous verrez. Je connais tout. Ma fille en écoute tout le temps.

— Les Smashing Pumpkins.

Il hoche la tête et l'entraîne dans un jeu qui consiste à traduire le nom du groupe en portugais, mais trop de mots correspondent aux différentes sortes de citrouilles et ils ne parviennent pas à en choisir un. À ce moment-là elle lui apprend qu'elle chante dans un groupe, et ils oublient de tourner pour aller à Monsanto. Ils se dirigent vers le nord et s'égarent dans les rues de Sete Rios, autour du zoo, puis ils redescendent vers le gigantesque aqueduc Águas Livres qui trace ses pas de géant dans la chaleur de l'après-midi, reprennent la bonne route qui passe sous la ligne de chemin de fer pour pénétrer dans le parc.

Tandis qu'ils parlent, qu'elle s'applique à répondre à ses questions, elle enroule ses cheveux blonds en chignon qu'elle maintient avec sa main et, rongeant un ongle illusoire, elle regarde attentivement le pare-brise en quête des mots justes. Il y voit un signe supplémentaire de sa jeunesse. Par moments elle a quinze ans, à d'autres, elle en a vingt-cinq. Par moments elle est lycéenne, à d'autres elle peut être dans une *pensão* où elle couche avec... oublier ça. Le rayer.

Ils grimpent dans le parc à travers les pins, les pins parasols entre lesquels se faufilent des chemins goudronnés déserts dont certains conduisent à l'installation militaire et au Forte de Monsanto, d'autres coupent en direction de l'autoroute, d'autres encore s'enfoncent plus avant dans le parc.

— Quelle heure est-il ? demande-t-elle en se penchant pour regarder le tableau de bord.

Il respire l'odeur de ses cheveux.

— Dix-sept heures à peine passées.

Elle se rassied, remet sa chaussure et étend les jambes devant elle.

— Il y a un endroit, là-haut, qui offre une superbe vue sur

Lisbonne, vous voulez qu'on aille voir ? demande-t-il avec pour seule envie de sortir un peu de la voiture.

— OK, répond-elle en haussant les épaules.

Il entre sur le parking déserté du restaurant, à l'Alto da Serafina, avance jusqu'au muret. Ils sortent et montent dessus. La ville s'étale à leurs pieds. Les tours de verre trapues, colossales et sombres des Amoreiras dominent l'horizon.

— Ces tours... commence-t-elle.

— Avant, toute cette zone était recouverte de mûriers qui servaient à l'industrie de la soie de Lisbonne, explique-t-il.

Comme s'il parlait à sa propre fille. À la fille de son frère.

— Ce sont des extra-terrestres, ces tours... on croirait qu'elles vont tuer la ville. Aspirer toute son énergie.

Il est surpris. Il se tait.

— Est-ce que je vous ai déjà vu ? demande-t-elle en s'éloignant de lui avec son pas de mannequin défilant sur le muret.

Une crispation de son torse, les yeux rivés sur les jambes de la jeune fille.

— Je ne crois pas.

— Je ne peux pas m'empêcher de penser que je vous connais.

— Reprenons la voiture. Je ne veux pas être en retard.

Elle descend du mur, révélant le temps d'un éclair, à l'entrejambe, le renfort de la culotte.

Il sort du parking et continue de s'enfoncer dans les pins, les innombrables pins parasols. Il tourne au mauvais endroit. S'écarte de la lumière du soleil. Elle ne le remarque pas. Il arrête la voiture.

— Ce n'est pas le bon chemin, déclare-t-il avec le cœur qui bat dans la gorge.

Il recule au milieu des arbres.

— Qu'est-ce que vous faites ? interroge-t-elle.

— Je fais juste demi-tour.

Il s'enfonce davantage dans les arbres et arrive à une clairière. Personne ne peut les voir de la route, maintenant. Le moteur cale. Le soleil s'abat sur la voiture. Les vitres teintées deviennent plus sombres. Elle baisse les yeux vers la main posée sur le levier de changement de vitesse.

— Que se passe-t-il ?

— Je ne sais pas.

— Mais oui, je vous ai déjà vu. Je m'en souviens maintenant. Vous êtes entré dans le café, près du lycée. Vous étiez derrière moi.

— Le café ? Quel lycée ?

— Le Bella Italia, près du lycée.

— Pas moi. Je ne savais pas que vous étiez au lycée.

— Je suis sûre que c'était vous. Cette cravate. Dans le miroir.

— Dans le miroir ? reprend-il tandis qu'un courant électrique qui circule mal transite par ses veines.

Il voit tout de façon extrêmement détaillée, jusqu'aux plus petits poils blonds, deux millimètres sur la jambe de la jeune fille. Elle recule vers l'angle de son siège, pose les pieds dessus mais sans retirer ses chaussures cette fois.

— Moi, je t'ai déjà vue. À la Pensão Nuno, à midi, avec tes deux amis. Ce sont ceux qui font partie de ton groupe ?

Cette révélation la fige sur place.

Comment cela peut-il être possible ? Comment les choses ont-elles pu déraper ? Ça n'aurait pas dû arriver. Il avale de nouveau sa salive en la regardant. Non, en regardant son image dans le pare-brise.

— Qu'est-ce que vous voulez ? demande-t-elle d'une voix mal assurée.

Il est encore temps de tout arrêter. Il peut tout arrêter là, revenir à la discussion, revenir aux Smashing Pumpkins. Rien ne l'oblige à... Il tend une main. Une grosse main poilue. Des poils qui couvrent ses doigts presque jusqu'à la dernière phalange. Des mains de bête. Il entoure la cheville avec son pouce et son index.

Elle libère son pied d'un geste sec et son talon décoré de strass le frappe violemment juste au-dessus du cœur. Il se saisit de sa cheville et s'y agrippe. Elle s'accroche à sa cravate. Il broie son poignet dans sa main, elle pousse un petit cri de douleur et lâche prise. Il lui tord le bras. Cette fois elle l'atteint avec son autre pied, au niveau du sternum. Il lui tord le bras davantage et elle pivote sur elle-même. Elle ne peut pas faire autrement. Il appuie sur elle de tout son poids. Il lui enfonce la tête dans l'angle du siège et de la portière.

— Ne me faites pas mal, murmure-t-elle. S'il vous plaît ne me faites pas mal.

Il pousse un grognement. La voix étouffée de la jeune fille arrive à peine jusqu'à lui. Il relève sa jupe et baisse brutalement sa culotte, plus bas que les genoux, complètement, plus bas que ses chaussures débiles. Elle sent son dos craquer sous le poids de l'agresseur. L'entend fouiller dans la boîte à gants, pas loin de sa tête. Elle réussit à libérer son autre bras qui était coincé sous elle et tente de le frapper en aveugle. Il lui tire la tête en arrière.

— Non. Non, s'il vous plaît. Ne me faites pas mal, répète-t-elle. Faites ce que vous voulez mais ne me faites pas mal.

38.

15 h 30, mercredi 17 juin 199-, Bella Italia,
Av. Duque de Ávila, Lisbonne

Le Bella Italia était vide à cette heure, à l'exception de la vieille femme assise à sa table avec vue sur la rue, et du jeune barman qui avait servi son dernier café à Catarina.

— Vous vous souvenez de moi ? demandai-je à la vieille femme qui portait une robe de soie rose dont la classe était aussi certaine que l'ancienneté.

— Vous êtes l'inspecteur, affirma-t-elle en regardant par-dessus des paupières encore plus plissées que sa robe.

— Le jour où cette jeune fille a été giflée là, dans la rue, est-ce que vous vous souvenez s'il y avait une voiture, une Mercedes noire, près du lycée, à peu près à l'heure où l'incident a eu lieu ?

— Comme un vieux taxi sauf qu'elle n'avait pas le toit vert.

— Oui, confirmai-je. J'aimais bien ces vieux taxis noirs avec le toit vert.

— Ils étaient typiques de Lisbonne. Ces trucs beiges... j'ai toujours l'impression de monter par erreur dans la voiture d'un particulier. Mais c'est l'Europe qui veut ça. Quand nous y sommes entrés en 1984, mon mari m'a dit que d'ici l'an 2000, nous ne parlerions plus portugais.

— Jusqu'à maintenant, ça n'a touché que les taxis.

— Et McDonald's. Mes petits-enfants refusent de manger du *pastéis de bacalhau.*

— McDonald's, c'est américain.

— C'est la même chose. Nous mangeons leurs trucs et eux ils nous dévorent.

Je m'approchai du bar et commandai une autre bouteille d'eau. Trop de caféine coulait dans mon organisme : la vie s'attaquait à moi avec trop de lumière et trop d'intensité pour que je n'en sois pas gêné. Je m'adressai au barman :

— Est-ce que vous, vous vous souvenez de moi ? Et de la fille ? Vous vous souvenez de la fille ?

Il hocha la tête.

— Vous m'avez dit qu'elle était seule quand elle est entrée ici.

— Et je le maintiens.

— Personne n'est entré après elle ?

— Non.

— La salle était complètement vide.

— À part elle, dit-il en montrant la vieille dame.

Elle se levait juste pour partir.

— Comment s'appelle-t-elle ?

— *Dona* Jacinta, répondit la vieille dame qui entendait encore très bien.

— Elle a son sonotone, murmura le barman.

— Oui, je l'ai. Et la fille est entrée seule et personne n'est entré après elle ce vendredi-là... vendredi dernier.

— Qu'est-ce que cela signifie, *Dona* Jacinta ?

— C'était vendredi dernier. Le vendredi d'avant, c'était différent. J'étais là. Le couple qui se dispute tout le temps à cause de son chien était assis dans le coin. Tu étais là, Marco, non ?

— J'étais là, acquiesça-t-il, un peu fatigué de toute cette histoire.

— La fille est entrée. Et un homme est resté debout sur le trottoir pendant quelques instants avant de la suivre à l'intérieur.

— C'est exact, *Dona* Jacinta, reconnut Marco avec un soudain regain d'énergie. Il s'est assis sur cette chaise, juste derrière elle. Il regardait ses jambes... vous voyez que je ne suis pas le seul, inspecteur.

— A-t-il fait quelque chose ?

— Il a commandé un café par-dessus l'épaule de la fille. Je pense qu'ils se sont vus dans le miroir.

— Il était gros et gras, précisa *Dona* Jacinta, et chauve avec une moustache et un costume qui avait dû coûter cher.

— Et sa cravate, dit Marco. Sa cravate...

— Qu'est-ce qu'elle avait, sa cravate ?

— Il l'avait achetée dans la même boutique que celle où vous avez acheté la vôtre, compléta *Dona* Jacinta.

— C'est ma fille qui me l'a faite, répliquai-je automatiquement.

— Alors c'est que votre fille a aussi fabriqué la cravate de cet homme.

Je m'assis lentement sur le bord d'une chaise.

— Buvez votre eau, dit Marco en me tendant la bouteille.

— Vous aussi, vous avez vu la cravate ?

— Oui.

J'ouvris mon portefeuille dont je sortis la photo que je venais de déchirer dans le magazine *VIP*. Je la défroissai sur le bar, posai le doigt sur le visage de Miguel da Costa Rodrigues.

— Merde ! s'exclama Marco. C'est lui. Montrez-la à *Dona* Jacinta. C'est lui.

Je bus mon eau et m'approchai de la porte. *Dona* Jacinta avait sorti ses lunettes. Elle prit le cliché et hocha la tête.

— C'est aussi la même cravate.

Je repliai la photo, la rangeai dans mon portefeuille.

— Personne ne parle de ça. Pas un mot.

Un homme qui portait des lunettes noires entra dans le bar. Il nous regarda tous les trois puis sortit à reculons.

Je courus jusqu'à Saldanha. Au bout de quelques secondes, je ruisselais de sueur. Je hélai un taxi, lui demandai de me conduire Rua da Glória et il me lança un regard entendu. Je m'assis à l'arrière, les pieds de part et d'autre de l'arbre de transmission de ces taxis beiges méprisés, et transpirai, les deux mains posées à plat sur le siège pour me soutenir. Beaucoup de voitures se dirigeaient vers la Praça Marquês de Pombal et le chauffeur coupa par les petites rues pour contourner les hôpitaux Miguel Bombarda et Santa Marta.

Je grimpai quatre à quatre le lino bleu jusqu'à l'accueil de la Pensão Nuno. Pas de Jorge. Je frappai et martelai le comptoir. Je fis retentir la clochette. Jorge descendit les escaliers, ses tongs giflant ses talons, progressant marche après marche en s'appuyant sur la rampe.

— Ça n'a pas l'air d'aller mieux, cette jambe, Jorge.

— Non, elle ne va pas mieux, rétorqua-t-il d'un ton tout de suite agressif. Qu'est-ce que vous voulez ?

— Je suis venu par souci de symétrie.

Il s'arrêta dans son mouvement.

— Écoutez, je vous ai dit que j'ai été malade...

— Est-ce que vous allez répondre à mes questions ?

— Posez-les d'abord. Je verrai.

— Catarina, la jeune fille qui a été tuée, elle était déjà venue le vendredi, à midi.

— C'est vrai.

— Et la semaine précédant celle où elle a été tuée ?

— Elle était là.

— Où ?

Il hésita, sentant que je possédais une information de plus, cette fois. Je montai les degrés d'un air menaçant.

— Vous pouvez rester en bas, dit-il. J'ai juste besoin de réfléchir.

— Montrez-moi la chambre.

— C'était la même que la dernière fois.

— Montrez-la-moi.

Il fit demi-tour sur la marche en traînant les pieds. Il semblait avoir pris vingt ans dans le même nombre d'heures. Je suivis ses tongs. Ses pieds étaient bleus au niveau des chevilles.

— Avec qui était-elle, Jorge ?

La respiration laborieuse, il ne répondit pas. En haut des escaliers, il se pencha au-dessus de la rampe. Des bruits provenaient de la chambre, des bruits d'extase effrénée, ceux que toute prostituée apprend avec son premier client.

— Avec qui était-elle, Jorge ?

— Pour moi, ça pouvait aussi bien être un représentant en robinetterie de Braga.

— Allons jeter un coup d'œil dans la chambre d'à côté pour voir si ça vous rafraîchit la mémoire.

— Ce n'était pas dans cette chambre-là qu'elle était.

— Je n'ai pas envie de les interrompre, alors on va aller dans l'autre.

— Elle est occupée.

— C'est très silencieux, là-dedans, pour une chambre occupée. Ouvrez la porte.

— Elle est fermée à clé.

— Faites-les ouvrir.

Il frappa à la porte comme s'il craignait de réveiller une princesse.

— Vous pouvez faire mieux que ça, Jorge.

Mais la porte s'ouvrit. Un petit homme vêtu d'un costume bon marché et présentant un gentil petit embonpoint se tenait dans la chambre sombre. De la tête, je lui intimai l'ordre de sortir et il dévala les marches plus rapidement qu'un pick-pocket. J'allumai la faible lumière. La chambre était vide. Pas de fille. Je vérifiai dans l'armoire dont la porte était déjà ouverte en raison de l'inclinaison du sol.

— Intéressant, Jorge.

Je jetai un coup d'œil au lit qui n'était pas défait. Il n'y avait qu'un seul creux proche du pied du lit, en face du miroir. Je m'y assis. C'était chaud, désagréable. Je distinguai deux traces de pouce sur le miroir. Je le retirai de ses crochets. J'avais vue sur l'autre chambre où un homme se donnait à fond avec une fille menottée aux barreaux du lit.

— Jorge, qui était dans cette pièce à midi, vendredi dernier ? criai-je. Et le vendredi d'avant, et tous les autres vendredis peut-être bien aussi !

Le type de la chambre d'à côté s'arrêta et regarda vers nous.

— J'écoute, Jorge !

Le type s'écarta de la fille et s'approcha du miroir. Elle le suivit des yeux. Je tapai sur le dos du miroir et le type recula d'un bond comme s'il avait vu sa femme à la fenêtre. Il commença à se rhabiller très vite, sans même retirer le préservatif. Je sortis la photo de Miguel Rodrigues et la montrai à Jorge.

— Est-ce l'homme qui se trouvait dans cette chambre vendredi dernier à midi ?

Il fit oui de la tête.

— À haute voix, Jorge.

— C'était lui.

Le type de la chambre voisine apparut sur le seuil, l'air assassin.

— Si vous voulez nous apporter votre aide dans le cadre d'une enquête criminelle, laissez votre adresse à la réception, lançai-je.

Il fonça dans les escaliers sans un mot. Le regard de la fille, encadrée dans le trou laissé par le miroir, allait d'un de ses poignets enchaîné à l'autre.

— Depuis quand le connaissez-vous, Jorge ? Vous devez être des vieux copains, depuis le temps.

— À peu près trente-cinq ans.

— À peu près trente-cinq ans. Début des années soixante. Un très vieux copain, de très longue date.

Je l'examinai de la tête aux pieds... un homme fatigué, vidé.

— Je crois que j'ai besoin d'une cigarette, inspecteur. Les miennes sont en bas.

Je lui en donnai une et la lui allumai car ses mains tremblaient. Il s'assit doucement au pied du lit

— Vous et Miguel, on dirait que vos routes se sont séparées, que vous avez suivi des chemins différents.

— Il bénéficiait d'opportunités dont je ne disposais pas.

— La famille ?

La pièce était étouffante, privée d'air. Jorge tira sur la cigarette, souleva sa chemise en dévoilant les bourrelets de peau flasque qui entouraient son ventre. Son visage, déjà gris et épuisé, commença à prendre une teinte verdâtre à la faible lueur de l'ampoule de quarante watts. Ses yeux, immobiles, fixaient un trou profond sans eau, ensablé par l'amertume.

— Son père était propriétaire d'une banque.

— La Banco de Oceano e Rocha ?

Il acquiesça de la tête.

— C'est là que vous vous êtes rencontrés ?

— Non, non. Nous nous sommes rencontrés à Caxias... dans la prison de Caxias.

Je regardai la photo représentant le Miguel da Costa Rodrigues à l'allure soignée, lors de son apparition caritative au Ritz.

— Vous n'avez pas l'air de communistes. Pas lui, en tout cas.

Jorge secoua la tête.

— Vous étiez des escrocs ? Ça vous ressemblerait plus.

— Nous faisions partie de la PIDE, avoua Jorge en chassant de la main des cendres qui étaient tombées sur sa braguette. Nous travaillions au centre d'interrogatoire...

— Attendez une seconde, Jorge. Son père était propriétaire de la banque ? Il y a quinze ans. Je m'en souviens. Ça a été une grosse histoire. On en a parlé dans les journaux du monde entier. Le propriétaire de la banque a été tué dans un accident de voiture sur la Marginal. Toute la famille est morte. Je ne me souviens pas du nom, mais ce n'était pas Rodrigues.

— C'était Abrantes. Il s'appelle Manuel Abrantes.

— Pourquoi a-t-il changé de nom ?

Jorge jeta sa cigarette dans le lavabo. Elle émit un chuintement et resta collée sur place.

— Vous en avez déjà trop révélé, Jorge.

— Il a commis certains actes, inspecteur. Nous en avons tous commis. Ceux de Manuel Abrantes étaient plus graves que pour la plupart d'entre nous. Il était *Inspector de Polícia.*

— De quel genre d'actes parlez-vous ?

— Il a tué une femme dans la prison de Caxias. C'était un accident, je pense. Elle a fait une fausse couche. Je ne sais pas. Peut-être qu'il lui a donné des coups de pied... enfin bon, de toute façon, après ça il a été promu *chefe de brigada.*

— Ça ressemble bien au fonctionnement de la PIDE. Je suis sûr qu'il y a eu bien pire...

— C'était lui, le chef du groupe qui a tué le général Machedo en Espagne.

Une goutte de sueur descendit le long de ma colonne vertébrale.

— Maintenant, conclut Jorge, vous voyez en quoi vous devez être prudent.

J'allumai une cigarette pour mon propre usage, cette fois, et ma main n'était plus si stable.

— Je ne veux plus entendre parler de lui, reprit Jorge. Je l'ai couvert, pour ce truc. Cette fille. Maintenant, je ne veux plus entendre parler de lui. Regardez-moi, inspecteur.

Je levai les yeux du sol, sans avoir véritablement l'intention de le regarder.

— Ai-je l'air de quelqu'un qui a jamais mangé à la table de Manuel Abrantes ?

Je me dirigeai vers la porte et me retournai quand je fus sur le seuil. C'était un être humain effondré qui regardait par le trou au-dessus du lavabo sans voir autre chose que ce qu'il y avait dans sa tête.

— Ne précipitez pas les choses, inspecteur, me conseilla-t-il. Ce n'est pas fini, et de loin.

— Ne vous inquiétez pas, Jorge. Je ne suis pas encore prêt... mais s'il m'arrive quoi que ce soit, je sais où il faudra venir chercher.

— Vous n'avez pas à vous inquiéter à cause de moi.

— Où vit-il ? Abrantes.

— Quelque part à Lapa. Où voulez-vous que ce soit ? Il a repris l'ancienne maison de son frère. Je ne connais pas l'adresse.

Un faible appel au secours nous parvint de la pièce voisine. Les yeux de Jorge enregistrèrent soudain ce qu'ils étaient en train de regarder. Il secoua la tête et se leva avec peine.

Je descendis les marches deux par deux. Il était plus de dix-sept heures. Je téléphonai à Olivia et lui demandai l'adresse de Miguel da Costa Rodrigues à Lapa. J'appelai Carlos.

À dix-sept heures quarante-cinq, nous étions devant une maison de la Rua Prior, appuyés contre un vieux mur, de l'autre côté de la rue.

À dix-huit heures quinze, un vieil homme ouvrit le portail. L'une des deux portes du garage coulissa électroniquement et une Mercedes noire C200 sortit dans la rue en marche arrière. Je humai l'odeur d'essence du moteur et vit que le numéro d'immatriculation était le 18 43 NT, mais les vitres n'étaient pas teintées. Lurdes Rodrigues était tout à fait reconnaissable à travers la vitre. Elle se gara dans la rue ensoleillée, descendit de la voiture. Retourna dans la maison et revint avec une enveloppe. Pendant ces quelques minutes, les vitres devinrent toutes noires.

39.

20 h 30, mercredi 17 juin 199-, appartement de Luísa, Rua Actor Taborda, Lisbonne

Nous étions allongés sur le lit. Son corps et le mien formaient un angle droit, sa tête reposait sur mon ventre. Nous étions tous les deux nus, sans même un drap sur nous. Les fenêtres étaient ouvertes. Une infime brise fraîche et la lumière du soir pénétraient dans la chambre. Nous fumions et partagions un lourd cendrier en verre qui occupait un des coins du lit et un verre de whisky qui en occupait un autre. Nous regardions le plafond. J'avais passé les quarante dernières minutes à lui raconter tout ce que je savais sur le meurtre de Catarina Oliveira. Nous n'avions pas échangé un mot depuis un quart d'heure. Je mis le doigt dans une petite flaque de whisky répandue entre ses seins et le portai à ma bouche.

— Cela fait deux mois que je m'intéresse à la Banco de Oceano e Rocha, déclara-t-elle.

— N'y ouvre pas de compte.

— J'essaie d'établir un lien avec l'or des nazis.

— Laisse ton argent sous ton matelas, comme une bonne paysanne.

— Écoute-moi.

— Je t'écoute, dis-je en portant à nouveau du whisky à ma bouche. Pourquoi t'intéresses-tu à l'or des nazis ?

— Parce que c'est un sujet d'actualité. Avec toutes ces commissions qui forcent les banques à montrer leurs archives au reste du monde. Ça fera bien dans ma thèse si je peux découvrir quelque chose ici, au Portugal. De toute façon, un travail sur l'économie sous Salazar qui n'étudierait pas les transactions d'or effectuées pendant la guerre comporterait une omission grave.

— Dimanche, Carlos m'a lu un extrait d'article qui racontait que nos réserves ont été multipliées par sept pendant la guerre.

— Ventes de tungstène, d'étain, de sardines, d'huile d'olive, de couvertures, de peaux... dites-nous ce que vous voulez, on vous le vend. Aux uns comme aux autres.

— Ça pose un problème ou ça surprend certaines personnes. Pour moi, c'est juste de cette manière qu'on traite les affaires. La moralité et l'argent sont incompatibles.

— Ma théorie est que tous les grands travaux publics de Salazar, les autoroutes, les routes, le pont du 25 Avril, le stade national, toute l'urbanisation de Lisbonne et de ses alentours, n'ont pas été seulement financés par ses transactions opportunes pendant la Deuxième Guerre mondiale, mais aussi parce que, vers la fin du conflit, Salazar a autorisé les nazis à sortir leur butin d'Europe. Quelque part dans toutes ces transactions intervient la Banco de Oceano e Rocha.

— Une conclusion qui pourrait être dangereuse. Peut-être que tu devrais m'expliquer comment tu y es arrivée.

— Juste de l'autre côté des locaux de la Banco de Oceano e Rocha, près de la station de métro d'Anjos, dans la Rua Francisco Ribeiro, il y a un bâtiment très laid qui appartient à la Banco de Portugal. À l'intérieur, ils ont toutes les informations concernant les banques et les compagnies, tous les statuts de toutes les sociétés enregistrées au Portugal depuis le XIXe siècle. Si tu es vraiment quelqu'un d'ennuyeux et de triste, tu peux y aller et feuilleter tous les statuts de la Banco de Oceano e Rocha et tu te rendras compte que les trois directeurs de la banque étaient, à l'origine, Joaquim Abrantes, Oswald Lehrer et Klaus Felsen.

— Ça remonte à quand ?

— À la guerre, répondit-elle en buvant une autre gorgée de whisky. En 1946, ils n'étaient plus que deux : Joaquim Abrantes et Klaus Felsen, avec comme partage des actions cinquante et un pour cent contre quarante-neuf.

— Je croyais qu'on avait confisqué tous les capitaux allemands au Portugal, après la guerre.

— C'est ce qu'on a fait. Mais la part de Joaquim Abrantes était de cinquante et un pour cent. C'était lui le propriétaire. C'était une banque portugaise. J'ai aussi parcouru de vieilles archives appartenant à un homme d'affaires belge. Très intéressant. Je suis amie avec sa petite-fille. Devine quel nom s'y trouvait ?

— Klaus Felsen.

— Il exportait du tungstène.

— Alors tu penses que tu tiens vraiment le bon bout ? Qu'est-il arrivé à Klaus Felsen après la guerre ?

— Il figure dans les statuts de la compagnie jusqu'en 1962, date à laquelle il disparaît pour ne plus jamais réapparaître. J'ai donc demandé à mon père s'il avait déjà entendu ce nom et il m'a répondu qu'une sorte de scandale avait eu lieu dans la communauté des affaires de Lisbonne. Au réveillon de Noël, en 1961, Klaus Felsen a abattu un touriste allemand chez lui, et il a passé près de vingt ans pour meurtre à la prison de Caxias.

— Intéressant.

— Et tu sais qui était l'avocat de la compagnie ?

— Je crois que oui. Maître Aquilino Oliveira.

— Il a entièrement modifié les statuts de la banque en excluant notre ami Klaus Felsen.

— Pendant combien de temps a-t-il été leur avocat ?

— Jusqu'en 1983.

— Et après ?

— Il a cessé de l'être. Peut-être son départ a-t-il un rapport avec le fait que Pedro Abrantes, qui avait pris la succession de son défunt père, s'est tué dans un accident de la route.

— Même moi, je m'en souviens. Les pauvres enfants.

— Miguel da Costa Rodrigues est devenu le nouveau directeur et l'actionnaire majoritaire de la banque. Il y a des changements, quand ce genre de bouleversements se produit. Les avocats, pour commencer.

— Tu tiens un fil, mais je ne vois pas vraiment où est le lien. Je ne vois pas de mobile pour tuer Catarina.

— Tu veux interroger Miguel da Costa Rodrigues ?

— Je veux le frapper fort et vite pour qu'il n'ait pas le temps de se cacher derrière ses puissants amis, pour qu'il soit obligé de venir à la *Polícia Judiciária* et qu'il se retrouve en face de moi et d'un magnétophone.

— Dans ce cas, il faut que tu aies l'opinion publique avec toi.

— Par l'intermédiaire des médias. Mais je n'ai rien à raconter. Tu devrais voir ce type, Jorge Raposo, il faisait partie de la PIDE. C'est l'être humain le plus pathétique et le plus minable de Lisbonne.

— Et Klaus Felsen ?

— Il doit avoir cent dix ans.

— Quatre-vingt-huit.

— Il est toujours vivant ?

— Il y avait une adresse dans les anciens statuts de la compagnie. Alors j'ai commencé par le plus simple. J'ai regardé dans l'annuaire pour vérifier s'il vivait toujours au même endroit. Klaus Felsen, *Casa ao Fim do Mundo*, Azóia, et tu vois ce bout de papier sur la table de nuit ? C'est son numéro de téléphone.

— Tu l'as appelé ?

— Je ne savais pas vraiment ce que je voulais lui demander. Je pensais qu'il fallait que je travaille beaucoup plus pour pouvoir avoir avec lui une conversation digne de ce nom.

— Et maintenant ?

— Je crois que nous devrions tous les deux aller écouter ce qu'il a à raconter.

— Ah ! Maintenant, j'ai compris.

— Quoi ?

— C'est l'histoire pour le lancement de ton magazine, non ?

— Possible.

— Non, non, non.

— Pourquoi pas ?

— Tu m'as dit, laisse-moi me rappeler les termes exacts : « Personne n'aura le pantalon autour des chevilles dans aucun des magazines que je publie. »

— C'est ta vision de toute cette histoire. Pour moi, c'est le fait que l'une des plus grandes banques internationales du Portugal a été directement financée par l'or des nazis. Je te laisserai ajouter l'histoire de pantalon baissé après le reste.

— Tu penses que Klaus Felsen va tout te révéler... comme ça, à la première rencontre ?

Elle désigna le bout de papier d'un hochement de tête.

— Vérifie d'abord s'il est vivant.

Je décrochai le combiné et composai le numéro. Une femme répondit en allemand. Je demandai à parler à Klaus Felsen.

— Il dort, dit-elle.

— Quel est le meilleur moment pour l'appeler ?

— C'est à quel sujet ?

— La Banco de Oceano e Rocha.

Silence.

— Et qui êtes-vous ?

— Je suis enquêteur à la *Polícia Judiciária*, à Lisbonne. Je travaille sur le meurtre d'une jeune fille. Je pense que le *Senhor* Felsen pourrait nous aider dans nos recherches.

— Je lui en parlerai. Mais vous savez, il n'a pas d'heures régulières. Parfois il se réveille au milieu de la nuit, d'autres fois en fin de matinée, et il lui arrive même de dormir pendant tout ce temps. S'il accepte de vous parler, il faudra que vous veniez dès que je vous préviendrai.

Je lui communiquai le numéro de téléphone de Luísa et reposai le combiné. J'arpentai la chambre à grands pas, nu, en rongeant l'ongle de mon pouce. Luísa fumait en contemplant le plafond. J'appelai Olivia sur son portable et je l'avertis que je serais en retard, que je ne rentrerais peut-être même pas et qu'elle pouvait aller dîner chez ma sœur.

— Ne t'inquiète pas pour moi, dit-elle.

— Tu es dans une voiture ? demandai-je parce qu'il y avait des parasites sur la ligne.

— Je suis avec Sofia et sa mère. On retourne à Cascais. Ils vont m'emmener dîner au restaurant et je dormirai chez eux. OK ?

— Non.

— Quoi ? Je ne t'entends pas.

— Non, ça n'est pas OK.

— Pourquoi... je peux... s'il te plaît... saleté de truc... je...

— Je veux que tu rentres à la maison.

— Mais tu viens de dire que tu ne seras pas là. Alors sois raisonnable. Pourquoi je devrais rentrer à...

— Parce que...

— Je ne t'entends pas.

— Olivia.

— Il y a des problèmes sur la ligne... salut.

La ligne fut coupée. Le téléphone, que j'avais encore dans la main, sonna. Je le portai d'un geste brusque à mon oreille.

— Olivia ?

— Inspecteur Coelho ? demanda une voix à l'accent allemand. Herr Felsen est disponible maintenant. Il accepte de vous parler. Est-ce que vous connaissez la maison ?

— Non.

— C'est la dernière du Portugal. Juste avant le phare.

— Il nous faudra au moins une heure pour y arriver.

— Venez le plus vite possible.

Nous prîmes notre douche ensemble et nous habillâmes. J'essayai à nouveau d'appeler Olivia sur son portable mais elle l'avait éteint. Luísa me dit que je ne devais pas m'inquiéter, qu'il n'allait rien lui arriver ce soir, mais la tension montait en moi et me raidissait le dos au niveau des épaules. Ma fille allait peut-être passer la nuit avec un tueur, un tueur d'adolescentes.

Luísa conduisit et me parla durant tout le chemin jusqu'à la sortie de Lisbonne. J'avais son ordinateur portable et son appareil photo sur les genoux et je maîtrisais ma panique latente. Que pouvions-nous faire ? Ratisser tous les restaurants de Cascais ? Je ne savais même pas où était la résidence secondaire des Rodrigues et, quand je vérifiai dans l'annuaire, je ne trouvai rien à ce nom : la propriété devait appartenir à sa femme et le numéro de téléphone être toujours inscrit sous son nom de jeune fille.

Nous restâmes sur l'autoroute jusqu'à la dernière sortie vers l'ouest, après être passés par Aldeia de Juzo et Malveira. Nous escaladâmes la route sinueuse. La fin de la journée se mourait derrière la haute chapelle de Peninha. Les lumières de maisons isolées étaient suspendues dans le velours noir de la bruyère. Sur le sombre océan Atlantique, les bateaux se dirigeaient vers l'ultime instant gris-bleu. Au point culminant de la route, nous tournâmes à gauche vers Azóia, dépassâmes des moulins à vent d'autrefois transformés en bars, traversâmes le village où des chiens aboyaient et plongeâmes à travers bruyères et ajoncs, le rayon de lumière du phare déchirant les ténèbres désormais totales. Nous quittâmes le goudron pour emprunter un bout de chemin de terre tassée qui nous mena à une maison ceinte de murs bas avec, sur le toit, une véranda où brûlait une petite lumière.

Dans le faisceau de nos phares une femme se pencha pour ouvrir la barrière. Un berger allemand attaché aboyait comme un fou dans la cour. Quand il nous vit, il s'élança avec fureur à plusieurs reprises jusqu'à ce que sa chaîne se tende au maximum. La femme se présenta d'une voix douce qui iodlait presque.

— Je suis Frau Junge.

Elle fit taire le chien qui s'assit, la tête inclinée sur le côté.

Frau Junge nous précéda sur l'escalier extérieur d'accès à

la terrasse. Près de la petite lumière se trouvait une forme tassée dans un fauteuil roulant, la tête courbée sur la poitrine : pas quelqu'un d'apparence très énergique. L'une des lames projetées par le phare passa au-dessus du toit de la maison.

Frau Junge parla à l'oreille de l'homme enveloppé dans des couvertures. Il releva la tête. La femme approcha deux chaises qui se trouvaient contre le mur et qu'elle disposa à côté du fauteuil. Une seule main sortit de sous les couvertures, lui faisant signe d'en placer une plus près. Elle soupira comme si elle avait affaire à un sale gosse mais accéda à la demande.

— Il veut que la fille s'asseye à côté de lui, c'est tout. Surveillez bien sa main. Il n'en a plus qu'une mais elle peut être leste et... importune, déclara-t-elle avant de nous laisser.

Luísa paraissait regretter de n'avoir pas choisi une jupe plus longue.

— Je souffre du froid, maintenant, dit Felsen d'une voix fragile comme de la porcelaine déjà ébréchée.

Les os de son crâne, les plaques qui le composaient semblaient ressortir douloureusement sous la peau fine et tendue à la surface de laquelle travaillaient les veines. Ses paupières se resserraient comme un balluchon, tout près des cils, de telle sorte que les coins s'affaissaient vers les joues en lui donnant l'air inconsolable. Son nez était droit, pointu et à vif.

Nous nous présentâmes et il garda la main de Luísa dans la sienne.

— Savez-vous pourquoi nous sommes ici ? lui demanda-t-elle.

— Vous pouvez fumer si vous le souhaitez. Ça ne me dérange pas que l'on fume à côté de moi.

— Frau Junge vous a expliqué pourquoi nous sommes ici ?

— Oui, oui. Mais fumez s'il vous plaît. J'aime l'odeur.

J'allumai une cigarette. Luísa m'imita.

— Je ne suis plus que la moitié de l'homme que j'étais. Je rétrécis de partout et ils n'arrêtent pas de m'enlever des petits bouts. J'ai perdu un bras en prison, et la moitié d'une oreille. Quand je suis sorti, ils m'ont coupé la jambe droite au niveau du genou. Je ne me souviens plus pourquoi. À force d'être resté allongé trop longtemps en cellule... ou parce que je fumais trop ? Ça pourrait être ça.

Luísa écrasa sa cigarette et se gratta le mollet.

— Bien sûr, ils ne coupent jamais la mauvaise. Je boite depuis mon plus jeune âge. Non, celle-là, ils la laissent. Ils amputent celle qui est valide. J'ai dit au chirurgien : « Cet hôpital me dévore vivant. » Qu'est-ce que ça peut lui foutre ?

Il rit et sa voix se tendit presque à se briser.

— La banque, c'est pour ça que vous êtes là, vous voulez parler de la banque. Cela fait quinze ans que j'attends de pouvoir en parler, mais vous êtes les premières personnes qui veuillent bien m'écouter. Plus personne ne regarde en arrière. Nul ne sait plus d'où il vient. Les gens veulent juste savoir où ils vont.

— J'ai besoin d'être libre de mes mouvements pour écrire pendant que vous parlez, dit Luísa en retirant sa main et en préparant son ordinateur.

— Je peux la poser sur votre épaule ?

Klaus Felsen raconta son histoire en deux fois. La première partie, avec des interruptions, prit presque quatre heures. Il faillit s'interrompre à deux reprises. La première fois quand il nous relata l'embuscade de la voiture de l'agent anglais. Il s'arrêta net. Il resta silencieux pendant plusieurs minutes et je pensai qu'il avait besoin de reprendre son souffle et de se reposer. Mais quand il reprit, son ton était celui de la confession. Il décrivit à quel point il avait donné libre cours à sa sauvagerie et comment il avait tué le chauffeur, puis, en des termes plus terrifiants, ce qu'il avait fait à l'agent anglais, Edward Burton. Luísa cessa de taper.

La deuxième fois qu'il hésita, ce fut à propos de sa dernière rencontre avec Eva Brücke. Il en donna deux versions. La première était un récit noble qui parlait d'amour déchiré par la guerre mais qui se tarit rapidement quand les mains de Luísa arrêtèrent de se déplacer sur les touches de l'ordinateur. Nous attendîmes. Il concentra ses forces et nous raconta la véritable version.

L'assassinat de l'Obergruppenführer Lehrer sembla le fatiguer. Sa tête ploya et il s'endormit. Nous attendîmes quelques minutes, vingt ou trente rotations du phare. Luísa se libéra de l'emprise de sa main et nous descendîmes.

Frau Junge était encore debout. Elle regardait la télévision par satellite en mangeant de la tarte aux pommes et en buvant du thé à la camomille. Elle nous conseilla d'attendre : il allait sûrement se réveiller d'ici une heure. Elle nous offrit de la tarte. Nous l'engloutîmes.

— D'habitude, c'est moi qui écoute ses histoires sans fin. *Ach*, la guerre, ça fait si longtemps. Mes parents... ils n'en parlaient jamais. Jamais. Lui... il en parle tout le temps, comme si c'était hier. Est-ce que sa main a su se tenir ?

— Il n'y a pas eu de problème, répondit Luísa, encore hébétée par l'intensité du travail et par le degré d'horreur atteint.

— S'il prend *votre* main, résistez. Ne le laissez pas la mettre où il veut.

Je tentai de joindre Olivia une nouvelle fois sur son portable mais il était toujours éteint. Luísa appela son père, lui parla brièvement et brancha l'ordinateur sur la prise du téléphone pour lui faire parvenir la première moitié du récit. Une demi-heure plus tard, il la rappela et elle lui donna plus d'informations sur mon enquête. Elle raccrocha.

— Il veut des preuves écrites. Il n'est pas disposé à publier ça à moins que ce ne soit étayé par une preuve écrite, n'importe laquelle.

Je regardai Frau Junge qui buvait son thé à petites gorgées. Elle haussa les épaules.

— J'ai des photos, mais des documents... il faudra le lui demander.

Une lumière rouge s'alluma sur le mur près de sa tête, avec un léger bourdonnement.

— Il est réveillé, nous annonça-t-elle.

La seconde moitié de l'histoire était plus courte mais il lui fallut plus de temps pour la raconter. Il avait besoin de pauses plus fréquentes. Son esprit partait à la dérive et s'arrêtait sur des détails que nous avions déjà entendus. Il en revenait toujours à une femme nommée Maria Antónia Medinas dont il avait la conviction qu'elle avait été tuée par Manuel Abrantes. Je lui dis que cela correspondait à ce que Jorge Raposo m'avait relaté, mais nous ne parvînmes pas à lui faire expliciter ce qu'elle représentait pour lui. S'agissait-il d'une autre détenue, de droit commun, ou politique ? L'avait-il connue avant ?

Il omit de nous révéler certains événements, soit volontairement, soit parce que son cerveau négligeait divers aspects, nous n'aurions pu l'affirmer. Nous approchions de la fin quand il nous stupéfia en nous révélant qu'il avait été victime d'un coup monté organisé par les amis de Joaquim Abrantes à la PIDE, qu'ils l'avaient jeté en prison pendant vingt ans, et que Manuel Abrantes était son fils. Nous lui demandâmes qui était la mère et il ne put se souvenir de son nom mais il pensait qu'elle devait être encore en vie, quelque part au nord, dans la Beira.

L'aube pointa de manière bien peu spectaculaire. Le phare cessa d'envoyer ses éclairs et se mua en corne de brume alors qu'un épais brouillard marin déferlait sur les falaises et submergeait la maison de telle sorte que la barrière, à l'autre extrémité de la cour, n'était visible que de loin en loin.

— Il y a des jours comme ça, nous dit-il. Ce ne serait pas si grave si on savait que c'est pareil dans tout le pays, mais je sais qu'à cent mètres d'ici le soleil brille.

Luísa l'interrompit.

— Nous avons besoin de documents, si nous voulons que votre récit ait un impact réel. Avez-vous des preuves écrites de l'existence de cet or ?

Sa main disparut sous les couvertures et en ressortit avec une clé chaude.

— Tout ce dont vous avez besoin est dans le meuble de rangement en métal, dans le bureau. Frau Junge vous montrera.

Nous nous levâmes. Il sortit sa main pour prendre celle de Luísa, qu'elle lui donna, et il la pressa contre ses lèvres, ce qui la fit frémir.

— Vous avez eu une vie extraordinaire, *Senhor* Felsen, déclara-t-elle pour dissimuler ses sentiments.

— Nous avions tous des vies intenses alors, dit-il en regardant le matin brumeux par la fenêtre. Même un *SS-Schütze* pouvait avoir une vie intense, mais ce n'était peut-être pas celle qu'il souhaitait. Pendant les vingt ans que j'ai passés à y penser, à Caxias, ça ne m'aurait pas dérangé d'avoir eu une existence de moindre envergure. J'aimerais beaucoup que certains de mes regrets soient moins cuisants.

— Et quel est votre plus grand regret ? demanda Luísa.

— Peut-être êtes-vous du genre romantique. Vous pourriez penser...

Il hésita dans l'attente d'une réponse qu'elle ne lui donna pas.

— ... Peut-être, après tout ce que je vous ai raconté, pouvez-vous me dire lequel ce devrait être.

Elle ne réagit pas. Il sembla abattu.

— Ce n'est pas Eva. Il est regrettable qu'elle m'ait méprisé à la fin, mais cela est la conséquence de ma propre inaction.

Il se débattit un moment dans ses couvertures, comme un bébé.

— L'*acte* que je regrette le plus, c'est ce que j'ai fait à l'agent anglais, Edward Burton. Je ne sais pas comment c'est arrivé. Au fil des années, j'en ai voulu à Abrantes, à l'alcool, j'en ai même voulu à la Hollandaise qui m'avait volé mes boutons de manchettes. Mais après avoir passé vingt ans à Caxias, sans grand-chose d'autre à quoi penser, je n'ai toujours pas réussi à trouver la raison de cet acte et j'en suis arrivé à la conclusion que j'ai été visité par le mal en personne. *Senhora* Madrugada, je ne suis pas un homme qui puisse nourrir des pensées d'avenir.

Sa tête retomba et nous partîmes. Dans le meuble de rangement nous trouvâmes des copies de documents certifiant l'origine de l'or. Nous découvrîmes également des clichés montrant Felsen, Joaquim Abrantes et d'autres membres de la famille Abrantes, y compris le jeune Manuel.

Luísa me déposa à Paço de Arcos. Elle poursuivit vers Lisbonne. Je pris le petit déjeuner avec António Borrego dans son bar qui, hormis nous deux, était vide.

— Tu as l'air fatigué, Zé, me dit-il en apportant le café et les tartines beurrées.

— J'ai eu une longue nuit.

— Tu n'as pas dîné.

— Non.

— Tu veux que je te prépare quelque chose ?

— Non, ça va.

— Qu'est-ce qui t'a gardé éveillé toute la nuit ?

— Le travail... comme d'habitude.

— Ils ont fouillé ta maison et ils ont arrêté Faustinho.

Je mordis dans la tartine, bus un peu de café.

— Tu es tombé sous un tram aussi.

— Tombé ?

— Je faisais preuve de tact.

J'essuyai du beurre fondu sur mon menton.

— C'est ton amie, la femme qui vient de te déposer ?

— D'ici, tu vois le monde entier défiler sous tes yeux, hein, António ? Tu n'as pas besoin de sortir. Tout vient à toi.

— C'est le propre de ce métier. Je ne le ferais pas s'il s'agissait juste de servir à boire.

Je me reversai du café, ajoutai du lait.

— Tu étais à Caxias, à la fin, en 1974 ? demandai-je.

— C'était l'époque où je sortais, où je me bougeais, et tu vois ce que ça a donné.

— As-tu déjà entendu le nom de Felsen ? Klaus Felsen.

— On avait entendu parler de lui. Il y était enfermé pour meurtre. Les politiques et les droit-commun n'avaient pas grand-chose à voir ensemble On nous séparait.

— Et une femme qui s'appelait Maria Antónia Medinas ?

Silence. Je levai les yeux de ma tartine. Il se pinçait l'arête du nez. Il avait les yeux fermés.

— J'étais juste en train de réfléchir. C'était une droit-commun ?

— Je ne sais pas. Je ne sais rien d'elle. Juste son nom.

— Elle n'était pas avec les politiques... ça, je le sais.

— Est-ce que tu as encore des amis à qui tu pourrais demander ?

— Des amis ?

— D'accord, des camarades.

Il rit.

Je rentrai à la maison et trouvai Olivia dans la salle de bains, occupée à se brosser les dents.

— Que t'est-il arrivé ?

— J'ai fait ce que mon papa m'a dit de faire, répondit-elle en se retournant vers le lavabo avec agacement.

— Tu as dormi ici ?

— C'est ce que tu m'as ordonné de faire. J'ai été une gentille fille obéissante ?

— Comment es-tu rentrée ?

— Le *Senhor* Rodrigues m'a raccompagnée après le dîner.

— Toute seule ?

Tout à coup mes mains étaient glaciales.

— Les autres n'ont pas voulu venir. Je me suis sentie complètement ridicule.

— De quoi as-tu parlé avec le *Senhor* Rodrigues ?

— Je ne sais pas. Rien de spécial.

— Essaie de te souvenir. Ça m'aiderait.

Elle cracha le dentifrice et se rinça la bouche.

— Ah oui, il m'a posé des questions sur les Smashing Pumpkins.

— Les Smashing Pumpkins ?

— C'est un groupe, papa, dit-elle d'un ton consterné parce que je n'étais pas assez branché. Je crois que de ton temps, ça s'appelait des chanteurs pop.

Alors je lui recommandai, sans lui expliquer pourquoi, de ne plus fréquenter la famille Rodrigues, sous aucun prétexte.

40.

5 h 30, vendredi 26 juin 199-, Paço de Arcos, Lisbonne

J'étais allongé dans mon lit sans pouvoir m'endormir, à écouter les bruits de la circulation, à fumer des cigarettes, à lire pour la centième fois le rapport d'autopsie de Fernanda Ramalho. Il ne restait plus que deux heures avant que ne se déclenche un ouragan médiatique qui allait changer ma vie, et maintenant je n'en voulais plus. Je voulais qu'on me rende ma vie antérieure.

Ça avait été une semaine horrible. J'avais supposé, quand Luísa m'avait appris que son père, Victor Madrugada, était sur le point de lancer un magazine, que tout était en place et qu'il n'avait plus qu'à appuyer sur un bouton. Mais il n'avait même pas de rotative et ça lui coûtait très cher d'en acheter une parce que les presses ne restent pas inactives dans l'attente d'un travail : elles tournent à longueur de temps. Ça lui avait pris une semaine. Ce qui signifiait qu'il avait eu le temps de réfléchir.

Il avait voulu une grosse histoire pour lancer son nouveau magazine d'affaires et il se retrouvait avec quelque chose de monumental dont on parlerait aussi longtemps que le Marquês de Pombal se dresserait sur sa *praça.* Il fallait le rassurer. Je dus lui présenter toute l'affaire, ainsi qu'à son conseil d'administration, auquel appartenait Luísa, et à son directeur de publication. Il fallut que je leur expose l'ensemble de mes accusations contre Miguel da Costa Rodrigues et les raisons qui me poussaient à l'attaquer de cette façon.

Le directeur de publication était nerveux. C'était un homme intelligent, mais l'héritier d'une époque où les médias avaient encore du respect pour les personnalités de renom, un reliquat, peut-être, du temps où l'on dictait aux journalistes ce qu'ils devaient écrire. Pour lui, le *Director Geral* de la Banco de Oceano e Rocha était un homme très important qui avait des amis influents et une épouse, issue par ailleurs d'une excellente famille, une femme extrêmement pieuse, au contraire de Catarina Oliveira...

— Je ne le condamne pas sans jugement par cet article, avais-je répondu. Je m'assure simplement que Miguel Rodrigues, également connu sous le nom de Manuel Abrantes, viendra à la *Polícia Judiciária* répondre à mes questions. Il a fait tout ce qui était en son pouvoir pour bloquer cette enquête. Il s'est servi de ses amis pour s'assurer que je n'obtiendrais pas les informations dont j'avais besoin concernant la voiture. Il est intervenu afin qu'on me retire l'affaire. J'ai été poussé sous un tram. Ma maison a été investie par des agents des stupéfiants et des messages insultants ont été placardés sur la voiture de la fille de votre patron. Nous sommes fondés à agir.

Le directeur de publication s'était tourné vers le père de Luísa.

— J'espère que vous avez raison, m'avait déclaré Victor Madrugada. C'est une histoire colossale : des familles importantes, une dynastie fondée sur l'or des nazis, un tueur du PIDE, le sexe, la drogue et le meurtre d'une innocente, ou plutôt d'une jeune fille qui ne méritait pas de mourir. Cette histoire va se propager à travers le Portugal comme un feu de forêt en été.

— Et vous ne voulez pas qu'on vous considère comme un pyromane.

— Non. Je ne le veux pas. Et je ne pense pas en être un.

Mais il avait appuyé sur le bouton.

J'avais quitté la réunion divisé à parts égales entre l'exaltation et la crainte. Je laissai passer le temps pendant quelques jours. Jojó Silva m'appela pour parler de Lourenço Gonçalves qui n'avait toujours pas refait surface. Je lui conseillai de signaler sa disparition. J'allais m'assurer que l'on donne suite. Carlos et moi travaillâmes sans grande conviction sur le meurtre de Xeta, sans franchement enregistrer de progrès.

À sept heures du matin, je me préparai du café. Il y avait déjà un murmure dans la rue. En moins de dix minutes, la *calçada* devant la maison était pleine de journalistes et de photographes. J'appelai la PSP pour leur demander de m'envoyer des hommes et une voiture.

À sept heures trente, je sortis dans la rue et dus affronter un barrage de questions et de flashes. Je restai muet et avançai d'un pas soutenu vers l'endroit où les hommes de la PSP m'attendaient avec le véhicule. Je pris la tête d'un cortège d'automobiles qui roula jusqu'au bâtiment de la *Polícia Judiciária*, où nous attendaient d'autres journalistes. La voiture de la PSP me déposa sur l'arrière et je montai directement au bureau de Narciso. Cette fois, je n'eus pas à attendre et ce fut un *Engenheiro* Jaime Leal Narciso très différent que je découvris de l'autre côté de la porte.

Il me pria de m'asseoir. Il s'assit du même côté de sa table de travail que moi. Nous prîmes des cigarettes. La secrétaire nous apporta du café. Calmement, il nous rétablit, Carlos et moi, dans nos fonctions d'officiers chargés de l'enquête et me donna carte blanche pour convoquer Miguel da Costa Rodrigues à fin d'interrogatoire.

— Je désire aussi perquisitionner chez lui, dis-je.

— Le mandat est déjà prêt.

À sept heures quarante-cinq, un coup de fil de l'avocat de Miguel da Costa Rodrigues, dans le bureau de Narciso, nous informa qu'il acceptait d'accompagner son client dans les locaux de la *Polícia Judiciária* afin de répondre aux questions.

À huit heures quinze, Miguel da Costa Rodrigues était là. Devant le bâtiment, son avocat se livra à un exposé liminaire destiné aux journalistes. Il dénonça les méthodes de la *Polícia Judiciária* qui utilisait les médias, et exposa clairement la nature volontaire de la présence de son client en ce lieu. Il ne répondit à aucune des questions qui lui furent adressées.

À huit heures vingt-cinq, Narciso m'appliqua une tape d'encouragement dans le dos et me montra le poing rassurant avec lequel il allait m'aider à écraser Miguel da Costa Rodrigues. Il enfila sa veste et sortit devant le bâtiment. Il tailla en pièces la déclaration de l'avocat avant de s'accorder quatre-vingt-cinq pour cent du mérite lié à l'enquête, m'en laissant quinze pour cent, et rien du tout à Carlos. Il faisait ce pour quoi il était payé. Ce pour quoi il était le plus doué.

À huit heures trente, Miguel Rodrigues fut introduit dans la salle d'interrogatoire numéro trois parce qu'elle disposait de la vitre d'observation la plus grande.

À huit heures trente-deux, je déclinai l'identité des personnes présentes pour commencer l'enregistrement. Miguel da Costa Rodrigues ne laissa pas paraître que nous nous étions déjà rencontrés. Il ressemblait à un homme qui avait si bien préparé son histoire dans sa tête qu'il faudrait un bulldozer pour l'en faire dévier. C'était un ancien de la PIDE. Il connaissait forcément les techniques d'interrogatoire. Mon seul atout était qu'il n'avait pas dû se trouver souvent de l'autre côté de la barrière.

Il jeta un coup d'œil au miroir sans tain sur le mur. Son avocat s'assit à côté de lui, tel un faucon apprivoisé, avec juste le bout des doigts posé sur le bord de la table. Je commençai par demander au *Senhor* Rodrigues de clarifier son identité : il révéla tranquillement qu'il était Manuel Abrantes et qu'il avait changé de nom pour éviter que son emploi précédent n'ait des répercussions néfastes pour la banque. Je ne lui demandai pas de se montrer plus précis à cet égard. Je ne voulais pas introduire un flou dans l'orientation donnée à ce premier interrogatoire.

— *Senhor* Rodrigues, débutai-je, où étiez-vous à l'heure du déjeuner, c'est-à-dire vers treize heures, le vendredi 12 juin ?

— J'étais à la Pensão Nuno.

— Qu'y faisiez-vous ?

— Je regardais trois personnes qui se livraient à des ébats sexuels.

— Comment ?

— Je me trouvais dans une pièce voisine, je les regardais grâce à un miroir sans tain encastré dans le mur.

— Connaissiez-vous l'une ou l'autre de ces personnes ?

— Non.

— Les aviez-vous déjà vues ?

Il s'entretint avec son avocat.

— J'avais déjà vu la fille.

— Où cela ?

— À la même *pensão.*

— Quand ?

— Exactement une semaine plus tôt.

— Où elle se livrait à pareils ébats ?

— Oui.

— Combien de fois avez-vous vu cette fille ?

— Plusieurs fois.

— Pouvez-vous être plus précis, *Senhor* Rodrigues ? Vous devriez savoir que le *Senhor* Jorge Raposo, le propriétaire de la *pensão,* coopère avec la *Polícia Judiciária.*

— Je ne sais pas exactement. Il est possible que je l'ai vue une douzaine de fois.

— Et toujours à la Pensão Nuno ?

— Et toujours en plein acte sexuel avec des hommes, bien que vendredi dernier ait été la première fois où je l'aie vue avec deux hommes en même temps.

— À la suite de ces expériences, avez-vous tenté de la suivre ?

Il se pencha à nouveau vers son avocat.

— Il y a deux semaines, le vendredi, je l'ai suivie de la Pensão Nuno au lycée où elle était élève, sur l'Avenida Duque de Ávila.

— Ce n'est pas absolument exact, *Senhor* Rodrigues.

— Non, en effet, je suis désolé. Elle est d'abord entrée dans un café proche du lycée.

— Vous aussi ?

— Oui.

— Vous souvenez-vous du nom de ce café ?

— Non.

— Comment avez-vous su qu'elle allait au lycée D. Dinis ?

— Je l'ai suivie quand elle est sortie du café et je l'ai vue entrer dans le bâtiment.

— Donc, quand vous l'avez observée à la Pensão Nuno vendredi dernier, vous saviez déjà qu'elle était lycéenne.

— Oui.

— Pouvez-vous nous décrire l'acte sexuel auquel vous avez assisté vendredi dernier, s'il vous plaît ?

— La fille était à genoux entre deux jeunes hommes, le pénis de l'un d'eux était dans sa bouche, l'autre la sodomisait.

— Il la sodomisait ? répétai-je, entrevoyant sa stratégie.

— Oui.

— Comment savez-vous qu'il la sodomisait ?

— Je le voyais de l'endroit où j'étais assis.

— Comment cela était-il possible ?

— Ils avaient déplacé le lit pour le mettre devant le miroir et je voyais très bien ce qu'il se passait.

— Pensez-vous qu'elle prenait plaisir à ce qu'elle était en train de faire ?

— Rien, sur son visage, ne m'indiquait le contraire.

— L'avez-vous suivie ce jour-là ?

— Non.

— Mais vous l'attendiez dans une voiture, à l'extérieur du lycée, un peu plus tard le même vendredi après-midi, vers seize heures trente ?

— Oui.

— Pouvez-vous décrire la voiture dans laquelle vous étiez ?

— C'était une Mercedes noire C200, moteur à essence, plaque d'immatriculation numéro 18 43 NT.

— S'agit-il de *votre* voiture ?

— Elle est au nom de ma femme.

— Vous attendiez donc cette fille ?

— Oui.

— Quelles étaient vos intentions ?

— Lui parler.

— Lui parler ? De quoi ?

— De la possibilité de coucher avec elle.

— Et que s'est-il passé ?

— Elle est sortie du lycée. Elle discutait avec quelqu'un, un homme plus âgé qu'elle, peut-être l'un de ses professeurs. Je ne sais pas. Ils parlaient ou plutôt ils se querellaient parce qu'à un moment il l'a giflée. Elle s'est éloignée de lui en remontant la rue en direction de l'Avenida 5º de Outubro. Quand j'ai vu ça, j'ai déboîté, je me suis arrêté au feu à côté d'elle, je lui ai demandé si ça allait et si je pouvais la ramener quelque part.

— Qu'a-t-elle répondu ?

— Elle est montée dans la voiture.

— Elle n'a rien dit ?

— Pas que je me souvienne.

— Des témoins ont noté que vous avez parlé pendant presque une minute, jusqu'à ce que le feu passe au vert.

— C'est exact. Je me souviens maintenant. Je lui ai demandé comment je pouvais me rendre quelque part. Elle avait l'air de trouver que c'était compliqué. Elle a commencé à m'expliquer puis elle a dit que ce serait plus facile de me montrer.

— De quoi avez-vous parlé dans la voiture ?

— De musique. Nous avons parlé de musique.

— C'est tout ?

— Oui.

— Où êtes-vous allés ?

— Je voulais retourner à Cascais. J'ai décidé de couper par le parc Monsanto pour rejoindre l'autoroute.

— Je croyais que vous vouliez coucher avec elle.

— Oui.

— Quand en avez-vous parlé ?

— Quand nous avons été dans le parc Monsanto.

— A-t-elle été surprise ?

— Comment ça ?

— Au début, vous lui aviez demandé votre chemin. Pour vous rendre où exactement ?

— Je ne me souviens pas.

— « Elle avait l'air de trouver que c'était compliqué. »

— Monsanto. Je lui avais demandé comment aller à Monsanto. Ça l'*est,* compliqué, d'aller à Monsanto de là-bas, insista-t-il tandis que l'énervement commençait à transparaître.

— Mais après vous avoir montré le chemin pour aller à Monsanto, je ne pense pas qu'elle devait avoir envie d'être déposée au milieu de nulle part.

— Quand nous avons commencé à parler, elle m'a dit qu'elle retournait à Cascais et je lui ai proposé de l'y reconduire. Je devais...

— Mais ce n'était pas le cas. Vous alliez seulement à Paço de Arcos ce soir-là.

Je me servais d'une tactique très efficace pour semer le trouble dans une histoire inventée : se concentrer sur un petit détail et obliger les demi-mensonges à sortir.

— Écoutez, inspecteur, fit-il d'une voix maintenant irritée. Je lui ai demandé le chemin pour aller quelque part. Elle m'a dit qu'elle rentrait à Cascais en train. Je lui ai dit que j'y allais en voiture. Elle a paru heureuse que je lui propose de la ramener. Elle est montée dans la voiture. Je ne l'ai pas obligée à venir avec moi. Elle est montée de son plein gré. Si vos témoins prétendent que je l'ai forcée à monter dans la voiture...

— Pas du tout. Je veux juste savoir exactement comment cela s'est passé, *Senhor* Rodrigues. Pour la faire monter dans la voiture, vous avez prétendu que vous retourniez à Cascais.

Il n'était pas content mais il fallait qu'il passe rapidement à autre chose.

— Elle est montée dans la voiture. J'ai démarré. Nous avons commencé à parler.

— De musique et d'aller à Cascais... alors comment en êtes-vous arrivé à parler de sexe ?

Il ne faisait pas chaud dans la salle d'interrogatoire, mais le *Senhor* Rodrigues n'était pas à son aise. Son col lui serrait le cou et la sueur commençait à perler sur son front. Il changea plusieurs fois de position sur sa chaise et posa un bras sur le dossier de celle de son avocat.

— Je lui ai avoué que je l'avais vue à la *pensão.*

— Ça a dû la surprendre.
— Pourquoi ?
— Elle croit qu'elle vient de monter dans une voiture qui était là par hasard. Elle croit qu'elle indique à quelqu'un le chemin de Monsanto. Elle croit qu'on la ramène à Cascais. Vous parlez de musique... de quel genre de musique parliez-vous, d'ailleurs ?
— Elle m'a dit qu'elle aimait les Smashing Pumpkins.
La réponse me glaça jusqu'aux os.
— Vous parlez donc des Smashing Pumpkins en conduisant dans Monsanto et ensuite... vous changez complètement. Tout à coup vous devenez le client régulier des prostituées, tout à coup vous êtes la personne qui l'observe au travers d'un miroir sans tain à la *pensão*. Tout à coup, *Senhor* Rodrigues, vous n'êtes plus le monsieur gentil qui offre de la reconduire chez elle. Vous n'êtes qu'un obsédé sexuel de plus.
— Rien ne vous autorise à utiliser ce genre de vocabulaire injurieux à l'égard de mon client, intervint l'avocat.
Nous dirigeâmes tous les deux nos regards vers lui.
— *Senhor* Rodrigues ? répétai-je.
— Quelle était votre question ? Je ne suis pas sûr...
— Quelle a été sa réaction quand vous lui avez révélé que vous l'aviez déjà vue en pleine activité sexuelle à la Pensão Nuno ?
— C'était une prostituée, bon sang !
— Elle n'est pas montée dans votre voiture en tant que prostituée. Elle est montée en tant que lycéenne qui venait de se quereller avec un homme et qui allait vous indiquer le chemin de Monsanto pour que vous puissiez la ramener ensuite à Cascais. Réfléchissez encore, *Senhor* Rodrigues, et expliquez-moi comment vous avez tout changé et quelle a été sa réaction.
— Tout changé ? Je n'ai rien changé. Changé quoi ?
— Comment vous avez changé la situation, *Senhor* Rodrigues.
Silence. L'avocat scrutait son client, pas très sûr de savoir où se situait le problème, remarquant déjà que la vérité ne coulait pas de manière naturelle et onctueuse.
— Peut-être aviez-vous une hypothèse, *Senhor* Rodrigues.
— Une hypothèse ? Je ne comprends pas.
— Avez-vous supposé que si vous la touchiez de façon explicite, elle comprendrait... ou peut-être que, juste parce que vous étiez tellement serviable, elle allait être gentille ? Et quand

elle n'a pas compris, vous avez dû lui avouer que vous l'aviez vue, comment vous l'aviez vue, et que vous saviez qu'en réalité elle était une prostituée. Si ça s'est passé comme ça, je ne pense pas qu'elle ait apprécié, *Senhor* Rodrigues.

— Pourquoi ? C'était bien ce qu'elle était.

— Parce que tout se passait si bien, *Senhor* Rodrigues, vous étiez un monsieur serviable et brusquement, en une petite phrase, peut-être un petit geste, vous lui avez montré que vous étiez autre chose. Un lamentable pervers.

— Je vous en prie, inspecteur, interrompit l'avocat, exaspéré par mon manque de respect.

— S'est-elle débattue, *Senhor* Rodrigues ? Vous a-t-elle frappé ? Vous a-t-elle donné un petit coup de pied, peut-être... ce qui vous a obligé à faire preuve de fermeté.

— Non, non et non ! s'écria-t-il en voyant son histoire lui échapper au triple galop.

— *Senhor* Rodrigues, il faut que vous y mettiez du vôtre, si nous voulons que l'interrogatoire avance.

— Je me suis arrêté dans les pins du parc Monsanto. Je lui ai demandé si elle voulait bien coucher avec moi. Vous avez raison inspecteur, elle a été un peu surprise. Je lui ai dit que je l'avais vue à la *pensão*, mais pas que je l'avais vue se prostituer. Je lui ai juste proposé dix mille escudos.

— Pour faire quoi ?

— Pour coucher avec moi, dit-il, agacé.

— Ce n'est pas votre première expérience avec une professionnelle, n'est-ce pas, *Senhor* Rodrigues ?

— Non.

— Je crois savoir qu'il est de pratique courante de spécifier exactement ce que l'on désire pour le prix payé.

— Je lui ai proposé dix mille escudos pour avoir des relations sexuelles normales avec elle.

— Et comment ces relations sexuelles normales se sont-elles déroulées ?

Il inspira profondément.

— Elle s'est agenouillée sur le siège et elle a baissé sa culotte.

— Est-ce qu'elle l'a enlevée complètement ?

— Non, je ne crois pas.

— Et qu'avez-vous fait, *Senhor* Rodrigues ?

— J'ai déboutonné mon pantalon et je me suis agenouillé

aussi sur le siège. Elle se tenait avec les jambes de part et d'autre du frein à main.

— Il était serré ou non ?

— Non.

— Le terrain était plat ?

— Oui.

— Continuez.

— Je me suis agenouillé derrière elle et...

— Vous lui aviez déjà donné l'argent à ce moment-là ?

Il eut un instant d'hésitation.

— Oui.

— Alors elle a dû être très en colère.

— En colère ? Pourquoi ?

— Quand vous l'avez sodomisée, *Senhor* Rodrigues. Ce n'était pas ce qui avait été convenu.

— Je ne l'ai pas sodomisée, inspecteur. C'est l'un des garçons de la *pensão* qui lui a fait ça.

— Il affirme que non.

— Il ment.

— Dans cette situation, *Senhor* Rodrigues, j'ai un avantage sur vous parce que j'ai lu le rapport du médecin légiste une centaine de fois et que j'ai écouté très attentivement ce que vous venez de me raconter. Par conséquent...

— Je ne l'ai pas sodomisée, répéta-t-il calmement en posant la main à plat sur la table comme s'il y avait une bible à cet endroit-là.

— Je viens de vous prévenir que ce n'était pas simplement votre parole contre celle du garçon de la *pensão, Senhor* Rodrigues. Je vous donne l'occasion de dire la vérité.

Il me jaugea du regard avec insistance. Il pensait que je bluffais. Ses yeux se moquaient de moi.

— Je ne l'ai pas sodomisée, inspecteur.

— L'examen médical effectué par le docteur Fernanda Ramalho indique que Catarina Oliveira l'a été. Un préservatif et un lubrifiant à base d'eau ont été utilisés. L'examen que le docteur Ramalho a fait du muscle sphinctérien de la victime montre qu'il était déchiré, ce qui indique que la victime n'était pas habituée à ce genre d'activité sexuelle. D'après vous, qu'est-ce que cela signifie, *Senhor* Rodrigues ?

— Je ne... Je ne l'ai pas...

— Cela signifie que ça a vraisemblablement été très douloureux, *Senhor* Rodrigues. A-t-elle crié ?

— Ce n'est pas moi qui l'ai sodomisée.

— Je suis désolé, au temps pour moi, *Senhor* Rodrigues, elle n'a pas crié parce que, et je vous cite : « Rien, sur son visage, ne m'indiquait le contraire. » Pour indiquer qu'elle n'aimait pas ce qu'elle était en train de faire. Catarina Oliveira n'a pas crié à la Pensão Nuno ce vendredi midi, n'est-ce pas *Senhor* Rodrigues ?

Silence.

— N'est-ce pas *Senhor* Rodrigues ?

— Mon client n'a plus rien à ajouter, intervint l'avocat.

— Nous aimerions fouiller les deux maisons du *Senhor* Rodrigues ainsi que la voiture de sa femme. Nous donnez-vous votre accord ?

— Si vous avez un mandat de perquisition, dit l'avocat.

La fin de l'interrogatoire fut une succession de dénégations. Le *Senhor* Rodrigues admit qu'il avait eu des relations avec la fille. Il affirma qu'ensuite elle était descendue de la voiture et qu'il avait roulé à une allure raisonnable pour arriver à Paço de Arcos afin de remettre son chèque au maire à la *festa*. Il nia l'avoir frappée à l'arrière du crâne, nia l'avoir déshabillée, nia l'avoir enfermée dans le coffre de sa voiture et nia avoir jeté son corps nu sur la plage de Paço de Arcos plus tard ce soir-là. J'achevai l'interrogatoire et emmenai une équipe de nos hommes à la maison de Lapa.

Le *Senhor* Rodrigues et son avocat nous retrouvèrent sur place. L'avocat étudia le mandat de perquisition puis s'assit dans le salon avec son client. Il évitait déjà de le regarder comme le font ceux qui ont été trahis par une personne en qui ils avaient placé leur confiance. Je parcourus rapidement l'habitation puis annonçai à l'équipe que je voulais m'occuper personnellement de l'armoire et du bureau du suspect. Je laissai quatre hommes couvrir le reste de la maison, le double garage et le jardin. Carlos et moi commençâmes par la Mercedes.

Elle avait été lavée dans une station de nettoyage. Lavée à grande eau. Elle était impeccable à l'intérieur, avec cette odeur qu'ont les voitures neuves. Je demandai à Carlos de se procurer le nom de la station de nettoyage, de s'y rendre et de discuter, non pas avec le directeur, mais avec les personnes qui avaient effectivement travaillé sur la voiture. Je commençai par les sièges avant. Coincée sous celui du passager se trouvait une culotte blanche soigneusement pliée. Le nom de la marque était Sloggi. Je la rangeai dans un sachet plastique. Au moment où

Carlos sortait de la maison, je lui dis de ramener l'employé qui l'avait découverte. Je ne trouvai rien d'autre d'intéressant dans la voiture.

Je me fis accompagner par le *Senhor* Rodrigues jusqu'à son armoire et lui demandai de sortir les vêtements qu'il portait l'après-midi du vendredi 12 juin. Il montra du doigt un blazer, un pantalon gris et la cravate qu'Olivia lui avait confectionnée. Le blazer et le pantalon avaient été nettoyés à sec. Pas la cravate. Il y avait une petite tache rouge-marron sur la doublure. Je la glissai dans un sachet plastique que je fis expédier au labo.

Dans le bureau, derrière un coffre du XVIIIe siècle, nous trouvâmes un placard encastré dans le mur. Il contenait quinze cassettes vidéo, deux cartons de bouteilles de vin renfermant des magazines pornographiques et, tout au fond, bien pliés, un tee-shirt blanc et une minijupe bleu ciel à carreaux jaunes posés sur une paire de chaussures à hautes semelles piquetées de faux diamants. Nous mîmes les chaussures et les habits dans des sacs plastique. Le reste des objets contenus dans le placard partit pour la *Polícia Judiciária.*

L'homme de la station de nettoyage avait trouvé la culotte coincée sur le côté du siège. Il expliqua qu'il avait hésité entre deux attitudes possibles. Il avait d'abord cru qu'elle appartenait à la fille du *Senhor* Rodrigues et avait eu l'intention de la laisser simplement sur le siège. Mais ensuite, étant donné que c'était le *Senhor* Rodrigues qui avait apporté la voiture pour la faire nettoyer le lundi matin, il avait pensé que ce pourrait être gênant et il l'avait glissée sous le siège en décidant de s'occuper de ses affaires.

Miguel da Costa Rodrigues fut officiellement inculpé du meurtre de Catarina Oliveira à treize heures trente. Quand on lui demanda d'ôter ses vêtements, on découvrit deux grosses ecchymoses sur son torse. On prit des photos, on lui remit la tenue réglementaire et on le conduisit en cellule.

41.

Lundi 23 novembre 199-, Palácio da Justiça,
Rua Marquês da Fronteira, Lisbonne

Je n'ai jamais cherché la notoriété. Si j'avais voulu être connu, je ne serais pas devenu policier. La gloire m'est toujours apparue comme une forme perverse de prostitution. On joue un rôle et en échange on reçoit une énorme attention, un amour sans complications. Personne ne connaît les gens connus, les gens connus ne connaissent personne, pourtant l'intensité de l'émotion, l'adoration sont plus fortes, plus impressionnantes que n'importe quel amour individuel. Pour moi, la plus grande invasion de mon intimité a été d'être contraint d'accepter la célébrité. Une incapacité de ma part à le faire aurait signifié que la gloire m'avait changé, pour le pire. C'était l'obligation d'y prendre plaisir que je ne supportais pas.

Je devins connu. J'étais un héros. J'étais le petit homme de la *Linha,* celui qui avait rasé sa barbe pour une œuvre caritative (voyez comme le moindre détail était tourné à mon avantage), qui s'était attaqué aux pouvoirs établis et les avait traînés devant les tribunaux. Les médias m'adoraient, mais m'aurait-on aimé autant avec une barbe, sans mon nouveau bridge et avec quinze kilos de plus ? Je compris l'importance qu'il y a à porter un costume de qualité et à toujours avoir le sourire.

La frénésie de la curée fut féroce. Le sang du passé colora de rose les eaux bouillonnantes du Tage. La véritable identité de Miguel da Costa Rodrigues, Manuel Abrantes, le très redouté *Inspector da Polícia* de la PIDE qui avait été à la tête d'un réseau de centaines de *bufos,* des indicateurs, qui s'était infiltré dans la vie de milliers d'individus ordinaires, et qui avait été directement responsable des souffrances de nombreux malheureux de la prison de Caxias, agita la nation de convulsions. Les émissions consacrées aux problèmes d'actualité et les débats télévisés fleurirent pendant des semaines à mesure que les gens rendaient publics leurs souvenirs d'oppression, de persécution et de torture : les poêles à frire de Tarrafal au Cap-Vert, les enclos d'Aljube, les donjons surpeuplés du fort de Caxias. Mais cet aspect s'épuisa vite et lorsque les directeurs des programmes virent les feuilletons reprendre le dessus, ils comprirent leur erreur : les spectateurs ne voulaient pas l'Histoire. Ils voulaient des histoires individuelles.

Ils furent prompts à découvrir Jorge Raposo dans sa maison de plaisirs et, au cours d'une émission spéciale d'une demi-heure, ce dernier raconta l'infiltration par la PIDE de l'entourage du général Machedo, le piège tendu dans le cimetière de Badajoz, le meurtre du secrétaire du général et l'exécution sommaire de ce dernier par Manuel Abrantes. Ce genre d'émission vous cloue à votre fauteuil. Il me fut impossible de quitter mon poste des yeux. Je m'approchai de l'écran pour voir si je pouvais découvrir le bon vieux Jorge décati que j'avais connu mais son maquillage de plateau était impénétrable, son nouveau costume croisé aussi lisse et hermétique qu'une cuirasse. Je ne pus qu'imaginer les cals de ses talons, comprimés dans ses nouveaux mocassins. À la suite de l'émission, le gouvernement espagnol annonça qu'une enquête allait être ouverte car l'événement s'était déroulé en Espagne.

Ils me trouvèrent. Le veuf héroïque en lutte contre des forces supérieures que je ne reconnaissais pas. Ils trouvèrent Luísa, le professeur engagé qui était devenu l'éditrice intrépide et l'amoureuse du héros. Ils trouvèrent Olivia, la fille du héros qui avait confectionné la cravate ayant permis à l'enquête de franchir le pas décisif, la nouvelle styliste qui aurait pu être soutenue, personnellement, par Miguel da Costa Rodrigues.

Pour finir, et ce fut peut-être la conséquence qui porta le plus atteinte à mon intimité, à la suite de la publication des documents prouvant l'origine de l'or, il y eut un gel immédiat de l'ensemble des avoirs de la Banco de Oceano e Rocha. S'ensuivit une descente dans leurs bureaux, y compris ceux de la Rua do Ouro, dans la Baixa, où l'on découvrit deux des lingots d'origine dans un vieux coffre-fort mural. La *Polícia Judiciária* sauta sur cette occasion pour s'offrir un coup de publicité et mon visage fit la couverture de tous les quotidiens, flanqué des deux lingots d'or nazis. Dans une de ces publications au moins figure la légende l'*Inspector Dourado* : « l'inspecteur en or ». Une enquête gouvernementale exhaustive sur les origines, le financement et les transactions de la banque depuis sa fondation fut alors annoncée.

À ce moment-là, je crus que j'allais perdre tout contrôle sur ma vie, mais ma chance tourna. Sortirent d'autres révélations concernant le scandale financier qui s'était abattu sur les compagnies chargées de la construction de l'Expo 1998 ainsi que sur les promoteurs de la zone résidentielle haut de gamme autour du chantier. Les feux des projecteurs changèrent de direction. Les médias rechargèrent leurs armes.

Avant la fin juin, je fus promu. On ne m'octroya pas de nouveau poste parce qu'il n'en existait pas alors. Je fus augmenté, ce qui ne me servait à rien parce que pendant des semaines on ne me laissa pas payer un verre ou un repas. Toutes les additions étaient réglées par des tiers. Suite de l'amour sans complications.

J'eus droit à une secrétaire, temporairement, qui s'occupa de tous mes appels de telle sorte que je ne parlais presque plus à quiconque n'était pas journaliste ou producteur de télévision. J'avais peu de temps à moi. Je ne travaillais pas du tout. La PJ se laissait porter sur la vague du succès de l'enquête. J'étais envié et méprisé par mes collègues et accueilli dans la fraternité de mes supérieurs.

Après la très forte pression exercée par le gouvernement, ce fut un soulagement lorsque le procès commença enfin dans un temps record au milieu du mois de novembre. Le ministère public prit l'affaire au sérieux. On me prépara et on me fit répéter à satiété ce que j'allais dire. Les avocats de la défense s'appuyèrent sur le passé de Catarina : même s'il s'agissait d'une lycéenne issue d'une famille respectable, elle n'était rien de plus qu'une prostituée de bas étage et une droguée. Ils insistèrent sur le fait qu'elle était montée dans la voiture de son plein gré et qu'elle était d'accord pour avoir des relations sexuelles normales (il n'y avait pas de signes de violence apparents sur elle), sur le fait qu'on n'avait pas retrouvé l'arme du crime, sur l'absence de mobile pour le meurtre, sur l'absence de témoins ayant vu l'accusé frapper la victime, la déshabiller, l'enfermer dans le coffre de la voiture ou la jeter sur la plage à Paço de Arcos. Ils vantèrent la personnalité respectée de Miguel

Rodrigues, sa participation ainsi que celle de sa femme à des œuvres de charité et la façon exemplaire dont il avait élevé la fille de son frère.

Les arguments du ministère public s'orientèrent autour de la réponse à cette question : l'accusé avait-il, oui ou non, sodomisé la jeune fille ? Là se trouvait le mobile du meurtre. Mon témoignage, l'interrogatoire initial de Miguel Rodrigues et les photos de son torse contusionné ne jetèrent pas uniquement un doute sur la véracité des propos de l'accusé, ils prouvèrent également qu'il avait sodomisé Catarina Oliveira. Cela constitua le tournant décisif dans le procès. Il n'y avait pas d'arme du crime parce que l'assassin avait tué la jeune fille de ses propres mains en l'étranglant. On ne l'avait pas vu la déshabiller mais on avait ultérieurement retrouvé les vêtements chez lui. On ne l'avait pas vu la jeter sur la plage, mais comme il avait été clairement établi qu'il se trouvait à Paço de Arcos et qu'il en était parti le soir, il avait eu la possibilité matérielle de le faire. Quant à sa réputation, elle fut fauchée comme les blés.

Le lundi 23 novembre à seize heures, le tribunal rendit son verdict. Miguel da Costa Rodrigues, également connu sous le nom de Manuel Abrantes, fut reconnu coupable de meurtre et condamné à la prison à perpétuité.

Je fus invité au Jockey Club par le ministre de l'Intérieur pour fêter l'événement avec plusieurs responsables éditoriaux, journalistes, producteurs de télévision, présentateurs et officiers de police de haut rang. Quand je déclinai l'invitation, ils envoyèrent Narciso pour me chercher. Je compris alors pourquoi il était mon chef. Il était sur son territoire. Moi, j'étais un chat perdu. Une photo de Luísa et de moi fut prise à la réception où on sabla le champagne et, au bout d'une demi-heure, Narciso me fit savoir que je pouvais partir.

Nous prîmes la route de Paço de Arcos. Olivia avait déjà mangé et regardait la télévision chez ma sœur. J'emmenai Luísa à A Bandeira Vermelha où un António Borrego joyeux nous servit le plat du jour : l'une de ses concoctions de l'Alentejo préférées, *ensopado de borrego,* une immense soupière de bouillon d'agneau et de légumes, composée de collet et de la poitrine cuits en ragoût jusqu'à ce que la viande soit sur le point de se détacher de l'os. Personne ne le cuisinait comme lui. Il ouvrit une bouteille de borba reserva rouge 1994 et nous laissa à notre repas.

Je dégustai le vin, mangeai un peu de fromage et quelques

olives. Je n'avais pas envie de parler. Luísa m'en voulait parce que je l'avais arrachée à la fête. Pour elle, c'était une occasion d'établir un réseau de relations dans le cadre de son nouveau métier d'éditrice intrépide, et elle aurait préféré rester.

— Tu vas finir par m'expliquer quel est le problème ? fit-elle en allumant une cigarette juste à temps pour l'arrivée du plat principal.

— Je suis déprimé.

— C'est un truc dont souffrent les policiers après les procès, comme les femmes après l'accouchement ?

— Je ne crois pas.

— Peut-être as-tu le blues qui suit les grand événements... maintenant il faut que tu retournes à la vraie vie.

— Je *veux* retourner à la vraie vie.

— Ce n'est pas la peine que je t'énumère toutes les raisons que tu as de ne pas être déprimé. Ta promotion. Ton augmentation. L'apogée de ta carrière. Un salopard en prison pour la vie.

— Rien de tout cela n'a d'importance. Ce qui compte c'est d'être là, de manger l'*ensopado de borrego* d'António, de boire du vin rouge avec toi. Je ne suis pas fait pour boire du champagne avec des connards. Ça, c'est ce qu'il y a de mieux...

— Ce qu'il y a de mieux ?

— Bon, d'accord, nous...

— Détends-toi, Zé. Je te taquine.

Je suçai d'autres os d'agneau, bus davantage de vin rouge. Nous achevâmes le repas. António débarrassa, apporta deux verres d'*aguardente* et deux *bicas*. Après vinrent les cigarettes. Luísa refusa de m'entourer de ses attentions pour me sortir de mon humeur. Le bar se vida. António remplit le lave-vaisselle. Des pneus de voiture fusèrent sur la Marginal. Un vent amer passa dans les arbres du parc.

— Ce n'est pas lui le coupable, déclarai-je.

— Qu'est-ce que tu racontes maintenant ? demanda Luísa.

— La raison pour laquelle je suis déprimé, c'est que Miguel Rodrigues, ou Manuel Abrantes, n'a pas tué Catarina Oliveira.

— Ça fait combien de temps que tu le penses ?

— Tu veux la vérité ou la version destinée aux médias ?

— Ne fais pas le *chato*, Zé.

— Non, tu as raison. Je fais le *chato* avec la dernière personne avec qui je devrais le faire. Je pense que ce n'est pas lui depuis le moment où j'ai trouvé les habits de la fille dans son bureau, chez lui.

— Ce qui a constitué l'une des preuves les plus accablantes de tout le procès.

— Exactement... Avec ces vêtements en sa possession il est devenu celui qui a déshabillé le cadavre et, par conséquent, le suspect numéro un.

— Et tu crois que quelqu'un d'autre a caché les habits à cet endroit-là ?

— Deux choses. On a supposé que Miguel Rodrigues n'avait pas cessé de me harceler pendant que je travaillais sur l'affaire : le service des immatriculations a refusé de me donner les informations dont j'avais besoin ; on m'a retiré l'affaire ; j'ai subi une descente des stups ; on m'a poussé sous un tram. Si Rodrigues était à ce point sous pression, pourquoi ne s'est-il pas débarrassé de l'une des preuves les plus préjudiciables existant contre lui ? Et la deuxième chose. Pourquoi la culotte de la fille n'était pas avec...

Je perdis soudain tout contrôle sur les parasites extérieurs ; la maladie la plus virulente et la plus destructrice des gens connus déferla sur moi comme une violente attaque de malaria. J'eus une poussée de paranoïa extrêmement violente et désagréable. Personne ne connaît les gens connus, les gens connus ne connaissent personne.

— Avec quoi ? demanda Luísa, qui avait regimbé au même moment. Pourquoi me regardes-tu comme ça ?

— Comment est-ce que je te regarde ? Je n'ai pas...

— Tu me regardes comme si tu scrutais au fond de moi, comme si tu observais l'intérieur de mon crâne.

— Ce n'est rien. Je ne sais plus du tout ce que je pense.

Ce n'était pas vrai. Je savais pertinemment ce à quoi je pensais. Je pensais que j'avais été harcelé sans répit jusqu'à ce que j'abatte Miguel Rodrigues et, comme je l'avais fait incarcérer dans ces circonstances délicates, il fallait que je trouve un moyen de ranger l'opinion publique de mon côté. Et à ce moment-là que se passe-t-il ? La femme avec laquelle je suis depuis une semaine est une spécialiste de l'économie sous Salazar, elle a déjà fait des recherches sur la Banco de Oceano e Rocha, elle me donne le nom de Klaus Felsen, son père publie des magazines et il cherche une grosse histoire pour lancer un nouveau titre qu'il tient prêt à paraître. Et quand l'histoire avait éclaté au grand jour, tout avait été si facile. Tout d'un coup

Narciso était aussi délicieux qu'un *pastel de nata* de l'Antiga Confeitaria à Belém. Et je m'accrochais désespérément à la crinière d'un étalon médiatique que je chevauchais à cru à travers les plaines immenses.

Le propre de la paranoïa est que les choses qui semblaient parfaites s'embrasent tout à coup sous les soupçons. Et une fois que mes pensées eurent commencé à s'orienter dans cette direction, d'autres commencèrent à s'affirmer. Qui m'avait donné le numéro de Luísa Madrugada ? Maître Aquilino Oliveira.

Comme la quinine pure contre une violente attaque de malaria, il n'existe qu'un remède contre la paranoïa : la vérité entière et sans fard. La vérité arrangée, même si elle est empreinte d'une certaine justice, ne sera jamais suffisante. J'étais malade et il me fallait le seul et unique remède existant.

Si, à ce moment, j'avais pu réfléchir au-delà des cercles étroits délimités par ma tête, j'aurais compris qu'en essayant de trouver la vérité vraie, j'allais chambouler l'ordre de la vérité arrangée. Si elle avait été arrangée. Par quelqu'un de puissant et de vindicatif qui ne serait pas heureux que je vienne semer la pagaille.

De nouveau, j'observai Luísa en essayant de ne pas creuser sous la surface. António Borrego, la seule personne qui me laissait encore payer ma boisson et ma nourriture, posa l'addition sur la table, entre nous.

42.

Mardi 24 novembre 199-, immeuble de la Polícia Judiciária, Rua Gomes Freire, Lisbonne

Je m'assis à mon bureau et allumai l'ordinateur. J'accédai au fichier des personnes disparues pour lancer une recherche sur Lourenço Gonçalves et voir s'il avait réapparu ou s'il avait été retrouvé. Aucune trace n'indiquait l'enregistrement d'un dossier de disparition. Je regardai le soleil rayonnant par la fenêtre et frissonnai.

Je trouvai Carlos que j'emmenai faire un tour sur l'Avenida Almirante Reis. Il faisait froid, très sec, avec un vent du nord mordant. Il n'avait pas plu cette année. Les trois précédentes, les averses s'étaient succédé pendant tout le mois de novembre, à tel point que j'étais aussi déprimé qu'un Anglais. Cette année, ça avait été très inquiétant. Pas de pluie. Des jours et des jours de beau soleil, de ciel sans nuages. Et plutôt que de la joie, ce temps apportait avec lui l'idée terrifiante que la planète avait subi des dommages irréparables.

Le petit bar étroit, situé entre les stations de métro d'Anjos et d'Arroios, où j'avais rencontré Jojó Silva la première fois, était bondé de clients qui prenaient leur café vers le milieu de la matinée. Nous allâmes tout droit au fond de la salle. Jojó Silva était assis à une table et fixait le fond d'une tasse vide comme si le marc allait lui révéler le tirage du loto de la semaine. Je me mis en écran devant la lumière. Il leva les yeux.

— Alors, ils recommencent à vous laisser décrocher vous-même votre téléphone, inspecteur ?

— Depuis hier je ne suis plus un demi-dieu.

— Heureux de vous savoir de retour parmi les mortels.

— Que se passe-t-il, Jojó ?

— Rien... comme d'habitude.

— Vous n'avez pas rempli de formulaire de disparition pour votre ami.

— Lourenço Gonçalves ? Si, inspecteur. Oh que si ! C'est le moins que je pouvais faire pour lui. Pourquoi croyez-vous que je n'arrête pas de vous appeler depuis trois mois et qu'on me répond que vous n'êtes pas libre ? J'ai même essayé hier.

— Hier ? répétai-je en sachant que son nom ne figurait pas sur la liste de mes messages.

— Vous voulez savoir pourquoi je vous ai appelé hier... plus particulièrement que n'importe quel autre jour ? Le contrat de location du bureau de Lourenço touche à son terme. Comme il n'est pas en mesure de renouveler le bail, le propriétaire va dégager les lieux et louer l'appartement à quelqu'un qui existe. Et une fois que ça sera fait, inspecteur... il aura vraiment disparu. Effacé complètement.

Nous traversâmes tous les trois l'Avenida Almirante Reis vers un immeuble de bureaux sans signe particulier datant des années soixante. Carlos et moi montâmes au deuxième étage pendant que Jojó partait en quête du propriétaire et de la clé. Ça lui prit un certain temps.

— Vous faites quelque chose ce soir ? demandai-je à Carlos en m'appuyant contre le mur devant le bureau sans nom et en cherchant ce qui pourrait m'empêcher de penser au monstre qui prenait forme dans ma tête.

— J'emmène juste Olivia au cinéma.

— Voir quoi ?

— *La Cité des anges.*

— *Again ?*

— Elle l'aime bien.

— C'est un film romantique.

— Ce n'est pas l'histoire d'amour qui l'intéresse. Elle aime l'idée qu'il existe une entité qui nous domine tous, quelque part, et qui agit de manière imprévisible. Pas toujours en bien, pas toujours en mal. Elle jure que ça lui procure un sentiment de sécurité.

— Peut-être faut-il être jeune pour avoir ce genre de foi.

— Mauvaise soirée hier, non ?

— J'ai juste le sentiment qu'il y a quelque chose de très important de l'autre côté de cette porte.

— Pourquoi ?

— Lourenço Gonçalves... ce nom... chaque fois que j'y ai pensé, j'ai ressenti le besoin d'agir mais je n'ai jamais trouvé comment. Et maintenant... Quelqu'un a pensé que c'était assez important pour effacer son nom du fichier des personnes disparues. Ce qui n'arrive jamais, pas même quand on retrouve la personne.

Le propriétaire ouvrit la porte et nous laissa le champ libre. Jojó s'assit dans le fauteuil de son ami disparu. Les meubles étaient peu nombreux dans la pièce. Un bureau, un autre fauteuil et un meuble de rangement. Il y avait quatre dossiers dans ce meuble, et trois tiroirs vides. Les dossiers étaient anciens. Ils remontaient tous à l'année précédente. Carlos commença à démonter le bureau. Jojó ne bougeait pas.

— Il avait du travail, quand vous l'avez vu pour la dernière fois ?

— Il me disait toujours qu'il en avait. Il râlait juste parce qu'on ne le payait pas.

— Aucun de ces dossiers ne concerne une affaire en cours.

— Le bureau est vide, annonça Carlos.

J'écartai le meuble de rangement du mur. Il n'y avait rien derrière. Je le fis basculer. Carlos s'approcha de la porte. Je passai la main sur les surfaces extérieures.

— Quelque chose de bonne taille est coincé là derrière, dit Carlos en appliquant des petits coups contre la porte.

Un grand poster la recouvrait presque entièrement. C'était l'affiche d'un film représentant un énorme ours d'Alaska engagé dans un combat mortel contre un homme.

— Il était obsédé par ce film, expliqua Jojó. C'est ça qui lui a donné l'idée de la phrase qu'il répétait tout le temps.

— C'est-à-dire ? demanda Carlos.

— « Je vais tuer l'ours. »

Nous rîmes.

— Il avait le sens de l'humour, Lourenço, déclara Jojó.

— Carlos, cognez encore contre cette porte.

Elle sonnait creux sur les bords, plein au milieu. C'était une de ces portes bon marché que l'on fabrique à la va-vite en collant deux panneaux de contreplaqué sur un bâti, et d'habitude elles sonnent creux de haut en bas.

— Enlevez le poster.

Derrière, il y avait une plaque. Carlos la dévissa avec un canif de poche. Enchâssé dans la porte se trouvait un épais dossier entouré par des élastiques.

— Vous savez à quoi ça fait penser ? fit Jojó. À quelqu'un qui prend ses précautions.

— Vous feriez mieux de partir maintenant, lui conseillai-je, mais il ne voulait pas. Pour votre sécurité, insistai-je.

Il se dirigea vers la sortie.

— Si c'est l'ours que vous venez de trouver, tuez-le.

Sur la couverture, Gonçalves avait écrit Oliveira/Rodrigues. C'était le seul dossier en cours et nous comprîmes pourquoi en l'ouvrant. Le client semblait être maître Aquilino Oliveira, et Miguel da Costa Rodrigues le sujet. À l'intérieur, trois chemises épaisses contenaient tous les faits et gestes de Miguel Rodrigues entre le 30 août de l'année dernière et le 9 juin de celle-ci. Neuf mois de surveillance rapprochée. Au cours des cinq derniers, il n'avait manqué que trois rendez-vous du vendredi midi à la Pensão Nuno.

Je questionnai Carlos.

— Qu'est-ce que tu as, là-dedans ?

— Des photos. Des clichés de filles dans la rue, avec des dates au dos. Probablement des filles que Rodrigues a payées. Regardez-les.

— Elles sont toutes blondes.

— Une obsession.

— Et la dernière, là ?

— Catarina Oliveira.

Je fus parcouru d'un violent frisson, mon corps tout entier frémit comme si un filet de vase liquide venait de glisser le long de ma colonne vertébrale. Carlos m'observa en levant les sourcils.

— J'étais juste en train de me demander quel genre de personne pouvait être maître Oliveira pour se servir de sa fille comme appât dans un coup monté afin de faire accuser quelqu'un de meurtre.

— Pas sa fille à *lui*.

J'enfonçai la base de mes paumes dans mes orbites et ne fis pas un geste ni ne prononçai un mot pendant cinq longues minutes. Quand je retirai mes mains, la pièce s'était curieusement obscurcie, comme si l'automne s'était tout à coup transformé en hiver.

— Vous allez m'expliquer ce qu'il se passe ? lança Carlos.

Il était assis en face de moi, l'air jeune et détaché des événements. J'avais pensé que je pouvais tracer un trait sur toute cette affaire, que je pouvais déchirer les dossiers et m'en aller. Nous pouvions accepter la version reconnue des faits, la première, et passer à autre chose. Mais j'en étais incapable, il fallait que je satisfasse ma curiosité, il fallait que je sois sûr que Luísa Madrugada n'était pas impliquée. Et si je ne le faisais pas... je m'imaginais allongé dans mon lit à la regarder dormir, comme l'un de ces types parmi des millions d'autres, à me demander pourquoi je ne pouvais pas prendre cet ultime engagement tout en le sachant parfaitement. Carlos sentit l'imminence d'une décision.

— Qu'allons-nous faire ?

— Avez-vous gardé toutes vos notes manuscrites sur le meurtre de Catarina ?

— Elles sont quelque part, mais tout est dans les rapports.

— On pourrait penser que tout y est mais vous savez aussi bien que moi que ce n'est pas le cas. Pas absolument tout, et c'est précisément ce dont j'ai besoin maintenant. Je veux tous les détails concernant l'affaire de Catarina et je vais tout relire dix fois du début à la fin. Et demain nous irons à la prison de Caxias voir Miguel da Costa Rodrigues.

— Que nous dira-t-il ?

— Entre autres choses, quelle raison, d'après lui, quelqu'un aurait eue de passer neuf mois à le suivre partout.

Je partis du bureau tôt, rapportant le dossier et les calepins de Carlos chez moi. Je lus tout à plusieurs reprises, intégralement, jusqu'à ce qu'il soit tard, qu'il fasse nuit et que j'aie faim. Je mangeai un steak vite fait à A Bandeira Vermelha et je bus deux cafés. Je retournai chez moi et me remis à brasser des feuilles de papier. Olivia rentra vers vingt-trois heures et alla se coucher tout de suite. J'entamai un autre paquet de cigarettes.

À minuit, j'avais les prémices de trois idées. La première avait un rapport avec les dates et les heures mais je ne disposais pas de toutes les informations nécessaires. La deuxième était beaucoup plus intéressante, mais il me fallait une photographie qui ne se trouvait pas dans le dossier de l'affaire Catarina. La troisième exigeait l'aide de la *Senhora* Lurdes Rodrigues et une autre photo que je n'avais pas. Je me couchai sans réussir à m'endormir.

Carlos était déjà au bureau quand j'arrivai. J'avais achevé ma nuit par une heure de sommeil intense entre six et sept et m'étais réveillé avec l'impression d'avoir subi le supplice de la roue. Je lui demandai d'aller trouver la date du mariage de l'avocat et de la *Senhora* Oliveira pendant que je me rendais au service du personnel afin d'obtenir l'ancien dossier de Lourenço Gonçalves, quand il était à la PJ. J'espérais que ses cheveux n'étaient pas devenus trop gris parce que la photo la plus récente remontait à dix ans.

Carlos m'annonça que le mariage des Oliveira avait eu lieu le 12 mai 1982. Je l'envoyai fouiller dans les dossiers en quête d'une photo exploitable représentant Xeta, le jeune garçon qui se prostituait et que l'on avait retrouvé assassiné dans l'Alcântara, ainsi qu'une de Teresa Oliveira sur laquelle elle paraissait le plus jeune possible. Je pris mes dispositions avec la prison de Caxias pour voir le prisonnier matricule 178493 à onze heures trente. J'appelai Inácio à la brigade antidrogue afin de savoir si le pêcheur, Faustinho Trindade, était toujours en garde à vue. Il n'y était plus.

Nous allâmes d'abord à la résidence des Rodrigues, à Lapa. La domestique ouvrit. Lurdes Rodrigues prit tout son temps pour venir nous voir. Elle ne voulait pas nous laisser entrer. Son visage ne dissimulait en rien son hostilité.

— Que voulez-vous encore, inspecteur ?

— Vous poser une question, *Senhora* Rodrigues. Quelqu'un que vous ne connaissez pas est-il entré dans cette maison entre le samedi 13 juin et le vendredi 19 juin ?

— Quelle question, inspecteur. Croyez-vous vraiment que je sois capable de...

— Je pense à des vendeurs au porte-à-porte, à des livreurs, des réparateurs, des employés chargés de relever les compteurs d'électricité.

— Vous allez devoir demander à la bonne, dit-elle en rentrant dans la maison. Elle ne se donnerait même pas la peine de me tenir au courant de ce genre de choses.

La domestique revint seule. Je posai à nouveau ma question. Elle réfléchit un certain temps puis ses yeux s'ouvrirent en grand tandis que la mémoire lui revenait.

— La seule personne que je ne connaissais pas, c'est l'homme qui est venu pour le téléphone, mais ce ne sont jamais deux fois les mêmes.

— Comment se fait-il que vous vous souveniez de lui après tout ce temps ?

— Il portait un chapeau et il a refusé de l'ôter, même quand il est entré dans la maison, même quand je l'ai fusillé du regard.

— D'après lui, quel était le problème, pour le téléphone ?

— Des gens du quartier se plaignaient d'avoir des crachotements. Il voulait vérifier toutes nos lignes.

— Avait-il apporté du matériel ?

— Une mallette d'outils et un de ces téléphones dont ils se servent pour effectuer leurs tests.

— Avez-vous vu ce qu'il y avait dans la mallette ?

— Il l'a ouverte mais ça ne m'intéressait pas vraiment.

— Où étiez-vous ?

— Il y a trois lignes, expliqua-t-elle. Une dans le salon et deux dans le bureau du *Senhor* Rodrigues. L'une d'entre elles est une ligne de fax.

— L'avez-vous laissé seul ?

— Bien sûr que oui. Je ne vais pas passer une demi-heure à regarder un réparateur travailler.

— Une demi-heure ?

— Peut-être moins.

— Avez-vous vu sa camionnette ?

— Non. Il n'en avait pas.

— Vous l'avez laissé dans le bureau pendant une demi-heure.

— Non. Un quart d'heure dans le bureau.

Je sortis la photo de Lourenço Gonçalves.

— Est-ce l'homme que vous avez vu ?

Elle jeta un regard à la photo, sans montrer de signe de surprise.

— Il avait les cheveux plus gris, mais c'était lui.

Nous poursuivîmes sur la Marginal en direction de Caxias. La prison, qui se trouvait en haut de la colline, devait offrir à certains prisonniers l'une des vues sur la mer les plus chères de la région. Nous nous garâmes devant, observés avec un intérêt désinvolte par quelques détenus en tee-shirt qui se trouvaient derrière le grillage.

Nous prîmes place dans un parloir vide pendant que le personnel allait chercher le prisonnier dans sa cellule. Le régime de la prison réussissait plutôt bien au corps de Miguel Rodrigues. Il avait perdu une quinzaine de kilos. Son visage, néanmoins, était devenu grisâtre à cause de la dépression, ses yeux ternes. Il avait perdu son allure extrêmement soignée, son lustre à un million d'escudos.

— Si c'est à propos de l'histoire du général Machedo, dit-il sans s'asseoir, je ne parlerai qu'en présence de mon avocat.

— Cette affaire-là concerne les Espagnols. J'ai juste besoin d'un coup de main pour certaines dates.

— Les dates ne me sont plus d'aucune utilité.

— Ça pourrait vous aider.

— Ou ne pas m'aider.

— Saviez-vous que vous avez été suivi pendant neuf mois avant d'être arrêté ?

— Par la police ?

— Par un tiers.

— Qui ?

— Nous y reviendrons.

— Pour répondre à votre question, dit-il posément, non, inspecteur, je ne savais pas que j'étais suivi.

— Vous aviez deux bureaux. Un au dernier étage des locaux de la Banco de Oceano e Rocha, sur le Largo Dona Estefânia, et l'autre dans la Rua do Ouro.

— C'est exact.

— Jusqu'à il y a cinq mois, vous aviez l'habitude de passer vos vendredis midi et après-midi au bureau de la Baixa. Vous aviez une raison particulière pour ça ?

— J'aimais jouir d'un peu d'intimité à la fin de la semaine.

— Aviez-vous l'habitude d'y recevoir des femmes ?

— Je croyais que vous vouliez me poser des questions portant sur des dates.

— Nous y arrivons.

— Jorge Raposo m'envoyait des filles à ce bureau.

— Et qu'est-ce qui vous a incité à commencer à vous rendre à la Pensão Nuno ?

— L'ennui. Jorge m'avait proposé quelque chose de nouveau.

— Vous n'avez jamais reçu de femmes ailleurs que dans les bureaux de la Rua do Ouro ?

— C'était discret. Il n'y avait pas de secrétaires. Si j'avais des papiers à signer, la mienne me les faisait apporter. C'était mon bureau du vendredi.

— Ça s'est toujours passé comme ça ?

Un silence prolongé.

— Après la mort de mon frère. C'était son bureau. Je ne voulais pas m'en débarrasser. J'en ai fait le mien et...

— Quand est-il mort ?

Le désespoir et la tristesse transparurent sur son visage déjà gris, comme s'il s'était agi d'un moment cataclysmique.

— La nuit du réveillon, en 1982. Ça a commencé peu après.

— Quoi ?

— Les rendez-vous avec des filles. Ça ne s'était jamais produit du vivant de Pedro.

— Qui était le représentant légal de la compagnie, à l'époque ?

— Le représentant légal ? interrogea-t-il d'un ton de surprise. C'était maître Aquilino Oliveira. Il était aussi l'avocat de mon père, avant la révolution.

— Et que lui est-il arrivé ?

Miguel Rodrigues cligna des yeux, son cerveau essayait d'établir un lien qui l'aiderait à comprendre pourquoi il avait abouti en prison pour le meurtre de la fille de son ancien avocat.

— Je ne sais pas. Je ne suis pas sûr de bien comprendre vos propos.

— Ce n'est plus votre avocat, si ?

— Non, non, il a pris sa retraite il y a plusieurs années.

— Sa retraite ?

— Il a arrêté de travailler pour nous. C'était une période très confuse pour la compagnie. Je me souviens que je voulais qu'il reste. Je voulais la continuité mais il s'est montré inflexible. Il venait de se remarier et il ne voulait pas passer trop de temps à travailler. Point final. Il a bien fallu que j'accepte.

— Avez-vous rencontré sa femme ?

— Non, jamais.

— Vous n'avez pas assisté à la cérémonie ?

— Nous n'avions pas ce genre de relation.

— Aviez-vous déjà vu sa femme ?

— Si oui, je ne m'en souviens pas.

— Donc, à partir du début de 1982, vous avez commencé à recevoir des filles dans votre bureau de la Rua do Ouro. Durant ces tout premiers mois, l'une de ces filles s'est-elle particulièrement détachée du lot ?

— J'étais un homme désabusé, inspecteur. C'est sûrement une sorte de maladie. Je ne pouvais pas m'en empêcher. J'étais très excité à l'idée de le faire, mais après il n'y avait plus rien. Mon esprit refoulait ce qu'il s'était passé. Si une fille venait trois ou quatre fois, peut-être que je me souvenais d'elle.

— Est-ce qu'elles étaient toutes blondes ?

Il était assis, les poignets croisés entre les jambes et les sourcils froncés, mais pas comme si cela nécessitait une réflexion de sa part, plutôt comme s'il analysait une information nouvelle.

— À cette époque-là, oui, elles étaient effectivement toutes blondes, finit-il par répondre. Je n'avais jamais considéré cet angle. Je n'ai jamais demandé des blondes, mais il semble que ça ait été le cas.

— Pendant ces premiers mois de 1982, quand vous avez commencé à voir des filles, gardez-vous le souvenir d'avoir été obligé de vous montrer brutal avec l'une d'elles en particulier... vers le mois d'avril peut-être ?

— Brutal ?

Je sortis la photo de Teresa Oliveira. Elle était allongée, cheveux teints en blond étalés autour d'elle. Elle avait l'air détendue, endormie, plus très jeune, certainement plus aussi fraîche qu'elle devait l'être à vingt et un ans. Je poussai la photo vers lui. Il la regarda sans la prendre.

— Il n'y a pas de piège. Vous ne serez accusé de rien. Cette femme est décédée très récemment. Vous souvenez-vous si elle est venue un jour à votre bureau de la Baixa et si vous avez été obligé de la forcer pour avoir une relation sexuelle avec elle.

— Je ne me souviens plus. Vraiment plus. C'était une époque très dure pour moi. J'avais perdu mon frère, toute sa famille, c'était une période horrible.

— Votre secrétaire, à la banque. Elle y est toujours ?

Il haussa les épaules, un geste un peu agressif.

— C'est toujours la même qu'en 1982 ?

— Oui. Mais attendez, inspecteur. Qui est cette femme ? demanda-t-il en posant son doigt sur la photo.

— C'est à vous de me le dire.

Nous laissâmes Miguel Rodrigues dans un état proche de l'angoisse, continuant à nous lancer des questions pendant que ses gardiens le reconduisaient en cellule. Il savait encore moins que nous pourquoi il avait été suivi neuf mois durant. Nous retournâmes à Lisbonne et allâmes tout de suite à l'immeuble de la Banco de Oceano e Rocha. Dans l'atrium, nous prîmes l'un des ascenseurs qui ressemblait à une bulle de verre pour monter jusqu'au dernier étage.

Le niveau supérieur avait l'air vide. La plupart des employés avaient déjà été licenciés. Ceux qui restaient détenaient les postes clés, ils étaient quotidiennement interrogés par les enquêteurs gouvernementaux. Nous dûmes patienter une demi-heure pour pouvoir parler à la secrétaire de Miguel Rodrigues. Elle avait près de cinquante ans, portait des lunettes, paraissait efficace et légèrement rébarbative à cause des récentes rides causées par le stress qui étaient apparues autour de sa bouche. Elle avait le genre à tout savoir sur la compagnie pour laquelle elle travaillait. Elle me reconnut pour m'avoir vu sur les photos des journaux. Sa bouche se crispa.

Après avoir vérifié sur les agendas, elle se souvint de cette période de l'histoire de la banque. Le début de l'année 1982 avait été un véritable enfer. Temporairement, le travail s'était déroulé dans des locaux de l'Avenida da Liberdade qui étaient légèrement plus grands que ceux de la Baixa.

— Vous souvenez-vous d'un vendredi, fin avril ou début mai, où une jeune femme du bureau de l'avocat est venue faire signer des papiers ? Probablement des papiers urgents et probablement à la pause de midi.

— D'ordinaire, j'envoyais des filles de chez nous...

— Elle était blonde, pas plus de vingt et un ans.

— Oui, je me souviens d'elle. Elle a épousé notre avocat, maître Oliveira. Elle était sa secrétaire. Je pensais justement à elle l'autre jour. Je la voyais souvent dans *VIP*. Elle est morte, vous savez.

— S'est-elle rendue au bureau du *Senhor* Rodrigues vers avril, mai 1982... seule ?

La secrétaire cligna des yeux derrière ses lunettes cerclées d'or.

— Oui. La semaine avant son mariage. Et elle n'est plus jamais revenue après. Oui, personne n'était disponible pour porter ces papiers au *Senhor* Rodrigues et elle a proposé de s'en charger elle-même.

Je lui montrai la photo de Teresa Oliveira et elle inclina la tête, lentement.

— Cette photo ne lui rend pas justice, dit-elle.

43.

Mardi 24 novembre 199-, Banco de Oceano e Rocha, Estefânia, Lisbonne

Nous allâmes déjeuner tard dans un petit restaurant de fruits de mer sur l'Avenida Almirante Reis. Je pris du calamar grillé, Carlos opta pour la seiche dans son encre que ma femme qualifiait toujours de chaussure de sport goudronneuse. Nous bûmes une demi-bouteille de blanc et terminâmes par un café.

— Peut-être auriez-vous dû lui dire, à Miguel Rodrigues, qui était la femme de la photo, commença-t-il en parlant de Teresa Oliveira.

— Il aurait fallu que je lui explique tout en détail, et la prison est un lieu où l'on se retrouve seul, un lieu que remplit uniquement l'odeur des hommes cloîtrés ensemble et le temps passé à ne rien faire. Miguel Rodrigues purge une peine de vingt ans minimum pour un crime qu'il n'a pas commis. Je ne l'aime pas. Je ne pense pas que ce soit quelqu'un de bien. C'est peut-être un malade. Mais ce ne sera pas moi qui lui infligerai l'idée qu'il a sodomisé sa propre fille.

Un long silence s'ensuivit pendant lequel Carlos remua son café afin de lui conférer la consistance sirupeuse souhaitée.

— S'il l'a violée, pourquoi n'a-t-elle pas porté plainte ? demanda-t-il.

— Elle était toute jeune et sur le point de commencer une nouvelle existence. À une semaine de son mariage. Sans compter que cela se passait en 1982. Le mouvement féministe n'était pas encore très virulent au Portugal, à ce moment-là. Vous auriez eu beaucoup de difficultés à trouver une femme, dans quelque pays que ce soit, même en Angleterre, qui soit prête à porter plainte pour viol à cette époque. Réfléchissez-y. Cela aurait eu des conséquences sur son mariage, aurait privé son mari d'une partie importante de ses rentrées d'argent, il y aurait eu une longue enquête indiscrète qui se serait peut-être terminée par un procès. Non... elle a simplement espéré qu'elle oublierait, ce qui se serait peut-être produit si elle n'était pas tombée enceinte. Quand ce bébé aux yeux bleus est né... ça a dû être un jour terrible.

Après avoir payé nous retournâmes à la voiture en prenant un chemin couvert de feuilles mortes sèches. Les enfants étaient de sortie dans le parc Arroios et couraient en criant au milieu des pigeons qui s'envolaient au-dessus des vieux messieurs en bonnet de laine occupés à jouer aux cartes.

— Nous tenons un mobile, maintenant, déclara Carlos.

— Je pense qu'il nous manque encore des éléments. C'était juste son obsession : il voulait détruire Miguel Rodrigues. Mais je pense qu'il n'y a pas que ça.

— Et l'assassin ?

— Nous le trouverons.

— Vous ne croyez pas que maître Oliveira a engagé quelqu'un pour la tuer ?

— Lourenço Gonçalves, par exemple ?

— C'est une possibilité.

— Je ne crois pas. Je pense que son obsession s'exprimait de façon plus subtile.

Nous fîmes halte sous le store d'un magasin pendant qu'une rafale d'air froid et sec s'engouffrait dans le Largo Dona Estefânia.

— Alors que faisons-nous maintenant ? s'enquit Carlos.

— Nous allons à Paço de Arcos trouver Faustinho Trindade.

— Ça n'a pas l'air de vous réjouir.

— Ça ne me réjouit pas.

— Si vous pensez que justice a été en partie rendue, pourquoi ne pas laisser tomber ?

— Vous n'avez pas envie d'épingler maître Oliveira ? demandai-je en me détestant pour avoir posé cette question.

— Nous allons jouer les chiens dans le jeu de quilles, hein ?

— Ça oui.

— Ils ont quand même obtenu un résultat.

— Est-ce que ce « ils » inclut le ministre de l'Intérieur ?

— Je crois que oui.

— Et tous ces hommes importants qui sont venus assister au premier interrogatoire de Miguel Rodrigues... ces spectateurs du Colisée qui aiment l'odeur du sang tant qu'il ne s'agit pas du leur ?

Il avala sa salive avec difficulté, dégoûté par cette idée. Je lui mis le bras sur l'épaule.

— En route pour Paço de Arcos. Nous allons commencer par là.

La circulation était infernale dans Lisbonne et, sur la Marginal, il y avait eu un accident impliquant quatre voitures. Le sang frais brillait sur le macadam éclairé par les rayons du soleil couchant. Quand nous arrivâmes à Paço de Arcos, c'était le début de soirée et sur la mer déjà sombre mais un peu agitée à cause du vent les moutons restaient visibles dans la lumière déclinante. L'horizon n'était plus qu'une fente lumineuse avec deux longues bandes de nuages gris mélancoliques. Je fis un petit détour par la ville puis repris la Marginal en sens inverse. Nous nous garâmes sur le parking proche de l'espace où étaient entreposés les bateaux du *Clube Nautico.*

Deux pêcheurs se tenaient plus loin, sur le quai de pierre. J'ignore ce qu'ils espéraient attraper par ce temps, mais le but de la pêche ne semble pas toujours être de prendre des poissons. Le phare de Búgio lançait déjà son faisceau. Trois cargos étaient amarrés au large de la Costa do Estoril, pont des cabines allumé. En salopette bleue et épais blouson, Faustinho était dans sa cabane à peine éclairée, penché sur un moteur de hors-bord démonté. Ses mains étaient sèches et squameuses à cause du froid. Son chien se leva pour venir nous renifler.

— Quand es-tu sorti, Faustinho ?

— Il y a moins d'une semaine et je n'en parlerai pas, Zé. Je suis désolé si je vous ai attiré des ennuis, mais je n'ajouterai pas un mot. C'est fini.

— Tu devrais te trouver un atelier pour ce boulot.

— Ça coûte trop cher.

— Tu te souviens de ce môme...

— Écoutez, Zé... je viens de vous dire...

Il s'arrêta.

— ... Le môme... quel môme ?

— Tu te souviens de ce môme dont tu m'as parlé, celui qui a vu quelque chose cette fameuse nuit, avant qu'on retrouve le corps de la fille sur la plage ?

— Je ne l'ai plus jamais revu. Il passait une grande partie de l'été ici, avant... mais cette année...

— Est-ce que c'est lui ?

Carlos lui tendit la photo de Xeta. Il l'approcha de la lumière pour l'examiner de plus près.

— Oui, c'est lui. Il est mort, non ? C'est la photo d'un mort, ça.

Je fis oui de la tête. Carlos reprit la photo.

— Qu'est-ce que ça signifie ? demanda Faustinho.

Je regardai la ville sombre derrière les arbres du parc, de l'autre côté de la Marginal.

— Qu'il va peut-être falloir que nous cherchions plus près de chez moi.

Nous prîmes le souterrain pour rejoindre les jardins publics. Il n'y avait personne. Le vent secouait les arbres. Les allées étaient couvertes de vestiges secs et griffants, tombés au sol. Je dégageai un banc et nous nous assîmes. Le bar d'António était fermé, toutes lumières éteintes, et nous aurions eu bien besoin d'un verre.

— Vous vous souvenez de ce que je vous ai dit le premier matin, me demanda Carlos, sur le fait que le corps avait été découvert à cet endroit précis et que vous habitiez à proximité ?

— Nous sommes revenus à notre point de départ. Nous avions perdu ça de vue. Je l'avais perdu de vue.

Une voiture blanche s'arrêta devant A Bandeira Vermelha. António Borrego en descendit et ouvrit le coffre. Il souleva une caisse de fruits et de légumes, et une autre de viande. Il les reposa à l'intérieur, ouvrit la porte du bar, alluma la lumière. Retourna au coffre.

— Ça fait plaisir de voir qu'il y en a qui roulent encore, remarqua Carlos.

— Ah tiens, finalement vous vous mettez à parler voitures !

— *Ça,* c'est une Renault 12. La voiture de l'année, je ne sais plus quand dans les années quatre-vingt. Mon père en avait une... mais la sienne, c'était un tas de boue. J'ai passé une grande partie de ma jeunesse à réparer un de ces modèles.

Les deux ventricules de mon cœur se figèrent. Tout à coup mon sang ne circulait plus qu'au compte-gouttes et l'oxygène avait du mal à trouver le chemin de mes poumons.

— Venez, lançai-je.

Nous quittâmes les jardins en direction de l'endroit où

s'était dressé le vieux cinéma rose décoloré transformé maintenant en l'amorce d'un ensemble de bureaux. Nous tournâmes à gauche, puis encore à gauche, et arrivâmes derrière la voiture d'António.

— Vous vous souvenez des notes que vous avez prises par écrit. Qu'est-ce qu'il a dit, le type ? Celui qui a vu la Mercedes du *Senhor* Rodrigues. Qu'est-ce qu'il a vu d'autre ?

— Je ne me souviens pas.

— Il a dit que devant la Mercedes, il y avait une Fiat Punto gris métallisé toute neuve, et derrière...

— Une Renault 12 blanche avec une aile rouillée.

— L'aile arrière rouillée.

À la faible lumière de l'éclairage public associée à celle qui provenait du bar ouvert, les bords corrodés du passage de roue arrière étaient visibles. António sortit pour prendre ce qu'il restait dans le coffre. Il nous vit. Je lui fis signe de la main.

— Ça va ? demanda-t-il.

— Ça va.

— Vous voulez manger quelque chose ? J'ai de magnifiques travers de porc déjà marinés.

— C'est tentant.

António prit une autre caisse et entra dans le bar.

— Quand Faustinho m'a emmené voir Xeta et qu'il n'était pas là, commençai-je en me parlant presque à moi-même, nous sommes revenus à A Bandeira Vermelha et Faustinho a décrit le gamin en détail, en notre présence, à António et à moi.

La tête de Carlos ne bougeait pas, ses yeux restaient fixés sur la lumière qui venait du bar. Je lui dis d'entrer et de parler à António de tout et de n'importe quoi, excepté du sujet fondamental, pendant que j'appelais la PSP locale. S'il avait déjà tué Catarina et Xeta, il défendrait chèrement sa peau. Je tournai le coin afin de passer mon coup de fil. Il me fallut deux bonnes minutes pour leur exposer la situation, leur expliquer de ne pas arriver au pas de charge car ils pourraient provoquer une réaction violente de la part d'António. Le temps que je retourne au bar, je me sentais nauséeux, glacé et las, je n'étais pas préparé à ça, je ne le voulais pas.

Je pénétrai dans le coin de lumière qui s'échappait par la porte. Sur le ventre, dans une mare de sang dont la taille me sembla disproportionnée par rapport au temps qu'elle avait eu pour se former, gisait Carlos. Le col de sa chemise, qui dépassait de sa veste et de son manteau était rouge. L'arrière de son crâne paraissait déformé, sa main était agitée de soubresauts convulsifs, son pouce soulevait des éclaboussures dans son propre sang. António était debout entre les pieds de Carlos, le marteau levé au-dessus de sa tête. C'était celui qu'il avait toujours derrière le bar, à côté de la faucille. Ses reliques. Ses outils d'ouvrier. Ses armes.

Je franchis le seuil. Il se tourna vers moi.

— Qu'est-ce que tu as fait, António ? Mais qu'est-ce que tu as fait, bon Dieu ?

Ses yeux étaient éteints. Une toute petite lumière brillait encore à l'intérieur, mais comme une tête d'épingle au bout d'un tunnel de six kilomètres. J'avais l'impression de distinguer l'intérieur à travers une échancrure dans sa boîte crânienne.

— Laisse-moi appeler une ambulance.

Il se tourna vers moi en brandissant le marteau, avança d'un pas.

— Qu'est-ce qu'il t'a dit, António ? Qu'est-ce qu'il a dit pour que tu le frappes ?

— Maria Antónia Medinas, articula-t-il en laissant un blanc entre chaque partie du nom.

— C'est donc de ça qu'il s'agit ? C'est pour ça que tu as tué la jeune fille ?

— Il l'a tuée. Ce salopard de la PIDE... c'est lui qui l'a tuée.

— Et que représentait Maria Antónia Medinas pour toi ?

— C'était ma *femme*, cria-t-il d'un ton de grande violence. Il l'a tuée et il a tué l'enfant qu'elle portait.

— Laisse-moi appeler une ambulance, António. Tout peut encore s'arranger si tu me laisses appeler une ambulance.

Je fis un mouvement. Sa main se crispa sur le marteau.

— Tu assassines des adolescentes, António ? C'est ça ton métier ? Comment as-tu pu en arriver à la tuer ?

— C'était sa fille.

— Et c'était *elle* qui avait tué Maria Antónia Medinas ?

— C'était sa fille.

— Elle était innocente.

— C'était sa fille.

— Laisse-moi seulement appeler une ambulance.

Il courut vers moi, le marteau levé, les dents découvertes, les yeux morts, noirs, éteints. Je lui fermai la porte au nez. Le marteau pulvérisa la vitre. Le sang coula sur son poignet. Il ouvrit d'un geste brusque. Je me précipitai à reculons dans la rue, moitié courant, moitié chancelant. Il s'éloigna et se rua vers sa voiture.

La Renault rouillée démarra, le coffre toujours ouvert. Il fonça dans les jardins publics, roula sur les massifs de fleurs, sur l'herbe, aboutit directement sur la Marginal. Les voitures venant en sens inverse freinèrent et partirent en travers. La Renault coupa deux files de véhicules et prit la voie qui menait à Lisbonne. Les hommes de la PSP arrivaient en courant. Je leur dis d'appeler une ambulance et de prévenir un hôpital afin qu'il soit prêt à accueillir un policier grièvement blessé à la tête. Je traversai les jardins en courant, empruntai le passage souterrain et montai dans ma voiture. Je grillai tous les feux rouges sur le trajet menant en ville.

À la hauteur de Caxias, j'aperçus le coffre de la Renault qui battait l'air quand la voiture roulait sur les irrégularités de la chaussée. Je m'approchai très près et mis mon gyrophare. António écrasa l'accélérateur.

Les moteurs de nos deux vénérables véhicules rugirent dans Belém puis grondèrent sous le pont grinçant du 25 Avril. Il vira à gauche, remonta en direction du Largo de Alcântara d'où partait une bretelle d'accès au pont, mais que l'on ne pouvait prendre en arrivant par là. António franchit en trombe le feu qui venait de passer au rouge et fit une embardée devant les deux voitures et le camion qui démarraient. Les voitures l'évitèrent et s'arrêtèrent dans un dérapage mais le camion le heurta au niveau de l'aile arrière et il fut projeté latéralement sur au moins un mètre. Je franchis le carrefour à fond derrière lui, l'avant-bras appuyant sur le klaxon, une main levée par la fenêtre. Les gens étaient déjà sortis de leurs voitures. Nous abordâmes la rampe d'accès menant au pont. António rétrograda bruyamment et trouva une vitesse assez basse pour lui permettre de négocier le virage pentu. Je collais à son pare-chocs. Notre vitesse tombait progressivement.

La Renault atteignit la route principale pour traverser le pont. Nous ne pouvions rouler à plus de cinquante kilomètres à l'heure à ce moment-là et je vis où était le problème. Son pneu arrière était à plat et l'aile enfoncée découpait le caoutchouc jusqu'à ce qu'il soit complètement en lambeaux et qu'il roule sur la jante en projetant une pluie d'étincelles dans la nuit. António s'arrêta et sortit, le marteau toujours à la main. Il se mit à courir.

Les voitures hurlaient de l'autre côté de la séparation

médiane métallique assurant la flexibilité du pont, des klaxons retentissaient derrière nous. Le vent glacial qui soufflait encore plus fort, ici, en hauteur, arrivait de l'ouest en rafales et émettait des sifflements aigus à travers les câbles du pont. Je m'élançai à la poursuite d'António. Il se retourna à plusieurs reprises, le visage (blanc avec deux orbites noires) éclairé par la lumière des véhicules arrivant en sens inverse. Tout à coup, il monta sur le garde-fou et sauta dans le vide comme si de rien n'était, comme s'il n'avait pas de déclaration à faire. Je hurlai derrière lui mais ma voix était couverte par le bruit infernal.

J'arrivai à l'endroit où il avait sauté et le vis marcher à grandes enjambées sur une petite plate-forme quelques mètres en contrebas. Qu'est-ce que j'attendais de lui ? Est-ce que je voulais l'arrêter, le ramener en prison ? Était-ce cela que je voulais ? Je me rendis compte alors que ce n'était pas mon travail de policier qui m'avait incité à le prendre en chasse. Il fallait que je lui parle. Il fallait qu'il croie. Il s'inscrivait dans un cycle. Nous nous inscrivions tous dans ce cycle destructeur.

J'enjambai le garde-fou et cherchai du pied le premier barreau. La plate-forme était tout ce qu'il restait des travaux entrepris pour construire le pont. Elle servait aux ouvriers qui peignaient la nouvelle balustrade métallique. Un ascenseur fixé sur rails descendait le long de l'un des piliers porteurs en béton, jusqu'aux docks en dessous. Il ne fonctionnait pas. António envisageait de descendre par la cage. Je frémissais au passage de chaque camion dont le poids faisait onduler la route comme une houle marine, le vent tonnant contre leurs flancs. Nous étions assez haut pour que j'aie l'impression de voler et, avec ces rafales fortes et mordantes, je sentais que cela pouvait se produire d'un instant à l'autre. Je l'appelai dans un cri.

Il réagit en franchissant la rambarde de la plate-forme, posa le pied dans la cage de l'ascenseur. Il descendit rapidement de quelques barres et croisillons. Je sautai et atterris sur la plate-forme. Les panneaux de bois eurent un effet élastique et je tombai à genoux. Je rampai jusqu'à l'ascenseur, avançai la tête au-dessus du vide. António était trois mètres plus bas. À l'ouest, les lumières qui longeaient la Marginal s'enfonçaient dans l'obscurité.

— António !

Je lui criai de remonter mais le vent balaya le son de ma voix, l'entraînant entre les poutrelles des nouveaux garde-fous métalliques.

António leva la tête et me dévisagea avec les yeux épouvantables et pleins de foi d'un saint qui souffre ou d'un pécheur torturé sur le chemin qui le mène au prochain cercle de l'enfer. Son visage semblait brisé en petits morceaux, des tessons de poterie qui miraculeusement flottaient ensemble dans une lumière d'un violet intense. Il regarda par-dessus son épaule et vit ce que j'avais vu. Les lumières qui traçaient leur courbe au pourtour de la planète noire. La mer et le ciel, opaques et vides, et le vent sombre et froid qui seul appelait.

Le marteau, tache argentée, plongea dans la nuit. L'autre main d'António lâcha la glissière et il bascula en arrière. Au début, le vent le cueillit et le repoussa, mais rapidement il laissa son poids prévaloir. Les bras ouverts, António cria quelque chose que le vent lui arracha. Son pied se prit dans une traverse horizontale, sa cheville cassa et il n'y eut plus rien pour le retenir, il tomba dans les ténèbres mugissantes, la pesanteur le réduisant à la taille d'une fourmi en quelques secondes, puis quelques-unes encore et il ne resta rien de lui.

Les sirènes se rapprochaient. Des lumières couleur d'acier tournoyaient dans la nuit. Je roulai sur moi-même pour m'écarter du bord et eus l'impression d'être un homme qui, un instant, a tout eu, amis, famille, amour, et qui, tout aussi vite, a tout perdu.

44.

5 h 30, mercredi 25 novembre 199-, hôpital Egas Moniz, Santo Amaro, Lisbonne

Carlos était en soins intensifs, la tête et le cou soutenus par un appareillage bizarre qui les maintenait totalement rigides et évitait à sa nuque le moindre contact. Tout fonctionnait bien, ses organes et même son cerveau dont l'activité était normale, mais il n'avait toujours pas repris connaissance et aucun neurochirurgien de Lisbonne n'était capable de nous certifier quand il sortirait du coma.

Nous le regardions. Sa mère ne faisant qu'un avec son père qui, pétrifié, ne quittait pas son fils des yeux comme s'il voulait lui insuffler sa volonté. Olivia, sous le choc à cause de l'état dans lequel était Carlos, mais également en larmes parce qu'elle connaissait António Borrego depuis toujours. Et moi, que la culpabilité couvrait de goudron et de plumes. Si Carlos ne s'en sortait pas, s'il ne se remettait pas complètement, tout serait fini. Je serais, selon l'expression de Klaus Felsen, un homme qui ne pourrait nourrir des pensées d'avenir.

Au bout de quelques heures, dès qu'ils avaient eu la certitude que Carlos respirait correctement, ils lui avaient retiré le respirateur artificiel. Maintenant, il était harnaché de fils et de tubes, mais comme la transfusion sanguine était terminée il n'avait plus qu'une perfusion saline dans le bras. Il était silencieux, immobile. Les appareils d'assistance médicale émettaient des bruits à sa place. Ses muscles ne se contractaient pas. Ses paupières fermées ne frémissaient pas. Son visage était détendu. Son corps en paix pendant que sa conscience se régénérait. Où s'en allaient-ils, ceux qui tombaient dans le coma ? Au-dessus de quels sombres paysages voyageaient-ils ? Y avait-il la moindre lueur là-bas, ou était-ce une grotte sans éclairage, sans même un soupçon de lumière ambiante, juste ce que notre cerveau s'imagine être la lumière ?

À sept heures du matin, je laissai Olivia avec les parents de Carlos. Je me rendis au travail, m'assis à mon bureau. Mes collègues entrèrent pour me demander de ses nouvelles, même si aucun d'entre eux n'appréciait Carlos, et je leur répondis à tous. À huit heures trente, j'allai voir Narciso. Lui, il sut émettre les bruits de circonstance, adaptés et presque humains. Je l'avertis que j'ouvrais une enquête sur la disparition d'un ancien membre de la *Polícia Judiciária* nommé Lourenço Gonçalves. Il ne réagit pas.

Je sortis une voiture du parc, me rendis à Odivelas et attendis dans le véhicule, en bas de l'immeuble de Valentim. J'eus la surprise de ne pas avoir à l'attendre longtemps : encore un, peut-être, qui ne dormait pas très bien la nuit. Il noua sa toison bouclée avec un élastique et je baissai la vitre pour l'inviter à monter.

Je me mêlai à la circulation dense qui se dirigeait au sud vers la ville.

— As-tu déjà rencontré un type qui s'appelle Lourenço Gonçalves ?

Il répéta le nom pour lui-même et fronça les sourcils en se préparant à mentir. J'arrêtai la voiture au milieu de la chaussée. Un vide se creusa devant nous tandis que le bruit augmentait derrière. Je lui tendis la photo de Lourenço Gonçalves.

— Il était conseiller en sécurité, dis-je, un terme prétentieux pour détective privé. Il prenait des gens en filature.

— Pourquoi je devrais le connaître ?

— Ce n'est pas lui qui t'a donné l'idée de mettre en scène un intéressant petit spectacle sexuel à la Pensão Nuno ? Tu sais, quelque chose d'inhabituel, toi et Bruno, par exemple, avec une blonde mineure... Tu te souviens de ce qui lui est arrivé après, après que tu as fait en sorte qu'elle vienne à la Pensão Nuno pour avoir des relations sexuelles avec deux types en même temps ?

— Elle... elle... bredouilla-t-il d'une voix mal assurée tandis que le conducteur de la voiture de derrière venait cogner contre ma vitre. Elle est retournée au lycée.

J'appuyai brutalement sur l'accélérateur, le maintins au plancher et continuai de regarder Valentim. Je dégrafai sa ceinture de sécurité d'un geste brusque. Il tendit les mains devant lui. J'écrasai le frein. Ses avant-bras ployèrent contre le tableau de bord, sa tête heurta le pare-brise. Un filet de sang apparut sur son front. Il retomba sur son siège, inspectant de ses doigts la coupure. Je repris la photo, écartai ses mains de son visage.

— Parle, Valentim, et je te laisse descendre.

— Il m'a proposé de l'argent.

— On peut avoir un ordre de grandeur ?

— Au début, c'était un million d'escudos.

— Ton nouveau banc de montage informatique.

Il avait presque l'air d'avoir honte mais cela aurait signifié qu'il faisait appel à des réserves dont il ne disposait pas.

— Après, il m'a prévenu que vos hommes allaient probablement me chercher des ennuis et... je lui ai fait doubler la somme.

— Beau travail, Valentim. Et tu as la conscience tranquille ?

— Je croyais...

— Tu croyais que c'était un don, sans aucune contrepartie ?

Je me garai et le chassai de la voiture à coups de pied aux fesses. Il se recroquevilla sur le trottoir tel un de ces bâtards efflanqués qu'on voit dans les campagnes.

Je fis demi-tour et remontai vers la *2º Circular*, puis pris l'autoroute de Cascais. Je continuai jusqu'à Cabo da Roca, l'ultime habitation du continent européen. Le vent soufflait plus fort là-haut et la maison paraissait tout en angles, décapée par l'air gelé.

Felsen était sur sa terrasse, la tête repliée sur le torse tel un oiseau mort. Il revint à lui au moment où je m'asseyais.

— Ah, fit-il, mais sans me remettre complètement.

— Inspecteur Coelho, lui rappelai-je en lui laissant quelques secondes pour assimiler. Qui est votre avocat, *Senhor* Felsen ?

— Parce que vous m'accusez de quelque chose ? me demanda-t-il dans ce moment d'égarement. Je ne sais pas si j'en ai toujours un.

— Vous en aviez un en prison ?

— Je n'en avais pas besoin. Le mal était fait. Une fois qu'on est dedans... c'est l'enfer pour sortir.

— Et quand vous êtes sorti ?

— Je n'en ai pas eu pendant plusieurs années. Puis il y

en a un qui est venu me voir. Ou est-ce moi qui y suis allé ? Il s'appelait...

Un doigt agité de tremblements apparut pour situer le nom mais ne le trouva pas.

— Maître Aquilino Oliveira ?

— Oui, c'était lui. Il a été mon avocat pendant... peut-être dix ans. Je ne sais pas. Il l'est peut-être toujours aujourd'hui.

— Lui avez-vous raconté votre histoire ?

— Il avait une très bonne écoute... ce qui est rare pour un avocat. Ils n'arrêtent jamais de vous expliquer ce qu'il faut faire, non ? Avec la loi et tout... ils nous montrent à quel point tout cela est foutrement compliqué et nous prouvent qu'on ne peut se passer d'eux.

— Vous n'avez jamais mentionné que vous connaissiez un prisonnier politique du nom d'António Borrego, dans la prison de Caxias.

— Un politique a nettoyé ma cellule pendant plusieurs mois. Il me posait des questions à propos d'une femme... encore un nom que je connaissais, avant.

— Maria Antónia Medinas. La dernière fois que nous avons parlé, vous n'êtes pas parvenu à vous en souvenir. Pouvez-vous me dire ce qu'António Borrego voulait savoir sur elle ?

— Il me demandait si je l'avais vue ou si j'avais entendu parler d'elle.

— Et vous saviez quelque chose ?

— Eh bien, je savais qu'elle était morte.

— Comment ?

— Elle avait été assassinée... si c'est un terme qui s'applique en prison.

— Et avez-vous vu qui l'a assassinée ?

— Je l'ai vu. Je l'ai appelé. Manuel. C'était mon fils, vous savez, mon fils illégitime. Mais il ne m'a pas entendu et le lendemain matin ils sont venus emporter le corps...

Je crus qu'il allait pleurer jusqu'à ce que je me rende compte qu'en fait, il était dégoûté.

— ... Sa jupe était tellement imbibée de sang, le poids... elle traînait par terre, elle laissait une marque brune.

Il s'assoupit à nouveau. Je restai assis un moment à regarder la clarté éblouissante, la pureté du froid soleil d'hiver. La visibilité était stupéfiante, mais blessante, impitoyable.

J'interrogeai Frau Junge à propos de l'avocat. Elle m'informa qu'il s'était occupé de plusieurs petites choses pour le

Senhor Felsen au début des années quatre-vingt, mais pas très longtemps.

— Il m'a dit que ça avait duré dix ans.

— C'est un vieillard, mais ça ne l'empêche pas d'avoir sa vanité.

J'avais établi les correspondances, j'étais prêt désormais à livrer bataille. À Cascais, la maison de l'avocat était vide, fermée pour l'hiver. J'appelai son domicile de Lisbonne mais il n'y avait personne non plus. C'était la fin de l'après-midi quand je regagnai l'hôpital. Olivia et les parents de Carlos n'avaient presque pas bougé depuis mon départ. Il n'y avait rien de neuf, hormis le fait que deux hommes cherchaient à me parler.

Ils me trouvèrent dans le couloir, devant les toilettes, deux hommes en imperméable bleu foncé. Au premier coup d'œil, on aurait pu les prendre pour des clones : ce n'était pas étranger à la formation qu'ils avaient reçue.

— Pouvons-nous parler ? demanda l'un d'eux. Dehors, ce serait préférable.

— Qui êtes-vous ?

— Nous venons du ministère.

— Lequel ?

— Sortons.

Les mains enfoncées dans les poches de nos manteaux, nous nous assîmes tous trois sur un banc froid comme la glace dans la cour sombre environnée des lumières de l'hôpital. Seul l'un d'eux parla. L'autre posait alentour l'œil prudent de la poule qui sait ce qu'il est advenu de ses congénères.

— Nous sommes venus vous recommander d'abandonner votre enquête sur la disparition de Lourenço Gonçalves.

— Il a travaillé pour la *Polícia Judiciária.* Mon devoir m'ordonne...

— Vous avez un devoir, inspecteur Coelho, acquiesça-t-il tranquillement. Vous avez un devoir à l'égard de votre patrie qui consiste désormais à vous taire. Un résultat a été obtenu, c'est le bon et vous devez le laisser en l'état.

— Ce résultat m'a échappé. Je ne savais pas que quelqu'un avait gagné quelque chose. Et moi, est-ce que j'ai perdu ? J'ai le sentiment d'avoir perdu.

Ils se penchèrent en s'appuyant sur leurs coudes, se regardèrent en dépit de ma présence entre eux. Celui qui se taisait ferma momentanément les yeux.

— Nous avons un bouc émissaire, énonça celui qui parlait.

— La Banco de Oceano e Rocha ?

Il fit oui de la tête.

— Il y a dans cet hôpital un policier qui pourrait ne jamais se réveiller. Je pense que ses parents aimeraient bien savoir dans quel genre de devoir patriotique leur fils a été impliqué.

— C'est vous qui portez le nom d'*inspector Dourado,* insista-t-il en retournant le couteau dans la plaie. Vous devriez savoir de quoi il s'agit.

— C'est moi qui vais commencer, alors. L'or des nazis... maintenant à vous de finir.

Il soupira et regarda autour de nous le bout de pelouse sombre. Entrecroisa ses doigts.

— Il est exigé de tous les pays qui sont restés neutres pendant la Deuxième Guerre mondiale d'acquitter leur dû. Vous avez peut-être remarqué que certaines banques suisses ont récemment accordé un milliard deux cent cinquante millions de dollars aux victimes de l'holocauste. On estime que la Banco de Oceano e Rocha vaut deux virgule trois milliards de dollars. Nous pensons que nous avons désormais la faculté de nous montrer généreux.

— Miguel Rodrigues, un homme qui a perdu tous ses amis d'un seul coup.

Mon interlocuteur écarta les mains pour me montrer qu'elles étaient vides.

— Ces lingots d'or, reprit-il, avec leur petite croix gammée gravée dessus, à côté de votre doux visage. Ce n'était pas seulement un tour de force publicitaire pour la *Polícia Judiciária.* Ça nous a évité de graves désagréments. Ça a permis de montrer au monde que nous savions où se trouvait notre dette et que nous étions prêts à la payer. Vous devez reconnaître, inspecteur Coelho, qu'il y a là une certaine justice.

— Parce que la boucle est bouclée, que tout est parti des nazis qui ont volé l'or à l'origine, lequel a ensuite transité par Lehrer, Felsen, Abrantes, et a fait tout le tour pour revenir... sinon à ses propriétaires légitimes, du moins à leur famille. Oui, je vois la part de justice que renferme cette affaire, mais la méthode employée me pose des problèmes.

— Rien dans ce monde n'est ce qu'il paraît être, fit-il en touchant mon épaule et en me faisant comprendre d'un regard qu'en ce qui le concernait la conversation était terminée.

— Et Lourenço Gonçalves ? demandai-je pour éclaircir cet élément secondaire en pensant à Jojó Silva.

— C'est un homme heureux, inspecteur, mais il ne reviendra pas au Portugal.

— Il a vendu son âme au diable... ou devrais-je dire à maître Aquilino Dias Oliveira ?

— Laissez maître Oliveira en dehors de ça, sinon tout pourrait très mal se passer, déclara-t-il d'un ton sévère et pénétré.

— La vache sacrée.

Ils me dévisagèrent avec les yeux morts d'individus qui ont déjà fait en sorte que les choses tournent très mal par le passé.

— Je voudrais lui parler.

— Je ne crois pas.

— Je ne vais rien lui *faire*. Je voudrais juste lui parler... éclairer deux ou trois points mineurs.

— Sommes-nous parvenus à un accord ?

— Oui, à condition que je puisse lui parler pendant dix minutes.

Celui qui avait gardé le silence se leva, sortit un portable de sa poche et s'éloigna. Il passa deux coups de fil, rangea son téléphone et nous partîmes.

Ils me conduisirent en Mercedes noire au bureau de l'avocat. Nous nous garâmes et descendîmes quelques marches ornées de *calçada* sous les feuillages secs et bruissants. Ils sonnèrent à une porte sans indications qui s'ouvrit devant nous. Nous montâmes au premier étage. Ils me fouillèrent de manière très impudique avant de me laisser entrer.

J'avançai dans une antichambre à l'éclairage diffus puis dans un couloir. Maître Oliveira se tenait au bout, souriant, tiré à quatre épingles. Ses mains tendues devant lui me montraient la porte de son bureau avec l'amabilité de l'avocat auquel on doit encore d'importants honoraires.

Son cabinet de travail était lambrissé, décoré d'estampes représentant des scènes de chasse anglaises où des cavaliers en vestes rouges s'agitaient au son du cor avec une ardente futilité. Je m'assis dans un fauteuil en cuir noir qui me mettait en très légère position d'infériorité par rapport à lui, de l'autre côté de sa table tapissée de cuir vert. Il s'adossa à son siège et attendit. J'entamai la conversation.

— Où est Lourenço Gonçalves ?

— En Californie. Il voulait un endroit où le soleil brille toute l'année.

— Je suppose qu'il aurait pu finir dans les fondations d'un

immeuble d'habitation proche du site de l'Expo. Ce qui aurait contenu un certain symbolisme.

Maître Oliveira ferma les yeux et inspira comme s'il se concentrait sur des pensées souriantes afin de repousser celles qui étaient sinistres.

— Apparemment, vous avez des questions à me poser, dit-il.

Je me débattis avec la seule susceptible de me fournir la réponse que je souhaitais entendre, mais ne réussis pas à l'articuler. J'étais dans la situation du joueur de rami qui ignore quelles cartes intéressent son adversaire. Je choisis une approche oblique.

— Vous étiez au courant, pour le *Senhor* Felsen, dès votre premier travail auprès de Joaquim Abrantes... quand vous l'avez rayé des statuts de la banque. Saviez-vous pourquoi vous le faisiez ?

— Il avait été condamné pour crime.

— Mais saviez-vous pourquoi Abrantes s'était arrangé pour le faire jeter en prison ?

— À l'époque, non.

— Vous ne l'avez appris que quand vous êtes retourné auprès du *Senhor* Felsen ?

— Il est venu me voir après sa sortie de prison. Pedro refusait de lui parler. Il s'est rendu compte que j'étais l'homme de loi qui avait rédigé les nouveaux statuts. Il m'a raconté son histoire que j'ai jugée délirante et que j'ai donc rejetée à l'époque.

— Mais vous êtes retourné le voir plus tard...

— Oui, me coupa-t-il sèchement.

— Quand avez-vous découvert que Manuel Abrantes avait violé votre femme ?

— Qu'il l'avait *violée* ? fit-il en mettant clairement en doute le terme utilisé.

— N'est-ce pas ce qu'il s'est passé, *Senhor Doutor* ?

— S'il l'avait violée, inspecteur, elle me l'aurait dit, vous ne croyez pas ? Elle n'aurait pas attendu que je voie l'enfant et que je sache au premier coup d'œil qu'il n'était pas de moi pour... elle en aurait parlé à son mari, inspecteur, c'est évident.

Une forme de folie s'exprimait-elle dans ces mots ? Croyait-il véritablement que sa femme avait été consentante, ou se servait-il de la logique faussée du cocu pour justifier ses actes ?

— Votre femme vous a-t-elle dit qu'elle avait été violée ?

— Pfffftt !

Il tourna la tête vers l'une des estampes de chasse, refusant de me regarder, n'acceptant plus de répondre à aucune question sur ce sujet.

— Que savait le *Senhor* Felsen de votre... plan ?

— Il en était la clé, répondit-il en me fixant à nouveau. Je savais beaucoup de choses après avoir travaillé avec Joaquim Abrantes, mais je n'ai jamais su, pour l'or. Il ne m'en a jamais parlé et Pedro non plus, en fils obéissant qu'il était.

— Vous ne saviez donc pas qu'il restait deux lingots.

— La chance...

— Il vous a aussi parlé de Maria Antónia Medinas.

Le docteur Oliveira rongea son ongle de pouce et hocha la tête.

— Comment êtes-vous entré en contact avec António Borrego ?

— De la même façon que nous nous y sommes pris avec tous les autres... par l'intermédiaire de Lourenço Gonçalves.

— Quand avez-vous décidé de vous servir de votre fille comme appât ?

— *Ma* fille ?

— De Catarina... Oliveira.

— Gonçalves nous a signalé qu'ils fréquentaient la même *pensão.* Il a poussé son enquête plus avant et s'est rendu compte qu'Abrantes était toujours dans la chambre adjacente quand elle était à la *pensão.* Plus tard, il est entré dans cette chambre et a trouvé le miroir. Le plan a évolué à partir de cette situation.

— Gonçalves n'a pas rencontré de difficultés pour persuader António de la tuer ?

— J'ai été surpris qu'il la tue. La seule explication à mes yeux c'est qu'elle a dû voir son visage et qu'il a été obligé de l'étrangler. Je ne suis pas sûr de la façon dont Gonçalves a présenté le plan à Borrego, au départ, mais il m'a expliqué qu'une fois que Borrego a su quelle relation il y avait entre elle et Miguel Rodrigues, je crois qu'il est devenu difficile à contrôler. Je ne pense pas qu'il était très équilibré mentalement. Manuel Abrantes *avait tué* sa femme et l'enfant qu'elle portait.

— Quelqu'un a-t-il parlé à Borrego, après ?

— Gonçalves... quand il est allé chercher les habits.

— Il ne lui a pas demandé ce qu'il s'était passé ?

— La version de Borrego, c'est qu'il les a suivis dans le parc Monsanto. Qu'il a vu la Mercedes quitter la route. Il s'est garé et s'est avancé au milieu des arbres. Il a vu la voiture remuer, il a entendu... (maître Oliveira se racla la gorge)... il a entendu la fille crier. Puis Abrantes est sorti de la voiture, il a ouvert la portière côté passager, il l'a traînée dehors et l'a laissée par terre. Borrego a attendu que la voiture parte et...

— Et quoi ? demandai-je, déterminé à le lui faire dire.

À tout lui faire dire.

— Et il l'a frappée.

— Avec quoi ?

— Il l'a frappée à la tête avec un marteau, inspecteur. Vous le savez. Maintenant...

— Pendant les quinze années durant lesquelles vous avez vécu sous le même toit que Catarina, vous n'avez pas une seule fois ressenti l'instinct...

— Elle était pour moi un rappel constant, inspecteur.

— De quoi... de votre déception, de votre... ?

— Accélérons, inspecteur. J'ai donné mon accord pour dix minutes.

— Si vous ne vous attendiez pas à ce que Borrego tue Catarina, qu'attendiez-vous de lui ?

Il jouait sur le bord du bureau avec l'extrémité de ses doigts... une sonate pour s'éclaircir les idées.

— Et le ministre de l'Intérieur, que sait-il ?

— C'est un politicien, et un politicien qui a très bien réussi. Les résultats, comme le fait d'être élu par exemple, sont importants. La façon dont on les obtient n'est pas aussi intéressante. Tout ce qu'il voulait c'était qu'on lui apporte la tête de Miguel Rodrigues, déshonoré.

— Oui, j'imagine que c'était un facteur important... qu'il soit déshonoré.

— Nous ne voulions pas qu'il puisse trouver de refuge.

Nous restâmes assis en silence pendant que je m'efforçais d'arracher la question à ma gorge. Maître Oliveira vagabondait à l'intérieur de sa tête.

— Vous m'avez posé des questions sur Felsen tout à l'heure, dit-il. À propos de son implication. Il n'a rien à voir avec cette... affaire. Il jouait un rôle important, bien sûr, parce qu'il fallait que vous le trouviez. Il fallait que vous lui soutiriez son histoire, mais c'est un très vieux monsieur maintenant. Sa tête n'est plus bonne qu'à raconter l'histoire de sa vie sous ses multiples versions, sans jamais se lasser.

— Il possédait pourtant les documents. Ils étaient essentiels.

— Oui, je le savais. Il me les avait montrés.

— Il était donc très important pour votre complot. Très important.

— Oui. Une question se cache-t-elle là-dessous, inspecteur ?

Mes paumes ruisselaient de sueur, mon cœur battait contre mes côtes.

— Comment pouviez-vous être sûr que j'allais trouver Felsen ?

Un froncement de sourcils traversa son front plus vite qu'un lézard sur une route brûlante.

— À vous de me le dire, rétorqua-t-il, pendant que son cerveau analysait les cas de figure possibles.

J'essayai à nouveau, de façon un peu plus directe cette fois.

— Comment Luísa Madrugada a-t-elle établi le lien avec Felsen ?

— Ah ! s'exclama-t-il, identifiant tout à coup le problème. Maintenant je comprends. Non, inspecteur, elle n'a joué aucun rôle là-dedans. Ne vous inquiétez pas à cet égard. Demandez-lui... posez-lui des questions sur certaines notes intéressantes... des marques qu'elle a trouvées dans les livres qu'elle lisait à la *Biblioteca Nacional*, mais...

— C'était de la chance, ça aussi ? Que le policier chargé de l'enquête ait une liaison avec...

— Vous n'êtes pas *obligé* de me croire. Ça m'est égal. J'aurais fait le nécessaire pour que vous trouviez Felsen, que ce soit dans le lit de Luísa Madrugada ou pas. Et, inspecteur, ne lui en voulez pas de ne pas vous avoir parlé de ces... euh... indices cruciaux. Je suis sûr qu'elle vous aime... et les amoureux, surtout au début, veulent paraître sous leur meilleur jour aux yeux de leur partenaire.

— Une chose que vous êtes bien placé pour savoir, *Senhor Doutor.*

— Moi ?

— Une femme veut toujours paraître sous son meilleur jour quand elle se marie, et Teresa ne faisait pas exception.

Quelque chose se ferma en lui. Les lumières s'éteignirent sur son visage, la source de sa douce amabilité s'assécha et fut remplacée par la férocité, cette férocité intellectuelle que j'avais vue s'exprimer dans son bureau de Cascais.

— On oublie facilement, inspecteur, que l'Histoire n'est pas telle qu'on la lit dans les livres. Elle a une dimension personnelle et les humains sont des créatures vindicatives, ce qui explique pourquoi l'Histoire ne nous apprendra jamais rien.

— Vous avez assouvi votre vengeance. Et vous avez facilité celle d'autres personnes : António Borrego, Klaus Felsen, même Jorge Raposo a eu son quart d'heure...

— ... et le peuple juif, compléta-t-il. Ne l'oubliez pas. Il va enfin récupérer ce qui lui appartient.

— Si vous croyez que cela justifie le fait que vous, *Senhor Doutor* Oliveira, équilibriez les errements de l'Histoire, d'une façon qui vous est propre et personnelle, en punissant votre défunte femme et en faisant assassiner sa fille illégitime, vous ne pouvez être que deux choses... diabolique ou fou. Lequel des deux ?

Il se pencha sur son bureau, le cou ployé, les yeux aussi brillants et perçants que ceux d'un aigle scrutant son territoire.

— Nous sommes tous fous, déclara-t-il.

— Je n'ai cette impression que lorsque je suis en votre compagnie, répliquai-je en me dirigeant vers la porte.

— Nous sommes tous fous, inspecteur, pour la simple raison que nous ne savons pas pourquoi nous existons et ça...

Il eut un mouvement de la main vers la trame de l'existence qui l'attendait.

— ... cette vie est une façon d'oublier afin que nous n'ayons pas à réfléchir à des choses qui dépassent notre entendement.

— Il existe d'autres moyens d'oublier, maître Oliveira.

— Certains d'entre nous ont peut-être des goûts plus recherchés.

— Oui, je suppose que le *frisson*[1] a dû être assez considérable pour vous : savoir que Miguel Rodrigues a sodomisé sa propre fille avant qu'elle n'ait le crâne fracassé par António Borrego et qu'il ne l'étrangle.

Il fit tourner son fauteuil de façon à faire face à la fenêtre. Le profond siège en cuir le berçait.

Je refermai la porte, suivis le couloir éclairé, descendis les marches en bois et sortis sur la *calçada* sèche comme des ossements. La nuit était d'une clarté fulgurante, l'air le plus frais que l'on sentirait jamais à Lisbonne.

1. En français dans le texte. *(N.d.T.)*

L'*agente* Carlos Pinto sortit du coma le vendredi 27 novembre. Deux semaines plus tard, les médecins introduisirent une plaque d'acier à l'intérieur de son crâne au niveau de la nuque. Lorsque le ciel est dégagé, il est sûr de pouvoir entendre les Bee Gees, à l'autre bout de l'Atlantique. Je lui ai affirmé que c'était une manifestation d'acouphène. Il a eu de la chance d'avoir une boîte crânienne solide et je me plais à penser que ses cheveux courts, denses et rebelles ont amorti le choc.

La seule chose dont il ne peut se souvenir, c'est de la raison pour laquelle António Borrego l'a frappé. Je lui dis qu'après que Felsen m'avait raconté son histoire, j'étais retourné à A Bandeira Vermelha et j'avais posé des questions à António concernant Maria Antónia Medinas. Il m'avait fait perdre du temps en ne me répondant pas. Alors quand, cinq mois et demi plus tard et après notre échange expéditif dans la rue à côté de l'aile rouillée de la Renault 12, Carlos était entré seul dans le bar pour poser des questions sur la même femme (la seule et unique personne dont la pensée pouvait pousser António à tuer Catarina Oliveira), sa paranoïa avait fait le reste. Il ne pouvait pas savoir que Carlos et moi n'avions jamais parlé ensemble de Maria Antónia Medinas. Il ne pouvait pas savoir que, pour nous, il ne s'agissait que d'un nom sur lequel nous avions besoin d'en apprendre plus. Il avait pensé que c'en était fini pour lui.

Il n'a toujours pas plu. Il fait toujours froid et sec. Les feuilles raclent toujours sur la *calçada.* A Bandeira Vermelha est fermé. J'ai dû trouver un autre endroit où boire mes *bicas,* quelqu'un d'autre pour me préparer mes toasts.

Olivia n'a toujours pas appris à Carlos comment s'habiller, il marche d'un pas traînant dans ce truc beaucoup trop grand pour lui, mais il lui rend la pareille à sa manière en ne lui parlant pas de meurtres. Il la rend heureuse comme elle ne l'avait pas été depuis plus d'un an.

Luísa Madrugada m'accorde de temps en temps un quart d'heure qu'elle vole à la maison d'édition, et je lève parfois le nez du livre qu'elle me force à écrire. Il ne s'agit pas d'assassinat bien sûr, c'est un conte pour enfants.

J'ai aussi vu l'avocat intouchable, maître Oliveira, dans sa Morgan, fonçant sur la Marginal avec une blonde à ses côtés. Il ne m'a pas paru affecté.

Je vais déménager de cette maison. Le propriétaire m'a proposé de me vendre un appartement à un prix intéressant si en partant je lui permets d'aménager ce vieil hôtel particulier. Je pensais que ce serait une décision difficile à prendre mais j'ai accepté aussitôt qu'il m'a soumis sa proposition. Nous nous sommes regardés avec stupéfaction.

Et j'ai acheté une nouvelle voiture. L'ancienne ne m'a jamais pardonné de l'avoir laissée sur le pont cette nuit-là. La nouvelle n'a rien de spécial mais le concessionnaire, en énumérant tous les équipements de série, m'a donné l'impression qu'elle pouvait être mise sur orbite et s'amarrer à *Discovery*. Comme il savait tout, je l'ai interrogé sans relâche parce que c'est dans ma nature. Finalement, je lui ai demandé :

— Comment parvient-on à teinter les vitres de telle sorte qu'elles soient transparentes à l'ombre et opaques au soleil ?

— Vous savez, m'a-t-il répondu sans prendre le temps de réfléchir et en levant un doigt, c'est intéressant. C'est le seul élément portugais présent dans cette voiture.

— C'est un argument de vente ?

— Sur le verre, m'expliqua-t-il sans tenir compte de ma remarque, on dépose une très, très fine couche, de moins de un micron, d'une fraction de micron de notre meilleur tungstène.

J'y réfléchis.

Aux obscures propriétés du tungstène.

Remerciements

Je souhaite remercier ici Michael Biberstein qui a corrigé mon allemand, et Ana Nobre de Gusmão, qui a vérifié tout ce qui concerne la langue portugaise. Les erreurs qui pourraient demeurer ne sont imputables qu'à moi.

Au fil des ans et des conversations, de nombreuses personnes ont partagé avec moi les informations dont elles disposaient, leurs analyses et leurs livres. Je tiens tout particulièrement à exprimer ma gratitude à ceux dont les noms suivent : Mizette Nielsen, Paul Mollet, Alexandra Monteiro, Natalie Reynolds, Elwin Taylor et Nick Ricketts.

Ce roman a exigé beaucoup de recherches pour lesquelles le personnel des bibliothèques suivantes : The Bodleian à Oxford, A Biblioteca/Museu « República e Resistência », A Biblioteca de Estudos Olisiponenses et A Biblioteca Nacional à Lisbonne, m'a toujours grandement facilité la tâche.

Je me suis également rendu dans la province de la Beira où les gens dont les noms suivent m'ont apporté une aide et une amitié précieuses : R.A. Naique, *Director Geral* de la Tungstène et Étain Beralt, Fernando Pãolouro du Journal do Fundão, José Lopes Nunes et le conseiller Francisco Abreu de Penamacor. Je désire par ailleurs exprimer ma reconnaissance aux habitants de Fundão, Penamacor, Sabugeiro, Sortelha et Barco pour leur contribution et pour les souvenirs qu'ils ont partagés avec moi. Je voudrais également adresser mes remerciements à Manuel Quintas et à tout le personnel de l'hôtel Palácio d'Estoril.

Enfin, la dédicace de ce livre ne saurait rendre justice à ma femme pour la part qu'elle a prise dans mon travail. En discutant inlassablement avec moi de la construction du roman, en consacrant des journées entières de recherche à Oxford et à Lisbonne, elle m'a apporté son total soutien et ses encouragements durant les longs mois de rédaction et a tenu le rôle d'éditrice et de correctrice intelligente et dévouée. Sans toi, la tâche aurait été deux fois plus ardue. Merci.

Cet ouvrage a été réalisé par

FIRMIN DIDOT

GROUPE CPI

Mesnil-sur-l'Estrée

pour le compte des Éditions Laffont
en décembre 2002

Ce volume a été composé et mis en pages
par ÉTIANNE COMPOSITION
à Neuilly-sur-Seine.

Imprimé en France
Dépôt légal : octobre 2002
N° d'édition : 43542/03 - N° d'impression : 62069